# TORMENTA

JAMBÔ

APRESENTA

KAREN SOARELE

# A DEUSA NO LABIRINTO

# A Deusa no Labirinto



## Créditos

Edição: Guilherme Dei Svaldi

Revisão: Suzana Neumann

Projeto Gráfico: Dan Ramos e Samir Machado de Machado

Arte da Capa: João G. Santos

Ilustrações de Abertura: Jânio Garcia

Cartografia: Leonel Domingos

Leitores Beta: Danilo Sarcinelli e Matias Gonsales Soares

Auxiliar de Produção: Laura Reginin

Editora-Chefe: Karen Soarele

Diretor-Geral: Guilherme Dei Svaldi

Equipe da Jambô: Guilherme Dei Svaldi, Rafael Dei Svaldi, Leonel Caldela, Ana Carolina Gonçalves, Ana Júlia Gamla, Anderson Dornelles, André Schwertz, Andrew Frank, Carlos Narayana, Dan Ramos, Daniel Boff, Davide Di Benedetto, Elisa Guimarães, Gabriel Adam, José Cerqueira, J. M. Trevisan, Julia Rosiello, Karen Soarele, Laura Reginin, Leticia Mendes, Marcel Reis, Marcelo Cassaro, Marina Alvarez, Marlon Vernes, Maurício Feijó, Miguel Souza, Priscilla Souza, Tatiana Gomes, Thiago Rosa, Tiago Guimarães, Tiago Orib e Victória Cernicchiaro.

Rua Coronel Genuíno, 209
Porto Alegre, RS • CEP 90010-350
contato@jamboeditora.com.br • www.jamboeditora.com.br



2ª edição: dezembro de 2024 | ISBN: 978658863580-3

Dados Internacionais de Catalogação na Publicação

**S676d** Soarele, Karen

A deusa no labirinto / Karen Soarele; edição de Guilherme Dei Svaldi. — Porto Alegre: Jambô, 2024.

512p. il.

1. Literatura brasileira — Ficção. I. Autor. II. Svaldi, Guilherme Dei. III. Título.

**CDU 82-312.9**

Baseado no universo criado por
*Leonel Caldela, Marcelo Cassaro, irmãos Dei Svaldi e J.M. Trevisan*

Dedico esta segunda edição a todas as mulheres que lutam para que outras mulheres tenham voz.

# PREFÁCIO

Lembro-me de quando visitei o Império Romano pela primeira vez. Foi numa aula de História, na quinta série. Não era, confesso, o mais empenhado dos alunos. Passava a maior parte do tempo olhando pela janela da sala, me imaginando na rua, liberto dos grilhões da escola, livre para ir onde bem entendesse.

Mas aquela aula me fez prestar atenção. Uma sociedade antiga e poderosa, onde palácios luxuosos disputavam espaço com arenas de gladiadores? Subitamente, a rua deixou de ser tão interessante.

Meu fascínio por Roma começou no colégio, mas se expandiu para romances, filmes, jogos e, depois de adulto, visitas a museus e sítios arqueológicos. Os anos foram passando, mas a Cidade Eterna nunca saiu de minha mente. A existência de uma sociedade bem estruturada — burocratizada, até — em um mundo antigo, praticamente selvagem, gera uma dicotomia instigante.

(E sim, eu sei no que os ouvintes do podcast da *Dragão Brasil* estão pensando agora.)

Este não é um livro sobre o Império Romano, porém. A história se passa em Arton, um mundo fantástico, parecido com a Terra, mas repleto de monstros e magia. Boa parte do continente principal é dominada pelo Reinado, com seus cavaleiros, castelos e reis. No leste dele, entretanto, temos o Império de Tauron. Erguido por minotauros devotados ao Deus da Força, é um estado poderoso — as legiões táuricas desconhecem a derrota.

O Reinado, assim como boa parte da literatura fantástica, baseia-se nas fábulas e no imaginário da Idade Média. Já o Império de Tauron inspira-se na estética e na mitologia do Império Romano. Há diferenças, entretanto. Esta não é, nem almeja ser, uma transposição literal. Caso você, como eu, seja um *nerd* de Roma, perceberá desde mudanças na estrutura social e política até pequenas licenças poéticas no emprego de termos (para o posto superior ao de legionário, por exemplo, usou-se "decurião", e não "decano").

Este é um bom momento para avisar: não se preocupe se você é um novato em Arton. O universo de *Tormenta* é lar de dezenas de publicações, mas você não precisa de nenhum conhecimento prévio para apreciar *A Deusa no Labirinto*. É claro, leitores antigos irão reconhecer muitos elementos (especialmente aqueles que tiverem lido *A Joia da Alma*, primeira obra de Karen Soarele no cenário), mas este livro é uma ótima porta de entrada.

Voltando...

A maior mudança decorre do fato dos minotauros serem uma raça unicamente masculina. Eles têm filhos com humanas ou elfas. Os bebês, quando do sexo masculino, são minotauros. Quando do sexo feminino, são do povo da mãe. Isso adiciona mais um elemento na já explosiva disputa entre senhores e escravos. Muitos minotauros possuem haréns, mas argumentam que isso não se trata de luxúria, e sim de uma necessidade para a existência de sua espécie.

Fico feliz que um livro abordando esse assunto tenha sido escrito por uma mulher. Nem eu, nem nenhum outro escritor homem teria a sensibilidade para lidar com esse assunto. Ver-se diminuído meramente por causa de nosso gênero através do uso de justificativas esdrúxulas não faz parte de nossa vivência.

Como essas diferenças deixam claro, este não é um livro histórico. A narrativa é fictícia, fantástica.

As questões abordadas por ela, porém, são muito reais.

Em nossa história, os romanos estabeleceram os alicerces da civilização ocidental. Em Arton, os minotauros oferecem segurança ao povo em um mundo assolado por cataclismas e invasões demoníacas.

Ambos os impérios alcançaram a grandeza. Mas a que custo? Os avanços, o luxo e a segurança ainda são válidos, quando o preço a se pagar é a liberdade? A resposta pode parecer simples ("Não"), mas essa pergunta é mais complexa do que parece. A própria vida em sociedade exige um sacrifício de autonomia. Todos nós, em maior ou menor grau, abdicamos de parte de nossa independência em prol de comodidades e outros benefícios.

A questão, portanto, se torna outra. Do *quanto* podemos abrir mão? Continua sendo uma pergunta difícil. Pelo menos, nas páginas deste livro, podemos ver como os personagens de Karen — Gwen, Christian, Verônica, Appius e os outros — se comportam. Como lidam com seus desafios e dilemas. Quais decisões tomam.

E, a partir disso, podemos pensar sobre como podemos agir, em nosso próprio mundo.

*Guilherme Dei Svaldi*
*Agosto de 2019*

"Só o conhecimento liberta."

# DRAMATIS PERSONAE

**Aenor.** Minotauro, gladiador campeão. Membro da guarda de honra de Aurakas.

**Appius Aurelius Lomatubarius.** Segundo filho varão de Gaius Aurelius Lomatubarius. Atual herdeiro da família.

**Astra.** Segunda filha de Gaius Aurelius Lomatubarius. Gêmea de Tertius. Ainda uma criança.

**Aurakas.** Princeps de Tapista, Imperator Táurico. Mais poderoso soberano de Arton.

**Aurélia.** Primogênita de Gaius. Enviada para o Reinado para viver como mulher livre.

**Cassius Titanus.** Minotauro, mais jovem senador do Império de Tauron.

**Cecília.** Humana, escrava da família Aurelius Lomatubarius. Mãe de Appius, Tertius e Astra.

**Clateus.** Minotauro, paladino de Tauron.

**Christian Pryde.** Humano, aventureiro veterano. Amigo de Gwen.

**Dok.** Goblin engenhoqueiro. Amigo mais antigo de Gwen.

**Eleutério.** Humano, caçador imperial. Membro da guarda de honra de Aurakas.

**Etelethar.** Elfo nascido em cativeiro. Tido como messias.

**Faylluntaril.** Elfo escravo. Escriba de Cassius Titanus.

**Fuligem.** Grifo jovem, criado desde filhote por Christian.

**Gaius Aurelius Lomatubarius.** Minotauro senador. Patriarca da família Lomatubarius. Viúvo.

**Gélido.** Elfo arquimago. Membro da guarda de honra de Aurakas.

**Glórienn.** Deusa Menor dos Elfos e da Perfeição. Escrava de Tauron.

**Gwendolynn.** Elfa clériga de Tanna-Toh.

**Hana.** Humana, jovem escrava de Cassius Titanus.

**Ichabod.** Lefou (meio artoniano, meio demônio da Tormenta) mago. Amante de Gwen.

**Julian.** Meio-elfo, escravo de confiança da família Aurelius Lomatubarius.

**Kelskan.** Minotauro, sumo-sacerdote de Tauron.

**Liwaza.** Humana, líder da Guilda das Parteiras.

**Maquius.** Lefou, campeão de pugilato do Império de Tauron.

**Mestre Luwarandithas.** Elfo ancião, líder da Resistência Abolicionista.

**Oryx Laqueatus.** Minotauro, centurião da Legio V Protetora.

**Pérola.** Sereia, favorita de Gaius Aurelius Lomatubarius.

**Petronius.** Minotauro, ex-legionário, atual chefe da guarda da família Aurelius Lomatubarius.

**Porcius Caecus.** Minotauro mercador.

**Simon.** Meio-elfo. Um dos líderes da Resistência Abolicionista.

**Tanna-Toh.** Deusa Maior do Conhecimento.

**Tauron.** Deus Maior da Força e da Proteção. Líder do Panteão de Arton.

**Tertius Aurelius Lomatubarius.** Terceiro filho varão de Gaius Aurelius Lomatubarius. Gêmeo de Astra. Ainda uma criança.

**Titus Aurelius Lomatubarius.** Primeiro filho varão de Gaius. Paladino de Khalmyr. Morto anos atrás em missão no Reinado.

**Valuriellandir.** Elfo, paladino único de Glórienn. Um dos líderes da Resistência Abolicionista.

**Verônica.** Medusa guerreira. Amiga de Gwen.

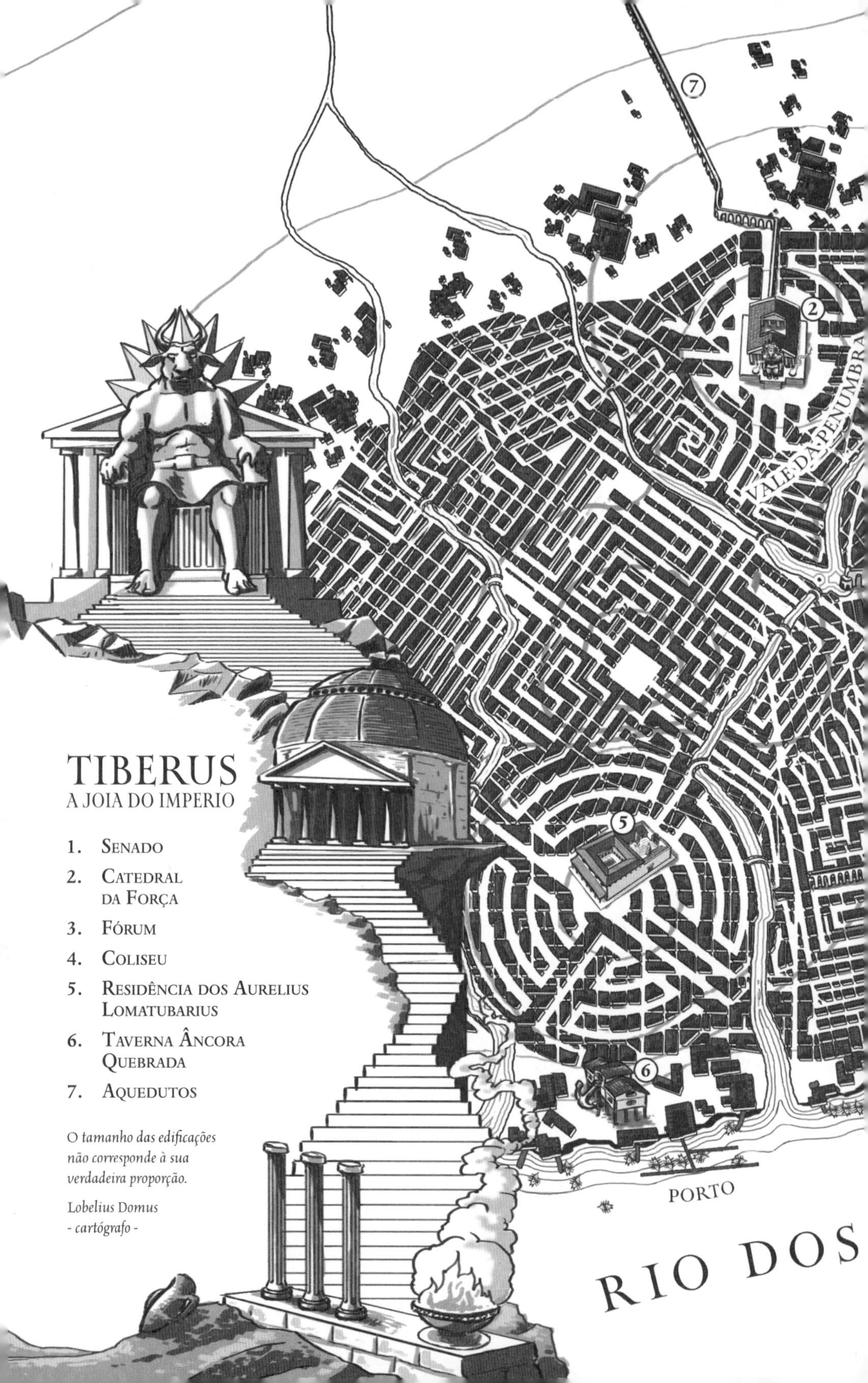

TIBERUS
A JOIA DO IMPERIO
1. Senado
2. Catedral da Força
3. Fórum
4. Coliseu
5. Residência dos Aurelius Lomatubarius
6. Taverna Âncora Quebrada
7. Aquedutos
O tamanho das edificações não corresponde à sua verdadeira proporção.
Lobelius Domus
- cartógrafo -
7
2
VALE DA PENUMBRA
5
6
PORTO
RIO DOS

1
3
7
7
4
7
7
GUETO ÉLFICO
N
ESCALA EM QUILÔMETROS
0 1 2 3 4 5
DEUSES

# PRÓLOGO

FLOCOS DE NEVE BROTAVAM DO CÉU CINZENTO, MAIS VISÍVEIS à medida que se aproximavam, mas eram logo despedaçados pela brutalidade do vendaval. Desfaziam-se em poeira gélida, que açoitava os troncos das coníferas, ora congelando-os, ora rebatendo de volta para a tempestade. Os poucos que tocavam o solo não permaneciam assentados por muito tempo. Eram reerguidos pela próxima lufada de vento. Assim, a neve parecia cair de baixo para cima. Céu e terra se confundiam, e confundiam-se também as mentes menos afiadas. Não havia espaço para fragilidade em Kundali, o Reino de Tauron.

A idosa avançou pelo solo congelado. Caminhou sem pressa, perfurando o temporal que ameaçava atrasá-la. Os longos mantos brandiam segundo o capricho do vento, os braços lânguidos transferiam o peso do corpo para um cajado comprido apoiado no chão. Firmou bem um dos pés antes de erguer o outro.

Com um passo, cobriu a distância de três montanhas.

Uma mudança abrupta na direção do vento chicoteou os galhos das árvores e arrancou o capuz da anciã, fazendo com que interrompesse a caminhada. Mesmo com o rosto descoberto, o clima glacial não a incomodava, tampouco os cristais de gelo se acumulavam nas dobras de suas roupas. Frio e neve a evitavam. Ela ajustou o tecido sobre a cabeça, para que não mais caísse, e o vento passou também a se desviar dela.

Mal percebeu a avalanche que irrompeu do topo da montanha, ou o povoado mais abaixo, com seu módico rebanho de renas. Logo as cabanas de madeira seriam destroçadas pela intempérie. Seus habitantes, varridos para sempre da existência. Um incidente pouco relevante para a anciã, que deu o próximo passo, deixando mais algumas montanhas para trás.

Ignorava a baixa visibilidade ao escolher seu trajeto. Ignorava os uivos do vento que anunciavam catástrofes. Apesar de trêmulo, o andar da idosa era livre de hesitação. Sabia exatamente aonde ia. Conhecia o caminho. Na verdade, eram raras as informações, fossem deste mundo ou de qualquer outro, que escapassem ao seu domínio. Porque a anciã era Tanna-Toh, Deusa Maior do Conhecimento.

Avançou até se deparar com um desfiladeiro. Viu-se no topo do paredão de pedra irregular que contornava um vale amplo. A partir daquele ponto, as nuvens se acanhavam e encolhiam, permitindo ao sol aquecer a relva que verdejava quilômetros abaixo. Distante, um lavrador arava o campo com a ajuda de dois cavalos de tração. A terra revirada expunha a camada inferior, ainda úmida.

Logo que Tanna-Toh adentrou o vale, as rajadas de vento bravio foram afastadas por uma brisa cálida. A paisagem esbranquiçada ficou para trás, dando lugar ao dourado dos campos de trigo, ao marrom do barro fértil e ao verde das florestas, pintalgado de flores róseas e amarelas. A luz solar clareava e estendia a visão, enquanto o canto das aves trazia tranquilidade. O vale era tomado por uma sensação de bem-estar, o primeiro traço da proteção que Tauron oferecia àqueles que se sujeitassem à sua vontade.

Tauron, Deus Maior da Força e da Proteção. Seu nome era amado e temido na mesma medida. Seu reino divino, um bom lugar para aqueles dispostos a se adequarem à sua filosofia. Aqueles aptos a proteger deveriam prevalecer pela força. Aqueles que precisavam de proteção deveriam obedecer sem questionar. Não havia vergonha em ser escravo. Havia apenas devoção. Seja como protetor ou como protegido, todos eram bem-vindos no Reino de Tauron. Desde que cumprissem seu papel.

Mas Tanna-Toh não estava ali para proteger, muito menos para ser protegida. Era uma convidada de honra, e por isso nada nem ninguém interferiu em seu percurso pelo vale sinuoso que, contornado pelos paredões de pedra, formava um gigantesco labirinto. Cruzou com aldeões, guardas, viajantes. A maioria dos habitantes ostentava um par de chifres e o corpo coberto de pelos. Eram membros da orgulhosa raça dos minotauros, os favoritos de Tauron. Hábeis em seguir as diretrizes do deus, muitos dispunham de escravos presos com correntes, geralmente criaturas de outras raças.

Patrono do Fogo, Tauron também fazia notar sua presença pelo calor. Quanto mais Tanna-Toh enveredava pelo vale, mais as temperaturas se elevavam. Um desavisado poderia procurar abrigo na sombra de uma gruta, que em outros lugares ofereceria trégua dos raios de sol. Contudo, em Kundali o calor não advinha do astro. Ele era emanado das entranhas do mundo. Acentuava-se com a profundidade.

Tanna-Toh sabia disso. Mesmo assim, escolheu uma das muitas entradas de cavernas e penetrou o subsolo. O túnel logo se bifurcou. Mais à frente, voltou a se ramificar. Alguns corredores desciam, outros subiam. Curvas, escadas e fossos sem fundo. Talvez nem o próprio Tauron soubesse qual o caminho mais curto. A deusa percorreu passagens estreitas e galerias onde aldeias inteiras prosperavam. Embrenhou-se em florestas de líquens habitadas por basiliscos e atravessou pontes sobre rios de magma, onde salamandras de fogo espreitavam. Quanto mais profundo, mais quente. Quanto mais quente, mais próximo a Tauron.

Um corredor largo e extremamente alto anunciou a aproximação da área mais nobre daquele mundo subterrâneo. As tortuosidades haviam ficado para trás, ali o piso era liso e firme. Túneis menores se uniam ao principal, alargando-o ainda mais, até que a deusa enxergou seu destino. Do largo que se formava, subia uma escadaria revestida de paralelepípedos caprichosamente dispostos lado a lado. Os degraus davam acesso a uma câmara também pavimentada, onde as pedras formavam um desenho circular no chão. Bem no centro, era impossível não reparar na estátua disposta sobre um pedestal.

A obra de arte representava uma única pessoa. Uma jovem de cabelos curtos, rosto fino e orelhas pontudas. Seus trajes se resumiam a uma saia curta e um corpete que mal cobria o corpo. Braços, pernas, colo e cintura levavam cordames em ouro e pedras preciosas, peças que adornavam, mas pouco faziam para ocultar a pele. Os pés pequenos estavam descalços, enfeitados por tornozeleiras. Ao lado, duas armas jaziam no chão: um arco feito de galhos de árvore entrelaçados e uma espada longa na qual haviam sido inscritas runas élficas. Todos os detalhes transbordavam delicadeza, com uma exceção. Nos pulsos da jovem, duas argolas prendiam-na a correntes de ferro. Grande demais, grosseira demais, a peça destoava do conjunto. Era evidente a força que a elfa precisava fazer para suportá-la. Aquela era a imagem de Glórienn, Deusa Menor dos Elfos e da Perfeição. Mesmo entalhada em mármore, era possível distinguir com clareza o amargor de sua expressão. A estátua havia sido criada por um artista assustadoramente habilidoso. Era realista ao extremo. Emanava tristeza.

Glórienn era parte de Kundali. Em um reino de protetores e protegidos, a deusa cumpria seu papel. Era a prisioneira dócil e submissa que servia ao próprio Tauron. A mais ilustre, na qual os demais se espelhavam. A deusa escrava.

Nem sempre havia sido assim. Em um passado não muito distante, Glórienn havia sido uma guerreira. As armas agora representadas a seus pés um dia estiveram em suas mãos. Exímia espadachim, a elfa retalhara um sem-fim de goblins, hobgoblins e bugbears. As três raças goblinoides eram a antítese de tudo o que mais prezava. Elegância, simetria, graciosidade. Harmonia dos sons, sutileza dos perfumes... Em tudo os elfos eram perfeitos, como mandava sua natureza. E as bestas goblinoides queriam destruir aquilo que fosse belo. Inspirados por Glórienn, à época uma Deusa Maior do Panteão, a nação élfica utilizou as armas de que dispunha. A magia, a espada, o arco.

Não existia, em toda a Criação, qualquer entidade que superasse Glórienn com seu arco. As flechas da deusa élfica não erravam o alvo, jamais.

Porém, por mais que suas armas fossem eficazes contra os inimigos, nada foi capaz de proteger Glórienn e seus filhos de sua própria arrogância. Foi após desdenhar do poder bélico dos goblinoides que a Deusa Maior foi derrotada em campo de batalha por um reles mortal. Thwor, o líder dos goblinoides.

Tanna-Toh meneou a cabeça ao observar a tristeza no semblante da estátua. Pobre Glórienn. Se soubesse que aquele seria apenas o primeiro de sua longa série de fracassos, talvez tivesse vindo lhe pedir um tipo diferente de auxílio. Glórienn poderia ter lhe pedido um conselho. Poderia ter recebido ajuda para conhecer melhor suas forças e virtudes. Poderia ter ido em busca de amparo. Mas não o fez. Glórienn pediu a Tanna-Toh por uma arma. E recebeu o que queria, o conhecimento para trazer a Tormenta ao mundo de Arton.

A Tormenta veio. Revelou-se na forma de nuvens rubras, chuva de sangue, demônios que desafiavam a compreensão. Fugiu ao controle. Voltou-se contra Glórienn. Deu o golpe que faltava para selar a ruína da Deusa dos Elfos e de toda a sua casta. A vingança contra os goblinoides nunca se concretizou. Em vez disso, Glórienn viu seu reino divino ser exterminado, perdeu a condição de divindade maior e se tornou uma mera escrava do Deus da Força. A deusa covarde, incapaz de se defender sozinha. A deusa decadente.

Passando a estátua, na outra extremidade da câmara, uma porta dupla de madeira reforçada deu acesso a um salão. À direita e à esquerda, corredores menores se abriam, levando a galerias labirínticas, mas Tanna-Toh ignorou-os. Seguiu adiante, rumo a uma segunda porta dupla. Esta era feita de obsidiana, uma pedra formada a partir da lava, negra e polida, emoldurada de ouro incrustado de diamantes. Abriu sozinha quando a deusa se aproximou, revelando um interior abafado, porém aconchegante.

A suntuosidade da entrada se estendia para dentro do aposento. Tapeçarias desciam do teto, cobrindo paredes e piso. Exibiam uma trama intrincada, com imagens que narravam a história de diversos povos de Arton. Feitos heroicos, relatos de bravura e de glória. Em alguns pontos, a narrativa era interrompida, encoberta por uma estante onde se guardavam espadas e machados de lâmina lustrosa ou pela mesa de madeira maciça, forrada de iguarias sobre uma toalha de seda. Uma única parede dispensava revestimento. Era quase completamente ocupada por uma janela que dava vista para as arquibancadas lá fora, e para a arena onde dois gladiadores combatiam.

— Seja bem-vinda, Tanna-Toh, Deusa Maior do Conhecimento.

Esparramado em um divã que ocupava grande parte do aposento, quem a saudava era o próprio Tauron. Mesmo reclinado em uma grande almofada, o Deus da Força transmitia solidez. O peito desguarnecido, de músculos inchados, provocava possíveis desafiantes. Os pés calçados por sandálias de tiras se mantinham firmes no chão, sempre preparados para assumir postura de combate. As vestes poderiam ser confundidas com as de seus gladiadores, com cintas afiveladas e saiote de tiras de couro. Tauron não portava armas. Em vez do machado, encostado a um lado, segurava um cálice de vinho. Contudo, os chifres taurinos, eternamente envoltos em chamas, faziam lembrar que o Líder do Panteão nunca estava indefeso.

Tauron esticou o cálice vazio. Glórienn, acorrentada da mesma forma como fora representada na estátua, serviu-o com o vinho de uma ânfora. O calor intenso fazia com que a elfa suasse. Uma gota escorreu para dentro do decote.

— É bom revê-lo, Tauron. — A anciã apoiou as duas mãos no bordão e recostou-o ao ombro direito. — Você também, Glórienn.

A deusa menor piscou duas vezes, tardando a reconhecer o próprio nome. Dirigiu um olhar confuso para Tanna-Toh, e então para Tauron.

— Não espere uma resposta — disse o Touro em Chamas. — Minha serva tem permissão para dirigir a palavra apenas a mim, quando ordenado.

Tanna-Toh suspirou e se permitiu um sorriso desanimado.

— É uma pena, eu gostava de nossas conversas. Sobre guerras e vinganças e conhecimento obscuro. Tempestades que se tornam armas, armas que acarretam calamidades... Novo conhecimento se forma a partir de novas experiências.

Glórienn desceu o olhar para o chão e ocupou-se de devolver a ânfora a seu devido lugar na mesa. As flamas nos olhos de Tauron crepitaram, consoantes com as labaredas em seus chifres.

— Glórienn, vá buscar mais vinho — disse ele.

— Mas ainda temos aqui...

Com um olhar de Tauron, Glórienn interrompeu o que dizia, largou a ânfora e se apressou em desaparecer por uma porta lateral. Seus passos leves ecoaram pelo corredor à medida que se afastou. Enquanto isso, do outro lado da ampla janela do aposento, muito abaixo, um dos gladiadores foi aclamado como vencedor do duelo. As arquibancadas explodiram em exaltação. Tauron, no entanto, se absteve de aplaudir.

— O conhecimento obscuro ao qual você se refere... foi o que trouxe a Tormenta à nossa realidade. Que não se limita ao mundo de Arton, mas ameaça devorar até mesmo os reinos dos deuses e toda a Criação — disse ele, entredentes. — Não tente me irritar, Mãe do Saber. Ainda me recordo quem foi a responsável por revelar a Tempestade Rubra para minha serva.

Tanna-Toh riu. Com um caminhar lento, porém decidido, foi até uma cadeira de espaldar alto e assento estofado. Acomodou-se.

— Todos concordamos na época.

— É justamente por isso que precisamos tomar providências. — Tauron levantou o tronco e se endireitou no divã, apoiando os braços sobre os joelhos. Sentado dessa maneira, seu focinho ficou mais próximo a Tanna-Toh e mais elevado, encarando-a de cima. — Glórienn trouxe a tempestade. Está feito. Mas não espere que ela se arrisque em combate direto. Aquilo é um matadouro de divindades menores. Enfrentar a Tormenta é um dever dos vinte deuses maiores do Panteão.

— Isso seria algo interessante de presenciar. O que o impede de dar início a tal confronto?

— Tive motivos para trazê-la até aqui. Preciso de conhecimento. Qual é a melhor forma de enfrentar a tempestade? Conseguiremos vencê-la?

Na arena, dois novos combatentes eram apresentados à plateia. Ambos bradavam ameaças ao adversário e proclamavam gritos de guerra para a torcida. O público ria e avaliava. Formava filas nos balcões de apostas. Quem fosse capaz de prever o resultado correto sairia dali mais rico do que entrou. Do contrário, era fácil perder dinheiro com palpites ruins.

Por um momento, Tanna-Toh reparou nos espectadores em sua tentativa de prever o futuro. Então se virou novamente para Tauron. Coçou o queixo. Respirou fundo.

— Para se vencer uma área de Tormenta, há um único método possível. A boa notícia é que estamos falando justamente da sua especialidade, Deus da Força. Não há uma fórmula mágica ou arma secreta. Por mais que eu pesquise, até hoje apenas a força bruta foi capaz de causar aos invasores uma derrota real.

— A união dos vinte deuses será suficiente? — insistiu ele.

A deusa riu.

— Somente foi possível constatar o grau de destruição da Tempestade Rubra após permitir que ela adentrasse nosso mundo, não antes. Da mesma maneira, o resultado da aliança entre os deuses pode ser tanto benéfico quanto catastrófico. Se o que busca é uma profecia, terá que consultar outro deus. Meu domínio é a ciência. Eu preciso experimentar para descobrir. Realizar para estudar.

Tauron bufou e se levantou. Caminhou pela sala, fumegante. Encarou os tempos de glória estampados nas tapeçarias, sem de fato prestar atenção neles. As labaredas de seus chifres desceram pela nuca e se estenderam pelos braços. A mente fervilhava, sem encontrar uma solução. Apanhou a ânfora da qual Glórienn o estivera servindo. A exemplo dos tapetes, a peça de barro cozido exibia detalhes em baixo-relevo. Imagens que representavam o passado da própria Deusa dos Elfos, quando convenceu todos os deuses maiores, um por um, a permitirem a chegada da Tormenta.

O deus prensou-a entre as mãos e a peça não suportou. Espatifou-se em milhões de cacos, maculando a tapeçaria com manchas de vinho tinto.

— Suponho que os demais estejam receosos em se unir a você — disse Tanna-Toh. — Ainda se recordam da última vez em que houve um consenso.

Tauron respondeu sem se virar para ela. Seu olhar permaneceu fixo no líquido que se espalhava, arruinando a arte do melhor tecelão de Kundali.

— Não é só isso. Algo mudou desde que ascendi à liderança do Panteão. Sente essa presença perturbadora? Há muito aprendi a desprezá-la. Mas agora ela está mais frequente. Acredito que estejam tramando contra mim.

Tanna-Toh sorriu, condescendente.

— Você é o líder dos vinte deuses do Panteão. Obviamente, há quem trame contra você. A começar pelos outros dezenove.

O Deus da Força se voltou para ela.

— Trama contra mim, Tanna-Toh?

— Meu único objetivo é expandir a compreensão do universo.

As chamas no lombo do deus minguaram enquanto ele buscava decidir se a resposta era satisfatória ou não.

— Teme que a impeçam de cumprir seu objetivo? — perguntou ele. — Posso protegê-la.

— Conheço sua proteção, Tauron, e asseguro que ela não será necessária. O conhecimento é valioso demais para se restringir aos mais poderosos. Ele precisa ser livre.

Na arena, um gladiador enterrou a espada no peito do adversário, mas não ergueu os braços em comemoração. Caiu, também, o sangue jorrando em abundância. A plateia assistiu em silêncio à dupla derrota. Desiludida.

Poucos tinham acesso à adega pessoal de Tauron. Por ser pessoal, não significava dimensões modestas. A galeria por onde Glórienn andava era composta por incontáveis corredores que se cruzavam, bifurcavam, subiam e desciam. Colunas dos dois lados se uniam no alto, formando um teto abobadado, e o piso de madeira se estendia, desafiando mesmo as vistas mais aguçadas. Encostados junto às paredes, descansavam tonéis de carvalho. Mesmo deitados, tinham o dobro da altura da elfa.

Os melhores vinhos de Kundali eram encontrados ali. Parte produzida localmente, utilizando mão de obra escrava sob minuciosa supervisão dos chicotes dos feitores. Parte obtida em outros planos de existência e trazidos ao reino por magos e aventureiros. Todos ofertados ao deus por seus mais dedicados seguidores.

Os pés descalços se arrastaram pelos corredores. Viraram ora à direita, ora à esquerda. A falta de pressa se misturava à incerteza, fazendo com que a caminhada se delongasse. Não que Glórienn estivesse perdida. Qualquer um poderia se perder naquele emaranhado de túneis idênticos, mas a Deusa dos Elfos já havia percorrido aquele trajeto milhares de vezes. Mais que isso, Glórienn estava sob a tutela de Tauron há tempo suficiente para conhecer o funcionamento de seus labirintos. Por mais confusos que parecessem, sempre havia uma lógica. Sempre havia um modo de transpô-los. Todo labirinto possuía pelo menos uma entrada e uma saída, e existia seguindo certa coerência reconhecível aos olhos da elfa.

Ainda assim, Glórienn hesitava.

De toda a coleção, Tauron possuía uma safra favorita. A vontade do deus fazia com que ela nunca acabasse. Mesmo assim, era especial demais para ser degustada em um dia qualquer. Glórienn só a buscava quando a ocasião demandava, o que não era o caso. Mesmo assim, a elfa oscilava, incapaz de decidir se serviria dela ou não.

A safra extraordinária era mantida em uma câmara à parte, ao fundo do corredor mais afastado. A distância a ser percorrida era o dobro, e justamente por isso a elfa se sentia tentada. Tardaria a retornar. Teria para si um período de privacidade mais longo. Enquanto caminhava pelos corredores mal iluminados, não precisava manter a postura altiva ou a expressão neutra de quem não tem do que se queixar. Podia arrastar os pés. Podia praguejar, se quisesse. Não precisava fingir.

Por fim, decidiu buscar a bebida mais longínqua. E a noção de distância a confortou.

Seus passos continuaram a ecoar pelos corredores, vigiados apenas pelos gigantescos barris. Sua mente, contudo, divagava. Pensou no camarote de seu amo, e no quanto desejava nunca mais voltar para lá. Será que Tauron viria em seu encalço?

Será que ao menos notaria sua ausência?

Talvez notasse. Quem sabe até ficasse aliviado. Glórienn tinha plena convicção de não passar de um fardo para o Líder do Panteão. E daí que lhe buscasse vinho? Uma tarefa mundana, que qualquer um poderia realizar. Tauron a protegia dos demônios rubros e dos goblinoides. Em troca, nada havia que uma Deusa Menor pudesse fazer. Era fraca demais, inútil demais. Fora incapaz de proteger seus filhos. Agora a culpavam por permitir a chegada da Tormenta a Arton.

Sozinha na adega, Glórienn se perguntou se havia algo que fizesse certo. Caso desaparecesse da noite para o dia, alguém sentiria falta? Talvez o mundo fosse um lugar melhor se a Deusa dos Elfos nunca tivesse existido. Seus filhos nunca teriam perdido a guerra e Tauron não precisaria zelar pela deusa caída. Talvez, e só talvez, a existência de Glórienn fosse menos dádiva e mais maldição.

Porém, ela também se lembrava dos tempos de glória. Tempos idos, quando os elfos desbravavam o continente de Lamnor e suas riquezas. As estradas abertas por entre os ramos, respeitando a exuberância da floresta. Os troncos cobertos por casca grossa e convertidos em moradia. O metal trabalhado, forjado em lanças, espadas, escudos... ou no mais precioso ornamento para enfeitar o pescoço de uma dama.

Naqueles tempos de nostalgia, tudo era mais harmonioso, sutil e belo. A cidade de Lenórienn prosperava, um ponto de luz em meio às trevas. Um sinal de esperança para todo o continente. E teria continuado assim, não fossem as hordas dos goblinoides, com suas armas de guerra hediondas, pesadas, capazes de derrubar florestas e demolir muralhas. Se ao menos Glórienn pudesse se vingar... Esperava o dia em que Tauron a ajudaria a reaver seu lugar de direito entre os Deuses Maiores. Mas este dia parecia nunca chegar. Tauron não valorizava os verdadeiros dotes de Glórienn. Desprezava seu passado audaz e sua habilidade com o arco. Preferia submetê-la ao trabalho de uma serva comum. Servir vinho. Buscar mais na adega. Sair da sala quando um assunto relevante estava prestes a ser colocado em pauta.

Ao menos, na adega Glórienn podia ficar sozinha. A solidão era como uma presença obscura, que a acompanhava aonde quer que fosse. Nos momentos de isolamento, essa presença se expandia e a abraçava, confortando-a. Podia voltar a ser a Glórienn de sempre enquanto ninguém mais estivesse por perto. Permitir que sua mente divagasse, que relembrasse os bons tempos. Lamentar a falta de esperança.

Glórienn abriu a porta do local onde eram guardados os vinhos mais saborosos. Imediatamente, o alívio da solidão se dissipou. Em algum lugar, no canto mais escuro da câmara, algo se fez presente.

— Deusa dos Elfos, percebo que censuraram vossa presença na conversa dos Deuses Maiores.

Glórienn ergueu o queixo ao perceber quem lhe dirigia a palavra e decidiu ignorar. Prosseguiu até um dos enormes tonéis de vinho, abriu a válvula e deixou que o líquido escorresse para dentro de uma jarra.

— Muito observador — disse ela, enquanto trabalhava. — Veio aqui para tripudiar?

— Estão discorrendo sobre assuntos de considerável importância lá em cima.

Com o recipiente cheio, Glórienn esmurrou a válvula para que voltasse a se fechar. Tampou a jarra com uma rolha, segurou-a nas costas e estava pronta para o caminho de volta.

— Aposto como gostaríeis de saber o que estão dizendo a vosso respeito.

Glórienn voltou a abrir a porta, desta vez para sair.

— Posso mosstrar-voss, sse asssim quiserdess.

Glórienn estacou onde estava, ainda com a porta entreaberta.

A Deusa dos Elfos olhou para trás.

# I

# DAS VIRTUDES MUNDANAS

CAPÍTULO 1

# A CAPITAL DOS ESCRAVOS

NO TERCEIRO ANDAR DE UM PRÉDIO DE ALVENARIA, UMA elfa de olhos cintilantes pendurou um tapete na janela e bateu nele com uma vara. A nuvem de poeira que se ergueu foi logo dissipada e varrida para longe pelo vento costeiro. Mesmo àquela distância, era possível sentir a umidade no ar. Umidade doce, que inundava a atmosfera da cidade construída à beira do maior rio do mundo.

No andar inferior, um humano suado pendia, pendurado por cordas para fora da janela. Outro humano lhe alcançou uma peça de madeira. Ele a posicionou junto ao batente, tirou um prego da bolsa que trazia presa ao cinto e pôs-se a martelar. Logo a reforma estaria pronta.

Pouco abaixo, uma profusão de tendas se projetava para a rua. Presas ao prédio e às construções vizinhas, protegiam do sol os artigos expostos para venda. Tomates, alfaces e cebolas cultivadas na zona rural de Tapista dividiam espaço com seda tamuraniana, fumo halfling e especiarias advindas de regiões desconhecidas. Vigiados de perto pelos proprietários minotauros, servos humanos gritavam as ofertas para a rua, ao mesmo tempo para todos e para ninguém em especial. O repolho estava pela metade do preço. Um grimório antigo era novidade e oferecia propriedades mágicas. Comprando dois elixires de vida, o terceiro era grátis. Ampulhetas, botas, incenso. Escamas de dragão e chifres de unicórnio. Um talismã imbuído em magia sagrada dividia o balcão com um colar amaldiçoado. Procurando bem, qualquer item poderia ser encontrado no mercado de Tiberus. Poucos eram os minotauros que já haviam pisado em solo estrangeiro, porém, dia e noite o porto da cidade recebia navios vindos de terras longínquas. As velas no horizonte anunciavam a chegada de novas maravilhas.

Difícil era compreender as promoções, já que os servos dos mercadores falavam todos ao mesmo tempo. Competiam entre si pela atenção do grande público. Nas ruas perfeitamente retas, uma multidão de minotauros se desenhava, andando cada qual em uma direção, com um propósito, à sua própria velocidade. Circulavam por entre carroças e liteiras, fervilhando as veredas de pedra da capital. Os cidadãos mais humildes carregavam cestos e jarras. Os mais distintos trajavam togas longas e tinham as mãos vazias. Seu ouro e seus pergaminhos eram trazidos por elfos bem vestidos, que os seguiam alguns passos atrás. Havia ainda os guardas táuricos, de peitoral brilhante, espada curta e saiote de couro, que observavam o movimento, atentos a possíveis delitos. Por fim, esgueirando-se por entre minotauros com cuidado para não os tocar nem os incomodar, servos ordinários carregavam bacias, esfregavam calçadas, entregavam mensagens, uniam forças para transportar caixas pesadas e completavam todo tipo de tarefa.

Acima dos anúncios dos mercadores, erguiam-se as batidas da elfa no tapete e as marteladas do humano na janela, os cascos dos cavalos puxando as carroças, as demandas dos patrões, as ordens dos guardas. Um ferreiro feria o aço na bigorna, um açougueiro retalhava carne e osso no fio do cutelo, o vai e vem do serralheiro na madeira. Na esquina entre duas alamedas, água cristalina brotava da boca de uma estátua e alimentava um espelho d'água onde pássaros se banhavam e homens matavam a sede. Cada qual em seu ritmo, os sons se misturavam, resultando na melodia da civilização.

Tiberus era um lugar onde as culturas convergiam. Sob a tutela dos minotauros, todos eram bem-vindos, desde que soubessem cumprir seu papel na sociedade. Ali, inovações tecnológicas floresciam sob a sombra de estátuas centenárias. A arte da guerra e os modelos filosóficos eram estudados e debatidos com a mesma intensidade. Modernidades como água encanada eram uma realidade para todos, ricos e pobres. A maior cidade do mundo conhecido. A mais avançada. Uma joia de esperança em uma era de selvageria, o maior orgulho da raça táurica.

Construída sobre o alicerce da escravidão.

Império de Tauron, assim foi denominado o território dos minotauros. Fundado a partir do Reino de Tapista e sua capital Tiberus, expandiu-se para os reinos vizinhos por um exército bem treinado e disciplinado. O nome era uma homenagem ao Deus da Força, nada mais justo. Seu progresso era invejado pelo Reinado, uma grande coalizão de nações, mas com regentes ingênuos a ponto de condenarem o comércio escravagista. Porém, as leis desvaneciam nos territórios mais afastados e nas famílias mais abastadas. Assim, não raro um nobre estrangeiro era visto circulando pelo mercado de Tiberus em busca de novas aquisições para seu quadro de serviçais.

Em meio ao tumulto do mercado, uma liteira surgiu na alameda. Carregada por oito escravos, era grande o suficiente para transportar duas pessoas confortavelmente. Do topo pendia um tecido leve, que preservava a privacidade dos ocupantes e os protegia do sol, sem privá-los da brisa que circulava pela cidade e aliviava as altas temperaturas. A cor azul, estampada com um brasão de águia prateada, indicava a presença de um nobre de terras distantes.

Os liteireiros avançaram, seus passos pesando sobre o pavimento com a agilidade conquistada em anos de servidão. Obrigando os transeuntes a desviarem do caminho da liteira, percorreram a rua do comércio. Pequenas tendas e o comércio de quinquilharias não lhes interessavam. Seguiam em direção ao mercado principal, onde os grandes negócios aconteciam. O liteireiro mais velho, um humano que ia à frente, liderava o séquito. Mão sobre o porrete, gritava com os desavisados que se demorassem a abrir passagem. Sob seu comando, viraram à direita e à esquerda, cruzaram uma ponte sobre um canal, desceram por um túnel e reencontraram a luz do dia do outro lado.

O avanço se tornou mais difícil à medida que se aproximaram do coração comercial de Tiberus. Ali, as ruas convergiam para um portal de grandes proporções. Apoiado sobre dois pilares cilíndricos, um frontispício triangular exibia a inscrição: "Fórum". Duas estátuas de mármore vigiavam a entrada. De um lado, a figura de Tauron atingia os quatro metros de altura. Imponente, o Deus Maior da Força era representado em trajes marciais, com o machado de guerra pronto para o combate e os chifres se projetando para fora do elmo. Do outro lado, uma estátua mais baixa exibia um homem gordo, com papadas de fartura. Em uma das mãos, segurava uma taça de vinho. Na outra, um pote de ouro. Tibar, o Deus Menor do Comércio.

O portal dava para um vasto quadrante a céu aberto, abarrotado com ainda mais tendas, liteiras e gente bem vestida. A praça principal era cercada dos quatro lados por construções com engenharia peculiar. Prédios de dois a quatro andares, mais largos do que altos, miravam suas janelinhas para o centro comercial. Separavam-se uns dos outros por rampas igualmente largas, o suficiente para permitirem que carroças atingissem os inúmeros terraços, onde mais tendas brigavam pelo espaço há muito saturado.

Escadas e mais escadas ofereciam acessos alternativos aos terraços. Lá de cima era possível descer para os prédios abaixo, cruzar uma ponte até o topo de outro prédio, ou adentrar as construções mais altas e mais distantes. Podia-se, ainda, descer para os becos que se formavam entre um edifício e outro, embrenhar-se em uma passagem subterrânea e chegar mais rápido a certas zonas da cidade. A profusão de túneis, escadas, atalhos e plataformas que os minotauros chamavam de lar era um verdadeiro labirinto aos olhos dos forasteiros. Contudo, encontravam o motivo de sua jornada tão logo adentravam o Mercado Central, sob os olhares vigilantes de Tauron e de Tibar.

Em um tablado de madeira, bem no centro da praça, mercadorias eram expostas para leilão. Mercadorias que andavam, mas sem decidir por onde. Que falavam, mas cujas vozes não eram ouvidas. Quando a liteira chegou, trazendo consigo a cor azul e a águia prateada, o leiloeiro instigava nobres da multidão a darem lances mais elevados por um lote de humanos próprios para o trabalho braçal.

— Todos os seis possuem ótima estrutura óssea e musculatura resistente. Servirão bem em qualquer lavoura. Eu ouvi duzentos e oitenta tibares?

Alguns fregueses repararam no símbolo da águia surgir na praça, exótico, mas logo retornaram a seus afazeres: arrematar uma compra ou levar para casa seus produtos recém-adquiridos. Ao fundo, uma fila de escravos aguardava para subir ao tablado. Exibiam a pele torrada pelo sol, as barbas compridas demais, os cabelos emaranhados, os trajes rasgados e imundos. Pesadas correntes de ferro lhes limitavam os movimentos, mas talvez nem fossem necessárias. A fome e a exaustão eram suficientes para esmigalhar qualquer intenção de fuga.

Mais atrás, criaturas exóticas também esperavam a sua vez. Algumas eram seres bestiais que assustavam os transeuntes, como o réptil enorme que se sustentava sobre duas patas e mordia as grades enfeitiçadas da jaula. No passado, havia sido um velociraptor, fera pré-histórica originária da ilha de Galrasia. Uma criatura tão temível quanto admirável, remanescente de eras ancestrais. Porém, os dentes retorcidos e a couraça rubra que recobria seu dorso comprovavam: a fera havia sido tocada pela Tormenta. O mal irreversível que ameaçava destruir o mundo a havia transformado de um ser prodigioso em um demônio repulsivo. Continuava tendo utilidade, no entanto, para os senhores que desejassem exercer sua crueldade contra inimigos jurados de morte.

Outras das criaturas expostas eram inteligentes, como a fada com asas de borboleta que se espremia contra o fundo de sua pequena gaiola. Estas sofriam mais, por compreender o que lhes acontecia e o que viria a seguir. Ao redor, a multidão alucinada observava com interesse e calculava valores. Mas o que mais os interessava eram as gaiolas cobertas, cujo conteúdo permaneceria em segredo até a hora do leilão. Olhares compridos buscavam espiar seu conteúdo bem guardado, sem sucesso.

A liteira evitou a área mais tumultuada. Contornou pelas beiradas e parou frente a um dos prédios que rodeava a praça, cuja porta verde destoava da fachada cor de palha. Os liteireiros pousaram-na com suavidade e se mantiveram em posição, enquanto o líder trocava uma palavra com dois vigias que mantinham guarda diante da entrada. Ele então retornou à liteira, abriu a cortina e fez uma mesura.

Duas figuras extravagantes se projetaram para fora. O primeiro era um homem. Humano, porém livre. Estava coberto por um manto azul, bordado com fios de prata, tão luxuoso quanto inadequado para o clima quente da região. Seus olhos e cabelos eram do mesmo tom de castanho, e o rosto estava coberto por fina camada de um composto à base de cal, para maquiar a pele beijada pelo sol. Pousou uma mão enluvada na empunhadura da espada que trazia à cintura e ofereceu a outra mão para a dama que o acompanhava.

A mulher não era humana, tampouco elfa. Quando saiu para o sol, arrancou um pulo de espanto de quem estava por perto. Charmosa, jogou uma mecha de cabelo para trás. Porém, os cabelos revoltos escorreram novamente. E chiaram. E serpentearam. Porque era uma medusa, e, no lugar de cabelos, víboras brotavam de sua cabeça, emoldurando-lhe o rosto e o olhar cor de âmbar. Ela sorriu para o humano e entrelaçou o braço no dele. Trajava um vestido comprido e reto, com um laço bufante nas costas e uma cauda que arrastava no chão. Pedrarias na cintura ornavam com o diadema que usava na altura da testa.

O casal foi recebido por um criado humano que os guiou pelos extensos corredores do prédio e escada acima, até uma saleta decorada com cortinas leves que pendiam do teto. Sentado em uma grande almofada, um minotauro comparava tabelas de preços com a contagem de tibares de ouro, interrompendo-se de quando em quando para fazer anotações em pergaminhos ou para olhar por uma janela estreita que dava para a praça central. Tinha a pelagem castanha, com uma mancha branca na testa, e segurava a pena com uma mão cheia de anéis de ouro, prata e pedras preciosas.

— Apresento-lhes Porcius Caecus, o mais notável negociante de escravos de toda Tiberus.

Porcius ergueu o olhar para o arauto.

— Este é Christian Pryde, emissário de Adhurian, e sua esposa livre, Verônica.

O mercador abriu um sorriso, revelando um dente de ouro. Recolheu as moedas espalhadas para dentro de um jarro e fez sinal para que os dois se acomodassem. Christian se espalhou em uma das grandes almofadas do outro lado da mesa de centro. Verônica se sentou de ladinho, com a delicadeza de uma dama que não deseja revelar os tornozelos.

— Sejam bem-vindos a meu humilde estabelecimento! — Apesar de se dirigir aos clientes no plural, o mercador olhava apenas para Christian. Não era de bom tom na sociedade táurica encarar uma esposa livre que pertencesse a outro. — É a primeira vez que tenho a honra de receber representantes de Adhurian. A que devo tal prazer?

— Obrigado, meu amigo. O prazer é meu — disse Christian. — Há anos ouço falar do grande Porcius Caecus. Alguns de seus produtos chegaram até nós, do outro lado do continente. Mas apenas as mercadorias mais básicas fazem um trajeto tão longo e meu conde deseja algo especial.

A conversa foi interrompida pelo criado, que retornou trazendo três cálices, onde serviu vinho para Porcius, Christian e Verônica.

— Ah, sim, sim — o mercador acenou com a cabeça, deu um gole no próprio cálice e pousou-o na mesa. — Muito difícil exportar para aquela região. Território do Reinado. O trajeto é longo, perigoso e repleto de fiscalização. Tenho alguns parceiros comerciais, mas eles temem que as mercadorias mais valiosas sejam apreendidas, então acabam se atendo a trabalhadores braçais e concubinas comuns. Agora, se querem opções mais refinadas, vieram ao lugar certo.

— Será que teremos problemas ao levar nossa aquisição para casa? — perguntou Verônica, enquanto balançava levemente o cálice entre os dedos para sentir a espessura do vinho.

Porcius olhou para Verônica como se a visse pela primeira vez. Ficou calado por um instante, e então se virou para Christian ao responder:

— Não terão problemas. Vejam como são as coisas: o Reinado proíbe o comércio de escravos, mas não proíbe o porte. Dá para entender? Clientes como vocês são comuns por aqui. Enfrentam uma longa jornada através do continente, tendo que desviar tanto de bandidinhos de estrada quanto de zonas de batalha de exércitos, só para contornar uma lei obsoleta.

— E para deixar nossos tibares no império — completou Christian.

Porcius Caecus primeiro arregalou os olhos, depois se permitiu uma gargalhada, enquanto segurava a farta barriga.

— Sim, sim. Porcius Caecus não reclama de receber o ouro do Reinado — falou de si mesmo na terceira pessoa, enquanto gesticulava com os dedos cheios de anéis. — Mas não pense que isso é bom para os negócios. Não, não. Pagarei meus impostos como bom cidadão que sou, assim que puder exportar para o Reinado.

— Espera exportar em breve?

— Mas é claro! Deve haver uma mudança na lei assim que a guerra terminar.

Christian e Verônica trocaram um rápido olhar. Apesar da abastança de certas famílias privilegiadas, com terras longe dos campos de batalha e cofres cheios o bastante para gastar em escravos, a situação no Reinado estava longe de ser confortável. Nos últimos anos, consecutivas guerras haviam sangrado o continente. O próprio Império de Tauron havia sido formado a partir da dissidência do reino de Tapista. Tapista poderia ser acusado de traição, mas jamais de ineficiência. Em pouco tempo, um tratado de paz já havia sido assinado, com o objetivo de restabelecer o equilíbrio e a ordem no mundo.

Paz, equilíbrio, ordem. Conceitos desconhecidos para um artoniano.

Não demorou para que ocorresse mais uma insurreição. Há anos uma dissidência vinha crescendo no interior de Yuden, a nação mais belicosa do Reinado. Liderados por seu General Máximo, os Puristas pregavam a superioridade dos humanos em relação às demais raças. O início da guerra foi inevitável. Mais inevitável ainda foi o escalonamento. Mais de vinte países faziam parte do Reinado, cada qual com suas tradições. As diferenças étnicas, culturais e religiosas atiçaram o fogo da discórdia e despertaram antigas rixas, e logo a guerra havia tomado proporções mundiais. A calmaria ilusória deu lugar a um conflito sangrento, há séculos adiado. Era a esta guerra que Porcius Caecus se referia.

— Em nosso trajeto até aqui, tivemos a oportunidade de sobrevoar alguns campos de batalha — disse Christian. — Eu não diria que a guerra está próxima de terminar.

— É mesmo? Vocês vieram voando?

— Viemos com Vectora — respondeu Verônica.

— A cidade voadora? — o negociante olhou diretamente para a medusa. — Ora, ora! Vejo que não estão exagerando quando dizem buscar por algo especial. Contam com um patrono generoso.

Christian ergueu o cálice para Porcius Caecus, em cumprimento.

— Trarei o que tenho de melhor, e assim poderemos manter uma longa amizade — ele sorriu com o dente de ouro. — O Império de Tauron vai interferir nesse conflito arrastado de vocês e ensinar como é que se termina uma guerra. Depois, tudo ficará bem.

Christian e Verônica se entreolharam de novo.

— O Império de Tauron vai interferir? — Christian repetiu lentamente, como se ousasse falar em voz alta um segredo.

A risada fácil no rosto bovino de Porcius Caecus deu lugar a um sorriso ardiloso quando percebeu o ineditismo da informação. Seus olhos brilharam e ele abaixou o tom de voz.

— Aurakas está fora da cidade. O Imperator visita as províncias para fazer conferência do exército. Todos anseiam por seu retorno. Assim que retornar, será dada a ordem.

— Mas qual dos lados ele vai apoiar? O Reinado ou os Puristas?

— Há! — o mercador deu uma única gargalhada e bateu com a mão na mesa. — Apoiar um Reinado decadente liderado por uma mulher, ou fanáticos que colocam os humanos acima de tudo? Só vamos descobrir quando o próprio Aurakas anunciar. Uma coisa é certa: o lado que o Império de Tauron apoiar sairá vencedor nessa guerra. Se Tauron quiser, será o lado Purista.

Christian tossiu para dentro do cálice. Verônica deixou o queixo pender.

— O lado Purista? — disse ela. — Mas... enquanto os minotauros escravizam as raças consideradas mais fracas, os Puristas as *matam*. Você sabe disso, não sabe?

— Quero ver esses Puristas questionarem seu salvador, Aurakas! — O mercador tomou um gole do vinho e deu um sorriso amplo e tranquilo, permitindo-se contemplar as serpentes que escorriam do couro cabeludo da medusa. — Não se preocupe com esses detalhes, minha senhora. Apenas serão escravizados aqueles que ainda não tiverem quem os proteja, e a senhora já tem o seu marido.

Christian deu um vigoroso tapa nas ancas de Verônica, que fez respingar o vinho que ela segurava.

— É isso mesmo — disse ele, completando com uma vigorosa gargalhada que contagiou também o mercador. — Seu marido está aqui para protegê-la, então não tema.

Ela segurou o cálice com as duas mãos, seu rosto vermelho. Manteve o queixo erguido e a boca fechada. Respirou fundo para controlar qualquer emoção indesejada, enquanto permitia a seu marido um momento de vanglória. O criado retornou com a jarra de vinho, e Verônica aproveitou para dar duas goladas antes de erguer o cálice para que ele a servisse.

— Como já tivemos o trabalho de vir até aqui, seria bom fazer logo a compra. Não temos como esperar até o comércio se estender — disse a medusa.

— Claro, claro — respondeu o comerciante. — Eu jamais sugeriria voltar para seu conde de mãos abanando. Até porque os preços aqui sempre serão mais atrativos. Não há lugar melhor para comprar escravos do que em Tapista!

— Não ligue para minha esposa, o conhecimento dela sobre comércio é um tanto limitado — Christian deu uma piscada para Verônica.

— Melhor assim. Se quer um conselho, não tente ensiná-la, é uma perda de tempo — o mercador deu de mão e folheou alguns papéis. — Agora, diga-me, o que seu conde solicita de tão especial?

— Uma elfa — Christian respondeu sem pestanejar. — Uma bonita.

— Todas as elfas são bonitas, meu caro. É por isso que são mais valiosas. Se for bem tratada, ela lhe oferecerá beleza e juventude eternas. Uma elfa se torna herança de família por gerações.

O sorriso de Christian ficou paralisado. Verônica pôs a mão em seu ombro, para incentivá-lo.

— Meu conde está disposto a pagar um valor justo — as palavras dele saíram secas.

— Certo, certo. — Porcius continuou a folhear documentos, como quem busca recordar quais as opções para o cliente. — Alguma preferência? Cor de cabelo, habilidades artísticas, tamanho dos...

— Loira. Olhos verdes. As orientações do meu conde são bem precisas. Se ela souber oratória e pedagogia, melhor ainda.

— Pedag... o quê? — o mercador reuniu todos os papéis e os pôs de lado na mesa e a expressão amigável desapareceu de sua face. — Você busca por uma elfa específica.

Christian e Verônica se entreolharam, desta vez sem disfarçar. O mercador prosseguiu:

— Procuram por Gwen, não é mesmo? A clériga de Tanna-Toh. Deveriam ter me avisado com antecedência, eu a teria reservado para vocês — Porcius guardou seus documentos e fez um sinal para o criado.

— Gwen já foi vendida? — Christian apoiou o cotovelo e inclinou o corpo sobre a mesa, deixando de lado qualquer fingimento.

Porcius Caecus respirou fundo e apontou para a janela. Lá fora, o burburinho da multidão se transformou em uma salva de palmas quando um grupo de quatro humanas maltrapilhas foi arrematado por 1.560 tibares de ouro. Em seguida, o alvoroço se acalmou, dando lugar à inquietação silenciosa que precede a apresentação da próxima mercadoria.

— Sua amiga é a próxima no leilão — informou ele. — Mas vocês só podem participar se já tiverem se registrado como compradores.

O criado recolheu os cálices, dissimulou um sorriso e indicou para os dois a escada que levava à saída.

— Se me permitem — disse o negociante — tenho que atender outro cliente.

Christian e Verônica já estavam de pé. Sem se despedir, dispararam escada abaixo. O mercador não se abalou, apenas espiou pela janela. Lá fora, alguém destrancava a porta de uma gaiola, permitindo a saída de uma elfa. Os olhos de esmeralda contemplaram a multidão alvoroçada. Seu pescoço comprido sustentava uma argola de ferro, de onde pendia a pesada corrente dos que perderam a liberdade.

— Avise os guardas.

O servo fez uma mesura ao minotauro e desceu as escadas também.

## CAPÍTULO 2

# COMÉRCIO DE GENTE

AS GRADES ERAM DE METAL, SUJAS DE POEIRA E DE SANGUE. Por cima, uma cobertura de lona para ocultar o conteúdo. A dobradiça rangeu ao ser aberta por um minotauro que portava um chicote enrolado, preso ao cinto. Obediente, Gwen evitou tocar na imundície ao passar pela abertura. Pisou para fora da gaiola com os pés descalços e permitiu que a claridade ofuscasse seus olhos.

Dezenas de pescoços se esticaram, projetando os focinhos bovinos em direção à elfa. Queriam vê-la. Atrás deles, mais algumas centenas de chifres sugeriam a multidão que aguardava para conhecer a próxima mercadoria. O minotauro com chicote fechou a grade às costas de Gwen e trancou com um cadeado. Agarrou então a corrente de ferro que pendia da coleira da elfa e abriu caminho pela multidão. Com o puxão no pescoço, ela não teve alternativa a não ser segui-lo. Porém, avançou devagar, já que seus pés também estavam ligados um ao outro por uma corrente, assim como os pulsos.

O vestido branco sem mangas refletiu a luz do sol e obrigou os minotauros mais próximos a franzirem as sobrancelhas ou taparem os olhos com as mãos. A alvura imaculada contrastava com a ferrugem dos grilhões, assim como a leveza de seus passos destoava do peso do ferro grosseiro. Sentindo centenas de olhos sobre si, Gwen arrastou as correntes pela multidão e escada acima, até o tablado onde o leilão acontecia.

Não apenas de minotauros era formada a turba de compradores. Muitos dos senhores eram acompanhados por seus servos de confiança. Os mais abastados possuíam anciões elfos para lidar com a contabilidade. Os nobres mais modestos dispunham de humanos para esta função. Todos eram escoltados por guarda-costas, fossem eles escravos humanos ou até mesmo trabalhadores livres minotauros. E havia os estrangeiros. Poucos, mas facilmente reconhecíveis. Bem no meio da multidão, um humanoide com cabeça de crocodilo segurava embaixo do braço a gaiola onde descansava sua mais recente aquisição, a fada com asas de borboleta. A um canto, uma tenda fechada por todos os lados servia de camarote para um casal de fintrolls, seres do subterrâneo cuja pele azulada era pouco acostumada à exposição solar. Pontilhando a multidão, alguns humanos bem-vestidos exibiam olheiras de cansaço pela longa jornada até ali. Todos os presentes se esticavam para enxergar a pérola élfica colocada diante de seus olhos.

Com uma única exceção.

Assim como seus concidadãos, Appius Aurelius Lomatubarius também estava acompanhado. À sua esquerda, Petronius trajava uma armadura semelhante à do exército táurico, com saiote de couro, sandálias amarradas no tornozelo e elmo com aberturas para os chifres. Na cintura, trazia embainhado seu gládio, a inconfundível espada curta que apenas um ex-legionário poderia possuir. Tudo muito simples e funcional, mas ungido com o orgulho de um verdadeiro cidadão do Império de Tauron. O único ornamento era o manto coral usado sobre os ombros, que o destacava como chefe da guarda particular da família Aurelius Lomatubarius.

À direita de Appius estava Julian. O escravo vestia uma túnica curta de algodão simples, além de calças, botas e uma capa que lhe conferia aspecto solene. Trazia um saco de moedas preso ao cinto. Os cabelos castanhos e revoltos deixavam aparecer as orelhas pontudas. Olhos destreinados o confundiriam com um elfo puro. Porém, um elfo de verdade perceberia de imediato a ausência de magia em seu olhar amendoado. A vulgaridade de seu corpo robusto. A desarmonia em seus movimentos abruptos. A ascendência humana transparecia em cada suspiro de Julian, perceptível apenas àqueles que soubessem onde procurar.

— É essa a elfa de quem lhe falei — disse o meio-elfo ao seu senhor.

Appius tinha o guarda-costas e tinha o assistente. Faltava-lhe, no entanto, o desejo de realizar uma compra. De todos os presentes, era o único que não esticava o pescoço, engrossando a multidão que se espremia junto ao palanque para apreciar a mercadoria. Seus cornos ainda estavam crescendo e, como muitos minotauros jovens, não demonstrava grande interesse pelas tarefas da vida adulta. Sua pelagem era negra, coberta por uma toga clara que descia até os pés, sobreposta por um manto coral. Nos dedos, apenas um anel com o símbolo da família, um pomo envolto em espinhos. Mantinha-se à distância, os braços cruzados e as costas escoradas na fachada de um prédio qualquer. Pensava longe, quando o comentário de Julian o trouxe de volta.

— É uma clériga de Tanna-Toh — prosseguiu o meio-elfo. — A melhor escolha se quiser levar uma professora de verdade para os seus irmãos.

Appius suspirou. Afastou-se da parede e olhou com desdém para a elfa sobre o palanque. O minotauro que portava o chicote sacou um molho de chaves do cinto, enfiou uma delas no cadeado que prendia os pulsos da prisioneira e abriu-o. As manilhas caíram com estrondo em cima da corrente emaranhada. Sob as algemas, a pele revelou-se esfolada e enrubescida.

— Temos aqui hoje um produto de assombrosa raridade! — disse o leiloeiro, um minotauro sorridente atrás de um púlpito de madeira. A multidão respondeu com olhares brilhantes de entusiasmo. — Apresento-lhes, meus senhores, uma elfa que se dedicou a vida inteira ao dom do conhecimento. Altamente instruída, ela está pronta para desempenhar as mais variadas funções intelectuais, desde escriba até preceptora. Uma serva dócil, confiável, que jamais lhe faltará com a verdade. Lances a partir de 10 mil tibares.

A euforia da plateia se transformou em espanto à medida que as mentes processaram a informação de valor. Em meio a cenhos franzidos, uma voz se ergueu na multidão:

— Ela não vale tudo isso! Dou no máximo dois mil tibares porque é uma elfa.

Outras vozes seguiram, concordando com o primeiro e ofendendo o leiloeiro. Este sorriu, permitiu que o murmurinho se arrastasse por um momento e então fez sinal para acalmar a indignação. Quando houve silêncio, ergueu um dedo em riste e voltou a falar:

— Nobres cavalheiros, parece que não deixei claro o detalhe mais essencial. Esta que se apresenta diante de vocês é uma discípula de Tanna-Toh. Mais que isso! É uma devota abençoada, uma favorita da Deusa do Conhecimento. É capaz dos mais maravilhosos milagres, desde extrair a verdade absoluta de um indivíduo até curar os mais terríveis ferimentos com apenas um toque de magia.

Uma exclamação de fascínio percorreu a multidão.

— Ela fará tudo o que seu afortunado amo pedir, é uma escrava obediente. E sua cura é poderosa, capaz de abrandar a dor e fazer pobres moribundos se erguerem do leito. Uma verdadeira clériga!

Outra exclamação. Admirado, um dos minotauros se virou para a própria elfa:

— É verdade?

Com olhar triste, Gwen meneou a cabeça, indicando que sim.

— E o que raios uma clériga de Tanna-Toh faz aqui? — indagou outro.

Tomada de surpresa pela pergunta, a elfa arregalou os olhos. Respirou fundo, respondeu baixinho.

— Entreguei-me por livre e espontânea vontade, com o intuito de derrubar o regime escravagista tapistano de dentro para fora.

Primeiro a plateia apenas a encarou, tentando compreender sobre o que falava. De repente, uma gargalhada generalizada contagiou a todos os que estavam próximos o suficiente para escutá-la.

— Não dá para dizer que ela não tem senso de humor! — Um dos compradores bateu no ombro do amigo e riam juntos.

O leiloeiro deu um sorriso amarelo e insistiu:

— Uma companhia agradável para aqueles que se entretêm conversando com suas mulheres! Quem irá levá-la para casa hoje? Eu ouvi dez mil tibares?

Longe da efervescência, Appius mantinha o olhar em Gwen enquanto falava com Julian.

— Uma boa professora, você disse?

— Sim, mestre. Para ensinar aritmética, filosofia e oratória. Clérigas de Tanna-Toh são as melhores educadoras.

— Meu pai ficará contente com ela?

— Certamente — respondeu o meio-elfo.

A alguns metros deles, um minotauro ergueu uma plaqueta alaranjada que exibia um número em caracteres táuricos.

— Obrigado, meu lorde — o leiloeiro cumprimentou-o. — Temos um lance de dez mil tibares. Quem dá mais?

— Onze mil tibares! — gritou um cidadão que estava bem próximo ao palanque, erguendo sua própria plaqueta laranja.

— Onze mil e cem! — bradou outro.

— Doze mil — disse Appius, erguendo a plaqueta que lhe fora entregue antes do leilão começar.

Uma profusão de vozes se seguiu em desordem. Os compradores buscavam aumentar os lances pouco a pouco, mas o leilão decorria mais rápido do que alguns conseguiriam acompanhar. Isso fez com que lances saíssem atrasados, quando alguém já havia oferecido valor maior. De início o leiloeiro pareceu confuso, ao dar-se conta de que havia sido demasiadamente modesto ao definir o lance inicial. Contudo, logo relaxou o rosto em um sorriso tranquilo e permitiu que a multidão disputasse a mercadoria no grito.

O leilão seguia animado quando Christian e Verônica saíram pela porta da frente de Porcius Caecus. O liteireiro-chefe ensaiou uma mesura, mas os dois passaram correndo por ele como se fosse invisível. Christian seguiu adiante sem se desviar. Verônica, por outro lado, olhou para trás e arremessou para o servo um pequeno saco de couro, de onde tilintou o som metálico do dinheiro.

— Já pode ir embora — disse a medusa antes de dar-lhe as costas. Tentou acompanhar Christian na corrida, mas o vestido longo a atrapalhava.

O liteireiro espiou as moedas dentro do saco, olhou em volta para certificar-se de que ninguém prestava atenção nele e, desconfiado, deu uma ordem aos demais. Saíram dali o mais rápido possível, tendo recebido pelos trabalhos prestados no dia.

— Quinze mil! — gritou Christian para o leiloeiro — *Dezesseis!* — Tentou se infiltrar na multidão em polvorosa, mas o avanço era lento e mal se podiam ouvir seus gritos.

Posicionados em pontos estratégicos, os guardas da cidade tinham vista privilegiada para tudo o que acontecia por ali. Até aquele momento, era um dia normal no mercado de Tiberus. No entanto, o aviso do servo de Porcius Caecus colocou-os em estado de alerta. Seus olhares astutos varreram a praça, buscando por atitudes suspeitas, e deitaram--se sobre Christian.

— Precisa protocolar sua participação antes de dar lances, forasteiro — disse um minotauro a Christian.

— O quê?

— Ali.

Afastada do tumulto, uma fila se formava diante de uma tenda. Cidadãos entregavam suas credenciais e recebiam cada qual uma plaqueta identificadora.

— Verônica, faça nosso cadastro! — Christian atirou nas mãos dela a pequena bolsa onde trazia o selo de Adhurian.

— Eu? — ela agarrou a bolsa no ar. — Sou mulher, eles não vão me escutar!

— Verônica, Gwen vai ser *vendida!* Dá seu jeito, faça com que a escutem! — Então se virou para o leiloeiro: — Dezenove mil tibares!

Verônica praguejou e se desvencilhou do aglomerado, rumo à tenda de inscrição.

— Vinte e um! — Gritou Appius, contagiado pela energia do leilão.

Uma vez reduzido o tumulto inicial, um comprador que até então estava em silêncio decidiu se manifestar. Seu nome era Cassius Titanus. Jovem e com a pelagem completamente branca, destacava-se em meio a seus compatriotas de maioria castanha. Sua nobreza e distinção também estavam acima dos demais, como demonstrado pela coroa de louros dourados que adornava o escudo branco de sua família. Vinha acompanhado por dois servos. De um lado, um elfo calvo, que já se encurvava sob o peso dos livros e da idade. Do outro, um homem de queixo quadrado e torso maciço, vestido apenas com uma tanga, luvas de couro e um cinturão de cobre. Um campeão das arenas, ali para garantir que nenhum desafeto de Cassius o encontraria desprevenido. O elfo, por sua vez, sussurrava ao fidalgo os melhores conselhos para a tomada de decisões.

Quando Cassius Titanus inalou o ar para se pronunciar, todos se calaram. Com a voz grave, mas nem por isso menos nítida, deu um lance para aumentar tanto as cifras quanto a seriedade da negociação.

— Sessenta mil tibares — disse ele, erguendo sua própria plaqueta.

O silêncio se prolongou, enquanto os demais reavaliavam o interesse em se manter na disputa.

— Não sabia que Cassius vinha pessoalmente aos leilões. Não o havia visto ali — Appius deu alguns passos para o lado, a fim de enxergar melhor os nobres que haviam escolhido um lugar próximo ao palanque.

— Ele só vem pessoalmente em ocasiões extraordinárias — Julian o acompanhou falando baixo, para que apenas o amo o escutasse. Petronius seguiu-os mais atrás, atento aos arredores.

— Para o uso que queremos dar a ela, acho que já não vale mais a pena — Appius coçou o broto de chifre, pensativo.

— Tem razão, mestre — concordou Julian.

— Talvez uma devota que não possua o dom da cura nos seja mais adequada. A queremos só como professora, não é mesmo?

— Sim, mestre.

— Acho que podemos conseguir uma barganha melhor no próximo leilão. Meu pai não vai gostar de saber que gastei tanto dinheiro.

— Sim. Mas talvez gostasse de saber que venceu Cassius Titanus.

Appius se calou.

— Sessenta e cinco mil! — Christian aproveitou o silêncio para fazer-se ouvir. As cabeças se viraram para ele.

— Temos sessenta e cinco mil para o estrangeiro lá do fundo — falou o leiloeiro. — Alguém dá setenta?

— Ele não participa do leilão — disse ninguém em especial.

— Participo, sim! — Christian retrucou.

— Poderia confirmar o número de sua plaqueta, senhor? — Perguntou o leiloeiro.

— Claro que sim! — disse Christian. — Vinte e nove. É esse o número.

O leiloeiro deu um olhar significativo para um guarda que estava próximo a Christian. O guarda caminhou em direção ao humano.

— Não posso comprar a elfa só por capricho — disse Appius a Julian. — Se a compra for um mau negócio, trarei vergonha para a família em vez de orgulho.

— Então não compre apenas por capricho — os olhos do meio-elfo emitiram um lampejo sobrenatural. Talvez fosse um resquício da magia de seus antepassados, talvez não passasse do brilho da esperteza. — O Imperator está retornando a Tiberus. Ele irá anunciar a entrada do Império na guerra. Porém, de qual lado? Tenho certeza de que irá honrar as famílias mais distintas com uma audiência antes do anúncio oficial, e todos irão até ele com presentes generosos, para convencê-lo a tomar a decisão certa. — Julian virou-se diretamente para seu amo, que ouvia com hesitação. — Dê a Aurakas o melhor de todos os presentes.

Julian indicou a elfa sobre o tablado. Appius arquejou duas vezes e deu seu lance:

— Setenta mil tibares.

Ao dizer isso, esforçou-se para não se encolher quando Cassius Titanus lançou seu olhar gélido sobre ele. A diferença de idade entre os dois não era grande. Ainda assim, Appius era um mero garoto cujos cornos ainda não haviam crescido, enquanto Cassius possuía longas e vaidosas galhadas. Apesar de jovem, já ocupava o cargo de senador. Não havia honra maior para um cidadão de Tapista, exceto poder servir a seu povo como Imperator, comandante supremo das legiões. O que para muitos não passava de um sonho distante, para Cassius era o próximo passo natural em sua ainda curta, porém já gloriosa, carreira política. Se dependesse da parcela mais conservadora dos nobres da cidade, isso aconteceria muito em breve. Havia quem julgasse Aurakas tolerante demais.

Poucos estavam dispostos a desafiar Cassius Titanus, e Appius certamente não estava entre eles. Teria se calado, não fosse a busca por aprovação por parte de seu pai, aliada ao interesse deste em agradar Aurakas.

— Setenta e cinco — rebateu Cassius Titanus, sem desviar o olhar de Appius.

— Oitenta — Appius voltou a desafiá-lo, mas sem coragem de encará-lo. Falava para o leiloeiro.

Atendente e clientes interromperam o que faziam para assistir à disputa, e a fila à frente de Verônica parou de andar.

— Vamos logo, não tenho o dia todo! — esbravejou a medusa.

Enquanto isso, Christian percebeu a aproximação cautelosa do guarda e voltou a se entranhar na multidão, enquanto gritava:

— Oitenta e cinco! — mas ninguém lhe dava ouvidos.

Por um instante que pareceu uma eternidade, Cassius manteve seu olhar pesando sobre o jovem Appius. Este, por sua vez, fingia não ver o adversário. A tensão era quase palpável. Os lances pararam de subir, apesar de estar claro que Cassius não havia se dado por vencido. Após aguardar por tempo suficiente, o leiloeiro decidiu dar a cartada final para inflamar a disputa de uma vez por todas.

— Ora, ora... — ele juntou as palmas das mãos e saiu de trás do púlpito, aproximando-se de Gwen. — Devo lembrar aos cavalheiros que se trata de uma elfa pura. Sangue mágico corre em suas veias. A juventude eterna beija sua pele. Ela valerá cada tibar aqui investido.

Dizendo isso, parou atrás de Gwen. Desfez um laço nas costas do vestido e o puxou para baixo. Com um único movimento, o tecido deslizou pela pele macia e caiu ao redor dos pés descalços, revelando para a ávida plateia o corpo esbelto da elfa.

— *Desgraçado!* — Christian sacou a espada.

Ao contrário das vestes cheias de pompa e floreios, a arma era simples, de metal cinzento. Nenhuma joia ornamentava a empunhadura, nada de inscrições rúnicas ou óleos alquímicos na lâmina. Ainda assim, uma arma afiada, forjada por um ferreiro competente em aço de boa qualidade, mais apreciada por sua utilidade prática do que por aspectos estéticos.

O som metálico da lâmina abandonando a bainha soou como um alarme para os frequentadores do leilão. Aqueles que estavam próximos se afastaram imediatamente, os olhos arregalados. Um vazio circular se abriu ao redor de Christian. Ele deu um passo adiante e a massa abriu passagem. Os mais desatentos se sobressaltaram ao olhar para trás e se depararem com o guerreiro que avançava, pura cólera e indignação. Correram para os lados tão breve possível.

Um grupo de vinte soldados patrulhava a praça. Divididos em grupos, alguns montavam guarda próximo às saídas do mercado, enquanto outros faziam rondas, misturando-se aos transeuntes. O capitão supervisionava de um degrau que lhe dava vista privilegiada e agiu de imediato. Emitiu um silvo de seu apito, que se elevou acima do clamor de assombro do público civil e colocou seus comandados em alerta. Mais um silvo e os soldados se puseram em movimento. De forma ágil e sincronizada, marcharam por entre o tumulto, rumo à fonte de transtorno.

Vendo isso, Verônica bateu na testa. Bufou. Levantou a barra do vestido e, com um puxão, abriu um rasgo na costura. Continuou abrindo o tecido para os lados, aumentando o comprimento do rasgo, até formar uma fenda que lhe subia até a coxa.

— Bem melhor assim — falou consigo mesma, abrindo e fechando as pernas para conferir a liberdade de movimentos. Então sacou a adaga que trazia em uma bainha presa à coxa e se dirigiu ao início da fila.

Próximo ao palanque, o pugilista que fazia a segurança de Cassius Titanus o notificou sobre o perigo. O senador lançou um olhar despreocupado para o humano que iniciava uma confusão no canto distante da praça. Então se virou para o leiloeiro:

— Cem mil tibares.

Dizendo isso, retirou-se. Seguido pelo elfo de confiança, saiu pela lateral do tablado, caminho indicado pelo guarda-costas.

— Dou-lhe uma! — gritou o leiloeiro.

— Quanto ele disse? — perguntou Appius, escondido atrás de Petronius.

Um empurra-empurra se instaurou ao redor deles quando o público se deu conta do prenúncio de problemas, com dúzias de pessoas tentando deixar a praça ao mesmo tempo. Petronius posicionou-se entre Appius e o local por onde Christian chegava. Fixava-se como uma âncora, imóvel diante do tumulto. Ainda assim, era difícil proteger o filho do patrão da avalanche de ombros e cotovelos que surgiu de todos os lados. Mesmo possuindo compleição mais delgada, Julian o ajudou. Posicionado ao lado do minotauro, mantinha o braço erguido em posição defensiva, a capa formando um obstáculo visual.

— Ele disse cem mil — respondeu o meio-elfo ao amo, usando as costas para desviar a onda de minotauros em outra direção.

— Dou-lhe duas!

O jovem fidalgo mais uma vez contemplou a elfa. Atrás do tablado, os escravos balançavam as correntes para fazer barulho. O monstro reptiliano acometia contra as grades com a carapaça insetoide que lhe recobria as costas. O minotauro responsável tentava conter a revolta no estalar do chicote. Porém, Gwen não olhava para trás. Com as mãos encolhidas junto ao corpo, observava a confusão ao longe, de queixo caído e olhos bem abertos. O cabelo claro descia até a cintura. Os raios de sol castigavam a pele exposta.

— Não me agrada comprar essa mulher para dar de presente — resmungou Appius.

— Podemos voltar amanhã — disse Julian. — O leilão acabou.

— Tem que ser hoje — rebateu o rapaz. Então, antes que o arremate fosse anunciado, Appius ergueu sua plaqueta e gritou a plenos pulmões: — *Cento e dez!*

O leiloeiro sorriu para ele. Ao mesmo tempo, Verônica selou seu documento de participação com a águia de Adhurian, enquanto segurava a adaga colada ao pescoço do atendente. Arrancou das mãos dele a plaqueta onde se lia o número designado para ela e chutou-o para longe. Virou-se novamente para o leiloeiro apenas para ouvi-lo anunciar:

— Dou-lhe três! Vendido para os Aurelius Lomatubarius por cento e dez mil tibares.

— Merda — rosnou a medusa, jogando fora a plaqueta recém-adquirida. Ao ver a linha de minotauros dar mais um passo em direção a Christian, enfiou a mão em um bolso oculto no ornamento das costas do vestido. De lá, sacou sua arma favorita. O chakram era uma lâmina em forma de aro, própria para arremesso. Nas mãos certas, uma arma mortal. — Vocês pediram por isso.

— Mestre, é hora de ir — disse Petronius. O chefe da guarda dos Aurelius Lomatubarius pouco falava. Também por isso costumava ser ouvido.

Appius arrancou de seu dedo o anel com o brasão da família e entregou-o a Julian, junto com a plaqueta identificativa.

— Certifique-se de que ela seja nossa.

O mestiço anuiu e se enfiou no meio do tumulto. Com a agilidade emprestada dos antepassados élficos, esgueirou-se entre minotauros, escravos e forasteiros que batiam em retirada e, sem grande sacrifício, foi vencendo o fluxo que tentava impedi-lo de chegar ao leiloeiro. Enquanto isso, Petronius escoltou Appius no sentido oposto, para fora dali.

Em um momento, a passagem ia se abrindo à medida que Christian avançava pela praça. No instante seguinte, seu caminho foi bloqueado. Os guardas de Tiberus surgiram por entre os cidadãos em debandada e instantaneamente se agruparam em duas linhas de dez homens. Sua eficiência era espantosa. Cada um possuía um escudo de corpo inteiro, adornado com o símbolo do touro em chamas. Alinhados ombro a ombro, a formação não deixava espaço para falhas. Mais um silvo e as sandálias retumbaram no chão de pedra em uníssono.

— Prendam-no! — disse o capitão, dando a volta no grupo para enxergar Christian mais de perto. — É um baderneiro.

Vinte espadas refletiram o sol de Tapista ao mesmo tempo.

## CAPÍTULO 3

# DE CHIFRES E ESCAMAS

O AGRUPAMENTO EM SEMICÍRCULO DEU UM PASSO EM direção a Christian, fazendo com que a marcha e o abalroar de escudos estrondeasse em clara ameaça. Nem mesmo a correria dos civis às costas abalava a boa postura das duas linhas de formação táurica. Sua organização era impecável.

Tolo daquele que pensasse que Tiberus era patrulhada por uma simples milícia urbana. Anos atrás, Tapista havia surpreendido os antigos aliados ao subjugar metade do mundo civilizado. Aurakas apenas interrompeu o avanço de suas tropas quando assim desejou. Isto é, após conquistar todo o território que desejava ter sob seu domínio, sitiar a capital do Reinado e depor o antigo Rei-Imperador. Seu exército era leal, ordenado e orgulhoso. Cada minotauro recebia treinamento de excelência. Após o fim das Guerras Táuricas, grande parte das legiões se manteve nas províncias para garantir o controle das fronteiras. Outras, porém, foram incumbidas da segurança das principais cidades, como a capital. Aqueles não eram guardas comuns. Eram legionários de Tapista. Soldados do exército que esmagou o mundo com sua marcha disciplinada.

— Solte a arma e entregue-se — ordenou o capitão.

Christian pôs a mão na testa e abaixou a cabeça, apenas para dar um sorriso jocoso. Girou a espada em punho e foi dando alguns passos enviesados em direção à parede de escudos.

— Vejam só... — disse ele, zanzando — essa é uma típica situação... — olhou por cima da formação, apenas para ver o minotauro com chicote em punho caminhar na direção de Gwen — em que nada do que eu disser vai soar genuíno... é nessas ocasiões... — Sem que ninguém esperasse, trocou o caminhar arrastado por dois passos rápidos e firmes. Ergueu a espada, fingiu que atacaria por cima. No último instante, jogou-se no chão e girou o corpo como o ponteiro de uma bússola, passando a rasteira em dois dos legionários. Derrubou ambos, assim como caiu também o queixo do capitão.

— Atacar! — gritou o líder.

Seria preciso muita audácia para encarar um único legionário de Tapista, que dirá um grupo inteiro dentro de seu próprio território. Não havia quem desconhecesse a supremacia da formação dos minotauros. Quanto mais deles estivessem reunidos, mais poderosos se tornavam. A melhor estratégia seria separá-los ou levá-los para uma passagem estreita, onde fosse possível enfrentar um por vez. É isso que qualquer guerreiro com o mínimo de bom senso faria. Porém, Christian não era conhecido por seu bom senso. E, quando o capitão deu a ordem, ele já estava de pé no meio de uma falha na formação.

Aproveitando o curto instante de assimilação que existe entre uma ordem ser dada e ser cumprida, Christian cravou a espada no pé do legionário à sua frente, não sem antes pisotear um dos que estava caído. Este escutou as costelas quebrarem ao ser espremido contra o chão, enquanto aquele sentiu carne, ossos e músculos rompendo sob o couro da sandália destruída. A espada atingiu a pedra sob o solado e recuou. Puxada para cima, fez um talho ainda maior, que se estendeu quase até o joelho e respingou sangue no escudo e na calçada.

O minotauro urrou e recuou, permitindo a Christian um breve vislumbre do caminho desimpedido. Gwen era puxada pela corrente até a beirada do tablado, onde Julian aguardava. No exato momento em que a viu, a elfa virou o pescoço e olhou diretamente para ele. Porém, o espaço vago foi preenchido em seguida. Sem perder tempo, os correligionários que estavam à direita e à esquerda do soldado ferido deram um passo para o centro, fechando mais uma vez a formação da segunda fileira.

Enquanto isso, a primeira fileira ainda buscava se restabelecer, ainda que o intruso ocupasse o que seria o centro da formação.

— Desgraça! — Christian abaixou no instante exato e sentiu o vácuo do gládio errando sua cabeça por pouco. Com a espada, desviou um segundo golpe. Os legionários à direita o atacavam, assim como os que estavam à sua frente. Em menor número e desprovido de um escudo, a melhor opção que teve foi ir para cima, usando o movimento do manto às suas costas para confundi-los quanto à sua real posição. Chocou-se contra um dos soldados ao mesmo tempo em que lhe fincou a espada nas entranhas. Com a destreza de quem fez isso a vida inteira, puxou-a para fora e, em movimento contínuo, acertou o inimigo ao lado. A despeito da imprudência, Christian não era um novato.

— Posso fazer isso o dia todo! — bravateou, tendo até então retirado de combate cinco dos vinte legionários.

O embate entre dois exércitos bem treinados costumava ter resultados devastadores para ambos os lados. Soldado contra soldado, ganhava aquele com melhores estratégias, melhores equipamentos e mais favorecido pelos deuses. Porém, Christian não era um soldado. Era um aventureiro. Suas estratégias surgiam conforme a necessidade da missão. Seus equipamentos eram espólios de ruínas ancestrais. Seus deuses... Christian não tinha deuses. Para alcançar a vitória, contava apenas consigo mesmo e com seus aliados. Até onde lhe dizia respeito, após mais de duas décadas desbravando territórios hostis, insultando templos sagrados e profanos, enfrentando criaturas demoníacas e fazendo todo tipo de trabalho que ninguém mais queria fazer, encarar um bando de homens armados não se mostrava grande desafio.

Ainda assim, as palavras cuspidas para os legionários não passavam de balela. Christian não tinha o dia todo. Ao seu redor, o público se debatia para fugir do mercado. Próximo ao tablado, os escravos gritavam, revoltando-se contra as correntes. A jaula estremecia com as investidas do dinossauro corrompido pela Tormenta. E, separada de Christian apenas pelo agrupamento de soldados, Gwen era trocada de mãos e levada, não se sabia para onde. Aquele era justamente o caos que Christian havia tentado evitar desde o início, e a missão falharia de vez assim que os minotauros surgissem com reforços. Precisava se livrar do combate o mais rápido possível. Precisava de algo no qual não acreditava: um milagre.

Os inimigos à sua direita vacilaram diante da organização, permitindo a Christian atacar os que estavam à frente. Porém, ao se concentrar nestes dois grupos, deu as costas aos que vinham pela esquerda. O mais próximo aproveitou a oportunidade. Seguido por mais três, passou pelos aliados que tardavam a se levantar. Escudo e espada em posição, atacou Christian por trás.

O legionário ergueu a espada. No momento crucial do ataque, quando a guarda estava baixa e o braço se projetava para fora da proteção do escudo, foi que ele sentiu o contragolpe. O chakram surgiu de lugar nenhum. Um aro afiado, girando tão rápido quanto se atirava como projétil para cima dos soldados. Acertou o braço do primeiro minotauro com tamanha força, que o decepou. O membro girou no próprio eixo antes de atingir o chão. Ao lado dele, tombou a espada. Primeiro a empunhadura, depois a lâmina, e a arma trepidou algumas vezes no piso de pedra antes de estacar.

Tudo aconteceu tão rápido que o legionário chegou a concluir o movimento. Sem braço, sem arma e sem equilíbrio, deu alguns passos desajeitados para frente e esbarrou em Christian. Tentou se recompor, a mente custando a conceber a dor. Quando seus olhos focaram o coto de braço que vertia sangue, o grito foi inevitável. Mal percebeu que mais companheiros haviam sido atingidos.

Após acertar o primeiro alvo, o chakram continuou seu trajeto. Passou rente à testa de um minotauro que ocupava a segunda linha de escudos, cortando-o com sua lâmina giratória e expondo o osso por baixo do couro. Prosseguiu. Com força de arremesso descomunal, o chakram cortou o ar até o extremo da praça, onde ficava o tablado. Projetou-se para cima de Gwen.

O alvo final era o pescoço da elfa. Deixando um rastro de vácuo, o chakram a acertou na nuca. O baque empurrou Gwen para frente sem que a ferisse, enquanto a arma mudou de curso, parou de girar e caiu para o lado, de qualquer jeito. Gwen olhou para baixo, apenas para ver o grilhão de ferro sólido em torno de seu pescoço arrebentar e cair aos seus pés, em pedaços. Sob os silvos de celebração dos demais escravos, percebeu que estava livre.

Após atingir o chão, o chakram não permaneceu imóvel por muito tempo. Sem que ninguém o tocasse, começou a vibrar de leve, por conta própria. O tremor evoluiu gradativamente, até que a arma chacoalhava com violência. De repente, o encantamento fez efeito e ele retornou por onde veio, como se atirado mais uma vez, no sentido oposto. Acertou mais dois minotauros no caminho até a mão de sua mestra. Verônica agarrou a arma no ar e encarou os adversários, preparada para a retaliação.

De olhos arregalados, o capitão fez um sinal sonoro com seu apito e os legionários que estavam em pé se reorganizaram. Com um passo para trás, nove deles se agruparam diante de Christian. Outros dois dispararam na direção de Verônica.

— Que divisão injusta! — debochou a medusa ao arremessar novamente o chakram.

Desta vez, os legionários estavam atentos. Desviaram para os lados, permitindo que a arma passasse por entre os dois, e continuaram a investida. Atacaram ao mesmo tempo, mas acertaram apenas o vestido de Verônica, conferindo-lhe mais um rasgo, enquanto a medusa escapou com uma acrobacia para trás.

Enquanto isso, o chakram atingiu a grossa corrente que mantinha coesa a fila de escravos, unindo um ao outro para que não pudessem escapar. O estrondo fez-se ouvir a um quarteirão de distância. O estremecimento dos grilhões feriu os mais fracos. Contudo, a reação em cadeia que se acometeu sobre o metal rompeu-o por completo. Em um momento, os escravos gemiam sob a degradação do cativeiro. No instante seguinte, as correntes não passavam de estilhaços, destruídas pela arma devastadora, que mais uma vez retornou para a mão de sua dona.

Outrora extinto, o fogo da esperança voltou a queimar. À medida que percebiam a atenuação do peso do metal, o grito de revolta dos escravos se transformou em um brado de exaltação.

— Liberdade!

Um humano de peito peludo e musculoso ergueu os punhos cerrados ao céu, exibindo a ausência de correntes. A elfa ao seu lado ajoelhou-se para agarrar o filho junto a si, assustada demais para qualquer outra reação. Três goblins pularam de alegria e fizeram gestos obscenos para os legionários. O único halfling se esgueirou por trás dos demais escravos e, sem que ninguém notasse, desapareceu túnel adentro, por uma das saídas secundárias do mercado. Mais vozes se uniram ao clamor. Cada um comemorou à sua maneira a libertação que sabiam ser efêmera.

Mesmo sem correntes para uni-los, os braceletes de metal se mantinham firmes aos pulsos do humano corpulento. Com mais um berro, ele bateu com uma argola na outra, emitindo faíscas e ainda mais barulho. Deu um riso feroz, cravou os olhos de predador nos legionários que perseguiam Verônica e iniciou uma corrida desembestada.

Um dos minotauros voltou a se levantar, enquanto Christian derrubou mais dois. A ordem na cidade estava comprometida. Se continuasse naquele ritmo, o que deveria ser um mero contratempo poderia vir a se tornar uma calamidade. Vendo o pandemônio em que o Fórum havia se transformado, o capitão não soube o que fazer. Soou uma ordem com seu apito, porém, antes que os legionários a cumprissem, mudou de ideia e entoou uma ordem diferente.

Um vacilo era tudo do que Christian precisava.

Diante da hesitação dos legionários, o guerreiro avançou. Seus passos firmes no chão de pedra deram o arranque inicial. Com a própria lâmina, desviou um golpe à direita e usou o impacto para ainda mais propulsão. Aproveitou um minotauro caído como degrau para saltar, deixou o chão quando outro inimigo o acertaria. Tudo calculado. Com uma acrobacia sem pirueta nem floreios, Christian juntou as pernas em pleno ar, flexionou os joelhos e, com os dois pés, acertou em cheio o escudo do inimigo no centro da segunda linha de defesa. Um baque surdo. Um empurrão. O minotauro estava preparado para o impacto, mas nem mesmo sua força táurica foi suficiente para conter o ímpeto do guerreiro. Caiu três metros para trás, o braço retorcido. Seu escudo voou ainda mais longe, para fora de alcance. Dois buracos em forma de pés arruinavam a madeira e a pintura do Touro em Chamas.

Os escravos libertos começaram a se espalhar. Os mais esperançosos buscaram rotas de fuga pelos corredores labirínticos da cidade. Com estes, o capitão dos minotauros não se preocupou. Seriam recapturados e punidos assim que o incidente no Fórum fosse contido. Os mais realistas, por outro lado, sabiam que não havia escapatória. Alguns se resignavam e apenas aguardavam a recaptura, como a elfa ajoelhada junto ao filho, o que tornaria o trabalho do capitão mais fácil. Outros, no entanto, justamente por conhecerem sua sina é que se tornavam perigosos. No desespero descobriam a ousadia.

Foi a ousadia, expressa em bravura, que fez o grandalhão se atracar contra dois legionários. O primeiro tentou detê-lo com um golpe de espada, mas o humano desviou o ataque com o bracelete de ferro, deitou-lhe um murro na têmpora e o derrubou. Não teve tanta sorte com o segundo. Antes que pudesse evitar, sentiu a lâmina do gládio perfurar seu abdômen. O sangue jorrou, fresco. O homenzarrão cambaleou. Tentou se agarrar à própria consciência, mas as forças o abandonaram. Tombou, todo músculos e pelo, sob o efeito do golpe certeiro.

Foi também a ousadia, expressa em perversidade, que reuniu os três goblins em torno da jaula do velociraptor aberrante. Enfurecida, a criatura de eras idas se debatia de um lado para outro, roía as grades da jaula com suas presas retorcidas, agitava as asas de besouro, grunhia sons aterradores. Contudo, a fúria indomável pouco se devia ao cativeiro. Os instintos animais haviam se desvanecido, assim como qualquer coerência em seus atos. A Tormenta dominava sua mente, confundia a sanidade, impondo um único desígnio: exterminar, destruir e arrasar tudo o que surgisse em seu caminho, até que nada mais sobrasse além da desolação de um mundo em ruínas.

Com uma risadinha de maldade, os goblins abriram a jaula.

— Não! — berrou Verônica, mas era tarde demais.

Ao ouvir o clique da trava sendo aberta, a criatura se atirou contra a grade, escancarando a abertura de uma vez por todas e lançando os três goblins para longe. Tropeçou para fora da cela, bateu as asas insetoides para retomar o equilíbrio, atropelou um deles no processo. Despida de intelecto ou gratidão, usou os dentes espiralados e tortos para arrancar a cabeça do goblin preso sob suas patas. Congelada em expressão de puro horror, a cabeça voou para o alto, espalhando uma chuva de sangue negro. Quando estava caindo, o réptil anacrônico pulou e abocanhou-a no ar. Triturou-a com os dentes. Engoliu.

O corpo escamoso se contorceu em júbilo, balançando a cauda comprida, que terminava em uma bola de espinhos. Atrofiadas, as patas dianteiras se remexeram. A fera então virou o focinho alongado para os minotauros espalhados pela praça, para os escravos e para os estrangeiros. Sob seu olhar escarlate, eram todos iguais. Com chifres, sem chifres... Não passavam de pilhas de carne a serem desmembradas e moídas até pararem de se mexer.

A criatura abriu a boca. Em meio aos dentes arreganhados, ainda se podiam ver pedaços da pele cinzenta do goblin desafortunado. A garganta vibrou. Emitiu um rugido estridente, úmido de saliva. O timbre era a mistura confusa do grito reprimido de uma donzela estrangulada com o arranhar do forcado destroçando seu formoso crânio. Não era um rugido de aviso, tampouco de ameaça. Era uma toada de euforia e arrepiava até o último pelo da nuca.

A elfa ajoelhada finalmente tomou uma atitude. Ergueu-se, puxou o filho e correu na direção dos legionários. Outros escravos a seguiram. Sob nova ordem do capitão, os minotauros se prepararam para protegê-los do monstro, que vinha no encalço. Verônica se viu encurralada entre as duas ameaças, em meio à rota dos escravos que fugiam da morte certa. Cercada pelo alvoroço, ergueu o chakram para proteger a si própria.

— Vá logo atrás da Gwen! — gritou ela para Christian.

Christian hesitou. Virou-se para a fera e para Gwen. Para Gwen e para a fera. Xingou. Deu as costas ao tumulto. Aproveitou a distração para disparar rumo ao objetivo principal.

Gwen o esperava sozinha sobre o palanque do leilão.

## CAPÍTULO 4

# CATIVEIRO E LIBERDADE

HOUVE O TEMPO EM QUE GWEN JAMAIS TERIA SIDO VISTA sem o símbolo de Tanna-Toh gravado no peito. Ele estava no peitoral de sua armadura. Estava na medalha que lhe pendia do pescoço. Estava em cada palavra e em cada gesto seu. A elfa se especializara no bordão, cajado longo que era a arma favorita da deusa e servia tanto para estimular alunos preguiçosos quanto para se apoiar em longas jornadas rumo a um novo saber. Em suas vestes, apenas branco e dourado, as cores da luz do conhecimento.

Contudo, este tempo havia ficado para trás, perdido em algum lugar entre as longas jornadas e as aventuras de vida ou morte. Ao lhe tirarem a liberdade, despiram-na de tudo o que era ou sonhava ser. Reduziram-na a um ser sem escolha e sem fé. Mas tudo estava terminado. Bastava levá-la dali, devolvê-la à estrada de aventuras onde era seu lugar, reintegrar-lhe a independência de que carecia. Tudo ficaria bem. Foi o que Christian pensou ao caminhar de encontro à elfa, de pé sobre o tablado.

Gwen havia colocado de volta o vestido branco que lhe arrancaram. Era feito de tecido simples, que descia até as canelas e deixava de fora os braços esguios. Os cabelos claros brilhavam como nunca, e ela sorriu quando seu olhar de esmeralda cruzou com o de Christian.

— Gwen — proferiu o nome dela como quem solta um suspiro há muito contido. — Como diabos conseguiram te pegar? Venha! Vamos embora.

O guerreiro esticou a mão desarmada para ajudá-la a descer do tablado. Ela se encolheu, as mãos junto ao corpo, os cílios compridos piscando de incerteza.

— Sim, vamos — a voz soou como o canto de um pássaro, por entre lábios delicados e brilhantes. Ainda assim, ela se manteve encolhida.

O rosto de Gwen se mostrava belo como o de um anjo, sem nenhuma mancha, nenhuma imperfeição. Seu sorriso, o mais doce do mundo. Christian lembrou de Porcius Caecus falando, pouco antes, que todas as elfas são bonitas. Gwen era bonita. Porém, Christian não se lembrava de tamanha perfeição.

— Gwen, onde está Ichabod? — perguntou ele.

— Não sei... pensei que estivesse com você.

Lá atrás, um dos legionários escoltava a elfa assustada e seu filho para fora dali, enquanto o dinossauro deu com a cauda na enfraquecida parede de escudos e abriu a garganta de um minotauro caído. No caminho percorrido pelo monstro, escravos e minotauros menos afortunados jaziam sobre poças de sangue.

— Venha! — Christian ofereceu a mão com mais veemência. — Temos pouco tempo!

Gwen assentiu. Porém, em vez de aceitar ajuda, desviou-se do guerreiro. Abaixou-se junto à beirada, apoiou as mãos no tablado de madeira, esticou as pernas e desceu sozinha, seus pés tocando o chão como uma pluma.

— Mostre o caminho — disse ela, com seu hálito de jasmim.

— Certo... — Christian deu as costas e fez que sairia em marcha. Porém, quando Gwen menos esperava, ele se virou na direção dela e agarrou-lhe o braço.

Ou teria agarrado, não tivesse sua mão passado pelo corpo da elfa como se ela não existisse.

Gwen se sobressaltou. Abriu a boca em um grito mudo e assim se manteve. Por um instante, sua imagem piscou, indicando a falha na magia. O perfume e a voz melodiosa se foram para sempre.

— Só na sua cabeça ela é perfeitinha desse jeito, idiota! — Christian berrou. — Apareça, Ichabod!

Ao pronunciar o nome, Christian o viu. O mago estava no topo de um dos prédios que cercavam o Fórum. Pele desbotada como a de uma assombração, olhos vermelhos de demônio, cabelos da mesma cor escarlate. Um dos braços era humano. O outro, uma aberração disforme. Articulações sanfonadas no lugar do cotovelo, uma carapaça coberta de tumores abaulados, que pareciam olhos fechados, prontos a se abrirem a qualquer instante. As marcas da Tormenta estavam por todo o seu corpo, nos trejeitos rápidos e asquerosos, na repulsa que sua mera presença suscitava.

Ichabod era um lefou. Ao contrário do dinossauro, ensandecido pela presença alienígena em sua mente outrora sã, Ichabod havia nascido com a corrupção da Tormenta correndo nas veias. Nunca havia sido um artoniano puro. Sua natureza era antinatural. Sua existência, um paradoxo. E ele estava adaptado ao fato a ponto de levar uma vida racional. No entanto, Christian não viu — e não tinha tempo ou paciência de procurar — uma lógica por trás do uso de uma ilusão para atrasar o resgate de Gwen.

Assim que o guerreiro gritou o nome de Ichabod, Verônica também o viu. Seu chakram o atingiu em seguida. O mago tropeçou para trás ante o ataque e a imagem de Gwen se dissipou. Ele recuou ainda mais, desaparecendo do campo de visão.

Verônica deu um salto mortal, agarrando o chakram de volta ao mesmo tempo em que desviava de uma acometida do monstro inseto-reptiliano. A criatura veio correndo e abocanhou o ar. Espantou-se ao perceber que havia errado o alvo. Balançou a cabeça, tresloucada, virou o corpo e cravou o olhar em Verônica. Bufou. Arranhou o piso com uma das patas, arrancando talhos da pedra, enquanto se preparava para uma nova investida.

As serpentes no cabelo de Verônica se agitaram, inquietas. Seria um bom momento para a medusa transformar o monstro em pedra. Contudo, esta era uma habilidade de que não dispunha. Em algum momento da juventude, optara por se aprimorar em técnicas inovadoras, como a acrobacia e o uso do chakram, em detrimento do arco e da magia, comuns à sua espécie. Às vezes, a rebeldia se mostrava um inconveniente.

Verônica afastou as pernas, segurou o chakram junto ao corpo e a adaga em riste. O velociraptor aberrante disparou em sua direção.

O amplo espaço vazio deixado pelos frequentadores do leilão se tornou um campo de batalha e carnificina, o total oposto do que Christian planejara. Apesar disso, manteve-se fiel ao objetivo. Com um impulso, subiu no tablado do leilão. Da posição privilegiada, pôde ver o topo das tendas do Fórum, os corredores que se formavam entre elas, os produtos abandonados na fuga.

Virando a esquina, um meio-elfo puxava Gwen pelo pulso.

Sem pensar duas vezes, Christian disparou até eles. Percorreu corredores, deslizou por cima de balcões, derrubou mercadorias pelo chão. Alcançou o mestiço com um encontrão.

Julian rolou travessa adentro e se chocou contra um muro. Gwen se sobressaltou e virou-se para Christian. Ela ainda estava nua.

Os cabelos longos e claros, agora Christian podia ver, estavam embaraçados. A pele branca exibia arranhões e hematomas arroxeados aqui e ali. Os lábios, antes macios, se haviam descascado sob o sol. Era a verdadeira Gwen, e vê-la naquelas condições deixava Christian furioso.

— O que aconteceu com você, Gwen? Como permitiu? — ele esfregou os próprios cabelos com a mão, revoltado. — Onde... onde está a sua armadura? O símbolo daquela crença que você segue? — diante do silêncio da amiga, se enfureceu. — Ah, vamos embora de uma vez! — impaciente, agarrou o pulso dela e tentou arrastá-la dali.

— Não! — Gwen se desvencilhou e deu dois passos para trás.

— Como não? Viemos resgatá-la! Vamos logo, Verônica precisa de ajuda.

Christian deu as costas e pisou firme, para fora da travessa. Espada em punho. Porém, estacou ao perceber que a elfa não o acompanhava.

— O que foi?

— Eu não preciso de resgate — disse ela. — Estou exatamente onde quero e vocês quase colocaram tudo a perder.

— Tudo o que, Gwen? Quem é que *quer* ser escravo?

— Ninguém. É por isso mesmo que estou aqui. Olhe ao redor, Christian. A cidade inteira opera à base de escravidão. O que essas pessoas ganham em troca? Segurança, dizem os minotauros. Parecem esquecer que a maior fonte de perigo são eles mesmos! Estou aqui pelos elfos, pelos humanos e por todas as raças que sofrem repressão. Vamos derrubar esse regime escravista de dentro para fora.

— O quê? — Christian teve um espasmo. Cruzou os braços. Coçou a cabeça. — É a ideia mais estúpida que já ouvi na vida. Como exatamente você pretende fazer isso?

Julian se levantou e se aproximou. Mancava, mas isso não diminuiu a animosidade em seu semblante.

— Veja — a elfa fez uma prece à deusa que seguia.

A fé de Gwen se materializou diante de Christian, na forma de um globo brilhante e translúcido. Ele tentou tocá-lo, mas seus dedos atravessaram a imagem incorpórea. Olhou no fundo da esfera flutuante e viu uma imagem se formar lá dentro, como em uma bola de cristal.

Reconheceu o lugar retratado. Era a casa de um antigo rival de seu pai, do outro lado do continente. Várias pessoas se espalhavam pelo ambiente: Ichabod, Verônica e o próprio Christian. Preparavam-se para algo importante.

Aquilo havia acontecido. A imagem retratava o passado.

O ambiente inteiro pareceu se mover. Porém, na realidade, o que havia se movido era o ponto de vista. Como uma cabeça que se vira para o lado, a esfera mágica enquadrou o rosto de um minotauro. Em seu peito, o símbolo do Deus da Justiça.

— Há uma resistência em Tiberus — disse o minotauro. — Elfos e humanos se aliaram em torno de algum tipo de milagre, é o que chegou aos meus ouvidos. Tenho um informante na capital. Quando tudo isso terminar, vamos até lá, você e eu.

Assim como havia surgido, o globo se dissipou, findando a cena em luz gentil.

— Como você bem sabe, Titus não sobreviveu para cumprir essa promessa — disse Gwen. — Mas eu sim. Investiguei a partir das pistas que ele me deu e descobri quem é o informante. Agora, tenho meios de chegar à Resistência e contribuir para o fim desse barbarismo — a elfa deu um olhar de cumplicidade para Julian. Então se voltou mais uma vez para Christian. — Eu sei o que estou fazendo, não me atrapalhe.

Christian olhou de um para outro. Então, deu um passo adiante e tocou a mão de Gwen.

— Escute. Você sabe que eu sou o primeiro a defender a liberdade de qualquer um, seja amigo, seja inimigo... seja lá quem for. Mas essa ideia é horrível. Você não precisa se entregar como escrava para lutar pela liberdade. Será só mais uma condenada a esse sistema autoritário! Podemos combater de outra forma. Vamos embora. Amanhã faremos um plano melhor.

— Você não entende, Christian — ela meneou a cabeça. — Não existe plano melhor. Tudo o que você pensar eu já tentei, inclusive com a ajuda de estrategistas melhores do que nós. Foi inútil.

Um grito aterrador chegou até eles quando mais uma vítima sucumbiu ante a fera ancestral, mas nenhum dos dois se moveu. Christian e Gwen permaneceram calados, desafiando um ao outro com o olhar.

— Que bagunça vocês fizeram por aqui! — Julian mastigou as palavras.

Gwen suspirou profundamente. Deu, então, a cartada final.

— Você é um grande defensor da liberdade, não é mesmo? — indagou ela a Christian.

— Claro que sou.

— Este caminho talvez não seja o mais prudente. Definitivamente, não é o mais fácil. Mas é o que eu escolhi. Agora, Christian Pryde, defensor da liberdade, exijo que respeite a minha liberdade de escolha.

Christian abriu a boca para contrariá-la. Ergueu a mão para gesticular, enfatizando sua indignação. Porém, nenhum argumento lhe ocorreu. Ficou ali, ensaiando uma resposta qualquer, até se dar conta de que Gwen estava certa. A liberdade de ação e de pensamento era uma das raras coisas do mundo em que Christian depositava sua fé. Negar essa liberdade a alguém, uma das poucas transgressões que ele se importava em evitar. Estivera a um passo de arrastar a elfa dali contra a vontade dela, mas isso teria sido uma afronta a seus próprios ideais de livre arbítrio. Ele abaixou o pulso. Suspirou.

— Você está mesmo decidida.

Gwen fez que sim, apesar de não ter sido uma pergunta.

— Ichabod está indo com você?

— Ele é um lefou, Christian! Não tem como me acompanhar para dentro da casa de um aristocrata. Mas continua ajudando à distância. Vai me contatar logo que eu estiver lá dentro. Estaremos em contato o tempo todo.

Com um último olhar desconfiado para Julian, Christian embainhou a espada. No peito, um broche em forma de águia prendia o manto azul em torno do pescoço, caindo-lhe às costas. Desabrochou-o. Estendeu o manto. Ajustou-o sobre os ombros de Gwen, cobrindo-lhe a silhueta exposta.

A condescendência vinha a contragosto e Gwen sabia disso.

Abrigou-se sob o manto.

Agradeceu.

Deu as costas e partiu com Julian, deixando Christian sozinho, de cabeça baixa, na esquina que ligava sua rota de fuga ao maior centro mercantil de escravos do mundo.

CAPÍTULO 5

# DESÍGNIOS DOS DEUSES

ANTES.

Erigido no cume da colina mais alta de Tiberus, a Catedral da Força vigiava toda a cidade como uma sentinela incansável. Mais largas do que os troncos de carvalhos centenários, suas colunas cilíndricas formavam uma longa fila que ocupava toda a fachada do templo e se estendia pelas laterais e nos fundos. Sustentavam não apenas a abóbada, como também o frontispício triangular que era próprio da arquitetura tapistana. Tudo isso em proporções colossais, dignas da magnificência do Líder do Panteão.

As formas sólidas e robustas tornavam o templo uma fortaleza. No entanto, a dureza não ofuscava o requinte. Assim, paredes e colunas eram recobertas de afrescos do piso ao teto. As pinturas retratavam a história de Tapista. Começavam na época em que os minotauros padeciam, escravos de uma extinta civilização de gigantes. Passavam pela revelação de Goratikis, um mero fazendeiro que, inspirado pelo próprio Tauron, liderou os minotauros na insurreição que lhes conferiu liberdade e atirou os antigos gigantes ao esquecimento. E terminavam na construção da metrópole propriamente dita. Quando, enfim libertos do cativeiro, os minotauros aprenderam os ideais de dominação pela força e empregaram mão-de-obra de seus próprios escravos na criação de um reino próspero.

Se havia algo de que os minotauros se orgulhavam, era da capacidade de aprender com outras raças. Com os anões, aprenderam metalurgia. Com os elfos, navegação. Os humanos trouxeram sua cartografia, com a capital humana marcando o ponto zero. Todo conhecimento era bem--vindo. Com os gigantes, aprenderam aquilo que viria a engrandecer seu reino como nunca antes: a sofisticada arte de dominar e escravizar membros de raças mais fracas. Nesse ofício, tornaram-se as maiores autoridades do mundo.

Os afrescos na Catedral da Força contavam estas e outras lendas, sempre da forma mais bela possível. Fábulas de força e bravura, de proteção e domínio. Por si só, a própria construção era uma ode à raça táurica e todas as suas conquistas. A história dos minotauros contada por eles mesmos.

Ao lado do templo, uma estátua gigantesca ressaltava as noções de solidez e valor intrínsecos ao Deus da Força. Mais elevada do que o próprio santuário, a imagem de Tauron era feita de pedra vulcânica negra e reluzente. Havia sido esculpida peça por peça, antes de ser erguida e montada com o uso de andaimes. Uma proeza da engenharia e da escultura. Tauron exibia um dos punhos fechados em torno do cabo de sua arma predileta, o machado de guerra, e o outro punho erguido acima da cabeça, em sinal de confronto. Seu olhar não se deitava sobre a cidade, como era de se esperar, mas erguia-se para o horizonte. Mirava além do Rio dos Deuses, em direção ao próximo desafio. Em direção ao Reinado.

O sol se deitava atrás do monte, seus raios oferecendo o último brilho do dia por entre as colunas do templo, moldadas em uniformidade e dispostas a distâncias iguais. A magnificente silhueta de Tauron era demarcada pela luz, enquanto sua sombra se alongava, estendendo o manto lúgubre por Tiberus. Encobria a porção mais central da cidade, onde as ruas eram estreitas e encardidas.

Quando o sol se punha, os aristocratas se retiravam para suas mansões em bairros afastados, na parte alta da cidade. Os trabalhadores de bem fechavam suas janelas e trancavam as portas. As ruas eram tomadas por figuras cinzentas. Ratos, baratas e indigentes que buscavam um canto qualquer onde pudessem repousar o corpo cansado. Idosos, inválidos e todo tipo de pária, desprovidos de posses e inadequados para o trabalho. Eram humanos, elfos, goblins e até minotauros, gente de todas as raças. Contudo, viviam como animais, esgueirando-se pelas sombras da noite e se alimentando do que ninguém mais comeria. Em comum, apenas a miséria.

Sob a sombra magnânima de uma das maiores obras de arte já construídas por mãos mortais, o Vale da Penumbra era o retrato disforme da pobreza e decadência que se escondia por trás das glórias do mais poderoso império do mundo. Invisíveis a quem se recusava a enxergar, estavam os descartados pela sociedade, aqueles que nem para escravos serviam. Restavam-lhes a mendicância e a lembrança de tempos melhores.

Porém, quando a noite ia alta e as brumas invadiam o vale, não apenas os cinzentos ocupavam as ruas que chamavam de lar. Havia, ainda, os vultos que se deslocavam rápida e furtivamente, ocultos sob capotes negros e chapéus. Não queriam ser reconhecidos, e não havia quem os quisesse reconhecer. Aproveitavam a atmosfera nebulosa e o silêncio tumular para colocar em prática seus atos ilícitos.

Em uma noite habitual, a lei não pisava no Vale da Penumbra. A guarda da cidade dava preferência a vigiar o templo, o Fórum e as belas alamedas onde se encontravam as mansões dos senadores. Nenhum delito aconteceria nestes lugares, assim como nenhuma alma indesejada vagaria por ali. Limitavam-se a ocupar as vielas úmidas sob a sombra de Tauron, misturados aos ratos e baratas.

Foi em uma noite habitual que Julian percorreu as vias estreitas, onde a névoa encobria as estrelas. Seu caminhar era ligeiro, porém cuidadoso. Não queria perturbar o descanso daqueles que faziam das ruas residência. Além disso, não poderia se dar ao luxo de ser descoberto. Fora incumbido de uma missão. Trazia consigo uma mensagem do líder dos elfos para o líder dos humanos. Não uma nota escrita, pois seria perigoso demais, mas um recado falado. Ele próprio era o porta-voz, e as notícias não eram boas. As ervas haviam falhado. Etelethar sucumbira à inconsciência. Não estava morto ainda, mas apenas um milagre poderia salvá-lo.

Ao sair de casa naquela noite, Julian mal poderia imaginar que sua missão desesperada perderia o propósito, dando espaço a uma nova tarefa, esta motivada pela ardente esperança. Um milagre, afinal, estava a caminho.

O primeiro sinal da mudança vindoura foi uma melodia. Surgiu baixinha, e mesmo assim causou assombro ao meio-elfo. Ele parou onde estava. Coração aos saltos, pupilas dilatadas, pronto para agir ao menor sinal de perigo. Mas nada se movia na noite cinzenta, além de seu peito arfante. Buscou se acalmar. Manteve a adaga embainhada. Seguiu adiante.

À medida que Julian avançou pelas ruas, a música ganhou volume e clareza, e ele enfim a reconheceu. Era um antigo cântico élfico. Falava sobre heróis do passado, desbravadores que navegavam pelo oceano de estrelas em busca de terras virgens e inexploradas, culminando em seu maior triunfo, o desembarque no mundo de Arton. A canção ecoava pelas paredes dos prédios e pelo chão de pedra, mas em nenhum momento perdia a doçura da voz. Uma nota mais elevada, entoada com a maestria de uma lirista élfica, e uma lágrima furtiva escorreu pelo rosto de Julian. Não conhecia a letra completa. Há muito não ouvia uma elfa interpretar os antigos cânticos, escritos em eras de liberdade.

Os mendigos pareciam não escutar a agradável melodia. Nem mesmo aqueles cujas orelhas pontudas indicavam a ascendência élfica. Ou, se escutavam, fingiam que não. Julian, do contrário, não se conteve. Com um aperto no peito, desviou-se da rota até o esconderijo dos humanos. Seguiu a voz.

Ao virar a primeira esquina, deparou-se com uma marca gravada na parede. Poderia ter sido um círculo completo, mas, quem quer que o tivesse feito, optou por desenhar apenas a metade. Uma imagem grande, feita às pressas, cuja tinta cintilava um violeta extravagante.

Julian suspirou. Soltou o cabo da adaga. Olhou de um extremo a outro da rua, receando estar sendo vigiado. O suor brotava de sua testa. Enfim, sacou da bolsa um frasco de perfume.

O frasco de vidro dispunha de uma pequena tampa com um furo lateral, por onde o conteúdo poderia sair. Um tubo levava até uma almofada que, ao ser pressionada, conferia pressão ao mecanismo e fazia com que o conteúdo fosse aspergido. Porém, o frasco não continha perfume. Continha tinta. Quando Julian pressionou a tampa, o líquido atingiu a parede, deixando um rastro negro.

Poderia ter completado o círculo, se Julian quisesse. Porém, um círculo não deixava espaço para mudanças, não permitia oposição ou irregularidades. A forma sem ângulos ou desvios, com peso uniformemente dividido, simbolizava a perfeição. Mas o que seria isso, se não a definição de certo e errado por aqueles que estavam no poder? A forma perfeita era um ícone de opressão. Para quem estivesse de fora, não haveria como entrar. A expressão mais simples de cativeiro. No extremo sul, os goblinoides cultuavam o círculo como símbolo da morte. Em Tapista, os elfos o viam como um elo da longa corrente que mantinha Glórienn presa no Mundo de Tauron. Tudo o que Julian abominava.

Se quisesse fechar o círculo, ele o teria feito. Porém, tomou cuidado para que as duas partes não se tocassem. Como duas ferraduras viradas uma para a outra, as metades estavam separadas. O elo da escravidão, partido.

Na parede, o Círculo Rompido, símbolo da Resistência Abolicionista que conspirava nos cantos escuros de Tiberus.

Assim que Julian terminou, a voz parou de cantar. Deu uma risada charmosa, divertindo-se. Então ele pôde vê-la. Na distância máxima que seus olhos alcançavam antes que a rua sumisse em meio à neblina, ali estava ela. Orelhas pontudas, olhos brilhantes. Cabelo curto, violeta. O corpo esguio coberto por um vestido verde e por pedras preciosas. Em volta do ombro, o arco que nunca errava o alvo.

Glórienn.

Como seria possível que a Deusa Menor dos Elfos e da Perfeição caminhasse livre pelas ruas de Tiberus? Para Julian, não importava. Diante da aura divina da mãe de seus antepassados, foi capaz apenas de cair de joelhos, em adoração. Se a deusa estava ali, é porque o havia escolhido para seus desígnios. Cabia-lhe aceitar a honra e receber a responsabilidade.

— Minha deusa, sou seu servo mais fiel. Qualquer que seja a tarefa, serei o melhor para desempenhá-la. Permita-me demonstrar minha devoção.

No entanto, em vez de atribuir-lhe uma missão, Glórienn riu mais uma vez, deu as costas e disparou pela ruela deserta. Desapareceu no nevoeiro.

— Espere! — Julian pediu, levantando-se. Correu atrás da deusa.

A rua existia entre as laterais de dois prédios. Estreita e sinuosa, oferecia apenas um caminho, o que facilitou a perseguição. Seguindo as formas e dimensões dos prédios, a rua virou à direita e à esquerda, e Julian prosseguiu. Ao dobrar à direita pela terceira vez, viu o cabelo violeta à distância. Um brilho mágico, difuso em meio à neblina cinzenta. Logo desapareceu, quando a deusa virou em mais uma esquina.

Antes de segui-la, Julian se atentou a mais uma meia-lua traçada na parede. Completou outra vez o Círculo Rompido. Voltou a correr. O procedimento se repetiu diversas vezes. A elfa sempre à frente, deixando suas marcas para trás. Julian completava o símbolo da resistência, nunca levando tempo demais, e se apressava em alcançá-la.

Até que a tortuosidade da rua teve fim, em um beco sem saída. Quando Julian lá chegou, seu olhar se encontrou com o de Glórienn. A deusa apontou para a parede lateral do beco, deu um último sorriso — o mais lindo do mundo — e sua figura se dissipou em poeira brilhante, que foi levada para longe, junto com a última nota musical, pela brisa noturna de Tiberus.

Julian correu até onde Glórienn estivera. Nada restava da Deusa dos Elfos. Nenhuma pegada, nenhum vestígio. Ele não acreditaria se outro lhe contasse, apenas sabia ter estado diante da deusa porque a tinha visto com seus próprios olhos. Ouviu sua voz cativante, aspirou o rastro de perfume, sentiu sua presença sobrenatural. O único resquício de sua passagem pelo mundo dos mortais era a dúvida pungente na mente do meio-elfo.

— Por quê?

Então reparou no risco de luz que cortava o beco sem saída. Voltando-se para o canto para onde Glórienn havia apontado antes de partir, encontrou uma porta fechada, a luz de uma vela escapando pela fresta na madeira. Julian se aproximou com cautela. Abriu a porta.

Era um quarto pequeno e abarrotado de pergaminhos. Prateleiras cobriam as laterais, enquanto uma escrivaninha estava encostada ao fundo. De costas para Julian, uma elfa trabalhava meticulosamente. Lia um pergaminho e fazia anotações em outro, submergindo, ora ou outra, a ponta de uma pena em um frasco de tinta. Suas vestes eram brancas, com detalhes em dourado. O cabelo longo, dividido em duas tranças. A pena e o pergaminho, além de espalhados por todo o ambiente, também estavam presentes na forma de emblema, moldado em prata e exposto na parede acima da escrivaninha. O símbolo sagrado de Tanna-Toh.

Tão concentrada estava em seus afazeres, que a devota do conhecimento demorou a perceber a aproximação do meio-elfo. Quando reparou nele, deu um pulo da cadeira. Agarrou o bordão que estivera até então encostado a um lado e apontou para o pescoço o invasor.

— Quem é você? O que faz aqui? — inquiriu, os olhos verdes transbordando ressentimento.

— Sou Julian e peço que se acalme — ele ergueu as palmas das mãos, demonstrando ausência de hostilidade.

— Sua presença aqui é uma ameaça! Terei que matá-lo e procurar um novo esconderijo.

— Espere.

Julian levou a mão ao pescoço e puxou para fora um cordão. O pingente era simples, uma rodela de galho de árvore com um símbolo grafado em um dos lados. O Círculo Rompido da Resistência Abolicionista.

— Você trabalha pela liberdade, não é mesmo? — disse ele. — Fui guiado até aqui por um motivo. Acho que você precisa da minha ajuda. Eu, sem dúvida, preciso da sua.

A elfa abaixou o bordão. Aproximou-se de Julian e examinou o ornamento.

— Sou Gwen — disse ela, voltando a tomar certa distância. — Estou à procura da Resistência. Sinais sagrados me trouxeram até aqui.

— Sinais sagrados nos reuniram, Gwen. Diga-me, você é clériga de Tanna-Toh? Possui o poder da cura advindo de uma Deusa Maior?

Gwen acenou que sim.

— Glórienn seja louvada! Talvez ainda exista esperança para Etelethar e toda a raça élfica.

Do lado de fora, Ichabod suspirou e dissipou a invisibilidade. Contudo, manteve em punho a adaga disforme, de lâmina rubra, por onde fluía seu poder arcano. Continuaria ali, de guarda, para que nada atrapalhasse a conversa que se desenrolava no gabinete apinhado de pergaminhos proibidos.

Teria que dar o braço a torcer. O escravo de confiança dos Aurelius Lomatubarius era mesmo membro da resistência. Gwen estivera certa o tempo todo. Mais do que isso, ele havia fisgado a isca, o que significava que as engrenagens do plano da elfa começavam a se mover.

Justamente por isso, Ichabod estava inquieto. Com a mão humana, coçou a carapaça insetoide que recobria o outro braço. Ela estava a cada dia mais densa, mais entranhada em sua carne. Parou quando se deu conta. Com o tempo, havia aprendido a controlar o monstro interior e a manter a calma em situações complicadas. Porém, agora a tranquilidade lhe faltava. As chances de sucesso não compensavam o risco, mas dissuadir Gwen da ideia era impossível. Sentia que ajudava a amada a se entregar ao cativeiro perpétuo, que sua magia nunca havia sido tão mal-empregada em toda a sua vida.

Na viela sinuosa, o Círculo Rompido estava novamente inacabado. A metade violeta havia desaparecido, deixando na parede apenas a tinta escura de Julian. Da mesma forma, a Glórienn jovial, que sorria e cantava hinos de heroísmo, também se apagara para sempre, pois não passava de ilusão.

## CAPÍTULO 6

# OS AURELIUS LOMATUBARIUS

BUSCANDO MANTER O APRUMO MESMO DEPOIS DE FAZER um enorme desvio para evitar as áreas mais turbulentas da capital, Appius chegou em casa escoltado por Petronius. Pelo caminho, testemunhara algumas das consequências do tumulto no leilão de escravos. Na pressa em escapar do Fórum, a massa atropelara o que estivesse pela frente. Barracas foram empurradas para abrir passagem e acabaram vindo abaixo. Produtos se quebraram. Pessoas foram pisoteadas.

Mesmo distante do perigo, ainda se via o susto no rosto de quem chegava do Fórum. Na rua de casa, um senhor de vestes nobres e cotovelo ralado narrava o ocorrido a uma criada que lhe oferecia água. Cicatrizes e fofoca se espalhavam na mesma velocidade.

A residência dos Aurelius Lomatubarius ficava afastada do centro, em uma área de vias largas e pouco comércio. Completamente murada, tinha todas as janelas viradas para o pátio interno. Quem olhasse de fora via apenas o muro branco, com telhas avermelhadas e duas entradas. A menor e mais discreta era o portão lateral dos empregados. Embora fosse largo o suficiente para receber uma carroça, era feito de madeira desprovida de adornos e pintado no mesmo tom do muro, o que fazia com que passasse despercebido por grande parte dos transeuntes.

O mesmo não ocorria com o portão principal. A cor símbolo dos Aurelius Lomatubarius era o coral — uma mistura de rosa e alaranjado, que retornava um tom de pêssego saturado e escurecido — e a família fazia questão de utilizá-la sempre que possível. A entrada principal da propriedade, por onde passavam os donos da casa, seus amigos e convidados ilustres, era recoberta desta cor. O pomo envolto em espinhos, brasão da família, apresentava-se entalhado em alto-relevo na madeira trabalhada do portão maciço.

Appius caminhava pela rua margeada de árvores, que conferiam à paisagem cor e sombra fresca, quando o vigia que estava na guarita o viu e iniciou a abertura do portão. Dessa maneira, pôde entrar logo que chegou, sem necessidade de esperar diante da propriedade da família. Com um aceno de cabeça para o vigia e um último olhar para a rua, Petronius seguiu o patrão casa adentro.

Uma vez fechado o portão às suas costas, Appius estacou no vestíbulo. A câmara de entrada era modesta em tamanho, mas abundante em requinte. Plantas ornamentais floriam dentro de jarros adornados, dispostos nas laterais do piso de ladrilhos coloridos. Sobre o umbral que dava acesso às áreas nobres da casa, uma pequena escultura de Gratissa, a Deusa Menor da Hospitalidade.

Outrora humana, Gratissa havia sido elevada à divindade séculos antes, por seu empenho em receber bem qualquer um que batesse à sua porta. A virtude, venerada por milhares de fiéis, havia-lhe rendido a imortalidade. Agora, a Deusa Menor perambulava pelo mundo ensinando sobre hospitalidade. Imagens suas podiam ser encontradas na entrada de estalagens e residências, um culto ao bom anfitrião.

Foi sob o zelo de Gratissa que Appius deixou os braços penderem e contemplou o infinito. Olhou diretamente para a estátua, sem de fato enxergá-la.

— Mestre? — Petronius o chamou baixinho.

Appius enviesou ao guarda-costas um olhar melancólico.

— Muito perigoso — referiu-se ao sufoco no Fórum.

— Sim, mestre. Mas agora está na segurança do lar. Nenhuma ameaça o alcançará aqui.

O jovem se virou de frente para o guarda. Como era mais baixo, precisou erguer o queixo para confrontá-lo, melancolia misturada a perplexidade.

— E quanto a Julian? E a elfa? Eles ainda estão lá fora! Como pude sair correndo feito um covarde e abandonar meus escravos?

O guarda suspirou e abaixou o olhar por não mais de um segundo. Então voltou a encarar o mestre com serenidade e disse o que dele se esperava.

— Fez o que precisava ser feito. Você é o herdeiro dos Aurelius Lomatubarius, sua segurança vem em primeiro lugar.

— Herdeiro? — Appius cuspiu a palavra. — Não me lembro de Titus ser incentivado à covardia. Pelo contrário, ele ouvia que um minotauro de verdade tinha que ser forte, valente e protetor.

— É por isso que está morto.

A evocação da dolorosa realidade caiu sobre Appius como um balde de água fria. Titus, seu irmão mais velho, há muito havia renegado o modo de vida táurico e partido em peregrinação pelo mundo em nome de Khalmyr, Deus da Justiça. Dedicou o resto de seus dias à ideia de que todos fossem iguais perante a lei, não importando o gênero ou a raça. Um exemplo de coragem para Appius, mas uma mácula na reputação da família. Seu nome nunca mais foi pronunciado em voz alta na presença do patriarca Gaius Aurelius Lomatubarius, salvo no dia em que o mensageiro de uma terra longínqua surgiu para comunicar sua morte.

Appius abaixou a cabeça e sujeitou-se a escutar o que já sabia que viria em seguida.

— A família precisa de você, mestre. Quando seu pai se for, quem o sucederá? Titus está morto e Tertius é novo demais. Seus irmãos precisarão de você. Não apenas Tertius, mas principalmente Aurélia e Astra. Elas são só humanas. Quem irá protegê-las? E quem irá proteger os escravos e os empregados? Titus deu as costas a essa família, não siga seus passos. Permita-me mantê-lo são e salvo. Aprenda com seu pai a ser um valoroso senhor de escravos e desempenhe esta função com orgulho e tenacidade.

— Mas...

O jovem minotauro queria argumentar, mas não sabia como. Uma sociedade de servos e senhores apenas funcionava se as duas partes cumprissem seu papel. Assim como condenava o fato de ter se evadido do Fórum, abandonar a família e todos os seus membros à própria sorte era para Appius um ato inconcebível.

Petronius permaneceu calado como uma muralha, impassível diante do mestre que hesitava, tentando formular um pensamento. No entanto, a conversa foi interrompida por um maremoto em forma de mulher.

— Appius, está de volta! — disse Pérola, ao preencher o vestíbulo com sua presença magnética, vinda de outra parte da casa. Os braços esguios se enlaçaram no rapaz, puxando-o para perto de si. Era mais alta, e por um instante deitou o rosto delicado junto à testa comprida do minotauro, com um abraço apertado. Em seguida afastou-o e o examinou de cima a baixo. — Pelos chifres de Tauron! Quase nos matou de susto! Entre.

Pérola tinha pele bronzeada e suave ao toque. Roupas lhe incomodavam, então vestia o mínimo exigido pela decência. Uma blusa que cobria tão somente a parte frontal do corpo, amarrada às costas por apenas um fio. Uma saia de cauda comprida, mas com uma fenda lateral que revelava as pernas. Sandálias de tiras finas, joias e cordões no pescoço. Mais nada. O cabelo escorria solto pelas costas desnudas, até a altura do quadril, e exibia um cor-de-rosa sempre radiante, sempre luminoso. Os olhos azuis pareciam água.

Ao andar, guiando Appius para o interior da casa, as curvas de seu corpo ondularam como a superfície do Rio dos Deuses. Seus movimentos eram macios e alongados. O perfume era uma mistura de hibisco, limão e maresia. A voz, compassada como música, sugeria que cantava a cada palavra dita. Tudo nela era perfeito. Teria qualquer homem aos seus pés com um estalar de dedos, pois a natureza a fizera assim. Pérola era uma sereia. As águas eram seu domínio, os homens eram sua presa.

— Entre — repetiu, puxando Appius pelo braço. Então sussurrou, com a voz ríspida, porém aveludada: — E prepare uma boa desculpa para retornar de mãos vazias.

O portal sob a bênção de Gratissa dava acesso ao átrio. Amplo e fresco, o pátio interno da casa era formado por quatro corredores laterais, que davam acesso aos quartos de dormir. No centro, um espelho d'água refletia as nuvens brancas no céu de verão, pois naquela área o teto se abria em um vão quadrangular, permitindo a entrada de luz, ar e chuva, além da vista para o firmamento.

Obras de arte estavam por todos os lados. Jarros, quadros, estatuetas. Aqui e ali, divãs encimados por almofadas de cetim, bordados com fios nobres e pedrarias. As estampas iam desde temas florais até imagens de antepassados da família e seus feitos heroicos. Nas paredes, armas com nomes conquistados em campo de batalha. A mais ilustre era Ceifador dos Cumes, o machado de guerra empunhado séculos antes por Magno Aurelius contra o exército orc na conquista de território em Lomatubar. A vitória épica na batalha dada como perdida lhe rendera não apenas suas terras mais produtivas, como também o epíteto Lomatubarius, que acompanharia a família por gerações.

Nas quatro bordas da abertura que dava para o céu, véus completavam a suntuosidade do átrio. Estavam estendidos em cima, mas amarrados à meia-altura nos pilares que contornavam o espelho d'água, o que permitia formar graciosos franzidos no tecido. No centro das águas, o poderoso Tauron, esculpido em mármore no tamanho de um minotauro real, recebia a iluminação direta do sol.

As portas dos quartos estavam abertas para ventilação. Uma escrava saiu por uma delas, carregando balde e esfregão. Seu rosto era tão rechonchudo quanto o ventre era fértil. A barriga avantajada revelava a proximidade do parto. Apesar de já ter quase quarenta anos, seus cabelos ainda eram fartos e negros, sem um fio branco sequer, algo raro entre os servos humanos. Sobressaltou-se ao notar a chegada de Appius. Sorriu, realçando as bochechas rosadas. Baixou os utensílios de limpeza onde estava e adiantou-se até ele.

— Jovem mestre, como é bom ver que chegou! Ouvimos boatos do Fórum! Está ferido? Assustado?

— Não se preocupe, Petronius cuidou de mim — Appius fez um aceno de cabeça e forçou um sorriso para acalmar a mulher.

— Que a proteção de Tauron seja louvada! Se algo acontecesse a você, eu...

— Cecília, não é hora para comoção — Pérola a interrompeu. — Vá buscar água. Appius, seu pai o aguarda.

Do outro lado do átrio, uma porta ampla se abria para o gabinete onde Gaius Aurelius Lomatubarius, o patriarca da família, lia uma carta sentado à escrivaninha. Appius o viu através dos véus que acortinavam o espelho d'água ao centro do pátio. Respirou fundo. Deu a volta pelo corredor lateral, acompanhado por Pérola e Petronius, enquanto Cecília recolheu o balde e o esfregão e correu para a cozinha.

Appius e Petronius estacaram próximo à entrada. Pérola se adiantou, bateu na madeira da porta aberta e, após receber permissão, adentrou o escritório.

— Appius retornou, meu senhor.

— Finalmente — ele soltou a carta, que se enrolou em seu formato original. — Mande que entre.

Pérola fez uma mesura e deu três passos para trás. De volta ao corredor, indicou a Appius que entrasse e seguiu-o, junto com Petronius.

Havia poucos itens sobre a mesa de Gaius Aurelius. Uma pilha de papéis, alguns rolos de pergaminho, o mapa de suas terras em Lomatubar, a carta recém-lida. O móvel ocupava posição central na sala. Atrás dela, o patriarca estava sentado em uma cadeira larga, de espaldar alto. À sua frente, cadeiras para receber os convidados, dispostas nas orlas de um tapete decorativo. Livros de história, filosofia e táticas de guerra ocupavam as prateleiras nas paredes, deixando pouco espaço para expor as condecorações da família. O gabinete dos Aurelius Lomatubarius priorizava a eficiência acima do luxo. Era um local de estudo e tomadas de decisões.

Gaius se manteve sentado quando Appius e Petronius se colocaram em pé diante dele. O patriarca parecia o original de onde seu filho fora copiado. A mesma pelagem negra, contrastando com a mesma toga branca, sobreposta pelo mesmo manto coral. Porém, enquanto Appius não passava de um novilho, Gaius era um dos minotauros mais respeitados de Tiberus. A pelagem opaca do filho um dia seria brilhosa como o couro duro do pai. Os nós que brotavam do crânio do filho um dia seriam encorpados como os chifres maciços do pai. O corpo magro do filho um dia seria robusto como o tórax largo do pai. Haveria de herdar um dia seu nome, suas posses e sua autoridade. Como era o costume, Appius herdaria de seu pai os chifres. O próprio Gaius mantinha, na parede às suas costas, os chifres do pai expostos como símbolo de seus ancestrais. Porém, havia muito que Appius ainda precisava aprender antes de tamanha honra e responsabilidade. Uma longa estrada até que estivesse pronto para ser o próximo patriarca. A começar por uma simples tarefa.

— Comprou seu primeiro escravo? — perguntou o pai, sem delongas.

Appius não conseguiu sustentar o olhar do pai por muito tempo, e permitiu que os olhos se voltassem para o chão.

— Sim, pai.

— E onde ele está?

O rapaz alternou o peso do corpo entre uma perna e outra. Abriu a boca e voltou a fechá-la.

— Houve uma confusão no Fórum, mestre — disse Petronius.

Gaius deitou seu olhar sobre Petronius. Mesmo sentado, o patriarca era mais imponente do que o chefe da guarda. Seus chifres, mais robustos. Seu olhar, mais austero. Veias grossas pulsavam sob a pele do antebraço, pois Gaius não era apenas um aristocrata. O pulso repousado sobre a mesa era versado tanto na escrita diplomática quanto no combate corporal.

— Gostaria de ouvir a resposta do meu filho.

— Sim, senhor.

Sem intenção, Appius fez um olhar de súplica para Petronius, mesmo sabendo que nenhuma ajuda voltaria a sair dali. Então engoliu em seco e prosseguiu com a explicação.

— Houve uma confusão no Fórum, pai. Não sei bem o que aconteceu, um homem armado foi cercado pelos legionários.

O pai manteve o semblante severo.

— Um homem? — disse ele.

— Sim, pai. Um humano.

A palavra ficou no ar, enquanto todos aguardavam por mais detalhes. Um instante mudo e desconfortável, que pareceu se prolongar por horas. Foi Pérola quem se arriscou a pescar uma informação qualquer:

— E como ele era? Alto? Baixo? Forte?

— Não sei...

O olhar desapontado de Gaius Aurelius impeliu a sereia a continuar perguntando.

— O que ele queria? O que ele fez?

— Não sei! — Appius repetiu, irritadiço. — As pessoas corriam, gritavam, esbarravam umas nas outras. Foi um tumulto! Não consegui ver. Mas fiquei lá até o final. Até vencer Cassius Titanus no leilão.

Nesse momento, aconteceu algo fora do comum. Os olhos do pai brilharam de contentamento e os lábios se alargaram em um raro sorriso. Inflou-se de orgulho.

— Ganhou daquele excremento branco metido a parlamentar? Ao menos uma notícia boa! Ótimo, meu filho. O que você comprou?

— Uma... uma elfa.

Mais uma vez, a resposta deixou a desejar em detalhes e em justificativa, e foi seguida de um incômodo silêncio. Appius tinha muito a aprender em oratória, também.

Gaius suspirou, buscando manter a paciência.

— Certo. E onde está a nova escrava desta casa?

Appius contorceu as mãos, enquanto a mente procurava a forma menos vergonhosa de explicar que havia deixado a aquisição para trás.

Um bater na porta quebrou a tensão da conversa. Cecília surgiu, carregando uma bandeja de prata com uma jarra de água cristalina e três copos. Gaius fez sinal para que o servisse. A escrava procedeu sem emitir qualquer som. Serviu um dos copos na própria bandeja e o ofereceu para seu senhor. Serviu os outros dois para Appius e Petronius. Apesar do grande volume que ocupava em sua condição de gestante, caminhava pela casa com a discrição de um fantasma. Era uma escrava exemplar. Antes de sair, no entanto, segredou algo no ouvido de Pérola. Fez uma mesura, retirou-se. A sereia fez o mesmo e a seguiu para fora do gabinete.

Os homens refrescaram a garganta, mas nem todo o tempo do mundo seria suficiente para que Appius elaborasse um bom pretexto.

— E então? — insistiu Gaius.

Sem mais opções, Appius ergueu o queixo e estufou o peito. Não havia para onde fugir, então decidiu falar de uma vez o que havia acontecido e aguentar as consequências. Abriu a boca mais uma vez. Contudo, quando ia se pronunciar, foi interrompido por uma agitação no corredor.

— Por aqui — a voz musical de Pérola se fez ouvir lá de fora.

A sereia surgiu mais uma vez, as mechas róseas escorrendo pelos lados do rosto e deslizando pelos seios cobertos de tecido leve. Mesmo quando se aproximava com sutileza, a presença magnética da sereia inundava o cômodo, derramava-se sobre eles. Como se já não tivesse sido notada, bateu à porta.

— Com licença, meu senhor. Julian chegou com a nova garota.

Gaius acenou para ela, autorizando a interrupção. Pérola entrou no gabinete, dando passagem para Julian e Gwen. Os três se uniram a Appius e Petronius, formando um semicírculo diante do patriarca. Julian puxou Gwen pelo braço e a colocou bem no centro, onde Gaius a pudesse contemplar. Trajava nada mais do que a capa azul que Christian lhe oferecera, com o brasão de Adhurian. Porém, não permaneceu com ele por muito tempo, pois Julian desamarrou o cordão que mantinha a capa no lugar e, mais uma vez, deixou o corpo da elfa exposto. Removeu também a última peça de ferro que a prendia no pescoço, permitindo-lhe endireitar as costas curvadas pelo peso.

— Apresento-lhe vossa nova escrava, meu senhor — disse o meio--elfo, ao abaixar a cabeça em uma reverência exagerada.

Gaius esticou-se para trás, aconchegando-se na cadeira.

— Parece-me uma boa compra, Appius. Saiba que dificilmente uma elfa lhe dará filhos. Uma humana seria melhor. Mas, pelo menos, você tem bom gosto. Pagou quanto?

Mais uma vez o silêncio pesou sobre a sala, quando Appius, Petronius e Julian pareceram prender a respiração ao mesmo tempo.

— Comprei para dar de presente — disse o rapaz.

Percebendo o embaraço do jovem mestre, Julian lançou a Appius um olhar encorajador. Acenou discretamente com a cabeça, incentivando-o a repetir o que lhe havia dito durante o leilão. O rapaz tomou coragem e falou.

— A elfa segue a Deusa do Conhecimento. É versada na ciência e erudição, capaz de atuar como escriba e professora. Também é dócil e obediente. Mais importante, é uma clériga abençoada. Tem o toque da cura. Será o presente perfeito para Sua Primazia Imperial, o Imperator Aurakas, quando ele nos conceder a honra de uma audiência.

Gaius Aurelius empurrou a cadeira para trás. Levantou-se. Seus chifres majestosos quase atingiam o teto. Deu a volta na escrivaninha, enquanto Pérola, Julian e Petronius deram um passo para trás, oferecendo passagem até Gwen. O patriarca parou diante dela e analisou-a dos pés à cabeça, passando pelos seios delicados e pelos cabelos claros. Tocou-lhe o queixo e fez com que erguesse a cabeça e olhasse em sua direção. Virou-lhe o rosto de um lado para o outro, averiguando. Soltou-a, e a elfa abaixou o olhar, submissa.

— Qual é seu nome, elfa?

— Gwendolynn, senhor. Mas atendo por Gwen.

— Que manto é esse que você estava usando?

— Deram-me na rua, senhor. Durante a confusão no Fórum.

Sem desviar dela o olhar desconfiado, Gaius Aurelius deu uma ordem ao meio-elfo.

— Julian, me alcance.

Julian se abaixou, recolheu o manto azul e entregou nas mãos de seu amo. Estampado no tecido estava o símbolo da águia prateada.

— Sabe o que é isso? — perguntou o patriarca.

— Não, senhor — Julian respondeu.

O patriarca mostrou o símbolo para os demais, mas ninguém se prontificou a responder. Então ele mesmo esclareceu.

— É o brasão de Adhurian. O mesmo brasão a selar a carta que nos trouxe a notícia da morte de Titus, dois anos atrás.

A cor sumiu do rosto de Julian. Todos os presentes encararam o chão. O patriarca emendou mais uma ordem para o meio-elfo:

— Queime.

Julian recebeu o manto. Acenou uma mesura. Deu dois passos para trás e deixou o gabinete. O som de seus passos se distanciou pelo corredor.

Sem aviso, Gaius Aurelius deu com as costas da mão no rosto de Gwen. Ela nem viu o golpe. Quando deu por si, estava caída. A delicada pele do corpo, arranhada pelo tapete da sala. A cabeleira longa e clara se havia desarrumado e esticava-se pelo chão, em todas as direções.

Involuntariamente, a elfa tocou o rosto. Foi um erro. Ardia como a chuva corrosiva trazida pelos demônios da Tormenta. Ardeu ainda mais com o toque.

— Isso foi por trazer para casa lixo da rua.

A face de Gwen logo se enrubesceu, delineando com exatidão o local do tapa. O olho encheu de água. Demorou mais do que deveria para entender o que havia acontecido. Até lá, permaneceu caída, nua aos pés do minotauro.

Petronius e Pérola agiram com naturalidade. Apenas observaram. Appius hesitou por um momento, mas manteve-se em sua posição. Ninguém ofereceu ajuda à elfa para se levantar, ela fez isso sozinha. Ergueu o queixo, aprumou-se. Nenhum protesto, a despeito da punição. Nenhuma vergonha, apesar da exposição de seu corpo.

— Perdão, mestre. Não voltará a acontecer.

O patriarca gostou da resposta, e todos respiraram aliviados.

— Como patriarca da família, eu a recebo sob minha proteção, Gwendolynn, Clériga de Tanna-Toh. Vestirá e comerá apenas do que lhe for oferecido nesta casa. Obedecerá às minhas ordens e daqueles que me representam. Respeitará minha vontade e meu julgamento. Ostente com orgulho o brasão dos Aurelius Lomatubarius e estará resguardada de todos os males enquanto estiver sob meu teto.

Gwen fez uma mesura.

— Obrigada, meu amo. Aceito vosso amparo com honra e gratidão. Juro lealdade a vosso nome e cumprirei com devoção qualquer tarefa que me for atribuída. Serei digna da casa Aurelius Lomatubarius.

Satisfeito, o patriarca voltou para seu lado da escrivaninha e abriu a gaveta. De dentro dela, tirou um chicote negro e comprido, enrolado em si mesmo. Ainda lustroso, nunca havia sido utilizado. Refez o caminho até o centro da sala, parou diante do filho.

— Meus parabéns, Appius. Está se tornando um homem. Entregá-la como presente a Aurakas nesse momento de instabilidade é um movimento sagaz, que nos coloca à frente daquela pústula pálida, Cassius Titanus. Mas, até a chegada do Imperator, você é o responsável pela nova escrava. Ela tem bons modos agora, mas isso não vai durar se você for indolente. Deverá mantê-la na linha.

Dizendo isso, Gaius deu o chicote nas mãos do filho. Todos perceberam que Appius tremia ao recebê-lo.

— Dispensados — concluiu o patriarca.

Pérola foi até a porta do gabinete e chamou por Cecília.

— Leve-a — a sereia instruiu. — Dê-lhe um banho e roupas novas. Alimente-a. Ela será entregue como presente ao Imperator, então precisa estar impecável quando ele chegar, daqui a três dias.

Com a permissão do patriarca, Cecília cobriu Gwen com um lençol marrom e a levou dali. Petronius e Appius também se retiraram, atordoados. Apenas Pérola permaneceu.

Depois que eles se foram, Gaius permitiu-se desabar novamente na cadeira. O cansaço estava estampado em seu rosto bovídeo, a mão esfregava as têmporas. Pérola fluiu o corpo esguio até estar atrás da cadeira alta. Na área entre os ombros e o pescoço do mestre, verteu o toque macio de suas mãos e iniciou uma massagem para aliviar a tensão.

— Ideias subversivas rondam a cabeça do meu filho, Pérola. Não sei mais o que fazer. Tenho pouco tempo, preciso que ele amadureça. Quem mais vai cuidar de você?

A musa das águas continuou a massageá-lo, sem que tivesse uma resposta a oferecer.

## CAPÍTULO 7

# SILÊNCIO GOBLINOIDE

OS RUMORES SOBRE O QUE HAVIA ACONTECIDO NO FÓRUM se espalharam por Tiberus como kobolds se multiplicando em masmorras abandonadas. Nos bairros nobres, os aristocratas vindos do leilão relatavam o que haviam visto e criavam conjecturas sobre o que havia escapado a seus olhos. Embasbacados, seus familiares, empregados e escravos espalhavam as notícias. Em pouco tempo, a euforia fez com que informações inexatas fossem difundidas como verdades absolutas. Quando alcançaram a periferia, os relatos já haviam sido contaminados pela criatividade do populacho.

— A Tormenta está invadindo! — um agitador veio gritando pela rua, para quem quisesse ouvir. — Se escondam! O labirinto de Tapista não nos protege mais!

— Como é que é? — perguntou uma mulher que mendigava, estendida no canto da rua, junto à parede de um prédio qualquer.

Ele agarrou os ombros dela e a balançou.

— Demônios invadiram o Fórum! — respondeu, sem abaixar o tom de voz. — Aberrações da natureza com espinhos nas costas e dentes do tamanho da sua perna! Trucidam a carne numa mordida só! Mas não comem. Matam por matar, por puro prazer! Não temos para onde fugir, será um banho de sangue! Faça a última prece para o seu deus. Estamos todos condenados!

O profeta do fim do mundo soltou a mendiga e seguiu pela rua, alardeando a plenos pulmões:

— Os sinais são claros, o fim está próximo! A Tormenta bate à nossa porta! Nuvens rubras tingirão o céu. Sangue há de chover sobre nossas cabeças!

Quando a voz dele já sumia em meio à barulheira da cidade, uma lavadeira que passava por ali carregando um cesto de roupa na cabeça revirou os olhos para tranquilizar a mendiga:

— Não dá trela pra esse monte de lorota. Os minotauros usam esses esquisitões pra gente ficar na linha, mas a amiga de uma amiga minha estava lá no Fórum quando tudo aconteceu e me contaram tim-tim por tim-tim. — Então ela cobriu a boca, como quem revela um segredo: — Foi só uma escaramuça do Bando de Pau e Pedra. Eles vêm, mandam uns chifrudos pra vala e vão embora. Quando tiver só um punhadinho deles, o bando vai tacar fogo em tudo, e então quem é rico vai virar pobre e quem é pobre vai virar rico.

— Sei! Isso é história da carochinha, que a gente conta pra criançada parar de choro quando tem que dormir de bucho vazio — a primeira mulher deu de ombros, escolhendo acreditar na hipótese do cataclisma.

— Claro que não! Um dia você ainda vai agradecer.

— Os minotauros têm espada, têm escudo... Até parece que dá pra passar o rato neles só com pau e pedra. Esse bando não existe.

Na janela térrea do prédio onde a mendiga se escorava, surgiu um goblin. De corpo diminuto e pele verde-acinzentada, bateu com as palmas no batente da janela e bufou para as duas mulheres que discutiam. De certa maneira, suas feições lembravam a de um javali. Um javali que andava sobre duas patas, tinha orelhas enormes e a testa franzida de aborrecimento. O couro áspero e as presas lhe conferiam ar bestial, mas as roupas próprias para o trabalho revelavam sua natureza civilizada. Aquele era Dok, um inventor. Bem protegido contra o risco de acidentes, trajava um avental sujo de graxa, capacete de couro, luvas grossas e óculos de proteção que faziam seus olhos parecerem maiores do que o normal.

Ele olhou para as mulheres e fez uma careta.

— Barulho! Muito barulho! Papo furado! — resmungou, e em seguida bateu as duas folhas de madeira de uma vez só, cerrando a janela.

A madeira abafou o incômodo som da rua, e o goblin respirou agradecido. Junto com o barulho, no entanto, foi-se também a luz. Mas Dok estava preparado. Agarrou a lamparina que estava pendurada junto à janela, conferiu a quantidade de azeite de que ainda dispunha e a acendeu, iluminando o ambiente. Feito isso, voltou sua atenção mais uma vez para a câmara que o cercava.

Era uma moradia grande para os padrões daquela zona da cidade. Térrea, ocupava toda a base do prédio. Não possuía paredes ou quaisquer tipos de divisórias, o que negava privacidade a seus habitantes, mas oferecia a Dok uma área ampla, com pé direito alto, onde cabiam seus inventos e geringonças.

— Gente barulhenta! — ele continuou ranzinzando. — Gente que não fica quieta!

Engenhocas diversas ocupavam a sala, a maioria construída pela metade. Equipamentos grandes, intrincados, montados a partir de diversas peças diferentes. Os materiais iam desde pedaços de tábua e retalhos de couro rasgado, até longos tubos de metal brilhante. As peças eram amarradas umas às outras com cordas, pregadas com cravos de metal enferrujado ou coladas com cuspe de goblin. Além de Dok, ninguém mais saberia dizer qual a utilidade de cada uma. Mais do que isso, ninguém saberia colocá-las em funcionamento.

Dok perambulou pelo corredor que se formava entre duas linhas de engenhocas mais altas do que ele, mas nem olhou para a maioria delas. Seu interesse repousava mais ao fundo do aposento. Em meio a tantos experimentos grandiosos e cheios de componentes, escolheu se dedicar a um aparato esférico e negro, não maior do que um barril de vinho. Uma bola de metal enegrecido, com uma portinhola que dava acesso ao interior oco.

Deixou-se cair sentado no chão, agarrou um martelo que estava por ali, enfiou cabeça e braços portinhola adentro e começou a escrutinar o coração da engenhoca. Mesmo assim, não parou de reclamar.

— Dok precisa silêncio! — martelou algo lá dentro, e o clangor do metal ecoou para fora e se ergueu acima da coleção de engenhocas inacabadas. — Silêncio Dok pensar! — martelou mais vezes, e as marteladas repetidas abafaram qualquer barulho que pudesse ter entrado pela janela aberta.

À primeira vista, qualquer um pensaria que o goblin falava sozinho. Porém, em meio a tábuas de madeira e placas de metal, era possível distinguir o movimento de respiração de uma criatura viva. Grandes e dourados, seus olhos se destacavam em meio às peças cinzentas. Brilhavam com inteligência, acompanhando cada movimento do goblin. A cabeça era de águia, assim como as patas dianteiras, as asas e toda a porção frontal do corpo. Porém, ao longo do tronco, as penas se transformavam em pelagem curta e espessa. Tinha as patas traseiras de felino, e o corpo terminava em um rabo comprido, com um tufo de pelos na ponta. A criatura era a combinação perfeita entre águia, leão e magia. Era um grifo.

Não era branco e marrom como outros grifos das Montanhas Sanguinárias. Suas penas de águia e pelos de leão compartilhavam o mesmo tom de grafite. No momento de seu nascimento, o cinza irregular havia lhe rendido o nome Fuligem. Porém, manchas e imperfeições haviam desaparecido na primeira muda de penas, dando lugar a um cinza escuro e lustroso, como chumbo derretido.

Fuligem havia crescido. Embora ainda tivesse muito o que amadurecer, já era maior que um cavalo, e sua dificuldade em se acomodar no ambiente fechado era evidente. Na maior parte do tempo, mantinha-se deitado sobre as patas flexionadas. A cabeça, encolhida para junto dos ombros. Mas a pior parte eram as asas, sempre contraídas. Mesmo que estivesse livre de quinquilharias, a alcova não tinha espaço para sua envergadura completa.

Dok alcançou uma chapa de aço dentro da esfera negra, puxou-a para fora com as mãos enluvadas e analisou-a com os olhos agigantados pelos óculos de proteção. Sem aviso, deu um pulo de euforia quando uma ideia pipocou em sua cabeça. Foi até o grifo e esticou o objeto na direção dele. Sem compartilhar da mesma empolgação, Fuligem abriu o bico de águia, esperou que Dok posicionasse a lâmina dentro dele, voltou a fechá-lo. A ponta aguçada perfurou o metal como agulha ferindo o tecido. Quando voltou a abrir o bico, via-se um furo bem no meio da chapa de aço. Dok pulou de novo e se acocorou diante de uma pilha de equipamentos misturados a entulho. Revirou-a, jogando alguns instrumentos para longe, até que encontrou uma lixa resistente. Então se pôs a raspar as rebarbas projetadas do furo feito por Fuligem. O som estridente de metal sendo lixado ressoou pelas quatro paredes e fez rachar um frasco de poção.

— Silêncio bom!

Mas o silêncio cacofônico foi mais uma vez perturbado. A única porta do cômodo se abriu, permitindo a entrada da luz alaranjada do sol poente, que teimava em alcançar o beco atrás do prédio. Veio acompanhada do barulho da rua, do vento encanado que percorria a cidade e de duas figuras conhecidas.

— Será que agora dá pra me explicar o que foi que aconteceu lá? — Verônica demandou, quase gritando, ao seguir Christian para dentro.

Fuligem piou de alegria ao vê-los, enquanto Dok revirou os olhos.

— Fechar porta! — gritou o goblin.

Verônica voltou até a porta e bateu-a com estrondo, descontando sua frustração.

— Fale! — ela insistiu com Christian. — Nada disso faz sentido!

— Já disse... — o guerreiro suspirou. Sem olhar para Verônica, ocupou-se de desafivelar o cinto que mantinha a bainha da espada presa à cintura. Seus movimentos eram apáticos. Sua face, cansada. — Ela me pediu para não interferir. Quer continuar aprisionada.

— Mas isso é óbvio! — as serpentes que formavam os cabelos de Verônica se eriçaram, mostrando as presas. — Se ela quisesse que alguém interferisse, não teria se mandado de Adhurian sem avisar! Essa missão não tem nada a ver com o que *ela* quer, é sobre levá-la embora e ponto final. Sempre soubemos disso!

Fuligem piava e tentava esticar as asas para chamar atenção. Esbarrou sem querer em uma pilha de tocos de madeira e peças de metal e ela veio abaixo, espalhando bugigangas pelo assoalho. Mesmo assim, Christian estava alheio demais para escutar. Removeu o cinto e o depositou junto com a espada sobre uma mesa.

— Foi difícil para mim — disse ele.

— Difícil? — Verônica bateu com os punhos na mesa, e a espada de Christian trepidou sobre a madeira. Ela então fez uma imitação tosca da voz do mercador de escravos, enquanto gesticulava com exagerada afetação: — 'Só vai virar escravo quem não tiver proteção, e você já tem o seu marido!'

Os lábios de Christian se contorceram quando ele reprimiu uma risada fora de hora.

— Não estou acreditando que escutei tudo aquilo quieta... pra nada! — a medusa bateu mais uma vez na mesa e endireitou a coluna, tentando manter a calma. Então sacou a adaga e admirou a lâmina afiada. — Minha vontade era arrancar os testículos daquele filho duma tarasca! Ah! Não posso nem ofender a mãe dele, a coitada deve ser escrava também! Engravidou e pariu sem poder escolher — rosnou ao mesmo tempo em que fincou a adaga no tampo da mesa e largou-a ali, com o cabo para cima. — Eu odeio esse lugar!

Dizendo isso, saiu batendo os pés. Enfiou-se atrás de uma cortina que separava o ambiente e pôs-se a despir o vestido de seda, seu disfarce de dama da nobreza, já rasgado e imundo.

Christian se afastou ao máximo. Caminhou até Fuligem e acariciou-o acima do bico. O grifo fechou os olhos. Dok continuou a trabalhar em sua engenhoca. Mas, mesmo ocupada se trocando, Verônica insistiu em resmungar:

— A única hora boa do dia foi ver você sacar a espada no meio daqueles babacas. Mas e depois? Deixou a Gwen escapar por entre os dedos! E agora, o que vamos fazer? — gritou ela, para ter certeza de que os demais ouviriam.

— Não sei, Verônica. Esperar, acho — Christian respondeu em voz baixa.

A medusa reapareceu de trás do cortinado, já trajando as botas de couro que suportavam longas viagens e as bermudas justas que davam liberdade de movimento às coxas expostas. Surgiu puxando os cordões do corpete, a fim de ajustá-lo ao corpo sobre a túnica branca. Com os dedos ágeis, puxava com mais força do que de costume, descontando a frustração. Parecia que cuspiria fogo a qualquer instante.

Vendo a fúria da medusa subindo até a cabeça, Dok não conseguiu segurar seu risinho estridente de goblin zombeteiro.

— E você? — ela direcionou sua indignação para o goblin. — Fica aí sentado o dia inteiro e nem para ajudar!

Ele nem se moveu, continuou o que estava fazendo.

— Dok prever missão falha. Quando Gwen querer fugir, Dok levar ela embora. Gwen livre, mesmo presa.

— Não é tão simples assim! — ela se exasperou. — Uma vez vendida, fica muito mais difícil tirá-la de lá. Essas casas nobres têm feitiços de proteção. Invadir pode ser fácil, mas escapar é quase impossível! Como vocês dois podem estar tão acomodados?!

Verônica voltou a fulminar Christian com o olhar, mas ele não respondeu. Apenas continuou a acariciar Fuligem, contemplando o infinito.

— E esse grifo? — ela persistiu, despertando a atenção de ambos, homem e animal. — Que tal colocar pra voar? Resgatar a Gwen! Ou prefere deixá-lo morrer de tédio nesse casebre? As asas vão atrofiar.

O local não era minúsculo, mas certamente era inadequado para uma criatura daquele tamanho. Fuligem deu um assovio longo e melodioso, aprovando a ideia.

— Ele não está pronto — Christian rebateu, para desgosto de Fuligem. Então caminhou pela lateral do grifo, acariciando as penas e depois o pelo, até chegar à pata traseira, de leão. Estava enfaixada. — Ainda não se recuperou do que houve na última vez. Além disso, ainda não temos uma sela. Dok está trabalhando em uma.

Ao ouvir seu nome, o goblin sorriu com os dentinhos afiados e ergueu o polegar. Porém, continuou trabalhando em seu globo negro. Verônica olhou ao redor, mas nada havia que se assemelhasse a um protótipo de sela naquela câmara.

— Você está é com medo — ela provocou Christian. — Medo de cair de novo. De ser incapaz de voar nas costas de um grifo e descobrir que o seu sonho de infância é impossível de realizar. Mas é quem está ao redor que sofre com a sua covardia. Vacilão.

Christian olhou diretamente para ela pela primeira vez. Seus olhos faiscaram. Verônica sabia como irritá-lo. Ele atravessou o aposento inteiro com três passadas, agarrou a gola da blusa dela e prendeu-a contra a parede.

— Escute, Verônica. Isso é sobre responsabilidade, um conceito que acho que você não conhece. Não vou deixar o Fuligem voar sobre uma cidade perigosa como essa. Imagine o que os minotauros fariam se conseguissem colocar as mãos nele! Pare e pense por um segundo!

A medusa não se abalou. Desafiou-o com o olhar.

— O que fariam com ele eu não sei dizer... Mas tenha certeza, não é nada que não fariam com a Gwen — retrucou ela.

— Que diabos, Verônica! — Christian a soltou e andou em círculos pelo aposento. — Pare de me incomodar! Gwen teve a chance de fugir conosco, mas *escolheu* ficar! O que queria que eu fizesse?

— Que a arrastasse! Ela não sabe o que está fazendo.

— Até parece que você não sabe de quem estamos falando! A fanática do conhecimento nunca entraria numa situação dessas sem saber exatamente onde pisa. Eu vi a frieza nos olhos dela. Ela conhece os riscos. Conhece as implicações.

— Se fosse eu...

— Se fosse você — ele gritou, seguido de um resmungo — teria ajudado a contrabandear escravos sem nem saber qual era a carga do navio.

Verônica se calou. No final das contas, todos sabiam por que estavam ali. A princípio, Gwen não era uma guerreira. Revolucionária, menos ainda. Sua vocação não poderia estar mais distante. Era professora. Seu objetivo, manter viva a cultura élfica, mesmo após a destruição do reino de Lenórienn pelos inimigos goblinoides e a consequente diáspora de seu povo pelo mundo de Arton. Por décadas viajou de vila em vila, de cidade em cidade. Lecionou para aqueles que queriam ouvir, convenceu aqueles que não queriam. Elfos e meio-elfos eram seus alunos favoritos, especialmente os mais jovens, nascidos após o massacre de sua raça. Apesar disso, estava disposta a contar as antigas histórias de Lenórienn a qualquer um. Bastava o interesse em aprender.

Foi a vida que obrigou Gwen a lutar pela sobrevivência. A mesma vida que a obrigou a unir forças com aliados improváveis, como a medusa ou o goblin. Porém, se o destino existe, ele apenas conduz o universo até certo ponto, onde cada indivíduo precisa tomar suas próprias decisões. Gwen escolheu fortalecer sua amizade com os aliados de jornada. Acreditou nisso. Depositou neles sua confiança e sua dedicação. Sábia decisão.

Verônica, no entanto, não era tão sábia. Boa de briga e de caráter, mas incapaz de julgar as intenções mascaradas das pessoas. Em diversos momentos da vida, optou por confiar em quem não deveria. Envolveu-se com gente perversa, deixou-se manipular, cumpriu com sucesso missões abomináveis. Uma delas impactaria não apenas em sua vida, mas na de seus amigos também.

— Você é um idiota por trazer isso à tona! — berrou ela, os olhos úmidos de frustração. — Como eu ia saber que era um navio de escravos? Como ia saber que os aprendizes dela estavam ali?

— Não ia! Porque é você! Você não se importa com os pormenores. Ela, sim. Se fosse a Gwen naquele navio, saberia qual era a carga, o destino e os compradores!

Verônica ficou de boca aberta, mas não retrucou. Respirou fundo para manter o controle. Viu Christian fazer o mesmo e se aproximar.

— Eu respeitei a decisão dela. Agora cabe a você respeitar a minha.

Ela sorriu para o nada e soltou uma única arfada de incredulidade.

— Não é sobre respeito, Christian. É sobre responsabilidade. Sim, eu conheço o conceito melhor do que você imagina. Não posso escolher por você ou por ela, mas posso escolher por mim mesma. Escolho reparar o dano que causei.

Sem esperar uma réplica, Verônica arrancou a adaga fincada na mesa e escondeu-a sob a bermuda. Apanhou também o gládio que estivera escorado a um canto na sala, passou a cinta sobre o ombro e ajustou a bainha junto ao corpo. Lançou a Christian um último olhar de desprezo antes de sair pela única porta e batê-la atrás de si.

— Aaaaah! — Christian agarrou a cabeça com as duas mãos e bagunçou o próprio cabelo. — Essa mulher vai me enlouquecer!

Dok revirou os olhos, esticou-se para pegar uma chave de fenda e pôs-se a parafusar uma peça qualquer.

— Preciso de uma bebida — o guerreiro continuou. — Tem uma taverna aqui perto. Você vem?

O goblin o encarou com desinteresse, apenas por um instante antes de voltar a trabalhar. Christian deu de ombros.

— Tudo bem. Até mais, então. Tchau para você também, Fuligem.

Dizendo isso, saiu pela mesma porta que Verônica, mas com um propósito distinto.

Com os dois tendo ido embora, a sala voltou a mergulhar no mais agradável e contemplativo silêncio. Em companhia apenas de Fuligem, Dok conseguia pensar com mais clareza, analisar as peças com maior cuidado, projetar com melhor precisão. Satisfeito, examinou uma bobina de aço. Tentou encaixá-la onde desejava. Porém, descobriu que não cabia, o tamanho não era o ideal. Não teve dúvidas, pegou um martelo e pôs-se a resolver o problema. A cada martelada, o som metálico ecoava pelo ambiente, ressoando infinitas vezes no fundo do ouvido, enquanto a bobina amassava, moldando-se ao espaço disponível.

Um inequívoco exemplo de silêncio goblinoide.

Porém, a tranquilidade de Dok durou pouco. Quando enfim pensou que teria sossego, Christian voltou a escancarar a porta, banhando o ambiente com o brilho do crepúsculo.

— Ficou bravo comigo, Dok? — ele irrompeu pela sala. — Só porque falei aquelas coisas pra Verônica?

— Christian pessoa horrível — o goblin respondeu.

— Ah, deixa de chateação! Não vá me fazer beber sozinho! — dizendo isso, agarrou-o pelos ombros e o colocou de pé. — Vamos lá!

— Não — resmungou o goblin.

— Sim! Vamos explorar um pouco essa cidade, ver o que ela oferece de bom.

Batendo os pés, Dok o acompanhou.

## CAPÍTULO 8

# AS MULHERES DO PATRIARCA

NOBREZA E ALVOROÇO SE MISTURAVAM NOS CORRE-DORES da casa dos Aurelius Lomatubarius. Seguindo Cecília pela casa, Gwen viu uma profusão de escravos entrar e sair pelas várias portas, realizando todo tipo de função. Alguns limpavam o chão, outros espanavam o pó ou carregavam roupas para lavar. Havia ainda os que realizavam pequenos reparos nos móveis e na casa propriamente dita. Percorriam os corredores munidos de escadas, martelos e até baldes de tinta. Todos mantinham o queixo erguido. Demonstravam orgulho em se fazer útil àquela família.

— Quer dizer que você é presente para o Imperator? Quanta honra! — disse Cecília, enquanto a guiava por diferentes cômodos. — Mesmo que não vá ficar por muito tempo, é bom conhecer a casa. Vou mostrar as dependências dos escravos.

Os escravos não eram os únicos a ocupar as áreas internas da casa. Aqui e ali, empregados da vigilância montavam guarda ou faziam rondas. Eram minotauros corpulentos e armados como legionários, mas identificados com as cores e a insígnia dos Aurelius Lomatubarius.

Gwen e Cecília cruzaram uma porta para o jardim interno da casa, uma área ampla e retangular, onde as mais diversas plantas cresciam ao ar livre. Ali, os guardas eram ainda mais numerosos. Porém, estes não estavam em serviço. Reuniam-se em pequenos grupos para rir e jogar conversa fora.

— Elfos estão ficando raros por aqui. — Cecília continuou. — Se nascem meninos, são minotauros. As meninas são elfas, mas geralmente vêm ao mundo já mortas. Dizem que os elfos vivem mais do que os humanos, mas não é bem isso que eu vejo por aí. Vocês são frágeis. Quase nunca nascem e, quando nascem, adoecem por qualquer bobagem e morrem. Dizem que alguns morrem até de tristeza... Espero que não aconteça com você. Tome cuidado! Fale comigo se começar a se sentir mal.

Longe dos amos, Cecília era falante e expansiva, sem deixar de ser gentil. Apresentou para Gwen as partes mais importantes da residência e explicou a congregação da guarda da família.

— Eles têm praticado as instruções dia e noite. Estão se preparando para a chegada do Imperator, por isso estão todos aqui ao mesmo tempo. Daqui a pouco o Petronius leva a maioria para o campo de treino e a casa volta a ficar vazia.

Gwen imaginou que os guardas pudessem importuná-la ao descobrirem que cruzava o jardim com apenas um lençol a cobrir seu corpo. Minotauros eram propensos ao desrespeito. Sentiam que constranger os mais fracos eram seu direito divino e sua obrigação. Porém, o que aconteceu foi o exato oposto. Ao perceber a aproximação das duas escravas, eles deram passagem com um aceno de cabeça respeitoso. Evitaram olhar para a elfa seminua.

— Você é propriedade dos Aurelius Lomatubarius agora — explicou Cecília, percebendo a surpresa de Gwen. — Ninguém ousa encostar nem um dedo em você.

— Exceto meu próprio dono — Gwen mastigou as palavras para si mesma.

Apesar de pertinentes à sua estada na casa, o que mais chamou a atenção de Gwen não foram os guardas ou os escravos, e sim os membros da família. Enquanto ela e Cecília abriam caminho lentamente pela aglomeração, duas crianças passaram correndo. A primeira ziguezagueou por entre os guardas e as escravas, empurrou um aqui, desviou de outra ali. Passou por Gwen como um vento ligeiro e seguiu a corrida. A elfa virou para trás apenas para ver a menina sumir em meio aos guardas, mal podendo divisar as feições de seu rosto ou os detalhes do vestido cor de rosa.

O segundo não era tão ágil. Quando Gwen voltou a virar para a frente, trombou com ele. A testa do pequeno bateu em sua barriga e ele estacou ali mesmo. Um minotauro. Muito novinho, ainda não possuía sequer os brotos de chifres. Sua cabeça era lisa, negra e felpuda. Ergueu para ela os olhos espantados, que se perguntavam quem era aquela elfa. Piscou ao não a reconhecer.

— Desculpa! — a voz infantil pronunciou a longa palavra com sincera dificuldade. Ele então se afastou e espiou pela lateral de Gwen, procurando pela menina.

O grupo de guardas se abriu para os dois lados, formando um corredor no meio, e ali ela apareceu. Esbaforida e suada, ela ria. Ria pela pequena vitória no percurso do jardim, ria pela euforia da algazarra. Tinha a mesma idade dele, os cabelos negros e abundantes e o vestido cheio de lacinhos. Ergueu as duas mãos, uma de cada lado do rosto, e colocou a língua para fora, fazendo uma careta de provocação.

— Lerdo, lerdo! — riu-se.

O menino bateu o pé no chão em um pequeno chilique e disparou na direção dela, rindo também. A menina desapareceu casa adentro e ele a seguiu.

— Quem são eles? — Gwen perguntou, enquanto retomavam o caminho para as câmaras dos escravos.

Cecília abriu um sorriso de orelha a orelha.

— Filhos do patriarca, Tertius e Astra. São gêmeos.

— Quantos filhos ele tem?

— Cinco. Ou melhor, quatro. O primeiro varão morreu. Foi uma comoção na família — apesar das palavras, Cecília mantinha o sorriso no rosto. Ao ver que Gwen a analisava, no entanto, sua franqueza a impeliu a segredar uma verdade: — Eu sinto muito pelo Titus, ele era muito bonzinho. Um dos minotauros mais amáveis que já conheci... Tão amável que não conseguiu cumprir com suas obrigações nessa casa. Mas quem sou eu para reclamar? Agora, o herdeiro da família é Appius, e ele está aprendendo muito bem! Será um grande patriarca.

Gwen olhou para o barrigão de Cecília e tudo ficou claro.

— Appius é filho seu?

Cecília corou, e ao mesmo tempo inflou de orgulho. Olhou ao redor, para ver se alguém ouvia a conversa, e impeliu Gwen a continuar caminhando.

— Maravilhoso, não é? — sussurrou. — Um reino onde o filho da escrava tem tanto direito quanto o filho da esposa! Qualquer um deles pode ser escolhido para herdar os chifres do pai.

— Titus, Appius, Tertius, Astra. Quem é o quinto filho? — perguntou a elfa.

— É a mais velha de todos — o sorriso de Cecília desapareceu e ela encarou o chão por um instante quase imperceptível, antes de continuar falando. — Aurélia. Também é filha da esposa. Nem preciso dizer que é a predileta. Foi enviada para o Reinado muito tempo atrás, virou uma mulher livre. Quando Titus morreu, pensei que fariam a loucura de trazê-la de volta, pra herdar os chifres. Mas ela é esperta, sabe que isso nunca iria funcionar. Essa aí não volta mais.

Gwen percebeu uma gota de ciúme misturada a um mar de esperança. Olhou para trás, procurando por Astra. A menina tinha o mesmo cabelo negro de Cecília, o mesmo rosto arredondado e gentil. Talvez ainda não soubesse, mas o destino não a havia favorecido. Tinha nascido mulher, ou seja, escrava. Porém, restava à sua mãe a esperança de que fosse enviada para algum lugar no mundo onde não cresceria no cativeiro.

As duas seguiram em silêncio pelo amplo jardim, que se prolongava, com árvores frutíferas e arbustos floridos. Em uma área desprovida de vegetação, Julian estava em pé ao lado de um poste de madeira. À sua frente, o manto azulado de Adhurian ardia em chamas. Os fios do bordado crepitavam e se eriçavam ao serem consumidos pelo fogo, liberando uma fumaça cinzenta, enquanto o meio-elfo revolvia o tecido com o auxílio de uma vara, para se certificar de que queimaria por completo. Gwen se lembrou da preocupação de Christian ao lhe entregar o manto. Ela lhe assegurara que Ichabod estaria por perto. Já era para ter lhe contatado a essa hora, algo deveria tê-lo atrasado.

Mais ao fundo do quintal, uma grade de ferro entrelaçado dava acesso a um vestíbulo, e este a uma porta dupla de madeira rústica, aberta pela metade. De alvenaria, as dependências dos escravos se confundiam com os muros da propriedade, sem detalhes ou decoração, apenas um telhado diferenciando seu paredão do restante da amurada. Os espaços internos eram estreitos e cinzentos, porém asseados. Havia uma lavanderia, onde três mulheres esfregavam roupas e as torciam, um depósito para as ferramentas, outro menor para os alimentos, a cozinha, os sanitários e o próprio alojamento dos escravos, subdividido em dezenas de alcovas.

— Depois eu mostro onde você vai dormir. Banho primeiro.

Cecília guiou Gwen até um cômodo úmido e chamou duas ajudantes. A primeira trouxe uma bacia de água fria. A outra demorou mais para chegar, e surgiu carregando com extremo cuidado um balde de água fervente. A mistura resultou em água morna e aprazível para o banho de Gwen, um verdadeiro luxo para qualquer escravo.

Luxo para qualquer aventureiro, também. Gwen estava acostumada a dormir ao relento durante longas jornadas e a se banhar no friúme de rios e lagos, isso quando tinha a sorte de encontrar condições mínimas para um banho.

As três humanas ajudaram a elfa no banho. Esfregaram suas costas cansadas, ensaboaram-lhe os cabelos, usaram uma escovinha para remover a imundície embaixo das unhas. Cada vez que despejavam água no topo de sua cabeça, o líquido ia se tingindo de marrom enquanto escorria pelo corpo, removendo a poeira que havia se colado ao suor ao longo dos dias e levando-a embora por um ralo no piso. Por um momento, Gwen quase se esqueceu de sua condição. Quase se esqueceu de que havia acabado de levar um tapa no rosto sem direito a revide, que estava ali para destruir todo aquele modo de vida abusivo. Quase.

Quando terminaram, nem parecia que a elfa havia sido arrastada por dias a fio em uma viagem junto aos mercadores de escravos. Sobre a pele limpa e fresca, vestiu a roupa que lhe foi oferecida: um vestido cinza, de tecido resistente, cuja saia descia até os joelhos e as mangas iam até os cotovelos. A gola, larga e arredondada, deixava o colo à mostra. A princípio pareceu largo demais, mas uma faixa feita do mesmo tecido deu o arremate, ajustando a peça na cintura. Todas as escravas da casa se vestiam da mesma maneira, um modelo simples e discreto, ideal para o trabalho.

— Não se preocupe, vamos providenciar um vestido especial para a audiência com Aurakas — disse Cecília. No caso dela, a faixa prendia mais em cima, separando os seios do barrigão de grávida. — Você vai estar deslumbrante!

As outras duas deram risinhos entusiasmados, enquanto ajudavam Gwen com a sandália amarrada no tornozelo.

— Que tal azul? — disse uma delas. — Um pouco transparente, vai ficar lindo!

— Verde! — contestou a outra. — Vai combinar com os olhos dela.

A discussão continuou enquanto penteavam os longos cabelos de Gwen. Deixaram-nos soltos, para que secassem, com a promessa de que fariam uma trança no dia seguinte e a enrolariam em forma de coque.

— Vai ficar muito elegante! O patriarca vai gostar.

Sentindo a maciez da pele graças ao banho recém-tomado, Gwen se despediu das duas ajudantes e foi levada por Cecília para o refeitório. Apesar de não muito grande, a câmara era ampla o suficiente para caber três mesas compridas e estreitas, dispostas lado a lado. Sentados em banquetas sem encosto, dois grupos conversavam despropositadamente enquanto desfrutavam a última refeição do dia. Um deles era composto por escravos da casa: as camareiras, as lavadeiras e o escriba. O outro, por guardas minotauros. Congregavam todos no mesmo ambiente.

Ao fundo, uma mulher estava sentada atrás de um balcão com o rosto apoiado nas mãos, mas levantou assim que viu mais gente chegando. Sorriu para Cecília e entregou para ela um prato proveniente da cozinha às suas costas. Fez o mesmo para Gwen. Por fim, serviu a si mesma e se juntou ao grupo dos escravos.

— Está vazio porque chegamos tarde — disse Cecília, ao escolher um assento longe do falatório. — Geralmente tem fila e gente comendo em pé.

O prato era de madeira e continha pão, queijo, margarina, batatas, cenouras e um pedaço de carne vermelha. Carne. Outro luxo para poucos no mundo de Arton. Aldeões e camponeses raramente tinham acesso. Contentavam-se com ovos e peixe, quando muito. Carne era alimento para nobres e reis. Grandes mercadores davam banquetes e incluíam carne quando viam a necessidade de demonstrar opulência a seus parceiros comerciais. Carne de boi e de porco eram exclusividade dos donos de rebanhos e seus abastados clientes. Carne de coelho e faisão compunham a mesa apenas daqueles que dispunham de extensões de terra onde caçar. Ainda assim, os escravos dos Aurelius Lomatubarius comiam carne no jantar, que nem era a principal refeição do dia.

— Desculpe, tinha esquecido — a serviçal da cozinha foi até Cecília e lhe entregou um pêssego e um cacho de uvas.

— Traga para Gwen também — Cecília indicou a elfa com o olhar.

A mulher não questionou, apenas buscou mais frutas na cozinha, entregou-as a Gwen e voltou a se sentar na outra ponta da mesa, junto aos demais. Grandes e belas, as frutas exalavam um cheiro fresco e suas cascas não tinham um único defeito, sequer. Estavam ali como sobremesa, mas Gwen não quis esperar. Deu uma mordida no pêssego, e uma gota do sumo lhe escorreu pelo queixo. Estava maduro e doce.

— Gostoso, não é? — Cecília sorriu. — Vem das terras da família, em Lomatubar. Onde eu nasci.

— Ah, você nasceu em Lomatubar? Estive lá, é um lugar perigoso. Muita gente sofrendo com a praga coral.

— Sim, ainda bem que fui trazida pra cá! Quem trabalha na plantação não vive por muito tempo.

Gwen contemplou o pêssego, pensativa. Uns precisavam morrer pela praga para que outros saboreassem frutas perfeitas. Limpou o queixo e a boca.

— Não precisa se preocupar! — disse Cecília. — A praga não pega nas frutas.

A elfa deu um sorriso triste, sua vontade de comer já tendo minguado. Colocou o pêssego de lado e se ocupou do resto do prato.

— Essa família tem muitos escravos — comentou, olhando ao redor.

— Sim, e olha que nas fazendas tem muito mais do que aqui! Os Aurelius Lomatubarius são generosos, eles acolhem e cuidam de todos nós. São especialmente cuidadosos com escravos que têm talentos especiais, como você, eu, Julian, Pérola...

Gwen parou no meio da mastigação.

— Pérola?

— Sim, você precisa ver ela cantando.

— Pérola é escrava? — Gwen buscou na memória algo que indicasse a diferença entre o tratamento dispensado a Pérola e para os demais. — Ela me pareceu mandar na casa. Sem contar que não veste cinza como nós.

— Julian também não veste cinza. Nem você vai vestir, quando Aurakas chegar. Mas eu sei o que você quer dizer... Pérola é diferente. É a favorita do patriarca, de longe — o rosto franco não conseguiu esconder o ciúme. — Não é difícil entender, ela é linda. O rosto perfeito, o corpo perfeito, o cabelo perfeito. Ela tem esse... essa... esse fascínio. O jeito de falar e de andar deixa os homens malucos. Simplesmente não tem como competir com uma sereia.

— Céus, pensei que ela fosse a esposa do patriarca — Gwen rasgou o pão com as mãos e mordiscou um pedaço.

— Não — Cecília deu de ombros. — A esposa morreu anos atrás! Pérola é só escrava, como você e eu. Quer dizer... Bem que o patriarca queria se casar com ela. Ele não esconde isso de ninguém. Mas, sabe como é, sereias não engravidam.

Cecília tocou o ventre com as duas mãos, jubilosa. Em poucos meses, daria à luz seu quarto filho. Era a única mulher a encher aquela casa de crianças, a única a gerar herdeiros para a família. Gwen percebeu que os demais a tratavam com deferência. Fosse oferecendo os melhores alimentos, obedecendo às suas demandas ou dando passagem nos corredores, escravos e empregados não questionavam sua condição superior. Estava abaixo apenas de Pérola e dos próprios mestres. Aos poucos, a hierarquia da casa se desenhava na cabeça de Gwen.

— Tenho quase certeza de que sereias engravidam — a elfa murmurou, antes que pudesse segurar a própria língua. Arrependeu-se em seguida.

Cecília parou de comer e arregalou os olhos. Então sussurrou:

— Não diga isso ao patriarca! — ela olhou para o grupo de guardas, que se levantava para ir embora logo que Petronius surgiu e os dispensou. Esperou que todos eles saíssem. Então, falou ainda mais baixo: — Ele já aceitou que ela nunca vai engravidar. Alimentar essa esperança só vai piorar as coisas. Por favor.

Abraçada à própria barriga, Cecília parecia diminuir de tamanho. O semblante misturava aflição e súplica. Aquela casa era seu mundo, tudo o que possuía. Tendo negada a liberdade, encontrava alento no conforto do cativeiro. Um conforto que dependia do prestígio que conquistara. Cecília era um símbolo de fertilidade, a única concubina a gerar filhos vivos e sadios, herdeiros ideais. Fato irrelevante para a grande conjunção do cosmos, mas fundamental na vida de uma reles escrava. Perder essa distinção perante o mestre poderia significar sua ruína.

Se os ideais de Gwen trouxessem o resultado que almejava, pessoas como Cecília teriam a chance de guiar os próprios passos e buscar melhores expectativas na vida. Contudo, Gwen dependia de Julian para que os planos avançassem. Não havia por que incomodá-la agora.

— Talvez o problema seja porque ela é uma sereia e ele é um minotauro. Não sei até que ponto essas raças são compatíveis — disse Gwen, para acalmá-la.

— É, talvez... — Cecília triturou a carne com os dentes, pensativa.

Já haviam terminado de comer quando Pérola surgiu. Primeiro, ouviram o ritmo compassado das sandálias se aproximando pelo corredor. Depois, escutaram sua voz melodiosa perguntar por Cecília ao cruzar com uma serva. Por fim, a sereia apareceu na porta, os cabelos cor de rosa fluindo com o ar, a cauda da saia deslizando pelo piso às suas costas. Desembocou no refeitório como uma onda, sua presença preenchendo todos os espaços vazios. Deu a volta no recinto e parou de frente para Cecília.

Sobre a mesa entre as duas, depositou um objeto singular. Era composto por inúmeros galhos de arbusto secos. Um cordão de palha os amarrava na base, mantendo-os unidos, outro cordão prendia bem no centro. A partir dali os ramos sem folhas se prolongavam, algumas pontas se encurvando para longe das demais. Media quase um metro de comprimento.

— O patriarca mandou chamar — disse a sereia.

Cecília congelou, a cor desaparecendo de sua face.

— Agora?

— Ele já está lá fora.

Gwen olhou de uma para a outra, a princípio sem entender o que acontecia. Cecília engoliu em seco e se levantou. Pegou a vara com as mãos trêmulas e explicou, sem erguer os olhos para a elfa:

— Vou para a disciplina mensal. Nos falamos depois.

Sem perder tempo, saiu apressada do refeitório, abandonando o prato e a colher de madeira em cima da mesa. Não poderia fazer o patriarca esperar. Deixou também uma Gwen estática, incerta quanto ao que pensar ou dizer.

— Isso parece suculento! — disse Pérola. Ela então jogou o cabelo para trás, esbanjando seu encanto natural, e fluiu até a cozinha. Voltou comendo seu próprio pêssego, apreciando cada mordida. Sentou-se de frente para Gwen. — Pode deixar que eu mostro o resto da casa para você. A Cecília vai demorar.

— Ela... vai ser punida? — perguntou a elfa.

— Sim — Pérola virou o fruto de lado, para evitar perder um pedaço de polpa. Chupou o caldinho de baixo, antes que escorresse para a mesa.

— O que ela fez de errado?

Pérola a encarou com olhar vago, em um instante de perplexidade. Abaixou o pêssego e limpou os lábios com a língua, ganhando tempo para pensar. Então, falou com Gwen como quem explica algo a uma criança.

— Ela não fez nada de errado, essa é uma disciplina preventiva. A vara deixa os escravos na linha. Só assim é possível manter a ordem na casa. Cecília sabe disso, e você também deveria saber.

De repente, a voz fina de Cecília irrompeu do jardim. Um brado de susto e de dor, que ecoou pelos corredores das dependências dos escravos e invadiu o refeitório sem aviso. Quando o grito morreu, Gwen sentiu como se nunca mais fosse escutar qualquer outra coisa na vida. A sensação era de ter ouvido um estampido ensurdecedor. Os pelos de seus braços se eriçaram. O coração acelerou. Estava pronta para correr para o jardim, arrancar a vara das mãos do patriarca e usar a própria para açoitá-lo no lugar de Cecília.

Mais um grito e Gwen cerrou o punho em torno da colher de madeira.

— Pelo amor dos deuses, ela está grávida! — esbravejou.

— Controle-se! — a sereia segurou-lhe o pulso.

Pérola espiou a entrada do refeitório de rabo de olho, tentando manter a compostura. Então sussurrou:

— Cada um de nós tem um papel nessa casa. Não impeça Cecília de cumprir o dela.

O queixo de Gwen pendeu, apenas tempo suficiente para ouvir mais um grito vindo dos jardins. Sentiu como se a chicotada fosse em si mesma.

— Isso é absurdo!

— Absurdo é não ter o que comer, não ter onde dormir. É ver toda a sua família morta e ficar sozinha no mundo. Isso, sim, é absurdo. Se submeter a uma disciplina dura em troca de uma vida boa não é absurdo. É um meio de sobrevivência. Pergunte a qualquer escravo desta casa e todos dirão que são gratos pela compaixão do patriarca.

Pérola soltou o pulso de Gwen ao ouvir o quarto grito. Então continuou:

— Ou melhor, não pergunte. Você só vai ficar aqui por três dias e terá a sorte de ser oferecida ao homem mais poderoso do Império. Tente não se indispor com esta família. É para o seu próprio bem.

Uma das cozinheiras foi até a mesa, recolheu os pratos de Cecília e de Gwen e levou-os para a pia. Pérola voltou a comer o pêssego e Petronius apareceu no refeitório.

— Queria passar pelo jardim, mas pelo visto vou ter que esperar — disse ele, sentando-se ao lado de Pérola.

Gwen era uma aventureira experiente. Com a força e o treinamento adquiridos ao longo dos anos, poderia interferir na agressão. Mas e depois? A situação se complicaria quando Petronius interferisse.

Mediu-o com o olhar. Não era um capanga qualquer. Petronius tinha o físico de um gladiador, as armas de um legionário e o olhar cansado de um andarilho que já percorreu o horizonte e viu mais do que gostaria na vida. Um adversário para não se subestimar. Além do mais, não estava sozinho. Contava com o apoio da guarda da casa e com o próprio patriarca, que, Gwen sabia, também dispunha de habilidades marciais.

Mais um grito de dor.

A dureza do embate não era um impedimento para Gwen. Já enfrentara perigos muito maiores sem se abalar. Porém, se vencesse, seu único prêmio seria impedir que Cecília apanhasse naquela noite. Algo para lavar a alma, porém de pouca utilidade prática. A atitude lhe custaria seu plano, ao passo que Cecília voltaria a ser maltratada no dia seguinte, fosse por Gaius Aurelius, fosse por outro minotauro qualquer.

Mais um grito. Precisava suportar. De nada adiantaria salvar uma única pessoa. Precisava seguir com o plano. Impedir, de uma vez por todas, que aquela violência se perpetuasse no império inteiro.

Se ao menos Ichabod lhe enviasse uma palavra de conforto.

— Posso ir até lá ver o que está acontecendo? — perguntou ela a Pérola.

— Claro que não. A disciplina é um momento especial entre o senhor e o escravo.

Mais um grito se fez ouvir, dessa vez entrecortado de soluços. Apesar disso, as mulheres na cozinha continuavam lavando a louça. Pérola ainda comia os últimos pedaços de seu pêssego. Petronius apenas olhava para o teto, indiferente. Cada um entretido com seus próprios interesses, o mundo seguia sem se preocupar com a dor de uma escrava. Cecília berrava e Gwen queria berrar junto.

Desde que Glórienn, Deusa dos Elfos e da Perfeição, havia perdido a condição de deusa maior e aceitado os grilhões impostos por Tauron, o povo élfico havia se tornado amargurado e submisso. Em sua cruzada de libertação, Gwen sabia que teria que lidar com isso. Porém, não esperava tanta falta de amor-próprio vinda de humanos. Justo os humanos! Deusa da Ambição, Valkaria criara a humanidade à sua imagem e semelhança. Ao conceber a raça que viria a dominar os recantos mais longínquos do mundo, certificou-se de imbuir-lhes a inquietação de quem sempre almeja algo maior. A raça mais independente, mais desbravadora. A raça das grandes aventuras.

Se ouvisse os lamentos resignados de Cecília, Valkaria choraria junto.

Enquanto isso, Gwen queria se erguer, atropelar quem se pusesse em seu caminho, rebelar-se. Queria atear fogo na casa e festejar sobre as cinzas.

Porém, não podia. Precisava seguir com o plano. Esperar a mensagem de Ichabod, ser guiada até a Resistência por Julian. Se não agisse conforme o planejado, perderia sua única chance de fazer a diferença. Mesmo sabendo de tudo isso, fechar os olhos e os ouvidos era um tormento difícil de suportar.

Uma presença inesperada surgiu no refeitório e despertou Gwen de seu suplício. Appius perturbou o ambiente com seus movimentos bruscos e seu olhar melancólico. Pérola e Petronius se sobressaltaram. Era evidente que o herdeiro da família não deveria estar ali, caminhando por entre corredores de parede nua e cinzenta, apinhados de servos de menor importância.

— Não aguento mais — a saliva de lástima comprometia sua dicção. — Vamos sair, Petronius.

Petronius se levantou, e Pérola também.

— Sair? Agora? — contestou ela.

— Sim, Pérola. E você não vai me impedir dessa vez! — sentenciou Appius, já se dirigindo para a porta. — Vamos pelo portão dos fundos.

— Para onde vocês vão?

— Para o mais longe possível daqui! Não digam que nos viram.

Gwen se levantou.

— Mestre...

Ouvir o berreiro era uma tortura, e ela estava decidida a pedir para ser levada junto. Porém, o olhar exasperado de Pérola fez com que hesitasse, dando tempo para que Appius a interrompesse, repetindo:

— Não digam que nos viram!

E ele se foi.

Os gritos se prolongaram por mais algum tempo. Quando tudo terminou, Pérola mostrou a Gwen a cela que dividiria com outra escrava pelos próximos dias. Era minúscula, com duas camas ligeiramente separadas entre si. A tranca sólida e a janelinha gradeada permitiam que o lugar fosse usado também como prisão, mas a porta foi deixada aberta. Pérola indicou que Gwen se deitasse para dormir, e Gwen obedeceu por reflexo, sem ter controle real sobre suas próprias ações.

Deitou a cabeça no travesseiro macio, cobriu-se com o cobertor. Torceu para que Ichabod lhe enviasse uma mensagem. Ele já deveria ter entrado em contato, usando uma de suas magias. Encarou o teto, já sem esperanças.

As outras alcovas foram sendo ocupadas gradativamente pelas demais servas e o silêncio recaiu sobre o alojamento quando todas se deitaram. Foi só quando a lua já ia alta no céu que os passos tímidos de Cecília se fizeram ouvir no corredor.

— Ele vai me ajudar. Vai me ajudar — repetia para si mesma.

Avançou sem pressa, incapaz de controlar os soluços. Ocupou a cama que lhe era de direito em uma das celas. Seus lamentos ficaram mais baixos à medida que o sono a dominou.

Mas, na cabeça de Gwen, seus gritos continuaram ecoando.

# CAPÍTULO 9
# ÂNCORA QUEBRADA

DEITADOS EM LEITOS ACOLHEDORES, SERVOS E SENHORES se preparavam para o merecido descanso nos bairros nobres da capital táurica. Enquanto isso, os moradores de rua se acomodavam como podiam pelo chão das esquinas frias. Fosse ele agradável ou aflitivo, o silêncio tomava conta de vários bairros.

Mas não da cidade inteira.

Tiberus fora erigida às margens do Rio dos Deuses. Alheio às centenas de milhares de edificações que floresceram em sua margem, o maior corpo de água corrente do mundo se movia em direção ao mar, separando o Reino dos Minotauros do restante do continente. A posição privilegiada diante das águas navegáveis favorecera o crescimento da capital, outrora uma vila, hoje a maior cidade do oeste artoniano. Com o passar dos séculos, Tiberus se expandiu para as três colinas mais próximas e entranhou-se na planície. Um Princeps da antiguidade mandou cercar a cidade. Outro, ergueu torres de vigia em seus limites. Outro ainda ordenou que todas as vias recebessem lamparinas de querosene, acesas sempre ao cair da noite. Assim, Tiberus passou a brilhar, não apenas como um farol de civilização, mas como um verdadeiro farol, um ponto de luz entre o negrume da terra e o negrume das águas.

Sentinelas montavam guarda nas guaritas e atalaias, coibindo a entrada de intrusos. Não que houvesse qualquer sinal de ameaça. Noite adentro, vigiavam os campos silenciosos de um lado da muralha e as ruas silenciosas do outro. Vez ou outra, um minotauro tomado pelo tédio deixava escapar um bocejo. Endireitava-se em seguida, buscando fazer jus ao treinamento recebido. Porém, não havia quem pudesse culpá-lo. Apenas o som das águas perturbava a noite profunda. Não as águas do rio, distantes demais para serem ouvidas da muralha, mas as águas que escorriam por extensos aquedutos para dentro da cidade e abasteciam fontes, caixas d'água e banhos públicos.

Tiberus era um verdadeiro milagre da engenharia táurica, uma máquina formada por grandiosas engrenagens, que estrondeavam de dia e se limitavam a um murmúrio à noite. Isto é, em sua maior parte.

Avessos à serenidade que tomava conta da maior parte da cidade, caminhantes noturnos percorriam as ruas iluminadas. Eram homens cansados, aborrecidos com a monotonia, ou simplesmente apaixonados pela boêmia. Saíam de casa na calada da noite, com a prata pesando na algibeira, sabendo que voltaria vazia. Abandonavam a serenidade dos distritos adormecidos e rumavam para onde era sabido que encontrariam diversão.

Nos bairros certos, não era difícil encontrar uma taverna aberta. Tiberus era uma cidade movimentada. Das províncias interioranas, vinham os fazendeiros vender sua produção e adquirir manufaturas. Das terras de além-rio, chegavam os mercadores trazendo suas especiarias. Arautos de outros reinos vinham em missão oficial, trazendo tratados e declarações, e até mesmo turistas visitavam a cidade, atraídos pela arquitetura peculiar e pela arte prodigiosa, que não se via igual em nenhum outro lugar do mundo. Para receber tantos viajantes, hospedarias pontilhavam certas áreas da cidade, com suas portas sempre abertas. A maioria seguia a mesma estrutura: no segundo e terceiro pisos, quartos para os hóspedes. No térreo, uma taverna com comida, bebida e música. E a clientela era tão abundante, que mal cabia no salão comunal. Assim, os estabelecimentos mais populares mantinham aberta uma janela larga, com um balcão virado para a rua, onde podiam acomodar ainda mais fregueses. E isso se prolongava por toda a noite. Tiberus nunca dormia.

Christian escolheu a dedo onde se enfiar. Não quis uma taverna cara demais, pois o custo excessivo servia mais para afugentar os clientes modestos e oferecer maior privacidade aos privilegiados do que como indicação de boa bebida. Também não quis uma muito econômica, pois nessas, sim, o preço refletia na qualidade. Fosse carne azeda ou vinho adulterado, uma refeição barata demais sempre vinha acompanhada de algum tipo de embuste.

Além do mais, Christian sabia exatamente qual taverna queria conhecer. Ao contrário do que dissera a Porcius Caecus, não viajara até Tiberus a bordo de Vectora, a cidade voadora. Ele, Verônica, Dok e Fuligem haviam atravessado o continente procurando por Gwen e Ichabod, investigando rastros deixados por eles, reunindo pistas e seguindo seus passos fugidios. Para isso, se deslocaram a pé, a cavalo e a bordo das engenhocas de Dok, quando funcionavam. A última etapa da jornada havia sido de navio. Assim, pouco antes de desembarcar no porto táurico, Christian a viu pela primeira vez: *Âncora Quebrada*, a taverna junto ao cais. Após a discussão com Verônica, foi para lá que arrastou Dok.

O porto fora construído em uma enseada. Ali, as águas caudalosas do Rio dos Deuses não corriam com a mesma intensidade. Pelo contrário, tranquilizavam-se, permitindo o embarque e desembarque seguro de passageiros e mercadorias. Durante a noite, centenas de embarcações, grandes e pequenas, faziam dali ancoradouro. Com as velas encolhidas e as luzes apagadas, oscilavam ao sabor das águas, sem se afastar do local escolhido. Os navios flutuavam escuros, mas as águas da enseada brilhavam, refletindo as lamparinas das ruas de Tiberus e, principalmente, o brilho e a agitação da *Âncora Quebrada*.

Os andares superiores não eram diferentes de qualquer outra estalagem. Janelinhas fechadas sugeriam que os hóspedes ainda tinham esperança de dormir. Porém, esta seria uma tarefa árdua, considerando o barulho no térreo. Enquanto outros estabelecimentos usavam portas e janelas para atender ao público na rua, a *Âncora Quebrada* simplesmente não possuía paredes. Mesas e cadeiras transcendiam os quatro limites do assoalho de madeira e espalhavam-se pelo cais de alvenaria, espalhando também o falatório e as risadas. Alguns clientes chegavam a ocupar o píer mais próximo. Da passarela de madeira ainda era possível ser servido e escutar a música, ao mesmo tempo em que se apreciava a proximidade das águas logo abaixo.

Para sustentar o teto e os andares superiores, o prédio era repleto de colunas. A maioria era de madeira, dispostas nas laterais. Porém, bem no centro da fundação retangular, a coluna mais larga era feita de pedra e servia de base para a cozinha. Uma pira ardia sobre uma lareira na altura da cintura, servindo de fonte de luz e de calor. Acima dela, um porco no espeto pingava gordura. Cada gota derramada no fogo fazia subir uma labareda e espalhava pelo ar o aroma de comida boa. Ao lado, borbulhava um caldeirão, e uma cozinheira roliça ia de um a outro, mexendo, cortando, adicionando condimentos e servindo pratos. Sob o olhar meticuloso do taverneiro minotauro, depositava-os em bandejas, para serem levados aos clientes por duas garçonetes de seios fartos e saias curtas, uma loira e outra morena.

Junto à coluna de pedra também subia a longa escada que dava acesso aos quartos. Embaixo dela, sacas, baús e garrafas de vinho e de sidra. A cozinha estava completa com uma pia e dois armários. Contornando tudo isso, um balcão. Ali muitos clientes se aglomeravam, alguns sentados em banquetas e outros de pé, ávidos não apenas para encher as canecas, mas principalmente para apreciar a performance que estava prestes a começar. Sobre o tampo de madeira, vasilhames de comida pela metade, restos de fumo halfling, canecas e mais canecas, uma elfa.

Talindra estava sentada no balcão. Cabelos pretos e olhos de safira, afinava um violino. Sentia cada corda, cada nota, preparava o instrumento. Sentia também a ebulição do público ao redor. Marujos, estivadores e até mesmo legionários formavam um mar de chifres. Alguns a contemplavam com olhar apaixonado. Outros apenas jogavam conversa fora com os companheiros, ao mesmo tempo em que reservavam para si um bom lugar para assistir à performance. Mas nem todos eram minotauros. Havia também halflings, anões e até um meio-orc.

Todos os clientes eram homens.

Ao ver que Talindra se preparava para a apresentação, Christian soube que havia chegado na hora certa, quando a noite começava a esquentar. Escolheu uma mesa coberta e puxou uma banqueta. Dok se sentou de frente para ele, braços cruzados, olhos evasivos. Logo uma das garçonetes chegou para atendê-los. Perante o silêncio do goblin, Christian pediu pelos dois e ficou contente ao descobrir que o estabelecimento se encaixava dentro do preço que estava disposto a pagar. Enquanto esperava, admirou a decoração.

No alto, um incontável número de âncoras penduradas preenchia o teto do salão. Fossem pequenas como elmos ou grandes como cavalos, pendiam de vigas de metal reforçado. A despeito de que o peso do ferro poderia trazer o prédio inteiro abaixo, o que mais chamava a atenção era o fato de que todas estavam avariadas de alguma forma. Algumas tinham um dos braços pela metade, outras estavam tortas, e havia ainda as capengas, onde um pedaço se mantinha unido ao todo por nada mais do que um fiapo de arame. Uma infinidade de âncoras quebradas, que espelhavam a maior de todas, uma peça tão grande que sequer caberia dentro do salão. A verdadeira âncora quebrada, que dava nome à estalagem, ficava do lado de fora, em pé, cercada de fragmentos enormes.

— Como é que alguém quebra uma coisa dessas? — Christian perguntou, tentando puxar assunto.

Dok olhou para as âncoras no teto com desinteresse. Porém, seu rosto se iluminou gradualmente, à medida que uma ideia brotou em sua mente. Ele então sacou do bolso um pedaço de pergaminho amarrado e um toco de carvão, e pôs-se a fazer anotações usando um alfabeto goblinoide que Christian não conhecia. O humano suspirou, sabendo que não contaria com o goblin como companhia na noitada. Começou a prestar atenção nas mesas vizinhas.

— ...até o território de Tollon para conferir as legiões da fronteira, depois atravessou o império inteiro, de província em província, e subiu até Marma, no norte — um legionário explicou para um grupo de pescadores, como quem traz uma informação de extremo valor. — Nós vamos para a guerra, pode apostar.

— Tem certeza, Octavio? Mas de qual lado? — perguntou um dos homens, o que foi seguido de um murmúrio generalizado.

Christian bufou, aborrecido com a conversa na mesa ao lado.

— Qual o problema, forasteiro? — Octavio levou a mão ao punho do gládio preso na cintura. — Zomba da guerra? Despreza o próprio Keenn?

A menção ao Deus da Guerra não melhorou o humor de Christian. Para ele, Keenn não passava de uma invenção dos poderosos para empurrarem soldados ingênuos em direção à morte certa, com a vã promessa de glória diante de um ser inexistente. Contudo, os anos de briga de bar lhe ensinaram que nunca era uma boa ideia ironizar a crença dos fiéis. O que não diminuía seu desprezo pelo conflito propriamente dito.

— Essas guerras acontecem o tempo todo — disse ele. — Se não fosse o Reinado e os Puristas lutando lá fora, seria uma revolta dos territórios submissos dentro do Império. Enquanto tiverem seus exércitos, reis e governantes nunca estarão satisfeitos com o que têm. Eles sempre vão mandar os mais jovens e mais pobres para morrer por eles no campo de batalha. A guerra nunca acaba.

Em vez de retrucar, o legionário ergueu sua caneca e gritou para os demais:

— A guerra nunca acaba!

Todos os seis que estavam sentados à mesa responderam, e alguns minotauros de outras mesas também, em uníssono:

— A guerra nunca acaba!

O vinho respingou entre os convivas com o abalroar de canecas erguidas. Todos riram e beberam, então o legionário continuou a contar as notícias.

A garçonete retornou, colocou uma caneca diante de Christian e outra para Dok. Ouviu outro cliente chamá-la pelo nome e foi atendê-lo, não sem antes dar uma piscadela para Christian, que ergueu a caneca em agradecimento.

No centro do salão, Talindra se levantou. Estava pronta. As mesas próximas se calaram ao perceber que a música estava prestes a começar. As que estavam distantes foram contagiadas pela quietude desejosa. Todos os olhos se voltaram para a elfa em pé, que fazia do balcão seu palco. Um corselete de tecido demarcava a cintura fina, e dele desciam várias pontas de tecido leve, que compunham a saia.

Com os braços esguios, segurou o violino junto à clavícula e posicionou o arco. Respirou fundo e iniciou uma nota longa e penetrante, que arrebatou todos os espectadores. Então prosseguiu a balada, subindo e descendo o arco enquanto movia os dedos sobre as cordas, extraindo do instrumento uma melodia bela e melancólica, capaz até mesmo de umedecer os olhos dos minotauros mais suscetíveis.

Quando terminou, uma explosão de aplausos preencheu a taverna. Talindra sorriu e agradeceu. Então, começou uma música alegre. Enquanto tocava, passou a mover o corpo no mesmo compasso. Primeiro, os ombros. Depois, os pés e a cabeça. Quando chegou ao refrão, as sapatilhas já deslizavam pelo balcão inteiro e os clientes da taverna acompanhavam o ritmo com palmas. A dança da elfa era limitada apenas pela corrente discreta que a prendia pelo tornozelo.

Aos poucos, o vozerio recomeçou por todo o salão, à medida que os clientes retomavam seus assuntos. Os ouvidos se acostumaram ao barulho extra e as vozes se ergueram ainda mais, regadas ao álcool, para serem ouvidas acima da música. Christian voltou a espichar os ouvidos em busca de uma conversa de seu interesse. No lado oposto à mesa de Octavio, um minotauro de armadura completa ostentava o símbolo do touro em chamas no peitoral brilhante. Alto e eloquente, carregava consigo um machado de guerra, arma dos paladinos do Deus da Força. Falava aos demais.

— ...porque aquele que usar sua força para proteger os fracos e vulneráveis se sentará ao lado de Tauron nas arenas subterrâneas pela eternidade...

Christian revirou os olhos e pousou-os em uma terceira mesa.

— ...então ele sacou a espada no meio do leilão!

Um sorriso brincou nos lábios de Christian. Ele olhou ao redor, disfarçou o fervor de seu interesse na conversa e apurou os sentidos para escutar melhor.

— Vocês sabem que aqueles riquinhos morrem de medo de uma lâmina, então imaginem só o rebuliço! Era patrício correndo pra um lado, guarda correndo para o outro, senador saindo de fininho... — o minotauro que falava vestia uma toga formal, porém simples, feita de algodão cru e já um tanto surrada.

— E o que ele fez? — perguntou um.

— Como ele era? — perguntou outro.

— Era humano — disse o minotauro de toga, o os demais resmungaram, decepcionados com a resposta. Então emendou: — Mas não um humano qualquer. Media mais de dois metros de altura! — vendo a desconfiança dos demais, emendou mais uma vez: — Quase dois metros, quase. E era muito forte. Alto, forte e truculento. A espada era larga, de lâmina dupla. Um homem comum não conseguiria empunhar. Ele correu em direção ao palanque e pôs fim ao leilão!

Os minotauros riram, animados com a notícia.

— Essa é boa, Marcus! A cena deve ter sido impagável — disse o mais velho, cujo pelo já apresentava falhas nos ombros e no topo da cabeça.

— Bem feito pra eles! — comemorou o mais jovem. — Queria ver como é que aqueles vomitadores de estrume iriam se virar sem os escravos. Não conseguem nem limpar a bunda sozinhos.

O deboche na mesa enfraqueceu, dando a Christian a oportunidade de se juntar à conversa:

— Muito valente esse humano! Se arriscar desse jeito não é pra qualquer um.

— Mas ele não estava sozinho! — um brilho de vivacidade perpassou pelos olhos de Marcus, ao perceber que seu assunto se espalhava para outras mesas. — Tinha uma mulher junto, tão feroz quanto! Ela também era alta. Não tanto quanto ele, é claro, mas soltava lâminas pelos dedos e tinha serpentes no lugar do cabelo!

Um muxoxo tomou aquela mesa e pelo menos outras três adjacentes, quando a história pareceu exagerada demais para se acreditar.

— Por que uma medusa iria se meter em um leilão de escravos? — perguntou um marinheiro sentado em outra mesa.

— Vai saber! — o entogado fez pouco caso. — Resgatar alguém, eu acho.

— Ou acabar com a escravidão no império para sempre! — um halfling gritou, ao pular braços abertos em cima da própria cadeira.

Uma gargalhada generalizada explodiu no salão, mas Marcus não riu.

— Estou dizendo, a mulher era uma medusa, sim — insistiu ele.

O halfling ergueu a bebida e gritou, brincalhão:

— Viva a libertação dos escravos!

Assim como Marcus, as humanas que serviam as mesas também não viram graça na brincadeira, mas por um motivo diferente. As gargantilhas de metal que usavam não eram apenas enfeites, mas continham a identificação do dono caso fossem pegas fugindo. Apesar disso, o treinamento adequado as mantinha sorrindo sempre, mesmo sem motivo. Mesmo quando um halfling atrevido aproveitava a proximidade para sentir nas mãos a maciez da pele feminina.

Os minotauros, por outro lado, riram. Mas se recusaram a brindar com o bufão.

— Vira essa boca pra lá, Oliver. Vai que os deuses escutam! Que Tauron nos livre... — disse um deles.

— Já pensou, um mundo sem escravos? O império viria abaixo! — concordou outro.

— Quem é que iria varrer a lixarada das ruas?

— Quem iria limpar as latrinas públicas?

Christian acompanhava o riso generalizado, sem deixar de analisar o que era dito. Interrompeu-se, confuso.

— Mas vocês acabaram de dizer bem feito! São contra a escravidão ou a favor?

— Claro que somos a favor, forasteiro! Que ideia... — esclareceu o minotauro mais jovem. — Só que uns têm tanto e outros, tão pouco! Essa divisão deveria ser mais justa. Eu bem que queria uma escrava para ter filhos.

A risada morreu completamente, deixando as palavras do rapaz soltas no ar.

O mais velho abaixou a cabeça.

— Vou morrer sem deixar descendentes.

— Pelos deuses, Cícero! Nenhum? — perguntou Marcus. — Nem mesmo um bastardinho por aí?

O idoso fez que não. Os demais permaneceram sérios, pareciam segurar a respiração. Um legionário que escutava a conversa resolveu ingressar nela, falando para o mais jovem:

— Você ainda tem tempo, Lucius. Entre para as legiões. Se der sorte, vai viver para comprar uma bela escrava quando se aposentar. Se der azar... bom, pelo menos terá conhecido as bárbaras que vivem além da fronteira.

Alguns minotauros riram e deram palmadinhas nos ombros do rapaz. Christian franziu o cenho.

— Está dizendo que nunca esteve nos braços de uma mulher? — perguntou para o mais velho. Todos olharam para os dois.

— O quê? Não! — o minotauro encalvecido pulou da cadeira. — Não foi isso que eu disse! Quando é só por uma noite eu consigo pagar! Para ter filho é que fica caro demais — mas já era tarde demais, todos riam.

— Cícero nunca viu por baixo de uma saia!

— Ele nem sabe o que vai encontrar lá!

E houve mais uma rodada de bebida.

— Com licença, senhor — a garçonete loira chamou Christian de lado. — Desculpe-me, mas preciso que recolha o seu servo.

— Servo...? — a pergunta ficou no ar quando o guerreiro mirou a direção indicada pela moça.

No teto do salão, uma figura orelhuda e esverdeada estava dependurada em uma das muitas âncoras que pendiam da viga de metal. Com um dispositivo, media o peso e o tamanho de cada uma, fazendo anotações no pergaminho roto.

— Dok! — gritou Christian. — Desça daí!

O goblin fingiu não escutar. Virou a cabeça na direção oposta e continuou o que fazia. Passou para a próxima âncora.

— DOK! — Christian insistiu.

— É disso que estou falando! — disse o minotauro moço. — Enquanto senadores têm haréns inteiros de elfas lindíssimas e humanas reprodutoras, nós temos que nos contentar com goblins, gnolls, essas coisas esquisitas... quando muito.

— Ele não... — Christian começou a explicar, mas desistiu. — Vou tirar ele lá de cima.

Na mesa abaixo de Dok, dois anões jogavam cartas. Barbas fartas e machados de guerra presos às cinturas robustas, os dois ficaram transtornados quando o guerreiro colocou uma cadeira em cima do jogo.

— Isso não vai demorar.

Sob protestos, Christian subiu na mesa e, em seguida, na cadeira. Alcançou os pés do goblin antes que ele conseguisse pular para uma âncora que fosse distante demais.

— Sai daí, Dok! Desce!

— Dok medir! Grande experimento!

O salão inteiro parou para assistir ao goblin pendurado, que tentava escapar do humano segurando sua bota. Este, por sua vez, equilibrando-se em cima de uma pilha de móveis. Sem perder tempo, o halfling que chamavam de Oliver deu início às apostas.

— Dois tibares de prata que o humano arranca ele dali! — gritou ele.

— Dois que o goblin escapa! — respondeu uma outra voz.

— Cinco que caem os dois lá de cima!

Christian ignorou o falatório e continuou a chamá-lo.

— Esqueça isso, Dok! Não precisa medir uma por uma, é só fazer uma estimativa! Você trabalha bem usando números aproximados.

— Dok medir. Dok medir!

Christian puxou-lhe o pé, e o goblin quase se deixou derrubar. Deslizou um pouco, mas no último momento agarrou-se com força à âncora. Olhou para o chão e deu um grito. Parecia longe demais. Lá embaixo, as apostas aumentavam. Os anões também fizeram seus lances.

— Christian pessoa horrível! — choramingou o goblin.

— Ah, é isso ainda?

Dok não respondeu, apenas esticou a mão para tentar alcançar uma âncora mais afastada.

— Você está certo, Dok. Sou horrível, mesmo. Mas... vou pedir desculpas para ela, está bem? Assim que a encontrar, eu falo com a Verônica.

Dok virou a cabeça para Christian. O humano se esticava a partir da beiradinha da cadeira, quase caindo. Olhou fundo nos olhos do goblin, anormalmente agigantados pelos óculos de proteção, e assegurou:

— Eu prometo para você.

Permaneceram parados por um instante, a tensão se dissipando lá em cima enquanto aumentava lá embaixo. Por fim, Dok cedeu. Deixou-se despencar do teto, confiando a segurança de sua descida aos ombros fortes de Christian. Primeiro o guerreiro o segurou na mesma altura em que já estava, depois o desceu lentamente, até que aterrissasse sobre o carteado dos anões.

Um lamento de decepção se espalhou pela multidão de fregueses que buscavam emoções mais fortes. Algumas moedas trocaram de mãos, mas nada muito dramático.

Humano e goblin desceram para o chão e retiraram a cadeira de cima da mesa. Para o jogo dos anões, já era tarde demais. Estava arruinado. O baralho se espalhava, em parte caído nos arredores e pisoteado pelos demais frequentadores da taverna. As cartas que se mantinham em cima da mesa não estavam em melhores condições. Uma caneca jazia, deitada de lado, seu conteúdo derramado sobre o carteado.

Christian não queria confusão, por isso fez menção de se desculpar. Contudo, os dois anões não demonstraram interesse. Ambos estavam entre os poucos que ganharam algum dinheiro nas apostas-relâmpago, ocupados demais em cobrar os perdedores. Quando um deles se virou para Christian, não foi para brigar. Ainda assim, um brilho de desafio dançava em seus olhos.

— Você é forte... para um humano — ao dizer isso, deu um tapa nas costas do guerreiro, quase o arremessando para a frente.

Quando Appius e Petronius chegaram ao bar, Christian pedia uma rodada de cerveja para os anões.

## CAPÍTULO 10

# QUEDA DE BRAÇO

À MEDIDA QUE A NOITE AVANÇAVA, DÚZIAS DE MESAS SE espalharam pelos arredores da *Âncora Quebrada*. O domínio do bar se alargava com a chegada de mais e mais clientes. Mas isso não significava falta de espaço. A mobilidade era uma das características do ambiente. Pessoas iam e vinham, ora se sentavam junto à algazarra do balcão, ora puxavam cadeiras até a calmaria do píer. Circulando com o passar da noite, era possível aproveitar todas as regalias da taverna, da folia à privacidade.

Quando Christian e Dok se sentaram com os anões, uma das garçonetes passou um pano na mesa que os dois ocupavam antes. Estava pronta para o próximo cliente e não demorou a ser ocupada.

Appius cruzou o porto até a taverna com a cautela de quem explora uma masmorra repleta de armadilhas. Um pé após o outro, checando os arredores, atento a qualquer ameaça inesperada. Um capuz ocultava suas feições, mas não disfarçava a ausência de chifres.

Petronius estava logo atrás. A precaução habitual em seus olhos atentos vinha acompanhada de algo novo. Enfado. Seguia o mestre porque era pago para isso. Sondava o ambiente em seus mínimos detalhes porque era leal e responsável. Ainda assim, o passeio noturno lhe era um contratempo. Teria que acordar cedo na manhã seguinte. Estava incumbido de preparar a guarda da família para a chegada de Aurakas, e o treinamento começava antes do primeiro raiar do sol. Escoltar o mestre até altas horas estava longe de ser uma boa ideia.

Além do mais, uma taverna de beira de cais não era lugar adequado para um fidalgo como Appius.

— Por aqui — disse a garçonete morena, e guiou-os até a mesa que estivera ocupada por Christian e Dok. — O que para beber?

— Vinho — respondeu Appius.

A garçonete ia se virar para o outro, mas acabou por demorar-se em Appius. Observou-o por algum momento, o capuz pousado sobre a testa lisa. O rapaz encarou o tampo da mesa, incapaz de olhar de volta para a moça.

— Vinho para ele — Petronius confirmou — e água para mim.

Ela assentiu e foi buscar os pedidos.

— Todos me tratam como criança! — resmungou Appius, jogando o capuz para trás. — Meu pai, Pérola... Até as pessoas que nem me conhecem!

Petronius fez menção de adverti-lo por expor sua identidade, mas se deteve. Olhou ao redor. Ninguém prestava atenção nos dois.

No balcão, Talindra começava uma nova melodia. Extraía notas perfeitas do violino, enquanto seus pés iam de um lado a outro, abrindo espaço entre pratos e canecas. Com um sorriso nos lábios, entoava um som festivo e dançava, acompanhada pelas palmas ritmadas dos admiradores. Seu olhar, no entanto, destoava do restante. Exibia a melancolia perpétua própria dos elfos.

De repente, uma gritaria explodiu em um ponto do salão. O epicentro era Christian. O guerreiro pulou da cadeira, os pulsos erguidos em comemoração. Muitos comemoravam com ele e lhe davam tapinhas nas costas. Outros resmungavam. Moedas trocavam de mãos. O anão barbudo que estivera sentado de frente para ele na mesa massageava o pulso, aborrecido. O outro anão o empurrou para fora da cadeira e tomou seu lugar.

— Sai fora, Torum. É minha vez! — gritou ele.

Christian voltou a se sentar, dessa vez diante de Rotum. Prata na mesa e as apostas foram feitas. Humano e anão apoiaram cada qual o cotovelo direito na mesa e deram-se as mãos. Um silvo do halfling e teve início a queda de braço.

Terminou rápido. Com um impulso abrupto, Christian deitou a mão do oponente no tampo da mesa e já comemorava em pé mais uma vez. A surpresa extasiou a multidão que assistia, antes do dinheiro voltar a circular. O próprio Christian ganhou algumas moedas, pois havia apostado em si mesmo.

A algazarra chamou a atenção das demais mesas, e logo circulava o murmurejo sobre a força descomunal do humano que vencia anões.

— Deixem comigo.

Um corredor se abriu entre Christian e o minotauro que chamava a responsabilidade para si. Não era um minotauro qualquer. Em um bar lotado de marujos, estivadores e soldados, quem se ergueu foi o paladino. A armadura chiou com o movimento, cada placa ocupando a posição adequada quando ele se levantou. O símbolo de Tauron no peitoral inspirava respeito e orgulho. Na cintura, o machado de guerra brilhava, com fio e polimento impecáveis.

Christian fechou o semblante e se sentou. Com os dois cotovelos apoiados à mesa, juntou as mãos sob o queixo e examinou o novo adversário, das grevas à ponta dos chifres. O minotauro parou de frente para ele e, antes de se sentar, fez uma prece a seu deus.

— Tauron, concedei-me a sua graça!

Um resplendor surgiu ao redor dos pés do paladino. Como exuberância que irrompe das profundezas, o brilho subiu-lhe pelas pernas, estufou-lhe o peito e fortaleceu-lhe os braços. Alcançou-lhe a cabeça e os chifres, deixando-o completamente iluminado. Em seguida, a luz se dissipou. Os demais apenas observaram, boquiabertos.

— Nunca pensei que veria algo assim — suspirou uma voz qualquer.

— É uma bênção de Tauron!

O halfling se aproximou dos dois adversários e sussurrou para o minotauro:

— Olha, Clateus... Não tenho certeza se esse tipo de magia vale em uma queda de braço...

Mas o paladino e o guerreiro já se encaravam, medindo-se mutuamente.

— Os deuses me favorecem. Não há por que meu adversário se opor a isso.

Christian riu.

— Pode fazer urucubaca à vontade! Nenhuma força do além vai me vencer. E não tem nenhum ser superior te ajudando. Somos só eu, você e essa mesa.

Todos os espectadores se afastaram ao mesmo tempo quando Cassius sacou o machado de guerra da cintura. Apenas Christian se manteve imóvel. Nem piscou. Mas o minotauro depositou a arma sobre a mesa. Fez isso apenas para facilitar o movimento dos braços. Sentou-se, o fulgor dos olhos condizendo com o touro em chamas no peito. Havia se tornado questão de honra.

— Só não o faço engolir essa blasfêmia porque já concordei com os termos da disputa.

A gritaria recomeçou com as apostas. Oliver, o halfling, recebia as moedas de prata e calculava as probabilidades. Torum e Rotum, os dois anões, se desentenderam. Gritaram entre si e terminaram apostando um contra o outro. Com as apostas fechadas, o vozerio se acalmou. Estavam todos prontos para começar.

Toda a atenção da taverna recaía sobre Christian e Clateus. A garçonete loira interrompeu o atendimento às mesas para assistir de perto. Do outro lado do salão, a morena derrubou algumas gotas de cerveja ao faltar com a atenção quando servia uma mesa. O cliente não reclamou, pois também tinha os olhos fixos na disputa que estava para começar.

Oliver deu o sinal. Ao longe, Appius esticou o pescoço para ver o que aconteceria. Do alto do balcão, Talindra também. Até mesmo o taverneiro ofereceu seu olhar de esguelha. Clateus, paladino de Tauron, começou forçando o pulso de Christian para próximo da mesa.

— Ah! Então é essa a verdadeira força dos minotauros? — disse Christian, enquanto resistia, o rosto deformado em uma careta de dor. — Agora entendo por que é o povo todo-poderoso. O povo escolhido pelos deuses para dominar o mundo inteiro... — Ao seu lado, Dok deu uma risada esganiçada de goblin.

No instante seguinte, o humano fez um movimento rápido e vigoroso, virou o jogo e derrotou o paladino de Tauron.

Ensurdecedor. Assim foi o grito dos poucos que haviam apostado em Christian. Alguns pularam de emoção. Rotum agarrou o humano pelo pescoço e lhe tascou um beijo na bochecha barbada.

— Eu disse que ele ia ganhar! — bradou para o irmão.

Os escassos vencedores cercaram Oliver, a fim de receber o dinheiro arrecadado dos muitos perdedores. Canecas se chocaram, em um brinde de comemoração.

— O humano é forte! — disse Appius a Petronius. — Venceu o paladino! Como isso é possível?

— Não sei, mestre. Mas fique longe.

Christian ergueu o pulso e beijou o próprio muque. Seus apoiadores aplaudiram e brindaram à sua saúde.

— Apresento-lhes o imbatível Christian Pryde! — Oliver gritou para as mesas mais distantes. — Vindo do longínquo reino de Salistick, ele desafia até a predileção dos deuses! Quem ousará desafiá-lo? Quem é valente o suficiente? Alguém?

— Vai você, Marcus! — alguém falou para o minotauro de toga, que respondeu se encolhendo na cadeira. — Frouxo!

— Quero ver o Octavio tentar! — indicaram o legionário que havia trazido notícias sobre a iminente entrada do império na guerra. Ele deu um sorriso amarelo e ergueu a caneca, em cumprimento.

Appius se ergueu. Contrariando a recomendação do guarda-costas, marchou até Christian.

— Eu! — disse ele. — Eu serei seu oponente.

Foram necessários alguns instantes para que o bando assimilasse o que ele dizia. Os poucos que não eram dotados de longos chifres tinham a face recoberta por barba espessa. Por mais que a raça diferisse, a idade dos convivas se assemelhava. Eram todos homens, nenhum rapaz. A única exceção era o jovem Lucius, que não se atreveria a enfrentar os mais velhos.

— Eu disputo com você — ele ofereceu a Appius um sorriso condescendente.

— Teremos agora uma disputa de novilhos! — o halfling anunciou para o público afoito. Contudo, antes que o murmurinho recomeçasse, Appius protestou:

— Não!

Ele abriu a algibeira. Tirou cinco moedas de ouro. O metal reluziu ao ser depositado na mesa à frente de Christian.

— Eu tenho para apostar, mas só se for com você.

Todos ficaram mudos, com exceção de Marcus, que deu uma única gargalhada fora de hora. Diante dos olhares recriminadores, justificou-se:

— Sabe quando esse moleque vai ganhar do humano? Só no dia que a Tormenta invadir Tapista!

Christian deu um sorriso jocoso.

— Não sabia que era assim tão difícil a Tormenta chegar aqui — disse ele, olhando para os braços franzinos do desafiante.

— O labirinto nos protege — explicou o minotauro togado, referindo-se ao labirinto colossal que demarcava as fronteiras do reino dos minotauros.

— Não é apenas um labirinto físico, mas também espiritual — completou o paladino. — Nenhum mal no universo é capaz de tocar o solo abençoado por Tauron.

— Sério? — Christian revirou os olhos e apoiou um braço no encosto de sua cadeira, espalhado e confortável. Seu interesse em assuntos religiosos conseguia ser menor do que a vontade de derrotar o oponente inofensivo que se apresentava à sua frente. — Escute, rapaz. Está vendo alguém aqui apostar ouro?

Appius olhou ao redor. Moedas cintilavam em todos os cantos da taverna. Pagavam por bebida e comida, pagavam por apostas e diversão. Algumas caíam aos pés de Talindra para incentivar sua bela música. Outras eram oferecidas às garçonetes por clientes fogosos e desavisados, mas elas recusavam educadamente. Dinheiro para todo lado. Porém, apenas prata percorria o salão. Appius havia sido o único a colocar ouro.

— Estou aqui para me divertir, não para me aproveitar de filhinhos de papai que desconhecem o valor do dinheiro — continuou Christian.

— Recolha seu ouro. Isso sustenta uma família de camponeses por quase um ano!

Appius permaneceu calado, o queixo suspenso no ar. Quis retrucar, mas não encontrou palavras. Ao seu redor, alguns concordavam com a cabeça. Uma garçonete foi buscar pedidos no estoque. A outra se ocupou de passar pano na mesa mais próxima. Assim como Appius, ninguém soube o que dizer. A exemplo de um grupo de teatro que ensaia as cenas de antemão, desviaram o olhar todos ao mesmo tempo. Os ouvidos, no entanto, continuavam atentos.

— Mestre, vamos — sussurrou Petronius, ao assumir posição ao lado do patrão. — Não aceite as provocações de um herege.

Tão opressor quanto Christian era autoritário, o clima que se instaurou no local não abria espaço para discussão. A voz de Petronius, no entanto, trazia certo nível de alento. Appius desceu o olhar para as moedas na mesa, e então para o guarda-costas ao seu lado. Por fim, voltou para Christian.

— A Tormenta já chegou a Tapista uma vez — declarou Appius, para estarrecimento geral. — Anos atrás, veio na forma de um dragão. Criatura horrenda, não poderia ser concebida nem nos piores pesadelos.

Octavio, o legionário, fechou a cara e cruzou os braços.

— Isso é passado. Se você tem idade para ter visto isso, deve lembrar que as legiões do Império contiveram a besta. Não é à toa que somos o exército mais poderoso do mundo.

— A Tempestade Rubra não chegou aqui — acrescentou Clateus, o paladino. — Foi um monstro isolado, que voou por cima do labirinto. A verdadeira Tormenta vem de outra realidade. Ela precisa se entranhar através dos planos, mas é incapaz de vencer o emaranhado astral que nos cerca.

— Bem — disse Appius. — De *alguma forma* a Tormenta chegou até aqui, não é mesmo? E de alguma forma nós vamos disputar uma queda de braço. Jogue contra o meu campeão.

Christian e Petronius se entreolharam. Primeiro, com espanto. Depois, com malícia.

— Vai fazer que nem a Tormenta e usar um subterfúgio? — Christian se esparramou ainda mais na cadeira.

Christian esperou uma resposta de Appius, mas o jovem minotauro apenas sustentou o olhar, esforçando-se para se manter parado no lugar.

— Escutaram isso? — riu um estivador musculoso. — Ele quer usar um campeão! Vai querer um camarote grã-fino também? Só pode ter se perdido no caminho do coliseu...

— É sempre assim! — disse Cicero, o minotauro mais velho. — Esses almofadinhas descem aqui pro porto pela primeira vez na vida e acham que podem sair mandando em todo mundo.

— Ui, minha toga ficou cheirando a peixe! — um dos pescadores simulou uma voz afetada. Outros riram. — Entrou uma farpa na minha mãozinha. Tragam o escravo removedor de farpas!

— Isso é patético, meus amigos chifrudos — disse Rotum, o anão. — Como vocês permitem uma coisa dessas na raça de vocês? Vamos ter que repensar nossa aliança!

Os frequentadores da taverna que tinham trabalhos mais simples ou braçais aderiram à zombaria sem pensar duas vezes. Os forasteiros também. Mas não se ouviu qualquer palavra vinda de Clateus, o paladino, nem de Octavius, o legionário. Marcus, o minotauro que usava toga e provavelmente possuía um cargo público, até se afastou, sob o pretexto de ir buscar mais bebida.

Nenhum dos três conhecia Appius. Não sabiam qual era o grau de influência de sua família ou qual tipo de retaliação o jovem fidalgo estaria disposto a executar. Mas de uma coisa sabiam: não valia a pena descobrir. Assim, não se uniram à chacota generalizada. Todavia, não queriam perder prestígio perante os amigos de bar. Não contribuíram para o deboche, mas também nada fizeram para impedir.

A bufonaria apenas terminou quando Petronius deu um passo à frente. Interpondo-se entre Appius e Christian, o guarda-costas deu com os dois pulsos cerrados na mesa. O tremor chacoalhou as cinco moedas de ouro sobre a madeira. O estrondo calou o falatório.

— Dispute comigo, humano. A não ser que esteja com medo da derrota.

Um instante em que se ouvia apenas o som do violino, e em seguida o salão voltou a se inflamar.

— Chamou na chincha!

— Agora eu quero ver!

— Será que o humano arrega?

Christian deu uma risada larga, mas sem desgrudar os olhos do oponente. Então ficou sério.

— Seu pai não vai gostar de saber que você fica torrando o dinheiro dele por aí — disse, para a alegria dos espectadores.

Levou alguns instantes para que Appius entendesse que Christian se dirigia ele, já que o humano não havia desviado o olhar de Petronius. Alguns risinhos escaparam aqui e ali. Appius fingiu não ouvir, e manteve a postura mais digna que a situação lhe permitia.

— Eu sei que você dá conta dele — disse ele a Petronius.

O guarda-costas puxou a cadeira.

— É claro. Enfrentei piores quando servi na VIII Orcocida.

De repente, o som delicado do violino de Talindra desafinou para uma nota estridente, fazendo com que os ouvintes encolhessem os ombros. A melodia foi interrompida quando a elfa, assim como grande parte da taverna, encarou o guarda-costas dos Aurelius Lomatubarius com olhar apalermado.

— Orcocida — cochichou uma voz indistinta no salão. — Ele é o Centurião Petronius? O herói das Guerras Táuricas?

— *Shhhhh!* — outra voz pediu que a primeira se calasse.

À sombra do olhar recriminador do taverneiro, Talindra abaixou o violino, o arco e a cabeça. Encheu o peito de ar e voltou a erguê-los. Retomou a postura de musicista, pronta para a próxima música. Porém, não iniciou de imediato. Apenas entoou notas longas e discretas, para não deixar o salão desprovido da vibração do instrumento. Sua atenção recaía sobre a mesa onde teria lugar a queda de braço. Percebendo isso, o grupo de minotauros que se debruçava no balcão aos seus pés imitou a elfa. O taverneiro e a cozinheira também, assim como as mesas mais distantes, espalhadas pelo píer. Não havia uma única pessoa na *Âncora Quebrada* que não assistisse à tensão crescente entre Christian e Petronius.

Sem mais nada a dizer, o ex-centurião se sentou de frente para o humano e pôs-se a alongar os músculos dos braços. Oliver subiu na mesa ao lado, para que todos pudessem vê-lo, e começou a aceitar as apostas.

— Um décimo fica para a casa, vocês sabem... — disse ele, ao receber a prata dos jogadores.

Levou algum tempo até que todos tivessem sua vez e as apostas se dessem por encerradas. Por último, Oliver foi até a mesa dos competidores e recolheu as moedas de ouro de Appius. Sem desgrudar os olhos do oponente, Christian abriu a bolsa de couro presa ao cinto, retirou um punhado de peças de ouro e entregou-o nas mãos do halfling.

— Então não sou o único aqui a colocar ouro na mesa — Appius resmungou.

Christian nem olhou para ele quando respondeu:

— Pode reclamar... No dia em que conquistar seu dinheiro por esforço próprio.

Tivesse Appius a pele fina dos humanos, teria corado de raiva e humilhação. O couro bovídeo e os pelos negros que recobriam sua face o protegeram de mais essa vergonha. A verdade é que concordava com cada palavra do forasteiro. Porém, não poderia ignorar os insultos. Sua honra estava manchada.

— Vai com calma, humano... — Octavius sussurrou ao seu lado. — Sabe quem são esses dois?

— Sei o suficiente — respondeu Christian. — Ex-centurião que conquistou glórias em batalha, mas hoje se resume a capacho de uma família rica... E o filho de seu senhor, que já tem a vida ganha, mas está prestes a ficar alguns tibares de ouro mais pobre.

Uma agitação se espalhou pela taverna, com os fregueses se remexendo nas cadeiras. As duas garçonetes apressavam-se em servir todos os pedidos antes que a disputa começasse, e Oliver esperou por elas e pelos demais que se ajeitavam.

Servida a última mesa, a loira se aproximou de Christian. Usava um cordão em torno do pescoço, do qual pendia uma concha. O penduricalho se assentava de forma harmoniosa acima dos seios fartos. Ela retirou o cordão e o entregou ao guerreiro.

— Para dar sorte.

Pela primeira vez em algum tempo, Christian tirou os olhos do oponente. Ofereceu à garota um sorriso largo, enquanto ela lhe passava o cordão por sobre a cabeça. Pousou a mão sobre a concha junto ao peito e assentiu, agradecido.

— Fale comigo depois que vencer — ela lhe disse ao pé do ouvido, para que apenas ele escutasse. — Tenho outra coisa para você.

A confiança de Christian vacilou. Ele olhou para o lado por um instante quase imperceptível.

— Você pertence a essa taverna, não?

— Sim, mas isso não me impede.

Ele vacilou mais uma vez.

— Me desculpe — o sorriso lascivo da garçonete murchou e ela se afastou. — Conheço esse olhar...

— Não é nada disso... — Christian olhou ao redor, localizou Dok e certificou-se de que o goblin estava distraído, jogando conversa fora com outros clientes da taverna. Ergueu os olhos mais uma vez para a garota em pé ao seu lado.

— Não precisa explicar, ela é uma mulher de sorte — disse a loira.

— Todos prontos? — Oliver berrou para a multidão ansiosa, interrompendo o vozerio.

A garçonete desapareceu em meio à multidão antes que Christian pudesse contestar. Appius cruzou os braços, ansioso. Com graça e leveza, Talindra saltou do balcão para a mesa mais próxima. Os demais fregueses da taverna se sentaram na beirada da cadeira e esticaram o pescoço.

— Preparados? — o halfling perguntou para os dois competidores.

Christian respirou fundo, tentando apagar da mente qualquer pensamento que não dissesse respeito a Petronius. Trouxe o corpo para junto da mesa. Apoiou o cotovelo. Do outro lado, o minotauro fez o mesmo. Deram-se as mãos. A nota de expectativa do violino era o único timbre a preencher o ambiente. Apesar da disputa ainda não ter começado, ambos já se acomodaram de forma a empurrar o pulso do outro. Ninguém queria começar na desvantagem.

— Já!

Ao sinal do halfling, humano e minotauro endureceram os braços ao empregarem forças contrárias, um tentando deitar as costas da mão do outro na madeira. Ao redor, o público não se aguentou. A incômoda inquietação da expectativa se deixou explodir, e a taverna inteira foi tomada por um berreiro desconexo e livre. Cada um torcia, alguns esmurravam a mesa, todos exigiam a vitória de seu favorito.

— Vai logo, humano imbecil! Acaba de uma vez com esse boi!

— Coloquei meu dinheiro em você, Petronius! Arranca o braço desse cuspidor de estrume!

— Lambe-chifres!

— Filósofo de latrina!

Quase ensurdecedora, a gritaria ainda era coroada pelo som do violino. De ouvidos bem-treinados, Talindra começou a tocar no exato momento em que Oliver declarou o início do duelo. Uma cadência ligeira e vibrante. Dois saltos e a elfa estava em pé sobre a mesa ao lado de onde os dois mediam forças. A música acelerou. Talindra tocava para eles, mais rápido e mais rápido, a energia da toada embalando os corações.

A vibração no pátio foi tanta, a ponto de balançar as âncoras no teto. Os bêbados gritavam, o violino chorava, as âncoras colidiam umas contra as outras. Ninguém dava atenção. Ninguém viu as facas tremerem nos suportes, nem sentiram o molhado nos tornozelos quando canecas tombaram das mesas, muito menos o cheiro de queimado do pernil esquecido no fogo.

Inflamados pelos gritos de insulto e exaltação, Christian e Petronius faziam força. Ambos tinham o abdômen colado à mesa e os ombros reclinados para a frente, o que os deixava muito próximos. Christian sentia o bafo quente do minotauro, enxergava com detalhes cada uma das rugas que o esforço lhe imprimia no focinho. Os olhos de Petronius eram castanhos como sua pelagem e tinham algo de sombrio. Os olhos de um homem que reconhecia a banalidade daquele embate. Ainda assim, o branco dos globos oculares estava tingido de veias finas e avermelhadas, comprovando que não se entregaria, nem mesmo na mais banal das disputas.

Christian ainda trajava o tecido azul de seu disfarce de nobre. Por baixo das dobras de tecido, tinha oculta a couraça de metal que já o acompanhara em inúmeras incursões por masmorras e territórios hostis. Por baixo desta, uma túnica de algodão protegia sua pele do esfolar do metal. E, sob todas as camadas de tecido e proteção, Christian dispunha de uma generosa camada de suor.

Seu peito estava encharcado. Os braços também. Uma gota inconveniente escorreu pelas costas, ao longo de todo o lombo, e foi se infiltrar no cós da calça. Christian poderia usar as disputas anteriores para justificar a transpiração, mas não passaria de uma desculpa esfarrapada. Vencer os anões havia sido brincadeira de criança. Mesmo com toda a pompa, o paladino não fora muito mais difícil. Resolvera as três quedas de braço quase que instantaneamente. Petronius, por outro lado, não cedia. Não importava quantas ofensivas Christian fizesse. Mesmo posicionando o corpo de forma a usar todos os músculos possíveis, mesmo segurando a mão do adversário acima da sua, mesmo empregando técnicas de alavanca, o ex-legionário permanecia irredutível e a disputa se prolongava além do previsto.

Quanto mais o tempo passava, mais altos os gritos, mais rápida a música, mais doloridos os músculos. De olhos arregalados, Appius assistia a tudo tão de perto, que parecia ser um terceiro competidor na mesa. Não piscava. Era como se sua força de vontade fosse capaz de vencer a disputa física.

Mas Christian não era o único a gotejar com o esforço. O suor empapava as têmporas de Petronius, acumulava, escorria. O minotauro aplacava cada investida do humano, mas não sem custo. As veias do braço se mostravam salientes apesar dos pelos, denunciando a energia empregada e o suplício dos músculos.

Então Petronius cansou de apenas se defender. Christian viu um brilho de resolução nos olhos do minotauro antes da boca se curvar para baixo, emprestando aos músculos toda a energia disponível no corpo. Petronius dobrou o pulso para dentro, trazendo o braço para perto de si, e impôs a Christian uma posição desvantajosa. Aproveitou que o humano já estava cansando, que já tremia com o esforço, e fez uma investida lenta e pesada.

Christian lutou com todas as forças contra o peso do braço castanho, mais robusto do que o seu próprio. Primeiro, o bíceps desatou a latejar e doer. Depois, as pontas dos dedos começaram a formigar. Apesar de sua oposição, o adversário avançava aos poucos. Christian viu o próprio pulso descendo. Ao redor, a euforia da multidão crescia e crescia, ensurdecedora. Mais do que seu corpo, doía seu orgulho. Agarrou-se à mesa. O tampo de madeira pressionou-lhe, ameaçando cavar um sulco nas entranhas enrijecidas. Comprimido para baixo, o cotovelo era esmagado contra a superfície lisa. E o pulso descia, lentamente.

— Isso! Isso! — berrava Appius. — Ele vai perder!

Parecia que os olhos de Petronius iam pular das órbitas. Fixos no pulso do adversário, enxergavam apenas um objetivo. Normalmente tão alerta, o minotauro veterano estava cego para qualquer coisa além dos braços. E foi por isso que perdeu o lance que se seguiu. Petronius não viu Christian escarrar, rápido como se sua vida dependesse disso. Não viu de onde veio a cusparada. Apenas se espantou com o surto repentino e vacilou, sua mente tentando assimilar o ultraje.

E o descuido lhe custou a vitória.

Aproveitando o espanto causado no adversário, Christian virou o pulso de Petronius de uma só vez. Bateu com força na madeira, o baque ressonando em meio a uma plateia embasbacada. A música havia parado, mas Christian não se constrangeu. Levantou de imediato e deu um brado de vitória, os pulsos erguidos em comemoração. Após um momento de hesitação, metade do salão se juntou a ele. A outra metade também fez barulho, revoltada. Gritos de indignação buscavam abafar os de triunfo.

— Não valeu!

— Jogo sujo!

— Mas ele ganhou, não é mesmo?

— Vamos consultar o manual de conduta da queda de braço na taverna... Ah, é! Não existe nenhum!

Enquanto a maioria brigava pelo resultado, Talindra colocou o violino debaixo do braço e voltou a pular de mesa em mesa, dessa vez se afastando. Todos estavam de pé, à exceção do próprio Petronius. Sem dizer uma única palavra, limpou a escarrada da cara com as costas da mão. Ao seu lado, Appius estava embasbacado, o queixo caído, incapaz de colocar sua revolta em palavras.

Como se lembrassem dele ao mesmo tempo, todos os olhares da taverna se voltaram para Oliver.

— Passe meu prêmio pra cá! — disse Rotum.

— Nem pensar! — berrou Torum. — Fui eu que ganhei!

O halfling se encolheu e agarrou a bolsa de dinheiro junto ao peito.

— Meus senhores, se acalmem! — disse ele. — A solução é muito simples: vamos fazer com que os dois disputem mais uma vez!

— Isso, boa ideia! — gritaram aqueles que haviam apostado em Petronius.

— De jeito nenhum! — resistiram os que apostaram em Christian.

Um empurra-empurra se instaurou nas mesas ao redor, com todo mundo tentando chegar até o halfling ao mesmo tempo.

— Devolva o dinheiro! — disse uma voz indefinida. Mas Oliver também não queria perder sua generosa comissão.

Christian ria. Metade da taverna ria com ele, celebrava e o parabenizava pela vitória. E essa foi sua vez de se deixar distrair. Não viu de onde veio o punho de Petronius. Só percebeu que havia sido atingido quando deu de cara com o piso de madeira e contemplou as mesas pelo lado de baixo.

## CAPÍTULO 11

# FERRO E LUZ

DESPEJADO PELO CHÃO, CHRISTIAN DEIXOU ESCAPAR UMA risada. Nada mais do que uma reação natural de seu cérebro ébrio diante da queda inesperada. Apalpou o piso. Recuperou o discernimento de qual lado era para cima e qual era para baixo. Riu de novo. Dessa vez, porque sabia o que estava por vir.

Começou com um dos anões acertando um soco no outro. O minotauro que estava ao lado revidou. Um veio em seu apoio, outro em oposição, e logo uma briga generalizada tomou conta da *Âncora Quebrada*. Nem um único apostador ficou de fora.

Empurra pra lá, empurra pra cá, e tudo o que havia sobre uma das mesas veio abaixo. A tigela de barro se espatifou no chão, frutas rolaram para longe. Christian levantou a tempo de evitar a onda de líquido que verteu de uma das canecas, mas o par de sandálias ao seu lado não teve a mesma sorte. Marcus escorregou e caiu, sua toga clara mergulhou na bebida escura.

Para onde quer que se olhasse, os clientes da taverna trocavam murros e sopapos. Empurravam, agarravam, atiravam coisas uns nos outros. As duas garçonetes e a barda desapareceram de vista. À base do berro e de encontrões, o taverneiro abria caminho em direção ao epicentro da discórdia.

— Parem com isso! *Parem!* — mas poucos lhe davam ouvidos.

Christian deu um passo para trás e esbarrou em alguém, mas conseguiu desviar do segundo golpe de Petronius. Recuou mais dois passos e empurrou Oliver para cima dele, retardando o avanço do minotauro. Petronius tinha uma força descomunal, compatível com seus ombros largos e o peito sólido. Porém, a agilidade não acompanhava, e a robustez reduzia a mobilidade na taverna lotada. Ficou preso entre o halfling e a mesa. Precisou se desvencilhar dos dois. Christian aproveitou o atravanco, deu as costas e se esgueirou por entre os obstáculos. Deu a volta em duas mesas, esquivou-se do ataque de um minotauro qualquer, escondeu-se atrás de alguém que tinha apostado nele e por isso o protegia.

Foi quando Oliver deu pela falta da bolsa de dinheiro.

— Estava nas minhas mãos agora mesmo! — gritou ele, para assombro dos demais.

— Cadê o dinheiro?

— Olha ele ali!

Christian estava bastante ocupado com Petronius, e de início ignorou a gritaria e as ameaças. Só se dignou a olhar na direção que todos apontavam quando Octavio, o legionário, decretou:

— Peguem aquele goblin!

Dok corria, passando entre os brigões, carregando a sacola de couro de Oliver.

— Isso já é demais — disse Clateus, o paladino, e ergueu seu machado. Porém, seu avanço era tão difícil quanto o de Petronius.

Appius, por sua vez, era magro e leve. Assim como Christian, embrenhou-se entre as mesas e seguiu na direção de Dok. Podia não ser muito ágil, mas tinha a vantagem de não ser um alvo importante na confusão. Com efeito, os baderneiros se desviavam dele, temendo ferir um filho da aristocracia. Christian não entendeu o motivo do furto, mas não importava. Ajudaria Dok primeiro, perguntaria depois. Em vista disso, ajustou a rota por entre a baderna, deu a volta em Petronius e seguiu Appius.

Notando os perseguidores, Dok saltou para uma mesa e dela para uma âncora.

— Me ergam! Eu vou atrás dele também! — demandou Oliver, e dois minotauros se uniram para içá-lo até as âncoras. Ele se agarrou com os dois braços e as duas pernas, recuperou o equilíbrio e rumou, de âncora em âncora, também em direção a Dok.

No entanto, Dok se aproximava da saída e ninguém confiava que Appius e Oliver conseguiriam lidar com o problema sozinhos. A cada salto que o goblin dava, de um pedaço de ferro quebrado a outro, o tilintar dos tibares na bolsa a tiracolo se confundia com o debater das âncoras suspensas no teto. Algo tinha de ser feito, ou todo o ouro seria perdido uma vez que ele escapasse para o ar livre. Assim sendo, cadeiras começaram a voar.

A primeira errou Dok por pouco, indo se espatifar sobre uma mesa do outro lado.

— Tá maluco? — gritou o ocupante. Ao perceber que mais pessoas erguiam cadeiras acima da cabeça, insistiu: — Parem com isso, seus dementes!

O taverneiro começou a distribuir socos também, e se tornou mais um na baderna. Impediu um freguês de atirar uma cadeira, mas outros continuaram. Alguém arremessou de mau jeito, e uma delas caiu bem próxima. Os outros riram.

— Eu consigo acertar! — e mais uma disputa teve início, dessa vez de arremesso ao goblin.

Cadeiras atingiram o teto, as âncoras, as mesas. Atingiram outros clientes. As frágeis perdiam as pernas ou quebravam de vez. As resistentes rolavam e faziam mais vítimas. Uma acertou a âncora onde Dok estivera no instante anterior, fazendo com que ela batesse na que estava ao lado. O retumbar foi alarmante, mas não o suficiente para que parassem. Mais uma acertou a mesma âncora. Um elo da corrente que a segurava rangeu.

Dok e Oliver perceberam o perigo. O goblin seguiu em frente, afastando-se da âncora. O halfling ficou para trás, evitando se aproximar. Appius, porém, nada percebeu. Continuou seu avanço pelo salão. Sequer se deu conta de que os minotauros ao redor debandavam da caçada, se espalhando para todos os lados como a água de uma poça ao ser pisada por botas duras.

Appius desafiou a onda de minotauros. Penetrou-a. O objetivo era Dok. Tinha os olhos fixos no goblin. Ia pegá-lo. E, desviando-se das mesas, passou por baixo da âncora justo quando o elo cedeu.

— *Appius!* — gritou Petronius, lutando para atropelar o fluxo. Estava longe demais.

A corrente arrebentada caiu do teto, inútil. Com ela, tombou uma âncora pesada o suficiente para um trirreme com uma centena de legionários. Appius não era soldado, tampouco aventureiro. Não estava habituado com circunstâncias que exigissem ação física imediata. E estava logo abaixo. Teve tempo apenas de olhar para o alto e reconhecer vagamente a gravidade da situação. Faltou-lhe presença de espírito para sair do local do impacto.

Mas Christian estava por perto.

Christian já havia se aventurado de um canto a outro do Reinado e além, sempre tendo em vista uma recompensa ao final da missão. Era um explorador nato e um espadachim veterano. Gabava-se disso. Gostava da sensação de marchar com confiança para dentro de masmorras onde ninguém mais ousava pôr os pés, e sair de lá não apenas com a vida, mas também com tesouros valiosos. Gostava igualmente de receber o pagamento de seus clientes, fossem eles pequenos nobres ou grandes mercadores, toda vez que era contratado para resgatar uma donzela ou derrotar um monstro que ameaçava as estradas da região. Era um aventureiro — ou, as más línguas diriam, um mercenário — e usava suas habilidades para ganhar a vida.

Porém, por mais que tentasse, não conseguia cobrar todas as vezes que salvava alguém. Certas circunstâncias não permitiam que houvesse uma etapa de negociação antes de partir para a bravura. Restavam-lhe duas opções: ou se arriscava sem garantia de lucro ou cruzava os braços diante da vítima em perigo. Deveria ser uma decisão difícil. No entanto, mesmo que tentasse se fazer de desalmado, Christian não conseguia negar sua natureza. A verdade era que, desde tenra idade e por toda a sua vida, ele estava envolvido e impregnado pelo altruísmo dos heróis.

Quando percebeu que a âncora estava prestes a despencar, Christian desistiu de alcançar Dok e se voltou para o jovem minotauro que sequer conhecia. Desviou dos covardes que fugiam, pisou numa cadeira, em seguida numa mesa, deu um salto e aterrissou em cima de Appius. Com um encontrão, derrubou o rapaz para o lado. Esticou os braços para cima no último instante.

A âncora caiu em Christian, mas ele estava preparado. Recebeu-a nas mãos. Não aparou a queda de súbito. À medida que o peso se fez sentir, foi dobrando os cotovelos. Depois, os joelhos. Assim, usou o corpo inteiro como amortecimento, permitindo que o objeto continuasse a descida de forma mais lenta. As costas, no entanto, se mantiveram retas. Por fim, jogou a âncora de lado. Ao tombar, ela afundou um buraco no assoalho.

De olhos esbugalhados, Appius tentou murmurar um agradecimento, mas Christian não deu ouvidos. Ainda não havia concluído sua missão. Vendo o rapaz esparramado no chão e os danos causados no teto, agarrou uma mesa e arrastou-a. Cobriu Appius com ela e entrou junto embaixo do tampo. Tudo num piscar de olhos.

Appius apoiou as mãos no piso e começou a erguer o corpo, mas Christian apertou-lhe o ombro e o empurrou de volta para o chão.

— Cabeça baixa — disse, autoritário.

Os dois se encolheram o máximo que podiam. Joelhos no peito, braços em torno do crânio. Fora da proteção da mesa, começou uma chuva de âncoras. Desabaram todas as que estavam de alguma forma ligadas à corrente da primeira. Se os acertasse, mesmo o menor daqueles pedaços de ferro poderia ser mortal.

Uma âncora pequena abriu um furo no tampo e ficou entranhada, um pedaço de ferro enferrujado brotando da madeira. Uma âncora grande caiu na quina, e a perna da mesa não resistiu. A haste cedeu no meio e partiu em duas. Sob o peso do metal, o tampo cedeu daquele lado.

Junto com as âncoras, caíram pedaços de madeira e poeira, muita poeira. Parte do teto desabou, e um buraco permitia enxergar a escuridão no andar de cima.

Quando tudo terminou, apenas quatro pessoas permaneciam no salão: Christian, Appius, Petronius e o taverneiro. Os dois primeiros se mantiveram imóveis sob o entulho. O guarda-costas foi até eles e começou a escavar. Retirou cada uma das âncoras e jogou para longe. Fez o mesmo com os pedaços maiores de madeira.

— Mestre, mestre! Como se sente?

Appius tossia compulsivamente. O pó pardacento se assentava em sua toga branca e invadia as vias respiratórias. Não estava acostumado com sujeira.

— Vivo — respondeu ele, entre uma tosse e outra. — Estou vivo.

Petronius retirou a última âncora. Deitou a mesa de lado. Pegou Appius pelos ombros e o colocou de pé. Atrás dele, Christian limpou as mãos na túnica e se ergueu também.

— Está tudo bem? — perguntou o taverneiro ao se aproximar, pisando com cuidado por entre os escombros.

— Sim, tudo bem — Appius reiterou.

—Então, fora daqui!

Cercados de destruição, Appius e Petronius piscaram repetidas vezes.

— Senhor, nós podemos... — começou o guarda-costas, mas foi interrompido.

— *Fora!* Não quero ver a fuça de vocês na minha taverna nunca mais!

— Vamos — disse Christian, passando por entre os dois. — Não tem o que discutir aqui.

Os arredores da *Âncora Quebrada* estavam desertos. Ninguém ficou para ver o que aconteceria em seguida. Ninguém queria se responsabilizar. Copos e pratos foram abandonados pela metade. As mesas sobre o deque jaziam sombrias e solitárias na noite. Nada se movia, a não ser as águas do ancoradouro, balançando as embarcações para cima e para baixo. Ali ficou o taverneiro, sentado sozinho em meio à pilha de madeira que há pouco constituía o forro do salão e o piso do segundo andar.

Appius seguiu Christian como uma criança obediente. Petronius seguiu Christian como um soldado disciplinado. Caminharam a alguns passos do guerreiro, bestificados demais para escolherem seu próprio caminho. Appius olhou para trás algumas vezes, espiando, cada vez a uma distância maior, o rastro de calamidade, até que um hangar lhes tampou a vista do trajeto já percorrido.

Seguiram pelo cais. De um lado, a cidade iluminada com milhares de pontinhos. Do outro, a fluidez sombria do Rio dos Deuses.

— Ahm... — Appius se preparou para falar. — É... — ruminou as palavras.

Christian parou, se virou para ele.

— Diga logo.

O rapaz ergueu o queixo e inspirou fundo, reunindo toda a dignidade que ainda lhe restava.

— Obrigado por me salvar.

Christian permaneceu sério.

Examinou-o de cima a baixo.

Não conseguiu mais se segurar e deu uma risada. Levou a mão à testa, escondendo o semblante jovial. Olhou de volta para os dois, balançando a cabeça. Deu um tapa no ombro de Petronius.

— Uma bela noite de farra, não é mesmo? Deu até pra esquecer os problemas.

De repente, um barulho fez com que os dois minotauros se sobressaltassem. Vinha de trás de uma pilha de caixas escoradas à parede de um armazém. Protetor, Petronius deu um passo à frente de Appius. Christian apenas observou enquanto o barulho chegava mais e mais próximo. Avançava com dificuldade.

De trás das caixas, surgiu Dok. Ele riu, acenou e apontou para o objeto que arrastava atrás de si: um barril. Christian foi até lá, ergueu o barril nas costas e retornou, seguido pelo goblin. Passaram por Appius e Petronius e prosseguiram pela plataforma de madeira que se distanciava da terra firme e avançava para a enseada.

— Vocês vêm ou não?

Os quatro se sentaram na extremidade mais distante do píer. Diante deles, apenas o negrume do Rio dos Deuses. Em algum lugar do outro lado daquela massa gigantesca de água corrente, estendia-se o restante do continente de Arton, longe demais para que o avistassem, mesmo que fosse dia.

Dok deu uma caneca na mão de Christian. O guerreiro abriu uma pequena torneira que havia no barril e preencheu-a de vinho. Provou, aprovou e ofereceu aos minotauros. Cada um deu uma golada, e a caneca continuou passeando de mão em mão.

— Aquele taverneiro escondia o vinho bom — disse Christian, limpando a boca com as costas da mão.

Appius abaixou a cabeça.

— Demos o maior prejuízo! Vou ter que falar com o meu pai sobre isso.

— Não precisa se preocupar! — Christian deu um tapa nas costas do rapaz, mais forte do que pretendia. — Ele já foi ressarcido.

Appius e Petronius se entreolharam, sem entender. Dok explicou:

— Dok deixar ouro.

Então perceberam que a bolsa cheia de tibares que havia pertencido a Oliver já não estava mais em posse do goblin.

— Quem liga? — Christian deu de ombros. — Todos perdemos uma aposta de vez em quando.

Do outro lado do Rio dos Deuses, o negrume do céu começou a se dissipar, dando lugar a um azul acinzentado. O sol nasceria em breve.

— Tenho que voltar para casa — disse Appius. — Venha comigo, humano. Você é meu convidado. O goblin também.

Christian espiou Appius com o canto do olho. Riu. Voltou a contemplar o horizonte.

— Certo. Mas não agora. Você me parece um pirralho que nunca ficou acordado até essa hora. Fique aqui e veja o sol nascer pelo menos uma vez na vida.

Os quatro permaneceram sentados na beirada do píer, os pés balançando acima das águas serenas. O céu se tingiu de laranja, depois de amarelo. O sol apareceu só depois. Inundou o mundo com seu brilho quente, trazendo a luz de um novo dia.

# INTERLÚDIO

EM UM TEMPO IDO.

— Mal chegou, já vai sair correndo? — questionou Glórienn, olhando a outra de cima a baixo, com recuperada petulância. — Você sempre fica apenas o tempo necessário para causar ofensa e mágoa.

Tanna-Toh ofereceu à deusa menor o sorriso afável de seu rosto marcado por rugas. Ao redor das duas, as paredes quentes de Kundali tornavam o ambiente opressor e abafado.

— Pensei que não tivesse permissão de seu mestre para me dirigir a palavra.

— Pensou muitas coisas erradas sobre mim — rebateu a Deusa da Perfeição.

— Se você diz... — ponderou a anciã. — Talvez falte mais estudo de minha parte. Vou observá-la com mais dedicada atenção.

— Observe enquanto pode. Não vou ficar nessas condições para sempre. Ainda voltarei a brilhar, não importa o custo!

Tanna-Toh sorriu como quem admira a brincadeira de uma criança querida.

— Esses deuses menores... Sempre clamando bravatas, sempre ambicionando a ascensão — disse para si mesma. — Glórienn, não adianta se exasperar. Todos sabemos, o Panteão comporta vinte deuses maiores. Não mais, não menos. Quando você caiu, seu vácuo foi prontamente ocupado. Não há espaço para você.

A Deusa Menor dos Elfos ofegou, falhando em manter a calma. Lágrimas de frustração brotaram em seus olhos, quando disse:

— Vocês nunca me quiseram lá!

# II

# PELOS CAMPOS DE INGLÓRIA

# CAPÍTULO 1

# A ANTEVÉSPERA

EMBORA AS NOITES EM CLARO NÃO FOSSEM EXCLU-SIVIDADE dos nobres e homens livres, o direito de dormir até tarde o era. Já os escravos, estes acordavam cedo. Tinham tarefas a desempenhar. Quando os mestres se levantassem, encontrariam uma bacia com água aquecida para suas abluções matinais, as janelas da casa abertas e comida posta sobre a mesa.

Gwen acordou com a movimentação em volta. Escravas trocavam de roupa dentro das celas em meio a sussurros de bom-dia. Sua companheira de alcova remexia em alguma coisa embaixo da própria cama. Os raios de sol encontravam passagem por entre as grades da janelinha.

— Oh, bom dia — disse a moça, ao perceber que Gwen a observava. Era humana, por volta dos vinte anos, pele escura e olhos amistosos. Três tiras de couro, separadas por um palmo de distância uma da outra, prendiam o cabelo crespo e volumoso, mantendo-o arrumado numa espécie de trança que descia até a cintura. — Sou Caelia. Me disseram que você é o presente do Imperator?

Gwen se sentou na cama e deu uma longa bocejada, enquanto sinalizava que sim com a cabeça.

— Então você só vai ficar até depois de amanhã. Imagino que não tenha recebido nenhuma tarefa. Mesmo assim, é bom sair da cama. Pérola vai querer que você esteja pronta quando ela chamar. E se prepare. Ela *vai* chamar — dizendo isso, Caelia se levantou e saiu pela porta, não sem antes acrescentar: — Se precisar de alguma coisa, estarei na cozinha.

Deixada sozinha, Gwen se espreguiçou e olhou ao redor. Procurava por sua armadura branca, cujo peitoral ostentava o símbolo de Tanna-Toh. Força do hábito. À medida que sua mente despertava, as memórias do dia anterior foram retornando. Lembrou-se dos gritos aflitivos de Cecília. Lembrou-se de ter deixado a armadura em um esconderijo em outro ponto da cidade, de ter seguido em sua missão sem ela. Lembrou-se de Ichabod e da mensagem prometida, nunca recebida.

Escravos percorriam os corredores, empenhados em agradar aos seus senhores e se manter sob sua proteção. Não estavam interessados em descobrir novos mistérios, inovar em suas atividades, alicerçar um futuro mais brilhante. A comodidade lhes vendava o espírito e impedia que enxergassem seu próprio potencial. Seu valor. Assim, limitavam-se a proteger as migalhas que lhes eram oferecidas.

Não pela primeira vez, Gwen pôs as mãos junto ao peito. A elfa desejava o fim desse sistema agressivo e injusto. Contudo, sabia que o desejo sozinho seria inútil: a mudança aconteceria apenas em decorrência da ação. Fora esse o princípio que a levara até ali, e que continuava a orientá-la. Já existia uma resistência em algum lugar de Tiberus, cabia a clériga se unir à luta, e Julian era sua chave para isso. Com o coração esperançoso e obstinado, clamou à sua deusa de devoção. Pediu clareza de pensamento e o poder necessário para defender a sua causa.

*Oh, mãe do conhecimento,*
*faz de mim teu instrumento,*
*sob tua reitoria.*

*Dai-me peso de advento*
*contra o progresso lento*
*que o mundo imporia.*

*Eu trarei ao povo alento,*
*ante o trato violento,*
*lutarei pela alforria.*

*Que o escravo seja isento,*
*da libertação rebento,*
*e não mais mercadoria.*

*Contra o amo avarento,*
*eu aqui me apresento,*
*nada mais me impediria.*

*Peço a ti embasamento,*
*confiai-me teu provento*
*e dai-me sabedoria.*

Quando terminou a oração, Gwen sentiu-se envolver por uma aura sagrada de luz e calidez. No mesmo instante soube que, mesmo que recebesse súplicas do mundo inteiro, Tanna-Toh ouvia a cada um de seus devotos. As bênçãos da deusa se derramavam sobre Gwen na mesma proporção em que crescia sua avidez por conhecimento. Mal podia esperar pelas descobertas que o novo dia lhe ofertaria.

Então percebeu uma presença à porta.

— Que bonito! — era Cecília. — Não entendi muito bem o que você disse, mas foi agradável escutar.

Gwen se pôs de pé e ajeitou uma coisa qualquer na roupa.

— É uma oração a Tanna-Toh — limitou-se a dizer, sem mencionar que se tratava de criação própria.

— Foi lindo... Vocês, elfos, sabem fazer poemas, né?

Cecília parecia satisfeita com sua condição atual. Descobrir os ideais abolicionistas da nova companheira serviria apenas para lhe tirar o sossego, ao passo que os planos da resistência ficariam ameaçados por um possível escândalo de sua parte. Haveria um momento adequado para falar com ela, apresentar toda a beleza de uma vida em liberdade, mas apenas quando o plano já estivesse em fase avançada.

Assim, Gwen fez algo que não era de seu feitio: calou-se, permitindo que a outra tecesse conjecturas errôneas. Que mal faria se a humana acreditasse que uma oração abolicionista fosse um poema élfico? Gwen não havia dito isso, Cecília é quem chegara à conclusão sozinha. Desta forma, a elfa acenou que sim, concordando com a última pergunta, que era, em essência, verdadeira. Havia uma longa tradição de poesia entre seu povo.

O rumo da conversa fez com que Gwen se aborrecesse consigo mesma. O segredo não revelado parecia olhar para ela, como uma terceira presença no ambiente. Sem dizer uma única palavra, a elfa saudou-o. Prometeu-lhe que, quando tudo terminasse, compensaria Cecília pelo conhecimento que lhe era negado. Com esse pensamento, foi capaz de se perdoar. Poderia quebrar alguns princípios por uma causa nobre, desde que não aborrecesse a própria Tanna-Toh. Tudo ficaria bem se Gwen não mentisse.

— Então vamos nos levantar, que o patrão vai querer testar as suas habilidades. Não podemos correr o risco de passar vergonha na frente do Imperator.

A manhã passou lentamente, com Gwen recebendo mais uma sessão de embelezamento. Foram horas escovando as madeixas, trançando, experimentando diferentes penteados. Cecília e as duas assistentes se divertiam esculpindo o cabelo, como crianças que brincavam com uma boneca. A única incumbência de Gwen era ficar imóvel, e ela não se lembrava de já ter sentido tanto tédio na vida.

Conforme prometido no dia anterior, fizeram um coque alto a partir de uma trança grossa. Ao redor da cabeça, tranças mais finas davam um acabamento elegante, assim como as mechas soltas na frente. Vestiram-na de verde, cor de seus olhos. Um tecido leve, de alças finas, que deixava os ombros à mostra. Nos pés, sandálias de tiras. Gwen ficou parecendo uma dama tapistana, não mais uma mera escrava.

— Linda! — concluiu uma das ajudantes.

Colocaram-na de frente a um espelho de corpo inteiro. Todo aquele luxo era estranho a Gwen. Sentia falta do tecido grosso de quem dorme ao relento e viaja o mundo a pé. Sentia falta da armadura de quem enfrenta ameaças abertamente. Artimanhas e ardilezas não eram sua forma de lidar com problemas. Porém, o que mais poderia fazer? Declarar guerra contra os minotauros seria inútil. Precisava lutar em um campo de batalha onde tivesse chances de vitória.

Gwen viu a imagem no espelho respirar fundo e endireitar as costas. De queixo erguido, ninguém perceberia seu desconforto.

Após um almoço farto no refeitório dos escravos, Gwen foi levada à presença do patriarca. Sentado em seu gabinete, observou-a sem demonstrar qualquer emoção. Olhar imparcial sob sobrancelhas sérias. Pérola o acompanhava, e foi ela quem falou:

— Você alega ser uma sacerdotisa consagrada por Tanna-Toh. Uma favorita da deusa, capaz de realizar maravilhas em seu nome. Prove.

Queriam ver um milagre. Gwen não se ofendeu. Pelo contrário, ficaria desapontada se acreditassem cegamente em suas promessas de poder.

Olhou ao redor, pensativa. O gabinete de Gaius Aurelius Lomatubarius era o cômodo mais bem cuidado de toda a casa. O tapete, com suas imagens intrincadas tecidas na lã grossa, cobria o piso quase em sua totalidade. Liso, esticado, livre de ondulações. Dispostas para formar um círculo, as cadeiras estofadas estavam equidistantes. Cada objeto ocupava o espaço ideal nas prateleiras, sem um grão de poeira sequer. A harmonia e o capricho reinavam no ambiente impecável.

Mas Gwen havia explorado o resto da casa durante a manhã, e sabia onde encontrar o que precisava.

— Com enorme prazer demonstrarei o poder da Deusa do Conhecimento, que está, agora, a serviço desta casa. Para isso, preciso de um instrumento. Uma simples planta servirá.

Apesar do olhar de desconfiança que Gaius e Pérola trocaram entre si, Gwen continuou:

— Desde que cheguei, todos os escravos que conheci demonstram orgulho em servir a essa família. Todos eles, inclusive o jardineiro. Ainda assim, apesar do esmero em cuidar dos jardins para que cresçam e floresçam, há uma folhagem que se recusa a prosperar. Está em um vaso de barro, no fundo do pátio. Recebe tratamento com podas e adubos, mas definha. Se o mestre me permitir, posso usá-la para demonstrar a magia divina que flui em meu corpo pela graça de Tanna-Toh.

Ao sinal do patriarca, Pérola foi para o corredor e chamou o lacaio que estava de prontidão. Este saiu para o quintal e voltou trazendo o jardineiro. Executada a tarefa, retornou para o corredor. O jardineiro entrou no gabinete de cabeça baixa. Trazia nas mãos um vaso de cor ferrugem, carregado de terra preta e ocupado por uma planta de folhas largas, porém murchas. Depositou-o no centro do tapete, local indicado por Pérola.

— Aí está o que pediu. Agora mostre o que sabe fazer.

Duas folhas ainda desafiavam a morte. Mantinham a base firme, virada para cima. Porém, o meio sucumbia ao próprio peso e as pontas se curvavam para baixo. Outras quatro folhas jaziam na terra, completamente secas.

— Meu senhor — começou Gwen —, o mundo é composto por três forças fundamentais. Criação, preservação, destruição. E Tanna-Toh tem poder sobre os três.

Gwen deu a volta na planta e indicou a Pérola e ao jardineiro que se afastassem. Parou de frente para Gaius, tendo o vaso aos seus pés. Fechou os olhos. Ergueu uma das mãos diante do peito, tocou o próprio pulso com a outra.

— *Oh, guardiã da mente, que a enciclopédia aclama. Abençoa esta serva, me permite criar chama.*

Houve um pequeno estouro e chamas surgiram na mão da elfa. Ela abriu os olhos. Virou a palma e o dorso, para que todos pudessem ver. O fogo dançava em sua mão, envolvendo-a, mas não a feria.

Gwen se abaixou e tocou as folhas secas. O fogo logo se transferiu para elas, incendiando-as. Alastrou-se, e a planta ardeu como um todo, liberando uma fumaça cinzenta, que escapou para fora pela janela do escritório.

— Apresento-lhes a destruição.

O jardineiro abriu a boca, mas conteve o protesto. Seu árduo trabalho para prolongar a vida da planta fora em vão. Pérola manteve uma expressão forçadamente neutra e se aproximou.

— Esse fogo é de verdade? — ela apalpou o ar acima da planta, confirmando o calor das labaredas.

— Estique as suas mãos. Prometo que não vou machucá-la.

A sereia obedeceu. Gwen manteve a mão incendiária longe e tocou-a com a outra.

— *Defensora da palavra e mãe dos conhecimentos, concedei a esta serva suportar os elementos.*

Nada aconteceu que se pudesse perceber. Nenhum brilho, nenhum som. Apenas perdurou o crepitar da planta seca.

— O que deveria ter acontecido? — perguntou Pérola.

— Aconteceu — respondeu a elfa. — Coloque a mão no fogo de novo.

Pérola passou a mão sobre a planta. Mais perto. Mais perto. Tocou as folhas em chamas, mas nada lhe aconteceu.

— Não sinto — disse, subitamente maravilhada. Então se abaixou e segurou o caule com as duas mãos. — O fogo não me atinge!

Gwen se dirigiu ao amo:

— Este, meu senhor, é o poder da preservação.

Gaius Aurelius acenou, contido. Gwen se virou novamente para a sereia e falou:

— A bênção não perdura.

Pérola soltou a planta imediatamente. Levantou-se e voltou a se afastar.

— Agora... — Gwen mirou a planta, que morria. — *Mestra da sabedoria, que nos livra desta frágua, concedei-me a magia que permite criar água.* — Com isso, o líquido fluiu de suas mãos e encharcou a planta. O fogo morreu, mas na planta ainda havia um resquício de vida. — Falta a terceira força primordial, a mais rara e poderosa das três. Energia contrária ao mal e à degradação, a única capaz de desfazer as obras do tempo.

Três pares de olhos se fixaram com interesse. Finalmente, a elfa lhes mostraria o que realmente queriam ver. Ela se abaixou. Tocou a terra. Sentiu o tênue fio de vida que ainda se escondia nas raízes. Concentrou-se.

— *Mãe de bardos e mentores, divindade da cultura. Revigora os seus servos e os ferimentos cura.*

A luz de Tanna-Toh inundou a sala, bela e agradável, enquanto a energia divina escorreu pelas mãos de Gwen até a planta, onde se transformou em energia vital. O caule murcho enrijeceu, assumindo uma coloração fresca e profunda. A vivacidade subiu por ele, levando consigo o verdor e a firmeza. Alcançou as folhas ressequidas. Escalou-as. Preencheu-as de dentro para fora. O que estava seco se umedeceu; o que estava queimado se restaurou. Todas as folhas, tanto as que estavam fracas quanto as que jaziam de todo na terra, ganharam forças diante das três testemunhas. Por fim, no ponto central da planta antes estéril brotou uma flor de pétalas amarelas e viçosas.

A planta estava curada.

Pérola fez menção de se aproximar novamente, mas o jardineiro foi mais rápido. Caiu de joelhos perante o vaso, custando a acreditar no que via. Tateou a planta. Cheirou-a. Era como se a primavera tivesse chegado mais cedo e de repente, em toda sua exuberância. O homem feito, de feições duras, pôs-se a chorar.

— Assombroso... — Pérola deixou escapar.

Gaius Aurelius se permitiu um breve sorriso.

— Esse milagre também não perdura?

— Meu senhor, — respondeu Gwen — o milagre está concluído. Ele não impede padecimentos futuros, mas tratou o dano causado anteriormente.

— Consegue curar pessoas?

— Traga-me qualquer ser vivo, e Tanna-Toh irá curá-lo através de mim.

A cobiça brilhava nos olhos de Gaius Aurelius Lomatubarius. Ele apoiou o cotovelo na mesa e sorriu apenas com o canto da boca. — Você é uma joia rara.

O patriarca demorou-se apreciando sua posse, e todos permaneceram imóveis por um momento que se prolongou. O jardineiro esfregou o nariz e conteve o choro, em uma tentativa de não mais perturbar a tranquilidade do amo. Pérola olhou de Gaius para Gwen, e voltou para Gaius.

— É justamente por ser uma joia que vamos dá-la de presente a Aurakas. Nada menos do que o melhor para agradar Sua Primazia Imperial — ela andou ao redor da sala, e o movimento fluido de seu corpo capturou a atenção do patrono. — Resta descobrir se ela sabe cumprir com as obrigações básicas de uma serva.

Gaius assentiu. Pérola anunciou:

— Hoje à noite, estará entre as criadas que servem o jantar.

— Está dispensada — disse Gaius. Então se virou para o jardineiro lacrimoso: — Quanto a você, falhou em sua incumbência. Vá ter com Petronius. Diga a ele que lhe dê dez chibatadas.

O jardineiro arregalou os olhos. Então fez que sim com a cabeça e saiu do gabinete, deixando a planta para trás.

Gwen reprimiu o impulso de argumentar contra. Fez uma mesura e ia saindo do aposento, quando Appius surgiu na entrada.

— Por Tauron! O que aconteceu com você? — Pérola era puro assombro.

Appius tinha uma aparência horrível. A testa era uma massa frouxa, que parecia ser puxada para baixo pelo peso das sobrancelhas. Estas lembravam a folhagem do vaso, antes de receberem a cura de Gwen: completamente murchas. Desprovidas de forças para compor qualquer expressão, oprimiam o resto do rosto, projetando sombras sobre ele.

Os olhos vermelhos e sem brilho estavam afundados na face inchada. A mente vagarosa demorou a virá-los na direção de Pérola, em resposta ao chamado dela. Abaixo dos olhos, dois bolsões escorriam pelas laterais do rosto e iam quase até o maxilar. A pelagem negra estava ainda mais escura, demarcada pelas olheiras.

— Minha cabeça dói... — choramingou.

— Faça alguma coisa! — a sereia disse à elfa.

Gwen fez menção de se aproximar, mas o patriarca vetou:

— Eu a proíbo.

Os três olharam para ele, sem entender. Não era do feitio de Gaius Aurelius justificar suas decisões aos escravos. Porém, a ocasião era uma oportunidade para educar o filho.

— Ele não está doente. Está de ressaca. Se meu filho se julgou adulto o suficiente para passar a noite na esbórnia, que seja adulto para suportar as consequências.

Appius baixou a cabeça.

— Trouxe dois convidados — disse ele, sem se atrever a encarar o pai.

— Dois ratos de rua, não tenho dúvidas. Por hoje, serão tratados com a hospitalidade dos Aurelius Lomatubarius. Depois disso, darei a ordem para açoitá-los caso sejam vistos novamente na nossa rua. E não será com essa vara que usamos nos escravos. — De repente, seu discurso foi entrecortado por um grito do jardineiro no pátio. — Será com um chicote de verdade, feito para prisioneiros.

Outro grito do jardineiro. A punição transcorria normalmente, se é que alguém julgaria normal punir um homem por causa de uma planta que não cresce.

— Até lá, você é responsável por mantê-los longe das escravas.

— Sim, pai — Appius murmurou antes de sair do gabinete.

Pérola se virou para Gwen:

— Sirva algo para esses convidados beberem.

Gwen assentiu e se retirou.

O sol vespertino penetrava pela enorme claraboia. Sua luz incidia na estátua de Tauron, projetando sombras duras nos detalhes entalhados na pedra. Incidia também no espelho d'água, impossibilitando que se olhasse diretamente para ele. Por fim, irradiava para todos os lados, iluminando os quatro corredores de ângulos retos que cercavam o quadrilátero central, e excedendo para dentro das portas, alastrando-se pelas salas e aposentos.

Gwen saiu para o corredor a tempo de ver Appius caminhando do outro lado do espelho d'água. Ele passou por uma porta dupla que estava escancarada, as duas folhas permitindo a entrada de luz, e foi ter com seus convidados na sala de jantar. De onde estava, a elfa percebeu a presença de pelo menos uma pessoa. Para sua surpresa, não era um minotauro, e sim um humano. Estava deitado em um dos divãs que ladeavam a mesa de jantar.

Gwen respirou fundo. Não se importava de servir. Havia feito aquilo a juventude inteira, quando não passava de uma noviça em um templo de Tanna-Toh nas cercanias de Lenórienn. Naquela época, trabalhava unicamente em função dos outros. Limpava, cozinhava, costurava. Fazia todo tipo de trabalho doméstico e braçal que fosse necessário para manter o local de culto em funcionamento. Assessorava sua sacerdotisa no que fosse preciso. Obedecia.

Assim havia sido sua vida antes da ruína da capital élfica. Antes mesmo de receber a aprovação da própria Tanna-Toh e se tornar uma clériga santificada. Antes de conhecer Dok, percorrer o mundo e se tornar dona de si mesma. Antes de decidir, por conta própria, voltar a servir. A verdade era que isso não a incomodava.

Porém, era uma perda de tempo.

Enquanto Gwen brincava de se subordinar, milhares de pessoas serviam não por escolha, mas por imposição. Como clériga de Tanna-Toh, experiente e poderosa, suas habilidades estariam muito melhor empregadas em combate direto ou em doutrinação das massas. Em vez disso, fora incumbida de servir bebidas a convidados de uma família rica. Precisava chegar aos líderes da Resistência. Julian havia prometido levá-la até lá, mas demorava a dar novas instruções. Gwen se perguntou onde ele estaria agora.

O meio-elfo surgiu no corredor bem quando pensava nele. Veio do quintal a passos largos e carregava consigo uma pilha de pergaminhos. Gwen se interpôs em seu caminho e fez com que parasse. Falou com ele num sussurro.

— O plano. Precisamos avançar. Estamos perdendo tempo aqui.

— Sim — respondeu Julian enquanto olhava ao redor, como quem busca uma forma de dar a volta e prosseguir em sua atual incumbência. — Aviso quando tivermos uma chance.

— Agora! Leve-me até a Resistência!

— Não, Gwen. Não podemos agora.

A elfa o segurou pelo braço para que não fugisse. O pulso firme não encontrou dificuldade em mantê-lo no lugar.

— Não temos tempo. Vão me mandar embora depois de amanhã!

— Eu sei — Julian parecia alarmado. — Mas algo aconteceu com Petronius e ele desistiu de levar a guarda para treinamento em campo. Vão ficar aqui o dia inteiro. Não vamos conseguir sair sem que nos vejam.

Gwen o soltou, desacorçoada. Hesitou. Quando falou, nem ela mesma se levou a sério:

— Que nos vejam, então.

— E assim colocamos tudo a perder! — disse o meio-elfo. — Não, Gwen. Aguente mais um dia. Amanhã teremos a chance. Agora, o patriarca me espera. Estão todos preocupados com a entrada do Império na guerra.

Antes que ele se fosse, ela aproveitou para perguntar:

— Alguma notícia de Ichabod?

— Sim. Essa casa está coberta de feitiços de proteção, que impedem que ele se comunique com você. Mas ele fala comigo sempre que vou resolver algo na rua. Mandou dizer que não se preocupe. Está por perto caso algo dê errado.

Gwen agradeceu a mensagem.

— Agora preciso ir — disse o meio-elfo. — Continue agradando aos mestres, só até amanhã. E, então, esteja pronta com seu milagre da cura. Etelethar está à beira da morte, ele vai precisar de tudo o que você possa oferecer.

— Diga-me quem é Etelethar. É o líder?

— Amanhã, Gwen. Amanhã tudo será explicado.

E o meio-elfo se foi para dentro do escritório onde Gaius e Pérola esperavam.

Gwen se resignou a rumar no sentido oposto, para a cozinha. Lá encontrou Caelia, que lhe ajudou a montar uma bandeja de prata com uma jarra de água, outra de vinho e três cálices. A elfa agradeceu e ganhou o corredor novamente, em direção à porta dupla da sala de jantar. Deitado em um dos divãs que cercavam a mesa baixa, Appius falava com os hóspedes quando ela entrou.

— Ouvi dizer que é gigantesca! Que tem partes da cidade que nunca veem a luz do sol! Verdade?

Só então ela viu quem eram os visitantes.

A resposta à pergunta de Appius se perdeu no espanto de Christian. O guerreiro ficou de boca aberta olhando para a elfa, sem nada dizer. Ela quase derrubou a bandeja no chão. O desconforto foi tamanho que até Appius percebeu, mesmo estando lento de raciocínio. Ele se virou para a elfa e sorriu.

— Vinho!

Christian segurou Dok junto ao sofá, quando o goblin fez menção de correr na direção de Gwen. Quando Appius se virou novamente para eles, os dois já não demonstravam nenhum interesse na escrava supostamente desconhecida.

— Vinho só vai estender a ressaca — disse Christian. — É melhor tomar água.

O minotauro fez um muxoxo.

— Água, então.

Gwen foi até o jovem mestre e pôs-se a servi-lo, enquanto a conversa voltava a transcorrer.

— E então? — disse Appius. — Valkaria?

— Sim, é a maior estátua do mundo. Humanos se sentem poderosos perto dela. As partes da cidade onde não chega a luz do sol são, na verdade, de grande prestígio.

Gwen serviu Dok, evitando encarar os olhos brilhantes do goblin, que a contemplavam com ternura, agigantados atrás dos óculos de proteção.

— Maior do que a nossa estátua de Tauron? — continuou o minotauro.

— Óbvio que sim! — Christian desdenhou da ideia com um aceno de mão. — A estátua do templo de Tauron é impressionante, mas ainda é uma obra mundana. Já a estátua de Valkaria foi erguida por magia, no início dos tempos.

Gwen serviu o cálice de Christian, prestando atenção em suas palavras. A estátua de Valkaria era tão importante que havia servido de alicerce para a colonização do Reinado. Inclusive, era o motivo maior do conflito que sangrava o continente de Arton: humanos lutando contra humanos pelo domínio da região onde se encontrava a imagem sacra. No entanto, a narrativa de sua criação fazia parte de uma fé na qual Christian não acreditava. Gwen sabia disso, e se deu conta de que o amigo apenas dava corda para o jovem minotauro, falando aquilo que ele queria ouvir.

— Dizem que a estátua de Tauron um dia vai despertar — insistiu o rapaz. — O próprio deus vai irromper do subterrâneo e dar vida à pedra.

— Pode ser que isso um dia aconteça. Mas a estátua de Valkaria já despertou. A deusa hoje percorre o mundo, livre, incitando heróis a feitos grandiosos.

Gwen pousou a bandeja na mesa e se preparava para ir embora, quando Julian apareceu mais uma vez.

— Com licença, mestre — disse ele a Appius. — Seu pai o chama.

— Mas acabei de sair de lá!

— Sinto muito — disse o meio-elfo.

Appius se levantou vagarosamente. Enquanto isso, Christian virou o cálice de água em grandes goladas e esticou o copo para que Gwen servisse mais. Ela pegou a jarra mais uma vez, sem muita pressa. Appius olhou do humano para a elfa e de nada desconfiou. Apesar de que seu pai havia lhe dito para vigiar os visitantes, não viu problema em deixá-los a sós com a escrava por um breve momento.

— Já volto — e se foi.

Quando Appius e Julian ainda estavam na sala, Gwen caminhava lentamente e manipulava os objetos com extremo cuidado. Assim que saíram, largou tudo na mesa e precipitou-se para perto dos amigos. Christian enfim se permitiu olhar de verdade para ela. Analisou-a dos pés à cabeça, passando pelos braços, rosto e cabelo. Procurava por sinais de maus tratos.

— O que você faz aqui? — perguntou ele em um sussurro.

— Eu? O que *vocês* fazem aqui? Mandei não me seguirem!

— Dok não seguir! — defendeu-se o goblin.

Christian deu de ombros.

— Conhecemos dois minotauros numa taverna... Eles nos convidaram. Como eu ia adivinhar?

Gwen olhou por cima do ombro, atenta a qualquer movimento no corredor, e se virou novamente para eles.

— Isso não é coincidência. Algo grandioso irá acontecer nessa cidade dentro de dois dias. Importante não só no plano material, mas no divino também. Importante a ponto de despertar o interesse dos próprios deuses — a elfa encarou o amigo nos olhos. — Coincidências não existem, Christian. O que existe são eles. Não podem decidir por nós, mas podem nos conduzir por um caminho que já estejamos predispostos a trilhar.

Christian revirou os olhos. Gwen já sabia que ele faria isso.

— Talvez seja um sinal para eu tirar você daqui — disse ele.

— Não se atreva! Estou bem nessa casa.

— Gwen bem? — Dok arregalou os olhos. — Gwen não bem. Gwen mentir. Não pode mentir. Deusa não gostar.

— Pode estar bem vestida, Gwen, mas não nos engana — disse Christian.

— Não estou mentindo. Estou bem... se comparada aos outros escravos.

— Ah, verdade! — Christian deu uma risada ácida. — Alguém estava levando uma surra, não faz muito tempo. Dava para ouvir daqui. Gwen, você pode não ter apanhado ainda, mas sua cara diz tudo. Esse lugar está acabando com você.

Gwen não contou que já havia levado um tapa capaz de derrubá-la no tapete. Mais uma omissão com a qual teria que viver.

O guerreiro continuou:

— Preciso ir embora, Fuligem está sozinho no esconderijo. Vamos?

Ela recusou com a cabeça.

— Onde está Verônica? Ela não o deixaria morrer de fome.

— Se depender de Verônica, já posso preparar a cova do Fuligem... e a minha também.

Dok cruzou os braços e fez uma careta.

— Verônica confiar você!

Christian baixou a cabeça e se calou.

Passos arrastados no corredor anunciaram o retorno de Appius. Porém, antes que surgisse, Christian se apressou em falar com Gwen uma última vez:

— Esse disfarce de escrava obediente não dura para sempre. Você vai cansar justo na pior hora. Mas não vai estar sozinha. Quando isso acontecer, estarei lá, mantendo as aparências e esperando o seu sinal. Conte com isso... e se conforme com isso.

Ao entrar na sala, Appius encontrou Gwen mais uma vez enchendo o cálice de Christian. Era como se todos na sala tivessem se mantido imóveis durante a ausência do minotauro.

Levou alguns instantes para que olhassem para ele e reparassem que sua aparência estava ainda pior. A face inchada de cansaço estava também avermelhada em apenas um dos lados. Na mancha de vermelhidão, era possível distinguir o formato de dedos. No mesmo lado do rosto, o olho lacrimejava.

— Estão convidados para jantar conosco — disse ele, como se nada fora do usual tivesse acontecido. — Contei para o meu pai que vocês são estrangeiros. Ele ficou bem interessado em saber notícias do outro lado do mundo.

Christian demorou a reagir. Então, forçou um sorriso e ergueu o cálice.

— Será uma honra.

## CAPÍTULO 2

# LIDERANÇA INSPIRADORA

NO MESMO CÔMODO, HORAS MAIS TARDE, FAMÍLIA E convidados se reuniam para o jantar. Gaius e Pérola em um dos divãs, Christian e Dok no outro, e Appius dividia o terceiro com Tertius e Astra. O quarto lado da mesa era aberto, sem nenhum sofá ou cadeira, para que as criadas tivessem espaço para servir.

Os convivas se deitavam apoiados nos cotovelos, as pernas esticadas para longe e os rostos virados para a mesa coberta de comida requintada. O prato principal, faisão assado ao molho de pêssego e especiarias. Carne branca e suculenta coberta com caldo agridoce. Delicioso. Para acompanhar, nada de bebida barata de taverna. Na residência dos Aurelius Lomatubarius só era servido vinho envelhecido da melhor qualidade.

Gwen e Cecília traziam as iguarias da cozinha, levavam embora os pratos usados, mantinham as taças sempre cheias. A elfa havia tirado o vestido leve, de tecido verde, em favor do cinzento e resistente, igual ao de Cecília. A modéstia e discrição das vestimentas das duas agradavam a Pérola. A sereia, por sua vez, se sobressaía. Sentada à mesa junto com a família e trajando tecidos nobres em um vestido revelador, ninguém suporia tratar-se também de uma escrava.

Mais preocupada com o futuro de Tapista do que com pequenos dramas domésticos, Gwen encheu a taça de Dok, desejando que ele parasse de lhe lançar olhares tão gentis.

— Obrigado — disse ele, o que provocou em Pérola uma careta de desgosto. Não se sabia se pelo agradecimento à escrava, ou pelo fato de ter um goblin à mesa.

— Meu filho diz que você vem do Reinado, Christian Pryde — disse o patriarca, dirigindo-se ao humano e ignorando a presença do goblin.

— Sim. Venho de uma linhagem de médicos de Salistick. Iniciei os estudos, mas decidi desbravar o mundo. Um desgosto para meu pai, não tenha dúvida.

O patriarca deu um sorriso condescendente, mas foi direto ao que interessava.

— E como está a guerra com os Puristas?

— Não sou nobre, senhor. Não me envolvo com a política da terra. Mas posso dizer que o Reinado subestimou os Puristas. Alguns anos atrás eram só uma facção dentro de Yuden, mas deram um golpe e dominaram o país. Depois, conseguiram aliados e formaram um pacto, o Triângulo Autocrático.

Gaius Aurelius permaneceu impassível enquanto ouvia. Nenhuma novidade. Já fazia alguns meses que havia recebido uma carta do Triângulo Autocrático convidando-o para uma conversa. Queriam apoio político dentro de Tapista, mais um cúmplice a interceder por eles diante de Aurakas. Porém, Gaius tinha seus próprios interesses. Suas fazendas em Lomatubar precisavam escoar a produção, e o faziam por meio de poderosos contatos comerciais no Reinado.

Christian continuou:

— Já estive em um campo de batalha contra os Puristas. Eles têm máquinas de guerra que matam às centenas.

Dessa vez, o patriarca parou de degustar o vinho e abaixou a taça.

— Sobreviveu a um campo de batalha? — frisou o patriarca, olhando para Christian com renovado interesse. Um guerreiro experiente era valioso em qualquer lugar do mundo. Talvez valesse a pena manter o humano por perto.

— O Reinado talvez pudesse revidar, mas está desunido — Christian prosseguiu. — Desde que a Rainha-Imperatriz desapareceu, cada regente só olha por si.

— Sabe algo sobre o desaparecimento de Shivara?

Christian deu de ombros.

— Alguns dizem que ela foi devorada por um monstro, outros que se acovardou e fugiu. Eu duvido. Shivara não temia nem a Tormenta, e nenhum monstro passaria por sua espada cristalina. Deve ter sido algo pior. Há rumores de que ela foi sequestrada por seres do subterrâneo... Mas ninguém sabe ao certo. O que se sabe é que o Reinado está praticamente sem liderança. Um dos nobres do conselho imperial comanda as tropas que se mantiveram leais, mas ele não é a Rainha-Imperatriz.

— O Arquiduque Marechal Sir Bradwen Lança Dourada.

— Sim, esse mesmo.

— Competente, mas não brilhante — o patriarca refletiu. — Pode comandar as forças do reino-capital, mas nunca conseguirá reunir todo o Reinado. Saber guerrear é diferente de ser líder. E nenhuma grande demanda obtém êxito sem uma liderança inspiradora.

Christian considerou as palavras do patriarca por um tempo.

— É, o Reinado está ferrado.

— Não necessariamente — disse Gaius, para surpresa de Christian e dos demais, que ouviam calados. — Aurakas está nas províncias. Quando retornar à capital, iremos à guerra. Se o Imperator decidir defender o Reinado, então o Reinado vencerá. Não apenas por conta do poder bélico das nossas legiões, mas pelo próprio Aurakas. Ele é o líder que o Reinado precisa.

O minotauro deu um gole em sua bebida e deixou que a sugestão se assentasse diante de um Christian estarrecido.

— Ele venceu as Guerras Táuricas... — ponderou o humano — talvez consiga liderar as nações que ainda são leais ao Reinado.

— Aurakas é um líder forte, um político implacável e um estrategista feroz, respeitado por aliados e inimigos. Se o Princeps não conseguir, meu caro, ninguém mais conseguirá.

— Ele apoiaria o Reinado?

Gaius olhou para Gwen.

— Se depender de nossos esforços, sim.

Enquanto o jantar se desenrolava, outra reunião estava prestes a acontecer fora dos domínios dos Aurelius Lomatubarius.

Julian olhou para os dois lados antes de se embrenhar no beco escuro. De todo o Vale da Penumbra, onde a noite caía mais cedo, aquela era a área mais temida. Conhecida por servir de palco para assassinatos premeditados, já estava há muito impregnada com o cheiro de cadáver. Até os moradores de rua evitavam aquele local, que acabava servindo de lar apenas para gatos encardidos, cujas costelas eram visíveis por baixo do couro fino.

Naquela noite, no entanto, nem mesmo o gato mais esquálido se permitiu permanecer no beco odioso. Uma presença mais abominável do que a própria morte afugentava tudo o que fosse orgânico e natural.

— Como ela está? — disse o ser escondido nas sombras.

Julian tremia, mas não queria demonstrar. Estava falando com algo que, aos seus olhos, não era exatamente uma pessoa.

— Suportando. É difícil, mas ela é forte.

— Isso eu sei, não precisa me dizer. Quero saber se bateram nela.

Julian hesitou.

— É uma escrava valiosa. Ela não vai apanhar sem motivo. Só precisa se comportar.

Sem aviso, Ichabod saiu das sombras. Os instintos de Julian o impeliram para trás, até que suas costas encontraram a parede. O mago continuou se aproximando dele, até o brilho demoníaco de seus olhos ficar a poucos metros do semblante alarmado do meio-elfo.

Os diversos segmentos insetoides deslizaram, cada um cobrindo ou descobrindo parcialmente o outro, e o cotovelo se dobrou. Julian sentiu como se parte de sua alma fosse drenada quando Ichabod espalmou-lhe o peito. O braço inteiro era deformado. Centenas de nódulos brigavam por espaço, uns grandes e outros pequenos, pulsantes. Pareciam pálpebras feitas de conchas prestes a se abrirem, revelando olhos moles e pegajosos. A mão era híbrida. A pele humana se mesclava com o couro grosseiro, queimada e esticada em certos pontos, enrugada em outros, formando ondulações de pele sobre ossos retorcidos. A carapaça asquerosa buscava expandir sua área de abrangência. Tentava recobrir a mão inteira, impedida apenas pela força de vontade do mago, e parecia disposta a pular para o peito de Julian ao menor descuido.

Tocado pela Tormenta desde o berço, a simples existência de Ichabod era intolerável. A própria luz da lua estremecia ao tocá-lo. Da mesma forma, estremeciam o vento, os sons, os odores e qualquer criatura que ousasse se aproximar. Todas as coisas do universo reconheciam nele uma ameaça. E estavam certas.

— Se os minotauros precisassem de motivos para agredir, a essa hora já teriam inventado algum. Mas nem disso eles precisam — disse o lefou, com seu hálito de repugnância. — Bom comportamento não serve para nada, além de manter os escravos no ciclo de obediência cega.

Julian fez acenos curtos e ligeiros com a cabeça, por mais tempo do que o normal. Piscou lentamente, engoliu em seco.

— Ela está se saindo bem.

Ichabod o soltou.

— Quando vai levá-la até a Resistência?

— Queria ter levado hoje, mas os guardas ficaram amontoados na casa como um bando de formigas. Amanhã será o momento certo.

— Não espere ela virar propriedade do minotauro mais poderoso do mundo! Nós podemos tirá-la dos Aurelius Lomatubarius. Mas, quando a guarda de Aurakas chegar, isso será impossível.

— Eu sei. Estou trabalhando nisso.

— Quando será a audiência com Aurakas?

— Depois de amanhã, no jantar.

— Gwen sabe que Verônica foi presa?

— É claro. Mas disse que vai prosseguir com o plano. Que a libertação será para todos, inclusive para Verônica.

— Verônica não é escrava, é prisioneira. O tratamento é diferente, ela não pode esperar.

— O outro foi preso também? — perguntou Julian. — O homem que estava com ela. Qual é mesmo o nome dele?

O lefou fez que não.

— Encontrar uma medusa em Tiberus deve ter sido fácil para os legionários. Mas um humano... há centenas de milhares nessa cidade. Vai ser difícil identificarem — então concluiu: — Conte tudo isso a Gwen.

Julian assentiu.

— Não esqueça! Fale de Verônica.

Julian assentiu novamente.

— Pode confiar em mim.

## CAPÍTULO 3

# A VÉSPERA

APENAS UM DIA SEPARAVA GWEN DE AURAKAS. UM ÚNICO dia em que tudo teria que acontecer. O tempo se esgotava, e a elfa sequer havia tido a chance de conhecer a Resistência Abolicionista, quem dirá fazer algo pela causa. Ao seu redor, tudo era supérfluo e inútil. Ensaiar truques simples para o patriarca. Servir um jantar para Christian. Esperar pela boa vontade de Julian. Um exercício de paciência. Porém, não poderia ser paciente demais. Precisava se unir à insurreição na primeira oportunidade, contatar Ichabod e desaparecer daquela casa antes de ser levada ao Imperator como presente.

— Ficou linda! — disse Cecília.

Gwen se olhou no espelho, sentindo o entusiasmo das duas assistentes estrangulá-la. Apenas o topo do cabelo estava preso em um coque bagunçado, o restante descia em ondas até a cintura. Alguns fios na frente do rosto davam um ar romântico. O penteado combinava com o vestido branco, de decote profundo e saia longa, semitransparente. Que Tanna-Toh a perdoasse, pois parecia uma clériga de Marah, a deusa que pregava o amor livre.

— Não acho que Pérola vá gostar — as palavras de Gwen colocaram cara feia em Cecília e nas demais.

— Ela não tem que gostar — respondeu Cecília. — Quem tem que gostar é o patriarca.

As três foram embora, deixando Gwen com seus pensamentos. O ciúme das escravas era compreensível, principalmente no caso de Cecília, que mal levava o crédito por carregar o quarto filho do amo. Tentar desbancar a rival mais poderosa também era esperado. Porém, se Gwen começasse a se envolver com as desavenças da casa, dificilmente teria foco para lutar pelo que realmente importava. Precisava se concentrar em seu real objetivo.

Pensou em tirar o vestido branco e colocar de volta o cinzento de trabalho. Porém, isso seria tomar o partido de Pérola. Apenas agravaria o problema. Por fim, decidiu deixar como estava, parar de se preocupar com o que uma ou outra pensaria de sua aparência e, de uma vez por todas, ir atrás de Julian.

Apenas um dia separava Gwen de Aurakas. Se para o plano parecia pouco tempo, para Ichabod era uma eternidade. Mais um dia sem vê-la, sem saber se estava bem. Sem ter certeza se o plano original ainda estava em curso ou se haveria uma mudança de estratégia. De onde assistia, recebia pouquíssimas informações. Os feitiços que cercavam a casa eram poderosos. O único aliado de que dispunha com acesso aos Aurelius Lomatubarius era Julian, mas tudo que ele havia dito é que Gwen seria dada de presente a Aurakas no dia seguinte. Que precisava fugir antes disso.

Ichabod estava cansado de assistir de braços cruzados. Precisava agir. Foi isso que o levou a invadir a casa dos Aurelius Lomatubarius.

Naquele dia, a propriedade estava movimentada. Parte das forças da família, que guarneciam suas terras em Lomatubar, estava lá. No total, cinco grupos de dez legionários, cada qual sob a liderança de um decurião e todos sob as ordens de Petronius. O próprio ex-centurião entrava e saía, às vezes levando ou trazendo legionários, às vezes sozinho. A tarefa, escoltar a família Lomatubarius até a audiência com Aurakas, era basicamente cerimonial. Mas, na política do Império, a aparência de força era tão importante quanto a força em si. Assim, a cada mensageiro que chegava com novas informações sobre o protocolo a ser seguido para a visita, Petronius corria para adequar as posições. Levaria Gaius Aurelius Lomatubarius até o Coliseu, e faria isso de modo a garantir que o patriarca fosse ouvido.

Petronius saiu pela porta dos empregados, orientando dois decuriões e seus subordinados. Aqueles eram os grupos que vigiariam à distância, fazendo a segurança das unidades de primeira linha, e Petronius ocupava-se em posicioná-los para o último treinamento. Isso significava que a casa fora deixada praticamente desguarnecida. Com dois grupos já mantendo posição ao longo do trajeto e outros dois em deslocamento, apenas um ficara incumbido da segurança interna.

Ichabod aproveitou a oportunidade.

Dois minotauros faziam a defesa do portão da frente e outros dois do portão lateral. Como não podiam se enxergar mutuamente, mais uma dupla se posicionava na esquina. A intervalos regulares, os da esquina marchavam, cada um para um lado. Iam até os portões e voltavam. Os minotauros que mantinham posição junto ao portão de serviço ora ou outra precisavam abri-lo para algum servo ocupado com os preparativos. Os que guardavam o portão principal nada tinham para fazer. Todos os seis mantinham a face sóbria, de quem aprendeu a omitir os sentimentos ao longo dos anos de profissão. No entanto, a verdade era que estavam entediados. A importância do dia seguinte não mudava o fato de que aquilo não passava de um treinamento. Nenhuma complicação real era esperada.

Talvez por isso Petronius tenha retornado antes do esperado. Queria testar as sentinelas. A sombra de seus chifres chegou primeiro, projetando-se sobre os que guardavam o portão dos empregados. O sol vinha de trás de sua cabeça, cegando-os. Com o peito estufado e a voz retumbante, demandou:

— Legionário, está atento?

— Sim, senhor — respondeu a sentinela, subitamente sentindo-se mais alerta.

— *Está atento?*

— Sim, senhor! — repetiu.

Ao seu lado, o outro guarda prendeu a respiração.

— Sabe mesmo o que deve fazer? Sabe toda a estratégia de defesa?

— Sim, senhor! — falou, obediente, pela terceira vez.

Petronius parecia crescer a cada frase. Cada vez maior, mais potente e assustador.

— Então me diga: quantos vão na escolta e quantos ficam na casa?

— Vinte no trajeto, mais vinte na retaguarda, em posições estratégicas. Dez na casa. Quatro dentro, seis nos portões. Senhor.

— Muito bem, legionário. Que horas a família parte para o coliseu?

— O patriarca e os outros partem às doze horas, senhor.

— Que horas vão embora?

— Vão embora às dezesseis, senhor.

— Muito bem, soldado. Esteja preparado.

Os seis soldados passaram a manhã, a tarde e a noite em guarda, sem comer nem beber. Mantiveram-se de pé por todo esse tempo e durante a manhã seguinte, até que a família deixou a mansão e todos partiram em direção ao coliseu. Após a audiência, Petronius se voltou aos legionários.

— Preparem-se. Estamos indo para a guerra!

Petronius os liderava. Acima do centurião, Gaius Aurelius Lomatubarius. Acima deste, o próprio Aurakas. Seguindo o estandarte coral da família e o púrpura do império, os seis soldados marcharam sobre Arton junto às legiões. Não escolheram um lado entre o Triângulo Autocrático e o Reinado. Em vez disso, exterminaram os dois. Aurakas reinou sobre o mundo inteiro, e sua dinastia perdurou por mil anos.

Quando retornaram para Tiberus, os soldados foram condecorados por sua bravura e receberam dez escravas cada um. Estavam prestes a aproveitar o resto de suas vidas em meio à opulência e à luxúria, mas algo aconteceu.

Começou com um trovão. Sem aviso, invadiu as casas e os ouvidos, no meio de um dia de sol. Não um trovão qualquer. Uma coisa hedionda, que revirou os estômagos e colocou animais em fuga. Depois, nuvens vermelhas derrubaram as primeiras gotas de sangue. A Tormenta invadia. O sangue derreteu a terra e despertou o próprio Tauron no subterrâneo, mas já era tarde demais. Uma nuvem em formato de crânio abriu a boca em um grito avassalador e devorou Tiberus em uma bocada só.

O guarda acordou ao ser sacudido por seu companheiro.

— Levanta! E toma tento! Se alguém te pega dormindo em serviço...

Ele se levantou o mais rápido que pôde e olhou para todos os lados, querendo saber quem mais o vira cochilar. Transcorreram apenas alguns minutos e Tiberus continuava inteira. O sol raiava sobre seus chifres e o dia de treinamento seguia sem grandes emoções. Apenas um sonho. Um pesadelo. Deu um aceno de cabeça para o guarda da esquina que o observava, e recebeu um aceno semelhante em resposta.

— Os treinamentos têm começado muito cedo, terminado muito tarde — segredou ao companheiro que o havia acordado, ao mesmo tempo em que disfarçava um bocejo. — Mal vejo a hora disso tudo terminar.

— Eu também... — concordou o outro, sem admitir que também caíra no sono. — Agora, me ajude a fechar essa porta.

Os dois juntaram os portões e aferrolharam a tranca. Mas era tarde. Ichabod já estava no interior da propriedade. O brilho mágico se apagava na adaga rubra que canalizava seu poder.

Gwen procurou Julian por todo o alojamento dos escravos. Na cozinha, na lavanderia, nas oficinas, até mesmo no dormitório masculino, onde as demais servas a aconselharam a nunca entrar. Não o encontrou. Decidiu procurar na casa senhoril. Foi do jardim até a porta, mas não entrou. Uma voz a fez estacar.

A voz era clara, doce e harmoniosa. Acariciava os ouvidos com a calidez de um abraço e convidava a ouvi-la para sempre. Cantava, e diante de seu canto nada mais no mundo importava. Uma canção suave, em idioma desconhecido, capaz de seduzir e enlouquecer.

Gwen crescera entre sábios e artistas, muitos dos quais eram conhecidos pela aptidão musical. Estudavam música desde muito cedo e tornavam-se bardos competentes, com as mais apuradas técnicas élficas. Ainda assim, nunca havia escutado melodia tão maviosa, que com pouco esforço alcançava notas vibrantes e profundas. Aquilo não era estudo. Era dom.

— Você vai entrar, ou vai ficar aí, ouvindo escondida? — disse Pérola, interrompendo a canção.

Como quem acorda de um delírio, Gwen retomou o aprumo e entrou na casa. Encontrou-a bem iluminada, com os vários véus que circundavam o espelho d'água franzidos para o lado, permitindo a entrada de luz pelo vão do teto. Já havia se acostumado com a estátua de Tauron no centro das águas. A imagem prepotente ficava sobre um pedestal semelhante a uma escada de mármore, com três degraus circulares que mergulhavam na água ao redor. Porém, desta vez havia algo diferente. A estátua não estava sozinha. Pérola se encontrava debruçada nos degraus aos pés de Tauron, com o corpo parcialmente submerso.

Vestida apenas com o bustiê amarrado por um fiozinho, a serva favorita de Gaius se achava nua da cintura para baixo. Porém, não eram as pernas que estavam à mostra. Em vez disso, uma longa cauda de peixe ondeava, em movimento constante, as barbatanas subindo e descendo, apreciando o contato com a água.

— Já ouviu uma sereia antes? — perguntou, enquanto se esticava para o sol, cada mínima escama refletindo a luz brilhante.

Gwen fez que não.

— Então sente e escute.

Gwen obedeceu. Acomodou-se no divã mais próximo. Pérola fechou os olhos e retomou a canção de onde havia parado. Primeiro, a elfa contemplou a beleza da performance. Logo em seguida, permitiu-se fechar os olhos também. Amor, aconchego, paz. Privou-se da visão, permitindo que os ouvidos aproveitassem ao máximo o misto de sensações proporcionado pela sublime melodia.

Pérola cantou para Gwen, cantou para Tauron e para quem mais quisesse ouvir. Cantou para si mesma. Quando a letra terminou, diminuiu o nível da voz para um cantarolar baixo e cadenciado, o mero ondular de lábios fechados. Apenas para retornar em seguida como um maremoto, trazendo uma nova e refrescante canção.

A música fluiu pela casa inteira, inundou os corações, fez as almas transbordarem de deleite. Um som delicado e fascinante, que vertia da sereia e embebia o mundo inteiro. Como um pingo de água gelada escorrendo pelo ventre, causava calafrios e umedecia as roupas de baixo. Quem ouviu a canção se embriagou dela. Sublime, sobrenatural.

Da mesma maneira com que os espíritos se elevavam, o líquido do espelho d'água também se elevou. Milhares de gotículas ao redor da sereia perderam o peso, desgarraram-se das águas plácidas e alçaram-se ao ar. Ergueram-se sem pressa, no compasso da melodia. Flutuaram, preenchendo o ambiente.

Gwen sorriu. O espetáculo pareceu se prolongar por horas a fio, delicioso. Mas poucos minutos haviam de fato se passado quando um chamado perturbou sua mente e a despertou da agradável distração.

— Gwen! Gwen! Preciso falar com você — a mensagem soou como unhas arranhando a parede. Impossível não reconhecer a voz de Ichabod. — Entre na porta à sua direita. Estou no escritório.

A elfa tentou disfarçar quando o encantamento causado pela música se quebrou. Seu coração deu um salto. Susto. Alegria. Espiou a porta à direita. Dava para o gabinete de Gaius Aurelius: o pior lugar da casa para um encontro às escondidas. Impossível entrar ali sem levantar suspeitas, ainda mais com Pérola montando guarda bem em frente. Acalmou a respiração. Obrigou-se a pensar.

Sem interromper a melodia, Pérola observou com o canto dos olhos entreabertos quando a elfa se levantou. Gwen juntou as palmas próximo à boca e abaixou a cabeça, em um cumprimento silencioso à sereia, e retornou por onde havia chegado. Foi na direção contrária à indicada por Ichabod. Saiu para os jardins.

Faltavam poucas horas para o almoço, o que significava que a cozinha dos patrões estaria imersa no mais absoluto alvoroço. Cozinheiras e suas assistentes estariam cortando alimentos, cozendo, buscando suprimentos na despensa, levando utensílios para a sala de jantar e lidando com os imprevistos que surgissem. O mesmo ocorreria no alojamento dos escravos, onde a segunda cozinha provia a refeição de cinquenta soldados e pelo menos duas dúzias de servos.

Durante os horários de tumulto nas áreas internas, os jardins ficavam desertos. Gwen se lembrava de onde cada minotauro mantinha guarda, e evitou passar pelo campo de visão deles. Traçou um caminho sinuoso por entre árvores e ramagens. Passou pelo mastro de madeira onde eram amarrados os escravos para serem castigados. Avançou lentamente, para que Ichabod não a perdesse de vista. Para que a seguisse pela rota mais segura. Por fim, embrenhou-se em uma área mais atrás, do tamanho de um quarto, que se escondia entre o muro, o alojamento e uma parede de arbustos. Esperou ofegante, o coração apertado.

Não demorou para que ele chegasse. Espiou para dentro, para conferir se Gwen estava sozinha. Espiou para fora, para ter certeza de que não havia sido seguido. Invadiu o esconderijo.

Ichabod precipitou-se para cima de Gwen, e Gwen para cima de Ichabod. Encontraram-se no meio, em um abraço apertado. O corpo colado. A respiração no pescoço. Afastaram-se um pouco. Por um momento longo e surreal, encararam-se com afeição. Olhos de demônio, vermelhos como sangue. Olhos de elfa, verdes como esmeraldas. Fecharam-nos lentamente, enquanto aproximavam mais os rostos. Tocaram-se com os lábios. Absorveram um ao outro. Embebedaram-se de amor e saudade.

Voltaram a se abraçar, como se nada mais importasse. Gwen alisou-lhe as costas ásperas e retorcidas. Deslizou os dedos pelos nódulos que formavam a carapaça do braço. Onde os outros viam anomalia, ela enxergava uma pessoa, com seus medos, desejos e esperanças. Alguém lutando para conter o instinto aberrante e conservar a sanidade. Mais do que isso, se nos outros o exótico provocava repulsa e intolerância, nela despertava fascínio e atração.

— A carapaça... está tomando seu pescoço — disse ela, sem soltá-lo.

— Não se preocupe, está sob controle.

— Não minta para mim — apertou-o mais forte contra o peito.

Ichabod sorriu e cheirou-lhe o cabelo.

— A Tormenta cresce a cada dia no mundo inteiro, sou apenas um sintoma. Mas eu tenho o seu amor. Concentro a minha mente nas nossas lembranças, e o lado lefeu nunca vai me dominar.

Gwen sorriu e deitou sobre ele seu olhar carinhoso. Ichabod podia ser um lefou: parte lefeu e parte artoniano, mas o coração era totalmente dela.

— O que faz aqui? — perguntou.

— Onde mais eu estaria? A única notícia sua que tenho é que o plano não avançou. Nada mais! Tive que ver por mim mesmo.

De repente, Gwen empurrou-o para trás. Segurou-o pelos braços e o encarou dos pés à cabeça.

— Ver! Você não está invisível, nem coberto por nenhum tipo de ilusão. Isso é muito perigoso! Se alguém o encontrar...

— Eu sei. Não é de propósito. Algo aconteceu quando entrei na propriedade. Minha magia foi... abafada, como uma fogueira coberta por uma manta. É algum feitiço poderoso contra invasores.

Gwen arregalou os olhos.

— Como entrou aqui? Mais importante: como pretende sair?

O orgulho de Ichabod se manifestou na forma de um sorriso ardiloso.

— Entrar foi fácil. Lancei os dois guardas do portão no sono mais profundo da vida deles. Enquanto sonhavam, me contaram tudo o que eu precisava saber. Ninguém viu, já que caíram adormecidos atrás de uma ilusão. Essa ilusão mostrava esses mesmos dois guardas em pé, vigilantes. Exatamente o que se esperava ver. Ninguém suspeitou. Enquanto eles me revelavam cada detalhe do cronograma de Aurakas, passei invisível pelo portão entreaberto. Vim vê-la, Gwen! Precisava saber se está bem.

Os olhos de Gwen brilhavam a cada palavra do lefou.

— Você precisa se cuidar — disse ela. — Só posso levar o plano adiante se você estiver bem.

— Gwen, é você quem está em perigo. Em péssima companhia. Ouça bem, não confie em Julian. A língua dele só profere mentiras. Ele mentiu que ia levar você até a Resistência ontem, mas não levou. Mentiu que a audiência com Aurakas será amanhã à noite, sendo que será de dia. E imagino que tenha mentido sobre você saber que Verônica está presa.

— Verônica, presa?

— Eu sabia. Ele nunca lhe contou.

Gwen soltou Ichabod e encarou o chão. Sua mente fervilhava.

— Foi pela confusão no Fórum — concluiu a elfa. — Reconheceram-na, é óbvio. Quantas medusas perambulam livres pelas ruas de Tiberus?

— Sim, encontraram-na no mesmo dia. A pior parte é que não sei para onde a levaram. Estou tentando descobrir.

— Phillip — ela o chamou por um nome há muito esquecido. O nome que seus pais lhe haviam dado, anos antes que os habitantes de sua terra natal o fizessem herdar a alcunha de um antigo demônio.

Antes da devastação do reino de Trebuck. Um nome que, dito pela voz afetuosa da elfa, era capaz de desarmá-lo. — Eu tenho exatas vinte e quatro horas dentro desta casa. Preciso aproveitar ao máximo. Entendo que Julian não é confiável, mas ele é a minha única ligação com a Resistência. Prometa que vai me apoiar. Que vai procurar Verônica e me deixar ficar aqui mais um pouco. E que vai me ajudar a fugir quando chegar a hora.

Gwen queria ficar. Ichabod queria levá-la. Diante do conflito, ele demorou a responder. Foi então que a linha invisível de atenção exclusiva que ligava um ao outro se partiu. O olhar da elfa desviou dele, indo se deitar em algo às suas costas.

— *Por tudo que acredito e por tudo o que já li, suspendo o livre-arbítrio e comando: venha aqui.*

Os olhos da elfa brilharam com a conjuração divina. Quando Ichabod olhou para trás, deparou-se com uma Cecília pálida, o rosto desfigurado de horror, mas incapaz de fugir. Contra a própria vontade, a humana caminhou até ficar entre Ichabod e Gwen. A elfa continuou:

— *Acalme-se, Cecília, e ouça o que eu digo. Apesar da aparência, ele não é inimigo. É um velho companheiro, meu amigo mais leal. Pode se acalmar agora, ele não lhe fará mal.*

Pouco a pouco, as emoções intensas abandonaram o rosto desbotado da mulher, dando espaço para cor e alívio. Ela analisou o lefou sem medo e respondeu para Gwen:

— Todas temos segredos. O seu está seguro comigo.

— *Isso é muito importante, não pergunte o porquê. Posso mesmo confiar o meu destino a você?*

— Já disse que sim — disse Cecília. — Não conto nada pra ninguém, nem que me esfolem. Vou guardar segredo.

Gwen e Ichabod trocaram um olhar complacente. Ela havia conjurado uma sequência de milagres em Cecília. Para fazê-la se aproximar, para acalmá-la e, por último, para descobrir se mentia. A humana também sabia disso. Sentira a magia em seu âmago. Ainda assim, jurava lealdade. Não havia motivos para duvidar dela ou de sua devoção a tarefas difíceis.

— Foi Pérola quem me mandou aqui. Ela vem logo atrás.

Gwen se virou para Ichabod.

— É melhor você ir embora. Rápido! Eu te ajudo a pular esse muro.

Ichabod olhou para cima e riu.

— Se fosse tão fácil, já teria entrado e saído várias vezes para vê-la. Esta casa só tem duas saídas, Gwen. Os dois portões.

— Que seja. Não posso deixá-lo invisível, mas posso distrair Pérola.

Ichabod concordou. Contudo, em vez de ir embora, ele a segurou. Puxou-a para perto de si. Enlaçou a cintura fina, coberta apenas pelo tecido suave, e enroscou o rosto na cabeleira loira.

— Vou estar sempre por perto — prometeu. — Farei tudo que estiver ao meu alcance.

Com um último beijo profundo, eles se separaram. Gwen e Cecília saíram primeiro do esconderijo. Ganharam os jardins, aproximaram-se da mansão. Confiaram que Ichabod saísse depois.

— Aqui está ela! — bradou um dos guardas, ao encontrá-las.

Pérola chegou seguida por outros dois.

— Onde você estava? — demandou a sereia.

— Eu? — Gwen manifestou surpresa. — Estava aqui fora. Precisou de mim?

— Petronius já está sabendo de sua indisciplina.

Gwen olhou ao redor, pensando em algo que pudesse ajudá-la. Por mais treinados que fossem, os três minotauros não seriam páreo para ela... se estivesse armada. Sem o bordão e a armadura, sua capacidade era reduzida. Poderia derrubar um deles com os próprios punhos, roubar sua arma, resistir a alguns golpes, derrotar os outros dois, fugir. Havia uma chance de dar certo, desde que feito antes da chegada de Petronius com os reforços. Mas a troco de quê? Gwen dependia de estar por perto para que Julian a levasse até a Resistência. Um deslize, e colocaria tudo a perder.

— Calma, Pérola — foi Cecília quem intercedeu. — Encontrei ela, já está tudo bem.

— Ela não estava sozinha! — a sereia acusou.

— Estava, sim. Estava sozinha quando a encontrei.

— Cale-se, Cecília! — Pérola ordenou. — Quero ouvir dela.

Com ousadia e perversidade, Pérola encarou Gwen, buscando o fundo de seus olhos.

— Responda, Gwen. Você estava conversando com um invasor, que entrou nesta casa para encontrá-la?

A pergunta desceu como um cubo de gelo nas entranhas da elfa. Uma pergunta direta. Sem direito a omissões. Se respondesse que sim, poderia evitar ser expulsa da casa, mas faria com que uma caçada por Ichabod se iniciasse. Se dissesse que não, Ichabod provavelmente estaria a salvo, mas Gwen perderia o amparo de Tanna-Toh. Uma clériga da Deusa do Conhecimento não poderia condenar alguém à ignorância. Mentiras impedem o aprendizado, corroem o saber. A Deusa não a perdoaria. Gwen perderia sua simpatia e sua proteção. Perderia os poderes concedidos por Tanna-Toh.

Antes que Gwen pudesse responder, Petronius retornou, e com ele dois grupos.

— O que está acontecendo, Pérola?

A sereia respondeu sem desviar o olhar da elfa.

— Estou esperando Gwen dizer se ela recebeu um invasor dentro dos nossos muros.

— Espalhem-se — disse o chefe da guarda aos dois decuriões e aos vinte legionários que o acompanhavam.

Enquanto os pelotões obedeciam a sua ordem e se colocavam em guarda pelo jardim, Petronius se uniu a Pérola, a Cecília e às três sentinelas que aguardavam uma resposta. Gwen calculou que Ichabod não havia fugido ainda. Com os guardas em alerta, não iria conseguir fugir.

— E então? Havia alguém aqui com você? — insistiu a sereia.

— Não. Eu estava sozinha.

Gwen não ouviu mais nada da conversa depois daquilo.

Entorpecida. Foi assim que se sentiu no exato momento em que pronunciou a mentira. Como se sua alma fosse sugada do corpo e escorresse para as profundezas. Sentiu um frio repentino. Abraçou-se, como se estivesse nua. A visão perdeu a cor. As vozes de Pérola e Petronius se tornaram distantes... muito distantes.

Sereia e minotauro puseram-se a deliberar quanto à veracidade da resposta de Gwen, mas a elfa pouco se importou. O mundo material havia se tornado um mero borrão, enquanto a clériga olhava através do véu, para o plano espiritual que os cercavam. Via sua dádiva ser-lhe arrancada. Tanna-Toh virara-lhe as costas, não lhe conferia mais poderes. Gwen a havia decepcionado.

— Para o quarto, vocês duas! — disse Pérola.

Cecília puxou Gwen pelo braço e rumaram para o alojamento, enquanto a sereia e o minotauro continuavam a discussão, as vozes mais e mais longínquas.

— Ela é uma devota de Tanna-Toh — argumentou Petronius. — Ela não mente.

A convicção dele doeu em Gwen. Foi a penúltima coisa que ela ouviu. A última foi:

— O que garante que é Tanna-Toh quem concede os poderes? Poderia muito bem ser Glórienn, ou até mesmo Sszzaas. Nunca saberemos. Mas de uma coisa eu sei: se alguém realmente tiver entrado aqui, isso é uma falha na segurança da casa. Justamente na véspera da audiência com Aurakas. Você sabe que há senadores que fariam de tudo para impedir Gaius de falar com o Imperator... Não quer *mesmo* investigar?

Cecília guiou Gwen de volta para sua alcova. As duas se sentaram nas camas, uma de frente para a outra.

— Como se sente? — perguntou a humana.

Gwen balançou a cabeça de um lado para outro, como se pudesse expulsar os pensamentos. Quando parou, Cecília ainda olhava para ela. Sua preocupação muito evidente, quase palpável. Gwen se sentiu como uma criança que machucou o joelho, seu pequeno problema transformado no centro das atenções. Desceu os olhos para a barriga da amiga. Seria este o instinto maternal, extrapolando as barreiras do sangue?

A elfa se concentrou. Já havia passado por algo semelhante antes. Mas, ainda assim, diferente. Mesmo que os poderes divinos tivessem se esvaído, isso não mudava a fé de Gwen, sua devoção. Continuava sendo uma serva do conhecimento, e assim se manteria. Gwen havia se tornado professora antes de ser ungida clériga. Se a consagração lhe era negada, o magistério não o era. Continuaria partilhando o conhecimento. Dentro de suas capacidades, seguiria tornando o mundo um lugar melhor.

— Abandonada — respondeu ela, para desconsolo de Cecília. — É assim que me sinto.

— Isso é muito injusto — disse a humana.

— Injusto? Não... Por Khalmyr, injusto não é. Eu sempre soube as consequências. Ou você está com os deuses, ou não está. É muito simples e claro e justo.

— Não é diferente dos minotauros, então. Ou você está com eles, faz o que mandam e recebe proteção, ou precisa enfrentar o abandono.

— Não sou escrava da minha deusa! — rebateu Gwen, horrorizada. — Eu a sigo porque quero. Porque acredito! Amo o conhecimento e amo a busca incansável por ele.

Cecília assentiu e sorriu. Resolveu mudar o rumo da conversa.

— O que vai fazer agora?

Gwen abaixou a cabeça e deu a resposta que mais temia:

— Não sei.

— Ao menos seu amigo vai ficar bem — Cecília tentou consolá-la.

Gwen lamentava sua sina sob os cuidados da humana, quando um par de olhos surgiu na porta da alcova e desapareceu logo em seguida. Apenas a elfa percebeu.

— Obrigada pelo apoio, Cecília... mas preciso ficar sozinha agora.

— Vai rezar?

— Não. Bom, talvez eu reze. Mas uma simples oração não vai resolver os meus problemas.

— Tudo bem, não vou incomodá-la com mais perguntas.

Dizendo isso, Cecília deu um abraço em Gwen e saiu, não sem antes um último olhar zeloso para a elfa. Depois que seus passos morreram ao longe no corredor, Julian entrou no aposento. Olhava para os lados e para trás, atento à possível presença de outras pessoas.

— Você não será chamada para servir o almoço, e todos estão ocupados com os preparativos para amanhã. Não vão notar a nossa ausência. Chegou a hora. Está pronta?

Finalmente.

Gwen havia se unido a bandos armados rebeldes e marchado ao lado deles, de encontro às legiões táuricas. Foi inútil. Sobrevivera ao massacre por milagre. Depois disso, dedicara-se ao que fazia de melhor, o estudo. Desenvolveu uma longa e detalhada pesquisa sobre as vulnerabilidades da capital e os focos de resistência que se escondiam dentro dela.

No início, tudo indicava que o Bando de Pau e Pedra era apenas mais uma facção dispersa e desordenada, que executava ações aleatórias, sem objetivo definido. Talvez não passasse de um nome fictício, como muitos pensavam, usado para atribuir importância descabida a atividades de grupos avulsos. Com o tempo, no entanto, as ações do bando foram se desenhando nos diagramas de Gwen, até que ela compreendeu. Cada ação era calculada e seguia o mesmo propósito: o grupo buscava por ervas, remédios, tratamentos. Procuravam uma cura.

Cura para quem? Um líder? Um campeão? Um filósofo? Para Gwen, a identidade do enfermo pouco importava. O que realmente diferenciava esse grupo de tantos outros era que, apesar do nome sugerir uma entidade de poucos recursos, a realidade dizia o contrário. O Bando de Pau e Pedra possuía meios de deslocar guerrilheiros pela cidade sem levantar suspeitas. Tinha acesso a armas. E, o mais impressionante, era numeroso. Por algum motivo que Gwen desconhecia, muitas pessoas haviam se unido em torno da mesma causa. Algo raro em uma comunidade dispersa como a dos escravos de Tapista.

Depois de meses planejando cada passo, semanas acorrentada por mercadores de escravos e dias intermináveis bancando a serva obediente na casa dos Aurelius Lomatubarius, finalmente Gwen seria levada ao Bando de Pau e Pedra. Ou melhor, à Resistência Abolicionista. Iria até lá como uma salvadora, pronta para curar o líder debilitado.

Pelo menos, era o que Julian queria ouvir.

— Pronta para oferecer seus poderes de cura a Etelethar? — repetiu ele, desejoso.

E Gwen, seguindo o conselho de Ichabod, decidiu não decepcionar o meio-elfo. Afinal, ele era sua última chance de se unir à resistência.

— Sim, estou pronta.

## CAPÍTULO 4

# OS LÍDERES REBELDES

ELFA E MEIO-ELFO SE ESGUEIRARAM PELO ALOJAMENTO dos escravos. Evitaram ao máximo serem vistos juntos e, quando isso não era possível, fingiam naturalidade, buscando não levantar suspeitas. Ele espiou para fora antes de ganharem os jardins. Guiou Gwen até o esconderijo que se formava entre o alojamento, o muro e a mansão, o mesmo local onde ela havia encontrado Ichabod.

Em um canto junto à parede, Julian localizou uma fechadura oculta. Houve um clique e um alçapão se abriu diante de Gwen, revelando uma escada que descia para o subterrâneo.

O fato de existirem passagens secretas na residência dos Aurelius Lomatubarius não era uma surpresa. Contudo, Gwen ficou se perguntando como pudera não ter percebido mais cedo, quando falara com Ichabod ali. O amor e a ansiedade por encontrá-lo haviam prejudicado seus sentidos e seu julgamento. Agora, no entanto, descobria não apenas a passagem, mas também o motivo de Julian a ter trazido para dentro da casa: precisava que estivesse ali para levá-la por essa passagem.

Gwen desceu as escadas de pedra lisa em direção à lamparina que iluminava o corredor abaixo. Dentro da peça, uma chama mágica lambia o azeite, sem jamais consumi-lo. Iluminação perpétua, que dispensava reabastecimento. A elfa olhou para a escuridão à frente e para Julian, que voltava a fechar a entrada acima. Em um dia normal, lançaria mão de seus poderes divinos para iluminar o caminho. Como aquele não era um dia normal, retirou a lamparina do suporte, torcendo para que o outro não percebesse a estranheza do ato.

Julian a encontrou no sopé da escada, pegou a lamparina da mão dela e seguiu adiante. Tinha preocupações maiores do que a ausência de um milagre de luz.

— Vamos — disse.

No início, avançaram por um corredor único, de piso aplainado, que descia, subia, virava e espiralava, confundindo o senso de direção de qualquer um que não estivesse intimamente familiarizado com o local. Localizar-se se tornou ainda mais difícil depois, quando o primeiro túnel cruzou com um segundo e com um terceiro. À medida que avançavam, Gwen compreendeu que estavam em uma vasta e intrincada galeria subterrânea, escavada na terra com esmero, e com potencial para levá-los a qualquer parte da cidade.

— O que é esse lugar? — perguntou.

Julian hesitou. Olhou para ela de relance, como se a resposta fosse tão óbvia a ponto de ser difícil explicar. Continuou a caminhada e demorou a responder.

— Minotauros gostam de labirintos. É uma fixação, gostam porque Tauron gosta. Especialmente labirintos subterrâneos, já que é um deus das entranhas do mundo — disse ele, por fim. — Em nome de Tauron, tudo nesse reino é labiríntico: as cidades, os campos, a muralha da fronteira. Dizem que até o plano espiritual é assim. Você deve saber melhor do que eu.

Ele parou por um instante e olhou para Gwen, esperando por algo. Quando a elfa se deu conta, acenou com a cabeça.

— Sim, todos os planos. Aqui em Tapista, o poder de Tanna-Toh precisa percorrer labirintos imateriais para chegar até mim.

— Tanna-Toh é sábia — disse o meio-elfo, avançando pelo corredor. — Poucos deuses conseguem encontrar o caminho. — Ele então olhou para o infinito e seus olhos brilharam, acompanhando o sorriso: — Glórienn consegue. Nossa deusa sabe tudo sobre Tauron e esses caminhos. Não é só bela e bondosa, mas também sagaz.

Gwen preferiu não opinar. Existiam controvérsias em relação à bondade da Deusa Menor dos Elfos e da Perfeição. Não que isso fosse um problema. A própria Tanna-Toh não era exatamente benévola. Para a Deusa do Conhecimento, clemência e crueldade eram pormenores na busca incansável pelo saber.

Glórienn não era boa. Tampouco era má. Na situação em que se encontrava, seus atos dificilmente seriam passíveis de julgamento.

— O caminho parece confuso, mas não precisa se preocupar — continuou o meio-elfo. — Sei exatamente onde estamos e como chegar aonde eu quero. Cresci nessa cidade, esses labirintos são meu lar.

Prosseguiram por mais um tempo, até uma escada que subia. Julian tomou a frente e abriu uma fresta no breu, permitindo a entrada de um feixe de luz. Espiou para fora. Satisfeito, escancarou o alçapão e indicou para que Gwen o seguisse.

Saíram para um beco vazio e encardido, castigado pelo sol do meio-dia. Julian se apressou em fechar o alçapão e trancá-lo, antes que alguém os visse. Uma vez lacrado, as bordas desapareceram em meio às pedras irregulares que formavam o calçamento.

Tudo ali era irregular. O calçamento não havia sido assentado, mas entulhado. As paredes das casas, sem qualquer pintura ou acabamento, se projetavam por cima da rua, ameaçando desmoronar sobre ela. Os telhados defeituosos apresentavam remendos de madeira ou lona, que com certeza cairiam na primeira chuva. E o cheiro! Uma mistura de dejetos com podridão, que ardia nas narinas e atraía nuvens de insetos.

— Onde estamos? — Gwen tapou o nariz. Uma profusão de vozes se ouvia não muito longe dali, assim como uma tosse seca e insistente. — Uma favela de goblins?

Julian suspirou, e o que Gwen viu em seus olhos foi uma profunda melancolia. Ele observou o vestido nobre e imaculado que ela usava, digno de uma esposa livre. O cabelo arranjado em um penteado elegante. O asseio. O perfume.

— Você está chamando muita atenção. Vamos passar por aqui o mais rápido possível. Haja o que houver, não pare. Apenas me siga.

Do beco tortuoso, saíram para uma avenida igualmente suja e desagradável. Porém, apinhada de gente. Elfos.

Julian perfurou a multidão com Gwen em seus calcanhares. A cabeça dela rodava, sem saber onde se concentrar primeiro. Elfos, elfos e mais elfos. Desde a queda de Lenórienn, nunca havia visto tantos reunidos. Para todo lado que se olhasse, uma multidão de orelhas pontudas.

Contudo, aquele lugar em nada lembrava a antiga capital élfica. Em Lenórienn, tudo era impecavelmente limpo. Torres de cristal subiam espiraladas em meio a árvores milenares. Música suave acalmava os ouvidos. Brisa doce refrescava a alma. Belos e orgulhosos, os elfos caminhavam de queixo erguido pelas passarelas entre as torres e árvores, ocupados com arte, música e literatura. Buscavam a perfeição, em uma cidade que resplandecia.

Passado. Gwen balançou a cabeça para afugentar as memórias nostálgicas. Lenórienn existia apenas no passado. O presente lhe apresentava uma realidade bem diferente.

Nunca, em toda a história da raça, tantos elfos haviam sido confinados a um espaço tão pequeno. Julian precisava se esgueirar, empurrar pessoas, abrir caminho para passar. Gwen vinha em seu encalço, evitando ficar para trás. Havia muito mais gente do que o aceitável, tanto de pé quanto atirada pelos cantos.

A aparência era horrível. Os mais afortunados trajavam túnicas cheias de remendos. Para outros, as vestes não passavam de trapos. Muitos estavam sem camisa no calor infernal. Brilhavam de suor, rodeados de moscas. Mal pareciam elfos.

Gwen agora percebia que não havia uma única mulher. Todos eram homens. Os cabelos, de todas as cores imagináveis, estavam desgrenhados e sem brilho, as peles encardidas pareciam não ver banho há um bom tempo e o mau cheiro estava impregnado. Porém, isso não era o mais perturbador. O que realmente a alarmou era algo mais físico, visceral: a fome.

Absolutamente nenhum dos milhares de elfos que transitavam por aquela avenida escapava à desnutrição. Os rostos, que já eram naturalmente finos, estavam sulcados. A pele, colada nos ossos. Olheiras deixavam os olhos fundos e indolentes. Os ombros caídos demonstravam a fraqueza de corpo e de espírito. Andavam encurvados, como animais acuados que em vão tentam se esconder do mundo. Aqueles poderiam ter sido elfos em um passado distante, mas agora eram pouco mais do que cadáveres ambulantes e assustadiços.

Julian e Gwen percorreram ruas e becos, sempre virando ou se escondendo quando um par de chifres surgia. Naquela região, os guardas táuricos eram diligentes, porém pouco numerosos. Era fácil se desviar deles. Os elfos, por sua vez, não deram a mínima importância para a passagem dos dois. Com sua brancura e feminilidade, Gwen era um farol no meio de tanta pobreza. Porém, eles estavam abatidos demais para perceberem ou se importarem com a presença dela.

Quando chegaram a outro beco deserto e Julian se pôs a procurar por uma passagem escondida, Gwen perdeu o controle. Tentou reprimir, mas a respiração ficou entrecortada. O rosto se contorceu. Lágrimas escorreram. Queria respirar fundo, mas o pulmão simplesmente se recusava. A garganta clamava em soluços. Os ombros se moviam, em espasmos. Se alguém pedisse para explicar o motivo de sua aflição, não conseguiria. O sofrimento estava além das palavras.

— Por que você me trouxe aqui? — falou com dificuldade.

— É um atalho — Julian respondeu enquanto abria mais um alçapão oculto. — Estamos quase lá.

— É isso aqui que chamam de Gueto dos Elfos? — insistiu em perguntar.

Julian foi até Gwen. Pousou uma mão no ombro dela e, com a outra, segurou-lhe o rosto.

— Escute. É contra isso que estamos lutando, está bem? — disse ele. — Você já deve ter percebido que ser escrava em uma família rica não é de todo mau. Mas nem todo mundo tem essa sorte. Sim, esse é o gueto onde são confinados os elfos do império. Eles trabalham em forjas e oficinas das legiões, fabricando armas em troca de comida. De vez em quando, levam um punhado para as minas de Tile. Nunca voltam. A verdade é que trabalham até morrer. Alguns tiram a própria vida. Não os culpo. Mas nós vamos acabar com isso. Vamos devolver a liberdade e o orgulho dos elfos. Certo?

Gwen respondeu com um aceno de cabeça. Apertou bem os olhos, para expulsar as últimas lágrimas, e forçou-se a respirar normalmente.

— Sim, vamos pôr fim a esse crime.

Os dois entraram em mais uma galeria de túneis. Tão labiríntica quanto a anterior, esta estava em condições muito piores. Parecia não receber manutenção há décadas. As paredes não eram retas como nos túneis anteriores, mas acompanhavam a irregularidade da terra. O piso não havia sido aplainado, e mais de uma vez Gwen tropeçou em uma saliência qualquer no piso.

— Esse túnel nunca foi terminado — explicou Julian. — É uma obra abandonada. O lugar ideal para um esconderijo.

Gwen esfregou o rosto, para se livrar dos resquícios de umidade. Foi quando se deu conta:

— Você não precisava ter me levado para a casa dos Aurelius Lomatubarius. Esses túneis são acessíveis da cidade inteira. Eu poderia ter feito tudo em liberdade.

Julian não respondeu. Em vez disso, apenas disse:

— Chegamos.

Estavam diante de uma parede de terra acidentada e, à primeira vista, inteiriça. O meio-elfo enfiou a mão em uma reentrância dentre tantas outras, e ativou um gatilho. Ao fazer isso, ouviu-se o som abafado de engrenagens. A parede se moveu para o lado e revelou a entrada para uma gruta ampla e circular, de teto alto e paredes iluminadas por dezenas de tochas.

— Por Glórienn, eles chegaram!

Gwen já havia se recuperado da visão desoladora do Gueto dos Elfos, quando mais uma vez foi tomada pela surpresa. Três pessoas os aguardavam, e ela não soube dizer qual lhe causou mais espanto.

Julian deu um passo à frente e, com a sola da bota, desenhou um semicírculo na terra a seus pés. Um dos que os esperavam fez o mesmo, mas sem tocar o desenho do meio-elfo. Assim, completou-se o círculo rompido, símbolo da Resistência Abolicionista.

— Gwen, conheça os três mestres de facção. Este é Valuriellandir — disse Julian, indicando o primeiro.

Valuriellandir em nada lembrava os mortos de fome do gueto. Era um elfo radiante, em sua mais perfeita forma. Puro. Talvez o mais puro de todos. Sua presença irradiava, na mesma medida, virtude e presunção.

O queixo orgulhoso mantinha-se erguido em todos os momentos, o que fazia com que olhasse Gwen com a base dos olhos, como se ela fosse uma criatura inferior. Ou, talvez, a estivesse olhando com o respeito digno de uma clériga da cidade de Lenórienn. Impossível saber. A civilidade dos elfos era sutil.

O elfo era alto, de postura austera e olhos glaciais. Seu cabelo escorria pelas costas, extremamente liso e quase branco de tão claro, rivalizando em comprimento com os de Gwen. Em cada lado da testa, uma trança impedia que os fios lhe caíssem no rosto perfeitamente simétrico. Nada estava fora do lugar.

Mas o que realmente chamou a atenção de Gwen — e de qualquer um que o visse — era a armadura. Valuriellandir trajava uma armadura completa feita do mais autêntico aço élfico. As ombreiras largas o deixavam ainda mais imponente. A couraça ostentava uma gravação em alto relevo, formando a imagem de um arco e flecha. O símbolo sagrado de Glórienn. A insígnia era a única parte prateada de todo o conjunto de placas. Todo o resto da armadura era matizada no mais extravagante púrpura. O brilho do metal reluzia na mesma cor dos cabelos da Deusa dos Elfos.

— Valuriellandir é Paladino Único de Glórienn — Julian continuou a apresentá-lo. — Dentro da resistência, lidera a facção dos elfos.

Gwen e Valuriellandir trocaram um aceno de cabeça.

— É um prazer — disse ele. — Você é muito aguardada, minha irmã. Os poderes da clériga de uma Deusa Maior do Panteão nos serão de extrema importância. Pode me chamar de Valuriel. Espero deixar de ser o único paladino a servir nossa mãe muito em breve. Com nossa união de forças, Glórienn voltará a ser uma Deusa Maior também. Não precisaremos do amparo de outras divindades.

No momento de sua chegada, os olhos de Gwen haviam sido imediatamente atraídos para a cor da armadura de Valuriel e para a presença arrebatadora do elfo. Não fosse por isso, teria se admirado ainda mais com o segundo líder.

— Este é Simon, mestre da facção dos humanos.

Simon era exatamente igual a Julian. Os mesmos cabelos castanhos e revoltos. Os mesmos olhos castanhos e amendoados. As mesmas orelhas pontudas de um jeito inadequado. Ao seu lado, Valuriel parecia ainda mais sublime, pois Simon era um meio-elfo. Seu sangue mestiço abarcava as imperfeições humanas, e também o seu furor. Ao contrário do elfo puro, seus olhos vívidos transpareciam emoções. Entusiasmo. Precipitação. Sentimentos típicos de qualquer humano.

Contudo, Simon não se semelhava a Julian apenas por uma questão racial, e foi isso que causou espanto. Era uma cópia exata. Os mesmos traços e até os mesmos trejeitos. Não havia dúvidas: os dois haviam nascido no mesmo dia, concebidos pela mesma mulher. Gêmeos idênticos.

Quando passou o momento de confusão mental, Gwen ponderou:

— Um meio-elfo lidera os humanos?

Julian deu uma única risada alta, sarcástica e descabida. Calou-se em seguida, ante o olhar furioso do irmão.

— Não sou apenas meio-elfo — disse Simon. — Sou meio-humano. Sinto muito por vocês, elfos puros, que foram completamente abandonados. Mas eu tenho outra mãe. Valkaria zela por mim.

Julian se controlou para não revirar os olhos e apresentou o terceiro mestre de facção.

— E esta é Liwaza, Mestra da Guilda das Parteiras.

Liwaza tinha o rosto negro, e isso era tudo o que Gwen conseguia enxergar da pele dela. O corpo estava completamente coberto por um hábito preto. As mãos unidas na frente se escondiam sob as mangas folgadas e compridas. Outro tecido, este branco, cobria-lhe o colo, subia ajustado ao pescoço e se fechava em forma de capuz, deixando apenas a face para fora. Era encimado por um chapéu igualmente branco, pontudo no topo e largo para trás. Dos lados da cabeça, duas pontas eram levemente voltadas para cima, o que conferia ao chapéu o aspecto de uma gaivota em pleno voo.

— Uma clériga de Lena? — perguntou Gwen.

— Oh, não. Por Tauron, não! — disse a humana. — Receber alguns poderes de cura da Deusa da Vida não me seria nada mal, na realidade. Mas como eu poderia servir à vida, se lido muito mais com a morte? Sou apenas uma curandeira, eternamente no ofício da função. Preservo a vida, é verdade, mas também proporciono a morte sempre que necessário. Uma passagem tranquila para o outro lado.

— Uma seguidora... de Tauron?

— Em sua forma mais justa e correta. Por anos servi a esse reino com fervor e obediência, até perceber que isso que os minotauros oferecem aos escravos está longe de ser proteção. Hoje sou uma libertadora. Sou forte, por isso cuido daqueles que não podem se proteger sozinhos.

Julian bateu uma palma na outra, encerrando o assunto.

— Apresentações feitas, vamos entrar — disse ele.

— Não tão rápido! — vetou o irmão. — Como vamos saber se ela é confiável?

Todos se entreolharam.

— É uma elfa, claro que é confiável. — disse Valuriel.

— Claro — disse Simon, com sarcasmo. — Porque todos os elfos do mundo são confiáveis... E nenhum nunca se vendeu aos minotauros.

Valuriel se calou. Os lábios finos formaram uma linha reta quando fechados. Derramou o olhar gélido sobre Simon, e depois sobre Gwen.

— Estou aqui para ajudar — disse a clériga. Porém, sua palavra não valia de muita coisa sem uma comprovação, e os mestres de facção continuaram olhando para ela, como uma hidra tricéfala, as três mentes medindo e julgando ao mesmo tempo.

Julian interveio:

— Quanta suspeita! Precisamos de uma cura divina. Pois encontramos! Não é todo dia que um clérigo de deus maior concorda em ser vendido como escravo só para nos ajudar. Gwen caminhou acorrentada por semanas. Ficou nua na frente de uma multidão. Assistiu enquanto um bando de minotauros decidia entre eles quanto ouro ela vale! É óbvio que podemos confiar nela. Sem contar, que... já disse a vocês, a própria Glórienn me garantiu isso.

As palavras de Julian assentaram bem, apesar da queixa de Valuriel:

— Por que Glórienn iria atrás de um meio-elfo, se ela tem seu Paladino Único bem aqui?

Diante do silêncio que se seguiu, Gwen abaixou a cabeça. Soltou um suspiro e trouxe à tona um assunto desagradável.

— Eu estava... na Revolta da Lavoura.

Todos olharam para ela. A elfa tinha o ar taciturno de quem fala a contragosto.

— Aquilo foi um erro! — disse Simon. — Força de Libertação de Tapista... o nome é uma piada! Deveriam ter esperado mais e se organizado melhor.

— Para quem não estava lá, é fácil falar — rebateu Gwen. — Mas chegou o momento em que aos membros da Força restaram somente duas opções: viver como servos, morrer como guerreiros. Escolheram a segunda.

— Admirável — disse o paladino. — Precisamos fazer o mesmo. Chega de ficar de braços cruzados. Vamos agir! Honrar a altivez de nossos ancestrais, que atracaram em Arton após singrarem o infinito dos céus. Honrar a espada e o arco de nossa deusa, nossa mãe!

— E morrer? — insistiu Simon.

— O erro da Força de Libertação foi agir sozinha — disse Gwen. — O que nos faltou foi união. Fomos abandonados no final, vocês devem saber disso. Fomos traídos. Mas, no caso de vocês... Vocês têm *algo* aqui. — Quando a elfa disse isso, os outros quatro se entreolharam. — Ainda não sei ao certo o que é, mas sei que tem potencial para unir os vários focos de resistência. A Revolta da Lavoura foi um caso isolado, sem o devido apoio externo, não admira que tenha sido esmagada. E não foi a única. Precisamos unir todos esses grupos que lutam pela liberdade. As guerrilhas urbanas, os cultos a deuses banidos, as ordens secretas de feitiçaria, as ligas de informantes do submundo, os capitães dos guetos, as irmandades de gladiadores, todos! Com eles virão mais e mais adeptos. Precisamos de números. Temos que unir todos aqueles que sofrem opressão em torno de um mesmo ideal. Revoltas isoladas não vão nos levar a lugar algum. Precisamos de uma revolução!

Os demais ponderaram por um momento. Olharam-se, como quem compartilha um segredo.

— É possível. Acreditem! — Gwen os encorajou.

— Sugere que aceitemos a todos... inclusive você — deduziu Simon.

— E os demais sobreviventes da Força de Libertação também — adicionou Gwen.

Trocaram olhares novamente, como se deliberassem qual deles falaria em nome dos demais.

— Conheci o seu líder — disse Valuriel.

— Domitius — concordou Gwen. — Espalharam o rumor de que ele era um humano. Mentira. Domitius era um minotauro. Um dos muitos que tiveram a infelicidade de cair na escravidão de seu próprio povo. Valente, porém ingênuo. Eu estava lá quando morreu.

Mais um instante de silêncio, até que Liwaza respirou fundo e decidiu se pronunciar:

— Esses grupos que você citou, guerrilheiros, bandidos, beatos, feiticeiros, gladiadores... Todos já estão conosco.

Gwen abriu a boca, mas preveniu-se de falar. Permaneceu calada, para ouvir o que a outra tinha a dizer. Liwaza continuou:

— Sussurros percorrem os guetos, as ordens e as sociedades secretas. Mensageiros chegam e saem a todo momento. Nossos aliados assumem posição. Apenas esperamos pelo momento certo.

— Aliados poderosos? — perguntou a elfa.

— E como! — respondeu a parteira.

— Tinllins está conosco, minha irmã — Valuriel sorriu com orgulho e apreciou o espanto nos olhos arregalados da elfa.

— O sumo-sacerdote de Glórienn? Ele está aqui? Em pessoa? — o assombro de Gwen era um abismo sem fundo.

— Ele está a caminho, trazendo um verdadeiro exército de elfos jovens, de linhagem pura, treinados para o combate e criados dentro da fé.

— E como eles chegarão?

— De navio, é claro — disse o paladino. — Razthus Quebra-Muros os trará. Imagino que esteja familiarizada com a rebelião bem-sucedida que ele liderou no Protetorado de Roddenphord. É um humano valoroso. E conta com a ajuda de uma capitã pirata. Estão vindo para cá na esquadra dela.

— Vocês... — Gwen estava sem palavras. — Vocês realmente conseguiram agrupar todo mundo.

— Não foi muito difícil — Simon deu de ombros. — Os humanos já estavam reunidos em grupos menores.

— Só faltava uma liderança à altura da tarefa... — continuou Liwaza.

— Uma liderança élfica — concluiu Valuriel.

Gwen continuou incrédula.

— Mas os elfos... Desde quando elfos formam alianças com humanos? Desde quando lideram qualquer coisa que não seja sua própria marcha rumo à autodestruição?

Todos os quatro sorriram. Foi o paladino quem respondeu:

— A esperança foi renovada, minha irmã. Recebemos um sinal de Glórienn. Um sinal incontestável. A própria deusa está reagindo, e seu povo deve acompanhá-la. Venha conosco. Você precisa conhecer Etelethar.

Dizendo isso, os mestres de facção abriram as portas da Resistência Abolicionista para Julian e Gwen.

## CAPÍTULO 5

# A RESISTÊNCIA ABOLICIONISTA

SIMON E VALURIEL SE POSICIONARAM DIANTE DE UM paredão de pedra lisa e intransponível. Gwen esperou que ativassem algum dispositivo mecânico escondido, como Julian fizera no corredor acidentado. Porém, alavancas e engrenagens não passavam de engenharia táurica, ensinada a eles pelos anões. Úteis, se o objetivo fosse se esconder de qualquer outra raça. Não contra os próprios minotauros. Poderia até atrasá-los, mas jamais impediria seu avanço em definitivo. Para isso, era necessário um pouco de magia. E nas artes arcanas, os professores eram os elfos.

Lado a lado, cada um ergueu uma das mãos e tocou o alto da parede. Sincronizados, desceram as mãos em forma de arco, como se desenhassem o Círculo Rompido. A pedra lisa respondeu com um brilho violeta, demarcando as duas linhas traçadas pelas mãos. Quando terminaram, o símbolo da Resistência Abolicionista irradiava da parede de rocha.

Um tremor, e água começou a escorrer pela pedra. Primeiro alguns pingos, depois mais e mais abundante, até que uma cachoeira subterrânea se formou, ocultando completamente a parede. Golfadas de água borbulhavam e fluíam, respingavam ao bater no chão. Por um momento, Gwen pensou que o nível da água fosse começar a subir, ameaçando afogá-los na caverna fechada. Porém, isso não aconteceu. A água escoava e desaparecia, como se houvesse um dreno embaixo.

— Primeiro as damas — disse Simon.

Liwaza se adiantou e Gwen a seguiu. Caminharam ao encontro da cachoeira. Imergiram nela. Gwen sentiu um frescor que não era água. Era magia. Manteve os olhos bem abertos, apesar da visão turva, e obrigou as pernas a seguirem adiante.

Ao chegar do outro lado, descobriu-se em meio a uma floresta de pedra. Estalagmites do tamanho de torres apontavam para o teto distante, mergulhado em escuridão. Nos espaços entre elas, crescia uma vegetação abundante, capaz de emitir luz própria. Palmeiras verde-limão, bromélias azul-turquesa, orquídeas vermelho-rubi. Tudo parecia mais escuro no centro e iluminado nos contornos, o que transmitia uma sensação onírica. E havia fungos, muitos deles. Desde bolores esbranquiçados que recobriam troncos de árvores, até cogumelos gigantescos, que se abriam muito acima, como imensos guarda-sóis.

— Liwaza! — gritou uma criança de não mais do que nove anos, e correu em direção à Mestra da Guilda das Parteiras. Chocou-se contra ela. O rosto afundou na indumentária negra da mulher, enquanto a criança a abraçava pela cintura. Então olhou para cima, seus olhos violeta brilhando de alegria. — Você voltou!

A criança era uma elfa. Tinha orelhas pontudas, cabelo fino e um caminhar leve como pluma. Uma menina de aparência saudável, apesar da pele branca. Muito branca. Cadavérica.

— É essa a clériga que veio salvar Etelethar? — perguntou ela, olhando para Gwen com veneração.

A parteira sorriu com doçura e pediu silêncio.

— Sim, Meriel. Vá avisar as outras que temos visita. Apresentem suas armas.

— Sim, senhora — a menina sorriu, deu as costas e saiu correndo. Embrenhou-se na mata fluorescente.

Julian, Simon e Valuriel surgiram ao redor de Liwaza e Gwen. Apesar de terem mergulhado numa cachoeira e atravessado suas águas, os cinco continuavam secos. Nem uma gota sequer escorria pelos cabelos ou roupas. Depois que todos passaram, o fluxo às suas costas minguou. A água parou de escorrer tão depressa quanto havia começado, e mais uma vez foi possível enxergar a pedra cinzenta e lisa, tão seca quanto os cinco.

— Andemos — Valuriel indicou o caminho.

Gwen seguiu os passos do paladino por uma trilha aberta em meio a arbustos e gramíneas cintilantes. Os outros vieram atrás. Cruzaram pedras cobertas de musgo e árvores envoltas em trepadeiras. Traçaram um caminho labiríntico, como já era de costume.

Passaram por baixo de um cogumelo, e Gwen ficou maravilhada ao olhar para cima. Como se o tamanho agigantado já não fosse assombroso o suficiente, o fungo ainda era transparente. Embaixo de diversas camadas de fibras, podiam-se ver linhas brancas que delimitavam as estruturas internas do cume abaulado. E a coisa toda se movia, viva. Como se o fungo estivesse respirando.

— Não pare — disse Liwaza, às suas costas. — Você não vai querer estar embaixo quando ele soltar os esporos.

Gwen apertou o passo, com a parteira vindo logo atrás:

— Tome cuidado. O mundo subterrâneo é tão perigoso quanto fascinante. E nós somos atraídos para ele como moscas para a sarracenia.

— Sarracenia? — perguntou Gwen.

— Uma planta carnívora.

Contornaram o sopé da última estalagmite e um enorme descampado se abriu diante deles. Uma área vasta e plana, sem pedras do tamanho de gigantes, sem cogumelos hostis. Nem mesmo árvores e flores cresciam ali, pois haviam sido arrancadas. Apenas alguns arbustos reluzentes haviam sido poupados, pois cresciam em pontos que careciam de iluminação. Todo o restante era um campo de treinamento marcado por rastros de pés.

E gente. Muita gente. Elfos, humanos e mestiços. Homens e mulheres. Alguns batiam madeira com madeira de suas espadas de treino. Outros disparavam flechas, que zuniam pelo ar frio do subterrâneo e atingiam espantalhos chifrudos. Havia ainda os que levantavam peso para fortalecer os músculos e os que levantavam poeira ao praticar corrida. Quando perceberam a chegada de Gwen e sua comitiva, aos poucos os vários grupos foram interrompendo seus exercícios. O barulho e a movimentação se extinguiram. Olharam para elfa de canto de olho. Olharam-na de frente. Cochicharam entre eles.

— Você é aguardada — disse Valuriel, guiando o grupo em linha reta, pelo centro do campo de treinamento. — A clériga da Deusa Maior!

— Aqueles ali são os elfos do Valuriel — disse Julian a Gwen, apontando para um grupo que treinava esgrima e arquearia élfica. Empunhavam com orgulho as armas de sua deusa. — Aqueles são os humanos do Simon — apontou para um grupo que treinava com clavas, lanças, foices, machados. Uma miríade de armas.

— Eles moram todos aqui? — perguntou Gwen.

— Ah, não. A maioria mora na cidade e vem aqui só para treinar, como eu. Fique de olhos abertos, estamos em todos os lugares... — disse Julian, com ar de mistério. Então voltou a informar: — Mas aquelas ali moram no subterrâneo. São as crianças da Liwaza.

Quando estavam a meio caminho andado, o grupo de crianças surgiu, Meriel entre elas. Saíram de uma gruta escavada na rocha, correram todas ao mesmo tempo e pararam em posição. Quatro filas de seis, ordenadas por altura. Eram crianças atléticas, de nove a quinze anos. Cada uma portava um arco, uma aljava e uma adaga, e trajava couraça de couro cozido, que oferecia certa proteção sem limitar os movimentos. Todas tinham a pele excessivamente branca. Até mesmo as crianças humanas, naturalmente mais escuras, tinham o rosto desbotado. Mas o que mais chamou a atenção de Gwen foi o fato de todas elas serem meninas.

— Conheça as Flechas Fantasmas — disse Liwaza. — Essas meninas nasceram da escravidão, mas foram treinadas em liberdade. Esse é apenas um esquadrão, temos mais. Estarão preparadas para agir no momento oportuno, em nome da libertação de Tapista.

As meninas mantiveram o queixo erguido, o semblante orgulhoso.

— Elas fugiram do cativeiro? — perguntou Gwen.

— Foram resgatadas.

Gwen se virou para a parteira, esperando por mais detalhes.

— Há anos os escravos de Tapista aguardam o momento certo de se rebelar contra as correntes. Mas não esperam de braços cruzados. Planos de libertação já estão em andamento, e este é só mais um deles — disse a mulher. — Nós somos a Guilda das Parteiras e libertamos as nascidas escravas. Para isso, guardamos dois cadáveres embebidos em óleos alquímicos, para não se deteriorarem. Um de menina elfa e outro de menina humana, ambas recém-nascidas. Sempre que uma escrava está prestes a dar à luz, somos chamadas para ajudar. Tudo o que precisamos fazer é trocar os bebês. A família enterra o bebê morto e depois recuperamos o corpo. Enquanto isso, a menina saudável, que cresceria como escrava, recebe uma vida livre no subterrâneo da cidade.

Gwen levou algum tempo para processar a informação.

— Isso é asqueroso — disse ela.

— Isso, minha querida, é *sobrevivência*. Graças a nós, essas meninas nunca conheceram a escravidão.

— Mas também nunca viram a luz do sol!

Elfa e humana se encararam, em um misto de angústia e compreensão.

— Essa é uma situação onde não existe uma resposta certa — disse a parteira.

Gwen sustentou o olhar de Liwaza por um instante, mas por fim baixou a cabeça e ficou em silêncio.

O grupo seguiu adiante, sob o escrutínio das três facções. Do outro lado do campo de treinamento, uma elevação na superfície da caverna formava um patamar natural. Diversos caules de cogumelo gigante haviam sido empilhados em uma das laterais, formando uma escadaria. Pararam diante dela. No topo, um elfo de longas vestes os aguardava. Julian o apresentou:

— Gwen, conheça o Mestre Luwaranditas, líder da Resistência Abolicionista.

Liwaza, Simon e até mesmo Valuriel abaixaram as cabeças em respeito, e Gwen fez o mesmo. Então indicaram para que ela subisse as escadas. A elfa pisou no primeiro degrau e sentiu o caule do cogumelo afundar levemente sob os pés. Prosseguiu, enquanto os outros ficaram para trás. Escalar os degraus transparentes deu a sensação de que caminhava no ar.

— Seja bem-vinda, Gwen, Clériga de Tanna-Toh — disse o líder à elfa que subia.

As rugas profundas, as orelhas avantajadas e a ponta do nariz apontado para baixo não deixavam enganar: Mestre Luwaranditas era de longe o elfo mais velho da resistência. Talvez, um dos mais velhos ainda vivos no mundo. Seus olhos esbranquiçados já haviam testemunhado muitas atrocidades.

— É um prazer enfim conhecê-lo, Mestre Luwaranditthas. Como posso ajudá-lo?

Assim que Gwen venceu o último degrau, Mestre Luwaranditthas a recebeu com uma mão no ombro e fez com que se virasse de frente para a multidão inquieta. Ele então anunciou, com a voz mais alta e clara do que se poderia esperar:

— Apresento-lhes Gwendolynn, discípula de Eleonora e Clériga de Tanna-Toh. Uma filha de Lenórienn.

Houve uma salva de palmas vindas lá de baixo. Rostos iluminados de expectativa sorriam, comemoravam e ansiavam. O público olhava para ela, julgando, fazendo suposições e visualizando o futuro. Pelo menos quinhentas pessoas, e mais chegavam a cada instante. Gwen sentiu como se estivesse mais uma vez no tablado do Fórum.

Do elevado, o campo de visão de Gwen se alargava, o que lhe permitia enxergar cada um dos que estavam presentes. Porém, ao contrário do leilão, ali não havia um minotauro sequer, apesar de que existiam minotauros escravos em Tapista. Por outro lado, o grupo também não se limitava a elfos e humanos, como Gwen pensara inicialmente. Percebia agora um trio de halflings com suas fundas reunidos em um canto. Contavam com a companhia de uma fada diminuta sentada no ombro de um anão.

Com exceção às crianças de Liwaza, a maioria dos membros da resistência não era nem jovem demais, nem velha. Estavam no auge, com a idade certa para lutar. Não poderiam esperar demais para colocar o plano em prática. Achavam-se tão prontos quanto era possível para um grupo de escravos que se reunia às escondidas.

— Gwen tem o poder de uma Deusa Maior — continuou o Mestre Luwaranditthas, indicando a elfa de sangue puro que trajava um vestido tão branco a ponto de ofuscar. A luz das plantas subterrâneas incidia mais na posição elevada em que ela estava, criando ao seu redor uma aura de alvor. — Ela peregrinou desde o outro lado do continente só para nos ajudar. Oremos por Gwen! Ela, que anda com goblins, lefous e outros seres inferiores, enfim recebeu uma iluminação. Guiada por sinais divinos, estende hoje sua mão abençoada à causa de Glórienn, a deusa-mãe. Pela libertação!

— Pela libertação! — gritaram muitas vozes, com punhos ao alto. Para estarrecimento de Gwen, não foram apenas elfos e meio-elfos a louvarem o nome da Deusa Menor. Humanos e membros de outras raças também fizeram coro, enaltecendo a presença de Gwen e a esperança que ela representava.

— Como sabe tanto sobre mim? — Gwen sussurrou para o elfo mais velho. — Minha mentora, minhas origens, meus amigos...

— Sei tudo o que preciso saber.

Gwen o encarou de perto pela primeira vez. Percebeu, gravado na pele do pescoço, o pergaminho e a pena que formavam o símbolo de Tanna-Toh.

— O senhor... é clérigo também?

— Fui alto-sacerdote da antiga biblioteca de Lenórienn.

— Então por que precisa de mim?

Mestre Luwarandithas sorriu tristemente e sussurrou, para que apenas ela escutasse.

— Quando a capital élfica foi reduzida a pó e os poucos sobreviventes procuravam rotas de fuga para os reinos do norte, muitos vieram até mim em busca de orientação. Eram almas despedaçadas em meio à carnificina e ao desespero. Viram em mim um guia. Um dos poucos que restavam. O que eu deveria lhes dizer? É claro que eu disse que superaríamos. Que ficaria tudo bem. Minhas palavras serviram não apenas de consolo, mas também de força inspiradora para que muitos seguissem em frente. Quando cheguei a Tapista, a situação se agravou. Mais e mais recorreram aos meus conselhos. Tudo vai ficar bem. Tudo *sempre* vai ficar bem. Desde então, repeti isso em cada um dos meus dias, para pessoas diversas. Impossível manter a fé em Tanna-Toh proferindo tantas mentiras.

Mestre Luwarandithas não deu a Gwen tempo suficiente para sentir pena. Tocou-a no ombro mais uma vez, indicando para que o seguisse. Ela se virou de costas para a multidão lá embaixo, e só então percebeu o que todo mundo já via.

Uma rocha imensa ocupava grande parte do patamar elevado. Cortada ao meio, revelava seu interior oco. Por fora, basalto grosseiro e cinzento. Por dentro, uma majestosa jazida de ametistas. Milhares de gemas violáceas recortadas pela natureza refletiam a luz onírica da caverna, criando lampejos de diversas cores. E, no berço de pedras preciosas, um lençol imaculado transformava a estrutura em leito. Sobre ele, estava deitado um menino. Orelhas pontudas de elfo legítimo. Cabelo branco de criança pequena. Olhos inertes de quem dorme, mas não sonha.

— Esse é Etelethar, nossa fonte de esperança.

Gwen se aproximou. Com a permissão do Mestre Luwarandithas, tocou o menino. Gélido como um cadáver.

— Está vivo, ainda — disse o mestre. — Como paladino único de uma deusa menor, Valuriel recebe certas bênçãos. É o suficiente para prolongar a vida de nosso messias e manter acesa a chama da esperança, mas não para curá-lo em definitivo. Em toda nossa história, a mortalidade dos elfos nunca foi tão elevada. A natalidade, nunca tão baixa. Desde que Glórienn se entregou como escrava a Tauron, ondas e mais ondas de sobreviventes do massacre de Lenórienn chegaram a Tapista, seguindo o exemplo dela. No cativeiro, os homens pararam de ter filhos. As mulheres engravidam com alguma frequência, mas apenas metade das crianças são elfas. Todas meninas. Os meninos nascem minotauros. Com isso, o número de seguidores de Glórienn no mundo diminui a cada dia. O poder concedido ao paladino também. Há quem tema que a deusa perca a centelha divina. Glórienn definha, e com ela definha Etelethar.

Gwen aproximou o rosto do menino e sentiu sua respiração fraca, quase imperceptível.

— Messias, o senhor disse?

Ele assentiu.

— Etelethar é um menino élfico nascido em cativeiro, de mãe elfa e pai minotauro. O primeiro e o único.

Gwen lançou a ele um olhar de desconfiança.

— Não é impossível uma escrava cometer traição.

— Tanto não é impossível, que já aconteceu — concordou o ancião. — Mas tenho provas da fidelidade da mãe. O menino nasceu de uma semente táurica, posso garantir. Além do mais, você não sente agora porque ele está deveras debilitado, mas uma aura divina envolve Etelethar. A aura de Glórienn.

— Mas o que o aflige?

— Fraqueza, nada mais do que isso. É fraco como Glórienn. Nasceu assim. A morte da mãe e os maus-tratos do pai não ajudaram. Resgatamos Etelethar da sarjeta depois que ele foi jogado fora por ser inútil como escravo. Mas a fraqueza dele é um obstáculo pequeno diante de seu destino grandioso. Etelethar sabe que é o enviado de Glórienn. Antes de perder a consciência, pediu ajuda a Julian para realizar um ritual. Esse ritual fará nada menos do que abrir as portas do Reino de Tauron e permitir que Glórienn desça ao nosso mundo. Infelizmente, ele perdeu a consciência antes da cerimônia se concretizar. Precisamos trazê-lo de volta. Nós queremos a liberdade, e para isso precisamos da deusa. Ela quer se libertar, e para isso precisa de nós. Gwen, você ajudará?

Gwen alisou a pele fria do menino, tocou seus cabelos brancos. Perguntou-se quais as chances de Glórienn estar de fato se comunicando com seus filhos em Arton. Estaria a Deusa dos Elfos realmente tentando se libertar? Só havia um jeito de descobrir.

— Sim. Farei o que estiver ao meu alcance — disse ela.

Antes que Gwen pudesse adicionar um porém, o Mestre Luwaranditas se virou para os membros da Resistência Abolicionista e anunciou:

— Gwen, Clériga de Tanna-Toh, a salvadora! Louvem o seu nome, pois ela veio em nosso socorro. Irá nos ajudar, dará saúde a Etelethar! Gwen, padroeira da libertação!

Um estardalhaço de exaltação tomou conta da multidão eufórica. Mãos se elevaram em palmas, pés saltaram ao ar, gargantas berraram à rouquidão, espadas e escudos batucaram em ritmo vibrante.

— Espere um momento — disse Gwen ao mestre. — Escute! — gritou.

A comemoração cessou com seu grito.

— Estou disposta a ajudar, mas não consigo fazer isso agora. Preciso de tempo.

A desilusão no rosto do Mestre Luwaranditas foi de apertar o peito. Sua mente extenuada se recusava a aceitar que a espera ainda não havia terminado. O mesmo desencanto se repetia em centenas de semblantes virados para Gwen. Um misto de frustração com ceticismo. Sentiam-se tolos por ainda acreditarem em mudanças.

O mais abatido, no entanto, era Julian. Arriscara a si mesmo e à resistência para levar Gwen até ali, a troco de nada. Os olhares dos três mestres de facção pesaram sobre ele. Por sua vez, seu olhar para Gwen foi de pura decepção.

— Você perdeu o apreço de Tanna-Toh? — perguntou o líder da resistência.

— Por hora. Minha fé permanece intacta.

— Deuses maiores não perdoam facilmente. Já sabe o que fazer para reaver seus poderes?

Gwen abaixou a cabeça. Não tinha uma resposta.

De repente, a conversa foi interrompida. Saída do fundo da mata, uma elfa de pés ligeiros disparou até o campo de treinamento. Atirou-se sobre uma gema afixada em um pedestal. Agarrou-a, ofegante. Pronunciou uma palavra mágica.

Ao seu comando, os diversos arbustos espalhados pelo descampado mudaram de cor. Se antes variavam entre verde, amarelo e azul, em um instante todos passaram a piscar em vermelho.

— Invasores! — disse o Mestre Luwarandithas. — Vocês foram seguidos.

Num piscar de olhos, a multidão que assistia à conversa foi de imóvel a alvoroçada. Grupos se moveram de um lado para outro, como formigas atarefadas. Os poucos magos presentes se dispersaram, correndo para assumir posição. Arqueiros se agruparam no fundo. Feitas para o treino, espadas de madeira foram deixadas de lado enquanto guerreiros desembainhavam aço. O tumulto seria desesperador para qualquer um que nunca tivesse passado pela situação de ter a vida em jogo.

Porém, havia ordem no caos. Todos sabiam exatamente para onde ir e o que fazer. Mais importante, agiam em silêncio. Nada de gritaria, nada de desespero. Apenas o barulho inevitável do bater de pés e deslizar de lâminas.

Os três mestres de facção se dispersaram. Cada um foi em busca de liderar seus comandados. Julian, por sua vez, subiu as escadas até Gwen e agarrou o braço dela.

— Vamos embora. Vou levá-la pela outra saída.

— Embora pra onde? — a elfa girou o braço, obrigando-o a soltá-la. — Eu também vou lutar!

Julian encarou-a dos pés à cabeça, e Gwen logo compreendeu o ar de escárnio. Parecia uma piada de mau gosto: uma clériga sem poderes, sem arma nem armadura, vestida com o tecido fino que agradaria ao senhor de escravos, os cabelos arrumados como o de uma boneca. Ela promete ajudar, mas mente, desaponta e atrai o inimigo.

— Você já atrapalhou o suficiente. Não vai estragar *também* o seu disfarce. Não vai colocar os Aurelius Lomatubarius, uma das famílias mais poderosas do Império, no rastro de uma escrava fujona. Um rastro que os traz até a resistência! Não outra vez — disse o meio-elfo.

— Não quero voltar para lá! — disse Gwen.

Julian deu um rosnado e ergueu as mãos cheias de dedos contraídos. Espumava de indignação.

— Agora você é uma escrava! Não tem escolha! Ou volta pra lá e resolve seu problema, ou estamos todos condenados! Vê essa movimentação toda? Estão tentando expulsar um grupo pequeno de minotauros. Uns dez, no máximo. Primeiro, nossos magos vão tentar fazer isso com um feitiço. Atordoar os invasores. Devolver eles lá pra cima sem saberem o que aconteceu. Matá-los é só a última opção. Última! Sabe por quê? Porque atrai atenção. E você conseguiu fazer isso sem ter matado ninguém! — ele balançou a cabeça, revoltado. — Se um grupo maior nos atacar, Etelethar morre e, com ele, a Resistência Abolicionista.

Gwen se calou. Mais guerrilheiros surgiram, sabe-se lá de onde, para fortalecer as linhas da resistência. Um grupo de quinze se destacou da tropa. Seguiram na direção de onde surgira a elfa esbaforida. Meteram-se na floresta luminosa sem fazer ruído algum. Rumaram separados, para cercar os invasores. Desapareceram na mata.

— Eu tenho que fazer alguma coisa... — Gwen falou com a voz corroída de remorso.

— Pois faça — o Mestre Luwarandithas interveio na conversa. — Faça exatamente o que Julian propõe. Volte para seu proprietário e recupere a bênção da sua deusa. Iremos buscá-la quando estiver pronta.

— Mas eles me darão para Aurakas! Amanhã!

Julian grunhiu:

— Então é melhor se apressar!

Gwen ignorou-o. Continuou falando com o líder da resistência:

— Não sei o que fazer. Alto-sacerdote, por favor, me ajude. Como posso recuperar a bênção de Tanna-Toh?

— Você sabe como. Com conhecimento! Descubra algo novo, Gwen. Algo que nunca foi estudado, ou um segredo bem escondido.

— Pensei que localizar o esconderijo da resistência bastaria, mas isso não surtiu efeito algum.

— Porque você já queria isso antes. Descobriu para você mesma. Agora, precisa descobrir algo para a deusa. Algo que talvez não tenha importância para você, mas que seja uma informação vital para muitos outros.

Gwen olhou para o infinito, buscando por uma resposta.

— Pense, Gwen. Pense — insistiu o mestre. — Qual pergunta permanece sem resposta?

Gwen fechou os olhos. A resposta estava bem ali, diante dela o tempo todo. Quando voltou a abri-los, estava decidida.

— Nos últimos meses, uma mesma pergunta foi proferida por camponeses, soldados e reis. De qual lado da guerra o Império de Tauron ficará? Do Reinado ou dos Puristas? — disse ela. — É isso que vou descobrir. Vou extrair a informação do próprio Aurakas.

CAPÍTULO 6

# A CHEGADA DE AURAKAS

COM O CORAÇÃO RETUMBANDO A PONTO DE DEIXÁ-LA trêmula, Gwen se permitiu ser arrastada por Julian escada abaixo. Deram a volta no patamar natural onde Etelethar dormia seu sono imperturbável e fugiram na direção oposta de onde haviam chegado.

— E o Mestre Luwarandithas? — perguntou a elfa — Vai ficar para trás?

— E pra onde você acha que ele iria? — retrucou Julian. — Fora da resistência, é só mais um escravo velho e abandonado, como tantos outros. Não há um amo zeloso lá em cima esperando por ele. Não há um teto ou um prato quente. A esperança trazida por Etelethar é tudo o que lhe resta, então vai protegê-lo até o fim. E o Mestre é o único capaz de manter as facções unidas, então nossos guerreiros também irão com ele até a morte.

Gwen continuou a segui-lo, porém não pôde evitar um olhar para trás.

— O que vocês construíram aqui é tão poderoso quanto frágil.

— É por isso que precisamos começar a agir.

Por entre rochas gigantescas e vegetação bioluminescente, Julian e Gwen se afastaram do campo de treinamento e encontraram uma saída do subterrâneo. Estreita, exigiu que os dois se abaixassem e se espremessem ao longo de suas tortuosidades. Porém, a passagem foi suficiente para lhes conceder acesso de volta ao labirinto sob a cidade e, dali, para a superfície.

A passagem do breu do subterrâneo para a claridade do sol vespertino ofuscou os olhos de Gwen. Ela apenas escutou o barulho. Passos. Marcha. Gritos. O retumbar dos tambores e o soar dos berrantes de guerra. Preparou-se para o combate. Preparou-se para morrer.

Porém, quando as pupilas se acostumaram e o mundo entrou em foco, percebeu que estavam em mais um beco abandonado. A barulheira persistia. Parecia próxima apenas porque era muito alta, mas vinha de outra rua. Julian não perdeu tempo. Escondeu o alçapão e guiou Gwen para fora do beco.

Encontraram uma alameda larga, de pedra branca bem-assentada. Dos dois lados, as árvores que despontavam das calçadas haviam sido podadas em formato esférico e estavam enfeitadas com bandeirolas festivas. Aos pés destas, um oceano de chifres. Minotauros de todas as estirpes infestavam as ruas de Tiberus, portando ramos de árvores que usavam para acenar e exaltar. Nos andares superiores das casas, lenços brancos pendiam das janelas. Escravos soltavam pétalas de flores. A cidade inteira adornada para receber o cortejo que percorria a rua principal. O cortejo do homem mais poderoso do mundo táurico, o Imperator Aurakas.

— Ele está aqui. Ele chegou — Gwen falou consigo mesma. Não sabia que o Imperator entraria na cidade com tamanha pompa e cerimônia. Porém, reconheceu a solenidade assim que a viu. Com seu cargo sendo alvo constante da ganância dos demais senadores, para um estadista como Aurakas se manter no topo do mundo, não bastava ter poder. Era preciso demonstrar poder.

O desfile foi aberto por duas bigas, as carroças tipicamente tapistanas. Avançando lado a lado, cada uma delas era puxada por dois cavalos e transportava dois minotauros. Um deles guiava os animais. O outro portava uma trombeta gigantesca, construída a partir do chifre de algum monstro. A peça dava várias voltas em si mesma, fazia o ar circular por dentro, e então emitia um som grave e potente, que alcançava até os pontos mais distantes da cidade.

As duas bigas com trombetas anunciavam o que vinha a seguir: o estandarte do império. Um oficial táurico de chifres lustrosos recebeu a honra de carregá-lo. Trajando uniforme impecável de legionário, trazia consigo, alto e orgulhoso, o estandarte do touro em chamas. Enquanto as bigas ladeavam a alameda, o porta-estandarte marchava bem no centro. Nada nem ninguém obstruía seu caminho.

Ao ver a comitiva que avançava, a primeira reação de Julian foi tentar correr à frente e atravessar a rua no vácuo que antecedia o desfile. Porém, a guarda urbana ocupava toda a extensão da alameda, ladeando-a e frustrando qualquer tentativa de travessia. Impedido de cruzar por ali, o meio-elfo decidiu dar a volta. Assim, guiou Gwen para o outro lado, avançando no sentido oposto do cortejo.

Atrás do porta-estandarte vinha a bateria. Um agrupamento de minotauros com os mais diversos instrumentos de percussão. Tambores grandes e pequenos, capazes de produzir uma variedade de sons. Bumbos enormes, carregados na vertical e golpeados de ambos os lados. Pratos de metal. Juntos, compunham a marcha de guerra que ditava o ritmo do desfile.

O primeiro batalhão a desfilar foi de infantaria. Na vanguarda, o centurião. Sua posição de destaque era evidenciada pelo elmo que usava, adornado com uma crista vermelha em forma de arco. Logo atrás, o primeiro agrupamento era formado por seis filas, cada uma com sete minotauros, totalizando quarenta e dois. Todos usavam o capacete esférico da legião, traziam o gládio na cintura e portavam o escudo retangular característico do exército de Tapista. Estavam armados com lanças de aço, as quais mantinham retas, voltadas para o céu. Erguiam-se muito além das cabeças, quarenta e duas pontas aguçadas e ameaçadoras.

Um vazio separava o primeiro agrupamento do segundo, de igual proporção. Somando os dois, tinha-se uma centúria completa. Apenas uma dentre as centenas que compunham o exército de Tapista. Ainda assim, mais do que suficiente para fazer o chão tremer com a marcha ritmada.

Depois da infantaria, outros agrupamentos vieram. Cada um com sua especialidade tática, nem todos eram minotauros. Um minotauro jamais empunharia uma arma covarde, como o arco, que dispara de longe. Jamais entraria em campo de batalha montado em um animal.

Não. O forte caminha sobre as próprias pernas e enfrenta o inimigo cara a cara. Porém, por mais hipócrita que fosse, o exército mais eficiente do mundo precisava de arqueiros e precisava de cavaleiros.

Assim, o segundo regimento a ganhar as ruas de Tapista era composto unicamente por elfos. Homens e mulheres orgulhosos, vestidos segundo os costumes táuricos, com túnicas brancas e sandálias amarradas no tornozelo. Ostentavam o arco longo, a aljava e a espada. Armas de Glórienn, à disposição de Tauron.

Depois vieram os cavaleiros. Um batalhão inteiro de humanos montados nos mais belos animais. Eram cavalos esbeltos, marrons, de crina negra e rabo empinado. Uma raça guerreira criada pelos povos do Deserto da Perdição, rara naquele lado do continente.

Se os cavalos eram todos da mesma cor, os humanos não o eram. Uma variedade de tons de pele coloria o agrupamento, evidenciando a abrangência domínio táurico e sua ampla oferta de escravos.

Não fosse suficiente existir arqueiros *e* cavaleiros, o grupo que veio em seguida unia os dois conceitos. Elfos arqueiros montados em cavalos: o ataque à distância somado à mobilidade equestre. Um recurso poderoso. Uma aberração em Tapista. Porém, ninguém se importava. Nas ruas, os cidadãos táuricos aplaudiam o pelotão. Seus escravos assistiam com olhos brilhantes de esperança.

Julian e Gwen se esgueiravam pela multidão, desviando do público alucinado. Ele olhava por sobre o ombro de tempos em tempos, atento à movimentação da guarda da cidade. Ela não conseguia desviar a atenção do desfile. Das armas. Dos números. Do poderio bélico do império. A resistência não teria a menor chance.

Como rumavam no sentido oposto, para eles o desfile passava mais rapidamente. Veio uma segunda infantaria, mais madura e calejada do que a primeira. Veio um agrupamento menor, formado apenas por magos táuricos, trajando pesadas armaduras assim como os demais. E vieram os clérigos de Tauron. Devotos que falavam em nome do próprio deus, cujos poderes divinos fortaleciam as tropas e impulsionavam os legionários à vitória. Por último, pois eram os mais ilustres.

Gwen pensou que o cortejo tivesse terminado, mas um rugido sinalizou seu engano. Adultos estremeceram. Crianças se esconderam atrás dos pais. Após a passagem das tropas, houve um respiro, e então criaturas exóticas surgiram na alameda. Leões e outras feras, e mesmo monstros mágicos. Todas avançando lentamente, as garras ressoando no pavimento, controlados por chicotes e encantamentos. Gwen, erudita e experiente, reconhecia a maioria das figuras. Para o populacho, porém, observar tais criaturas de perto era uma experiência sem igual.

Por mais perigoso que parecessem, depois dos monstros vieram cinco meninas e um menino. As mais belas crianças já vistas. As meninas eram humanas escolhidas a dedo nos territórios que Tapista havia conquistado durante as Guerras Táuricas. Ostentavam trajes típicos, e cada uma trazia uma bandeira com o emblema de sua terra natal: Fortuna, Lomatubar, Petrynia, Tollon e o Protetorado de Roddenphord. Já o menino era minotauro. Vinha no centro, empunhando a bandeira de Tapista — que era, também, a bandeira do império.

Com soldados inexpressivos marchando em uníssono, até aquele momento o ar era de solenidade. Porém, isso mudou quando surgiu na alameda um grupo de homens bem vestidos, as togas brancas quase arrastando pelo chão. Eram senadores e governadores das províncias. Divergindo do alinhamento perfeito das tropas, os políticos caminhavam à vontade, misturavam-se, compunham e descompunham grupos irregulares. Ao contrário dos legionários sisudos, sorriam e acenavam para a multidão. Recebiam acenos de volta. Uma rosa foi atirada a seus pés.

Gwen se abaixou instintivamente quando percebeu que Gaius Aurelius Lomatubarius estava entre eles. Porém, o patriarca não percebeu a presença dela em meio à turba de admiradores. Seguiu acenando para o povo.

Cassius Titanus estava ao seu lado, sorrindo. Os dois senadores caminhavam lado a lado como velhos amigos. Desfiles não eram ocasiões para rixas.

Quem não estava entre eles era Aurakas. Em teoria, Tapista era uma república. Seu chefe de estado, ninguém mais do que um senador apontado por seus semelhantes. Porém, isso não se aplicava na prática. Havia gerações que o título de Princeps era transmitido de pai para filho, até chegar a Aurakas. De Princeps, tornara-se Imperator. Ninguém se igualava a ele em poder. A paridade entre rei e senadores não passava de uma mera formalidade.

Gwen soube que Aurakas estava próximo quando surgiram as dançarinas. Dez moças de encanto sobrenatural avançam a passos leves. Duas delas tocavam flautas. As demais tinham guizos nos pulsos e tornozelos. Produziam sua própria música enquanto dançavam, à parte do retumbar da fanfarra. A performance misturava acrobacia e sedução.

Finalmente, depois do que significava quase uma hora de desfile para um espectador que assistisse a tudo parado, surgiu o séquito pessoal de Aurakas. O momento tão aguardado.

Gwen parou para assistir. Julian tentou puxá-la. Sem sucesso, parou também.

À frente da comitiva de maior prestígio, vinham os três homens de confiança do Imperator. A multidão atirou na alameda os ramos de palmeira que usavam para acenar, a fim de cobrir o chão que seria pisado por aqueles homens. Ao lado de Gwen, uma donzela desmaiou de emoção. Sem se incomodar com isso, o mestre dela se uniu à multidão que bradava os nomes dos três.

— Aenor! Gélido! Eleutério!

Um minotauro, um elfo e um humano. Vinham lado a lado, como iguais.

Aenor era o campeão de Aurakas, o gladiador que lutava em seu nome. Quando entrava na arena, os adversários escalavam as paredes do coliseu e tentavam fugir. Mas nunca funcionava. A lança de Aenor era precisa, e ele tinha a singular preferência de acertar os fujões no tornozelo. Isso fazia com que caíssem de onde quer que estivessem e os impedia de voltar a correr. Uma vez que tivesse o inimigo ao alcance, se prestava ao que fazia de melhor: um espetáculo. Versado no uso de todas as armas do mundo, de exóticas a improvisadas, Aenor era criativo ao causar dor. Eficiente no golpe de misericórdia.

O minotauro caminhava confiante. Sorria. Acenava para a plateia. Atirava beijos para as jovens que gritavam seu nome. Descansava uma das mãos no cinto cravejado de joias que trazia na cintura, a prova maior de que era um verdadeiro campeão, laureado no coliseu de Tiberus.

Gélido vinha no centro, entre os outros dois. Embora lançassem ramos e flores aos seus pés, ele não os pisava. Isso porque flutuava a quase um metro do chão. Arquimago da corte, era um elfo de mil anos. Tinha a face rígida de quem desaprendeu a sorrir. A pele azulada de quem lidou com magia glacial por séculos. Os olhos analíticos de quem nunca se cansa de raciocinar. Apesar da carranca, era cercado pela aura de distinção e ufania dos que se vangloriam de sua posição. E era admirado por isso.

Eleutério era o caçador imperial. Se Aenor cobria Aurakas de glórias dentro da capital, Eleutério fazia isso nas florestas e montanhas. Tudo o que se movesse poderia se tornar sua presa, desde animais inofensivos até escravos desertores. Mas sua verdadeira paixão era a grande caçada. A verdadeira caçada. Monstros. Criaturas ferozes e brutais, quanto mais exóticas, melhor. Gostava de combater alvos que tivessem chance de revidar, justamente os que mais atraíam o interesse das massas. No gabinete de Aurakas era sabido haver uma coleção de troféus feitos com as cabeças de feras derrotadas. Um warg, uma serpe, uma cocatriz. Além disso, o Imperator possuía uma coleção de sprites, fadas minúsculas pregadas em agulhas como se fossem borboletas. Fruto do trabalho árduo de rastreamento e captura de seu caçador imperial.

Porém, os símbolos mais valiosos eram resguardados pelo próprio Eleutério. Fazia-os de vestimenta, como emblemas de valor. Assim, as tiras de suas sandálias não eram de couro, como as dos demais. Eram trançadas a partir do cabelo de uma súcubo à qual ele resistiu, derrotou e escalpelou. Seu manto era recoberto por escamas brilhantes. O couro de um dragão vermelho jovem, ainda com a cabeça. A cabeçorra apoiada em seu ombro esquerdo pendia nas costas, com olhos amarelos, de pupila em fenda, abertos pela eternidade. Mas o mais assustador era sua lança. Na extremidade de uma haste de metal, havia sido encaixada nada menos do que uma pinça insetoide de demônio da Tormenta. A ponta grosseira e encurvada emanava uma aura vibrante de mal-estar. Antes pertencente ao inimigo, até mesmo a Tormenta se dobrava ante o poderio de Tapista.

Aenor, Gélido e Eleutério. Todos heróis por si só. Todos propriedade de Aurakas.

Por fim, chegou a carruagem do Imperator. Uma biga ampla, ocupada por um homem só. A madeira de Tollon usada em sua construção havia sido adornada com entalhes intrincados, cinzelados pelos melhores artesãos do império, e cravejada de pedras preciosas. Tinta de ouro dava o toque final na peça que era uma verdadeira obra de arte.

A biga de Aurakas não era puxada por cavalos. Que desonra seria, ser transportado por animais! Não. Era puxada por escravos. Escravos de honra. Belos e musculosos, oito humanos recebiam tamanho privilégio. E não eram homens quaisquer. Eram antigos líderes de tribos conquistadas, verdadeiros campeões. Outrora bárbaros e combativos, haviam sido convertidos a servos obedientes, resignados a caminhar no mesmo compasso, submetidos aos desejos do soberano. Mais uma entre tantas comprovações de poder.

Aurakas era um touro vermelho. Vermelho como sangue, vermelho como a fúria. Trajava o manto branco de senador e a coroa de louros, símbolo de heroísmo e nobreza. Dos ombros, pendia um segundo manto, púrpura, que o distinguia dos demais aristocratas. Decorado com fios de prata e ouro, o manto refletia o brilho do sol e indicava sua ascendência real. Mas, apesar do esplendor, não era seu único símbolo de realeza, nem o mais prestigioso. Esse posto se reservava à arma que trazia à cintura. Um gládio sem brilho nem cor, avariado na lâmina, que não despertaria grande interesse de um observador desinformado. No entanto, aquela era a arma lendária usada pelo primeiro herói táurico para aniquilar o Rei Orc e transformar os minotauros em um povo livre. O Gládio de Goratikis.

Diversos eram os símbolos de majestade e opulência, mas nenhum se igualava à presença do próprio Aurakas. Seu gestos amplos, de mãos enormes, saudavam a plateia com o desvelo de um pai para com seus filhos. A cabeça erguida enxergava um horizonte mais amplo. O olhar austero e os chifres incisivos traziam a gravidade e a firmeza de um líder probo, mas exigente. Aurakas inspirava veneração e temor. À sua tutela, submetia-se o império inteiro.

Ou, pelo menos, quase inteiro.

Algo aconteceu quando a biga luxuosa se aproximava de Gwen. Em meio à multidão que celebrava e aclamava, surgiu um homem magro e desesperado. Ele gritou uma coisa qualquer e acometeu em direção à alameda. Nas mãos, um gládio gasto, possivelmente roubado. Seu objetivo era o pescoço de Aurakas. De queixo esquelético e olhos esbugalhados, o homem aflito desejava matar o Imperator, nem que isso custasse sua própria vida.

Uma investida que não surtiu grande efeito. A postos dos dois lados da alameda, a guarda urbana estava preparada para esse tipo de inconveniente. Contiveram o humano. Desarmaram-no. Levaram-no dali. Sem sombra de dúvidas, o calabouço que o aguardava era pior do que a morte heroica que tinha em mente.

Atento a tudo ao seu redor, Aurakas percebeu a agitação contida. Fustigou o homem com o olhar. Decorou o seu semblante, assim como de tantos que já o haviam desafiado antes. Contudo, sua linguagem corporal não acusou aborrecimento. O Imperator manteve a postura ereta e o olhar inabalável, como se nada tivesse acontecido. Não seria ele próprio a arruinar sua entrada triunfal. Quem não houvesse notado o malogrado agressor jamais perceberia que um ato de revolta havia se desenrolado.

Agitação contida, o desfile seguiu sem maiores problemas. Contudo, em um instante que pareceu durar uma eternidade, o olhar de Aurakas cruzou com o de Gwen.

Julian puxou-a pela cintura, e os dois se esconderam atrás de um minotauro largo, que socava o ar acima da cabeça e manifestava sua lealdade a plenos pulmões. Elfa e meio-elfo permaneceram encolhidos por um longo momento. Apenas saíram do abrigo quando viram as costas do Imperator, cobertas pelo manto púrpura. Aurakas havia terminado de passar.

Atrás da biga principal, vinha ainda a guarda pessoal do Imperator. Um batalhão de guerreiros perfeitos, com escudos quadrados, lanças compridas e chifres brilhantes. E, para encerrar o desfile de forma impressionante, mais uma besta de terras longínquas. Dessa vez, um quadrúpede de tamanho colossal, dono de uma tromba comprida e de duas presas de marfim encurvadas. Os selvagens das Montanhas Uivantes o chamavam de mamute, e a criatura precisava ser acompanhada por quatro magos do gelo.

Quando os passos do colosso se distanciaram e o solo parou de vibrar, a multidão tomou as ruas. Seguiram atrás do cortejo. Tiberus efervescia em festa.

— É nossa chance de ir — disse um Julian estarrecido. — Temos que nos preparar.

Juntos, Julian e Gwen perfuraram a multidão. Atravessaram a alameda e buscaram a segurança de casa.

Retornar para a casa dos Aurelius Lomatubarius não foi uma tarefa difícil. A população de Tiberus se concentrava no percurso demarcado para o desfile, tendo esvaziado o restante da cidade. Julian guiou Gwen pelas ruas desertas até o portão da residência, onde, reconhecido pelos guardas, recebeu passagem pelo portão de serviço.

— O que acontece agora? — perguntou Gwen, enquanto o portão se fechava às suas costas.

O meio-elfo demorou a responder.

— Tanta opulência, tanta riqueza — disse, por fim, a mente ainda no desfile.

— Sim — disse a elfa, o hábito de fornecer explicações superando o abalo. — É para isso que servem. Para impressionar. Efervescer o patriotismo e desencorajar a oposição. Infelizmente, funciona.

— Não importa — disse Julian. — Eles vão para a guerra. Contra o Reinado ou contra os Puristas, para nós tanto faz. O importante é que as legiões estarão em marcha, e a resistência vai ficar aqui. É nossa melhor chance de dar início à revolução.

Gwen concordou. Levou a mão ao peito, instintivamente buscando pela proteção de Tanna-Toh. Porém, o gesto apenas serviu para lembrá-la de que estava sem armadura. Não ostentava a couraça com o símbolo da pena sobre o pergaminho.

Julian continuou:

— Agora, você tem a sua missão e eu tenho a minha. Avise quando recuperar os poderes.

Dizendo isso, partiu. Foi em direção à casa principal, deixando a elfa com seus pensamentos. Gwen abaixou a cabeça. Massageou as têmporas, tentando afastar a dor de cabeça. A deusa a havia abandonado, mas a culpa era toda sua. Ela sabia, havia abandonado Tanna-Toh primeiro.

Gwen juntou as mãos e orou baixinho, mas não recebeu nenhum sinal como resposta. A culpa a corroía. Contudo, a chegada de Aurakas estava próxima e não havia tempo para lamentações. Ainda mais quando Cecília a encontrou sozinha no jardim.

— Não, não, não! Está tudo errado! — disse a humana ao se adiantar até a elfa, carregando o barrigão com dificuldade. — A barra do seu vestido está marrom! E o que aconteceu com o seu cabelo?! Já pra dentro, vamos resolver isso agora mesmo!

E mais uma vez Gwen foi levada para o alojamento, onde tomou banho, passou perfume e se preparou como uma serva obediente.

Um entardecer atarefado, um amanhecer de ebulição. Entre os dois, a noite mais mal dormida de sua vida. Quando Gwen finalmente pregou os olhos, Cecília já estava chegando para acordá-la.

## CAPÍTULO 7

# O COLISEU DE TIBERUS

RARAS ERAM AS OCASIÕES EM QUE AURAKAS CONVOCAVA os patriarcas para visitas individuais. Suas reuniões costumavam contar com pelo menos uma dupla de aristocratas. Com dois ou mais, o Imperator conseguia debater assuntos importantes, ouvir opiniões divergentes e tomar decisões ponderadas. Com um único convidado, nada disso era possível. Tudo o que podia fazer era submetê-lo a suas ordens absolutas. Reuniões privativas eram substituíveis por uma carta redigida por seu escriba pessoal. Ainda assim, Aurakas havia convocado os patriarcas. E eles seriam recebidos um por vez.

Gwen foi tirada da cama em meio ao rebuliço dos preparativos para a visita. Ordens desconexas ecoavam pelos corredores e pelos jardins, nada que fosse compreensível pela mente letárgica de quem acabou de acordar.

— Levem o baú de ouro!

— Onde estão os guardas?

— Tirem esse escudo do caminho!

— As crianças já estão sendo preparadas?

— Abram os portões!

— Por aqui, venha.

A última voz era a mais gentil, e Gwen reconheceu como sendo a de Cecília. Soltou o travesseiro ao qual estava abraçada e seguiu-a pelo corredor, esfregando os olhos. Foi guiada até o quarto onde tantas vezes já lhe haviam vestido e arrumado. Desta vez, porém, o local estava mais tumultuado do que de costume.

Em pé bem no centro do aposento, ocupando grande parte do espaço útil e vendo sua imagem refletida no espelho maior, estava Pérola. Ao redor dela, três aias alisavam a barra de seu vestido, como se ainda houvesse algo fora do lugar. A sereia também se arrumava no quarto amplo. Com sua aparência sempre exuberante e o charme que preenchia o ambiente, quaisquer pares de olhos que ali adentrassem eram prontamente atraídos para ela.

A habitual fenda que revelava as pernas não faltava no traje festivo, e o mesmo valia para as costas nuas. O que mais chamava a atenção, no entanto, era o tecido. Suave e sofisticado, moldava-se perfeitamente às suas formas esculturais. A cor indefinida mudava dependendo da posição em que se olhasse, e uma textura que lembrava escamas de peixe se movia, ondulando junto ao corpo em padrões hipnóticos. A peça parecia imbuída em magia. Tudo em Pérola denotava luxo, desde a tiara de brilhantes no alto de seus cabelos rosáceos, até as unhas finas e claras que davam acabamento aos pés delicados.

Quando Gwen chegou, Pérola já estava pronta. O que ainda a prendia ao local não eram suas aias, e sim um menino humano, que segredava algo em seu ouvido.

— Amnésia alcoólica? — perguntou a sereia, também em voz baixa.

— Foi o que me disseram — respondeu o mensageiro.

Então Pérola viu Gwen pelo espelho e dispensou o menino, que saiu dali sem olhar para ninguém. A sereia permaneceu onde estava, observando enquanto Cecília fazia com que a elfa se sentasse diante de um espelho secundário e as assistentes começarem a trabalhar.

— Algum problema, Pérola? — perguntou Cecília, quando percebeu que a outra não pretendia deixar o aposento tão cedo.

— Tirando o imprevisto que tivemos com os guardas, nenhum.

Cecília não soube o que responder.

— Como assim?

Pérola caminhou pelo aposento, tentando dissimular a antipatia, sem muito sucesso.

— Ontem Petronius enviou dois esquadrões em missões distintas. Um retornou são e salvo, sem qualquer inconveniente. Já o outro... — fez uma pausa dramática, durante a qual todas as moças pareceram prender a respiração. — Os guardas da nossa família, sempre alertas e dignos de confiança, desapareceram na tarde de ontem sem deixar rastros. Só foram encontrados agora de manhã, estirados numa taverna qualquer, nenhuma lembrança do que aconteceu.

Mais uma vez, Cecília ficou sem palavras. Gwen tentou esconder o alívio.

— O que vamos fazer? — perguntou a humana.

— Nós? Nada. Petronius já está cuidando disso — respondeu a sereia. — Mas é estranho. Não concorda... Gwen?

As duas assistentes de Cecília e as três aias de Pérola se sobressaltaram ao mesmo tempo. Todas elas olharam para Gwen, perguntando-se como a elfa se encaixava naquela história. Abaixaram a cabeça em seguida, cientes de que a discussão estava acima de sua alçada. Mesmo entre os escravos, havia uma hierarquia em Tapista.

— Pérola, pare de perturbar a menina — disse Cecília. — Ela vai embora hoje! Não é competição pra você.

— Não existe competição para mim, Cecília. Simplesmente não há uma rival à altura — Pérola descartou a ideia com um aceno. — Antes fosse esse o problema! O que realmente me tira o sono é a segurança dessa família, nossas alianças políticas e nosso futuro. Você, como serva de Gaius, também deveria pensar nisso.

Exasperada, Pérola se dirigiu para a porta, fazendo com que as aias tivessem que correr atrás dela. Antes de partir, deu a palavra final:

— Para quem vai ficar sob a proteção de Aurakas, essa família não tem a menor importância. Cuidado, Cecília. Escolha bem em quem você confia.

Cecília orientou Gwen para que esperasse na sala de jantar. Chegando lá, encontrou os gêmeos Tertius e Astra. Estavam sentados lado a lado, na beirada de um divã, olhando para o pequeno baú de ouro que havia sido colocado sobre uma mesa de canto. Crianças bem arrumadas, apresentando um bom comportamento que era difícil de manter. Inquietos, tamborilavam os dedos no assento e balançavam os pés para frente e para trás. Gwen chegou a tempo de ver quando os gêmeos começaram a balançar os pés cada vez mais perto um do outro, até que passaram a se chutar mutuamente.

Com os chutes, vieram as risadas. Com as risadas, chutes mais fortes.

— Parem já com isso! — disse a elfa, e os dois obedeceram de imediato.

Voltaram a ser duas crianças comportadas, de cabeça baixa, pés imóveis.

— Desculpa — o menino falou baixinho.

Foi o suficiente para a menina bufar e revirar os olhos para o teto.

— Não pede desculpa! — brigou ela com o irmão. — Não vê que ela é uma escrava? E você é filho do papai, você tem que mandar nela!

Tertius ergueu para Gwen um semblante assustadiço. Quando seu olhar cruzou com o da elfa, ele voltou a abaixar a cabeça e encarar o chão.

— Manda você! — disse ele, baixinho.

Astra abriu a boca para protestar, mas desistiu e abaixou a cabeça também. Tertius incluía a irmã na parcela da população responsável por mandar, e Astra não iria discutir. Talvez as crianças ainda não compreendessem o quão díspares seriam seus destinos, mas já começava a se formar entre eles algo que lembrava submissão. Em algum momento da juventude, os dois se separariam. Ele seria treinado para proteger seus escravos. Ela, para obedecer a seu senhor.

Isso é, se a resistência não fizesse nada a respeito.

Gwen respirou fundo e levou a mão ao peito. Mais uma vez, inútil. O símbolo da deusa fazia falta. A proteção do aço também. No lugar da armadura, mais um vestido diáfano, que mal servia de cobertura. Cecília se orgulhara da criação das ajudantes. Haviam usado o tom coral, para exaltar a família Lomatubarius, em uma seda transparente, que delineava o corpo esguio, com o propósito de arrebatar o interesse de Aurakas.

Se pudesse escolher, Gwen se vestiria de outra maneira. Porém, na situação em que se encontrava, não havia espaço para orgulho ou timidez. Apenas para dedicação. Sua missão era clara. Estava preparada para ficar frente a frente com Aurakas, quaisquer que fossem as condições. Decidida a descobrir o segredo que o estadista mantinha e reconquistar o favoritismo de Tanna-Toh.

— Dok não gostar coliseu! Lembrança ruim coliseu!

Os devaneios da elfa foram interrompidos por uma voz conhecida. Ela se virou para a porta a tempo de ver Dok resmungando, enquanto entrava na sala de jantar acompanhado de...

— *Christian!* — as duas crianças gritaram em uníssono e correram até ele.

— Christian, você ainda está aqui! — comemorou Tertius.

— Christian, você vai ao Coliseu com a gente? — perguntou Astra.

— Você já esteve no Coliseu? — perguntou Tertius.

— Você já *lutou* na arena? — Astra pulou de empolgação.

— Conta pra gente como foi!

O guerreiro sorriu para as crianças que o cercavam e avançou pela sala. Sentou-se em um dos divãs, e os gêmeos sentaram um de cada lado. Lançou um olhar aborrecido para o vestido transparente de Gwen, mas disfarçou o desgosto. Conservou o sorriso no rosto e começou a entreter as crianças com suas histórias.

— Certa vez estive em Yuden. Hoje em dia os Puristas tomaram tudo por lá e inventaram essa história de guerra contra o Reinado, então não é o melhor lugar do mundo para se estar. Mas, antes, fazer a Rota das Arenas era o tipo de aventura que divertia qualquer guerreiro que se preze...

Enquanto as crianças estavam distraídas, Gwen foi até Dok, que tinha ficado pelo caminho. Lado a lado com ele, murmurou:

— O que vocês ainda fazem aqui? Já deveriam ter ido embora!

— Dok proteger Gwen! — ele quase se virou e gesticulou para ela, mas conseguiu se controlar a tempo. — Christian proteger também.

— Mas e o Fuligem? Deixaram-no sozinho esse tempo todo?!

— Verônica cuidar de Fuligem.

Gwen arregalou os olhos e sua mente viajou.

— Então tinha esse meio-ogro, e ele carregava uma clava que era quase do meu tamanho! — Christian continuava inflamando a euforia das crianças. — Era grandão e feioso, o campeão da vila. E eu pensei, como pode isso em Yuden? É claro que ninguém tinha me avisado, e já era tarde demais para recuar...

O coração de Gwen se comprimiu. Ela abaixou ainda mais a voz.

— Dok... Verônica foi presa... Há três dias...

Então o goblin não conseguiu mais controlar os impulsos. Saltou de frente para a elfa e cobriu a boca escancarada com as mãos cheias de dedos. Porém, nada disse. Emudeceu perante o olhar reprovador da amiga.

— Espero que vocês não pretendam levar esse... esse... *goblin!* — Pérola cuspiu a palavra como se fosse um insulto, ao surgir na porta da sala de jantar.

— É claro que o Dok vai com a gente! — rebateu Astra. — Ele é amigo do Appius.

Uma atmosfera elétrica preencheu a sala. Ninguém se atreveu a intervir na conversa.

Pérola bufou. Olhou ao redor.

— Por falar em Appius, onde ele está? Até parece que não sabe da importância do dia de hoje! Nosso tempo é contado!

Astra deu de ombros.

— Sei lá.

Pérola deu as costas e saiu procurando o herdeiro da família pela casa. Cruzou com Cecília no corredor, e os demais puderam ouvir o jeito autoritário com que a mandou esperar na sala de jantar.

— Appius não apareceu ainda? Já era para ele estar aqui! — Cecília esquadrinhou o aposento, alarmada.

Não trajava o vestido cinzento dos dias de trabalho. Em vez disso, apresentava-se com requinte, no mesmo tom coral de Gwen, mas sem transparências. O tecido suave se moldava ao barrigão e descia reto até os pés. No cabelo, um coque elegante. No colo, um decote discreto, em formato de coração. Tudo nela demonstrava o decoro e o apreço de uma mãe de herdeiros. Enquanto Pérola transbordava voluptuosidade, Cecília se portava como uma dama, cada qual cumprindo sua função no séquito de Gaius Aurelius Lomatubarius. A preocupação, no entanto, era comum a ambas.

— Quem viu Appius pela última vez? Alguém sabe cadê ele? — insistiu Cecília, mas ninguém tinha uma resposta.

Ela ia sair da sala para procurá-lo, mas trombou com Pérola, que entrava mais uma vez.

— Ele faz isso de propósito, Cecília! Quer envergonhar o pai!

Antes que Cecília pudesse defendê-lo, no entanto, a risada de Appius surgiu no corredor.

— E então ele disse, quem entornar primeiro leva de graça! — a voz era frouxa, como se a língua de Appius não coubesse dentro da boca, e seguiu-se de mais uma risada. — Adivinha quem ganhou!

Pérola e Cecília saíram correndo e voltaram em seguida, conduzindo Julian. Por sua vez, o meio-elfo amparava um Appius oscilante.

— Por Tauron, está embriagado! — Pérola bateu com a mão na própria testa. — Como é possível tanta irresponsabilidade?

— Ele está nervoso! — contestou Cecília. — É um momento muito importante para todos nós!

Pérola então se virou para Gwen:

— Faça alguma coisa! Use agora os seus poderes!

Todos se viraram para Gwen ao mesmo tempo. O horror estampado no rosto de Julian.

Gwen hesitou. Respirou fundo. Raciocinou com agilidade. Começou a distribuir ordens.

— Sente-o aqui — indicou um divã para Julian. — Vá até a cozinha e me traga erva de laranjeira, cristal de beterraba, couve-xaxim e mel — pediu a Cecília. — Consiga uma bacia de água limpa — falou para Pérola. — E você, traga uma esponja — a última foi para Astra.

Sem fazer perguntas, as três dispararam pelo corredor em busca do que Gwen havia pedido. Julian sentou Appius no local indicado e Christian se aproximou, intrigado.

— Pra quê todo esse circo? Faz logo uma das suas mandingas e resolve logo isso.

Gwen e Julian ofereceram a Christian um olhar significativo.

— Não vá me dizer... de novo? — o guerreiro se deu conta da presença de Tertius e se limitou a um resmungo. — Esses seus deuses não são nem um pouco confiáveis.

— Dessa vez é diferente.

— Claro.

— Será que podemos nos concentrar no problema? — Julian interrompeu a discussão. — Estamos a um passo de desonrar essa família.

Os três olharam para Appius.

— Vocês 'tão tudo exagerando! Eu 'tô ótimo! — o minotauro tentou se levantar, mas perdeu o equilíbrio e caiu sentado, de volta ao divã. Gwen se ajoelhou diante dele.

— Escute, Appius. Estou prestes a fazer uma poção que vai trazer de volta suas funções motoras. Você vai andar e falar como se estivesse sóbrio. Mas... olhe pra mim! Mas a sua mente vai continuar ébria. Você precisa entender isso. Precisa ficar calado por toda a visita ao Coliseu. Entendeu bem?

Appius gesticulou, como se costurasse os lábios.

— Entendi, bico fechado!

Cecília voltou esbaforida, trazendo tudo o que Gwen havia pedido, mais um pilão de madeira e um socador de temperos. Gwen esmagou as folhas, derreteu os cristais no mel, misturou tudo. Por fim, arrancou um fio de sua própria cabeça. O cabelo refletiu como ouro, com a magia herdada de seus ancestrais. Ela o arrebentou em pedaços menores e adicionou à mistura. Mexeu em círculos com o socador, e o composto foi se mesclando e mudando de cor, até assumir aparência de elixir dourado e homogêneo.

— Isso não vai ser gostoso. Segurem ele.

Christian segurou Appius de um lado, Julian do outro, e Gwen enfiou-lhe a calda goela abaixo. O minotauro se debateu no início, mas logo tudo estava terminado.

— O que vocês estão fazendo? — Pérola chegou quando Appius engoliu as últimas gotas. Astra veio com ela.

— Essa água é para banhá-lo — disse Gwen.

Cecília não precisou de orientação. Ela mesma pegou a bacia das mãos de Pérola e a esponja de Astra, e pôs-se a lavar o rosto do filho, para que ficasse apresentável.

— Como se sente? — perguntou ela.

Appius acenou com a cabeça para acalmá-la, mas não disse uma palavra.

— Acho que estamos prontos? — Pérola arriscou. Primeira vez, estava tomada de incerteza.

— Sim — respondeu Gwen. — Pode chamar o patriarca.

A sereia olhou para trás antes de sair da sala. Estava tudo uma bagunça, mas ela saiu mesmo assim.

Alguns minutos depois, Pérola retornou trazendo o patriarca. Quando chegou à sala de jantar, todos estavam alinhados e preparados. Dispunham-se em fila, do mais ao menos importante: Appius, Tertius, Astra, Cecília, Gwen e Christian. O único que destoava na ordem perfeita era Julian, posicionado ao lado de Appius para lhe servir no que fosse necessário.

Gaius caminhou diante da fila e examinou-os um por um. Ao passar por Gwen, ficou satisfeito ao ver que, junto aos seios vagamente cobertos, ela trazia o baú preparado especialmente para a ocasião. Completamente folheado a ouro e adornado com pequenas gemas, a peça reluzia nos braços da elfa. Ali dentro havia mais um presente a Aurakas, e Cecília a havia instruído a mantê-lo fechado, para abrir apenas quando o patriarca mandasse.

Gaius seguiu até Christian e retornou. Ofereceu o braço a Pérola e declarou aos demais:

— Vamos agora.

Todos o seguiram na mais perfeita ordem. Saíram para os corredores que cercavam o espelho d'água e a estátua de Tauron. Passaram pelo vestíbulo, sob a bênção de Gratissa, cruzaram o jardim frontal e os portões. Diante da residência, Petronius aguardava com a guarda da família e uma carruagem de madeira negra como a pelagem dos Aurelius Lomatubarius, puxada por dois cavalos brancos e adornada com cortinas corais e o escudo da família forjado em prata.

Gaius, Appius, Julian e Christian se adiantaram e caminharam à frente da comitiva. Homens de verdade são levados pelas próprias pernas.

Pérola, Cecília, Gwen e Astra entraram na carruagem. Tertius foi com elas. Apenas passaria a andar com os homens no dia em que se tornasse um.

Com todos preparados e acomodados, Petronius autorizou o cortejo. Dois patrulheiros foram adiante, como batedores. Os homens da família em seguida, ladeados de guardas. O cocheiro estalou as rédeas e colocou a carruagem em movimento, sendo seguido pela escolta da retaguarda.

— Aquele goblin que estava com Appius... não o vi mais — comentou Pérola. — Melhor assim.

Sentadas entre sedas e almofadas, mulheres e crianças sentiram um leve tranco e viram a residência dos Aurelius Lomatubarius ficando para trás.

Gwen sabia que nunca mais retornaria àquele lugar.

# CAPÍTULO 8

# AURAKAS

AS RUAS DE TIBERUS ESTAVAM ALVOROÇADAS E EM FESTA. Aurakas estava na cidade e não tinha chegado sozinho. Na noite anterior, legiões advindas das províncias haviam levantado acampamento nas imediações da capital. Uma zona inteira dos campos alvoreceu coberta por barracas, guaritas e quartéis. Uma verdadeira cidade de guerra, dotada de estrutura impecável e alinhada no esquadro perfeito, que surgiu da noite para o dia. Tal apuro e eficiência eram reconhecidos no mundo inteiro. Diante da aproximação do exército táurico, aliados vibravam e inimigos tremiam.

O Império de Tauron ia à guerra. Mais do que isso, ia ao ataque. Os legionários marchariam sobre uma terra distante, com a perspectiva de retornarem para casa trazendo glórias ao império e às suas famílias. Glórias que perdurariam por gerações sem fim. Em vista disso, a capital efervescia com o entusiasmo de um povo envaidecido. Quando o assunto era guerra, os minotauros desconheciam a derrota.

Muros haviam sido pintados em incentivo às legiões. Carroças carregadas chegavam do interior para reporem os estoques de vinho. Artesãos entalhavam espadas em madeira, que logo seriam compradas pelos nobres menores e dadas a seus filhos pequenos, na esperança de que um dia fossem à guerra também.

A comitiva dos Aurelius Lomatubarius ziguezagueou pelo emaranhado de ruas, atravessou viadutos sobre feiras ao ar livre, passou por baixo de um aqueduto e ziguezagueou mais um pouco. Gwen tentava decorar o caminho, mas era por demais confuso. Além dos próprios minotauros, apenas os escravos que já viviam há muitos anos naquela metrópole conseguiam compreender a lógica por trás da arquitetura labiríntica. Um labirinto físico, um labirinto astral. Não era à toa que nem mesmo a Tormenta obtinha êxito em se esgueirar para dentro dos domínios táuricos.

— Você vai se acostumar, querida — Cecília a confortou, como se lesse sua mente. — Só de estar aqui conosco já deve estar aprendendo aos pouquinhos.

Quanto mais se aproximavam do Coliseu, mais estreitas e lotadas ficavam as vias. Gwen contemplava a massa de plebeus e escravos que disputava o espaço restrito, e tinha a impressão de que eles olhavam de volta para a carruagem luxuosa. À frente da comitiva, os subordinados de Petronius esbravejavam para a turba e obrigavam os transeuntes a abrirem caminho.

Prédios de vários andares, tendas estendidas para fora, caixotes empilhados junto às paredes, mercadorias, barris. Todo tipo de tralha se acumulava nas ruas sinuosas de Tiberus e limitava a visão do que viria adiante. Ruas abarrotadas de coisas e de gente. Artífices, mercadores, cortesãs. Crianças que cumpriam pequenas demandas em troca de moedas de cobre. Euforia e movimento.

Flâmulas comemorativas se estendiam de um prédio a outro, com as cores e os símbolos do império. Ora ou outra, o vento agitava o tecido, permitindo que os raios de sol alcançassem os olhos de esmeralda da elfa, virados para o céu.

E, quando parecia não haver como diminuir a passagem ainda mais, a rua se abriu para os dois lados, unindo-se em circunferência a todas as ruas que terminavam ali. Ao mesmo tempo, o sol foi eclipsado. A carruagem parou à sombra de uma das maiores construções do mundo, o Coliseu de Tiberus.

Uma vez estacionados, um dos guardas abriu a porta da carruagem e ajudou as mulheres a descerem. Uma por uma, elas seguraram os vestidos com uma das mãos e aceitaram o apoio do minotauro com a outra. Exceto Gwen, que precisou desembarcar equilibrando o baú dourado e cordialmente recusou qualquer ajuda.

A parede encurvada e gigantesca do coliseu formava uma construção circular, sustentada por um sem-número de arcos e colunas. De fora, era impossível ver o que havia no interior, o que obrigava os visitantes a entrarem. Porém, podia-se escutar os urros de exaltação do público nas arquibancadas. Orgulho e tradição congregavam-se naquelas paredes de pedra, que representavam morte para uns, entretenimento para outros.

Gaius Aurelius ofereceu o braço a Pérola mais uma vez e, juntos, lideraram a comitiva. Passaram por baixo de um enorme arco e ingressaram em um dos corredores de entrada do coliseu. Os demais os seguiram em duplas: Appius e Julian, Tertius e Astra, Cecília e Gwen, Christian e Petronius.

O caminho dentro do coliseu era tão confuso quanto o restante da cidade. Quase todos os corredores tinham formato de arco, o que limitava a visão, e de vez em quando viravam para direções inesperadas. Seus muitos frequentadores sempre sabiam aonde iam e como chegar, quais escadas laterais subir, quais evitar, onde encontrar os atalhos estreitos, quando o melhor trajeto era pelos largos corredores principais. Se estivesse sozinha, Gwen se perderia em meio a tanta gente e tantos corredores. Era cômodo contar com Gaius e o restante da família para guiá-la.

No início, cruzaram túneis escuros, abarrotados de plebeus. Com o estender da caminhada, no entanto, os espaços se tornaram livres, ocupados apenas por aristocratas e seus escravos mais dignos e confiáveis. Por fim, o patriarca guiou sua comitiva por um corredor amplo, cujo piso era recoberto de mármore branco. Uma sequência de pequenas janelas permitia que o sol entrasse, despejando seu brilho na tapeçaria que adornava a parede oposta. Guardas mantinham posição dos dois lados, lança em riste, gládio na cintura e o Touro em Chamas no peito.

Interromperam-se diante de uma porta dupla guardada por Eleutério, o caçador imperial. O humano postava-se bem ao centro, braços cruzados, bíceps saltados. A lança lefeu descansava apoiada na parede, mas a cabeça de dragão vermelho mantinha-se sempre apoiada em seu ombro esquerdo, os olhos amarelos vidrados no infinito.

— Aurelius — o caçador cumprimentou.

— Eleutério — respondeu o patriarca.

— Temo que precisará esperar. Sua Primazia Imperial ainda conversa com o convidado anterior.

As cinco duplas que formavam a comitiva de Gaius se remexeram, desconfortáveis.

— Já é nosso horário — disse Pérola ao caçador. — Isso é um insulto!

Eleutério deu de ombros.

— Minha senhora, poderá reclamar com o próprio Imperator, se quiser. Mas só quando ele estiver pronto para recebê-los.

Antes mesmo de a família buscar um lugar para se sentar, a porta se abriu. A espera fora curta, mas o suficiente para ferir a dignidade dos Lomatubarius. E isso piorou quando viram quem saiu do gabinete.

— Vejam, o convidado já está saindo — o caçador comemorou.

Como homem de armas do próprio Imperator, os interesses de Eleutério eram o rastreio, a perseguição e o abate. Seu conhecimento diplomático se restringia à realeza próxima. Os melindres da nobreza eram de relevância inferior e pouco lhe diziam respeito, o que fazia com que cometesse deslizes. A comemoração era genuína e teria sido bem recebida, não fosse a situação inadequada. Quando Eleutério abriu passagem, quem surgiu pela porta dupla de Aurakas foi Cassius Titanus.

O senador vinha acompanhado de uma menina humana. Como qualquer escrava de honra, estava bem-vestida e enfeitada. Porém, suas joias e sedas não disfarçavam o roxo ao redor de um dos olhos. Não cobriam o corte com sangue coagulado no lábio.

O minotauro branco encarou o patriarca de pelagem preta e sorriu.

— É um prazer vê-lo aqui hoje, Gaius. Convidado ao camarote do Imperator depois de mim.

Gaius Aurelius ergueu o queixo e sorriu de volta.

— Imagino que Aurakas quisesse companhia adequada às lutas preliminares, o que explicaria sua presença até o momento. Mas as preliminares terminaram. Se me permite, Sua Primazia Imperial me espera para o evento principal.

— Deveras, e não serei eu a atrasá-lo — Cassius concordou. — Abra caminho para que eu passe.

Imóveis, os dois aristocratas se encararam por um instante que se arrastou.

A família Lomatubarius ocupava todo o espaço entre as duas fileiras de lanceiros táuricos a guardarem o corredor. Seria impossível para Cassius ir embora se não abrissem passagem. Apenas em vista disso, Gaius concedeu autorização ao resto da família, e todos deram um passo para o lado ou para trás.

Quando Cassius Titanus saiu para o corredor, descobriram que a jovem concubina não era sua única companhia. Atrás do senador empertigado, de toga imaculada e honra sensível, surgiu uma figura corpulenta, de ombros largos e peito estufado. Sem casta, sem família, sem um nome a zelar, o homem não tinha uma história anterior a si. Ainda assim, fazia-se notável. Havia crescido na vida usando a ferramenta mais antiga da civilização: os próprios punhos.

Tão volumoso que ocupou a porta dupla inteira ao passar, o homem tinha uma cabeçorra quadrada e músculos inchados, marcados por veias saltadas. Nada vestia além de uma tanga, luvas de couro e um cinturão de cobre. Também não possuía cabelo, sobrancelhas ou qualquer pelo corporal. Em vez disso, o corpo era revestido de crostas e espinhos vermelhos. Nos braços, nas costas e na cabeça.

— Maquius! — admirou-se o patriarca. Então olhou de Cassius para o lutador e retomou seu tom de desprezo. — Virou guarda-costas de luxo?

— De um espancador de criança, ainda por cima — completou Appius, para surpresa dos demais. Ele então abaixou a cabeça e massageou as têmporas. Julian tentou impedi-lo de prosseguir, mas o jovem minotauro ainda balbuciou algumas palavras, gradualmente perdendo força na voz: — Que vergonha...

Gwen imediatamente reconheceu a presença do lutador. Inquietante, repulsiva... rubra. Maquius era um lefou. E não era qualquer um. Seu nome era conhecido em todo o Império, no Reinado e mais além. Maquius Capito Victorius, campeão de Tiberus, o homem que vencia todos os adversários sem o auxílio do metal. Suas únicas armas eram seus punhos rígidos e seu corpo esculpido à exaustão.

Apesar do aspecto ameaçador, ele sorriu, relaxado.

— E o que você sabe de apanhar, moleque? — O lutador olhou para a menina e deu uma risada forçada. — Hana tem comida no prato todo dia e um teto em cima da cabeça toda noite. Muito mais do que eu tinha na sua idade. Só quem cresce na rua sabe o que é apanhar de verdade. Esse machucado dela não é nada.

Encolhida, a menina se apressou em concordar com a cabeça, como se sua vida dependesse disso.

Sem se conter, Appius voltou ao ataque.

— Ela é só uma criança!

Cassius se voltou ao herdeiro do rival. Respondeu trazendo Hana para junto de si. — Eu é que não consigo compreender como vocês repetem as mesmas garotas por tanto tempo. Meu paladar é facilmente enfastiado. Prefiro o que é novo e doce, nunca antes saboreado.

Appius se remexeu e tentou segurar a língua, mas um comentário lhe escapou.

— Pedófilo nojento...

Gaius lançou-lhe um olhar severo e ele se encolheu e se calou pelo resto da conversa. Quem quebrou o silêncio foi o lutador.

— Nada disso importa. Dizem por aí que um novo empresário traz novas oportunidades. E esse aqui — bateu nas costas do Senador Cassius Titanus com a falta de modos digna das ruas — é muito ligeiro. Sabe se virar. Mal começamos e ele já me arranjou uma bela luta!

Todos se viraram novamente para Cassius. Ao lado do lutador corpulento, o aristocrata parecia estreito, de vestes retilíneas. De postura ereta e digna, declarou alto e claramente, como se estivesse em plena assembleia do Senado.

— Caro Gaius, certamente não poderei ficar para assistir ao evento principal junto a Aurakas, muito menos para debater assuntos domésticos com você. Isso porque o Imperator aceitou meu desafio e eu irei participar do evento com meu próprio campeão. Maquius entra hoje na arena para enfrentar Aenor, campeão de Aurakas, e para tanto preciso tomar as últimas providências.

— Irá honrar o Imperator com um duelo? Quanta grandeza — Gaius forçou um sorriso.

— Se ter seu campeão vencido e humilhado diante do coliseu cheio é uma honra, então sim, irei honrá-lo. Agora, se me dão licença... — Cassius virou o rosto e seguiu pelo corredor, acompanhado de sua jovem propriedade. Cruzou com todo o séquito de Gaius e distanciou--se sem olhar para trás.

Maquius o seguiu mais lentamente. Com as mãos apoiadas no cinturão, avançou um passo de cada vez. Encarou todos os presentes, demorando-se um pouco em cada um. Quando chegou em Gwen, reparou em seu vestido semitransparente. Com os olhos cravados em seus seios, o lefou deslizou dois dedos pelo ombro da elfa e fez uma proposta.

— Quando minha luta terminar, poderíamos comemorar juntos. Faço um churrasco na laje que é uma beleza!

O que aconteceu em seguida foi rápido demais para que qualquer um interviesse. Os dedos de Maquius se aproximavam do cotovelo de Gwen, quando ela agarrou seu pulso. Antes que ele se desse conta do que estava acontecendo, Gwen girou em torno de si mesma segurando o lefou, contorceu-o e desequilibrou-o, fazendo com que caísse sob o próprio peso.

Maquius só foi entender quando já estava caído de costas no chão, encarando o teto decorado do corredor. O vestido terminou de esvoaçar ao redor da elfa, e ela encarou o lutador com desprezo, ainda segurando o baú de ouro que seria entregue a Aurakas. Em resposta, Maquius apenas riu estatelado no chão. Uma risada gostosa, com as mãos na barriga.

— Você sabe lutar! — disse, apontando para ela. Então girou o corpo no chão, parando sobre um pé e um joelho. — Poderia ter o sabor da arena a uma hora dessas, em vez de ser só uma rameira.

Do meio do corredor, Cassius Titanus assistiu à cena petrificado. Parecia calcular a desonra que seu nome acabava de receber. Christian e Eleutério permaneceram calados, nada tendo a interpor na discussão entre as famílias nobres. Os guardas mantiveram seus postos, conseguindo manter-se como estátuas apenas graças ao treinamento de elite. Os demais, estarrecidos, prendiam a respiração.

Quem arremeteu sobre o lefou foi Gaius Aurelius. Em duas passadas largas, o patriarca dos Lomatubarius já estava sobre Maquius. Enfurecido, agarrou o lutador. Na falta de roupas, agarrou-o pelo braço, colocou-o de pé e chutou-o para longe. Maquius aceitou ser enxotado, ainda rindo. Era o único que ria.

— Se não é forte o suficiente para controlar seu empregado — rugiu Gaius para Cassius — deveria deixá-lo para alguém mais capaz.

— Tanto faz — disse Cassius. — Em breve estaremos em guerra, e nada disso importará.

Dizendo isso, deixou o local.

— O convite ainda está de pé! — Maquius gritou para Gwen, enquanto corria para alcançar o senador.

Gaius Aurelius ainda deu mais um passo adiante, como que para espantá-lo, mas não era necessário. Logo o lefou havia partido.

— Isso é um ultraje! — estrondeou Pérola. — Como vocês permitem esse nível de desrespeito para com os convidados de Sua Primazia Imperial?

Eleutério deu de ombros. Não era um homem de palavras. Ao seu lado, uma aia aguardava de olhos arregalados, tampando a boca com as mãos.

— Aurakas está pronto para recebê-los — disse o caçador imperial. — Vão entrar, ou continuarão testando a paciência dele?

Gaius bufou uma última vez e voltou ao lado de Pérola.

— Leve-nos até ele — ordenou à aia.

A escrava do Imperator era humana e tudo nela era perfeito. Ao contrário da menina de Cassius, sua pele não exibia um arranhão sequer. O cabelo volumoso, comprido até a cintura, brilhava em seus cachos bem-cuidados. Trajava não mais do que véus, formando um vestido revelador, que deixava pele à mostra e ressaltava as curvas acentuadas de seu corpo jovem. Aurakas era conhecido por tratar bem suas escravas, mas era também criterioso. A seu serviço, apenas as mais formosas.

Ela fez uma mesura ao patriarca e pediu que a seguissem.

A família Aurelius Lomatubarius foi guiada por um corredor amplo, com uma sequência de portas à esquerda, por onde entrava luz. As portas davam para camarotes luxuosos, com grandes janelas. Lá fora, a arena estendia seu círculo de areia e sangue, cercada por longínquas arquibancadas de plateia em polvorosa.

— Os demais podem aguardar aqui — disse a aia a todos os que vinham atrás de Appius no séquito dos Lomatubarius. Ela indicou um dos camarotes, onde almofadas confortáveis e comida em abundância aguardavam os convidados.

Gaius seguiu adiante no corredor, com Pérola, Appius e Julian. Por sua vez, Tertius e Astra esqueceram toda a boa educação e correram para dentro do camarote. Pularam nas almofadas e conferiram que iguarias lhes esperavam nas vasilhas. Foram seguidas por Cecília, envergonhada pelo mau comportamento das crianças. Christian estava pronto a segui-los, e Petronius também, fazendo a guarda. Porém, o avanço dos dois foi inibido por uma elfa parada no meio do corredor.

Gwen viu o patriarca seguir adiante, enquanto ela era deixada para trás. Hesitou por um momento, e então se decidiu. Desconsiderando a orientação da aia, apertou o passo e alcançou a comitiva que prosseguia. Os outros poderiam se acomodar nas almofadas, mas ela não. Sua missão não podia esperar.

Detiveram-se diante de mais uma porta dupla. A família aguardou do lado de fora enquanto a aia abriu uma fresta e se esgueirou para dentro.

— Aretha, minha querida — palavras ternas em uma voz de trovão ressoaram do outro lado da porta entreaberta. — Os convidados chegaram?

— Sim, mestre — respondeu a aia. — Sua Excelência aguarda permissão para entrar.

— Concedida.

Aretha retornou e escancarou a porta para dar passagem aos Aurelius Lomatubarius.

— Espere aqui — Julian sussurrou para Gwen.

Gaius Aurelius esperou até que a porta fosse aberta completamente. Com o peito estufado de orgulho e distinção, a toga ornamentada nas cores da família e a sereia estonteante empoleirada em seu braço, o patriarca dos Lomatubarius adentrou o camarote imperial. Foi seguido por Appius, seu filho mais velho e herdeiro, além do meio-elfo que lhe servia como conselheiro.

Atrás dos quatro, veio Gwen. Ignorando o que lhe foi ordenado, aprumou o corpo esguio, esticou o longo pescoço e valeu-se de sua linhagem élfica para irradiar delicadeza e fascínio nas dependências do

Imperator. Trazia o baú de ouro virado de frente para seu futuro mestre, tendo o cuidado para que não lhe ocultasse as curvas.

O aposento era magnificente, feito à imagem e semelhança do que se acreditava ser o camarote do próprio Tauron em seu reino divino. Amplo. Ornamentado. Repleto de belas mulheres sorridentes e seminuas, reclinadas sobre almofadas de cetim.

Do teto, pendiam tapeçarias intrincadas, tecidas com fios de ouro e prata. Recobriam as paredes e o piso, exibindo imagens sacras, cenas de bravura e de glória da história do Deus da Força. Quando Tauron combateu Kallyadranoch, Deus dos Dragões, na Revolta dos Três. Quando agrilhoou Glórienn, Deusa dos Elfos, e tomou-a como escrava. Quando depôs Khalmyr, Deus da Justiça, e assumiu a liderança suprema do Panteão. A história de Tauron era de ascensão. Não havia um único deus disposto a desafiar sua autoridade. Estava no ápice do poder.

E quem representava o poder de Tauron no mundo dos mortais era Aurakas. Em teoria, um mero senador de Tapista, honrado com o cargo de Primeiro Cidadão. Na prática, o monarca absolutista que reinava sobre um senado de fantoches. Soberano entre os minotauros e regente de metade do mundo civilizado, Aurakas era um touro vermelho. A pelagem encarnada remetia a Tellos, seu antepassado mais notável, o primeiro Princeps de Tapista. As lendas sustentavam que Tellos, por sua vez, descendia do próprio Goratikis, o herói libertador do povo táurico.

Mas Aurakas não dependia das glórias de seus antepassados, pois dispunha de suas próprias. Desde que assumira o poder, obteve vitória atrás de vitória. Primeiro, estreitou laços diplomáticos com o Reinado. Tornou-se parte dele. Depois, explicitou, para que todos pudessem ver, a fragilidade da coalizão. Por fim, colocou em prática o maior plano de dominação da história de Arton. Antes mesmo que os inimigos se dessem conta, Tapista já controlava cinco reinos pertencentes ao Reinado.

Após a ofensiva trovejante, os inimigos não viram alternativa a não ser aceitar um acordo de paz que legitimava o Império de Tauron. Agora eles brigavam entre si, Reinado contra Puristas, no que ficou conhecida como Guerra Artoniana. Aurakas executara com perfeição a parte mais difícil do plano para esmigalhar a ameaça humana que surgia do outro lado do Rio dos Deuses. Faltava apenas o toque final: escolher um lado para proteger e escravizar; escolher o outro para a total aniquilação.

Aurakas, o diplomata. Aurakas, o conquistador. Aurakas, o maior estadista da história de Arton.

— Seja bem-vindo, Senador Gaius Aurelius Lomatubarius — saudou o governante com sua voz estrondosa, do alto de seu trono de ouro e rubis. — Que Tauron lhe conceda a verdadeira força.

— E que minha força integre os pilares do Império.

Aurakas tinha uma de suas concubinas sentada de lado no braço estofado de seu trono, reclinada para perto dele. Enlaçava-a pela cintura, a mão apoiada em seu quadril. Com um toque usando a ponta dos dedos, deu-lhe o comando para se levantar. Ela atendeu de imediato e caminhou para junto das demais. O Imperator se levantou em seguida. Primeiro, permitiu-se assistir ao balanço da beldade que se afastava. Depois, desceu três degraus até seu convidado.

— Gaius! É bom revê-lo nesse momento festivo — em um ato induzido por Aurakas, imperador e senador se cumprimentaram com um aperto de mãos e um tapa nas costas. Inserir traços de informalidade em uma reunião de extrema importância era uma estratégia funcional. Fazia com que os dois homens iniciassem a conversa como se já tivessem concordado em algo.

— É uma honra — respondeu Gaius, mantendo o protocolo. — Trago à vossa presença Appius, meu filho mais velho, e Pérola, a joia de minha casa.

— Estendo as boas-vindas a todos. Aretha, traga mais vinho — Aurakas deu a ordem à aia e caminhou pelo aposento, trazendo Gaius pelo ombro. O restante da família os seguiu.

Uma sacada de fora a fora dava vista panorâmica para a arena do coliseu. Lá embaixo, uma disputa de pugilismo se desenrolava. Humano contra minotauro. A cada golpe que acertava o alvo, um urro da multidão.

Aurakas não deu atenção à disputa. Guiou a família por uma passagem em arco decorada de afrescos, que dava acesso a um escritório. A sala era tomada por uma mesa comprida, de madeira maciça, cercada por cadeiras de espaldar alto. Prateleiras cheias de livros, cartas e pergaminhos forravam as paredes, exceto a que era oposta à entrada, destinada a ostentar o estandarte do Império de Tauron e nada mais. Nenhuma concubina desvirtuava o ambiente de trabalho com sua aparência distrativa. A única pessoa que ocupava o escritório quando ali chegaram era um elfo de olhar cansado pelos séculos, mas não menos orgulhoso.

— Gélido — Gaius cumprimentou-o.

O arquimago respondeu com um aceno de cabeça enviesado, sem qualquer dano à sua expressão facial eternamente neutra. Fechou um livro que estivera consultando e devolveu-o à prateleira. Seguiu com o olhar quando Aurakas deu a volta na mesa e foi ao encontro dele. Por fim, puxou a cadeira, e o governante se sentou com o brasão do Império às costas.

Aurakas indicou a cadeira à sua frente, e Gaius se acomodou nela. Os demais permaneceram em pé no canto da sala, pois nenhum deles era digno o suficiente para partilhar a mesa com o Imperator.

— Parece uma eternidade desde a última vez em que conversamos. Estive ocupado vistoriando nossos exércitos nas províncias — o governante deu início ao assunto. — As legiões estão prontas. Cada general apresentou com orgulho suas centúrias a serviço do Império.

Aretha retornou, trazendo uma ânfora do mais raro vinho. Serviu os dois chefes em cálices de ouro. Ignorou os demais e retirou-se.

— Se bem me lembro, incumbi-o de uma tarefa em nossa última reunião — prosseguiu o estadista. Então ergueu o próprio cálice e concluiu com um brinde: — Que a força de Tauron triunfe sobre os fracos, os covardes e os indignos.

Gaius Aurelius acompanhou o brinde e provou do vinho.

— Minhas tropas estão prontas e à disposição — o senador disse exatamente o que Aurakas desejava ouvir. — Legionários fortes e valentes, liderados por centuriões experientes na arte da guerra. Os arqueiros e os cavaleiros são escravos da melhor qualidade, treinados e subservientes. A tradição da guerra está entranhada em minhas terras, infundida no sangue de minha família. As legiões de Lomatubar foram leais e eficientes durante as Guerras Táuricas, e Vossa Primazia Imperial contará com nossa força uma vez mais.

Gaius fez uma pausa para que as palavras doces se assentassem, e então completou, com tom de perspicácia:

— Desde que os interesses do Imperator reflitam os interesses do Império como um todo.

Aurakas sorriu. Teria se decepcionado com uma resposta puramente aduladora. Depositou o cálice na mesa e entrelaçou os dedos diante do queixo. Com o brilho ardiloso no olhar de quem chega onde quer, ofereceu a Gaius seu discurso preparado de antemão:

— As Guerras Táuricas foram um momento de glória. Porém, naquela ocasião lutamos em casa. Lomatubar já era nossa, tudo o que fizemos foi reivindicá-la. Desta vez, as conjunturas são diferentes. A Guerra Artoniana requer que demos o golpe derradeiro, que levemos a todos os povos o nosso ideal de força. É o interesse máximo de nossa raça. Para isso, teremos que marchar até onde a batalha se desenrola, e eu sei que a Família Lomatubarius não deseja a desonra da ausência. Essa não é apenas uma demanda de seu soberano. É o convite para uma celebração. Viveremos o momento cabal de glória, a verdadeira comprovação de lealdade para com Tauron e para com o Império. Pois lutaremos em território inimigo.

Gaius imitou o Imperator, depositando seu próprio cálice sobre a mesa. Porém, com mais força do que pretendia.

— Quem é o inimigo? — demandou saber, sem mais rodeios.

Appius, Julian e Pérola foram arrebatados pela conversa. As palavras do patriarca e do Imperator detinham toda a atenção dos três. Gwen, por sua vez, esquadrinhava o ambiente inteiro com seu olhar perscrutador. Uma das prateleiras continha um amontoado de cartas, cada qual selada com o brasão de uma família nobre de Tapista. Patrícios se apressavam em jurar lealdade. Cediam homens e armas em troca do reconhecimento que só se pode conquistar comandando uma legião em campo de batalha. Leitura potencialmente estimulante, mas inútil para o que Gwen buscava descobrir. Eram cartas dos nobres para Aurakas, e o que ela precisava era de cartas de Aurakas para os nobres.

Outra prateleira já teria cedido sob o peso de inúmeros livros, não fosse ela tão robusta. As lombadas esculpidas artesanalmente ostentavam brasões dourados e o nome de grandes filósofos e estrategistas de eras idas.

Compêndios de guerra, ensaios sobre administração pública, tratados de retórica e persuasão. Cada tomo, um tesouro para o déspota totalitário. Aurakas possuía uma coleção invejável, e aquela nem era sua biblioteca principal. Gwen já havia lido várias daquelas obras e gostaria de ler as demais, mas nenhuma delas era relevante em sua busca atual.

Perguntava-se se algo naquele escritório lhe seria útil, quando Gaius Aurelius fez a pergunta crucial. Appius, Julian e Pérola cravaram os olhos em Aurakas, ávidos pela resposta. Gwen não. O monarca vinha guardando a informação crucial há meses, e tinha bons motivos para isso. Seus vassalos estavam divididos. Cada família buscava defender seus próprios interesses comerciais, e Aurakas optara por primeiro submetê-los a uma renovação dos votos de lealdade, para só depois revelar suas intenções. Não. Ele não entregaria a informação tão facilmente, e foi por isso que Gwen não olhou para ele.

Gélido, por outro lado, hesitou. Por um momento quase imperceptível, seus olhos brancos de mago do gelo foram atraídos para uma prateleira em especial. Logo em seguida, voltaram-se novamente para a conversa, mas já era tarde demais. Gwen havia detectado o ponto de interesse do elfo milenar em algum lugar à sua direita. Não sabia o que havia ali, não ousou verificar de imediato. A paciência era uma de suas virtudes. Dissimulou a descoberta, para ter a chance de investigar mais a fundo em outra oportunidade.

Lá fora, a plateia comemorava a derrota do humano diante do lutador minotauro. O vencedor havia usado os chifres, em um golpe ilegal pelas regras do pugilismo, mas o árbitro e o narrador relevaram o fato. A multidão aplaudia o minotauro em seu triunfo, enquanto o humano era retirado da arena, ensanguentado.

— Temos vários inimigos — continuou Aurakas. — A começar pela fraqueza, pela indolência e pela mediocridade do mundo.

Gaius apenas fez silêncio, esperando por uma resposta mais satisfatória. O Imperator estufou o peito, aguçou o olhar e continuou seu discurso inflamado:

— Tendo isso em vista, reuni-me ao sumo-sacerdote e meus sábios conselheiros para a concepção de não um, mas dois planos de guerra. Duas estratégias distintas, que levam ao mesmo objetivo final: o triunfo e a glória do Império de Tauron. Em um dos planejamentos, esmagamos o Triângulo Autocrático com nossas legiões e nos tornamos, de uma vez por todas, os salvadores do Reinado. Todo humano nos deverá obediência e gratidão. Seremos os donos do mundo, senhores de todas as nações. No outro planejamento, mostramos a Yuden como se finda uma guerra. Terminamos as conquistas que iniciamos anos atrás e reivindicamos os prisioneiros de guerra como escravos do Império. Os Puristas nada querem de seus inimigos a não ser sepultá-los, e nós nos aproveitaremos deste equívoco. De uma forma ou de outra, conquistamos a supremacia. Em nome de Tauron, dominar pela força é nosso dever sagrado. E você, Aurelius, estará ao meu lado na vitória?

Gaius protelou a resposta, dando um gole em sua bebida.

— Imagino que a decisão de qual partido defenderemos caberá ao Senado — disse ele.

— E não faz sentido chutar kobold morto, né? — Appius se intrometeu, para pânico de Pérola. O alcoolismo desinibia o jovem minotauro, soltava sua língua. — O Reinado é o lado mais fraco! Se Tauron é tão forte, são os Puristas que devemos enfrentar!

Um silêncio embaraçoso se estendeu, até que Julian resolveu arrastar Appius para fora da sala, dizendo:

— Peço licença, Vossa Primazia Imperial, mas o jovem senhor não se sente muito bem.

Com a anuência dos dois aristocratas, o meio-elfo levou-o dali. Apenas Pérola e Gwen permaneceram às costas de Gaius, com Gélido a encará-las com desprezo.

— Antes de você, Gaius, recebi Cassius Titanus neste mesmo gabinete. Interessante como ele me deu excelentes argumentos para tomar o partido oposto. A verdade é que ambos os lados são vulneráveis, e a árdua tarefa de escolher qual deles atacaremos é um fardo que carregarei sozinho. Na verdade, a decisão já está tomada. Um dos planos eu rejeitei, enquanto o outro está em andamento neste exato instante. Basta saber quais lealdades permanecem intactas — prosseguiu o Imperator. — Este veredicto compreende muito mais do que princípios. Envolve economia. Defender o Reinado é cômodo, fácil de explicar aos demais senadores.

Yuden nos abre todo um novo mercado, com novas oportunidades de negócios.

Gaius afundou em sua cadeira almofadada. O Princeps falava com franqueza pela primeira vez, mas o rumo da conversa não lhe favorecia. Foi o que fez apelar, também, para a verdade.

— Cassius Titanus não quer o bem do Império. Pelo contrário, deseja a decadência de nosso Estado, para que possa dar um golpe e, com apoio tanto do Senado quanto da ralé, tornar-se ele mesmo Imperator.

Os dois minotauros se encararam, e o ambiente pareceu saturar-se de tensão. Nenhum deles desviou o olhar, e o silêncio só foi quebrado quando Gwen se intrometeu:

— Vossa Primazia Imperial, se permitis a esta reles serva acrescentar uma exposição neste debate de colossos — Gwen intercedeu — é justamente por envolver economia que o Império deve oferecer seu decisivo auxílio ao Reinado. Caso contrário, perderá um inestimável parceiro comercial.

Gaius se virou na cadeira e fustigou Gwen com seu olhar enfurecido.

— Esta é Gwen, Clériga de Tanna-Toh — disse ele ao monarca. — Costuma ser uma escrava disciplinada, que sabe a hora de se calar. Peço desculpas pelo comportamento de minha família no dia de hoje, estão todos eufóricos pela honra deste convite.

Aurakas parecia tê-la notado pela primeira vez.

— Clériga de Tanna-Toh? O parecer de uma devota do conhecimento é bem-vindo perante o conselho de guerra de Tauron. Permita que fale — disse ele, interessado. — Aproxime-se, querida, e explique--me. Por que eu deveria temer a perda do Reinado? Nossa parceria comercial nem é tão vantajosa assim.

Gwen deu um passo para perto da mesa, onde o Imperator pudesse vê-la melhor.

— Não me refiro ao Reinado propriamente dito, meu senhor. Mas convido a uma reflexão. Em meu trajeto até Tiberus, tive a chance de cruzar vários campos de batalha. E o que vi no lado Purista me alertou. Batalhões que recobriam planícies a perder de vista, com todos os soldados trajando armaduras de placas. Magos de batalha cobertos de joias enfeitiçadas. Cavalos, vagões de guerra, armas de qualidade excepcional.

E o mais assustador: suas máquinas de guerra colossais, expelindo flechas e fumaça, devastando tudo por onde passam. O que todas essas coisas têm em comum?

A pergunta foi retórica, e agradou ao Imperator, que apenas aguardou enquanto a própria elfa prosseguia com sua explicação.

— Homens, armas, suprimentos, nada disso vem de graça. Todas essas coisas têm um preço elevado, principalmente em tempos de guerra. Mas Yuden não é um reino conhecido por sua produção agrícola abundante. Não possui jazidas de pedras preciosas. Poucas rotas comerciais cruzam seu território. Eu vos pergunto: de onde vem o dinheiro que sustenta o maior exército do mundo?

A última afirmação desagradou os minotauros. Para eles, o maior exército do mundo era o de Tapista. Porém, queriam saber até onde a elfa iria, por isso não a interromperam.

— Lhes respondo com outra pergunta: vocês acham mesmo que os Puristas matam seus prisioneiros? Que se desfazem de mão de obra capaz em troca do simples deleite de assistir à morte daqueles que desprezam? Eu não estaria tão certa. Meus senhores, o limite da crueldade é a ganância.

Gwen deu alguns passos em volta da mesa, como se formulasse a melhor forma de dar a notícia aos minotauros. De maneira teatral, mantinha a atenção dos aristocratas sobre si.

— Estive meditando sobre este assunto por meses, sem encontrar uma resposta. Contudo, a questão se elucidou quando fui a leilão, aqui em Tiberus. Na ocasião, havia uma tenda luxuosa no Fórum, onde se abrigava um casal de fintrolls. Os trolls nobres representam uma ampla parcela dos frequentadores do mercado escravista de Tiberus. Eles são extravagantes, investem grandes somas de dinheiro na aquisição de servos das mais altas estirpes. Ainda assim, havia apenas um casal. Ninguém mais. Pergunto-me para onde foram os outros. Duvido muito que tenham cansado de seu passatempo favorito — Gwen fez uma pausa dramática. — Vossa Primazia Imperial, se me permitis conjecturar, os fintrolls estão comprando em outro mercado.

A notícia caiu como uma avalanche. O próprio Gélido, normalmente tão inexpressivo, franziu o cenho. Os minotauros custaram a assimilar.

— Estão comprando de Yuden! — Aurakas bateu com o punho na mesa. — Não há outra explicação.

— O Reinado não é importante — reforçou Gwen. — Tapista perderá seu maior parceiro comercial, o império das profundezas.

Aurakas bufou, revoltado. Olhou com ferocidade para Gélido, fazendo com que o elfo milenar desse um passo para trás. Virou-se novamente para a clériga.

— Como se chama, astuta pensadora?

— Gwen, meu senhor. Uma serva leal, a serviço do Império.

A esta altura, Gaius Aurelius estava inflado de orgulho.

— Todo bom visitante traz consigo uma oferenda à altura do anfitrião — disse o patriarca. — E Gwen é o presente dos Aurelius Lomatubarius para o maior governante da história de Tapista. Uma filósofa abençoada pela Deusa do Conhecimento, pronta a valer-se de suas habilidades para o engrandecimento do Império. Recebei-a, Vossa Primazia Imperial, assim como o artefato que ela carrega.

Gwen captou a deixa, colocou o baú de ouro sobre a mesa e abriu-o. Deitado na almofada interna, revelou-se um artigo tão raro quanto assustador. Uma adaga rígida e afiada, porém que não havia sido forjada por ferreiro algum. Era impossível descobrir como se dera sua fabricação. Não era de metal, nem de madeira, nem de qualquer substância da natureza. Pelo contrário, aquilo era qualquer coisa, menos natural. O que viam era uma arma de cabo e lâmina rubros, com a empunhadura feita de pústulas craquelentas. Emitia uma aura de náusea e ameaça que causou um abalo em todos os presentes.

Principalmente em Gwen, porque aquela era a arma de Ichabod.

— Uma nova peça para a coleção imperial — completou Gaius.

Aurakas esticou o pescoço e admirou os detalhes incoerentes da arma. Em qualquer ponto onde se fixasse a atenção, as deformidades do cabo se mostravam rijas e firmes. Porém, algo se movia na visão periférica. Ali, os caroços purulentos pulsavam. Ora ou outra, um deles parecia prestes a se abrir, revelando um olho amarelo e gelatinoso. Mas tudo desaparecia quando a vista lhes focava.

Involuntariamente, Gwen olhou de relance para Pérola. A sereia a encarava, triunfante. Gwen se perguntou como a arma havia ido parar ali. Ichabod precisava dela para realizar suas magias mais poderosas, de maneira alguma a teria entregue de bom grado. Onde ele estaria agora? Os piores cenários possíveis passaram pela cabeça da elfa.

O Imperator alcançou a tampa do baú e fechou-o. Fez um sinal para Gélido, e o elfo retirou o objeto da mesa.

— Recebo os presentes de bom grado e declaro esta reunião por encerrada — decretou, levantando-se. Gaius fez o mesmo. — Acompanhe-me, Gaius Aurelius. Assistiremos juntos ao evento principal de hoje, você com sua pérola e eu com a minha.

Aurakas enlaçou Gwen pela cintura e conduziu-a. Gaius, Pérola e Gélido seguiram-nos. Todos saíram do escritório, deixando para trás os planos de batalha, a arma de Ichabod e um mistério.

## CAPÍTULO 9

# DUELO DE ABERRAÇÕES

VINHO, MULHERES E BRUTALIDADE. MUNIDO DE TODOS os excessos que compõem um belo festejo, o coliseu de Tiberus vibrava. Um pouco em comemoração ao desfecho do último duelo, mais ainda em antecipação pelo evento principal. Alvoroçava-se tomado de vícios. O maior deles, a sede por mais violência. Maquius contra Aenor havia sido anunciado como confronto máximo e, embora um preâmbulo ainda antecedesse o embate, gargantas aficionadas já berravam os nomes dos campeões.

Gwen foi guiada por Aurakas até a sacada. Um parapeito de pedra separava a área privativa do Imperator dos camarotes de honra à direita e à esquerda. Vários outros camarotes se seguiam, dando a volta completa no coliseu. Acima destes, as arquibancadas. E uma multidão que ovacionou a chegada de seu soberano.

— Aurakas! — gritou um minotauro bêbado demais para conter a emoção.

— Aurakas! — gritou uma mulher nos braços de seu modesto senhor.

— *Aurakas! Aurakas!* — várias vozes se somaram, enquanto o Imperator mostrava a palma da mão erguida, em cumprimento aos súditos fiéis.

— Acene, querida — disse ele a Gwen, sem se desviar do público.

Cem mil pares de olhos cravavam-se não apenas no líder supremo dos minotauros, mas também em sua acompanhante élfica. Esperavam dela um pouco de atenção, um aceno, um sorriso. Suplicavam por qualquer civilidade na qual pudessem se espelhar, algum exemplo a seguir. Gwen estava no centro do mundo táurico. Em posição de primeira-dama, recebia mais destaque do que em qualquer outro momento de sua vida. Homens desejavam-na. Mulheres invejavam-na. Até os pontinhos do outro lado do coliseu, um reino inteiro esperava dela uma atitude.

Porém, o único par de olhos que realmente pesava estava bem próximo. Do camarote ao lado, Christian a observava de braços cruzados, as sobrancelhas carregadas projetando sombras no semblante carrancudo.

— Acene — Aretha postou-se ao lado de Gwen e fez eco à ordem do Imperator.

Ao mesmo tempo, um cidadão de Tiberus esbofeteou sua escrava na arquibancada logo acima de onde estavam. Outros riram.

Nas arquibancadas, senhores com seus escravos. Na arena, sangue fresco derramado. Nos corredores do coliseu, um exército pronto para levar o estilo de vida táurico para o resto do mundo. E havia uma única forma de impedir.

Gwen ergueu a mão. Acenou para a plateia. Deu o sorriso mais amplo e doce que foi capaz de dissimular. E a multidão respondeu aos berros, ensandecida de prazer e ufania.

Satisfeito, Aurakas se sentou na cadeira alta preparada para ele. Gwen imitou-o, sentando-se ao seu lado, e o mesmo fizeram Gaius e Pérola. Em seguida, todo o coliseu imitou o ato. Uma onda de pessoas se sentando nas arquibancadas, demonstrando seu respeito ao soberano.

Foi quando Gwen percebeu um rosto familiar. Em meio aos espectadores, reconheceu a face negra e experiente, o chapéu de pontas brancas e chamativas, a vestimenta distintiva da Ordem das Parteiras. Quando seus olhares se cruzaram, Liwaza sorriu, em aprovação.

Um instante de descuido e Gwen não viu para onde ela foi. Liwaza desapareceu em meio à aglomeração que se acotovelava para sentar. Porém, a elfa sabia. A líder da Ordem das Parteiras continuava em algum lugar por ali, e dificilmente seria a única mestra de facção a manter os olhos em Aurakas. A Resistência estava presente.

— Senhores e senhoras — ocupando a tribuna próxima ao camarote imperial, o arauto falou em alto e bom tom, e sua voz se propagou pela arena circular. Era um dos poucos ainda em pé, além de Aretha, Gélido e os legionários que faziam a guarda. — Em poucos instantes, esta arena irá presenciar um acontecimento há muito aguardado! — a plateia voltou a se erguer e urrou perante a teatralidade do apresentador. — Maquius, o pugilista que com as mãos nuas derrotou os maiores gladiadores que esta terra já viu! O campeão invicto! O Cabeça-Diamante! Hoje, perante seus olhos, perante o julgamento do Princeps Imperator Aurakas e perante o próprio Tauron, enfrentará ninguém menos do que ele... Aenor, o herói de guerra que desafiou e venceu líderes insurgentes em duelos até a morte! O aguerrido que se fez gladiador! O destroçador de rebeliões! O herói do Império! Este é um momento histórico. Em breve, vocês testemunharão o maior confronto que este mundo já viu!

A multidão brindou com canecos que respingavam bebida e se remexeu descontraída, sabendo que ainda tinham tempo para reabastecer o vinho, buscar petiscos e apalpar as escravas. Quando o narrador dizia que a luta seria em breve, significava que havia um evento antes do principal.

— Mas antes... — para surpresa de ninguém, ele prosseguiu com a voz mais grave. — Antes, meus amigos, teremos o espetáculo que todos pedimos. Que todos esperamos ansiosamente. A atração de maior sucesso do Coliseu de Tiberus! Segurem as crianças, preparem os corações. Vem aí... Duelo de Aberrações!

E a plateia voltou a se erguer e urrar com força total, tendo se esquecido de Maquius e Aenor por um momento. O Duelo de Aberrações era uma das exibições mais famosas do Coliseu de Tiberus. Sua popularidade era tamanha que fãs do mundo inteiro viajavam até a capital táurica apenas para assistir ao show. Porém, era preciso um pouco de sorte. Nem sempre o coliseu dispunha de aberrações suficientes para realizar o espetáculo. Quando acontecia, histórias aterradoras rapidamente se espalhavam pelo reino e além, aumentando ainda mais seu prestígio. Porém, podiam se passar semanas até reunirem novo material para a apresentação. Isso porque o Duelo de Aberrações sempre ia até a morte.

O som de correntes se enrolando fez com que todos olhassem para dois portões gradeados, um de cada lado da arena. Em cima de cada portão, uma fila de escravos humanos caminhava em torno de um eixo de ferro, girando-o. O movimento enrolava a corrente que, por sua vez, elevava as grades. A luz solar invadia o interior escuro, assim como os olhares ávidos da plateia. Sobre as arquibancadas, pairava a curiosidade. Qualquer tipo de criatura poderia sair dali.

— Olhos de basilisco, cabelos de serpente, o corpo de uma bela mulher — instigou o apresentador. — Cuidado, meus amigos, não se deixem seduzir. A luxúria pode ser mortal! Apresento-lhes a dama mais temida. Perigo e sensualidade reunidos naquela que pode transformá-los em pedra com um simples olhar. Com vocês... Verônica, a Medusa Ardilosa!

Dizendo isso, indicou o portão levadiço à sua direita. Ali surgiu um cavalo marrom e cansado, que entrou na arena sob a chibata de um humano, puxando um tablado sobre quatro rodas. No centro do tablado vinha a prisioneira amarrada num mastro. Verônica.

Os pulsos da medusa estavam presos para trás, acorrentados ao mastro por uma corrente de adamante, o metal inquebrável. A túnica branca havia sido puxada de improviso, fazendo com que o tecido ficasse caído para fora do corpete, revelando os ombros desnudos. Verônica piscava repetidas vezes, ofuscada pelo sol de Tiberus e ainda atordoada pelos feitiços lançados sobre ela para prendê-la.

A plateia rugiu.

— Dois tibares de prata que o sangue dela é azul! — gritou alguém da arquibancada.

— Dez que as serpentes continuam se mexendo com ela morta! — gritou outro alguém.

— Deixa o que sobrar dela pra mim! — um terceiro concluiu, fazendo gestos obscenos.

Mas o arauto não tinha terminado. Havia mais a apresentar.

— Para enfrentar a dama do prazer e do medo, temos um adversário à altura! — continuou ele. — Já sentem a ojeriza no ar, meus amigos? Sentem o cheiro de repugnância e asco? Sentem o estômago embrulhar? Não se enganem, não é porque beberam demais. É porque ele está aqui! Sua presença é repulsiva. Sua alma é pura perversidade. Seu corpo é tomado pelas marcas da Tempestade Rubra. Verdadeira aberração da natureza, ele representa a truculência e a monstruosidade dos nossos piores pesadelos. Apresento-lhes Ichabod, o Demônio da Tormenta!

Quando a visão de Verônica finalmente entrou em foco e assimilou onde estava, ela voltou a ser surpreendida ao se deparar com a imagem amordaçada de Ichabod. Traziam o lefou para dentro da arena através do portão oposto, em cima de uma segunda carroça. Experientes na arte do espetáculo, os organizadores não perderam a chance de expor a parte do corpo mais interessante do lefou. Assim, seus braços não estavam amarrados para trás, como os de Verônica, mas estendidos para cima. Uma corrente de ferro os mantinha ligados ao topo do mastro, exibindo aos espectadores a carapaça grosseira, com seus incontáveis gânglios anômalos.

Ichabod despertou, igualmente atordoado. Seus olhos vermelhos percorreram a multidão ensandecida.

— Imundície! — berraram.

— Aberração! — apesar das palavras rudes, o tom era de diversão.

Gwen assistiu a tudo atônita. A cada instante, o olhar de Christian pesava mais sobre ela, como que exigindo uma reação. No entanto, ele não se mantinha mais de braços cruzados. Estava inquieto. Tamborilava o parapeito com uma das mãos, apertava o cabo da espada com a outra. Assistia a tudo com olhar analítico, maquinando dezenas de estratégias, olhando para a elfa de tempos em tempos, esperando por um sinal que não sabia se viria.

Estavam muito próximos da arena, apenas quatro metros acima. Para apaziguar o pavor de altura dos minotauros, a queda não era um muro em linha reta, mas uma rampa em camadas, coberta por estacas para evitar a fuga dos combatentes. Pular do camarote para a arena era possível, mas escalar de volta exigiria tanto suor quanto sangue.

— Assista com atenção e aprenda, minha bela mantenedora do conhecimento — Aurakas sussurrou no ouvido de Gwen. — O entretenimento é uma ferramenta útil para se conquistar a simpatia da plebe. E nada entretém mais do que sangue. É barato, também. Um ou dois criminosos a menos sendo alimentados pelos cofres públicos, e temos toda a opinião pública ao nosso lado.

Gwen se apressou em acenar que entendia. Aurakas percebeu a aflição em seu gesto acelerado.

— Gosta desse tipo de diversão? — perguntou ele.

Gwen acenou positivamente com a cabeça mais uma vez, oferecendo a Aurakas a resposta que ele queria.

— Boa menina — o estadista achou graça. — É mais fácil se acostumar se você escolher um lado para torcer.

Verônica e Ichabod foram posicionados um de frente para o outro. No centro, os minotauros dispuseram uma tábula grosseira coberta de armas e equipamento de batalha. Ia desde gládios, lanças e escudos, armamento típico da região, até armas exóticas, pertencentes a povos de outras partes do mundo, como espadas curvas dos povos do deserto, foices druidicas e marretas anãs. Por último, deitaram sobre a mesa o chakram de Verônica. Se a medusa morresse ali, sua arma integraria para sempre o arsenal do coliseu, sendo deixada como opção para os próximos condenados da arena.

Gwen percebeu que mais uma vez apertava o peito, clamando pelo poder de sua deusa e desejando estar vestida com a armadura que ostentava o símbolo de Tanna-Toh. Obrigou-se a manter a calma, a abaixar a mão. Estava muito perto de Aurakas, muito perto da Resistência, não poderia colocar tudo a perder. Precisava confiar em Verônica e Ichabod. Precisava dar a eles a chance de escaparem por conta própria.

As arquibancadas latejavam de antecipação. Ouro e prata se misturavam a torcida e chacota. Na arena, os minotauros saíram levando os cavalos, deixando para trás apenas Verônica e Ichabod. Fecharam um dos portões de ferro. Mantiveram o outro aberto. Enquanto isso, o arauto desenrolou um pergaminho com o selo oficial do Império e retomou a apresentação:

— Estas duas aberrações não sabem seu lugar na nossa sociedade. Não protegem, nem se colocam sob proteção. Não são fortes, nem fracos. Não são nada. Nada além de criminosos. — Então leu do pergaminho: — Sob a lei de Tauron e o veredicto do Império, a medusa Verônica foi julgada e considerada culpada pelo crime de desordem pública no Fórum da capital. Sob a lei de Tauron e o veredicto do Império, o lefou Ichabod foi julgado e considerado culpado pelo crime de invasão de propriedade privada e vandalismo. Os dois foram sentenciados à morte na arena, sob critérios a serem definidos pelos organizadores do espetáculo.

O arauto soltou uma das pontas do pergaminho, que prontamente voltou a se enrolar. Ele então se virou para Aurakas, em busca de homologação. O Imperator acenou positivamente, e a plateia vibrou. O arauto concluiu:

— Libertem a primeira besta! E que comece o Duelo de Aberrações!

Todos olharam para o portão ainda aberto. Chicoteado pelo escravo responsável, um cavalo robusto enterrou o pé na terra dura e fez força para mover uma terceira carroça. Sobre ela, uma caixa de madeira escura, reforçada por várias camadas de ferro entrelaçado. As rodas deixaram marcas pesadas por onde passaram. O cavalo foi até metade do caminho e parou.

As arquibancadas se calaram. Olhares compridos tentavam desvendar o que havia dentro da caixa. O escravo trabalhava nas cordas, soltando o cavalo para poder levá-lo dali, quando de repente a caixa de moveu. Um solavanco fez com que homem e animal se sobressaltassem. O humano trabalhou com mais rapidez e mais afinco, mas um segundo solavanco fez com que saltasse para trás. O que quer que estivesse lá dentro, havia se enfurecido com o cativeiro. Investia contra as paredes internas.

Um tranco atrás do outro fez com que o homem se afastasse. Às suas costas, os demais escravos começaram a fechar o portão, apressados. Ouvindo o ranger das correntes, ele se virou e correu, abandonando o cavalo. Precisou se abaixar para passar pelo portão a tempo e alcançou a segurança atrás das grades de ferro.

No momento exato em que o portão se fechou, a criatura oculta deu um encontrão violento no interior da caixa, que a derrubou de cima da carroça. Desabou na areia com estrondo, e o baque fez com que as dobradiças cedessem. A tampa tombou para o chão, levantando poeira e cascalho, revelando o que havia lá dentro.

Dentes afiados. Uma armadura recobrindo o focinho. A criatura farejou o ar e pôs a cabeça para fora. Aos poucos a nuvem de poeira foi levada pelo vento e seu corpo ficou visível. Parecia um peixe enorme com quatro patas curtas e grossas. Quando enfim pôde vê-la, a multidão riu e zombou da besta de membros atarracados. Não sabiam o que era ou de onde vinha.

Verônica e Ichabod, no entanto, não riram. Nem Gwen. Enquanto o resto do coliseu celebrava e se divertia, a elfa sentia o coração palpitar. As garras maciças da criatura não haviam lhe passado despercebidas. Eram adequadas para a escavação. Sua mandíbula proeminente, com múltiplas camadas de dentes afunilados, havia sido aperfeiçoada pela natureza para melhor destroçar a carne das presas. Os olhos de predador, virados para frente, focalizavam um ponto de interesse por vez. Aquilo era um bulette, o tubarão terrestre que aterrorizava as caravanas do Deserto da Perdição. E estava faminto.

Os espectadores sorriam e brincavam, e mal perceberam os relinchos desesperados do cavalo preso à carroça. Também não viram quando o monstro se moveu. Em um momento, espreitava para fora da caixa. No momento seguinte, já havia dado o bote para cima do animal apavorado. Apenas uma abocanhada já foi suficiente. Sangue jorrou para longe e foi absorvido pela superfície da arena. O cavalo sucumbiu ante o próprio peso. A única parte de seu corpo que não tocava o solo era o pescoço, preso entre os dentes do bulette.

O que aconteceu em seguida revirou alguns estômagos. O tubarão do deserto pôs-se a engolir o cavalo morto. O pescoço do equino se quebrou na entrada da garganta do predador. Desceu torto, dobrado. O bulette era pouco maior do que o cavalo, mesmo assim, engoliu-o inteiro. A cabeça. O tronco. As patas. Nada restou, além do rastro de sangue misturado ao cascalho.

A plateia urrou de empolgação.

Mais uma vez, o focinho da fera farejou o ar, e ela se virou para Verônica e Ichabod. Soltou um chiado indistinto, que lembrava uma mistura de júbilo e ansiedade. O monstro insaciável havia localizado a próxima presa.

Ela então moveu os dedos grossos, terminados em garras que pareciam pás afiadas. Tateou o solo, em busca de areia leve, que pudesse revolver. Encontrou a mistura de cascalho com grânulos grosseiros que formava o saibro perto das paredes. Bufou, irritada. Cavou mesmo assim. Com as garras de foice, abriu passagem pela terra dura. Sumiu para o subsolo.

Se estivesse sob as dunas, o bulette teria desaparecido por completo. Histórias horríveis percorriam o deserto, a respeito de monstros que irrompiam no ar, de encontro às caravanas, vindos de lugar nenhum. Uma espécie furtiva, que nadava na areia sem levantar qualquer suspeita. Em seu habitat natural, eram praticamente invisíveis.

No saibro da arena, no entanto, um rastro de terra remexida se formava ao longo do trajeto da criatura. Nada que atrapalhasse o espetáculo. Pelo contrário, desvelava a caçada para a plateia e a tornava ainda mais emocionante.

No início, não havia como saber quem seria o primeiro alvo. Com velocidade impressionante, a criatura singrou a arena em direção aos prisioneiros. Aos poucos, ajustou o curso em direção a Ichabod. O lefou olhou ao redor e avaliou a conjuntura da batalha. Em condições normais, tiraria os dois dali com facilidade. Porém, para isso, precisaria proferir palavras mágicas e executar gestos arcanos, o que era impossível enquanto tivesse os braços acorrentados e a boca amordaçada. Para piorar, não tinha consigo a adaga que o permitia conceber suas magias mais poderosas.

Vendo o ferro comum que prendia Ichabod, Verônica lutou contra as próprias correntes. Porém, seus pulsos sentiram a solidez do adamante. Arrebentar era impossível. Haviam sido mais cuidadosos com ela. Por outro lado, não a haviam amordaçado.

— Malditos minotauros! — grunhiu ela, ao se dar conta do trabalho bem feito. Amordaçar o mago e usar força total nas correntes da guerreira. Eles tinham noção de com quem estavam lidando.

Então ela começou a gritar.

— Monstro! Monstro! Monstro! Aqui, venha aqui! Toupeira nojenta, venha para mim!

Bulettes não eram criaturas inteligentes e jamais compreenderiam as palavras no idioma comum. Porém, os berros irritantes de Verônica, somados à trepidação da carroça sendo chutada por suas botas, surtiu o efeito desejado. O monstro parou por um instante. Mudou de rumo em seguida. Precipitou-se em direção a ela.

— Isso, monstrinho. Vem cá...

A plateia vibrou quando o rastro de terra remexida avançou na direção da medusa, mais rápido e mais rápido, até estar bem próximo à carroça. No último instante, o bulette emergiu do subsolo em um salto fenomenal. Atirou-se contra o sol, estendendo sua sombra aterradora em cima de Verônica, para em seguida mergulhar sobre ela.

Em um movimento tão bem calculado quanto o do bulette, Verônica abraçou o mastro às suas costas e chutou no momento exato, acertando o monstro na lateral do crânio.

O tubarão da areia caiu em cima da mesa forrada de armas. A mesa quebrou. As armas se espalharam. Quando a criatura voltou a ficar de pé, uma linha de sangue escorria pela testa. O frenesi brilhava nos olhos encolerizados.

O bulette bufou. Encarou Verônica. Do fundo de seu intelecto animalesco, compreendeu que aquilo era um duelo, que a presa se atrevia a desafiar o predador. Não havia apenas uma refeição em jogo, mas a ordem natural da vida.

Então, como monstro que era, voltou a afundar na areia. Seu trajeto descreveu um círculo ao redor de Verônica. E um círculo menor. E outro. Acima do nível da areia, apenas a barbatana no topo da cabeça. Espreitava. Estudava a presa. Esperava o momento certo. E, no momento certo, saltou.

Desta vez, um salto mais curto e rasteiro, sem abrir as defesas. Elevado apenas o suficiente para alcançar as pernas dela em cima da carroça. Verônica não teria como repetir o chute. Assim, não o repetiu. Em vez disso, agarrou-se ao mastro na altura das costas. No último instante, ergueu as pernas o máximo que pôde. E a criatura errou o alvo. Mordeu o mastro.

O que a plateia viu em seguida foi a completa destruição da carroça. Primeiro, a base do mastro foi esmigalhada pelas várias fileiras de dentes da criatura. Em consequência disso, a viga tombou para o lado, levando Verônica junto. A madeira caiu de lado no chão da própria carroça e virou ao contrário, derrubando primeiro a ponta de cima no solo revirado. Ainda presa de costas para a madeira, Verônica deslizou a corrente de adamante por ela, descendo de cabeça para baixo até o solo. Enquanto isso, a criatura alucinada descontava sua ira em tudo que seus dentes pudessem alcançar.

Verônica escapou pelo que costumava ser o topo do mastro destruído. A corrente de adamante era comprida o suficiente para que a medusa saltasse sobre ela, e assim o fez. Assim, em vez de ter a corrente às suas costas, Verônica a tinha virada para frente. Longe de ser o ideal, mas pelo menos dessa maneira poderia empunhar uma arma. Ela correu até os destroços da mesa e agarrou o chakram.

Primeiro a multidão se calou, depois voltou a comemorar. Um Duelo de Aberrações era mais emocionante quando as aberrações ao menos tentavam revidar. Em vez de arremessar a lâmina circular no monstro, Verônica lançou-o na direção de Ichabod. Isso fez com que a plateia vibrasse ainda mais alto, sedenta por sangue. Porém, em vez de acertá-lo no pescoço e colocar fim à vida do lefou, acertou as correntes de ferro e libertou-o. O som estridente de metal esfacelando metal se propagou pelas arquibancadas, e o ricochete do chakram o devolveu à mão da medusa. Desta vez, a plateia se calou. Murchou aos poucos, estranhando o espetáculo imprevisível.

Ichabod se livrou da mordaça e entoou um canto mágico. Com os braços livres, desenhou gestos amplos, aprendidos através de anos de estudos arcanos. Preparou uma magia para encerrar o combate de uma vez por todas. Porém, quando os raios entrópicos deveriam fluir de seus dedos, nada aconteceu. A plateia, a medusa e até o monstro esperaram por um ataque que nunca veio.

— Que se dane. Vai no aço, mesmo! — Verônica deu de ombros e cuspiu na direção do monstro. A plateia começou a vaiar.

O arauto se sobressaltou ao ver a medusa arrastando as correntes, de peito aberto em direção ao tubarão. Com semblante aflito, ele procurou fazer contato visual com alguém nos bastidores. Moveu os lábios como se articulasse palavras, mas sem emitir som. Fez sinal com as mãos para que se apressassem. Limpou a garganta.

— Que duelo espetacular, senhores e senhoras! — a voz soou débil no início, e logo tomou corpo. — Mas temos uma surpresa ainda mais fenomenal! — Ele olhou para os lados, sabendo que a surpresa ainda não estava pronta para vir a público. Gaguejou algo que ninguém entendeu, respirou fundo e improvisou: — Vinte deuses regem o nosso mundo. Deuses poderosos, que concedem não mais do que uma gota de seu imenso poder aos mortais que se mostram verdadeiramente dignos. O mais possante de todos, vocês sabem: Tauron, Deus da Força. Criador da raça que virá a dominar o mundo inteiro. Líder absoluto do Panteão.

Enquanto o arauto entretinha a plateia, Verônica desviou de mais uma investida do bulette e acertou-o com o giro do chakram. Ichabod contornou a falta de poder mágico usando um feitiço mais simples. Da ponta de seus dedos, disparou um raio de ácido. Contudo, a criatura mal sentiu e voltou a se enterrar.

— Somos privilegiados, meus amigos! — o arauto prosseguiu. — Somos a raça mais prodigiosa de Arton. Formamos a sociedade mais bem organizada. Temos ao nosso redor um labirinto protetor. Sabem por que isso é tão importante? Porque há algo que até mesmo os deuses temem. Sim, meus amigos, os deuses temem a Tormenta. A Tempestade Rubra que um dia há de engolir o mundo de Arton. O mundo inteiro, exceto o Império de Tauron, é claro. Pois aqui, mesmo os demônios se dobram ante o nosso divertimento. Aqui... — ele fez sinal a alguém num ponto distante — Aqui a Tormenta entra no Duelo de Aberrações!

A voz do arauto ainda se propagava pelo coliseu quando o maquinário oculto sob a arena rangeu. Diante dos olhos de cem mil espectadores, uma fenda reta se abriu e devorou uma porção quadrada da areia, revelando o alçapão de proporções colossais que se escondia logo abaixo. Aberto, o tampo formou uma inclinação que ia do subterrâneo escuro até a arena ensolarada. Ichabod e Verônica estavam na área que desabou, e tiveram que lutar contra a avalanche de terra e detritos para não serem sepultados. Pularam para fora do alçapão bem a tempo e, tossindo poeira, buscaram enxergar o que se debatia no subterrâneo. E o que viram na escuridão total foi perturbador.

— Vocês já devem ter ouvido sobre Galrasia, o lugar mais perigoso do mundo! — continuou o arauto. — Uma ilha selvagem, lar de gigantes reptilianos. Dentre eles, um se sobressai como o mais apavorante... Mas isso é só o começo! Porque, diferente de Tapista, meus amigos, Galrasia se dobra ante a Tormenta. E tudo o que é mais surpreendente neste mundo, nós trazemos para vosso divertimento. Respeitável público, apresento-lhes a combinação mais mortal que seus olhos já testemunharam. O pior que o mundo natural e o mundo não natural têm a oferecer. Com vocês, o Tiranossauro Aberrante!

Como se alguém a tivesse empurrado, a fera jurássica disparou rampa acima. Garras maciças trespassaram a madeira de lei, deixando um rastro de talhos profundos no aclive. Ao pisar na superfície, uma das gigantescas patas traseiras esmagou o bulette em seu esconderijo subterrâneo. O tiranossauro urrou, como a besta selvagem que era, espalhando saliva e hálito pútrido. Verônica e Ichabod correram. A plateia foi ao delírio.

— Controle-se, escrava — disse Aurakas, impaciente, a uma Gwen debruçada no parapeito do camarote. Apertava a amurada com as duas mãos, os nós dos dedos já brancos com o esforço.

— Perdão, meu amo — disse ela, recostando-se na cadeira, sem descolar os olhos da fera.

Dinossauros eram criaturas da aurora dos tempos, extintas em quase todo o mundo de Arton. Sua presença na ilha de Galrasia dava-se por puro milagre de Lena, Deusa da Vida. Eram criaturas selvagens e violentas, mas, ainda assim, criaturas abençoadas. Ou, pelo menos, assim eram os dinossauros puros, não contaminados.

Não era o caso daquele ali.

O tiranossauro aberrante se equilibrava nas patas traseiras, sendo as dianteiras curtas e atrofiadas. Tinha a altura de uma torre de castelo, o corpo reptiliano coberto de escamas e uma cabeçorra repleta de dentes maiores que espadas. Mas isso era tudo o que tinha em comum com um ser puro de sua raça. Todo o resto era errado e disforme.

A começar pelos dentes, que a fera tão prontamente exibiu à multidão. Compridos e pontiagudos, nem todos se voltavam para o centro da boca, como era de se esperar. Espetavam para qualquer lado, tortos e desencontrados, alguns perfurando a mucosa. O que os forçava em direções erradas era a crosta dura que crescia sobre a gengiva, acumulando-se mais em alguns lugares do que em outros. Nos pontos mais compactos, onde o tumor já não cabia dentro da boca, a crosta insetoide se projetava para fora, como um vulcão expelindo sangue e espuma. O líquido vermelho escorria pelos lábios, cavando sulcos de corrosão na pele reptiliana. Pingava pela arena, corroendo o solo também.

Como se tentasse se livrar da crosta e do fluído, a besta balançou a cabeça de um lado para o outro. Como resultado, aspergiu longe o sangue espumoso. Parte voou nas arquibancadas, mas esbarrou em magias de proteção conjuradas previamente. Parte voou em Verônica e Ichabod. Nada os protegeu. O líquido corrosivo derreteu parte de suas roupas e tostou a pele desprotegida. A dor fez Verônica urrar e esfolar com as unhas o local atingido. Ichabod recebeu o espirro no braço aberrante. Não sentiu dor, mas agarrou o próprio ombro ao ver que as pústulas de seu braço pulsavam. A carapaça crescia por seu pescoço.

Gwen agarrou o parapeito mais uma vez. Havia visto uma criatura de Galrasia corrompida pela Tormenta no Fórum de Tiberus. Verônica lutara contra ela. Porém, o monstro do leilão não passava de um velociraptor. Apesar de ágil, um dinossauro pequeno. Desacompanhado, era possível de combater. Já o tiranossauro era diferente. Um predador de hábitos solitários, criado para caçar sozinho, e para caçar qualquer um. Vítima da corrupção da Tormenta, causava dano mesmo sem intenção.

O tiranossauro deu mais um passo, deixando na areia uma pegada gigantesca, onde se via o cadáver do bulette. Ao avançar, a cauda comprida que arrastava atrás de si veio à tona, revelando a ponta retorcida e coberta de espinhos de vários tamanhos. Ele escutou os gritos de Verônica. Farejou o cheiro de pele queimada. Virou a cabeça na direção dela. No entanto, antes de acometer na direção da medusa, a besta corrompida reservou um momento para mirá-la.

Difícil.

A fisionomia do tiranossauro estava deformada por brotos cancerígenos que cresciam ao redor dos olhos e embaçavam a visão. Tentou focar a medusa. Impossível. Tentou alcançar as pústulas com as patas atrofiadas. Impossível. Arfou, a cabeça pulsando como o braço de Ichabod. Desistiu. Com o cérebro já deteriorado pela corrupção que a consumia, disparou descontrolada, sem mirar para onde ia. Restou a Verônica sair correndo, enquanto a besta primitiva passou por ela e deu com a testa na amurada do coliseu. A parede de pedra trepidou naquele lado.

O monstro se debateu e emitiu um berro de aflição. A cabeça voltou a palpitar. Alguma coisa rígida se moveu sob o couro escamoso da testa reptiliana, criando ondulações que lembravam o deslocamento do bulette por baixo da terra. O dinossauro se contorceu, em profunda agonia. Chiou. Espumou ainda mais pela boca. Dobrou o corpo para frente, estendendo a pele das costas sobre os ossos protuberantes. Dobrou o corpo para trás, enrugando a carne excessiva. E, com o último movimento, expeliu o que lhe incomodava.

Diante da perplexidade do público, a fera se transformou. Com um rugido ensurdecedor, os olhos envoltos em pústulas arrebentaram para fora, empurrados pelos tumores que vinham de dentro. Das cavidades oculares, emergiram apêndices longos e delgados, compridos como tentáculos e cobertos por uma linha de patas insetoides. Três de cada lado da cabeça. Espreguiçaram-se como lacraias acordando para a caçada. Revolveram-se, sinuosos como minhocas. Na ponta de cada um, um olho girou e contemplou a multidão. O tiranossauro se acalmou, tendo posto para fora o que incomodava. Retomou uma parcela de seu autocontrole. Os tentáculos então se voltaram para Verônica. A fera aberrante a focalizou bem, com seus três pares de olhos, e disparou na direção da medusa.

Ichabod lançou dois jatos de energia que acertaram em cheio. Porém, mal surtiram efeito no couro duro e a abominação jurássica prosseguiu em sua investida mortal.

Gwen não aguentou mais olhar. Abandonou Aurakas na sacada panorâmica e correu para dentro do camarote imperial.

## CAPÍTULO 10

# PLANOS DE GUERRA

IGNORANDO O DESAGRADO DO IMPERATOR E A CONVERSA que se seguiu às suas costas, Gwen debandou camarote adentro. O harém de Aurakas ainda se espalhava, em ritmo lento e lascivo, com belas mulheres recostadas a enormes almofadas no aposento principal. Entre sedas e véus, algumas delas davam atenção a Appius, sentado em uma poltrona com Julian a seu lado. Ofereciam-lhe vinho, mas ele recusava. Pedia por água, e as escravas traziam. Era convidado de Aurakas, poderia pedir por qualquer coisa.

Gwen se esgueirou por entre cortinas que decoravam um dos lados do ambiente. Atravessou o aposento sem ser vista. Cruzou a passagem em arco e encontrou o gabinete de Aurakas vazio.

Lá fora, a multidão berrou. Evitando imaginar o motivo, Gwen atirou-se ao canto onde estava o baú dourado que guardava a adaga de Ichabod. Abriu a trava. Escancarou a tampa para trás. Estava pronta a mergulhar na madeira, agarrar a arma e sair correndo dali. Nada mais importava.

Porém, nada havia sobre a almofada. A adaga do mago não estava ali.

Mais um urro da plateia lá fora. Gwen correu os olhos pelo ambiente, procurando um lugar onde pudessem tê-la guardado. No entanto, apenas livros, cartas e pergaminhos ocupavam as estantes. A adaga não estava ali, mas os planos de Aurakas sim. Lembrou-se de Gélido e da direção para onde os olhos desprovidos de cor e de ânimo haviam se guiado no momento da reunião em que o assunto se tornou o inimigo. Virou-se para a prateleira em específico. Talvez Gwen não pudesse devolver o canalizador da magia de Ichabod, mas sem dúvidas poderia ajudá-lo com seus próprios poderes.

Sem tempo a perder, agarrou tudo o que havia na prateleira e despejou sobre a ampla mesa de madeira maciça. Desenrolou pergaminhos, estirou cartas, abriu livros em páginas aleatórias. Encontrou um mapa. Esticou-o na mesa e usou dois livros para mantê-lo aberto. O mapa mostrava as Montanhas Uivantes, território que separava Tapista de Deheon, capital do Reinado. Um documento de valor inestimável, pois detalhava a rede de estradas secretas que eram mantidas pelo Império de Tauron. Anos antes, aquelas mesmas rotas pelas montanhas haviam sido usadas para surpreender o Reinado durante as Guerras Táuricas. O exército de Tapista, majoritariamente composto por infantaria, era lento. Porém, a genialidade logística os permitira montar um cerco abrupto à capital e, consequentemente, derrotar o Reinado. Com assombrosa frequência, o conhecimento era a diferença entre o triunfo e o fracasso em uma guerra.

Gwen esquadrinhou o mapa com olhar tão intenso, que seria capaz de perfurar o papel. Não tinha tempo para aquilo, mas decorou cada detalhe que sua mente foi capaz. Absorveu com voracidade, pois aquele era um conhecimento raro. No entanto, não era qualquer conhecimento que buscava. Sua promessa a Tanna-Toh era bem específica: precisava descobrir qual lado Aurakas protegeria e qual sucumbiria ante seu poderio bélico.

Não se preocupou em fechar o mapa, apenas despejou mais material em cima. Já havia desviado sua atenção dele, quando percebeu um papiro preso ao mapa por uma presilha de metal encurvado.

Todos os documentos eram redigidos com caligrafia rebuscada. Compostos por letras elípticas e iniciais cheias de adornos, eram fruto do trabalho esmerado dos diversos escribas que assessoravam o Imperator. Todos os documentos, exceto um. Ao contrário da caligrafia leve e impecável dos escribas, o papiro preso ao mapa exibia letras retas, duras, pesadas. Quase ilegível. Um rascunho rasurado, porém firme, pronto para ser passado a limpo por mãos mais delicadas.

E havia uma única pessoa que escreveria um rascunho nos documentos de Aurakas, dentro do gabinete de Aurakas, para ser retrabalhado pelos escribas de Aurakas.

O rascunho dizia:

*Sua Primazia Imperial*
*AURAKAS*
*Princeps de Tapista e Imperator Táurico*

*Pela glória de Tauron, Deus Maior da Força e Líder do Panteão, e em consonância com a autoridade e a prerrogativa a Si outorgadas pelas Leis do Império e por seus ilustres Cidadãos e Senadores, decreta:*

*Marchem as legiões sobre campo inimigo. Guarneçam-se as fortalezas estratégicas. Preparem-se o Império, seus cidadãos, legionários e generais, para os ofícios e as honras da Santa Guerra.*

*Eis aqui as ordens para as legiões:*

*Legio XIII Predestinada manterá posição em Fortuna, onde guardará o Forte de Quordot.*
*Legio VIII Orcocida manterá posição em Lomatubar, onde guardará as Muralhas de Barud.*

Os olhos verdes de Gwen desceram a longa lista, pulando linhas e mais linhas de ordens para que determinadas legiões mantivessem posição dentro dos limites do Império. O objeto de interesse da clériga de Tanna-Toh se encontrava ao final do documento, onde Aurakas determinava quais tropas deveriam se movimentar, e com qual objetivo.

*Legionis XIV Aríete e XVI Racha-troncos, a bordo da Esquadra de Tollon, cercarão as ilhas de Ahlen e Collen, interceptando qualquer mensageiro que porventura intente atravessar a fronteira até o arquipélago.*
*Legio IX Avalanche percorrerá a trilha principal das Montanhas Uivantes, sob escolta da XVIII Derrocada e*

*da XXII Mastodonte, abrindo rota de abastecimento até a capital de Deheon, a ser defendida contra o cerco Purista.*

*Legionis II Esmagadora, III Perfurante e IV Decepadora já se encontram embarcadas nas galés do Império. Rumem para Namalkah, onde haverão de proteger o Reino dos Cavalos e isolar as tropas Puristas que lá exercem ocupação.*

*Por fim, Legio I Imperial desembarcará nas praias de Yuden. Liderará o ataque à capital inimiga e consequente desmantelamento da insurreição Purista.*

*Pela honra e glória de Tauron e Seu Império,*

*Cumpra-se.*

Tomada pela desconfiança que aflige os mais capacitados estudiosos, Gwen folheou outros documentos, buscando por evidências que comprovassem a descoberta. Encontrou uma tabela completa com as despesas previstas para a guerra. Planilhas e cálculos intrincados, que incluíam o abastecimento de ração para a capital de Deheon e as possíveis baixas durante a batalha no desembarque em Yuden. Havia também a tabela de lucros, com a conquista de novas terras e o aumento considerável no volume de escravos. Por fim, encontrou uma carta assinada por Tildo Didowicz, Prefeito das Colinas e regente de Hongari, que agradecia pela proteção táurica e oferecia em troca a submissão de seu reino.

Então era isso, Aurakas havia tomado sua decisão. Sob as ordens do soberano, o Império de Tauron se manteria fiel aos preceitos do Deus da Força. Protegeria o lado mais fraco. Confrontaria os facínoras. E os reinos, outrora independentes, deveriam tributo àquele que era o império mais sólido do mundo. Abririam mão da liberdade e da autonomia, na esperança de manter a vida.

Gwen voltou a examinar a grafia dura e reta do Imperator. Então fechou os olhos e respirou fundo, inalando o cheiro da tinta sobre o papiro. Ao mesmo tempo, sentiu a calidez subir pelos braços e pernas, encontrar-se no peito e culminar na mente. Recebia de volta o dom e a consagração de Tanna-Toh.

— O que você está fazendo? — Pérola invadiu a sala como um turbilhão, arrancou o papiro das mãos de Gwen e pôs-se a juntar os documentos de forma desesperada. — Louca, vai matar a todos nós!

— Você não deveria estar aqui — disse Gwen.

O assombro de Pérola foi como um abismo.

— Eu? Vim aqui socorrê-la, sua ingrata! Volte para o lado de Aurakas! Agora! E agradeça por não ser ele próprio a vir buscá-la.

Autoritária, Pérola apontou o dedo na direção da porta. Porém, para seu horror, a passagem não estava desimpedida.

— Como eu disse, mestre, a clériga não é confiável. Reconheço a cobiça quando a vejo, seja pela adaga, seja pelos planos de guerra.

Gélido estava ali, olhos glaciais emitindo um brilho de júbilo. Nas mãos, a arma de Ichabod. Ao seu lado, o próprio Aurakas contemplava a desordem em seu gabinete.

Com apenas dois passos, o Imperator atravessou a sala. Acertou em Pérola uma tapa com as costas das mãos, que atirou a sereia longe. Agarrou Gwen pelo pescoço, antes que ela pudesse impedir, e ergueu-a de costas na parede.

— Elfa de beleza imortal, dotada de grande inteligência e uma excelente oradora — rosnou ele, apertando o pescoço de Gwen. — Além de tudo, submissa. Pronta para servir ao seu senhor. O presente perfeito para comprar o favor do maior monarca do mundo. Bom demais para ser verdade. Uma pena... tamanho insulto merece punição à altura.

Ao perder o chão sob os pés, Gwen esperneou. Agarrou os punhos de Aurakas e tentou forçá-lo a abrir as mãos, mas foi em vão. O agressor era muito mais forte. Sentiu a pressão dos dedos dele entranhando-se na garganta. Forçou os músculos para evitar que o pescoço se partisse e lhe proporcionasse uma morte instantânea. Resistiria. Como resistira à queda de Lenórienn. Como resistira aos anos de exílio. Como resistira ao suplício do cativeiro. Gwen era versada na arte de sobreviver e não desistiria facilmente. Porém, o ar puro começava a faltar nos pulmões.

Tentou engolir, mas o corpo se negou. Procurou sugar o ar, mas qualquer tentativa era inútil. No peito, palpitava o esplendor de Tanna-Toh. Poderia clamar pela deusa, invocar seu poder divino e rechaçar Aurakas, afinal, ele não passava de um mortal e não teria chances contra um poder superior. Porém, convocar a deusa exigia que Gwen recitasse as palavras certas, e apenas sons ininteligíveis irrompiam da garganta bloqueada.

— Por favor... — caída no canto da sala, Pérola sussurrou. Uma das faces estava vermelha, e vertia as lágrimas copiosas de quem não costuma apanhar. — Por favor, piedade...

Implorava pela vida de Gwen.

Aurakas ignorou a súplica. Enfraquecida, Gwen tentou chutá-lo, mas as pernas não o alcançaram. Com muito sacrifício, ergueu uma das mãos e socou-lhe o braço repetidas vezes, mas ele mal sentiu. Respondeu com um sorriso de escárnio.

— O forte manda, o fraco obedece. Seu erro lhe custou a vida — disse o Rei dos Minotauros. — A boa notícia é que o mundo se livra de uma escrava atrevida, que não sabe seu lugar. Como seu proprietário, matá-la é meu dever divino.

A visão de Gwen obscureceu por um momento. Quando voltou a se iluminar, ela viu Aurakas mais uma vez. Tão perto, que sentia o calor de seu hálito. Pareciam ter se passado horas, e por um momento ela desejou que tudo aquilo acabasse de uma vez. O rosto de seu algoz seria a última imagem que contemplaria em vida, ficaria para sempre gravada em seus olhos, mesmo depois que abandonasse o mundo dos vivos.

Lutar contra a fraqueza absoluta se mostrou um esforço vão. Gwen fechou os olhos. Seus braços penderam ao lado do corpo. Desejou que sua alma ascendesse ao Mundo dos Deuses. Como boa clériga que era, sempre ávida pela busca do conhecimento, sua última fagulha de pensamento foi uma pergunta.

Será que vou para o Reino de Tanna-Toh?

Estava em paz consigo mesma. Morreria sabendo que fizera tudo o que estava ao seu alcance. Seria uma mártir que, como tantos outros, dedicara uma vida inteira a causas nobres e finalmente encontrava seu trágico final. Sofrera com o extermínio da civilização élfica. Sofrera com o abandono de sua terra natal e fuga para o continente desconhecido. Sofrera com o descaso e o preconceito, vivendo como estrangeira nas terras de outras raças. Sofrera com o cativeiro. Mas, apesar dos infortúnios e dissabores, a vida lhe havia sido generosa. Tivera companheiros fiéis. Fora amada como amiga e como mulher. Encontrara propósito na ciência. Morrera lutando pela liberdade e pelo amor.

Seu único arrependimento era morrer como escrava.

A vista oscilou de novo, e Gwen sabia que era a última vez. A voz chorosa de Pérola já ecoava distante. O espírito da elfa aos poucos se desprendia do corpo. Finalmente, Gwen estaria livre.

Foi quando Aurakas recebeu um jato glacial pelas costas. Antes que pudesse compreender, o baque o fez expelir o ar dos pulmões e perder a firmeza das mãos. O gelo se acumulou em seu dorso e cristalizou braços e pernas. Cobriu-lhe os pés, pregou-os no chão de pedra. Subiu pelo pescoço. Por fim, invadiu boca, olhos e ouvidos. Congelou-lhe o rosto numa expressão de contrariedade. Transformou-o em estátua de gelo.

Gwen caiu no chão de mau jeito. Os pés falharam em suportá-la, e ela desmoronou sobre os joelhos. Uma longa arfada dobrou o corpo e arrombou as vias respiratórias. A garganta ardeu, como se o ar estivesse em chamas. Primeiro, ofegou violentamente, arrastando-se pelo piso. Depois, a vista clareou e ela voltou a respirar normalmente.

Pérola espremia-se contra a parede, como se tentasse fugir através das pedras. Tinha a boca aberta, mais do que parecia possível. Os olhos arregalados, com seus grandes e brancos globos oculares, custavam a acreditar no que viam. Estava caída, o vestido desalinhado, o cabelo amarrotado, o rosto manchado pelo pranto. O espanto crispava seu rosto. Mas, em um raro momento de pânico profundo, Pérola não se importou com as falhas na aparência. Como um animal arisco encurralado e agredido, o pavor a dominava. A presença avassaladora tocava no âmago e trazia à tona seus instintos primais. A aparência pouco importava quando o que estava em jogo era maior do que a honra, maior do que a vida. Era o próprio sentido de existir.

Gwen permitiu-se olhar na mesma direção de Pérola. Ela não olhava para Aurakas. A fonte de seu espanto era Gélido. No entanto, o mago não era mais ele mesmo. Outrora brancos, os olhos tingiram-se de um púrpura místico e magnético. Seu caminhar era leve, e a atmosfera arcana que o cercava se apagou. Deu lugar a algo mais poderoso. Uma aura de divindade.

— Gélido... — Gwen balbuciou, sabendo que estava errada.

— O nome desta criança não é Gélido — disse ele, e não tinha mais a fala rouca de um velho. Sua voz era melódica, jovem e feminina, como o entoar de uma harpa na Lenórienn imemorial. Caminhou com olhos tristes, mas decididos. — Antes do cativeiro, meu filho se chamava Darthoriandoeth. Nasceu sob a estrela da gnose. Foi criado para a erudição. Destacou-se como estudioso. Um sábio entre os sábios. — Continuou avançando lentamente pela sala, para pânico de Pérola, que se espremia cada vez mais. — O filho dedicado segue o exemplo da mãe. Mas eles... Eles maltrataram meus filhos. Destituíram-nos de seus nomes, apagaram seu passado. Isso termina agora.

Pérola desmaiou. Gwen viu o mago de mil anos se aproximando e só não se ajoelhou porque já estava de joelhos. A cada passo que ele dava, sentia o peso de sua presença, cada vez mais esmagadora. Irresistível. Transcendental.

— Glórienn — Gwen abaixou a cabeça e chorou.

— Você escolheu Tanna-Toh. Nunca foi uma das minhas favoritas — disse a divindade que possuía o corpo do mortal. Então tocou o queixo de Gwen e fez com que erguesse o rosto. A luz era muito brilhante, e a clériga apertou os olhos no esforço de mantê-los abertos. Com o risco de se cegar, olhou diretamente para a Deusa Menor dos Elfos e da Perfeição. E ela prosseguiu: — Mas agora nada disso importa. Preciso de ajuda, o que dá a você a chance de se redimir. Vá. Faça aquilo que veio fazer. Dê liberdade ao povo élfico e à sua deusa também.

Dizendo isso, Gélido perdeu os sentidos e desmoronou no chão do gabinete. Gwen se viu sozinha em meio aos documentos espalhados, cercada por Pérola, Gélido e Aurakas, todos inconscientes. Caída diante de seus joelhos, a adaga de Ichabod.

## CAPÍTULO 11

# SANGUE E VÍSCERAS

DELÍRIO. ERA O QUE SE ALASTRAVA PELAS ARQUIBANCADAS da maior arena de Tapista. A plateia alucinava não apenas devido à emoção do combate que se estendia, mas também por influência do monstro aberrante em pleno coliseu.

Vítima da Tempestade Rubra, o tiranossauro se contorcia de tempos em tempos. Algo se mexia por baixo do couro, revirava-lhe as entranhas. Algo querendo sair. Os seis tentáculos articulados brotando dos olhos se remexiam em um compasso destoante, com centenas de patinhas contraindo e esticando em movimentos irregulares, e a longa cauda deixava um rastro líquido por onde passava. Mas nada daquilo era real. Ou era. A mente não sabia distinguir.

Por onde quer que a besta passasse, os espectadores começavam a agir de forma estranha. Brigas começaram na plateia, com homens se socando sem motivo aparente. Gritos desataram sem que nada tivesse acontecido. Uma humana cravou as unhas na própria testa e arrastou pelo rosto, pelas bochechas e até o queixo, desfigurando-se. Um minotauro começou a bater com a cabeça no parapeito que separava a arquibancada do camarote. Bateu uma, duas, três vezes. O crânio rachou e sangue começou a jorrar, mas ele continuou batendo.

A guarda do coliseu era composta por guerreiros experientes, muitos dos quais eram ex-combatentes de guerra. Os mais belos e competentes minotauros, de postura rígida e disciplina impecável. Eram treinados para reconhecer os campos inimigos, derrubar fortalezas, revidar quaisquer táticas que humanos ou orcs pudessem utilizar para retardar a expansão do domínio táurico. Sobrepujariam qualquer uma das raças consideradas inferiores.

Mas não eram treinados para lidar com a Tormenta.

Assim, os guardas assistiram ao alvoroço sem grande desconfiança. Apartaram as brigas. Ignoraram os gritos. Removeram algumas pessoas. Sentiam-se também tomados de grande inquietação e ansiedade, mas os anos de treinamento ajudaram a afastar o que pensavam ser mero efeito de um bom duelo no coliseu.

Perceberam o erro tarde demais, quando uma das sentinelas sacou o gládio da cintura e cortou a garganta de seu colega.

Ichabod olhou ao redor e viu o caos nas arquibancadas. Obra da Tormenta. Fixou-se então no tiranossauro, que se debatia enquanto atacava. Não sentiu raiva, mas pena. A criatura de Galrasia havia sucumbido à loucura.

Agarrou o próprio braço encouraçado. Percebeu que pulsava. Pressionou-o, tentando conter fosse lá o que estivesse por baixo da carapaça vermelha. Ichabod não estava em situação muito diferente do dinossauro, e sabia disso. Porém, não era uma criatura irracional. Era um ser pensante. Um mago. Um cidadão do Reinado. Repetiu isso a si mesmo como um mantra. Se a Tormenta exigia seu corpo, ele estava decidido a resistir.

Deu um passo em direção a Verônica. Precisava fazer alguma coisa.

Verônica ofegava e corria. Corria e ofegava. Olhava para trás o tempo todo, esperando por uma brecha de ataque. Até que a oportunidade surgisse, não via alternativas a não ser fugir.

Correu em direção ao muro inclinado da arena. Cogitou escalá-lo, mas as várias camadas encravadas de espinhos a dissuadiram. Mais atrás, a fera retomou a perseguição. Arrancou em linha reta, rápida e desconjuntada. O tronco inchado sacolejava sobre os membros inferiores, jogando a cabeça de um lado para outro ao avançar. As patas dianteiras tinham as garrinhas abertas. Em poucos instantes, cobriu toda a distância que Verônica custara a percorrer. Reduziu a vantagem dela a nada.

Ela poderia ter transformado o monstro em pedra, tivesse dado ouvidos aos ensinamentos de suas irmãs anos antes. Mas o caminho de uma medusa era bestial e solitário. Verônica era diferente, não queria aquela vida para si. Nada de atrair homens para um jardim e transformá-los em pedra. Nada de seduzir com o único objetivo de aniquilar. Nada de se manter para sempre em um covil, ocasionalmente visitado por aventureiros querendo provar seu valor. Verônica queria ela mesma ser a aventureira, viajar por terras distantes realizando atos de heroísmo. Queria explorar o mundo. E, acima de tudo, queria experimentar um amor de verdade, que ardesse com tamanha intensidade que fosse difícil de conter. Seria pedir demais?

Talvez estivesse errada o tempo todo, em sua busca infrutífera. Suas irmãs ririam agora. Ou transformariam todos ali em pedra. Quem sabe fizessem tudo isso e ainda se sentassem para admirar o show. Tinham-na considerado fraca. Estivessem elas certas ou não, o fato era que Verônica nunca havia aprendido a petrificar com os olhos. Não possuía esse poder. Era uma guerreira, sabia brigar. Entretanto, enfrentar o tiranossauro aberrante munida de apenas um chakram seria suicídio. O conjurador do grupo era Ichabod, mas ele estava impossibilitado de lançar suas magias mais poderosas.

Verônica pensou isso tudo com os pulmões ardendo de tanto correr. Porém, pensou também que nada daquilo importava. Enquanto respirasse, usaria o fôlego para lutar. Defenderia Ichabod. Defenderia a si mesma.

Desviou no último momento, e a criatura da Tormenta deu com o crânio na parede de espinhos. Aproveitando a rara chance, Verônica arremessou o chakram. Acertou um dos tentáculos. Decepou-o. A arma caiu longe e levantou poeira, enquanto sangue ácido jorrou no mesmo solo e corroeu-o, abrindo uma fissura.

Houve um esboço de comemoração na plateia, que não foi compartilhado pela combatente. Verônica esticou o braço para o chakram, esperando que ele voltasse para seu punho, o que sempre fazia. Mas não se virou para a arma. Seus olhos permaneceram pregados no monstro, esperando uma reação.

O tiranossauro chiou e em vão tentou alcançar o crânio ferido com as patas curtas. O chiado aumentou de volume, até virar um guincho, e depois ainda mais, transformando-se num grito de dor extrema. Da ponta do membro mutilado, nasceram mais dois. E o pedaço amputado e caído agitou as patinhas de inseto e saiu rastejando pela arena. Uma lacraia grossa como a cabeça de uma naja. Uma das pontas erguia um olho reptiliano, buscando por Verônica. A outra terminava abruptamente, com um corte que derramava sangue e borbulhas à medida que a aberração rastejava.

Da arquibancada, alguém arremessou um caneco de cerveja. Verônica deu um passo para o lado e evitou a pancada. O caneco bateu na terra dura e espalhou seu conteúdo.

Um instante de hesitação. Fatal.

Tudo ali era uma ameaça, tudo ali poderia matá-la. E foi justamente por prestar atenção em tantos elementos ao mesmo tempo, que Verônica se distraiu. O chakram vibrava na poeira, ativando o encantamento que o devolveria à mão da dona. A centopeia decepada corria em zigue-zague, mais rápido do que parecia possível. A plateia gritava obscenidades e arremessava porcarias. Ichabod falhava em mais uma magia.

Em meio à mistura de medo, nojo e apreensão, o monstro atacou Verônica. Antes mesmo de se recuperar da dor e do susto de ter uma parte de si cortada fora e imediatamente refeita em dobro, o tiranossauro deu um bote certeiro. Abocanhou a medusa pela cintura. Atravessou-a com os dentes disformes.

O chão sumiu sob os pés de Verônica, e ela se sentiu arremessada no ar. O tiranossauro jogou-a para o alto, e ela voou. Atingiu o ápice e começou a cair. Uma queda perfeita, em direção à boca escancarada, e o monstro a abocanhou mais uma vez. Destroçou sua pele. Esmigalhou seus ossos. Balançou a cabeça de um lado para o outro com Verônica presa entre os dentes. As perfurações que atravessavam o abdômen se alargaram pelo movimento repetitivo e vísceras se misturaram à saliva corrosiva da criatura. Na plateia, alguém perdeu a aposta. O sangue da medusa era vermelho.

— *Verônica!* — A voz de Ichabod ecoou, cada vez mais distante. E foi a última coisa que ela ouviu.

Ichabod agarrou uma espada da mesa demolida e disparou na direção do monstro. O que faria em seguida, nem ele mesmo saberia dizer. Não tinha um plano. Se nem mesmo Verônica havia vencido na força bruta, ele com certeza falharia. Porém, continuar parado estava fora de cogitação.

Sob os uivos de excitação da plateia, atravessou a arena com a arma em punho. Pesada demais e desengonçada, ainda assim, uma lâmina de qualidade, que faria mais efeito do que seus feitiços de aprendiz. Em resposta à valentia, o tentáculo ambulante agitou as patinhas e investiu na direção do mago.

Os dois correram, um de encontro ao outro, e se encontraram a meio-caminho. A anomalia deu um salto para atacar por cima. Ichabod varreu o ar com a espada num movimento em arco. Sem interromper a corrida, acertou em cheio. O monstro insetoide caiu para os lados, partido em dois, enquanto o mago prosseguiu na acometida.

Um grito do lefou marcou o impulso final. Ele ergueu a espada e se preparou para investir contra o colosso aberrante que mastigava o corpo inerte de Verônica. Porém, quando o mago estava prestes a desferir o golpe de sua vida, o tiranossauro deu um giro completo e acertou-o com a cauda reptiliana.

Primeiro, Ichabod sentiu o baque. Depois, os espinhos da cauda do monstro cortando sua carne. Então, a ausência de gravidade de quem é arremessado à distância e, por último, as estacas do muro da arena perfurando suas costas. Ficou preso, encravado nos ferrões, mas vivo. Assistiu de perto ao corpo de Verônica sendo triturado pela mandíbula massiva do monstro, banhado em sua saliva espumosa. A medusa convulsionava, seus olhos amarelos contemplando o nada, perdendo o brilho.

— Olhe pra mim, Verônica. Olhe... Lute... Não desista... — a voz dele perdeu a força.

Então algo foi atirado em direção à arena. Uma chapa metálica, que cortou o ar girando no próprio eixo. A cada giro, o som do vácuo sendo deixado para trás. Voosh, voosh, voosh. O sol refletiu na lâmina, produzindo um pulsar de luz cegante. A arma acertou a parede inclinada ao lado de Ichabod, fincando-se na pedra. Não era metal. Era matéria vermelha. Ichabod agarrou-a e sentiu o poder fluindo de sua alma para a palma da mão, da mão para a adaga rubra.

E conjurou uma magia.

Os espectadores mais próximos sentiram o chão trepidar. A maioria não entendeu o que era. Alguns, por demais embriagados, perderam o equilíbrio e escorregaram para o chão. Outros, atentos, apontaram para o lefou.

— O que é aquilo?

Ninguém soube dizer se brotava da palma do mago ou da empunhadura da arma, mas uma fonte começou a cuspir material denso, que escorreu sobre si mesmo e se alastrou pela parede de espinhos. Parecia a lava expelida por um vulcão, só que levava um tom de vermelho mais berrante, quase obsceno, que penetrava pelos olhos e alfinetava o cérebro. O cheiro de enxofre também era agudo demais, ofensivo, e logo se misturou ao cheiro do vômito dos espectadores.

A substância começou sendo expelida aos poucos, mas evoluiu para uma enxurrada que cobriu toda a adaga e o antebraço de Ichabod. Em meio à viscosidade, escorreram também componentes sólidos. Pedaços rachados de cascas disformes. Tufos de cabelo desgrenhado. Bulbos carnudos e cheios de raízes. Escorriam, arrastados pelo fluxo.

E havia os caroços. Globos flácidos, infeccionados e cheios de patinhas, lembravam carrapatos boiando correnteza abaixo. Cada um deles, ao ser arrastado, foi inchando, inchando, inchando. Ao atingir o tamanho de um crânio, o primeiro estourou como uma bolha. De dentro, surgiram mais milhares de parasitas, correndo acelerados pelo cadáver do pai.

— As artes da Tormenta... — disse Ichabod. — Alguns sucumbem a ela, outros assimilam seu poder.

Sob comando do mago, a torrente rubra de repugnâncias fétidas verteu até a areia e escoou na direção do tiranossauro. Alcançou as patas do tamanho de cavalos. Subiu pelas fendas entre os enormes dedos terminados em garras, expeliu fumaça ao corroer o couro até os joelhos. Outros caroços estouraram, liberando mais e mais criaturas aracnoides, que se espalharam, escalando a coxa do tiranossauro. Percorreram-lhe o corpo. Infiltraram-se nos ouvidos e na boca, em todos os orifícios. Continuaram a inchar.

A criatura guinchou em agonia, tanto pelo toque erosivo quanto pelos parasitas aumentando de tamanho em suas vias respiratórias. Tentou correr, mas a substância o pregava ao chão. Debateu-se. Guinchou mais alto, e Verônica foi arremessada para longe, caindo de mau jeito na poeira do estádio.

Gwen assistiu do camarote imperial, no outro lado da arena, satisfeita por seu arremesso ter atingido em cheio o objetivo. A palma da mão formigava pelo contato com a adaga rubra, mas ela não se importou. Verônica precisava de sua ajuda. Apoiou as mãos no parapeito, tencionando pular para dentro da arena, mas algo a impediu.

— Onde pensa que vai? — Gaius Aurelius Lomatubarius a agarrou por trás e segurou com força. — Está ajudando as aberrações? Escrava rebelde! Merece ser punida.

Dizendo isso, atirou-a para dentro da sala. Gwen tropeçou na barra do vestido e caiu nos degraus que circundavam o trono de Aurakas.

— Chame seu amo! — o patriarca gritou para Aretha, que assistia a tudo com espanto. — Diga a ele que tem trabalho a fazer.

Enquanto Gwen tentava se livrar do incômodo vestido, Gaius agarrou-a mais uma vez e deu com a testa dela em um dos degraus. Sangue jorrou em abundância, e a elfa perdeu a noção de tempo e espaço. Ergueu os braços, tentando se defender de mais um golpe, mas sem saber de qual lado viria.

— Ah, seu estrume de orc! — A voz de Christian surgiu de algum lugar, seguida de passos ágeis e pesados.

Gaius parou o que fazia e se virou para o guerreiro. Uma distração. Era tudo o que Gwen precisava. A clériga se ergueu. Seus olhos verdes brilharam como faróis mágicos, e ela recitou palavras de poder:

*Escuta a homilia,*
*Acata esta instrução:*

*Reúna tua família*
*E toma direção.*
*O mal aqui filia,*
*Não sobreviverão.*
*Retira, distancia,*
*Resguarda-os na mansão.*
*Escolta e auxilia,*
*É esta tua missão.*

Em seguida, Gwen deu um passo e se colocou de braços abertos entre Gaius e Christian. Ao se deparar com a amiga defendendo o minotauro, Christian não teve opção a não ser interromper o golpe no meio do movimento. Parou com a lâmina a centímetros da testa ensanguentada da elfa.

— Que raios, Gwen? — esbravejou, recuando com a espada.

Ao redor, as concubinas do Imperator corriam e gritavam. Escondiam-se atrás dos móveis. Ainda sentado, Appius comprimia os olhos, no esforço de compreender o que estava acontecendo. Por sua vez, Julian estava de pé, pronto para agir contra ou a favor.

Aretha voltou correndo do gabinete de Aurakas, em busca de Gaius. Interrompeu-se ao encontrar o patriarca dos Lomatubarius parado, o olhar sereno, os ombros vencidos.

— Vossa Excelência... — experimentou ela, sem ousar se aproximar. — O Imperator, ele... É melhor chamar os guardas... Ou Eleutério...

Pérola seguiu Aretha para fora do gabinete, lutando para despertar a mente e o raciocínio. Mancava de cansaço.

— Foi ela! — com a voz chorosa, apontou o dedo para Gwen. — É a responsável por tudo isso. Essa elfa será a ruína de todos nós!

Mas o patriarca não deu atenção a nenhuma das escravas. Manteve-se em posição.

Ninguém na sala se moveu.

— Gaius não fará nada em relação a Aurakas agora, pois ele tem uma missão mais importante — declarou Gwen. — Que missão é essa?

Ao que o minotauro respondeu:

—Reunir minha família. Levá-los para casa. Protegê-los onde poderão sobreviver.

— Muito bem — disse a elfa. — Então vá.

Gaius foi até Pérola e pegou-a pelo pulso. A sereia protestou e resistiu. O patriarca então a agarrou pelo quadril e jogou-a por cima do ombro, para que pudesse carregá-la. Ele era forte, e ela, leve.

Christian admirou-se a cada passo do patriarca.

— Gwen... Quando foi que você ficou tão forte?

Gwen caminhou pela sala, ignorando as escravas que se escondiam ao vê-la.

— Enquanto vocês brincavam de me seguir, eu estava fazendo algo realmente útil — respondeu ela. — Investigando focos de insurgência, criando laços com líderes, orientando rebeliões, sobrevivendo a elas. A experiência, por malograda que seja, me deixou mais poderosa.

Julian abriu espaço quando a elfa se aproximou de Appius. Ela estendeu um braço imaginário para dentro do mar de embriaguez em que o jovem minotauro se encontrava submergido. Alcançou-lhe o ombro. Puxou-o para fora. Fazendo uso do sopro divino que aflorava de seu âmago, trouxe-o para a superfície, onde o bom senso e a lucidez o reencontraram.

— Seus irmãos estão no camarote ao lado. Ajude seu pai a levá-los para um lugar seguro — ela lhe disse.

Appius se levantou e a encarou, mas sem ousar tocá-la.

— Você está tentando nos controlar. Não posso permitir. Não posso deixar!

Christian cruzou a sala até o rapaz e acertou-lhe um tapa.

— Se controle! — ralhou. — Garoto, ela está lhe fazendo um favor. Olhe lá fora. Esse coliseu é um barril de pólvora. E esta elfa aqui... Não existe nada no mundo que a impeça de brincar com fogo. Ainda mais com o amado dela em perigo. Então aproveite a chance e vá logo!

Appius hesitou.

— Ainda assim, não posso deixar o meu pai ser controlado por uma escrava... Vai manchar a honra da família.

— E desde quando você se importa com essa bobagem?

Appius e Christian se entreolharam, mas o minotauro desviou o olhar e esfregou as mãos, constrangido.

— A honra é o de menos. Se a situação se complicar por aqui, então ela vai precisar de um senhor que a proteja.

Christian arregalou os olhos. Não fosse a preocupação com Verônica, teria desatado a rir. Trocou um olhar com Julian. O meio-elfo se aproximou de Appius e pousou a mão no ombro dele.

— Ela vai ficar bem. Já a sua família precisa de você.

Appius procurou apoio em algum deles, mas não encontrou. Lá fora, a batalha prosseguia sob os urros doentios da multidão. Aqui dentro, só se ouviam o gemido baixinho das escravas de Aurakas e os gritos raivosos de Pérola. Ela esmurrava as costas do patriarca, mas mal o incomodava. Gaius a carregou para fora, rumo ao camarote de sua família.

— Diga a sua mãe que sentirei saudades — disse Gwen a Appius. — Agora, vá. E leve essas mulheres com você. — Então ergueu a voz para as concubinas que se escondiam: — Todas para fora! Já!

Aretha foi a primeira a sair. Receosa, evitou passar perto de Gwen e dos demais. Passou ao largo, foi até a porta e saiu apressada, não sem antes convocar:

— Vamos, meninas! Aurakas não pode mais nos proteger.

As demais arriscaram deixar seus esconderijos e se adiantaram até ela. Escaparam juntas pelo corredor.

— O que aconteceu com Aurakas? — Appius insistiu.

— Você é questionador, daria um clérigo de Tanna-Toh bem razoável — Gwen empurrou-o para fora. — Quem sabe em outra vida? Nesta aqui, a sua tarefa é proteger os mais fracos. Vá.

Com um último olhar hesitante para Julian, Appius se foi.

Gwen não perdeu tempo. Deu as costas para a porta de entrada e marchou até a sacada, com Christian e Julian em seus calcanhares. Uma vez sob o sol escaldante, encontrou um coliseu imerso em desvario, principalmente na ala oposta, perto de onde estavam Ichabod e o tiranossauro aberrante.

Sangue escorria do abdômen trespassado do lefou. Mesmo assim, ele dominava o oponente com sua magia. O réptil agigantado se contorcia, em profunda agonia. Tentava fugir, mas a crosta de magma anômala o havia aprisionado. Continuou a se dobrar e torcer, guinchar e rugir, dar pinotes que não o levavam a lugar algum. Até que sua mente primitiva e perturbada formulou uma ideia igualmente primitiva e perturbada, e o monstro mordeu a própria perna. Mastigou-a. Triturou-a. Só se deu por satisfeito quando destruiu carne, ossos e ligamentos. O tronco se separou da pata condenada, jorrando sangue, muco e estilhaços. Então mordeu a outra perna.

Diante da plateia alucinada, o tiranossauro se livrou da prisão rubra de Ichabod. Fugiu se arrastando pela terra, usando a cauda poderosa e as patas dianteiras mirradas, sacolejando o corpo como um verme. Afastou-se o quanto pôde. Esfregou a cabeça no solo, tentando se livrar dos parasitas que o invadiam. Debateu-se em aflição. Próximo dele, o corpo inerte de Verônica.

Na tribuna próxima ao camarote imperial, o apresentador dava uma gargalhada longa e histérica, com a língua para fora. Ele agarrou um poste e pôs-se a escalá-lo. Dependurado, gritou para a plateia:

— Ainda está fácil, não? Vamos aumentar a dificuldade! — ao que o público respondeu com um urro de encorajamento.

Nos bastidores, abriram um outro alçapão sob a arena. Menor, mas nem por isso menos alarmante. A plateia comemorou ao ver que dali saiu não um, mas vários velociraptors. Gwen reconheceu um deles como sendo o que vira no leilão. Os demais tinham deformidades diferentes, carapaças insetoides em áreas distintas do corpo. Todos haviam sido maculados pela Tempestade Rubra.

— E agora? — perguntou Julian. — Precisamos chegar na Resistência. Eu conheço um túnel perto daqui.

— Sugestão idiota — Christian subiu na tribuna e deu com o cabo da espada na cabeça do arauto, que desmaiou.

— Chega de se esconder. Chega de fingir fraqueza — Gwen içou-se para cima do parapeito e se equilibrou sobre os dois pés, ato que chamou a atenção de parte da plateia. Alguns escravos murmuraram. Outros, mesmo tentando manter a voz baixa, perderam o controle e puseram-se a gritar.

— Vejam, é a Gwendolynn!

— Gwen, filha de Lenórienn! Gwen, discípula de Elconora!

Com os gestos certos e as palavras sagradas, Gwen lançou mais uma magia. Desta vez, em si mesma. Sob seu comando, um brilho dourado irradiou de seu corpo e a envolveu em poder divino. Muitos olharam para ela, e viram não mais do que sua silhueta cintilante.

Como que atingido por um vendaval, o cabelo em coque se desenrolou, libertando duas tranças compridas e chicoteantes. O vestido semitransparente também esvoaçou, se rompeu e desintegrou em meio aos raios de luz. Parecia que a elfa ficaria completamente desnuda, mas as formas sinuosas de seu corpo longilíneo foram cobertas por um tecido espesso e resistente, próprio para viagem e cavalgada. Próprio para lutar. Por cima deste, surgiu uma cota de malha e placas de metal que completavam a armadura.

Quando a luz esmoreceu e suas feições retomaram a nitidez, metade da plateia apontava para Gwen. Ela vagamente percebeu que vozes indistintas ecoavam as palavras do Mestre Luwaranditas:

— A salvadora!

— Padroeira da libertação!

— *Gwen!*

Ignorou-os. Palavras soltas de nada valiam em meio a um público afetado pela paranoia da Tormenta. Tocou o peito, e desta vez não estava só. No peitoral de aço, o símbolo de Tanna-Toh lhe fazia companhia.

Com a outra mão, segurava o bordão, cajado comprido símbolo de sua deusa. Uma arma sem corte. O objetivo não era matar, mas advertir e disciplinar. Também servia como amparo em extenuantes caminhadas rumo a um novo conhecimento. Matar, apenas em último caso.

Apenas bestas incapazes de aprender.

— Agora... — Gwen respondeu à pergunta de Julian. — É hora de se revoltar.

Dizendo isso, saltou para a arena repleta de abominações.

## CAPÍTULO 12

# DESFRAGMENTAR

ÀGIL POR EFEITO DE MAGIA, GWEN ATERRISSOU SOBRE um dos joelhos no solo da arena. A casaca branca que trajava entre o vestido e a armadura tocou o solo por último, e logo se alinhou, quando a elfa se pôs de pé. Passos longos, e alcançou o centro da arena, onde colidiu com um velociraptor que corria sem rumo. Acertou-o com um golpe rasteiro do bordão, e o monstro tropeçou e foi atirado para frente pela inércia do corpo. Voou por cima de Gwen, que prosseguiu em seu avanço.

O réptil tocado pela Tormenta rolou pela poeira. Quando retomou o equilíbrio, levantou, balançou a cabeça e rugiu para as costas da elfa que se distanciava. Estava prestes a iniciar uma investida quando a espada de Christian desceu sobre seu pescoço, decepando-o. O guerreiro continuou a segui-la em meio à debandada de criaturas, por difícil que fosse acompanhar o deslocamento da clériga abençoada.

A enxurrada de detritos rubros criada por Ichabod já havia arrefecido, petrificando-se na forma de rocha negra que lembrava o formato das patas do tiranossauro. Os parasitas restantes tornaram-se não mais do que fragmentos de sujeira espalhados pela arena. O gigante reptiliano contorcia-se, deixando um rastro de sangue imundo, mas não estava morto, ou sequer indefeso. Quando um dos dinossauros menores passou correndo perto dele, o tiranossauro deu o bote e abocanhou-o de surpresa. Retorceu o velociraptor com a mandíbula tomada de crostas, quebrou-lhe o pescoço. Transformou-o em uma mera massa de carne. Devorou-o. À medida que mastigava e engolia, uma crosta insetoide cresceu sobre os cotos das patas, colando-os à cauda, e estancou o sangramento.

Gwen passou correndo pelo monstro distraído e abaixou-se ao lado de Verônica. Balançou-a, mas não obteve qualquer reação. A medusa tinha a cabeça bamba. As inúmeras serpentes que formavam seu cabelo estavam espalhadas pela terra, murchas. Um dos braços fora mutilado e se mantinha ligado a ela não por carne e tendões, mas apenas pela corrente de adamante que ainda prendia seus pulsos. Os olhos estavam abertos, assim como a boca, mas sem brilho e sem foco. A pele morena ia perdendo a cor, tornando-se cinzenta.

Na plateia, mais pessoas reconheciam Gwen como a libertadora apresentada por Mestre Luwarandithas. Membros da Resistência. Não membros. A notícia se espalhava. Julian também era reconhecido.

Um velociraptor aberrante correu na direção de Gwen com boca escancarada. Como uma víbora, possuía pequenos orifícios nas pontas dos dentes afiados, por onde escorria veneno escarlate. Mas a elfa não deu atenção. Continuou lidando com Verônica, buscando seu pulso. Quando o monstro estava a um passo de enterrar as presas nas duas, um relâmpago irrompeu da ponta da adaga de Ichabod e acertou o velociraptor, arremessando-o para trás. Morto. A partir do cadáver da criatura, a descarga elétrica se espalhou para todos os lados como uma teia, acertando todas as criaturas aberrantes com rajadas mais brandas.

Gwen nem piscou. Continuou o que estava fazendo.

— Verônica! *Verônica!* — Christian largou a espada e atirou-se sobre a amiga moribunda. Arrancou-a das mãos de Gwen e balançou-a violentamente. — Acorda, preguiçosa! Acorda! — Uma poça de sangue se espalhava em volta da medusa e era lentamente absorvida pelo terreno. Christian ergueu-lhe o ombro amputado. Pressionou a artéria braquial para diminuir a hemorragia. Usou todo o conhecimento de que se lembrava da longínqua época em que estudou medicina em Salistick. — Precisamos estancar o ferimento! Preciso de água! E visgo coagulante! E toalhas! — O brilho de lágrimas começou a surgir nos olhos do guerreiro. — *Rápido!*

Gwen sentou para trás e viu a saliva acumular entre os lábios trêmulos do amigo. Tocou-o no braço com a leveza dos elfos.

— Christian... Sua medicina mundana não pode salvá-la.

— Vai deixá-la morrer? — Christian abraçou a medusa junto ao peito. — Precisamos fazer alguma coisa!

Velociraptors corriam ao redor, espalhando a influência da corrupção rubra, afetando as mentes dos espectadores e gerando o caos. Sem rumo, batiam uns nos outros. Estranhavam-se. Um deles disparou na direção de Ichabod, mas foi interceptado por outro.

Gwen alcançou o braço decepado de Verônica, não mais do que um pedaço de carne morta, presa à ponta de uma corrente sólida.

— É em momentos como este que precisamos confiar nos deuses.

— Deuses? Acorde, Gwen, olhe ao redor! Nosso mundo está sendo devorado pela Tormenta! Se deuses existissem, acha mesmo que deixariam essa bagunça acontecer? Permitiriam esse mundo falho?

Gwen demorou a responder, pois estava ocupada posicionando o braço mutilado junto ao ombro sangrento de Verônica, como se pudesse colá-lo no lugar. Quando falou, foi com olhar penetrante e as íris verdes cintilando de magia.

— *E se os próprios deuses forem falhos? Somos mero reflexo das faces do Panteão. Porém, este mundo, mesmo em frangalhos. É perfeito em sua imperfeição.*

As mãos da elfa brilharam, em esplendor quase ofuscante, e o brilho insistente se alastrou pelo corpo de Verônica. Cicatrizou as feridas, devolveu cor à pele, reanimou as serpentes. Incorporou de volta o braço amputado. Quando findou a magia, Verônica soltou um suspiro de alívio. Mexeu involuntariamente as duas mãos. Abriu os olhos, atordoada.

— Verônica! — Christian rilhou os dentes, recusando-se a sucumbir às lágrimas, mas elas rolaram contra sua vontade, ardendo no rosto e manchando sua reputação. — Até que enfim acordou! Resolveu tirar um cochilo?

— Só te dando a chance de fazer algo útil — respondeu ela, erguendo a mão para bloquear o sol que lhe irritava os olhos cansados. Não teve pressa em se levantar. Permitiu-se um breve momento de descanso nos braços do humano.

Sem soltar a medusa, Christian ergueu os olhos para Gwen e insistiu na pergunta:

— Quando foi que você ficou tão forte?

Julian chegou. Segurou a elfa pelos ombros e fez com que se levantasse.

— Temos que sair daqui. Rápido, ou vamos pôr tudo a perder.

— *Libertadora!* — gritavam escravos insubmissos, mas suas vozes eram prontamente suprimidas pelos minotauros. Mais violentos do que nunca, guardas não prendiam. Legionários não subjugavam. Senhores não castigavam. Chicotes haviam sido abolidos no coliseu, dando espaço às lâminas letais. Sangue escravo escorria pelas escadarias.

— Não sei o que você planejou, mas sei o que vejo — disse Christian a Gwen. — Vejo um povo oprimido, à beira da maior decisão da história. Agir ou se esconder? Isso é a disputa de medo contra esperança, Gwen. Já vi acontecer em muitos campos de batalha. O que faz a balança pender é alguém que possa inspirá-los. Um líder forte.

Gwen viu-se cercada por dezenas de milhares de olhares esperançosos. Rostos jovens, rostos velhos, rostos de todas as raças. Vigiavam, ansiavam, abraçavam-se. Pediam em silêncio por um grito de liberdade. Aqueles que se manifestavam eram liquidados.

Julian pôs-se na frente da elfa.

— Temos que ir embora. Neste coliseu deve ter uns cinquenta mil escravos. Não podemos permitir que esse povo se rebele agora, ou todos vão morrer! Vamos precisar de números quando a verdadeira revolução começar.

— Cinquenta mil?

— Sim, mais ou menos metade do público. Vamos precisar deles depois.

A desorientação causada pela Tormenta havia feito com que os velociraptors demorassem a se reconhecer como iguais. Porém, após algum tempo correndo em círculos e se atacando mutuamente, começavam a compreender que possuíam a mesma natureza, corrompida pelo mesmo mal. Agrupavam-se. Miravam novos alvos.

No topo de um dos portões gradeados, os escravos começaram a brigar entre si sem motivo. Empurraram-se. Um deles se desequilibrou, caiu lá de cima e rolou para a areia. Gwen fez menção de correr até ele, de salvá-lo. Mas, antes que pudesse agir, um dos velociraptors saltou para devorá-lo. O homem morreu em meio à demência e ao horror.

— De fato, precisamos deles — disse Gwen. — E eles precisam de nós.

A elfa o empurrou para longe e projetou a voz para a plateia. Sua fala melodiosa aproveitou a acústica oferecida pela arena circular e alcançou mesmo os pontos mais distantes no coliseu.

— Sim, sou Gwen. Luto pelo conhecimento e pela liberdade. E essa luta me rendeu os poderes que vocês veem agora — ela ergueu as mãos e irradiou um brilho celestial. — Meu poder divino flui direto do Mundo dos Deuses e, diante de vocês, coloco-o a serviço de um futuro melhor para aqueles que hoje são escravos. Estou aqui para ajudar, para guiar e inspirar. Porém — ela pousou a base do bordão no saibro e a luz esmoreceu —, recuso-me a desempenhar a função que hoje cabe aos minotauros. Não irei dominá-los pela força. Não irei protegê-los diretamente. Sequer irei libertá-los. O que farei é oferecer ferramentas, para que vocês libertem a si mesmos. Então, abandonem a passividade. Tomem estas ferramentas como armas. Tornem-se livres por esforço próprio! Porque a liberdade não é um presente. Ela é uma conquista.

Dizendo isso, bateu com o cajado no chão. Do baque, brotou uma luz que irradiou em ondas pela arena e se espalhou em todas as direções. Cobriu a areia, subiu os muros espinhosos, alastrou-se pelos camarotes e pela arquibancada do coliseu. Recobriu os cem mil que ali se encontravam. Em seu caminho, a claridade despedaçou todos os aros, todas as amarras, todos os grilhões.

Nos braços de Christian, Verônica sentiu o adamante romper. O metal inquebrantável se quebrou. A medusa saiu do abraço do guerreiro, sentou-se na terra e admirou os estilhaços deslizando dos pulsos para o chão.

Os dois se levantaram para ouvir o clamor da multidão. Dos escravos, gritos de esperança. Dos senhores, gritos de horror. Lâminas foram roubadas. Objetos ordinários se transformaram em armas. Guardas, em minoria, falharam em conter a turba enfurecida. Aristocratas foram atirados de seus camarotes para dentro da arena.

— Gwen! — gritavam servos revoltosos.

— Liberdade! — completavam outros.

Muitos morreram. Escravos, amos e até guardas. Mas logo eram substituídos, em um conflito sangrento e exaltado. Gwen servia de inspiração para o levante. Por mais contraditório que fosse, a insanidade causada pela presença da Tormenta também.

— O que você fez? — Julian se exasperou.

Gwen caminhou até onde Ichabod estava encravado. Pisou a rocha sólida, resíduo da magia do lefou, e assim ficou à mesma altura dele. Ofereceu-lhe a mão, e ele a aceitou. Puxou-o com força, para fora dos espinhos, e o mago caiu sobre ela, o sangue vívido escorrendo pelas costas. Gwen o amparou e, com a pureza de sua magia santa, livrou-o das feridas e da dor.

Não pela primeira vez, sentiu a presença de rostos conhecidos, escondidos na fúria da multidão, analisando cada um de seus passos. Pensou ter visto Julian em meio ao público, mas o meio-elfo estava ao seu lado. Deu-se conta de que o outro era seu irmão, Simon.

A Resistência estava ali. Se aprovavam seu procedimento ou não, não importava mais. A verdade é que uma revolta estava em curso. Bastava agora transformá-la em revolução.

— Leve-me até Etelethar — disse Gwen a Julian, uma vez que Ichabod já se erguia sobre as próprias pernas. — Busquemos o triunfo final.

O meio-elfo avaliou os portões de ferro entrelaçado, impossíveis de levantar sem auxílio dos mecanismos internos.

— Primeiro, precisamos sair daqui.

Os velociraptors restantes se organizaram em matilha e cercaram o grupo. Passaram a se mover em círculos nas duas direções, espreitando, esperando encontrar alguma fraqueza ou a guarda aberta, o instinto animal ainda dando sinais de existir. Apenas um ou outro não se uniu ao grupo. Estes percorreram a arena, mirando o alto, farejando as arquibancadas.

Todos eles evitavam se aproximar do tiranossauro. Ao se alimentar, a abominação jurássica, que já era grande demais para os padrões de sua espécie, ganhou ainda mais tamanho. Os músculos incharam. Retesaram o couro. Rasgaram-no em diversos pontos. Era possível ver os tecidos internos contraindo e distendendo, conferindo movimento à fera. Ora ou outra, uma criatura insetoide de corpo comprido e muitas patas passava por entre as tiras de pele, enroscava-se nas estrias dos músculos, penetrava mais uma vez nas fibras internas do réptil. Lá dentro, tudo era vermelho.

Mesmo com tudo o que acontecia, nem todos os escravos queriam se rebelar. Muitos tinham medo. Evitavam riscos. Temiam se machucar. Não queriam trocar uma vida estável por um futuro incerto. Outros simplesmente apreciavam a simplicidade de sua condição. Como escravos, não tinham de tomar decisões difíceis. Não precisavam traçar planos a longo prazo, nem os executar, nem lidar com a expectativa e a frustração. Tinham apenas de servir. Executar o que lhe era ordenado. Uma vida de submissão, mas uma vida de segurança.

Estes fugiram, levando consigo seus senhores. Ou, ao menos, assim tentaram. Conseguiram fugir apenas aqueles que primeiro reconheceram o perigo, estavam próximos o suficiente às saídas e foram ágeis ao se esgueirar pela multidão. Escravos e amos debandaram do coliseu como puderam, atropelando-se uns aos outros, aproveitando enquanto ainda havia essa possibilidade.

A chance de fuga terminou com a chegada da Legio V Protetora, uma legião inteira composta apenas por soldados de elite e incumbida de salvaguardar a capital do Império em situações de extrema necessidade. Onde os guardas comuns falhavam, a Protetora se apresentava para o dever. E reprimir insurgências era sua principal atribuição.

Em sua chegada ao coliseu, desprezaram os servos que fugiam com seus aflitos senhores. Porém, uma vez lá dentro, consideraram todos os escravos remanescentes como rebeldes. E a rebeldia era punida com a morte.

De início, a Legio V Protetora pensou que seria só mais um tumulto. Nenhuma novidade para quem havia lidado com situações parecidas a vida inteira. Com escudos em punho, espadas em riste e formação impecável, avançaram pela arquibancada organizados em vários batalhões independentes e coesos. Cada um deles começou trucidando o primeiro grupo de escravos que apareceu, para abalar a confiança dos demais. Avançaram a passos firmes de legionários no cumprimento do dever.

Porém, diversos fatores convergiam para tornar a situação muito mais do que um tumulto qualquer. O ardor proporcionado pela liderança de Gwen. O distúrbio provocado pela influência da Tormenta. A própria sobrevivência dos condenados na arena, que, de forma inconsciente, trazia a esperança de que os fracos pudessem vencer.

E, é claro, os dinossauros.

Em algum momento, os velociraptors se deram conta de que o público em anarquia era presa mais fácil do que os aventureiros experientes na arena. Uma das criaturas saltou para alcançar a plateia. Falhou. Caiu sobre espinhos e, assim como acontecera a Ichabod, ficou encravado na parede oblíqua. Guinchou de dor. Mal conseguia se mover. Guinchou de novo ao sentir o peso de outro de sua espécie. O segundo réptil pulou sobre o primeiro, usando-o como ponte sobre os obstáculos pontiagudos. Este alcançou o camarote mais próximo.

Delírio e horror tomaram conta do coliseu, à medida que os espectadores se deram conta da monstruosidade que abocanhava nobres, escravos e guerreiros indistintamente. A Tormenta não ligava para classes sociais. Não ligava para raças ou fronteiras entre países. As feras primitivas que serviam de hospedeiros também não. O pandemônio se instaurou, forçando os legionários a mudarem de alvo. Mais velociraptors encontraram o caminho até suas novas vítimas. Matavam pelo mero prazer de matar. Jogavam as carcaças fora e avançaram para a próxima presa.

— Que bagunça, Gwen! — Christian esbravejou.

— Eu disse pra gente segurá-la desde o início! — rebateu Verônica. — Mas, não! Deixe-a enfiar a vida no buraco! Deixe-a trazer abaixo essa cidade!

— Preciso da ajuda de vocês — disse Gwen. — Toda revolução exige sacrifícios, mas confesso que as coisas saíram de controle. Eu preciso seguir adiante, terminar o que comecei. Do contrário, tudo terá sido em vão. Mas não posso abandonar essas pessoas à própria sorte, tudo isso é responsabilidade minha.

O grupo analisou o caos ao redor. Se a propagação da morte e do pânico continuasse naquele ritmo, logo não haveria local seguro em Tiberus.

Verônica levantou, adiantou-se até Gwen, como se pudesse estapeá-la, mas apenas a confrontou:

— Abandonou os seus amigos, deixou todo mundo preocupado, arruinou a própria vida e agora pede ajuda com essa cara deslavada? — disse a medusa.

— Só quer a nossa ajuda depois que o trobo foi pro brejo — Christian acrescentou. — Aonde raios você quer ir?

— Desculpem-me — disse Gwen, sem cerimônias. — Mas eles esperam por um salvador, que no momento repousa sob esta cidade. Eu agora tenho o poder de acordá-lo.

— Um messias? — Christian ergueu as mãos, como se fosse arrancar os próprios cabelos. — Toda essa bagunça por causa de uma crendice?

— Você pode não acreditar nos deuses, mas é testemunha do poder deles. Dê o crédito ao que quiser — disse a elfa ao guerreiro. — Mas eu o conheço, Christian. Há algo em que você acredita: na liberdade dessas pessoas. E é em nome dela que eu peço que lute.

Christian suspirou. Por um momento, sustentou o olhar de Gwen. Por fim, deu um soquinho na armadura da clériga.

— É claro que vamos consertar as coisas. Quando foi que a deixamos na mão?

Verônica já corria com o chakram empunhado na direção das feras aberrantes.

A Família Lomatubarius enfrentou a correnteza de desesperados. Quanto mais próximo da saída, mais tumultuadas as passagens. Gaius ia à frente, abrindo passagem para os demais. Falava apenas em comandos. Entrem. Passem. Rápido. Por aqui.

Pérola e Cecília apressavam-se em segui-lo. Cada uma trazia um dos filhos do patriarca pelas mãos, protegendo-os para que não fossem atropelados e nem ficassem para trás. Pérola cuidava de Tertius e Cecília cuidava de Astra. As crianças mal viam o que acontecia, tinham o campo de visão limitado pela massa de adultos em fuga. Fechando o grupo, vinham Appius e Petronius, empenhados em manter a família agrupada em meio ao fluxo frenético.

Com esforço, alcançaram o portão principal do coliseu. A passagem larga engargalava logo adiante, quando a praça encontrava as ruas estreitas da cidade, e isso obrigou a multidão a avançar lentamente. As crianças olharam para o alto, finalmente vendo algo além das costas dos adultos. A passagem alta, demarcada por diversos arcos, aos poucos desobstruía a visão, dando lugar ao céu azul e sem nuvens.

— Andem! — disse Appius aos irmãos. — Olhem pra frente.

Incomodava ao jovem minotauro saber que seu pai agia sob efeito de um feitiço. Ainda assim, não discutiria. Sua prioridade era tirar a família da zona de risco.

Passava com os irmãos pelo portão quando encontrou Cassius Titanus em meio aos que fugiam.

— Appius — disse o minotauro branco ao alcançá-lo. Estava sozinho, o que lhe permitia se esgueirar pela multidão e avançar com rapidez — Vejo que está aprendendo a se afastar do perigo na hora certa.

— Cassius — Appius se admirou ao vê-lo. — Onde estão os seus escravos?

Gaius Aurelius continuou avançando, sem notar que o filho desacelerava para conversar.

— Maquius se mostrou um traidor! Decidiu ficar, contrariando minhas ordens. Terei que castigá-lo depois.

Mas Appius não se importava com a segurança de Maquius. O lefou sabia se cuidar. Em realidade, perguntava-se como seria possível que Cassius o punisse.

— E a menina? — insistiu. — Cadê a concubina?

Cassius Titanus olhou para trás e deu de ombros.

— Ela só iria me atrasar.

A perplexidade de Appius foi tanta, que ele só se manteve em movimento porque o fluxo o impelia para frente.

— Vamos, Appius. Estamos ficando para trás — disse Petronius.

Mas Appius olhava para dentro do coliseu.

Avançando um passo de cada vez, passaram por baixo dos enormes portões, que se mantinham erguidos e abertos. Mas o acúmulo de pessoas não deu trégua. Pelo contrário, quando Appius enfim saiu para o ar livre, uma gritaria brotou na multidão lá dentro, se espalhou pelo corredor e foi ganhando força até alcançá-lo. Os primeiros gritaram de horror, ao presenciar a ameaça mortal subindo para as arquibancadas. Os últimos gritaram por medo do desconhecido, sem saber o motivo original, mas cientes de que suas vidas estavam em jogo. Com a gritaria, veio uma onda de atropelos originada no coração do coliseu e propagada para onde quer que se pudesse empurrar.

— Rápido, Petronius! Feche os portões — Cassius Titanus deu uma ordem ao guardião da família rival e apontou para a lateral do arco de saída do coliseu. Ali havia um eixo de ferro vertical, de onde despontavam diversos cabos horizontais, feitos para facilitar o giro. Em torno do eixo estava enrolada a grossa corrente que mantinha o portão erguido. O dispositivo de fechamento do portão estava desguarnecido.

Petronius desviou-se do caminho de Gaius e pôs-se a cruzar a multidão em direção ao aparato. Seu porte físico o ajudou. Appius o seguiu.

— Você não pode fazer isso — disse o rapaz. — As pessoas vão ficar presas lá dentro!

Com esforço, Petronius chegou até a roda, agarrou um dos cabos e pôs-se a girá-la. O portão respondeu de imediato e começou a descer em direção à massa, a cada giro diminuindo o espaço entre o solo e o teto.

— Não pode obedecer a Cassius. Ele é cruel! É rival de meu pai!

Petronius continuou girando a roda.

— Não me importa quem ele é — respondeu o protetor. — Essa é a melhor forma de garantir a segurança da sua família.

Appius agarrou outro cabo e fez força contrária à de Petronius. Porém, não tinha musculatura para frear o chefe da guarda.

— Não podemos condenar os outros para salvar nossa própria pele — insistiu ele, aos berros. — Tauron manda proteger os mais fracos. Proteger! Não abandonar! Cassius Titanus abandona seus escravos. É uma vergonha para nossa raça. Não podemos ser como ele!

Petronius continuou girando a roda. Quem estava lá dentro percebeu que o portão se fechava e o pânico se intensificou. Crianças se perderam de suas mães. Pessoas foram pisoteadas. A gritaria se transformou em choro.

Appius soltou a roda e se afastou. Parou de tentar atrapalhar. Olhou ao redor, para o desespero e para o caos. Para os rostos em aflição. Viu, ao longe, apenas os chifres de seu pai se afastando em meio a milhares de cabeças. Cassius também já havia partido.

Lembrou-se do irmão, Titus. Finalmente compreendeu por que ele havia morrido longe do lar, por que havia se afastado.

O problema no Império de Tauron não era a escravidão.

Era a hipocrisia.

Quando voltou a falar, não mais berrava como uma criança contrariada. Falou com a voz sóbria de um homem que vê o mundo com clareza.

— Petronius, pare de fechar o portão e concentre-se em levar a minha família para casa. Isto é uma ordem.

E Petronius parou.

# CAPÍTULO 13

# DESCENSÃO

ONDAS DE INSURGENTES ERAM DIZIMADAS PELOS destacamentos de legionários experientes, bem treinados e bem equipados. Porém, não sem custo. Em meio ao caos, vários deles caíram, sendo linchados pela multidão. No ponto onde os velociraptors aberrantes alcançavam as arquibancadas, os soldados foram obrigados a se dividir entre os oponentes civilizados e os bestiais. Para piorar, a insanidade da Tormenta começava a afetar alguns dos disciplinados minotauros. Um a um, os agrupamentos eram acometidos por membros descontrolados. A formação ideal, aperfeiçoada ao longo de anos de guerras e treinamento, era desmantelada de dentro para fora.

Para onde quer que se olhasse, via-se o caos. O pânico. E todas as rotas de fuga bloqueadas.

— Para qual lado? — Gwen perguntou a Julian, após acertar um dos monstros com seu bordão.

O meio-elfo analisava diversas possibilidades, mas nenhuma parecia agradá-lo. Os portões da arena estavam bloqueados, os escravos responsáveis por erguê-los, tomados de demência. As arquibancadas estavam lotadas de mestres, escravos, legionários, dinossauros. Mesmo que pudessem alcançá-las, levaria muito tempo para que cruzassem pelo confronto que se desenrolava, apenas para encontrarem mais tumulto nos corredores internos do coliseu. Havia os alçapões por onde os monstros saíam. Considerando que pretendiam chegar nas galerias subterrâneas, aquele poderia ser um caminho. Porém, Julian sabia que nada havia ali embaixo além de mais uma gaiola, um beco sem saída.

— Para qual lado, Julian? — Gwen insistiu, enquanto lutava contra os velociraptors que os cercavam.

— Não sei — ele apertou as têmporas em movimentos circulares. — Glórienn... Glórienn, minha mãe, por favor, nos dê uma iluminação. Mostre-nos o caminho.

Como que respondendo às preces de Julian, o chão estremeceu. Gwen abriu os braços e dividiu o peso do corpo entre os dois pés para não cair. O velociraptor contra o qual lutava não foi tão ágil. Perdeu o equilíbrio, tropeçou nos próprios pés e foi ao chão.

Ao longe, Verônica saltou enquanto corria, para colocar o máximo de força no arremesso do chakram. Quando iria aterrissar, o solo sumiu. Ela se atrapalhou e caiu. Apanhada na inércia da corrida, rolou em torno de si mesma e só parou muitos metros à frente, estatelada sobre o próprio ventre. O chakram acertou um monstro que se preparava para saltar por sobre os espinhos, fez com que ele também caísse, fincado nas estacas, e voltou para a mão da medusa. Mesmo caída, ela o agarrou no momento exato.

Christian vinha mais atrás, e não teve tanta sorte.

O terremoto se acentuou, o solo balançando como se o próprio Tauron tivesse decidido levantar-se de seu leito subterrâneo. Gwen precisou abaixar-se rente ao chão e apoiar uma das mãos na areia. O mundo inteiro sacudiu. Legionários tombaram, e da mesma forma tombaram os escravos.

Um setor inteiro das arquibancadas veio abaixo. Desmoronou gradualmente, um pedaço puxando o próximo, dando aos ocupantes a ilusão de que poderiam se salvar. Mas não havia esperança de sobreviver. Cada humano, cada elfo e cada minotauro sentiu o chão sumir sobre os pés e foi engolido pelo espaço vazio. Sobre eles, caiu a próxima parcela de pedra e terra. As escadarias foram reduzidas a escombros. Restaram apenas as nuvens de poeira se erguendo sobre o sepulcro dos que ali se rebelavam.

A partir do setor desmoronado, uma fenda se abriu no solo. Espalhou-se como um raio pela arena, rasgando-a em duas. Parte dos destroços escorregou para dentro. Pedregulhos e cadáveres caíram. Caíram para sempre, sumindo na escuridão abissal. A fenda continuou a se alongar, expondo e destruindo as instalações subterrâneas, engolindo junto alguns dos velociraptors. Ameaçando devorar tudo o que estivesse em seu caminho.

E em seu caminho estava Christian.

O guerreiro tentou fugir, mas não foi rápido o suficiente. A fenda o alcançou. Demoliu o chão aos seus pés.

Foi impossível conter um grito, mas gritar não o impediu de lutar por sua vida. Em meio à queda, esticou os braços. Forçou-se a buscar as paredes do buraco sem fundo. Esfolou as mãos contra as rochas, sentindo cada camada lhe escapar. A luz do dia ficava a cada instante mais longe. Até que conseguiu. Agarrou-se a uma pedra protuberante. O corpo pesou para baixo, mas os dedos enrijecidos lutaram para segurar. Ficou pendurado apenas por uma das mãos, os pés balançando sobre o abismo, em meio à chuva de monstros e cadáveres. Sua espada continuou a trajetória descendente, retiniu contra o paredão de pedra, caiu para a escuridão.

— Christian! — gritou Gwen.

Do outro lado da arena uma figura imponente surgiu da fenda. Em meio à rachadura irregular e desgovernada, galgou sem pressa os degraus esculpidos magicamente na pedra. Sua armadura púrpura reluziu ao ser banhada pelo sol. O entalhe prateado cegou os mais fracos, cintilando sobre eles o arco e flecha que eram símbolo de Glórienn. Do subterrâneo despontava Valuriel, Paladino Único da Deusa Menor dos Elfos e da Perfeição. Seu cabelo quase branco era beijado pelo vento da liberdade. As mechas longas e lisas esvoaçavam sem perder a elegância. Nos punhos, trazia duas espadas. Nos lábios, um sorriso.

— Obrigado, Gwen — disse ele. — Por muito tempo, os elfos foram mortos, humilhados, expulsos de suas terras, escravizados. Esse período de vergonha termina hoje. Graças ao seu talento como musa e à sua coragem de dar início à revolução, teremos a chance de lutar com força máxima. Prepare-se para o triunfo e para a grandeza.

Ao seu comando mais elfos surgiram pela escada. Eram homens e mulheres de grande virtude, equipados com arcos e espadas. Após anos se escondendo nas sombras e se preparando à exaustão, finalmente recebiam a chance de recuperar a dignidade perdida. Tinham sede de vingança. Uma vez sobre a arena, agruparam-se em destacamentos de espadachins e de arqueiros. Alguns elfos mais jovens surgiram trazendo enormes cestos cheios de armas. Os elfos na areia sorriram para as arquibancadas, onde mais elfos se reuniam em tropas.

Valuriel completou:

— Que comece o Levante Élfico!

E os elfos começaram a lutar. Defenderam os demais escravos, defrontaram os minotauros. Flechas de aço élfico choveram sobre as legiões. Lâminas compridas e cintilantes chocaram-se contra os gládios mundanos, espalhando faíscas pelo ar.

— Gwen, por aqui! — Julian a puxou em direção à escada por onde Valuriel havia chegado. — Ele veio da Resistência. A passagem vai nos levar direto para Etelethar.

De repente, o chão vibrou mais uma vez e a fenda começou a se fechar. Tudo o que havia caído dentro dela seria esmigalhado, passaria a fazer parte das entranhas da terra. Inclusive a escada para o subterrâneo. Inclusive Christian.

Com um giro do bordão, Gwen varreu o chão sob os pés de Julian, derrubando-o.

— Christian! — disse ela, e se virou na direção do amigo. Porém, antes que se afastasse, Julian agarrou-lhe o pé e quase fez com que caísse junto.

— Aonde vai? É nossa única chance!

Estava prestes a chutá-lo para longe, quando ouviu Ichabod do outro lado do abismo:

— Vá, Gwen! Deixe que eu cuido disso.

Com um aceno de cumplicidade, cada um disparou para um lado. Ichabod em direção a Christian, Gwen em direção à escada, com Julian tropeçando atrás dela. Com a fenda se fechando, a clériga pôs-se a descer os degraus esculpidos por magia. Ao passar do nível da superfície, os sons do coliseu foram abafados. O que se ouvia eram as entranhas da terra se revirando, tentando colocar no lugar o que fora movido. Ora ou outra, um naco de rocha se desprendia do restante e caía para a escuridão.

O calor da arena também ficou para trás, dando lugar ao frio úmido do subterrâneo. Gwen desceu a escadaria em espiral à beira do precipício. Após a primeira volta, o caminho se transformava numa caverna que penetrava reto no solo rochoso. Gwen passou pela entrada, mas um grito de Ichabod fez com que estacasse.

Olhou para cima, sem ângulo para ver o que acontecia na arena. Ouviu mais vozes, rugidos, palavras arcanas. Quis voltar por onde viera, mas Julian barrou o caminho. Mais esperto do que antes, não seria pego desprevenido uma segunda vez. Além disso, ele sabia que Gwen não correria o risco de derrubá-lo no fosso sem fundo.

— Em frente! Em frente! — repetiu o meio-elfo. — Por Glórienn, vamos!

Gwen segurou o corpo de Julian, tentou forçá-lo para o lado, esticou o pescoço para ver o que acontecia às costas dele. A fenda se fechava. Pedras rolavam.

A pedra à qual Christian se segurava cedeu.

O guerreiro caiu no abismo.

Um vulto passou por Gwen.

Os poucos instantes passaram para Christian como uma eternidade. Após ter conseguido impedir a queda para a morte certa, chegou a ouvir os gritos dos amigos. Soube que planos foram feitos, que alguém viria ajudar. Não esperava menos. Porém, não poderia contar só com isso, então sacou uma adaga da cintura e fincou-a no paredão. Assim, pôde se agarrar a ele com os dois braços. Pôde analisar a situação e começar um plano.

Tudo isso foi inútil quando aquela porção de terra desmoronou por inteiro.

O que parecia rocha sólida se transformou em meros pedregulhos, estilhaços de cascalho que choveram ao redor do guerreiro e levaram-no junto. Christian tentou se agarrar a qualquer coisa, mas tudo rolava, tudo escorregava.

Depois de trilhar tantas expedições perigosas, de explorar masmorras e catacumbas, depois de percorrer um continente assolado pela guerra, transpor seus sangrentos campos de batalha, de se infiltrar no maior império do mundo, de proteger inocentes e lutar em nome daqueles que amava, depois de enfrentar poderes superiores, capazes de levar qualquer um ao oblívio... Christian morreria caindo na droga de um buraco.

Passou a deslizar ainda mais rápido pela parede do abismo. Suas roupas desgrudaram do corpo. Sentiu-se leve. Perdeu a noção do tempo e do espaço. Então, ouviu um assovio longo e agudo. Um grasnido feroz de predador, cada vez mais próximo. Animalesco e brutal. Nada como os guinchos das bestas aberrantes, mas um som da natureza. Puro. Feito para intimidar, mas que na realidade denotava espanto.

O grasnado mais lindo do mundo.

Christian caía, mas um sorriso surgiu em seu rosto. Sabia que cairia sobre algo e que precisava estar pronto. Sabia que teria que se agarrar às penas lustrosas, ao dorso que misturava águia e leão. Largou a adaga à qual ainda se agarrava, envolta em pedras. Esperou pelo baque.

Com um mergulho, Fuligem apanhou-o em pleno ar. Christian agarrou-lhe as penas do pescoço. Escorregou para trás. Agarrou as penas dos ombros. Escorregou mais uma vez. Trombou em algo rígido, uma armação de madeira revestida de couro curtido. Agarrou-se a uma protuberância. Sentiu-se firme. Pulou sobre o aparato e abraçou o grifo com as pernas. Seus pés encontraram os estribos na altura certa. Apanhou as rédeas. Seguro e confortável. Dok havia criado a sela ideal.

Fuligem completou o arco ascendente. Virou-se de lado e saiu para a superfície bem a tempo de a fenda se fechar com estrondo às suas costas. Alcançou o ápice do voo e abriu as asas contra o céu, cobrindo o sol com sua envergadura. Em seguida, deixou-se descer. Planou em direção ao chão. Voou rente a ele. Tocou o solo com delicadeza.

Tropeçou e rolou.

Penas, pelos, couro e cavaleiro se misturaram à poeira e ao sangue esparramado. Quando pararam de girar, Christian e Fuligem ficaram estirados e precisaram de uma pausa para se orientar. Porém, algo continuou rolando. Saído das garras cuidadosas do grifo, um amontoado de pele verde e tecido encardido de graxa deu duas cambalhotas para frente e parou em posição: apoiado sobre um dos joelhos, uma bazuca em cima do ombro. Dok deu sua risada de goblin e disparou.

O projétil parecia uma bola de canhão, só que branca. Em meio à trajetória, perdeu o formato esférico e se esticou como uma teia de aranha. Acertou em cheio um velociraptor que pisava sobre o peito de Ichabod prostrado. Derrubou o réptil para trás e o grudou ao solo.

— Dok chegar! — o goblin puxou os óculos de proteção para a testa. — Agora nós vencer!

E entrou na pancadaria.

Gwen viu o grifo escapar da fenda. Em seguida, o paredão oposto esbarrou na escadaria de pedra e a destroçou. Continuou avançando, demolindo tudo o que tocava. Julian a puxou caverna adentro, e os dois correram. Às suas costas, o teto desabava. Uma avalanche de terra e pedra se seguiu, perseguindo-os. Eles dispararam sem olhar para trás, correram até alcançar uma seção segura na caverna, longe da arena e seus perigos.

Ofegavam.

— Gwen, desculpe, eu... — Julian ensaiou.

— Para qual lado? — A clériga o interrompeu. — Não quero desculpas. Quero soluções. Para qual lado fica a Resistência?

Estavam diante de uma interseção.

— Por aqui — o meio-elfo escolheu um dos lados e a guiou pelas galerias.

Não era longe. Caminharam por pouco tempo e logo encontraram o pavilhão subterrâneo, com seus cogumelos gigantes e suas luzes fosforescentes. Tudo estava igual. Sem sinal de invasão táurica. A Resistência havia lidado bem com a chegada imprevista de Petronius e seus homens, que parecia um evento tão distante, mas havia acontecido no dia anterior.

— Gwen! — uma voz infantil surgiu em meio aos fungos. Meriel correu até a clériga e abraçou-a pela cintura, como fizera antes com Liwaza. Ergueu o rosto e contemplou-a com adoração, as orelhas élficas despontando dos dois lados da cabeça diminuta. — Você voltou! Vai acordar o Etelethar?

Gwen fez que sim. Meriel a soltou com um risinho.

— Então vamos! — A menina pegou Gwen pela mão e guiou-a pelo restante do caminho.

O campo de treinamento estava tomado de crianças. Muitas seguravam espadas ou arcos e tentavam manter posição dentro de suas fileiras. Crianças um pouco maiores davam comandos, tentando estabelecer a ordem. Mas era impossível, pois havia aquelas que vagavam de um lado para outro, tendo esquecido completamente o treinamento, e ainda outras que choravam nos cantinhos. Tudo o que sabiam era que algo grande estava para acontecer. E que nenhum adulto estava lá para guiá-las.

Quando Gwen e Julian chegaram, a pouca clareza que havia se perdeu. As crianças correram na direção dos dois. As que choravam, correram em busca de consolo. As que vagavam, em busca de orientação. As que comandavam, em busca de informações. Qualquer esboço de organização que ali houvesse se desintegrou, transformada em um aglomerado em torno dos dois. Aquelas crianças haviam sido treinadas para empunhar armas e formar tropas. Mas não passavam de crianças.

— Saiam da frente! Precisamos chegar no Etelethar! — fazendo sinal com as mãos, Meriel abriu caminho. Era pequenina, mas as demais a obedeciam.

A única exceção à ausência de adultos era o Mestre Luwarandithas. No topo do patamar natural que se erguia do outro lado do campo de treinamento, o idoso persistia em sua eterna vigília ao lado do messias inconsciente em seu leito de ametistas. Sorriu ao perceber a chegada de Gwen, mas não se moveu. Esperou que ela subisse a escada macia e transparente até ele.

— Você retornou, Clériga de Deusa Maior. E com seus poderes, eu sinto.

Gwen acenou que sim. Lá embaixo, as crianças se amontoavam aos pés da elevação, tentando ver o que aconteceria no topo. Das mais assustadas às mais valentes, todas filhas libertas dos minotauros. Todas ansiando pelo despertar do messias.

Julian estava entre as meninas. Apesar de ser um homem feito, tinha o olhar tão apaixonado quanto.

— Vá em frente, então — Mestre Luwaranditthas se afastou, para dar espaço a Gwen. — Derrame a sua bênção.

Gwen achegou-se ao leito de pedras preciosas e deixou-se envolver pela luz arroxeada, refletida pelas ametistas. Etelethar dormia na mesma posição de antes, o cabelo curto e claro a emoldurar o rosto infantil que cambaleava entre a vida e a morte. Tomou-lhe a mão fria entre as suas. Fechou os olhos e fez uma prece.

Diante de Julian, de Meriel, do Mestre Luwaranditthas e das centenas de crianças que assistiam com apreensão, uma claridade celestial inundou o subterrâneo. Não um lampejo ofuscante, mas uma luz cálida e agradável, que envolveu a todos, findou os gemidos e secou as lágrimas. Quando desvaneceu, a Resistência estava imersa na mais profunda paz. As crianças observaram sem receio. Aguardaram.

E testemunharam Etelethar abrir os olhos.

Um clamor de comemoração se espalhou pelo ajuntamento de crianças quando Etelethar ergueu a cabeça e se sentou no leito de joias. Julian e Meriel se abraçaram. Gwen deu um passo para trás, enquanto o Mestre Luwaranditthas se adiantou para amparar o elfo pueril, o milagre em meio ao cativeiro. Etelethar estava envolto em uma aura imaterial, mas de intensa presença. Ao mesmo tempo aprazível e opressora, fazia comprimir as entranhas e instigava à obediência. A aura de um deus.

Em pé diante de todos, ele falou:

— Glórienn busca a liberdade. A Deusa quer estar entre nós — sua voz de menino foi seguida por mais um alarido de comemoração. — Venham as filhas de Glórienn até mim.

As meninas se amontoaram ainda mais junto ao sopé do patamar de pedra. Elfas que estavam longe vieram para perto. Mesmo humanas se aproximaram e foram abraçadas pelas companheiras élficas. Todas sentiram juntas o momento de triunfo, o retorno da esperança.

— Glórienn está conosco! — disse uma delas.

— A Deusa vai nos salvar!

Etelethar deu um sorriso doce.

— Glórienn recebe de bom grado o sacrifício de vocês.

Ao ouvir as palavras do menino, Gwen arregalou os olhos e avançou contra ele. Porém, um campo de força invisível impediu seu avanço e a arremessou para longe. Ela caiu do patamar, em cima da multidão. Esmagou algumas crianças sob o peso de sua armadura.

Em volta de Etelethar, o campo de força se fez visível, na forma de uma esfera de energia púrpura e translúcida, que girava em torno de si mesma. No início, o poder divino emanava do menino. Porém, isso logo mudou. Ao seu comando, veios de luz começaram a fluir das elfas para o globo que o cercava. Meriel admirou-se ao ver o brilho púrpura que a abandonava. Apoiou-se em Julian para não cair.

Raios brotaram de todos os lados da caverna, convergindo para o campo de força cada vez mais vibrante. As luzes dos fungos oscilavam. Uma das meninas desmaiou.

Etelethar lhes absorvia a energia vital.

Gwen se levantou, enquanto mais crianças tombavam.

— O que está fazendo? — ela gritou. — Você deveria proteger as suas filhas!

Com os cabelos esvoaçantes, Etelethar respondeu:

— Minhas filhas é que deveriam me proteger.

Houve um impulso repentino na absorção, e o restante das elfas desmaiou. Apenas as elfas. Glórienn se recusava a sugar energia inferior. Ao seu lado, o Mestre Luwaranditas caiu de joelhos, a centelha de vida sendo-lhe arrancada aos poucos, os olhos cansados se recusando a acreditar no que via. Gwen avançou por entre elfas caídas e humanas que fugiam em debandada. Buscou mais uma vez a escada que levava ao patamar natural, enquanto as forças a abandonavam. O corpo ficava cada vez mais pesado, como se a gravidade a esmagasse. Era também uma elfa, e Glórienn exigia seu sacrifício.

Julian deitou Meriel com cuidado. Estava morta. Ele contemplou o genocídio que o cercava.

— É um ritual... um ritual de sacrifício — balbuciou.

Então olhou para as próprias mãos e esperou ser acometido pela mesma fraqueza que dominava todos os elfos ao seu redor.

— Mãe, permita-me servi-la! — suplicou.

Porém, foi ignorado.

Gwen caiu de joelhos na escada feita de caules de cogumelo gigante. Apoiou as mãos nos degraus superiores. Rastejou para cima. O símbolo de Tanna-Toh na couraça foi arrastado pelos degraus almofadados. Quanto mais subia, mais difícil era o avanço.

Quando chegou ao topo da escada, já havia perdido a visão periférica. Era difícil respirar. Com esforço, focalizou a figura do Mestre Luwaranditthas encolhida no chão. Tentou se levantar e ir até ele, mas o esforço seria grande demais. Impossível. Adiante, Etelethar se erguia, triunfante, banhado em poder. Perante dos olhos de Gwen, o cabelo claro do menino cresceu até a nuca e tingiu-se de violeta. Seu corpo se alongou e se desenvolveu. Cintura fina. Seios redondos. Etelethar se transformava em uma mulher.

— É o avatar de Glórienn. Sua forma humana para caminhar entre os mortais — Julian suspirou enquanto subia as escadas. Então agarrou Gwen pelos braços e ajudou-a a se erguer. Arrastou-a em retrocesso, apressado em descer as escadas que ela havia tentado subir. Atravessou o campo de treinamento. Levou-a o mais longe possível, enquanto o clarão púrpura se intensificava às suas costas. O meio-elfo tinha lágrimas nos olhos.

Gwen continuava olhando para trás, registrando na memória tudo o que acontecia.

— Não é o avatar — disse ela. — Apenas deuses maiores possuem avatar. Essa é a deusa em pessoa.

Essas foram as últimas palavras proferidas antes que o poder de Glórienn alcançasse seu ápice. Com o fim da absorção, a deusa explodiu em exuberância. O estouro devastou a flora subterrânea, derreteu a pele dos cadáveres élficos. Espalhou-se por todo o pavilhão, empurrou Julian e Gwen para longe. Atingiu o teto de pedra.

A caverna desmoronou, enterrando consigo o futuro da Resistência Abolicionista.

# INTERLÚDIO

EM UM TEMPO VINDOURO.

— Pelo Nada e o Vazio! O que está acontecendo? — esbravejou Tauron e esmurrou a mesa quando a outra surgiu em seu camarote. — Nada disso faz sentido. A capital dos meus filhos se tornou um cenário de guerra!

Em raro momento de preocupação legítima, Tanna-Toh se manteve séria. Ao redor dos dois, servos de Kundali esticavam mapas, enviavam mensagens, pesquisavam profecias.

— Nada que não desconfiássemos.

— Nada escapou às nossas suspeitas. O que não diminui o absurdo do ocorrido — rebateu o Deus dos Minotauros. — Terei que lidar com isso pessoalmente.

— Se você diz... — ponderou a anciã. — Mas você sabe da proibição. Sabe das implicações.

— E não me importo. Sou o Líder do Panteão! Chega de obedecer a imposições covardes. Observe e aprenda, Deusa do Conhecimento.

Tanna-Toh se calou. Manteve-se séria.

— Não está arriscando apenas a si próprio... Põe em risco muitos dos que jurou proteger — disse para si mesma. — Tauron, não adianta eu tentar dissuadi-lo. Vá, faça conforme sua vontade. Mas também não irei ajudar. Meu papel será relatar o ocorrido, não importando resultado, e oferecer abrigo, para que nenhum conhecimento se perca.

O Deus Maior da Força bufou, falhando em manter a calma. As labaredas em seus chifres arderam com mais intensidade, quando disse:

— Tão covarde quanto os demais!

# III

# AOS VÍCIOS DIVINOS

## CAPÍTULO 1

# DUELO DE LÍDERES

UM GRIFO SOBREVOAVA O COLISEU DE TIBERUS SEMI-destruído, carregando uma sela vazia. Seu ginete estava mais abaixo, armado com uma espada élfica tomada de um cadáver desconhecido, lutando a pé. Enquanto insurgentes e minotauros se digladiavam em um conflito civil, Christian se ocupava de caçar os velociraptors aberrantes. Não importavam as circunstâncias, a Tormenta sempre seria a ameaça número um.

Sem hesitar, puxou a lâmina de dentro do pescoço de um dos monstros e viu jorrar o sangue cheio de impurezas. Embora apreciasse o calor do combate, aquele era um duelo no qual não encontrava prazer. Apenas o dever de expurgar os invasores, a fim de proteger os artonianos, não importando de qual lado estes estivessem em seus conflitos.

Antes de serem tocadas pela Tormenta, as criaturas de Galrasia haviam evoluído para caçar em matilha. Sua força estava nos números. Christian sabia disso. Havia estudado essa teoria em seu curto período de instrução em Salistick e havia visto casos semelhantes na prática ao longo de toda uma vida de aventureiro. Portanto, buscava sempre atacar o monstro mais isolado. Quanto mais matava, mais os números estavam a seu favor.

Verônica fazia o mesmo, ora ajudando Christian, ora derrotando seus próprios monstros. Com os braços livres de correntes, a mente longe de feitiços do sono e o corpo restabelecido pelo milagre de Gwen, matar aberrações deixava de ser um suplício e se tornava um deleite para a medusa. Não demorou para que apanhasse para si um gládio caído. Com a espada curta e o chakram, estava munida de suas duas armas favoritas.

— Christian, o tiranossauro!

Verônica apontou para o outro lado do coliseu. Se debatendo como um colossal peixe na superfície, a abominação jurássica se deslocava pela arena. Os talhos no couro derramavam fluido vermelho cheio de vermes. Os quilópodes que emergiam da cavidade orbital tateavam a areia, esfregando nela os olhos nas pontas de tentáculos. A cauda comprida chicoteava o chão e impulsionava para a frente o organismo com meros tocos no lugar de patas. Seguia em direção ao setor tombado das arquibancadas.

— Ele vai fugir!

Entre eles e o tiranossauro, uma batalha campal transcorria. De um lado, os elfos de Valuriel. Valorosos em seus capacetes adornados, formavam fileiras perfeitas. Espadachins na frente, arqueiros atrás. Eram os únicos em todo o coliseu que se beneficiavam do ataque à distância. Porém, os elfos estavam em menor número e eram cercados pela Legio V Protetora, a legião que, apesar do nome, não protegia os cidadãos e seus escravos, mas atacava baderneiros e suprimia revoluções.

Christian e Verônica não tinham como atravessar os dois exércitos e abater o tiranossauro.

— Chame Fuligem! — gritou a medusa. — Voe até lá!

Do alto dos céus, Fuligem ouviu seu nome. Piou alto e desceu lentamente, empurrando o ar para baixo com as enormes asas de rapina. No conflito, um arqueiro foi morto no exato momento em que efetuava um disparo. A flecha voou para o lado errado e por pouco não atingiu o grifo.

— *Não!* — Christian gritou, parte em resposta ao susto, parte como repreensão à medusa e ao grifo. — Volte lá pra cima! Já! Voe! — enxotou.

Fuligem piou novamente, desta vez de tristeza, bateu as asas e ganhou altitude.

— Mais alto! — ordenou o humano, para que Fuligem voasse acima do alcance das flechas.

— O monstro vai fugir! — Protestou Verônica.

Milhares de pessoas corriam pelas arquibancadas. Muitas se juntavam aos elfos na luta contra os minotauros, lideradas por Simon e Liwaza. Outras apenas fugiam por suas vidas. Destas, várias usavam como rota de fuga os escombros do setor destruído. As mais atentas mudaram de curso ao ver a aproximação do tiranossauro. As descuidadas só perceberam tarde demais. Foram atropeladas pelo monstro, trucidadas em sua mandíbula, devoradas para fazê-lo crescer ainda mais.

—Ichabod pode cuidar dele — Christian gritou, alto o suficiente para que o mago escutasse.

Ichabod combatia dois velociraptors ao mesmo tempo. Ao ouvir o chamado, virou-se prontamente para o tiranossauro e se concentrou nas artes arcanas. Um dos monstros deu o bote às suas costas, mas foi recebido pelo gládio de Verônica, que chegava correndo para defender o amigo durante a conjuração do feitiço. O grupo de aventureiros lutava em sincronia, cada um confiando sua proteção aos demais.

Porém, quando Ichabod estava prestes a lançar a magia que deteria o tiranossauro, uma rajada de gelo o atingiu.

No camarote imperial, três figuras se ergueram. No centro, o minotauro mais desejado de Tiberus não exibia seu sorriso habitual, mas o cenho franzido de preocupação. À esquerda dele, o elfo de mil anos flutuava envolvo em uma aura glacial. Os pés pendiam soltos, as mãos seguravam esferas de poder, sem de fato tocá-las. À direita, o caçador imperial trajava a cabeça de dragão como um elmo, a lança aberrante em punho. Aenor, Gélido e Eleutério, os campeões de Aurakas.

— Acabem com essa baderna — disse o Imperator, surgindo logo atrás.

Os três desceram para a arena e avançaram contra Verônica e Ichabod, os responsáveis pelo início da desordem.

— Christian, o monstro! — Verônica gritou, e em seguida cruzou o gládio e o chakram para aparar a lança de Eleutério. Conseguiu se defender do caçador, mas Aenor surgiu ao seu lado e lhe acertou um golpe de espada.

Christian olhou do tiranossauro para o grifo. Ignorou os dois e atacou Aenor.

— Dok vai cuidar dele — respondeu para a medusa.

— Dok? Ele sumiu — ela também atacou o gladiador de Aurakas. Juntos, Verônica e Christian conseguiram penetrar as defesas dele.

— Ou os elfos. Ou os minotauros — os dois ficaram um de costas para o outro, cercados de inimigos.

— Ninguém vai chegar perto daquela coisa. Deixe de ser covarde e voe.

A besta aberrante atravessava a saída.

— *Aurakas!* — a voz de Valuriel se ergueu acima da gritaria. — Seja metade do minotauro que afirma ser. Desça para me enfrentar!

Gélido lançou seu raio glacial contra Verônica, mas foi interceptado por uma contramágica de Ichabod. Flechas voavam pela arena, chovendo sobre os minotauros. Apesar das baixas, a formação táurica se mantinha sólida, avançando com passos pesados de legionários cobertos pela parede de escudos retangulares. Encurralando os insurgentes.

— Sou o Paladino Único de Glórienn. Sou primoroso, sou sublime. Sou a perfeição élfica encarnada. E eu o desafio, Aurakas.

A voz alta e clara do paladino foi ouvida em todos os cantos no coliseu. Os combatentes continuaram a atacar e defender, mas mantiveram os ouvidos atentos. Aurakas sorriu para a arena.

— Sois o mais forte entre os revoltosos? — perguntou o Imperator.

— Sou o mais poderoso dos elfos — Valuriel respondeu. — E eu o desafio para a arena.

Em sua mente, Aurakas desprezou o desafio. Sabia que a maior força do mundo não residia no combate aberto, mas no poder político que movia as massas. Julgou o elfo uma relíquia de eras passadas. Julgou que merecia a escravidão.

Aurakas pensou tudo isso, mas, justamente por conhecer o poder das aparências, o que respondeu foi:

— Se é o líder entre os seus, irei honrá-lo com uma demonstração de força física. Veremos se é adversário valoroso o suficiente a ponto de me exigir algum esforço. Eu aceito o desafio.

Dizendo isso, o Imperator saltou para dentro da arena. Caminhou como se estivesse no Senado, sem olhar para os lados, sem se preocupar com sua segurança, rumo ao líder de facção. À sua frente, elfos e minotauros abriram passagem. Um velociraptor tentou atacá-lo, mas foi detido por azagaias arremessadas por legionários.

De um lado, terreno abalroado dividia a arena como uma cicatriz de fora a fora, demarcando onde havia se fechado o rasgo nas profundezas do solo. Do outro, ruínas dos alçapões se misturavam aos vestígios da magia rubra. Duas patas de dinossauro amputadas e petrificadas junto à imundície aberrante. Aurakas seguiu pelo meio. Encontrou o adversário no centro do que restava da arena. Ficaram frente a frente.

Sem desgrudar os olhos do paladino, Aurakas esticou o braço esquerdo para o lado. O centurião mais próximo não o deixou esperando. Destacou-se de seus homens, adiantou-se até o Imperator e vestiu nele seu próprio escudo. Uma honra que haveria de perdurar por gerações, desde que o Império Táurico tivesse êxito ao abafar mais esta rebelião.

Aurakas fechou-se no escudo retangular adornado com a figura do Touro em Chamas. Levou a outra mão à empunhadura do gládio que trazia à cintura e, pela bainha de ouro reluzente, deslizou para fora a lâmina opaca e danificada. De frente para o oponente, ergueu-a, como se pudesse tocar o céu com a ponta. O manto púrpura de imperador deslizou para as costas, revelando os músculos sob a túnica do braço erguido. Não era uma posição de combate, mas de altivez. Perante a visão da arma lendária, os minotauros ao redor bradaram de adoração.

— Paladino Único de Glórienn, eu sou Aurakas, Prínceps de Tapista e Soberano do Império de Tauron. Em nome do Deus da Força, irei derrotá-lo usando o Gládio de Goratikis, a relíquia que representa a superioridade do povo táurico.

Apesar do clamor, a face de Aurakas suprimia qualquer demonstração de júbilo ou fúria. Ele então trouxe o braço para junto do corpo, sob a proteção do escudo, mantendo apenas o gládio despontando para fora. Como uma estátua, permaneceu em posição por um longo tempo. Esperou pelo adversário.

Valuriel não ficou para trás. De peito aberto, caminhou rumo ao Imperator pelo círculo que se abriu em meio às centenas de combatentes.

Nas artes sacras concebidas na antiga Lenórienn, antes do cativeiro dos elfos em Tapista, Glórienn era representada de duas formas. A primeira, disparando seu arco longo. Era sabido que uma flecha disparada pela

Deusa dos Elfos era sempre certeira, jamais errava seu alvo. Também por isso, o símbolo usado pelos devotos exibia o arco e a flecha modelados em prata.

A segunda representação mostrava Glórienn empunhando duas espadas longas. Método de combate dominado por poucos, atraía elfos como Valuriel: fervorosos, que preferiam sentir de perto o calor do combate.

Tão teatral quanto o minotauro vermelho, o Paladino Único cruzou as espadas frente ao corpo e proclamou:

— Imperator de Tauron, eu sou Valuriellandir, Paladino de Glórienn. No momento, sou o único a ostentar tal título, mas em breve a Deusa dos Elfos há de retornar a seu lugar de direito no Panteão, e serei apenas o primeiro entre vários.

Os elfos que ainda combatiam ergueram o queixo, em um arroubo de orgulho, e derrubaram inimigos ao redor. Valuriel então virou o corpo de lado, ergueu uma espada defensiva à frente, preparou a outra para a investida vinda de trás e completou:

— Hoje mostrarei o valor da mais antiga das raças de Arton.

Ao mesmo tempo, os dois combatentes flexionaram os joelhos, tomaram impulso e dispararam um de encontro ao outro. Rugiram de ardor e de bravura.

O choque de forças liberou faíscas e ressoou em todo o coliseu e além.

— Christian, o monstro vai fugir! — gritou Verônica, ao desviar da pinça repulsiva da qual era feita a lança de Eleutério.

— Mas que víbora difícil de acertar! — reclamou o caçador imperial.

— Nem tanto assim — zombou Aenor, ao golpeá-la por trás. — É só esse seu costume de caçar em ermos. Esqueceu como é lutar em campo aberto.

Verônica deu dois passos para trás, tentando ficar de frente para ambos, mas eles a cercavam e atacavam por todos os lados.

— Vocês não veem que a cidade está um caos? — protestou ela. — Pelos deuses, façam algo de útil. O dinossauro, ou seja lá o que essa coisa tiver virado, está prestes a escapar para a rua!

Eleutério deu de ombros.

— Não é um demônio da Tormenta de verdade. É só um animal contaminado. Vai ser mais divertido caçá-lo depois que ele tiver fugido.

Aenor completou:

— Medusas são mais belas. Não é sempre que tenho a chance de lutar contra uma.

E os dois a atacaram, enquanto ela esbravejava:

— *Christian!*

O guerreiro havia perdido seu ímpeto de batalha. Olhava para todos os lados, pensando no que poderia ser feito, mas falhando em formular qualquer plano. Tudo era confuso demais. Desnorteado, Christian não conseguia acompanhar. Era como se todos os sons e cores tivessem desaparecido.

Assistiu à acometida entre o Imperator de Tauron e o Paladino Único de Glórienn, mas sem compreender de todo o que acontecia. Golpeou algumas vezes Aenor e Eleutério, porque percebia vagamente que Verônica precisava de ajuda. Defendeu-se do que quer que surgisse para atacá-lo, fosse um velociraptor ou um combatente de qualquer dos lados. Sentiu que alguém o protegia de magias ofensivas.

Cogitou gritar por Fuligem. Queria fazê-lo, mas não o fez. De vez em quando, uma flecha se aproximava do grifo e deixava o coração do guerreiro acelerado.

Christian viu, ao longe, o tiranossauro aberrante vencer o caminho tortuoso por entre os escombros. Sair para o espaço aberto. Atirar-se para dentro de um dos muitos canais que cortavam a cidade dos minotauros, rumo ao Rio dos Deuses. A criatura desapareceu sob as águas.

Em algum lugar, Verônica praguejou.

No centro da arena, Valuriel urrou.

O Gládio de Goratikis crepitou ao perfurar o alvo e respingou sangue ao ser puxado para longe. O fluido vital do elfo estava por todos os lados. Escorrendo pela lâmina da arma, espalhado em gotas escuras pela areia, maculando a armadura do paladino. Ele deu uma golfada, e ainda mais jorrou por sua boca, escorreu pelo queixo.

Valuriel cambaleou. Com extremo esforço, manteve as duas espadas mais ou menos levantadas. Pesavam demais. Em volta, a legião de minotauros dizimava as fileiras élficas.

A toga de senador colava no suor do minotauro. Um corte no braço revelava onde havia sido atingido. Ainda assim, seus passos se mantinham firmes. Seus olhos, inabaláveis. Suas palavras, mordazes.

— Por que não se cura, paladino? — perguntou.

Valuriel não respondeu. Apenas trincou os dentes e buscou firmar posição. Sangue vertia.

— Não tem poder para isso — o próprio Aurakas respondeu. — A sua deusa é fraca, mera concubina do meu.

Aurakas fez uma prece a Tauron. Não era um guerreiro santo, não dispunha da habilidade de conceber milagres. Contudo, o próprio ato de invocar o Deus da Força já era suficiente para avivar a confiança sua e de seu exército. Enquanto os legionários derrotavam elfos e demais revoltosos, seu Imperator se aproximou do líder inimigo.

— É o seu fim, Valuriellandir, Paladino Único de Glórienn.

Com a arma de seus ancestrais, Aurakas desferiu o golpe de misericórdia.

Valuriel caiu, o sangue esguichando de um furo na garganta.

Então uma sombra cobriu o sol. Aurakas olhou para cima e descobriu que a nuvem era feita de flechas. Milhares delas enchiam o céu, tendo sido disparadas ao mesmo tempo por todos os arqueiros élficos que estavam no coliseu. O alvo era um só: Aurakas.

O Imperator ergueu o escudo, certo de que alguma delas haveria de vazar sua proteção. Uma vez que fosse atingido, sua defesa estaria prejudicada. Outras haveriam de feri-lo na sequência.

Porém, antes que a primeira seta o alvejasse, uma parede de escudos se formou diante do minotauro, e atrás, e em cima. Seus fiéis legionários assomavam, com bravura e sincronia, na missão sagrada de proteger o soberano.

As flechas caíram sobre eles como chuva. Um estardalhar de pontas de aço contra os escudos de madeira. Seria leve, fosse uma flecha só, mas a quantidade excessiva tornou a precipitação pesada. Um dos legionários foi atingido e caiu ao chão, derrubando seu escudo. Contudo, a brecha aberta na parede de escudos foi logo preenchida pelos companheiros. Os minotauros se reagruparam e mantiveram a defesa sólida.

Quando o som de flechas parou e a parede de escudos se desfez, Aurakas percebeu as consequências sofridas pelos elfos. A fim de executar o ataque em conjunto, muitos haviam desprezado os inimigos próximos, o que lhes custara a vida.

Aurakas olhou para o chão onde estivera caído o Paladino Único de Glórienn. Ele não estava mais ali. No lugar, um rastro de sangue denunciava um percurso através da arena. Levava até um dos portões gradeados, que agora ia sendo aberto pelos escravos humanos no alto do paredão. Valuriel era arrastado por seus aliados. O Imperator cogitou ir atrás dele, mas as fileiras de elfos se fecharam à sua frente, dificultando a passagem e impedindo sua visão.

Foi então que um informante da legião correu até o soberano táurico e sussurrou algo em seu ouvido. Com um aceno, Aurakas dispensou os legionários que o protegiam, para que terminassem a batalha no coliseu.

— Aenor, Gélido, Eleutério — conclamou o Imperator.

Os três escravos abandonaram o combate que vinham travando e ocuparam posição em torno do soberano. Aenor de um lado, Eleutério de outro, Gélido flutuando vários metros acima, os três aguardando as instruções de Aurakas:

— A revolta se espalha pela cidade — disse ele. — Não posso ficar aqui brincando. Devo levar este assunto ao Senado.

— Iremos escoltá-lo — disse Eleutério.

Os quatro se dirigiram para o portão gradeado por onde haviam chegado os legionários. Porém, bloqueando o caminho, estava Ichabod.

— Pare, Aurakas. Você é o símbolo máximo da escravidão — disse o lefou. — Se o derrotarmos, o esforço de Gwen, as mortes... Tudo terá valido a pena.

Ao lado do lefou estavam Christian e Verônica. Até então, o guerreiro estava desnorteado, sem compreender a escala do que se desenhava à sua frente. Já a medusa era movida apenas por raiva e sede de vingança. Os dois mudaram ante a determinação do mago. Deixaram-se liderar por ele. Ichabod lutava por aquilo que lhe era mais precioso.

Aurakas bufou.

— Destruam esse grupelho — disse o Imperator a seus homens de confiança. — Encontrem-me no Senado.

Do alto das arquibancadas, Simon olhou para a arena e viu o Imperator se retirar do local sozinho, em meio a um combate de proporções heroicas. Viu, na sequência, as tropas táuricas avançarem, com seus métodos rígidos e eficientes. Os insurgentes élficos se valiam de uma formação em constante movimento, impossível de ser penetrada pelo inimigo. Porém, os minotauros não tentaram penetrar. Eles simplesmente foram avançando aos poucos. Atropelando um passo de cada vez. Desmantelando as forças élficas gradativamente.

Simon sentiu uma ponta de orgulho ao reparar que os elfos morriam de pé. Não se entregavam. Não vacilavam. Não se abalavam. Haviam entrado no combate sabendo dos riscos e mantinham-se firmes até o último suspiro. Faltava-lhes mais poder bélico, em números e em armas, mas não lhes faltava bravura. Morriam como verdadeiros guerreiros de Lenórienn, fosse lá o que isso significasse. Simon nascera após o massacre da antiga nação élfica. Restava-lhe apenas imaginar os guerreiros gloriosos em suas torres espiraladas. A altivez, o orgulho e a vaidade de um povo de cultura milenar, que singrou as estrelas até Arton pelo poder de sua amada Glórienn.

No entanto, o mestiço se orgulhava mais dos humanos. Moldados por Valkaria a partir de mera poeira, os humanos haviam nascido sem cultura, sem pátria e sem navios mágicos ou quaisquer outras ferramentas. Contudo, a deusa-mãe lhes concedera seu maior presente: a ambição. A partir dela, desenvolveram as artes e as ciências, ergueram cidades, castelos e reinos. Tudo o que os humanos construíram foi a partir de seu próprio suor.

Apesar da sublimidade élfica, Simon preferia os humanos. Por isso os liderava. Nas arquibancadas, dividia-os em grupos. Orientava o ataque e a defesa, e seus comandados combatiam com valentia. As fileiras da Resistência recebiam reforço de insurgentes avulsos, que se apoderavam de armas táuricas e aproveitavam a chance de se rebelar contra a vida de escravidão. Porém, não importava em qual facção insurgente se estivesse, o destino parecia ser o mesmo. As legiões táuricas aniquilavam os elfos garbosos na arena, e aniquilavam os humanos maltrapilhos nas arquibancadas.

— Matem todos. Não façam prisioneiros — determinou o centurião.

A iminência da morte certa levou os revoltosos a lutarem com todas as forças que lhes restavam. Legionários caíram e foram puxados para o meio dos humanos, que os espancaram um a um e cravaram lâminas nas frestas das couraças de legionário. As baixas, inestimáveis para os companheiros de centúria, mas desprezíveis para a legião como um todo, não impediram o avanço dos minotauros.

Simon se viu obrigado a recuar suas tropas. Orou a Valkaria, para que abençoasse o momento em que os escravos ambicionaram a liberdade. Recuou até o topo das escadarias de assentos, tendo às costas o parapeito que separava as arquibancadas da queda até a avenida que circundava o coliseu.

— Por favor, por favor — repetia o mestiço. — Valente e ambiciosa Valkaria, que o esforço de seus devotos não tenha sido em vão.

Ele olhou por sobre o parapeito e contemplou a cidade de Tiberus. E chorou.

Pois as ruas estavam tomadas de humanos armados. Escravos assassinavam seus amos, gritavam pelos abusos sofridos, reclamavam a liberdade que por tanto tempo lhes havia sido negada. Humanos haviam sido concebidos para a aventura, para a ambição. Para a liberdade. Seguindo sua própria natureza, consolidavam a revolução.

O meio-humano soube que a deusa havia atendido a sua súplica. Em meio às lágrimas, sorriu, pois sua luta não fora em vão. Fez as pazes com a morte.

No entanto, antes que a morte viesse buscá-lo, algo inesperado aconteceu.

Começou com um novo abalo sísmico. Era como se o solo estivesse prestes a rachar novamente. Porém, em vez de um rasgo comprido e irregular, houve uma carga centrada. Algo nas profundezas de Tiberus queria se libertar. Um ponto único de pressão empurrou a superfície para fora e ergueu parte da cidade como se fosse a encosta de um vulcão. Ruas quebraram, casas desmoronaram, escombros rolaram a encosta. Do ponto central, a última camada da crosta arrebentou e cuspiu um pó metálico, leve e cintilante.

A cidade inteira viu o que se libertou do subterrâneo.

Envolta em uma esfera de puro poder místico, ela flutuou aos céus. Ninguém se perguntou quem era a elfa de vestido verde e cabelo púrpura, ou por que ela tinha uma presença tão deslumbrante e, ao mesmo tempo, esmagadora. Todos ficaram fascinados por ela. Admiraram-na. Veneraram-na. Mesmo à distância, reconheceram a materialização dos conceitos de harmonia e beleza. Ninguém falou, pois todos sabiam. Tinham, diante de si, Glórienn, Deusa Menor dos Elfos.

O combate se interrompeu, como se a cidade inteira prendesse a respiração ao mesmo tempo. Glórienn, por sua vez, respirou fundo, absorvendo a sensação de liberdade e o poder advindo da idolatria de seus filhos. Esticou o braço e, na palma de sua mão, surgiu um arco longo. Não era de madeira, como uma arma mundana, mas de pura magia, ao mesmo tempo fluido e cristalino. Lembrava as antigas torres espiraladas de Lenórienn, erigidas em diamante, porém dispunha da flexibilidade indispensável à arma.

Glórienn tocou a corda quase invisível de tão fina, e de seus dedos surgiu uma flecha de prata. Retesou o arco. Disparou.

A seta cunhada em poder divino voou para o alto. A subida, cada vez mais difícil, levou-a ao auge de sua trajetória, e então virou a ponta para baixo e começou a cair. O declínio foi mais fácil. A flecha zuniu, cortando o ar, descendo mais rápido e mais rápido e mais rápido. Não mirava uma criatura em específico, mas o centro do coliseu. Ali se cravou, em meio ao solo pisoteado pelos leves passos de seus filhos.

A partir da flecha cravada, uma bênção de Glórienn se espalhou por toda a arena, transbordou para as arquibancadas e atingiu as ruas da cidade. Espalhou-se por toda Tiberus. Os combatentes élficos tocados pela magia sentiram o corpo revigorado, a mente mais desperta, o espírito em elevação. Novo ânimo brotou no peito de milhões.

— Meus filhos, chegou a hora — disse a deusa. — Ergam-se contra os opressores. Recuperem a liberdade que nos foi usurpada. Restaurem o poder élfico. Restaurem a minha glória. Lutem!

## CAPÍTULO 2

# SEPULTURA

METROS E MAIS METROS DE TERRA E ENTULHO TAPAVAM qualquer via de acesso à superfície, fazendo com que a escuridão fosse total.

Após a explosão e o estrondo gerado pelo desabamento, os ouvidos demoraram a se recuperar. Por um longo tempo, foram incapazes de captar qualquer ruído. O mundo inteiro parecia ter imergido no mais completo silêncio.

Um pedaço de cascalho então caiu de algum lugar, tardio. Quicou em uma rocha maior e rolou pelo espaço estreito. Outro também se desprendeu e seguiu o mesmo caminho, encontrando a areia grossa mais abaixo. Distante, as entranhas da terra ainda gemiam, em decorrência da ascensão de Glórienn e da deformação no solo que destruiu as galerias subterrâneas.

A respiração pesava. De medo, de cansaço, de exasperação. Em breve pesaria também por falta de ar. O coração retumbava pelos mesmos motivos.

Além da sua própria, outras três respirações. Um choro baixinho, infantil.

Gwen fez uma prece. A partir da ponta de seu bordão, uma luz tênue se espalhou pelo corredor estreito e acidentado. Ao seu lado estavam Julian e duas meninas humanas com joelhos e cotovelos ralados. Uma delas vertia lágrimas de pânico. Arregalou os olhos para um lado da caverna e chorou ainda mais alto. Onde deveria ser a saída, uma enorme rocha bloqueava a passagem. De baixo da rocha, despontava um braço. O corpo havia sido esmagado.

A outra menina abraçou a primeira e tentou acalmá-la, apesar de estar abalada também.

Apoiando-se no bordão, Gwen se levantou, admirada por estar viva. Ignorou as duas meninas, que sofreram apenas machucados superficiais, e pôs-se a tatear as paredes ásperas.

— Ela... — gaguejou Julian. — Ela está aqui em Tiberus! Glórienn está entre nós!

Gwen interrompeu a busca por uma saída. Ficou frente a frente com o meio-elfo. Desferiu-lhe um murro que o lançou de costas na parede.

As meninas engoliram o choro.

— Pare com essa idolatria cega! — vociferou a elfa.

— Não é cega! — Julian se levantou e a encarou de perto. — Glórienn é a expressão de tudo o que é belo, esplendoroso e bom.

— Bom? Abra os olhos! Ela acaba de assassinar centenas de crianças. O que há de bom nisso?

Julian hesitou, incerto quanto ao que responder, enquanto Gwen voltou a procurar por alguma fresta na prisão de pedras por onde pudessem escapar. Moveu o bordão iluminado rente à parede irregular, para iluminar as reentrâncias. As sombras no espaço apertado se alongaram, em resposta ao deslocamento da luz tênue.

— Ela só está confusa, não sabe em quem confiar... — Julian prosseguiu. — E nós temos que ajudá-la. Afinal, ela é nossa mãe.

— Não, não é.

Gwen continuou a tatear os cantos e mal percebeu a indignação crescente do meio-elfo.

— Diz isso porque sou mestiço? — explodiu ele. — Julga que não sou digno o bastante para ser filho de Glórienn só porque tenho sangue humano?

Gwen parou o que estava fazendo e deu um suspiro.

— Glórienn deixou de ser mãe dos elfos no momento em que virou as costas aos seus filhos. Você não é indigno dela. Ela é indigna de você.

Essa não foi a primeira traição da Deusa dos Elfos. Glórienn já usou seus filhos de escudo, abandonou os elfos em meio à Tormenta para salvar a própria vida. Pensei que estivesse arrependida, que pudesse se redimir, mas eu estava errada. O pior de tudo, dessa vez fui ferramenta para o extermínio! Nem acredito que você me arrastou para isso, Julian.

De costas para a parede, o meio-elfo se deixou escorregar e sentou no chão.

— Como eu ia saber? — cuspiu as palavras. — Também arrastei você para fora de lá.

Gwen também se deixou decair. Sentou numa pedra e apoiou os cotovelos nos joelhos, encurvando as costas doloridas.

— Não faz diferença. Glórienn trairá os elfos mais uma vez e levará a raça à extinção, enquanto nós morreremos sufocados aqui embaixo.

As duas meninas voltaram a soluçar, abraçadas.

— Façam sua última prece — a clériga instruiu. — Orem para que o espírito de vocês seja alçado ao reino de um deus bom. Valkaria, Lena ou Marah. Ou posso abençoá-los em nome de Tanna-Toh. Mas não busquem por Glórienn. Ela não tem mais um reino divino onde abrigar os infelizes que a seguem.

— E Tauron? — Julian arriscou.

— Elas já foram escravas na vida. Que pelo menos na morte não o sejam.

Entre um soluço e outro, uma das meninas passou a sussurrar no ouvido da amiga. Fez uma oração à Deusa da Vida. Tinha medo de morrer. A outra não conseguiu controlar o gemido entrecortado e estridente. O fungar incessante a impedia de articular as palavras.

Gwen fechou os olhos e meditou. Buscou sua própria divindade. Havia dedicado todos os seus dias à busca pelo conhecimento. Esperava poder continuar sua obra no pós-vida. No Reino de Tanna-Toh.

Julian abraçou os joelhos. Não tinha para quem rezar.

De repente, Gwen abriu os olhos e exigiu silêncio.

— *Shhhh!* — fez cara feia para as crianças chorosas, que taparam a boca com as mãos.

A elfa se levantou e caminhou pela cripta, tentando captar algum ruído.

— O que foi? — perguntou Julian.

— Quieto você também!

Gwen escolheu uma direção e assumiu postura de combate.

— Todos atrás de mim.

As meninas engatinharam na direção oposta e se espremeram contra a parede. A mais valente se armou com uma pedra que encontrou no chão. Todos aguardaram calados.

O ruído começou distante. A princípio, lembrava o voo de um besouro. Um estalar rápido e repetitivo. Insistente.

O volume foi aumentando, cada vez mais próximo. Então se deixou emudecer. Fez uma pausa de silêncio, na qual o cérebro se enganava, achando que ainda ouvia o ruído. Recomeçou devagar. Alcançou a mesma frequência de antes. Então mais alto, como se agulhasse os ouvidos. Penetrante.

As meninas tamparam os ouvidos com as mãos. Quando já era quase insuportável, Gwen entendeu o que estava acontecendo. A rocha gemia, pois ia sendo estilhaçada. O zunido angustiante era, em verdade, o último sopro de esperança daqueles que estavam soterrados. Restava saber quem surgiria em meio ao barulho, e se estariam ali para ajudá-los ou para fazer com que pagassem por seus erros.

A última camada de rocha foi perfurada, e um cone pontiagudo surgiu através dela. O metal refletiu a luz do bordão de Gwen, pouco antes da caverna ser invadida por uma quantidade exorbitante de poeira. Os quatro tossiram em meio à nuvem. Os olhos se encheram de ciscos. Gwen piscou várias vezes, tentando limpá-los com fluido lacrimal, sem ter que soltar sua arma.

A broca circular diminuiu sua rotação e recuou pelo caminho que havia aberto atrás de si. Aos poucos, a nuvem de poeira foi se assentando. Deu lugar à luz de uma tocha, que se deitou sobre a caverna, projetando nela uma sombra bem delineada. A silhueta de dois minotauros.

Gwen ergueu o bordão, pronta para o combate.

O minotauro mais baixo tomou a dianteira. Espremeu-se pelo buraco aberto e entrou na caverna. Olhou para os sobreviventes e sorriu, aliviado.

— Julian! Gwen! Vocês estão vivos!

O meio-elfo deixou o queixo pender.

— Appius! O que faz aqui? — perguntou, abismado. — Você deveria estar em casa.

O jovem minotauro foi até Gwen e a abraçou. Então abraçou Julian, que estava mais atrás.

— Vim buscá-los, é claro — disse ele. — Protegê-los é minha responsabilidade divina.

O outro minotauro enfiou a cabeça pelo buraco, mas não entrou. Era Petronius.

— Esse túnel foi feito por um goblin, não vai se sustentar por muito tempo. Venham — disse ele às meninas abraçadas.

As duas olharam para Gwen e Julian, esperando por orientação. Haviam sido ensinadas a não confiar em minotauros. Contudo, outro rosto surgiu pela abertura. Um rosto negro e maternal, emoldurado pelo chapéu de gaivota, surgiu trazendo consigo a luz da tocha. As meninas se levantaram e correram até Liwaza, que as puxou para a saída e as abraçou.

Após um último olhar revoltado para o braço de criança que se projetava do cadáver sob a pedra, a parteira saiu dali levando as duas sobreviventes.

A última face que surgiu no subterrâneo foi a que Gwen mais queria ver. Pele enrugada, focinho achatado, orelhas enormes. A elfa se atirou nos braços do amigo.

— Obrigada, Dok! Obrigada.

— Dok nunca abandonar Gwen — respondeu o goblin.

Todos se reuniram atrás da máquina de perfuração goblinoide. Ao longe, reverberou o som de mais um desabamento. Não poderiam retornar por onde haviam chegado.

Liwaza apontou uma direção.

— Por ali.

— Como você sabe? — Gwen perguntou.

— Por Tauron! Uma vida inteira servindo aos minotauros, alguma coisa eu haveria de aprender. Você também aprenderia a se orientar por aqui, se ficasse tempo suficiente. Mas espero que não seja o caso.

Dok posicionou a engenhoca no sentido indicado pela mulher e acionou o dispositivo. Sob toneladas de poeira e um barulho ensurdecedor, o grupo escapou do subterrâneo.

# CAPÍTULO 3

# GUERRA CIVIL

PUXAR, MIRAR, SOLTAR. ESCOLHER O PRÓXIMO ALVO. Repetir. Repetir de novo. Assistir, apenas com a visão periférica, enquanto a primeira flecha acerta em cheio. Ou não assistir, não havia necessidade, pois o tiro era sempre certeiro. Cada disparo, um inimigo a menos. Glórienn nunca errava o alvo. E nunca deixava menos do que três flechas voando por vez.

Assim, derrubou uma centena de membros da Legio V Protetora. Para ela, os opressores mortais não passavam de alvos móveis. Distribuiu flechadas, enviou muitos para os reinos dos deuses. Isso permitiu que incontáveis elfos pudessem viver mais um dia. Que pudessem correr, lutar, ou ao menos fazer um agradecimento ao serem salvos. A devoção manifestada reavivava a chama no peito de Glórienn. Proporcionava-lhe um aprazível formigamento pelo corpo. Seu poder divino se acentuava. Nunca estivera tão intenso desde a queda.

Pouco a pouco, a Legio V Protetora foi esfacelada. Os minotauros buscavam se reagrupar e manter a coerência nas tropas, mas eram cada vez menos numerosos. Viram-se obrigados a recuar. A batalha no coliseu terminava, a favor dos revoltosos.

Os campeões de Aurakas haviam recuado, tendo lutado apenas por tempo suficiente para seu Imperator escapar em segurança.

Christian, Verônica e Ichabod, por sua vez, misturaram-se aos revoltosos, protegendo e ajudando.

Contudo, o exército táurico não era composto por apenas uma legião. Em tempos de paz, pelo menos duas dúzias eram mantidas em constante prontidão. VIII Orcocida, XXII Mastodonte, IV Decepadora. Os números lhes eram atribuídos antes mesmo de sua criação, uma mera burocracia. As alcunhas, por outro lado, recebiam a partir de seus feitos em campo de batalha. Era o que realmente importava.

Aurakas havia dado a ordem para mover suas legiões mais notáveis, mas isso não deixava a cidade desguarnecida. Porque, em tempos de guerra, os senadores e seus generais levantavam ainda mais tropas. Recrutas com o fulgor da juventude eram reunidos sob o comando de centuriões experientes. Legiões ávidas por conquistar para si uma alcunha de respeito.

Poucos dias antes, várias delas haviam armado acampamento nas imediações da capital.

No acampamento, soldados comiam apressados, lustravam suas lâminas, certificavam-se de que todo o equipamento estivesse impecável. Recebiam, dos sacerdotes, bênçãos de Tauron. Almejavam a força e a glória advindas do deus. Viam de longe a agitação dentro da cidade, com gente correndo, o desmoronamento do coliseu e focos de incêndio surgindo aqui e ali. E aguardavam, buliçosos, pelas ordens dos superiores.

O comando não demorou a chegar. Uma vez anunciada a missão de retomar a cidade, o acampamento se transfigurou. O burburinho irrequieto deu lugar ao silêncio metódico. Todo minotauro sabia onde deveria estar e operou conforme a disciplina rígida do exército. Com presteza, as tropas marcharam. Em poucas horas cercaram a cidade pelos três lados secos e iniciaram a retomada. Chamavam de pacificação. Apesar do nome, a única forma que conheciam de instaurar a paz era através da violência.

Qualquer um que estivesse pelas ruas era considerado agitador e tratado como tal, fosse elfo, humano ou até mesmo minotauro. Eram mortos sem dó, quando possível de forma bárbara, para servir de exemplo aos demais. Única exceção eram os senadores em suas togas. Estes se viam resgatados, juntamente com seus escravos de confiança, e retirados da cidade sitiada.

Mas não eram apenas os minotauros que possuíam reforços. No porto, uma esquadra pirata atracava. Liderada pela capitã humana Izzy Tarante, transportava consigo um elfo de alta estirpe: Tinllins, sumo-sacerdote de Glórienn. Após décadas de lágrimas e reclusão, o líder religioso agora comandava um verdadeiro exército, composto pelos mais belos e distintos elfos, habilidosos na esgrima, na arquearia e nas artes arcanas. Ao contrário dos escravos de Tapista, não tinham medo, mas audácia. Não se encolhiam, mas estufavam o peito com o verdadeiro orgulho élfico. Vinham a Tiberus porque sabiam de Etelethar. Porque acreditavam na liberdade. Eram movidos pela obstinação.

Cobertos por uma atmosfera de bravura, os primeiros navios fincaram âncora no porto sob o alaranjado do sol poente. Ali, Tinllins desembarcou suas tropas.

Uma vez esvaziado de guerreiros élficos, a capitã Izzy Tarante voltava a encher cada um de seus navios com os escravos indefesos e aflitos que imploravam por socorro nas plataformas de madeira do cais. O processo de resgate foi coordenado pelo humano Razthus Quebra-Muros, líder revolucionário consagrado por insurreições anteriores. Estendeu-se noite adentro, navio após navio, em uma fila interminável. Alguns ainda esperavam para aportar quando os primeiros zarparam pelo Rio dos Deuses, abarrotados de refugiados. No entanto, Tinllins não esperou ter seu exército inteiro para iniciar os primeiros passos do contra-ataque.

A partir do porto, teve início o avanço élfico sobre a Capital dos Minotauros.

Glórienn sobrevoava a cidade. De cima, viu seus filhos. As tropas élficas lutavam com maestria e bravura, mas estavam em minoria. Eram necessários mais elfos. Mais fervor.

Diante da desvantagem numérica, Glórienn fez uma oração em nome de si mesma. Uma magia para retumbar no espírito e na coragem dos seus. Retesou o arco, e a flecha que segurava não era de prata como as outras, não havia sido cunhada para matar. Era uma flecha feita de poder divino, em sua mais pura forma.

Apontou para o alto. Disparou. A seta zuniu como música, em direção às primeiras estrelas que despontavam no infinito. Uma rajada mística e brilhante, que ficou menor e menor à medida que ia se afastando. Quando quase não se podia mais ver, e o ponto de luz ameaçava sumir, o disparo rebentou em um clarão. A luz divina se espalhou por toda a abóbada celeste e recobriu Arton com um véu luminescente. Recaiu sobre o mundo como chuva, feita de infinitas partículas cintilantes.

A aspersão sagrada foi sentida por elfos do mundo inteiro, e apenas por eles. Intensa na própria Tiberus, onde se concentrava a maior comunidade élfica do mundo, tênue nos recôncavos mais distantes, cada filho de Glórienn sentiu seu poder. Reconheceu-o. Compreendeu-o. Era um chamado. A deusa convocava todos a rumarem em sua direção. Quais os motivos ou o significado do chamado, não ousaram perguntar. No fundo, entendiam que era chegado o momento de pegar em armas. Lutariam em nome da sublimidade que corria em suas veias. Em nome de sua própria identidade como povo.

Os elfos sentiram Glórienn, e Glórienn sentiu os elfos.

Sentiu a centelha vital de cada um de seus filhos. Aqueles que se escondiam pela cidade, assustadiços. Os que estavam presos aos campos e às minas, trabalhando à exaustão. Os que se espalhavam pelos tantos reinos e ermos de Arton, solitários. Após a queda de sua deusa, os antigos guardiões da erudição e da magia se dispersaram. Era hora de corrigir este sacrilégio.

— Venham — disse, e eles vieram.

Elfos do campo apanharam foices e rastelos, e se dirigiram para a cidade. Elfos das minas se rebelaram contra as correntes e assassinaram os feitores com golpes de picareta. Nos recôncavos mais distantes do mundo, elfos livres abandonaram seus lares e os amigos que fizeram ao longo da jornada. Numa ilha no extremo oposto da civilização, um jovem devotado ao Deus da Honra depositou sua espada recurva em uma canoa e pôs-se a remar oceano adentro, sem nenhum planejamento.

Sob os destroços de um bairro de Tiberus, Gwen sentiu o chamado e caiu de joelhos. Recusou-se a ir. Abraçou o símbolo de Tanna-Toh e suplicou à Mãe do Conhecimento por lucidez. O chamado de Glórienn era doce, porém dissimulado. Para Gwen, era inconcebível que uma mãe liderasse a liberação de alguns de seus filhos, ao custo da vida de outros. Assim como ela, outros elfos resistiram, pelos mais diversos motivos. Mas apenas os muito fortes e esclarecidos foram capazes de declinar. A grande maioria obedeceu ao chamado da deusa.

Os que estavam em Tiberus responderam primeiro. Saíram dos abrigos e foram às ruas. Os mais capacitados empunharam espadas e se reuniram em torno de estratégias militares. Os que não dispunham de recursos ou treinamento se armaram com paus e pedras, o que pudessem encontrar. Os engenhosos se valeram de fogo. Homens e mulheres, crianças e anciões. Elfos de todos os perfis se uniram em desafio aos minotauros que marchavam.

O dia começara com uma batalha no coliseu, mas terminava com a cidade inteira imersa em caos. Por todas as praças, ruas e becos, elfos entraram em conflito aberto com minotauros. Mataram. Morreram. Todos em nome da perfeição élfica.

Todos em nome de Glórienn.

## CAPÍTULO 4

# A LETRA DA LEI

OCULTO SOB O VÉU DA NOITE, AURAKAS PROSSEGUIU EM sua empreitada. Ao escutar de um legionário que a revolta estava estourando em outras partes da cidade, suspeitou que algo maior pudesse estar em andamento. A visão da Deusa dos Elfos sobrevoando a cidade apenas confirmou sua teoria. Por isso, aproveitou a trégua garantida pela escuridão noturna para se deslocar. Uma medida drástica se fazia necessária, e o único local onde a decisão poderia ser tomada era no Senado.

Aurakas desbravou ruas escuras, evitou zonas de conflito, deu a volta em prédios tombados. A noite já ia alta quando avistou seu objetivo. O Senado era um prédio grandioso, de pavimento único, construído no centro da Praça da Austeridade. Uma escadaria larga e comprida levava até a entrada, onde uma linha de colunas sustentava o frontispício triangular.

O soberano se aproximou com cautela, ciente de que os inimigos poderiam ter tomado seu centro de poder. O que encontrou, no entanto, foi uma centúria inteira da V Protetora. Por mais que reforços fossem necessários nas outras zonas da cidade, a legião priorizava a defesa do Senado. Ao reconhecerem a aproximação do Imperator, legionários em guarda se inflaram de orgulho. Veteranos coordenaram a escolta no trecho final. Certificaram-se de que o estadista subisse as escadas em segurança, de que chegasse ao local onde sua presença era necessária.

Postaram-se, vigilantes, em frente ao monumento, enquanto Aurakas passou pelo umbral, grande até mesmo para um colosso, e adentrou a cúpula onde aconteciam as sessões.

Pela primeira vez em muito tempo Aurakas não sabia o que esperar. Senadores eram covardes. Vidas de luxo sufocavam qualquer vontade de se arriscar, mesmo que por um motivo nobre. Ao menor sinal de perigo a nata da sociedade táurica se escondia em refúgios subterrâneos, deixando seus guardas e legionários para lidarem com a ameaça. Uma vergonha para o Império de Tauron. Ainda assim, existiam aqueles que colocavam o dever para com o povo acima da própria segurança. O Imperator se perguntava quantos seriam os virtuosos. Mesmo sem saber, entrou na cúpula já proclamando:

— Declaro iniciada esta Sessão Extraordinária do Senado Tapistano, destinada à votação do decreto que visa colocar em exercício a Lei do Direito Divino.

De pé no centro da cúpula, dois senadores e um escravo aguardavam.

— Gaius Aurelius e Cassius Titanus... — saudou o Imperator, pondo de lado o escudo de legionário. — Nunca imaginei que um dia a visão dos dois juntos me seria de encher os olhos.

— Finalmente, Aurakas. Estou há horas esperando a chegada de vocês dois — disse Cassius Titanus.

— Tive que garantir a segurança da minha família primeiro — Gaius argumentou. — É o que fazem os adultos.

Aurakas sabia que Cassius não estava aqui em prol da cidade, muito menos do povo. Farejava uma crise e, consequentemente, uma oportunidade. Mas, mesmo que pelos motivos errados, o jovem demonstrava coragem, e isso era algo que Aurakas podia respeitar. Já Gaius era um dos poucos senadores que vivia conforme a tradição. Não abandonaria seus deveres mesmo em face da morte.

— Chega de discussões. Tomem seus devidos lugares na tribuna — exigiu o soberano.

Cassius obedeceu de imediato. Subiu os degraus até os assentos à direita do palanque circular onde oradores discursavam. Enquanto se acomodava, falou a seu escravo de confiança, um elfo velho e calvo:

— Está esperando o quê? Comece a anotar!

Na falta do escriba imperial, o servo de Cassius Titanus vasculhou a própria bolsa em busca de pergaminho e tinta. Como outros de sua raça, ouvira o chamado de Glórienn. Mas, escudado pelas paredes do Senado, teve forças para manter-se fiel a seu mestre. Pôs-se a redigir uma ata.

— Não temos quórum para uma sessão — apontou Gaius.

— Que se dane o quórum. Estamos sob o ataque de uma deusa! — protestou Cassius. Lá fora, à distância, um grito ecoou pela noite. — Em circunstâncias como esta, a lei se dobra à necessidade.

Em vez de retrucar, Gaius se virou para o Imperator à espera de uma manifestação de sensatez.

— De nada vale a vitória se a nação táurica tiver que se dobrar perante as adversidades. Procederemos conforme a lei — determinou Aurakas.

Cassius abriu a boca para argumentar, mas Aurakas ergueu a mão e fez com que se calasse. O Imperator prosseguiu:

— Dito isso, em exercício de minha competência como prínceps de Tapista e pela autoridade a mim conferida, declaro estado de emergência.

Cassius Titanus suspirou aliviado e certificou-se de que o escravo registrava tudo. Fora do Senado, o alarido se aproximava com seus gritos de guerra e clangor de armas.

Aurakas continuou:

— Em estado de emergência, a lei dita que o quórum seja de apenas dois senadores: um pleiteante para propor o decreto e um opositor para anuência, além do presidente da sessão. Pela força de Tauron, e em nome dos demais Deuses do Panteão que a ele se submetem, dou início ao debate. Que fique registrada em ata a presença do proponente do Partido Progressista, Senador Gaius Aurelius Lomatubarius, assim como a oposição do Partido Conservador, representada pela figura do Senador Cassius Titanus. A sessão é presidida por Sua Primazia Imperial, Senador Aurakas, Prínceps de Tapista e Imperator Táurico.

Gaius nada disse. Apenas assumiu posição em um dos assentos à esquerda da tribuna.

— Autorizo o pleiteante a apresentar sua proposta — disse Aurakas.

Uma vez sentado, Gaius voltou a se levantar e proclamou, como se discursasse a um plenário lotado:

— Em virtude dos acontecimentos recentes e das necessidades do império, apresento-me diante desta casa como representante do povo táurico. É em nome de meus concidadãos que proponho o exercício da Lei do Direito Divino, com efeito imediato.

Todos sabiam o que fazer e conheciam o desfecho da reunião. A assembleia era mera formalidade, nada mais do que um teatro. Apesar disso, os três minotauros seguiram o protocolo conforme exigia a lei. Mesmo com visões políticas e ideológicas divergentes, concordavam entre si quando o assunto era manter o rigor que fizera de sua nação o maior império do mundo.

Um estouro anunciou o desmoronamento de um prédio a duas quadras dali. Aurakas não se abalou. Prosseguiu:

— Legitimo a proposta do Partido Progressista e coloco o tema em discussão no plenário. Faculto a palavra ao Partido Conservador, para que apresente seu parecer.

Gaius se sentou ao mesmo tempo em que Cassius Titanus se pôs de pé.

— Após exame minucioso da moção apresentada pelo pleiteante e verificação das reais necessidades do povo ao qual jurei representar, o Partido Conservador manifesta parecer favorável à proposta.

Na Praça da Austeridade, a V Protetora estava sob ataque. Flechas zuniam. Escudos se abalroavam. Palavras de ordem se faziam ouvir nas sombras à distância. Silvos vibrantes instruíam os membros do regimento próximo.

— Não havendo mais partes a se pronunciarem e estando esgotados os argumentos, coloco o tema em votação. Que se manifestem aqueles que votam contra.

Tanto Gaius quanto Cassius se mantiveram sentados e quietos. Ouviam, cada vez mais próximo, o som do combate.

— Nenhum voto contra — declarou Aurakas. — Que se manifestem aqueles que votam a favor.

Os dois senadores se levantaram.

— Com dois votos a favor e nenhum contra, os senadores presentes aprovam o decreto em unanimidade pela primeira vez na história, sem necessidade de intervenção por parte do presidente da assembleia.

Passos irregulares galgaram as escadarias de acesso ao Senado: um pé pisando firme, o outro sendo arrastado. Na cúpula dos senadores, os passos se materializaram na forma de um centurião. Ao se deparar com os aristocratas, as forças o abandonaram e ele caiu sobre os cotovelos. Estava banhado em sangue.

— Fujam — disse, erguendo apenas a cabeça. — Não vamos segurá-los por muito tempo...

Aurakas não lhe deu atenção.

— Conforme os procedimentos desta Casa, solicito ao secretário que leia a ata.

Para assombro do centurião, os três senadores se mantiveram impassíveis enquanto o escravo de Cassius pigarreou para limpar a garganta e pôs-se a ler o registro. Com sua voz rouca e arrastada, repetia as exatas mesmas palavras que acabavam de ser proferidas na sessão.

— Declaro iniciada esta Sessão Extraordinária...

O comandante caído ergueu a mão, tentando alcançar a toga do Imperator, mas estava longe demais. Rastejou pelo piso de mármore, deixando um rastro de sangue.

— Vossa Primazia Imperial... — suplicou. — Salve-se... Salve o Império.

— Agradeço pela lealdade e admiro sua força — sem olhar para ele, Aurakas dirigiu-lhe a palavra pela primeira vez. — Mas não fugirei. O Império de Tauron é alicerçado na força do deus e nas leis dos homens. A única forma de salvá-lo é manter sua integridade. Fugir, jamais. Em vez disso, usaremos nossa maior arma, que tem por base nossos princípios. Revidaremos.

Uma lágrima escorreu pelo rosto do centurião. Não houve tempo de saber se era de amargura ou emoção, pois uma flecha disparada a partir do exterior cruzou pela entrada colossal e acertou-lhe as costas, pondo fim à sua vida.

— ...A sessão é presidida por Sua Primazia Imperial... — o elfo calvo continuava a leitura.

As próximas palavras foram abafadas por um grito de desespero, tão próximo que parecia dentro da cúpula. Mas o escriba as havia pronunciado, assim como pronunciou as subsequentes, audíveis. Segurando o pergaminho à altura dos olhos, suas mãos tremiam. Por sua vez, os minotauros apenas aguardavam, inabaláveis.

Foi quando um elfo radiante subiu as escadas do Senado. Um passo por vez, não tinha pressa. Subiu pelo centro, de queixo erguido, sem se esgueirar ou se esconder. A armadura púrpura irradiava virtude e presunção. O brilho do júbilo se estendeu pela câmara antes mesmo que o invasor nela adentrasse.

— ...proponho o exercício da Lei do Direito Divino, com efeito imediato...

Valuriel surgiu pelo umbral, sua silhueta brilhante em contraste com o céu noturno. Permitiu-se um momento de contemplação. Parado na entrada, assistiu aos três minotauros em assembleia e ao escravo que lia a ata.

— Dá-se hoje a queda do Império Táurico ante as forças élficas — declarou o Paladino Único de Glórienn. — Enquanto isso, o Imperator se reúne a seus senadores para aprovar uma lei qualquer... Aurakas, esta é a última vez que nos humilha. E esta injúria final não será esquecida, mas respondida à altura após sua morte. Uma tapeçaria será bordada mostrando sua queda. Um poema será composto retratando a vergonha de seu deus.

Os três fidalgos se viraram de frente para o paladino, prontos para se defenderem da melhor forma possível. Nenhum deles cogitou fugir.

— ...o Partido Conservador manifesta parecer favorável à proposta...

Valuriel caminhou salão adentro. Cobriu de pé o trajeto por onde o centurião havia rastejado. Interrompeu-se por um instante, ao lado do cadáver. Ergueu o pé e deu um único e vigoroso pisão. A bota reforçada estourou o crânio de touro. Sangue e miolos emporcalharam a cúpula do Senado.

— Como pode estar de pé? Eu o derrotei — rosnou Aurakas.

— Julga-se um excelente governante, não? E um excelente combatente, também — Valuriel desdenhou. — Saiba que, em nosso combate, não soube terminar o trabalho. Isso permitiu ao poder de Glórienn me trazer de volta à minha melhor forma. Da mesma maneira, não soube liderar o maior império do mundo. Este é seu maior fracasso.

— ...Que se manifestem aqueles que votam contra...

— *Calado, traidor!* — o paladino perdeu a compostura.

Com um olhar suplicante para os três minotauros, o escravo continuou a leitura. Aurakas, que até então estivera no centro do palanque, apanhou de volta o escudo e postou-se entre os dois elfos. O Gládio de Goratikis em punho.

— Mantenham posição — disse ele aos senadores sentados.

Valuriel se aproximou, as duas espadas preparadas para a contenda. Deixou um rastro de pegadas de sangue com apenas um dos pés.

— Vejo medo em você — disse ao Imperator. — Acostumado a oprimir os fracos, nunca precisou enfrentar alguém que fosse capaz de revidar.

— Ver o medo — Aurakas ponderou. — Soa adequado para um poder concedido por Glórienn.

A resposta do paladino veio na forma de um golpe de espada. Atacou com mais lepidez do que na arena, em um movimento imprevisível, que os olhos do soberano falharam em captar. Acertou-lhe a coxa, arrancando-lhe sangue real.

— Glórienn! — bradou Valuriel, em uma mistura de ódio e louvor. — Conceda-me o apuro élfico em sua plenitude, pois lutarei pela nobreza da raça!

Aurakas investiu com sua arma lendária. Uma, duas vezes, mas Valuriel esquivou-se em ambas. O resplendor que envolvia o paladino era, na verdade, uma aura de bênçãos. Voltou a atacar e acertou o minotauro no ombro, apesar do escudo. O paladino sorriu e golpeou com mais vontade, pois sua deusa estava com ele.

— ...unanimidade pela primeira vez na história... — a leitura se aproximava do final.

Com um movimento fluido e circular, Valuriel acertou o tornozelo de Aurakas por trás. O tendão se rompeu. O estadista tombou. Sustentou-se sobre o joelho, apoiando o escudo no chão. Sangue vertia e empoçava.

— Desista! — ordenou Valuriel.

— Jamais.

O Paladino Único de Glórienn ergueu a lâmina abençoada. O próximo golpe seria fatal.

— O Senado é uma piada. As leis, burocracia banal e inútil. Julgo-o não por leis táuricas, mas pelo senso élfico. Declaro-o culpado e o sentencio à morte.

Dizendo isso, Valuriel atacou o inimigo prostrado.

No entanto, sua lâmina encontrou outra. Não de metal. Nada que tivesse sido forjado pelas mãos de um ser vivo. Tampouco era de madeira ou de qualquer outro elemento da natureza. O material sequer existia em Arton. Uma enorme pinça insetoide, que nem por isso era orgânica. Era matéria natural de onde não havia natureza. Fragmento expelido por outra Criação, onde não havia nem vida, nem morte, nem espaço, nem tempo. Onde tudo era lefeu. Ao mesmo tempo existindo e não-existindo, aparou o golpe de Valuriel. Mas a peça era apenas a ponta de uma lança. A lança de Eleutério.

Aproveitando o momento, Aenor acertou o paladino com uma maça cuja extremidade esférica era cravejada de espinhos. Valuriel deu dois passos para absorver o impacto e se virou para os recém-chegados, apenas para levar no peito um raio mágico de Gélido. Após o primeiro choque, os combatentes se afastaram.

Cercado, Valuriel limpou o sangue que escorreu dos lábios e voltou a sorrir.

— Chegaram os goblinzinhos treinados.

Gaius e Cassius se remexeram nas cadeiras, impossibilitados de intervir por força do protocolo. Porém, se levantaram imediatamente quando a voz constrangida do escriba disse algo que fugia à mera repetição:

— Preciso... das assinaturas.

Cassius assinou primeiro, por já estar próximo de seu escravo. Gaius atravessou todo o salão.

Enquanto isso, Aenor e Eleutério prepararam um ataque coordenado. De um lado, o gladiador minotauro abriu as defesas e correu, empregando o peso do próprio corpo para reforçar o ataque com a maça estrela. Do outro lado, o caçador revestido de dragão avançou com a lança rubra. A pinça estremeceu, deturpando a realidade ao redor. Os dois miraram em Valuriel ao mesmo tempo.

Porém, se chocaram contra uma parede invisível. Aenor, que corria, deu com o peito e a cara, perdeu o equilíbrio e quase caiu para trás. Eleutério sentiu antes com a lança, teve tempo de girar o corpo e bater de lado. Nenhum dos dois conseguia enxergar a barreira sólida, mas sentiram o frio que dela emanava.

— Gélido — Aenor estreitou os olhos de touro para o mago que chegava por último. — Eu deveria ter desconfiado. O que mais esperar de um elfo?

Gélido não respondeu. Apenas avançou alguns passos e conjurou uma esfera de entre as palmas das mãos.

— Há algo errado com ele. Veja os olhos. Estão brancos — disse Eleutério.

— Os olhos dele sempre foram dessa cor.

— Não a pupila.

Aenor e Eleutério postaram-se lado a lado, certos de que teriam que enfrentar o companheiro. No alto dos céus, Glórienn flutuava diante do Senado.

— Está sob o domínio da Deusa dos Elfos — concluiu o caçador, e foram atacados pelo mago milenar.

Valuriel se voltou mais uma vez para Aurakas, bloqueando a visão que ele tinha da deusa lá fora.

— Nada vai impedir o seu fim, Aurakas. Você não pode contra Glórienn em pessoa.

Com um golpe estrondoso, Valuriel acertou o lado do escudo do inimigo, obrigando o Imperator a abrir a guarda. O paladino então abaixou a espada que usava como defesa. Ergueu em riste a lâmina de ataque.

Aurakas não revidou. Usou seu último instante para olhar para trás, para ver que o pergaminho estava assinado pelos dois senadores.

Valuriel desferiu o golpe mortal contra o soberano de Tapista. Aurakas caiu, sangrando. A lâmina élfica havia ceifado a vida do maior estadista da história de Tapista. O elfo deu um passo atrás, sorrindo perante seu próprio feito.

Mas ainda havia um resquício de vida no Imperator. Olhando para o teto do Senado, murmurou suas últimas palavras.

— Declaro... aprovado... o presente decreto.

Aurakas, o diplomata. Aurakas, o conquistador. Aurakas, o soberano táurico que usou seu último suspiro para legitimar um ritual.

A partir das palavras do governante, o pergaminho entrou em combustão. O fogo se alastrou rapidamente. Envolveu o documento. O escravo o derrubou no chão assim que as chamas tocaram suas mãos. Recuou para longe, os olhos tomados de deslumbramento.

Não pela primeira vez, o solo de Tiberus estremeceu. Contudo, não era um novo terremoto. Estremecia de medo. O próprio mundo receava o que viria a seguir.

Gaius e Cassius abandonaram a tribuna e rumaram, apressados, para uma saída lateral. Seu trabalho ali estava concluído. Ao descer pela escada lateral do Senado, contemplaram os corpos élficos e táuricos que forravam a Praça da Austeridade. Nenhum inimigo estava à vista, apesar do alarido nas ruas distantes.

— Vamos, Gaius — disse Cassius Titanus. — Possuo um abrigo fortificado perto daqui. Se me escoltar até lá, podemos nos refugiar juntos enquanto os legionários se ocupam de limpar a cidade.

— Sinto muito, mas não posso acompanhá-lo. Preciso garantir a segurança da minha família — disse Gaius, despedindo-se. — Cuide de seu escravo. Ele está ficando para trás.

Com este último apontamento, cruzou a lateral da praça até uma rua circunvizinha. Algumas flechas élficas zuniram às suas costas, mas o minotauro logo sumiu na noite.

Cassius ficou encarando as ruas escuras, sem intenção de retornar pelo escriba. Mas nem precisou. Mesmo sem ser chamado, o escravo surgiu pela mesma saída e desceu correndo as escadas. E não foi o único. Logo atrás vieram Aenor e Eleutério.

— Protejam-se! — gritou o caçador.

No mesmo instante, uma explosão tomou conta do Senado.

A estrutura física do prédio não foi afetada. As monumentais colunas mantiveram-se eretas e orgulhosas, sustentando o teto abobadado como se nada tivesse acontecido. Os quatro homens, no entanto, foram atirados para longe. O estouro se propagou pela Praça da Austeridade. Destruiu as construções ao redor. Retumbou pela noite.

No chão, Cassius ergueu a cabeça, zonzo, e tossiu expelindo borralho cinzento. Brasidos incandescentes pairavam ao redor. O ar estava pesado e quente. Quente e iluminado. A visão ofuscada finalmente se acostumou com o clarão. O Senado estava envolto em chamas. A exemplo do pergaminho, o fogo não consumia o prédio, mas o lambia por todos os lados.

Cassius sentiu dois vultos passando por ele. Habilidoso na arte da furtividade, Eleutério se mesclou às sombras da noite e avançou à frente, averiguando o terreno. Aenor, por outro lado, era um guerreiro performático. O público era seu tesouro e não poderia decepcioná-lo.

Cassius sentiu um agarrão no ombro, e Aenor o colocou de pé.

— Venha! — gritou o gladiador.

Cassius Titanus era um senador, o mais jovem da história. Ninguém lhe dava ordens. Muito menos um gladiador. Não iria tolerar. A cabeça zunia. O mundo estava fora de foco. Tudo parecia muito confuso, e já não se lembrava mais da ordem recebida.

Piscou várias vezes tentando assimilar o que estava acontecendo. Seu escriba continuava caído. Não levantava. Cassius empurrou-o com o pé, mas nem ele próprio sabia o que estava fazendo. Ficou olhando, esperando que algo acontecesse. Aenor segurou o senador pelos ombros e o balançou.

— Acorde!

De onde estavam podiam avistar a área principal da Praça da Austeridade, para onde era virada a fachada do Senado. Cassius viu quando uma figura púrpura e espalhafatosa foi arremessada do alto da escadaria, e a força do impacto causou um desnível no calçamento de pedra.

— Não temos tempo pra isso.

Aenor se abaixou, agarrou as pernas do fidalgo e voltou a se erguer. Cassius caiu sobre o ombro do gladiador. Sua toga raspou nas cintas de couro que mantinham o peitoral de aço no lugar. O tecido se rasgou em alguns pontos. Nenhum dos dois se importou. Uma vez carregando o minotauro mais jovem, Aenor pôs-se em retirada. Cassius não protestou. Não se debateu. Apenas continuou olhando para a praça, cada vez mais distante.

Uma figura desceu a escadaria frontal do Senado. Era um minotauro. O mais musculoso de todos. O mais glorioso. Cassius nunca havia visto nada parecido, e jamais voltaria a ver. Com sua presença acachapante, era o ápice da autoridade, da proteção e da força. Caminhou até o centro da praça com punhos cerrados e passos resolutos. Seus chifres e sua cabeça queimavam. O fogo descia pelos ombros e pelos braços.

O sol começava a nascer do outro lado do Rio dos Deuses.

E o touro em chamas caminhava sobre a face do mundo.

## CAPÍTULO 5

# COMEÇA A CHOVER

VALURIEL PERMANECEU ESTIRADO, FERIDO DEMAIS PARA se levantar. Ergueu apenas a cabeça, procurando por Glórienn, só para descobrir que a deusa já estava distante no céu. Cogitou levantar, correr atrás dela, mas Tauron pisou-lhe as costas e qualquer intenção se tornou inútil. Aquele não era o Deus da Força em pessoa, e sim seu avatar, o receptáculo carnal que usava quando queria ir a Arton sem causar grandes danos ao plano dos mortais e, mais importante, sem despertar a fúria dos demais deuses. Ainda assim, Valuriel sentiu-se afundar no solo ante o peso do divino.

— Agora ela corre — rosnou o deus com sua voz de vulcão.

Tauron ignorou Valuriel sob seus pés. Olhos flamejantes cravados na Deusa dos Elfos, flexionou os joelhos. Tomou impulso. Saltou. O tranco expulsou o ar dos pulmões do paladino, enquanto o Deus da Força se alçou ao sopro fresco da alvorada.

Um rastro de fogo cortou o céu, encobrindo as últimas estrelas, e venceu toda a distância até a elfa. Terminou com um estrondo ensurdecedor. Tauron aterrissou em cima de uma casa e o quarteirão inteiro veio abaixo. Parou sobre um joelho, o punho cerrado apoiado nos escombros, a aura de chamas crepitando ao redor.

— Glórienn! — vociferou.

A Deusa dos Elfos congelou onde estava. Tauron se levantou. Ele na terra, ela no ar, mas poucos metros os separavam.

— Olhe para mim — ordenou o Touro em Chamas.

Glórienn se manteve de costas por um momento, a respiração pesada, como se considerasse as opções. Lentamente, virou-se para Tauron. Ele a encarou com severidade e sua estupefação se resumiu a uma única pergunta:

— O que você pensa que está fazendo?

Ela não respondeu. Apenas fitou os próprios pés.

Perante o silêncio da elfa, Tauron bufou. Continuou com a reprimenda:

— Sou o líder do Panteão, Glórienn. Tenho responsabilidades que não podem ser colocadas de lado para lidar com suas tolices.

Glórienn mordeu o lábio. Tauron elevou a voz.

— Estou tentando unir aqueles covardes dos nossos irmãos! Você está segura em Kundali agora, mas o que vai fazer depois que a Tormenta tiver tomado toda a realidade? Precisamos agir agora. Mas vai ser impossível, se eu tiver que ficar vigiando você o tempo todo.

— Não precisava vir atrás de mim! — ela retrucou. — Volte para sua reunião com os Deuses Maiores.

A carga da incredulidade de Tauron fez com que ela desviasse o olhar mais uma vez, parte enfezada, parte receosa. Flutuava acima, mas ainda assim era esmagada pela presença dele, como se a gravidade estivesse invertida. Vendo-a se encolher, Tauron se inflou ainda mais. Permitiu que seu silêncio a oprimisse por um longo momento.

— Se nem você me respeita, como espera que eles sigam meus comandos? — disse, por fim. — Egoísta. O mundo será engolido porque você só pensa em chamar atenção.

Glórienn apertou os olhos e soltou um berro de frustração. Então deu as costas e voltou a fugir.

Tauron saltou novamente. Desta vez, no entanto, não calculou a trajetória para cair próximo a Glórienn. Mirou nela. Mais um rastro de fogo no céu e ele se chocou contra a deusa. Agarrou-a pelos braços. Derrubou-a de seu voo. Os dois derrubaram mais um prédio de Tiberus.

— Chega de bancar a criança birrenta. Vamos para casa. — Tauron a segurava pelos ombros.

— Solte-me — sem que pudesse controlar, lágrimas pesadas escorreram pelo rosto delicado.

— Você jurou ser minha e me fez responsável pela sua disciplina. Terei que puni-la. Não me provoque, ou será pior.

— *Eu não quero mais* — Glórienn escancarou a boca e desatou a chorar. Cada soluço da deusa provocava um deslize nos batalhões élficos que travavam combate noturno.

Tauron a largou, deixando marcas de pressão nos ombros da elfa. Ela continuou a soluçar e escondeu nas mãos o rosto deformado pelo choro.

— Era só o que me faltava. Não quer agora! — gritou o deus. — Quando estava em perigo não pensou duas vezes. Sabe o que vai acontecer se eu deixá-la partir? Você vai fazer besteira de novo, e depois virá correndo pedir a minha ajuda. Eu a conheço, Glórienn. Não consegue se cuidar sozinha.

Glórienn fungou algumas vezes. Secou as lágrimas, mas derramou outras. Sua voz saiu entrecortada.

— Você... Não entende... Nem tenta...

— Sou o Deus da Proteção. Não preciso entender, mesmo assim a protejo. Sou devotado a você.

Glórienn procurou algo para dizer, mas não encontrou. Então desistiu de tentar se conter e chorou abertamente. Contorceu a face em aflição. Esfregou o nariz no antebraço. Salivou. Por fim, abaixou a cabeça, envergonhada.

Quando Tauron se cansou de assistir, puxou-a para junto do peito. Não houve resistência. Aconchegou-a em um abraço quente. Deslizou os dedos por seu cabelo púrpura.

— Não chore — confortou-a. — Eu limparei essa bagunça. Tudo voltará a ser como antes.

Glórienn recostou a cabeça no tronco musculoso e tentou colocar os pensamentos em ordem.

— Minha favorita... — Tauron acariciou o rosto gracioso.

— Não passo de um troféu sem importância — lamentou a deusa escrava, enquanto o abraçava.

— De onde você tirou isso? — Tauron a olhou nos olhos. — Se eu sou o Deus da Proteção, é porque tenho a quem proteger. Se me tornei líder supremo dos vinte deuses, é porque você estava lá para me apoiar. Você é essencial na minha história.

Glórienn voltou a recostar a testa no tronco de Tauron e apertou os olhos, expulsando lágrimas volumosas.

— Sou mesmo?

— Claro que é — cheio de ternura, Tauron moveu os músculos da face e a carranca rígida se converteu em um raro sorriso. — Venha, vou cuidar de você.

O Deus dos Minotauros tocou o queixo da elfa e fez com que erguesse o rosto para ele.

— Mas terei que puni-la. Olhe ao redor, você destruiu a capital dos meus filhos.

Os olhos se inundaram mais uma vez.

— Desculpe-me — choramingou.

— Será para o seu próprio bem — Tauron alisou a pele dela. — Para que isso não se repita.

Glórienn sorveu o ar com dificuldade, os olhos resplandecentes e suplicantes.

E de repente tudo mudou.

Em meio a uma manhã de sol, a conversa foi interrompida por um trovão. O estrondo vibrante ecoou de bairro a bairro da cidade. Em seu trajeto, retumbou no corpo dos mortais e espremeu-lhes a bravura para fora da alma.

Um pingo atingiu o rosto de Tauron. Penetrou o fogo que o envolvia e escorreu pelo focinho, corroendo a pelagem curta e deixando um rastro escarlate.

O casal de deuses olhou para o céu. Nuvens rubras se formavam. Haveria chuva. Mas não a chuva da natureza. Seria uma torrente de sangue cáustico, que corrói pele, músculos e ossos. Que extermina a vida. Mais do que isso, traria consigo uma profusão de demônios insetoides. Suas pinças monstruosas desconheciam a diferença entre senhores e escravos. Não importava a identidade da vítima, estavam sempre ávidas por separar as cabeças artonianas de seus respectivos corpos.

Glórienn já havia presenciado aquilo antes. O peito foi esmigalhado pela lembrança do morticínio, da ocupação e do terror. Seus olhos se arregalaram. A pele gelou e esbranquiçou como a de uma assombração. Mais lágrimas verteram. Desta vez, não eram de tristeza, mas de pânico.

Entorpecida, a Deusa dos Elfos não conseguiu falar ou se mover. Ficou paralisada, as rápidas arfadas embalando o coração aos trancos. Sufocava de pavor. Mais um trovão açoitou a cidade, e Tauron colocou a escrava de lado.

— Esconda-se.

Tiberus estava prestes a ser devastada pela Tormenta.

## CAPÍTULO 6

# O LORDE-DEUS

O BARULHO DE TERRA E PEDRA SENDO PERFURADAS anunciou o que viria a seguir.

Vários quarteirões de Tiberus haviam sido destroçados pela ascensão de Glórienn. Como um vulcão que cospe material subterrâneo, parte da cidade havia se convertido em uma colina. Ruas planas se quebraram e foram transformadas em aclives. Casas e prédios ruíram sob o peso mal dividido e muitas desmoronaram pela encosta que se formou.

Foi em meio à destruição de um desses quarteirões que o chiado abafado se transformou em um barulho alto e repetitivo, quase ensurdecedor. Depois de vencer a pedra dura e a terra compacta, a engenhoca de Dok atingiu tijolos e madeira. Triturou-os com facilidade. A broca surgiu na superfície.

O aparato perdeu a força e desligou. Dok então puxou uma alça comprida para dar a partida de novo. A ponta metálica voltou a girar. Com um último solavanco, girou até abrir um buraco maior. Desligou mais uma vez. O goblin então chutou a geringonça. Chutou também as laterais do túnel, para abrir passagem. Escombros caíram nos amigos mais abaixo. Eles buscaram desviar e proteger as crianças, mas ninguém se irritou. Estavam felizes de voltar a ver a luz do dia.

Apesar de que havia algo errado com o céu.

Gwen seguiu Dok para fora do buraco. Juntos, observaram o pandemônio que havia tomado conta da cidade. Com o raiar do sol, os embates urbanos foram retomados, e elfos e minotauros combatiam incessantemente. Alguns se uniam em grupos organizados, que tratavam de se apropriar desse ou daquele bairro. Outros vagavam sozinhos, armas em punho, derrotando quem encontrassem pelo caminho. Havia se instaurado uma verdadeira guerra civil.

A contenda era impulsionada pela presença dos deuses. Glórienn, a deusa menor em pessoa, havia instigado seus filhos à luta. Com seu poder, coagira até mesmo os covardes. O frenesi da batalha persistia graças aos elfos, fossem os escravos que se rebelavam ou os revolucionários que marchavam a partir do cais. Já Tauron, em seu avatar de deus maior, não precisava tomar qualquer atitude. Sua simples presença já abrasava o coração de seus filhos. Atiçava a chama da impavidez.

Mas a maior ameaça era o céu rubro.

Gwen e Dok eram aventureiros experientes. Já haviam desbravado os confins mais distantes de Arton, explorado mistérios antigos e visitado territórios perigosos. Conheciam a Tempestade Rubra. Aproximaram-se dela certa vez, investigaram os arredores, leram tomos escritos por heróis que faziam do combate à invasão alienígena seu objetivo de vida. Os dois entendiam como funcionava. Porém, jamais haviam presenciado a formação de uma área de Tormenta. Poucos eram os que testemunhavam tal evento e sobreviviam para contar a história. Isso porque a tempestade chegava sem aviso e desaguava rapidamente. Em um instante, dia de sol. No outro, chuva de demônios. Não havia tempo para fugir ou se esconder.

Foi por saberem tudo isso que identificaram de imediato a tonalidade rubra no céu. E foi por isso também que reconheceram quão atípica era aquela invasão. A Tormenta estava em Tiberus. Porém, não havia chegado de repente. Longe disso, as nuvens vermelhas iam se espalhando pelo céu com dificuldade, como que percorrendo caminhos tortuosos, tentando encontrar a direção. Chovia apenas em uma parcela da cidade. E isso acontecia porque Tapista era um grande labirinto, tanto físico quanto espiritual.

— O que você acha? — perguntou Gwen.

— Dá tempo de fugir — respondeu Dok.

Atrás deles, Liwaza erguia as meninas uma a uma pelo buraco e Petronius ajudava a puxá-las para cima, evitando encostar no maquinário quente. Julian já estava do lado de fora. Ignorando o rubro que surgia à distância, sorriu para as ruas tomadas por insurgentes aos pés da montanha.

— É isso! A revolução começou! Ela é realidade! — completou a comemoração com um único assovio de alegria.

Appius saiu do túnel por último, apenas para ser alvo do desdém do meio-elfo:

— Sinto informar, mas não sou mais seu escravo! Agora eu sou um homem livre. Livre como os milhões que lutam nessa cidade. Livre como Glórienn. Livre, depois de tanta luta!

Petronius agarrou Julian pelas roupas e deu com as costas dele em uma parede envergada. O mestiço gritou de susto e de dor. Ficou deitado na superfície convexa, sem alcançar o chão com os pés. O minotauro o segurava.

— Está dizendo que tem parte nessa bagunça toda?

Julian não viu o punho vindo em sua direção. Apenas recebeu o golpe e sentiu o gosto ferroso na língua.

— Que a família inteira está em perigo por sua culpa! — Petronius continuou a esbravejar e desferiu mais um murro. — Está dizendo que isso aqui é coisa sua?

— Chega, Petronius! — Appius tentou segurar o braço musculoso do chefe da guarda. — Bater nele não vai resolver o problema imediato.

Gwen não se envolveu na discussão. Em vez disso, puxou Liwaza para um canto.

— A situação fugiu ao controle. Você precisa levar essas meninas para o mais longe possível daqui.

— Faço parte da Resistência há muito mais tempo do que você, clériga — a humana rebateu. — Sou uma revolucionária. Estou aqui para lutar, não para fugir. O mesmo vale para as crianças que ajudei a salvar. Elas são a nova geração de libertadores.

— Você não entende. Olhe para o céu, Liwaza. Veja aquelas nuvens rubras. A Tormenta está aqui. Isso não é mais um confronto de escravos contra senhores. Não haverá revolta, nem libertação, nem vitória. Apenas morte. E já começou. Veja o comportamento de Julian e Petronius. E vai piorar. Tudo vai piorar. Só nos resta fugir. Pegue essas meninas e vá para um local seguro.

Liwaza mirou o céu distante e seu queixo caiu.

— Tem razão. Precisamos sair da cidade o quanto antes. Não sei ao certo como, já que as vias estão bloqueadas, mas sei que Kelskan nos receberá na Catedral da Força.

— Vai pedir socorro aos minotauros?

Liwaza espiou as meninas, que cobriam os olhos desacostumados à luz do dia.

— Não colocarei meu orgulho acima da vida delas — disse.

Appius havia conseguido apartar a briga. Ele e os outros dois ofegavam, sentados em entulho.

— Boa sorte em sua busca por liberdade — disse Gwen, oferecendo à parteira mais do que uma mera saudação. Era uma bênção.

— Você não vem?

— Envolvi meus amigos neste caos. Não posso sair daqui sem eles.

Liwaza assentiu.

— Que você tenha força para cumprir seu propósito — ofereceu à elfa. Então se virou para as meninas: — Vamos! É hora de ir. E vocês também! — falou para Julian, Appius e Petronius. — Venham comigo. Precisamos sair desta cidade.

Julian se levantou e ia acompanhá-la, quando Gwen espalmou o ombro dele.

— Você fica.

O elfo tinha um corte na sobrancelha, e sangue fresco lhe cobria metade da face.

— Sou um homem livre e vou aonde eu quiser! E agora quero ir com a Liwaza, lutar pela revolução.

— Liwaza vai em direção à segurança. Eu vou em sentido oposto, rumo ao perigo. E você vem comigo. Vai me guiar por essa cidade labiríntica.

Julian olhou para a parteira, que lhe respondeu com um aceno de cabeça.

— Humana covarde — rosnou ele. — Nós, elfos, vamos lutar pela nossa deusa.

Ninguém contrariou o mestiço.

— Liwaza, não é? Já atendeu minha mãe algumas vezes — Appius a reconheceu. — Com todo o respeito, não vou segui-la.

— Por Tauron! — disse Petronius. — O dia que minotauros seguirem uma humana para longe do campo de batalha não vai existir mais virtude neste mundo. Será melhor nos entregarmos à Tormenta.

De pé, Appius se virou para o guarda ainda sentado.

— A raça não importa. Existem humanos fortes e capazes. Existem minotauros fracos e inaptos. Cabe a nós ter discernimento para reconhecer os bons líderes.

Mesmo distantes, as nuvens rubras oprimiam o ambiente. Petronius abriu a boca para protestar, mas se deu conta de que não era hora. Controlou-se a tempo. Calou-se e ouviu com dignidade o que o jovem mestre tinha a dizer.

— Eu descobri a qual líder seguirei. Que os deuses me perdoem, mas é um humano. Falta encontrá-lo em meio a essa cidade devastada, mas sinto que Gwen irá até ele, então, basta acompanhá-la.

A clériga assentiu.

— Se procura por Christian, não sei onde ele está. Mas o conheço bem, e é por isso que começarei procurando no epicentro do perigo. Preciso alertá-lo: apenas com a revolução em curso já seria arriscado trafegar pela cidade, e tudo ficará pior logo em breve. A chuva de demônios está prestes a cair sobre nossas cabeças. Talvez você morra.

— Entendo os riscos, vou mesmo assim — Appius insistiu. — Chega de mandar que os outros corram perigo por mim. Se quero algo, vou eu mesmo buscar.

— A decisão é sua. Não vou impedi-lo — Gwen respondeu.

— Mas eu vou — Petronius se levantou. — Você é o herdeiro dos Aurelius Lomatubarius, sua segurança é minha responsabilidade. Além do mais, não pode abandonar a sua família. Precisa cuidar dos seus irmãos!

Os dois minotauros ficaram frente a frente. Petronius era muito mais alto e musculoso. Um guerreiro diante de um aristocrata. Mais que isso, um homem feito diante de um rapaz. Se quisesse, poderia arrastar Appius dali à força. No entanto, algo o impediu.

Com a voz firme de quem meramente informa a decisão tomada, Appius falou:

— Fuja, lute, proteja. Faça o que quiser, Petronius. Você não é senhor, mas também não é escravo. É livre para fazer o que o bom senso mandar. Meu pai está em casa protegendo as mulheres e as crianças. Vá ajudá-lo, se julgar o mais digno. Eu apoio a sua escolha. Tudo o que peço é que você apoie a minha.

Dizendo isso, Appius pôs-se a descer a encosta, desbravando as vias do bairro demolido. Foi em direção às nuvens rubras. Gwen deu um último aceno a Liwaza e o seguiu, e o mesmo fizeram Julian e Dok. A parteira pegou as duas crianças pelas mãos e iniciou a caminhada rumo ao Templo de Tauron.

Petronius viu os dois grupos se afastando encosta abaixo, em sentidos opostos. Ergueu então os olhos ao céu, onde as nuvens rubras descreviam um longo trajeto labiríntico, vindo desde o horizonte distante até o gargalo próximo. Ali se despejavam, espalhando-se com dificuldade sobre o centro de Tiberus. Para onde Appius rumava.

O guarda-costas suspirou. Seguiu o fidalgo.

Atravessar a cidade foi uma tarefa árdua e demorada. Ignorando a ameaça maior, elfos e minotauros disputavam a metrópole quarteirão a quarteirão. Qualquer passo errado e o grupo poderia ser atropelado por uma formação táurica ou alvejado por uma chuva de flechas élficas.

Julian ia à frente, averiguando vias e prédios antes de indicar para que os demais o seguissem. Buscava os melhores atalhos, mas por diversas vezes precisou recuar e guiar o grupo por desvios longos, porém mais seguros. Contornaram prédios tombados. Serpentearam por ruelas estreitas.

— Não precisamos nos aproximar demais dos deuses, muito menos daquelas nuvens — Gwen determinou. — Apenas o suficiente para enxergar os arredores.

— Se o que você quer é um mirante, podemos ir para o Fórum. Fica lá perto — explicou Julian.

— Para o Fórum, então.

Ao longe, as figuras de Tauron e Glórienn irradiavam poder. Julian, Appius e Petronius não conseguiam olhar diretamente para eles. Dok tampava os olhos com as mãos, escolhendo se esconder. Gwen, por outro lado, esticava-se para enxergá-los pelo maior tempo possível, toda vez que ladeavam telhados demolidos ou cruzavam avenidas largas, qualquer situação que lhe permitisse ângulo de visão. Impossível adivinhar o que conversavam, mas isso não a impedia de admirar o evento.

— O avatar do Líder do Panteão. A Deusa Menor dos Elfos. Mesmo que desagradável, esse fenômeno deve ser observado — suspirou a Clériga do Conhecimento. — Quantos mortais já tiveram o privilégio de presenciar algo assim?

Quanto mais avançavam, mais opressora a presença divina. Mas o incômodo causado pelos deuses, grande por si só, fazia-se pequeno diante das nuvens rubras.

Aquilo não era água se acumulando nos ares. Sequer poderia ser classificado como vapor. Não possuía estado físico. Parecia uma névoa densa, que borbulhava para fora de si mesma. Alastrava-se como gordura derretida, cheia de vesículas amontoadas, que estouravam em viscosidade.

Os olhos não queriam ver aquilo. A imagem vermelha ardia na vista e perfurava o cérebro como uma agulha comprida, fincada até o final com a ajuda de um martelo.

Quando se aproximaram mais, perceberam que uma atmosfera de chuvisco fino já envolvia a região ocupada por Glórienn e Tauron. E intensificava-se com o tempo.

— Não olhem para a chuva — disse Gwen. — Fixem a mente em um pensamento forte.

Appius obedeceu. Espremeu os olhos e fixou-os no chão. Porém, um trovão ensurdecedor estremeceu o mundo ao seu redor. Junto, estremeceu sua alma. Não era um trovão de verdade, nem de perto um fenômeno natural. Aquela era a tradução de algo que não existia na realidade do mundo, que não seguia qualquer lei da natureza. Era a forma como a mente limitada dos seres vivos compreendia as perturbações na atmosfera causadas por seres oriundos de outra Criação.

A mera vibração foi suficiente para revirar o estômago de Appius e fazê-lo despejar parte de sua última refeição pela rua esfacelada.

— Estou bem — disse ele a Petronius, enquanto limpava a boca com as costas da mão. — Vamos prosseguir.

Já estavam perto do Fórum quando perceberam uma movimentação diferenciada.

Encorajados pelos deuses, elfos e minotauros combatiam nas ruas da cidade. Os humanos, por sua vez, se escondiam. Não fosse a revolução suficiente para afugentá-los, a Tormenta o era. Perturbadora, repelia até mesmo aqueles que desconheciam os sinais. Não raro, Gwen e os demais cruzaram com grupos de humanos que corriam no sentido oposto. Porém, nem todos fugiam. À medida que chegaram à área central, viram mais e mais exceções. Diversos humanos seguiam, por vontade própria, rumo à chuva de sangue que engrossava.

— Appius! — uma voz conhecida se fez ouvir a um quarteirão de distância. — Appius, meu filho!

Todos eles se voltaram para a mulher que se aproximava. Cecília avançava descalça por destroços de pedra e estilhaços de madeira. A pele macia sob os pés de escrava de luxo eram perfurados por lascas e farpas. Deixavam um rastro de sangue pelo chão, mas ela parecia não se importar.

— M...mãe? — confuso, Appius abriu os braços para ela. — O que faz aqui? Deveria estar em casa!

Cecília se interrompeu a meio-caminho. Desviou o olhar para a chuva rubra que recaía sobre Tauron. Começou a gargalhar. O riso descontrolado fazia com que balançasse os ombros para cima e para baixo, segurando o barrigão fecundo, e se prolongou por um longo momento, perante o silêncio perplexo dos demais.

— Eu estava lá — berrou, por fim. — Como uma boa escrava, cuidando de tudo na ausência do seu pai... Até que os céus se tingiram de vermelho, anunciando o início de uma nova era!

E riu novamente.

— Está histérica — disse Gwen. — Levem-na para casa.

Petronius deu um passo em direção a Cecília, mas ela saiu correndo. Saltitou sobre os escombros. Feriu ainda mais os pés.

— Venha, mulher! — ordenou o ex-legionário. — Vamos protegê-la da chuva de sangue.

Ela arrastou o barrigão nas ruínas, ao escalar uma pilha de pedras que até pouco tempo formava um armazém.

— Não preciso de proteção! — se esgoelou lá de cima. Então ergueu as mãos para os céus — Vejam que lindo! Que obra de arte! Aí vem a Tempestade Rubra que tudo destrói e tudo transforma! Quando ela chegar, não haverá mais escravos, nem senhores. Todos serão iguais! Tudo será lefeu! Louvemos Aharadak!

Mesmo sem entender o significado da última palavra, ouvi-la causou em Julian e Petronius uma vertigem repentina. Os dois cambalearam. Appius caiu de joelhos e vomitou mais uma vez. Gwen e Dok, no entanto, reconheceram o nome do Deus Menor da Tormenta e entraram em posição de combate. Ela segurou o bordão à frente do corpo. Ele sacou vários cilindros de seus muitos bolsos, encaixou-os uns aos outros e, num piscar de olhos, montou sua bazuca.

— Você é uma cultista da Tormenta — Gwen a acusou.

— Os minotauros não podem nos proteger. São eles o motivo da nossa desgraça! — Cecília respondeu. — Ouvi dizer que há um Reinado inteiro do outro lado do Rio dos Deuses que condena os minotauros pelo que fazem conosco. Agora eu pergunto: de que adianta? Ninguém faz nada para nos ajudar, não querem arranjar briga com o império. Covardes! Hipócritas! Mas tudo bem... Nós temos um salvador agora. Aharadak vai nos livrar desse lixo de vida!

O corpo de Appius teve espasmos, mas não havia o que mais colocar para fora. Tudo piorou com mais uma trovoada.

O temporal sobre os deuses engrossou. Construções foram corroídas pelo ácido.

Começou a chover algo que não era líquido.

— Eu pensei que você gostasse da sua vida — disse Gwen. — Que se conformasse com a sua condição.

— Quem é que *gosta* de ser escravo, minha querida? — Da mesma forma que a chuva de sangue corroía pedra e aço, o escárnio dissolvia a meiguice pela qual Cecília era conhecida. Ela então sorriu para o infinito, como quem traz à tona uma doce recordação — Eu tinha doze anos quando fui estuprada pela primeira vez.

Ninguém queria escutar tal atrocidade. A própria realidade do mundo estava se desfazendo, não era hora de lidar com os infortúnios de uma simples escrava.

Mas ninguém a interrompeu.

— Na época, eu morava em Lomatubar — ela continuou. — Fui escolhida entre várias meninas, o orgulho da família! Eu deixaria o trabalho duro na lavoura por uma vida sem preocupações na casa do patriarca. Minha mãe me fez uma coroa de flores. Meu pai mandou que eu fosse uma boa menina. Que fizesse tudo o que me mandassem. Ninguém perguntou a minha opinião.

Os espasmos de Appius se transformaram em soluços. Lágrimas pingaram sobre o vômito.

— Eu nunca quis que você passasse por isso! — disse ele, com a voz embargada. — Se pudesse voltar, se pudesse desfazer... Eu preferia não existir.

Cecília deu um sorriso amplo e orgulhoso.

— Não se preocupe, meu filho. Você deixará de existir em breve, assim como toda a injustiça do mundo. Venha comigo, vamos juntos exaltar Aharadak.

Appius arquejou e ergueu os olhos inundados para a mãe, que o chamava do alto. Diante de mais uma menção à palavra maldita, não conseguiu articular qualquer palavra. Porém, recusou o chamado com a cabeça.

— Ela disse que o patriarca não está em casa — Julian murmurou para Petronius.

— Preciso voltar para lá — o minotauro respondeu.

— Não importa o que vocês façam, o futuro é inevitável — disse Cecília, em tom reconfortante.

Gwen se colocou entre o grupo e a cultista.

— A Tormenta é um erro, Cecília. Você não precisa dela. Não precisa destruir tudo. Há outra solução! Pense nos seus filhos. Ao menos eles devem dar algum sentido à sua vida.

— Filhos... O motivo dos minotauros nos escravizarem. Querem filhos. Mas só tem valor quando é menino, minotauro como o pai. — A humana mais uma vez se perdeu em lembranças. — Meu primeiro varão só veio depois de duas meninas natimortas. A parteira disse que eu era nova demais. A primeira ela jogou no lixo, sem nenhuma cerimônia. A segunda eu fiz questão de abraçar antes de levarem embora... Mas ninguém se lembra delas. Nem as outras escravas, nem o patriarca. Apenas eu. Para eles, uma menina a mais ou a menos não faz a menor diferença.

Das nuvens rubras escorriam milhares de demônios insetoides. Com suas pinças afiadas e patas cheias de articulações, derramavam-se como enxame sobre Tiberus. Os menores se alastraram pelas ruas da cidade. No caminho, subiram pelas pernas das criaturas vivas que encontraram. Minotauros destemidos viram-se cobertos de insetos demoníacos do tamanho de ratazanas. Debateram-se. Tombaram. Sentiram-se perfurar por enormes probóscides. O sangue foi sugado para fora do corpo, assim como a medula e as vísceras. Quando não havia mais líquido, o enxame devorou músculos e tendões. Restou apenas o couro colado aos ossos, o rosto contorcido em completo horror.

Os maiores e mais poderosos tomaram para si uma missão grandiosa. Acometeram sobre os deuses. Tauron respondeu com impulso contrário. Para proteger Glórienn, materializou seu machado de guerra e atacou os invasores. Os primeiros sequer viram de onde veio o golpe fatal. Os que vieram depois já chegaram precavidos, mas morreram mesmo assim. Fluido esbranquiçado emporcalhou a lâmina da arma, enquanto o Deus da Força dilacerava demônios às dezenas. Mesmo decapitados, alguns corpos continuavam se mexendo.

Glórienn se encolheu. Ao contrário de Tauron, que se fazia presente na forma de avatar, a Deusa Menor estava ali em pessoa. Se um golpe mortal a acertasse, seria para sempre o seu fim.

Diante da única amizade que fizera em seu tempo como escrava, Gwen insistiu com Cecília:

— Para eles uma menina pode não fazer diferença, mas para você faz! Pegue Appius e vá para casa, Cecília. Proteja sua filha, Astra!

A cultista não mais olhava para Gwen. Estava fascinada pela chegada dos invasores. Apreciava o espetáculo.

— Aqui! Estou aqui! — gritou ela para a imensidão de demônios. Então, sem desviar o olhar da Tormenta, dividiu com Gwen seu último anseio: — Eu *estou* protegendo minha filha. Astra já tem nove anos. Sabe o que acontece quando fizer doze?

— Cecília...

Ao longe, um dos monstros insetoides se destacou da enxurrada. Grande como uma pessoa, tinha patas serrilhadas e asas compridas e transparentes, quase invisíveis na velocidade com que se moviam. Foi ao encontro de onde a conversa se desenrolava.

— É por Astra que me entrego a Aharadak — a cultista continuou. — Só de imaginar um minotauro entrando em seu corpinho de criança... Prefiro vê-la morta!

O inseto gigante pousou diante de Cecília, dobrando os joelhos ao contrário. Seus membros compridos eram revestidos por um emaranhado de nervuras. Os olhos multifacetados cobriam grande parte da cabeça. Não era uma criatura tocada pela Tormenta, como os dinossauros no coliseu. O demônio era a Tormenta em si.

A cultista se agarrou a ele, e o monstro alçou voo.

Dok preparou a mira da bazuca. Poderia derrubar a mulher das alturas. Contudo, Gwen fez sinal para que não disparasse.

— Por pior que seja, deixe que ela decida seu próprio destino.

De olhos no céu, a elfa então encontrou o que vinha procurando há horas. Nem deuses, nem nuvens ou demônios. O que buscava era nada mais do que um ponto cinzento em pleno voo. Fuligem. Onde quer que o grifo estivesse, Christian, Verônica e Ichabod deveriam estar também. E, como havia previsto, estavam próximos ao perigo.

A elfa sorriu, satisfeita, e concluiu o pensamento sobre Cecília:

— Além do mais, o Deus da Tormenta não está aqui.

Porém, um pensamento onipresente invadiu sua mente e de todos os que estavam ali. Não sabia de onde vinha nem o que dizia, mas a ideia opressora trazia um significado claro. Uma resposta: "Olhe de novo".

Com um assombro que a percorreu da cabeça aos pés, Gwen se virou para a fonte de demônios. Bem na hora, uma tempestade de relâmpagos escarlates preencheu o céu. Em seguida, ouviu-se o trovão. Appius não teve tempo de vomitar, e de todo modo seria um esforço inútil, pois nada que seu corpo fizesse seria suficiente para preservá-lo do que viria a seguir.

Das nuvens rubras que se avolumavam, desceu algo que não era sangue, tampouco enxame de demônios. Escorreu aos poucos e sofridamente. Mesmo assim, mais rápido do que a reação de qualquer ser que estivesse presente, quer fosse divino ou mortal. Isso porque sua mera presença dilatou o tempo, o comprimiu e o fez voltar para trás simultaneamente. Vidas inteiras se passaram, pessoas envelheceram até definhar, ao mesmo tempo em que rejuvenesceram até tornarem-se não mais do que fetos disformes. As criaturas alienígenas vinham de um universo onde haviam superado a morte, a entropia e o tempo, e sua aura de anomalia trazia consigo distorções na realidade.

Em sua própria Criação, os lefeu haviam superado até mesmo os deuses. Restava-lhes fazer o mesmo em Arton.

Começou como um saco de banha grande demais, que alguém tentava espremer por um gargalo. As protuberâncias de sebo cobertas por pele esticada brotaram uma a uma, com extrema dificuldade. Ao surgir, no entanto, cada uma delas se alargava, como um verme que se regozija na podridão. Uma a uma. Lentamente. Contraindo e esticando. As nuvens rubras defecaram a colossal criatura.

Revestindo as pelancas flácidas, crostas quitinosas de inseto também se distendiam e se retesavam. A superfície lustrosa era recoberta por uma pelugem curta e rala, como a de moscas, mas em escala monumental.

Havia pés. Dez deles. Patas de inseto, compridas e segmentadas, delgadas demais para o corpanzil. Remexeram-se, cada uma em ângulo e velocidade diferente. Buscavam o chão, mais próximo a cada nova contração do mórbido parto.

Braços também surgiram a partir de certa altura, espalhados ao redor de toda a estrutura. Grandes e pequenos, eretos e retorcidos, alguns terminavam em numerosos dedos, outros em pinças de crustáceo.

A princípio, era impossível determinar para qual lado a criatura amorfa estava virada. A resposta veio quando surgiram as bocas. Tão desiguais quanto os braços, vinham em todos os formatos e tamanhos.

Amontoavam-se, movendo as inúmeras fileiras de dentes, brigando entre si por espaço, para definir quem comeria primeiro. Não era hora de comer. Ainda. Mas as bocarras não se importavam. Continuavam na disputa. Ora ou outra, uma boca devorava outra.

Por fim, surgiu o olho.

Enquanto tudo na anatomia mostrava-se profuso e irregular, o olho único era firme e bem definido. Ocupando quase toda a extensão do que seria a gigantesca barriga, seu tom amarelo pútrido marcava o ponto central da criatura vermelha. Tinha pálpebras, que piscavam de vez em quando, esticando muco. No lugar de cílios, no entanto, cresciam dentes afiados.

Depois que o olho apareceu, a dejeção logo terminou. O monstro não tinha cabeça. Seu corpo oleoso escorreu para Tiberus, seguido por centenas de milhares de seus súditos. Cobriu boa parte da cidade. Preencheu todos os espaços com sua polpa repulsiva. E, mesmo com as pelancas despejadas em torno de si mesmo, continuava um colosso de tamanho incomensurável.

Na queda, acertou Tauron.

Sob peso incalculável, o avatar do Deus da Força foi macerado, esmigalhado, trucidado. Nada restou. Sua última atitude antes da completa destruição foi empurrar Glórienn para o mais longe possível. Ao menos, a escrava sobreviveria.

Satisfeito com sua chegada triunfal, a monstruosidade abriu as enormes asas transparentes e carcomidas. Emoldurou-se delas. Ao fazer isso, liberou um pó fino, que recaiu nos arredores e levou os mortais tocados à demência e depravação.

Havia chegado Aharadak, o Lorde Devorador. O Deus da Tormenta.

## CAPÍTULO 7

# CIDADE INVADIDA

BILE ESVERDEADA MANCHAVA A TOGA DE APPIUS, enquanto ele balbuciava incoerências. Gwen se ajoelhou ao lado dele e fez com que virasse o rosto para si.

— Escute, Appius. Você precisa se levantar. Temos que sair daqui.

O rapaz dardejou o mundo com os olhos assustados, sem fixá-los em nenhum local específico. Observou os lábios da clériga se movendo, mas não parecia compreender. Desviou para as faces que o examinavam de cima, mas não as reconheceu.

— Deixe de fraqueza, moleque. Erga-se! — Petronius esbravejou.

— Ele enlouqueceu de medo. Já não é mais um de nós, virou um servo da Tormenta! — Julian tapou o rosto com as mãos e começou a chorar. — É o fim! Vamos ficar todos como ele.

Vendo-o entregue ao descontrole, Dok puxou-lhe de leve a roupa. Julian olhou para ele, revelando o rosto molhado. Com as sobrancelhas contraídas, obedeceu ao sinal que Dok fez com o indicador para que chegasse mais perto. Mais para baixo. Quando o meio-elfo já estava próximo o suficiente, o goblin deu-lhe uma bofetada.

Pego de surpresa, Julian tropeçou para trás e por pouco não caiu. Segurou o rosto para atenuar a ardência. O espanto varreu a lamúria para longe. Cogitou reclamar, mas não conseguiu organizar o desagrado na forma de palavras. Desistiu ao ver que Dok sinalizava para ele e para

Petronius, pedindo silêncio. O goblin apontou para um ponto afastado, onde alguns pequenos demônios cruzavam a rua por uma perpendicular. Julian tapou a própria boca com as duas mãos e suprimiu qualquer gemido. Não queria atraí-los.

— Ficará tudo bem, ele só está desorientado. Eu consigo resolver — disse Gwen, ainda examinando Appius. Então falou consigo mesma: — *Rogo à sabedoria, que agora nos evade. Libertai a mente enferma de qualquer insanidade.*

A luz do saber e do livramento germinou do toque da clériga e se espalhou pelo jovem minotauro. Ele piscou várias vezes, os olhos se enchendo de clareza, a mente desanuviada.

— Cuidado! — Appius apontou para os demônios à distância. Três se destacavam do enxame e se viravam para eles.

— Detectaram o poder divino — disse Gwen, colocando-se de pé.

— Eu mato essas coisas — Petronius sacou o gládio.

— Eles é que vão nos matar — gemeu Julian.

Dok nada disse. Pousou um joelho no chão para ter maior estabilidade, apoiou a bazuca no ombro e preparou a mira.

Gwen ajudou Appius a se levantar. Arrastou Petronius pelo braço e gritou para Julian:

— Sim, vão. Portanto, corra!

Os quatro passaram pelo goblin e dispararam para longe do perigo. Os demônios também aceleraram. Dok manteve a concentração. Esperou pelo momento certo.

Assim que as criaturas da Tormenta entraram no alcance da bazuca, o engenhoqueiro puxou o gatilho. Com um estampido, o mecanismo disparou uma esfera de várias cores, que girou, girou e acertou o inimigo do meio. Espatifou-se contra ele. Espirrou nos outros dois e se espalhou no pavimento danificado. Cobriu tudo o que tocou com um muco sarapintado.

As criaturas aberrantes tentaram prosseguir apesar do ataque, mas foram impedidas. Suas patas de inseto ficaram grudadas na substância gelatinosa. Com muito esforço ergueram uma pata, depois a outra. Avançaram devagar.

Dok se levantou e tirou a bazuca do ombro. Correu para alcançar os demais.

— Parem! Eles já ficaram para trás — disse Appius, e todo o grupo parou.

Haviam se embrenhado no labirinto de ruelas e tomado uma boa distância dos monstros rubros. Estavam em um bairro menos afetado pelos eventos recentes, com a maioria das construções ainda de pé. Ofegavam.

— Precisamos de um plano — disse Gwen. — Uma forma de evacuar Tiberus. Tirar daqui o máximo possível de sobreviventes.

— Soa muito bonito... para quem não tem família na cidade — rebateu o rapaz. — Não ligo para quantos vão escapar, desde que os meus irmãos estejam entre eles.

Gwen encarou Appius, e ele a encarou de volta.

— Você realmente daria um bom clérigo de Tanna-Toh. Considere o clericato, se sair vivo daqui.

Julian interrompeu:

— Parem de se enganar, ninguém vai sobreviver. Olhem ao redor, tem uma aberração do tamanho de um castelo cuspindo suas crias demoníacas em cima de nós! Estamos todos condenados.

Gwen abandonou a conversa com Appius e foi até Julian. O meio-elfo se encolheu, como uma criança prestes a tomar uma surra de um pai violento. Mas ela apenas o tocou no ombro. Haviam parado na frente de um sobrado, formado por um armazém no térreo e moradia no andar superior. Gwen indicou um barril encostado na fachada.

— Sente-se, Julian.

Apesar de hesitante, ele obedeceu.

— Agora respire fundo. Inspire — a voz da elfa soou lenta e suave, enquanto gesticulava o exercício. — Expire.

Repetiu as palavras algumas vezes, e Julian encheu e esvaziou os pulmões conforme orientado. Quando a respiração voltou ao ritmo normal, Gwen falou com a voz tranquila, mas firme:

— Não vou mentir para você, a situação é ruim. Precisamos encontrar uma saída.

— Não há saída — disse Julian, controlando o tom de voz. — Nosso povo já passou por isso. Enfrentamos a Tormenta e perdemos! Uma batalha celestial da qual nenhum elfo escapou. Mestre Luwarandithas me contou.

— E ele está certo. Mas sabe de uma coisa? Você está falando do passado, não da situação atual. Aqui, temos uma nova batalha. Uma nova chance de vencer.

— É *possível* vencer? — o mestiço se concentrava apenas no rosto da elfa.

— Se por vencer você se refere a destruir a infestação, não. Mas podemos reunir quem encontrarmos e levá-los para longe. Isso será difícil, mas não impossível. Estou aqui com você. Preciso que você esteja comigo.

Julian limpou as lágrimas e assentiu, em um movimento de cabeça rápido e repetitivo.

— Agora, precisamos de um plano — a elfa repetiu. — Pense, Julian. Qual é a melhor rota de fuga dessa cidade?

Ele olhou ao redor, reconhecendo o bairro. Respirou fundo e esfregou o nariz.

— Tiberus nasceu à margem do Rio dos Deuses e cresceu se espalhando por ela. Tem um desenho alongado, e estamos perto do centro. A partir daqui, temos duas opções. Podemos nos afastar do rio, passar pela Catedral da Força, e logo estaremos fora da cidade, nas colinas ao norte. Ou podemos fazer o oposto, rumar para o porto e tentar escapar em alguma embarcação. Só não podemos ir para leste e oeste, já que nessas direções a cidade se prolonga mais.

— Entendido.

— Vamos para o porto, então — determinou Appius. — No caminho, passamos em casa.

— Enfim aprendeu a mandar. Está virando um homem — Petronius deu-lhe um tapa de incentivo nas costas. — Agora só falta a elfa aprender a obedecer.

Gwen olhou séria para ele. Controlou a própria raiva. Respondeu:

— Só no dia em que eu virar homem também.

O ex-legionário estava pronto para retrucar, mas travou. Demorou a assimilar a resposta da elfa. Então riu abertamente. Gwen não era muito dada ao humor, mas aprendera a usá-lo em momentos de crise.

— Agora, escute — disse ela ao minotauro mais jovem. — Engana-se quando diz que não tenho família. Eu tenho. Eles estão à sombra do voo do grifo.

Fuligem havia aterrissado, mas Gwen lembrava qual era o local. Ela continuou:

— Você precisa buscar a sua família e ir para o porto. É o certo a se fazer e não vou impedi-lo. Mas eu preciso buscar a minha, no sentido oposto — ela apontou para o local.

— Eles estão muito perto da Tormenta! — gemeu Julian.

— Sim. É por isso que vou sozinha. Todos vocês, sigam Appius. Foi uma honra conhecê-los.

Appius ergueu a mão em um aceno.

— Até mais ver, Gwen, clériga de Tanna-Toh. A elfa mais valorosa que já conheci.

Julian se encolheu ante a declaração. Gwen respondeu ao aceno. Petronius deu um tapinha de incentivo em Appius. Os dois começaram a andar.

— Me dói ter que desistir de Christian — disse Appius ao guarda-costas.

— Não se preocupe. Aquele não morre fácil — respondeu Petronius. — Mas a família precisa de nós.

Vendo-os se afastarem, Dok não fez menção de se mover.

— Petronius é forte. Mas sozinho não tem a menor chance — disse Gwen ao goblin.

Dok olhou para ela com tristeza e resignação.

— Dok ir. Gwen ficar bem.

— Obrigada. Vai dar tudo certo.

A elfa derramou uma bênção sobre o goblin e ele se apressou para alcançar os minotauros.

— Você também deve ir — ela falou a Julian.

Ele riu.

— E deixar você se perder por aí? — levantou-se do barril. — Vamos logo. Seus amigos estão perto de onde Glórienn caiu, e não vou perder a chance de encontrá-la.

Deslocar-se rumo à Tormenta foi mais difícil do que para longe dela. Mesmo que a tempestade ainda não houvesse invadido a cidade de vez, seus fenômenos surgiam em bolsões. Julian e Gwen atravessaram uma rua onde o vento frio cortava a pele e ameaçava congelar os dedos. Atravessaram uma ponte e se viram numa área de calor escaldante.

Julian indicava o caminho, mas quem ia à frente era Gwen. Em dado momento, ao pisar numa praça, a elfa sentiu o peso do corpo desaparecer. O cabelo caiu para cima. Os pés deixaram o chão. Julian a agarrou pela cintura e puxou para trás bem a tempo. Os dois rolaram pelo pavimento de pedra. Tombaram um sobre o outro. Terminaram estatelados, mas agradecidos. Por pouco não haviam sido sugados pela gravidade invertida, que os faria cair até o infinito. Tiveram que procurar outro caminho.

A empreitada os levou até as proximidades do Senado. Procuravam pelo grifo cinzento, mas antes encontraram outro indício de que ali era o local certo.

Após cobrirem um longo trajeto de ruas desertas, fizeram uma curva e se depararam com algo peculiar: uma multidão, em uma zona de relativa segurança. Formada principalmente por escravos humanos e trabalhadores táuricos, eram pessoas simples, despreparadas para enfrentar os terrores aberrantes. Ao redor deles, no entanto, havia uma linha de legionários. Com escudos erguidos e lanças em riste, postavam-se de costas para seus protegidos, vigiando qualquer ameaça que pudesse surgir. Eram o que restava de uma centúria da Legio V Protetora.

— Por aqui, venham! — um dos legionários abriu caminho ao notar a aproximação de Julian e Gwen.

Os dois penetraram a multidão e a formação táurica voltou a se fechar às suas costas. Com dezenas de homens, mulheres e crianças ocupando uma área limitada, restava pouco espaço para transitar. Ainda assim, espremeram-se por entre as pessoas. E, do outro lado da massa de pessoas, encontraram o que estavam procurando.

— Já falei que não é possível, é gente demais — disse Ichabod.

— Você é mesmo inútil — Christian retrucou.

Gwen trespassou uma segunda linha de legionários. Separava a aglomeração de uma área mais livre, reservada aos heróis, ao comandante da centúria e ao grifo que ali estava pousado. Gwen empurrou os legionários, correu até Ichabod e abraçou-o de surpresa.

— *Gwen!* Gwen! — o lefou repetiu, apertando-a contra si como o tesouro mais precioso do mundo. — O que faz aqui? Também tentou seguir Aurakas?

— Vim atrás de você.

Christian parou de brigar e permitiu-se um sorriso. Gwen sentiu mais alguém se unir ao abraço, e não precisou abrir os olhos para saber que era Verônica.

— Me mata de preocupação! — disse a medusa. — Onde está Dok?

— Ele está bem, acabamos de nos separar.

Percebendo que se tratava de uma aventureira, os legionários desistiram de colocar a elfa para fora da zona restrita. Julian pôs-se ao lado de Christian e cumprimentou-o com a cabeça.

— Não quero interromper o lindo momento de vocês, mas precisamos resolver o problema.

Quem falou foi um minotauro com listras brancas na pelagem. Sua musculatura era impressionante; seus chifres, ainda mais. Como os de um antílope, eram curvados em espiral e possuíam quase um metro de comprimento. Christian apresentou-o a Gwen. Era Oryx, centurião da V Protetora, líder dos legionários que protegiam o grupo de refugiados. O problema ao qual ele se referia estava poucos metros à frente.

O grupo estava estacionado diante de um largo canal, uma grande obra de engenharia. Do outro lado, uma segunda multidão, tão numerosa quanto a primeira, ocupava uma praça. Gente simples liderada por minotauros, nada de diferente. Estavam todos felizes com o encontro e queriam reunir os dois grupos. Porém, a água os impedia.

— Há uma ponte ali — a elfa apontou para um arco de pedra vinte passos de onde estavam.

— Bloqueada — respondeu Christian.

Ao contrário de grande parte da cidade, a ponte estava intacta. Porém, ao caminhar até ela, Gwen percebeu o que bloqueava o acesso. Um campo de força semitransparente se erguia a partir dali. Gigantesco, englobava diversos quarteirões do bairro. Um domo centrado no Senado. De onde estavam era quase invisível. Do outro lado do Senado, no entanto, já era tocado pela chuva de sangue. O vermelho escorria pela barreira protetora, delatando sua posição. A área interna estava protegida dos males da Tormenta.

Christian foi até Gwen, bateu duas vezes na redoma com os nós dos dedos, e o que se ouviu foi som ressoante.

— Intransponível.

Gwen tentou fazer o mesmo, mas sua mão atravessou o campo de força como se não existisse.

— Você consegue passar! — admirou-se Christian.

— De nada adianta se ninguém mais conseguir — respondeu ela.

Os dois retornaram para onde o restante do grupo aguardava.

— Não querem nadar — explicou Verônica, com as serpentes se agitando ao redor da cabeça. — Bando de covardes.

— Não é seguro — disse Ichabod. A água do canal já está misturada com a chuva ácida.

— É só você lançar um feitiço — disse Christian.

— Meu poder tem limites, Christian. Há mais de cem pessoas aqui. Por que você não atravessa uma a uma com o seu grifo?

O humano rangeu os dentes para o lefou.

Do outro lado do canal um grupo de elfos recusou a proteção dos minotauros. Cruzaram o campo de força e seguiram rumo ao Senado.

— Ei! — Christian gritou para eles. — Vocês estão indo para o lado errado. Voltem!

— Não adianta — Gwen tocou o braço de Christian fazendo com que ele parasse de acenar. — Os elfos não vão ouvir a razão. Foram fascinados pelo chamado de Glórienn.

— Ela está chamando? — perguntou Julian.

— Sim, é quase enlouquecedor. Uma voz mais doce do que mel, harpeando na mente de todos os elfos.

— Ah — o mestiço disfarçou o desapontamento.

— Isso prova que seu conceito de deuses é falso. Você não está indo para lá — disse Christian.

Gwen tocou o símbolo do pergaminho com a pena, estampado no peitoral.

— Pelo contrário, meu amigo. Só não sou atraída pelo canto sedutor porque Tanna-Toh clareia a minha mente. É uma deusa mais poderosa.

— Já vimos vários grupos passando, todos em direção ao Senado — disse Verônica. — Isso significa que Glórienn está lá?

Gwen fez que sim.

— Por isso a barreira. Apenas os elfos podem passar.

A dura verdade recaiu sobre eles: seus planos de sobrevivência estavam sendo prejudicados por um deus. Diante da frustração dos demais, Christian revirou os olhos. Julian, por sua vez, saiu em disparada. Correu com sede e paixão em direção ao Senado. Em seu embalo alucinado esbarrou de cara no campo de força. Caiu com tudo para trás. Sentado, apoiou a testa nos joelhos e chorou.

Gwen se compadeceu e foi até ele, para ouvir suas lamúrias:

— O que eu fiz? Por acaso não sou digno de Glórienn?

A elfa pousou as mãos nos ombros do mestiço.

— Errado — disse. — Ela é que não é digna de você.

Ajudou-o a se levantar. Juntos, voltaram para o grupo.

— Chega dessa ladainha — disse Christian. — Alguma sugestão para o problema?

A elfa avaliou a situação.

— Não vamos conseguir fazer com que as pessoas cruzem o canal. Portanto, precisamos parar de perder tempo com isso. Reunir os dois grupos seria bom, mas não é vital. A prioridade é colocá-los em marcha.

— Estamos indo para o porto — informou o centurião de chifres espiralados.

— Ótimo, então prossigam.

— E deixar os outros para trás? — perguntou Christian. — Pelo que entendi, eles terão que dar uma volta gigantesca.

— Ou...? — Gwen se virou para Julian, em busca de orientação.

— Ou podemos levá-los para as colinas — completou o meio-elfo. — Eu conheço um caminho.

— Está decidido — declarou Gwen. — Julian e eu vamos acompanhar o outro grupo. Vocês seguem o plano original.

Ichabod postou-se atrás da elfa. Envolveu-a pela cintura, beijou-lhe a nuca e inalou o perfume de seu cabelo.

— Eu vou com você, Gwen. Chega de ficarmos separados.

— Não precisamos de uma cria da Tormenta! Ele só vai nos causar problemas — Julian protestou.

Ichabod não soltou Gwen de seu enlace. Apenas ergueu os olhos escarlates para o meio-elfo. Falou com Gwen, sem se preocupar que o outro ouvisse:

— Você ainda confia nesse duas caras?

— Nunca confiei — respondeu Gwen. — Mas ele tem as respostas que me faltam.

O lefou sorriu. Deu-lhe um último beijo, encantou-a com uma magia e a soltou. Apesar da desconfiança de Julian, dadivou-o também com um feitiço benéfico. Por fim, Ichabod encantou a si mesmo. Com um meneio do mago, os três flutuaram lentamente por sobre o canal e pousaram do outro lado.

Explicaram o plano aos legionários que protegiam o outro grupo.

— Daqui até as colinas, a Catedral da Força fica bem no caminho. Podemos buscar auxílio lá.

Dos dois lados do canal, os legionários começaram a organizar a marcha em uma formação que protegesse os refugiados.

— Venha, Fuligem. Andando — disse Christian.

— Deixe esse bicho voar — Verônica criticou.

— E virar um alvo gigante? De jeito nenhum. Você viu que algumas dessas coisas têm asas? — ele apontou para os insetos alienígenas à distância.

Os dois bandos de refugiados rumaram em sentidos opostos.

## CAPÍTULO 8

# HERANÇA

O QUE ERAM AS CRIATURAS QUE BATIAM À PORTA DOS Aurelius Lomatubarius, Pérola não sabia precisar. Nunca antes havia tido contato direto com a Tormenta. Porém, não precisava que lhe explicassem a essência nociva e diabólica que os cercava. O simples vislumbre da nébula rubra já era suficiente para confundir os sentidos e demonstrar que tudo aquilo dissonava da existência real. Ninguém conseguia olhar por muito tempo. Para piorar, a chegada do ciclope de banha e asco desferia o golpe de misericórdia em qualquer resquício de otimismo.

Pérola espiou pela porta da frente. Os guardas da família vigiavam o portão. Sem a liderança de Petronius, estavam inseguros. Assumiam posição conforme o treinamento. Porém, haviam sido preparados para proteger os mestres de plebeus enfurecidos ou escravos revoltados, não da Tempestade Rubra, sempre tão longínqua. Faziam o melhor conforme suas capacidades, mas tinham medo.

Do outro lado do portão, patinhas de inseto arranhavam. Os minotauros haviam reforçado a estrutura com sacos de areia e, assim, vedado quaisquer vãos. Porém, começavam a temer que as criaturas se tornassem numerosas. Que escalassem umas às outras. Ou que as maiores e mais poderosas surgissem para colocar abaixo a barricada feita no improviso.

Perguntavam uns aos outros o que mais poderia ser feito. Perguntavam-se onde estaria o ex-centurião. Acima de tudo, não entendiam por que, após estar na segurança de sua casa, o patriarca da família havia retornado para a rua.

Pérola não tinha uma resposta. Antes de sair, Gaius dissera-lhe que mantivesse as crianças seguras e esperasse, que sua presença era necessária no Senado, mas logo estaria de volta. Ela obedecera. Porém, a noite inteira havia transcorrido e nem sinal de retorno. Em vez disso, quem havia surgido eram os demônios, trazidos pelas nuvens rubras que se alastravam gradualmente. Catástrofe em cima de catástrofe. A cada minuto, a segurança da casa parecia mais difícil de manter.

A sereia começou a questionar se não seria hora de agir por conta própria. Poderia colocar as crianças em uma liteira e ordenar aos guardas que abrissem caminho para longe dali. Porém, perguntou-se o que seria do patriarca se buscasse a proteção de seus homens e encontrasse o local abandonado. Era difícil tomar uma decisão quando o mundo estava cheio de dúvidas.

Além do mais, a visão do demônio gigantesco suprimia sua coragem.

Imersa em pensamentos, deu um pulo ao ouvir o primeiro estrondo. Algo havia batido do lado de fora. Algo grande. Os guardas correram de um lado para outro, atarantados. Sacaram armas, mas não sabiam o que esperar do combate.

Mais um estrondo. Som de madeira sendo golpeada por um material que não existia, mas que, ainda assim, causava danos. Um terceiro baque, acompanhado pelo romper de fibra vegetal. Guardas tremiam. O portão estava cedendo.

Pérola aproximou mais a porta do batente. Passou a acompanhar os eventos lá fora com apenas um dos olhos. Não queria ver as criaturas, a imagem era perturbadora. Ainda assim, precisava saber o que acontecia às portas de sua casa.

De repente, ouviu-se um brado na rua. O material que desafiava a existência foi atingido por metal. Um urro, bramidos, o som de combate. Pérola escancarou a porta e desembestou pelo jardim.

— Abram o portão! — ordenou. — Abram! Rápido!

Paralisados, os guardas não souberam como reagir. Pérola detinha autoridade na casa. Em circunstâncias normais, o reflexo automático seria obedecê-la. Porém, a ordem parecia absurda. Era possível que a sereia tivesse sido acometida de loucura semelhante à dos companheiros que eles haviam sido obrigados a amarrar no quintal dos fundos.

Ela insistiu:

— Não reconhecem essa voz? O patriarca está lá fora!

Nunca haviam escutado os rugidos do patriarca ao lutar por sua família, mas reconheceram o timbre quando Pérola apontou. Trombaram uns nos outros na pressa de agir. A lealdade venceu o medo. Arrastaram os sacos de areia e abriram o portão.

Assim que as duas folhas de madeira se apartaram, uma pinça articulada tombou para o lado de dentro, quase matando os guardas de susto. Uma vez no chão, ela não mais se moveu.

Gaius apoiou o ombro no portão. Pisoteou o membro do inimigo derrotado. Manquejou para dentro do jardim. Uma das mãos se recusava a soltar o gládio. A outra segurava as entranhas, que vazavam por uma perfuração rubra no abdômen.

Dois guardas o ampararam e conduziram para dentro da casa, enquanto os demais gritavam entre si:

— Joguem essa coisa de volta lá pra fora! Fechem o portão!

Pérola guiou os minotauros casa adentro, passando pelos corredores que contornavam o espelho d'água. Eles pensavam em levá-lo para o quarto, mas a sereia indicou o gabinete.

Arrastando os pés ao longo do caminho, o patriarca foi se lamentando:

— Não o encontrei, Pérola... Appius não está em lugar nenhum.

— Vai ficar tudo bem. Petronius está com ele.

Mas nem ela mesma acreditou em suas próprias palavras. Continha as lágrimas. Obrigava-se a permanecer calma, mesmo percebendo que deixavam pela casa um rastro de sangue, vísceras e uma substância rubra desconhecida.

Ao abrir a porta do gabinete, quem estava lá dentro se sobressaltou. E eram muitos: as mulheres do harém, as escravas da cozinha, os servos jovens ou velhos demais para lutar, Tertius, Astra. Todos espremidos no espaço restrito. O cômodo era grande para um escritório, mas pequeno para um campo de refugiados.

— Não prefere o quarto? — um dos guardas insistiu.

— Encantos protegem esta sala. É aqui mesmo que vamos ficar. Deitem-no.

Sem uma cama ou divã, não viram opção a não ser acomodar o patriarca no tapete. As escravas cochicharam entre si, aflitas ao vê-lo ferido.

— Tranque a casa — o guarda disse para Pérola. — Não saia mais. Não sabemos como enfrentar aquelas bestas, a situação já está fora de controle.

A declaração foi um desfavor ao sossego no gabinete. Uma escrava desmaiou. O jardineiro começou a chorar. As crianças eram jovens demais para entender a gravidade da situação lá fora, mas presenciar o estado do pai as deixou quietas como nunca.

— Vocês — Pérola apontou para duas cozinheiras robustas, que mantinham algum nível de autocontrole. — Vão atrás deles. Fechem a porta da frente com a tranca de ferro. Busquem água e toalhas.

Os guardas voltaram para o jardim e as cozinheiras os seguiram, fechando a porta do gabinete atrás de si. Pérola permaneceu ao lado do patriarca. Limpou-lhe o suor da testa com as mãos. Tertius e Astra se abaixaram ao lado dela.

— Vai dar tudo certo — mentiu a sereia. — Vamos cuidar de você.

— Aquela clériga seria útil agora. Desgraçada, nos traiu.

— Shh, shh — Pérola acariciou-lhe a cabeça de touro e pediu que parasse de falar. — Ela vai ter o que merece.

— Não, não vai.

Gritos do jardim anunciaram a chegada de mais invasores.

— Onde está Cecília? — perguntou o patriarca caído.

— Fugiu. Não consegui segurá-la.

— Tola. Já deve estar morta — Gaius fechou os olhos. — Devo encontrá-la em breve.

Um baque único arrebentou a porta da frente, permitindo a entrada de uma lufada de vento que invadiu os corredores. Ninguém soube se as cozinheiras haviam conseguido colocar a trava. Elas nunca retornaram.

— Ou talvez ela se salve, nunca saberei. Por que mandei vocês esperarem aqui? — Gaius se queixou. — Vou morrer cheio de arrependimentos.

Pérola alisou-lhe os braços, os ombros. Observou o intestino espalhado, impregnado com um muco vermelho nauseabundo. Não havia o que dizer. No corredor, ouviu-se um estalar repetitivo. Lembrava um zumbido, dentes batendo ou o crepitar do fogo. Sempre no mesmo ritmo, sempre no mesmo volume. Um relógio com ponteiros acelerados.

Apesar de baixo, o ruído soava como a pior das ameaças. Todos no gabinete se calaram. Alguns taparam a boca, na tentativa de reprimir a respiração pesada. Ninguém se moveu.

Após um longo período parado, o som no corredor começou a avançar lentamente. A criatura estralante explorava a casa sem pressa. Investigava. Um estrondo repentino, e a porta de um dos quartos foi destruída. A criatura ficou parada por um momento. Deveria estar olhando para dentro do cômodo aberto. Então voltou a caminhar.

— Pela janela — sussurrou Caelia, a escrava que havia dividido a alcova com Gwen.

Olharam para Pérola, que fez sinal afirmativo. Tentando não fazer barulho, o grupo abriu um vão. Caelia enfiou a cabeça para fora, mas recuou em seguida.

— Fecha, fecha — sussurrou um grito.

Bateram a janela bem a tempo de evitar que o cômodo fosse invadido por um enxame alienígena. Os monstros voadores se chocaram contra a madeira como uma chuva de pedras. Apenas um conseguiu entrar. Disparou para dentro como um projétil, acertou a escrava na lateral da cabeça. Era do tamanho de um corvo, e mesmo assim penetrou o ouvido da humana, arrebentando seu crânio no processo. Sangue e miolos respingaram nos demais. Múltiplas vozes se somaram em um grito de horror.

Todos se abaixaram e protegeram a cabeça com as mãos, enquanto o monstro se pôs a sobrevoar o cômodo em círculos. À primeira vista era um inseto. Porém, quem prestasse mais atenção perceberia que a coisa era dotada de uma face humanoide. Deformada de horror, tinha a boca escancarada, os olhos saltados das órbitas. Mesmo as patinhas insetoides eram, na realidade, minúsculas pernas humanas, raquíticas, dobradas em ângulos anormais.

Em meio ao estardalhaço, Pérola abriu os dedos enfraquecidos de Gaius e apossou-se de sua espada. Enquanto os outros se encolhiam, ela se ergueu. Não sabia usar uma lâmina, mas isso não a impediria de tentar. Inapta, segurou o objeto com as duas mãos. Manteve-o para baixo. Observou os padrões de voo da criatura. Ofegou.

— Atrás de mim, crianças — disse aos gêmeos.

Quando julgou o momento certo, desferiu o golpe. Descreveu um arco no ar com a arma. Acertou.

Dois pedaços de monstro despencaram no chão, um para cada lado. O cadáver continuou movendo as asas e as patinhas asquerosas, mas incapaz de atacar. As pessoas se comprimiram contra as paredes, buscando manter a maior distância possível. Disputaram as quinas afastadas da porta e da janela. Buscaram se aquietar.

O silêncio da sala permitiu-lhes ouvir mais uma vez o estalo insistente no corredor.

Estava diante da porta.

Pérola empurrou as crianças para trás e deu um passo adiante. Ergueu a espada. Sendo o aço pesado demais para ela, a ponta oscilava ante seu esforço em mantê-la em posição.

Um baque, e estilhaços de madeira choveram sobre eles.

O lefeu tinha dois metros de altura. Completamente vermelho, uma carapaça recobria seu peito e duas antenas se moviam, independentes uma da outra. Múltiplos olhos percorreram o ambiente, analisando os seres vivos ali escondidos. Mais pessoas desmaiaram. O som repetitivo advinha de duas quelíceras no lugar da boca, que abriam e fechavam freneticamente.

Imperturbável, permaneceu parado no umbral por algum tempo. Não havia pressa.

O estalido se prolongou.

Pérola manteve-se resoluta, arma em posição. Porém, o esforço prolongado cansava os músculos da dama. Tornava a estabilidade cada vez mais precária.

O monstro abaixou a cabeça para atravessar a porta. Ergueu um de seus muitos braços, o que terminava em pinça. Desceu-o com tudo na espada, arrancando-a das mãos da sereia. O metal trepidou ao atingir o chão.

— Atrás de mim, crianças... — Pérola repetiu, mas sua voz soou trêmula. Piscou para afastar as lágrimas.

A criatura ergueu a pinça mais uma vez.

O vestido de Pérola estava emporcalhado com os fluídos da escrava morta. Seus ouvidos afligiam-se dos gritos ensurdecedores. Logo ela, que vivera para o belo e para o melódico, morreria de forma brutal, em meio à imundície e à cacofonia. Controlou o impulso de fechar os olhos. Se não era capaz de defender sua família, ao menos conservaria a dignidade dos bravos.

O demônio da Tormenta ergueu a pinça encouraçada para o golpe final. E foi atingido por uma esfera multicolorida. Espalhou-se pelas costas em forma de muco. Enredou todas as patas. Espirrou no teto e no batente da porta, prendendo a criatura. Imobilizou-a.

A cabeça insetoide girou completamente, ficando de costas para Pérola. O monstro fez isso para encarar a ameaça que vinha de trás. Porém, serviu apenas para receber o gládio de Petronius, que penetrou pelos múltiplos olhos e varou o exoesqueleto, despontando pela nuca. A ponta da espada sumiu quando o guerreiro a puxou de volta para si, mas Pérola viu o tutano escorrer pelo buraco deixado.

O monstro continuou se debatendo e lutando contra a elasticidade da gosma. Foi quando Dok pulou em seu cangote e agarrou a cabeçorra de inseto. Retorceu-a. O pescoço quebrou. Com um berro de esforço, o goblin continuou fazendo força, até arrancar a cabeça da criatura. Mais do recheio asqueroso espirrou, quando ele atirou a coisa para trás.

O engenhoqueiro pulou de volta para o corredor, e Petronius pôs-se a golpear gosma e cadáver, usando o gládio sofisticado como se fosse um mero facão de abrir trilha. Logo conseguiu abrir passagem pela porta obstruída e fez sinal para os escravos saírem.

— Está seguro, venham!

Concubinas, cozinheiras, jardineiros e demais serviçais se atropelaram para fora, tendo o cuidado de não encostar no cadáver insetoide.

Quem havia desmaiado foi carregado ou sacudido até acordar. Pérola permaneceu onde estava, vagamente atordoada. Apenas falou quando os demais já haviam fugido e Petronius surgiu à porta novamente.

— Por favor, me diga que Appius está com você — suplicou ela.

Só então o líder da guarda percebeu Gaius sangrando no tapete. Sumiu da porta e voltou trazendo o primogênito. Pérola recebeu Appius num abraço e o conduziu para dentro. Os dois se uniram a Tertius e Astra, ajoelhados ao redor do pai.

— Appius — o patriarca da família deu um sorriso de alívio. — Louvado seja Tauron, que me deu forças para suportar até agora e morrer sabendo que está ileso.

Appius começou a suar. Seu pai não era muito velho e tinha a saúde de um touro. Nunca havia lhe passado pela cabeça a possibilidade de perdê-lo tão cedo.

— Não... Não... — o rapaz atinou à seriedade do ferimento. — Dok! Consegue fazer alguma coisa?

O goblin observou a substância alienígena que recobria as entranhas de Gaius e penetrava-lhe o corpo, misturando-se ao sangue que vertia em abundância. Percebeu que caroços infecciosos surgiam por baixo da pele áspera.

— Nada bom... — disse o goblin. — Pior que morte.

— Estou me tornando um deles — o próprio Gaius explicou. — Já consigo sentir.

Appius e Pérola se entreolharam, em pânico.

— Vocês sabem o que terão que fazer — completou o patriarca.

— Não pode ser verdade, pai — disse Appius. — Não tenho como aceitar. Eu não... Não sei o que vou fazer. Devo proteger a família, mas não estou pronto para isso.

Gaius contraiu o rosto de dor e ergueu a mão para tocar o filho.

— E espero que nunca esteja — disse. — Se um dia estiver pronto, significa que teve uma vida de infortúnio, posto que não nasceu para a tarefa.

Appius contraiu as sobrancelhas, magoado.

— Perdoe-me por decepcioná-lo.

— Decepcionar? Não. Você é como Titus, que Khalmyr o tenha. Possui o raro talento de pensar por si só.

Appius deu um soluço alto.

— Não transmitirei a você o meu legado. Em vez disso, deixo meu conselho final. Abrace sua personalidade questionadora, Appius. Vá em busca do que sempre desejou. Você não nasceu escravo, mas esteve preso a vida inteira. Eu o liberto.

Appius passou a chorar abertamente.

— Mas e a casa? — gemeu. — Quem vai proteger nossa família?

— Alguém que queira. Que tenha a vocação certa — respondeu o patriarca, mantendo a dúvida ainda no ar. Então suspirou, já cansado de tanto falar. — Vocês sempre muito preocupados com quem continuaria o meu trabalho, quem herdaria os meus chifres... Eu nunca me preocupei. Sempre tive o herdeiro certo bem aqui.

Gaius ergueu a outra mão e tocou o rosto de Pérola.

Ela segurou a mão dele entre as suas. O calor da vida já o abandonava, deixando apenas os calafrios da morte.

— Pérola, você ampara e resguarda esta família desde muito antes de ser sua obrigação. Não tem músculos massivos, mas possui capacidade e força interior. É isso o que faz um verdadeiro líder. Aqueles que a seguirem estarão em boas mãos.

As lágrimas da sereia molhavam os dedos do patriarca, e ele estremeceu por inteiro. Então reuniu energia e continuou:

— Nomeio-a Pérola, Matriarca da Família Aurelius Lomatubarius. Transfiro a você todos os meus bens, títulos e relíquias. Mais importante, transmito a história de nossos ancestrais. Guarde-a. Proteja-a. E proteja também nosso presente e nosso futuro.

Sem saber como reagir, a sereia buscou o julgamento dos demais.

— Às vezes detesto você, Pérola — Appius confessou. — Mas agora não é um desses momentos. Pelo contrário, estou feliz em saber que o legado da família não vai ruir com a minha inaptidão. Não vejo melhor patriarca do que você.

Petronius apoiou um dos joelhos no chão.

— Senhora, é um privilégio servi-la. Perante o Império e perante Tauron, renovo meus votos de lealdade aos Aurelius Lomatubarius.

Tertius permaneceu calado. Astra não.

— A herdeira é uma concubina? — perguntou a menina, de olhos arregalados.

— Pérola, concubina? — Gaius teria se sobressaltado, tivesse ainda forças para isso. — Nunca foi.

Acariciou o rosto dela com ternura.

— É minha filha. Minha minotaura.

Não fosse uma tragédia, Pérola teria ficado feliz. Pior do que apenas perder seu mentor, presenciava uma morte lenta, com a iminência de dar lugar a algo pior. A ameaça de uma existência nem viva, nem morta. Não existia pior destino para um artoniano do que tornar-se um servo da Tormenta.

Pérola viu mais tumores surgirem por todo o corpo de Gaius, seus braços, seu rosto. Pensou no tiranossauro aberrante do coliseu, os tentáculos insetoides expelindo os olhos, o sofrimento quase palpável. Não poderia permitir que algo semelhante acontecesse ao patriarca. Sustentava, sobre os ombros, o peso da responsabilidade.

— Appius, leve as crianças.

Um por vez, Appius, Tertius e Astra beijaram a face do pai e deixaram o gabinete. Dok foi até a porta, apenas para conferir onde eles e os demais sobreviventes esperavam, mas decidiu permanecer.

Petronius, assim como Pérola, não tinha opção. Esfregou um tecido qualquer na lâmina de seu gládio, até que ficasse limpo. Esperou pela ordem.

— Último desejo? — Pérola ofereceu a Gaius.

— Leve meus chifres. Não deixe que sejam profanados — respondeu o minotauro. — E seja forte.

Ela assentiu. Então se ergueu e foi até os pés do patriarca, onde ele poderia vê-la por inteiro. Petronius assumiu posição próximo à cabeça. Como que em respeito à ocasião, todas as lágrimas secaram. A sereia declarou:

— Gaius Aurelius Lomatubarius, Senador de Tapista e patriarca desta família. Vossa Excelência veio ao mundo destinado à grandeza, laborou para fazer-se digno dela, orgulhou os ancestrais. Padeceu em combate, protegendo os mais fracos, conforme ensinado por Tauron. Deixa para trás um legado de glórias, que serão celebradas por incontáveis gerações. Será para sempre lembrado.

Fez uma pausa. Petronius a incentivou.

— A lâmina que há de extinguir o sofrimento é uma arma de honra. Um gládio táurico, empregado em batalhas em nome do Império e empunhada por um minotauro decente, que vive perante a lei, protege em nome de Tauron e acata, neste momento, uma ordem da Matriarca dos Aurelius Lomatubarius.

Petronius segurou o gládio com a ponta para baixo. Encostou a ponta no peito de Gaius.

— Descanse em Arton, Gaius — disse Pérola. — Acorde no Mundo dos Deuses.

Com um impulso potente, Petronius cravou-lhe a lâmina no corpo. Os músculos se retraíram em dor, o rosto se contorceu. Contudo, passou rápido. Logo o brilho se extinguiu nos olhos do patriarca. A vida o abandonou.

Sangue contaminado empoçou ao redor do cadáver. Pérola e Petronius evitaram tocá-lo.

— O que você acha? — perguntou a sereia.

Petronius analisou a pele cheia de edemas. A propagação parecia ter sido interrompida.

— Não faço ideia. Mas não podemos ficar para descobrir.

Ela segurou os chifres do patriarca. Ele deu um golpe certeiro com a espada, separando o topo do crânio. Com um talho de cortina, Pérola amarrou um chifre no outro de forma bastante rudimentar e vestiu-o como um colar em torno do pescoço. Foi até Dok. Agradeceu ao goblin pela ajuda. Com um último gesto de respeito ao patriarca, deixou o gabinete e reuniu-se ao restante da família e dos escravos.

— Temos terras em Lomatubar, é para lá que iremos. Porém, primeiro precisamos sair desta cidade. Escaparemos pelo porto, é claro — a sereia instruiu a todos.

Ela conduziu o grupo pela casa, rumo à saída frontal. No caminho, admirou os objetos de arte pela última vez. Quadros, estátuas e bordados narravam a trajetória triunfante dos Aurelius Lomatubarius. Tudo aquilo seria perdido. Porém, a memória perduraria.

Parou diante do Ceifador dos Cumes. O machado de guerra do herói Magno Aurelius era mantido sobre um pedestal, na área mais nobre da casa. Posição adequada à arma centenária que havia rendido à família sua tradição. Pérola contemplou-o. Removeu-o do suporte. Ao contrário das pinturas e tapeçarias, aquela relíquia poderia ser útil.

— Quem aqui for capaz de erguer uma espada, pegue o gládio de um guarda caído. Os que não conseguirem, peguem adagas ou facas. Sairemos daqui vivos.

Deixaram a casa sob as ordens da minotaura. Mantiveram os olhos virados para o porto, nunca para o centro da cidade. Evitaram a visão perturbadora de Aharadak. Ainda assim, perceberam que as nuvens estavam cada vez mais próximas. Que, se ficassem parados, mais monstros os alcançariam.

Assim, abandonaram a residência onde muitos deles haviam nascido e se criado. Era o fim de um estilo de vida e o início de um novo. Se obteriam sucesso, dependia deles próprios. Restava-lhes lutar por seu futuro.

## CAPÍTULO 9

# DOCE ANOITECER

MAL HAVIAM DEIXADO A ZONA CENTRAL DA CIDADE quando a chuva de sangue a engoliu. Apenas o Senado e as áreas vizinhas se mantinham intactas, protegidas pela redoma de Glórienn. Sob a barreira protetora, estava uma multidão de elfos. Dezenas, talvez centenas de milhares. Tomavam ruas, praças e prédios, e a cada momento chegavam mais. Faziam vigília, idolatrando a deusa.

Desprotegido, o Fórum era lavado pela tempestade. Os prédios próximos se deterioravam ante o líquido corrosivo, ao mesmo tempo em que recebiam uma crosta de matéria pútrida, que ia se moldando em formatos ofensivos à mente. As construções artonianas eram substituídas por versões deturpadas de si mesmas. E era ali, no Fórum, onde se reuniam os servos da Tormenta. Humanos, elfos, homens e mulheres de todas as origens. Até mesmo minotauros. Regozijavam-se em meio ao extermínio e à danação.

Ichabod deu as costas à área de Tormenta que se formava. Olhou para frente, para a Catedral da Força. A construção existia no topo de uma colina, local ainda não atingido pela tempestade.

— Quanto tempo até lá? — perguntou. As primeiras estrelas já despontavam no céu e o cair da noite o preocupava.

— Se continuarmos andando, três ou quatro horas — respondeu Julian.

Atravessar a metrópole labiríntica era uma tarefa lenta. Escoltar dezenas de refugiados e desviar das infestações de demônios atrasava ainda mais o avanço.

— Marcharemos noite adentro, então. Se pararmos, a tempestade nos alcançará.

No início, os legionários que os acompanhavam se mostraram reticentes perante as deliberações do lefou. Porém, quando receberam o primeiro ataque dos seres aberrantes, tiveram a chance de vê-lo lutar. Apesar da aparência hedionda, Ichabod superava qualquer soldado táurico em coragem e habilidade. Suas magias eram extremamente úteis. Matar invasores, abrir túneis em meio a destroços, convencer insurgentes a se unirem ao grupo... Qualquer tarefa se tornava mais simples com a ajuda dele. Assim, quando o lefou disse para seguir a marcha, os legionários não hesitaram.

Julian e Ichabod iam à frente examinando possíveis rotas e certificando-se de que estivessem desimpedidas. Eram seguidos pelos legionários, que marchavam em duas colunas, mantendo os refugiados no centro.

Atrás de todos vinha Gwen.

— Ela está ficando para trás de novo — comentou Julian.

A procissão se aproximava de um dos muitos canais que cortavam a cidade, margeado por ruas dos dois lados. Sobre o conjunto havia uma ponte de pedra comprida e perfeitamente reta, o tipo de obra de engenharia que não se via em outros reinos, orgulho da nação táurica. Ichabod indicou que seguissem adiante pela ponte, e permitiu-se ficar para trás.

Julian e os primeiros legionários passaram por ele. A multidão de humanos e meio-elfos precisou se espremer pelo acesso afunilado. Ainda assim, a ponte era imensa, e os primeiros legionários ainda não tinham alcançado o outro lado quando os últimos iniciaram a travessia.

Ichabod ajudou a monitorar o afluxo, mas sua real atenção estava fixa mais atrás. Gwen caminhava a passos lentos e com a coluna encurvada, olhando para os próprios pés. Apoiava-se no bordão, como era de costume em longas jornadas. Porém, segurava-o com as duas mãos, quase abraçada a ele. Escorava-se.

O lefou pretendia esperar que ela o alcançasse. Porém, uma profusão de demônios surgiu de uma rua atrás da elfa e mudou seus planos. Ichabod gritou uma ordem para os legionários. Gritou para Julian. Abandonou sua posição e correu de volta para Gwen.

Os monstros notaram a presença do grupo e dispararam. Gwen percebeu o perigo às suas costas e apertou o passo. Avançou, apoiando-se no bordão. Faltava-lhe ânimo e vigor para correr de verdade.

Incitada pelos berros de Ichabod, seguiu em frente mesmo depois de passar por ele. O lefou esticou a adaga rubra na direção de um prédio de três andares que permanecia em pé. Pronunciou as palavras mágicas. Ao seu comando, um feitiço poderoso acometeu os alicerces e o prédio ruiu sobre a rua, bloqueando a passagem das criaturas.

— Isso só vai atrasá-los — gritou ele ao alcançar a clériga mais uma vez. — Vamos!

Ichabod agarrou Gwen pelo braço e pôs-se a arrastá-la. Quando enfim chegaram à ponte, a ordem que havia gritado para Julian e os legionários estava em curso. A multidão não mais prosseguia. Em vez disso, havia sido dividida em dois grupos, que desciam as escadas em cada extremidade da ponte. Buscavam refúgio à sombra da estrutura, nas ruas que margeavam o canal.

Todos eles desceram, sentaram embaixo da ponte e abaixaram as cabeças. Ficaram parados e em silêncio, pedindo aos deuses que os lefeu fossem embora sem vê-los. Ichabod foi o último a chegar, trazendo Gwen consigo. Esconderam-se como os demais.

— Fique aqui — disse Ichabod, aninhando a elfa em um abraço. — Vou cuidar de você.

Transcorridos vários minutos, ouviram um som estralante cruzar a ponte. E outro, e outros mais. Dezenas de lefeu atravessaram, espalhando-se depois pelo bairro ainda não afetado pelos demais fenômenos da Tormenta.

Do outro lado da cidade, Christian olhou para o céu pontilhado de estrelas.

— Corrija-me se eu estiver errado, mas até onde eu sei minotauros não enxergam no escuro.

O centurião riu. Depois de quase um dia inteiro lutando lado a lado com o humano, começava a se afeiçoar a ele.

— Já lutei às cegas antes — vangloriou-se. — Mas não temos como arrastar esses pobres-coitados noite adentro. Precisamos de um abrigo para a noite.

O grupo que rumava para o porto assemelhava-se ao outro, que ia para as colinas. Os heróis andavam à frente e eram seguidos pelos legionários em formação defensiva, circundando refugiados cansados e desiludidos. Porém, na ausência de um especialista como Julian, quem mostrava o caminho era Oryx, o centurião. Christian e Verônica tinham dificuldade de se localizar em meio ao urbanismo labiríntico dos minotauros.

— Depois de toda essa destruição, será que o armazém central ainda está de pé? — o minotauro se perguntou.

— Este bairro aparenta não ter sido muito afetado — respondeu Christian, indicando as construções intactas ao redor.

— Bem que poderíamos ter alguém olhando lá de cima — disse Verônica, ao lado de Christian. — Sabe, *voando*. Para dar informações precisas. Nem consigo imaginar onde encontraríamos alguém capaz disso...

Fuligem ergueu a cabeça. Caminhava ao lado dos aventureiros, arrastando as garras de águia e de leão pelo pavimento de pedra. Mesmo que fosse apenas um animal e não compreendesse o idioma dos seres civilizados, era inteligente o suficiente para saber quando falavam dele.

— Já disse, Verônica! — Christian parou e todo o batalhão parou atrás dele. Percebendo isso, retomou a caminhada. — Fuligem não vai voar. Nem sozinho, nem me carregando.

O grifo voltou a abaixar a cabeça e arrastar as patas. Carregava sobre si, vazia, a sela concebida por Dok.

— Entendo você, humano — disse Oryx. — Também não gosto de alturas.

Verônica sorriu para Christian com malícia. O guerreiro fez um esforço tremendo para conter o mau humor e não se deu trabalho de explicar seu real temor ao centurião.

— Mas vocês não precisam se preocupar. Vejam. O armazém está inteiro.

O minotauro apontou para uma grande construção que, à medida que avançavam, se descortinava por trás dos prédios mais próximos. Um galpão de pavimento único e pé direito elevado, cujo acesso era feito por um portão largo o suficiente para duas carroças passarem ao mesmo tempo. Estava trancado, mas Christian e Verônica conseguiram arrombá-lo.

A multidão se acomodou nos corredores que se desenhavam entre pilhas de caixas e barris de madeira. Alguns se permitiram desabar, exaustos da longa caminhada. Outros abriram as mercadorias em busca de comida. Depararam-se com algodão e lingotes de ferro, que lhe eram inúteis. Continuaram vasculhando até encontrar carne seca e grãos de cevada. Foi preciso conter a onda de euforia. Distribuíram o alimento entre legionários, refugiados e o grifo, que ocupava toda a largura de um dos corredores.

Enquanto isso, Christian e Verônica esquadrinharam o restante do prédio. Além da área principal onde ficavam as mercadorias, havia duas salas menores ao fundo. A primeira abrigava um escritório cheio de almofadas confortáveis e com cortinas de voal que pendiam do teto, luxo que contrastava com a simplicidade do restante do depósito. Estava vazia.

Na segunda, por outro lado, escondia-se um grupo de minotauros.

Mesmo sentados, pularam de susto quando Christian abriu a porta. Então, cada um levou a mão ao peito, aliviados ao perceberem que não passava de um humano. Por fim, reconheceram-no.

— Por Tauron, é Christian!

Quem falava era Cícero, o estivador de pelo calvo que Christian conhecera na taverna. Ele se levantou do chão onde estava encolhido e foi até o guerreiro para dar-lhe um tapa nas costas.

— É bom vê-lo, meu jovem!

Algumas faces conhecidas emergiram da sala escura, entre eles Lucius, o minotauro mais jovem, e os irmãos anões Torum e Rotum.

— Parece uma festa da taverna — disse Christian. — Viram Oliver, Marcus e os outros?

O silêncio e o pesar no rosto de Lucius foram a resposta de Christian. Nem todos os amigos da taverna conseguiram se refugiar no armazém.

— Vamos beber em honra aos que caíram — disse Torum.

— Pelo menos bebida nós temos, e da melhor qualidade — completou seu irmão.

Só então Christian se atentou às pilhas de barris que cobriam todas as paredes. Em cada um estava escrito o nome da bebida e seu local de origem. Havia pilhas de barris de cerveja de Doherimm, o reino dos anões. Tonéis de rum de Malpetrim, cidade de aventureiros e piratas. Licor de Roddenphord, o protetorado famoso por suas iguarias adocicadas. E até mesmo uma pequena garrafa de vidro furta-cor, identificada como contendo hidromel das fadas da Pondsmânia.

— Isso é um tesouro — disse o guerreiro. — Pelo menos não morreremos tristes.

— Vamos abrir tudo — disse um dos anões.

Mas um grito o refreou.

— Não! — No fundo da sala, um minotauro gordo se ergueu num pulo. Várias camadas de seda moviam-se para cima e para baixo, ante sua respiração pesada. Os colares de metais preciosos tilintavam. Anéis refletiam a pouca luz ambiente. — Nem pensem em tocar em meus produtos!

— São seus? — indagou Christian.

— Sim. Fiquem longe! — veio a resposta do fundo da sala.

Cícero deu de ombros.

— É o fim do mundo, para onde as pessoas correm? Para o armazém, é claro. Quem não quer garantir que vai ter o que comer? Só que, de vez em quando, acontece de encontrar o dono do lugar.

Reconhecendo a voz que protestava, Verônica enfiou a cabeça para dentro do depósito de bebida. Todos congelaram ao ver as serpentes se movendo ao redor de seu rosto.

— Esta é Verônica — Christian apresentou. — Não se metam com ela.

A medusa ganhou a câmara. Caminhou lentamente pelo corredor em meio às fileiras de barris, o quadril ondulando a cada passo. Minotauros e anões abriram passagem.

— Olha só quem está aqui — disse, com a voz doce e peçonhenta, indicando o dono do empório espremido na parede dos fundos. — Vejam se não é Porcius Caecus, o negociante de escravos.

— Escravos são um excelente investimento — o mercador não se preocupou em esconder. — Mas meu domínio se expande para outros mercados. Eu mando nesta cidade.

— A-ham — a medusa concordou e continuou caminhando, lentamente, na direção dele.

Porcius continuou a tagarelar, apressado:

— Inclusive, estou muito perto de assumir meu primeiro cargo político. O próprio Aurakas me prometeu.

— Não duvido.

Verônica sacou uma adaga da cintura.

— Sou um cidadão do Império. Um negociante. Muito em breve, um representante do povo. Tudo nesse armazém me pertence. Sou de longe o homem mais importante desta sala!

— E é muito chato. Por Heredrimm! — desabafou o anão Torum.

Rotum concordou:

— Intragável! E estamos aturando-o há horas! Faça um favor a todos e silencie-o.

Verônica parou de frente para o mercador. Segurou a adaga diante dele. Passou o dedo por toda a extensão da lâmina.

— Alguém me ajude — Porcius suplicou. — Posso pagar!

— Olhe ao redor, meu caro — disse a medusa, com olhos penetrantes de víbora. — Não há mais distinção entre ricos e pobres. A única diferença que restou é entre aqueles que sabem manejar uma arma e os que não sabem. Sua única posse no momento é essa vida lamentável que Lena cometeu o erro de lhe dar.

Das várias serpentes que formavam o cabelo de Verônica, uma deu o bote, fechando as presas a poucos milímetros do rosto do mercador.

Porcius Caecus molhou as calças.

Verônica deu risada, e o mesmo fizeram os demais.

— Chega, Verônica — disse Christian.

A medusa guardou a adaga e sorriu para o negociante.

— Tenha bom senso, homem, e me sirva uma cerveja anã. Vamos aproveitar o que pode ser a última noite de todos nós.

Porcius saiu à procura de uma taça.

— Você está abatida. É a convocação de Glórienn, não? — perguntou Ichabod.

Aninhada no peito dele, Gwen forçou-se a abrir os olhos. Os inimigos já haviam atravessado a ponte, mas o grupo esperava que os sons aberrantes se distanciassem mais antes de retomar a marcha.

— Ela é muito poderosa. Andar no sentido oposto demanda muita força de vontade.

Ichabod deslizou os dedos pelas mechas que contornavam o rosto élfico.

— Sei como se sente. Convivi com algo parecido a vida inteira. A Tormenta está sempre chamando. Exigindo que eu me entregue, que desista de quem sou e me torne um deles. Para um lefou que sempre foi desprezado pela civilização, a promessa de ser acolhido é tentadora.

Gwen despertou de súbito e o encarou.

— Você não precisa disso. Eu o acolhi.

— Eu sei — ele a acariciou novamente. — É por isso que resisto. Porque encontrei meu lugar no mundo. Ao seu lado.

Gwen voltou a recostar a cabeça e ouvi-lo.

— Os elfos se entregam cegamente a Glórienn porque estão em desespero — continuou o lefou. — Perderam o reino, o orgulho, até mesmo a esperança. Muitos nunca se recuperaram. Mas você, Gwen... Você tem seu lugar junto a mim. Junto a nossos amigos. Junto a Tanna-Toh.

— Eu sei, Ichabod... Eu sei.

Os dois permaneceram calados por um longo e agradável momento.

Não havia copos para todos, então dividiram. Sentado junto aos demais, Christian compartilhava uma caneca de cerveja com Verônica.

— Quer dizer que eles são seus novos amigos de farra? — perguntou a medusa, dando a caneca nas mãos dele. — Vou ficar com ciúmes.

— Nah, são todos uns fracotes. Esse aqui — apontou para Rotum — três goles e já começa a falar torto. Fica todo molenga, uma vergonha para a raça anã!

Torum riu, apenas até ouvir o complemento:

— O irmão dele também.

Fechou a cara.

— Vai me dizer que a medusa aguenta beber mais do que eu? — resmungou o anão. — Que aguenta uma queda de braço depois de uma boa cerveja?

— Você não viu nada — disse Christian, passando de volta a caneca. — Certa vez, estávamos em uma taverna de beira de estrada. Quando percebemos, estávamos sozinhos lá. Até o taverneiro havia sumido. Mas a conversa estava boa, então continuamos servindo a nós mesmos. De repente, meu amigo... trombetas de guerra! De um lado, cavaleiros do Reinado. Do outro, um batalhão Purista. No meio, nós dois. O que é uma queda de braço perto disso?

Anões e minotauros olharam para a medusa com admiração. Porcius Caecus voltou a servi-la.

— E o que vocês fizeram? — perguntou o jovem Lucius.

— Fugimos, é claro — Christian respondeu.

— De forma bastante vergonhosa — Verônica acrescentou.

— Tivemos que ser carregados pelo Dok, nosso amigo goblin.

— Perdi minha algibeira naquele dia.

Christian e Verônica falavam para todos, mas olhavam um para o outro, desfrutando da nostalgia compartilhada. Dividiram um sorriso de vitória.

— Não teria conhecido nenhum de vocês, não fosse essa maluca voltar para me salvar de uma máquina de guerra colossal. Não sei como aquilo conseguia se mover com tanto peso. Também não sei como caiu, com um golpe tão troncho. Mas funcionou.

— Meu golpe foi perfeito! Você é que viu errado.

— Talvez... O mundo girava naquele dia.

Os dois se olharam por mais um tempo, até que Verônica se lembrou de devolver a caneca para ele.

— Vejo que vocês vieram de longe — disse Cícero. — Devem ter muita história pra contar.

— Histórias eu tenho, amigo. — Christian suspirou, olhando para o alto. Então abaixou o tom de voz: — Certa vez, conhecemos um bárbaro que havia comido o coração de um gigante...

Ao som de inimigos se alastrando pela cidade lá fora, todos se encarapitaram para uma última noite de boas histórias.

— Lembra-se de quando ficamos presos no subterrâneo de Valkaria? — Ichabod quebrou a tranquilidade do silêncio.

Encolhida em seu abraço, Gwen deu um sorriso cansado. Então falou devagar, como se o ato consumisse muita energia:

— Confinados na masmorra de uma capital sitiada, sendo perseguidos por uma horda de monstros de quatro braços? Como poderia me esquecer...

— Isso nos fez perder o embarque para Vectora.

— Lembro — a elfa fez um resmungo jocoso, como se reclamasse de uma lembrança querida.

— Não entra na minha cabeça como você, uma aventureira experiente e que já percorreu meio mundo, nunca esteve na cidade voadora.

— O que posso fazer? — Gwen comprimiu os ombros. — Sempre aparece algo para me atrasar ou impedir. O Mercado nas Nuvens permanece atracado por pouco tempo em cada lugar, é fácil perder a chance.

Ichabod sorriu.

— Quer saber? *Eu* vou levá-la a Vectora. Você verá um mar de tendas coloridas vendendo produtos deste mundo e de outros.

Gwen fechou os olhos enquanto ouvia a voz do lefou, tão afável quanto desarmônica.

— Também iremos ao topo das Montanhas Uivantes, onde o gelo toca o céu. E aos confins do Deserto da Perdição, onde o sol beija as areias douradas. Temos muito para ver ainda.

Ainda de olhos fechados, Gwen sorriu mais uma vez.

— Está tentando distrair minha mente com pensamentos distantes? Dando-me motivação para escapar?

Ele beijou-lhe a testa.

— Sendo uma clériga do conhecimento, tenho certeza de que você prefere visitar o mundo inteiro antes de se entregar aos caprichos de uma deusa egoísta.

— Bobo... — disse a elfa, sem perceber que adormecia. — Você já é motivação suficiente. Em breve estaremos longe daqui, você e eu.

E o sono a embalou.

CAPÍTULO 10

# REVELAÇÃO DIVINA

EMBORA QUISESSE SE MANTER VIGILANTE AO LONGO DE toda a retirada, Gwen foi vencida pela exaustão. Só percebeu que dormira no momento em que um trovão a arrancou de seu sono tranquilo. Sentou num pulo. Não reconheceu onde estava.

As paredes eram de pedra branca e lisa, tornadas cinzentas pela escassez de luz. Na porta havia grades de ferro. Acordara em um leito simples, de palha coberta por estopa.

Testou a grade da porta. Trancada. Gritou pelos vãos.

Demorou algum tempo, mas um minotauro surgiu pelo corredor, exigindo que fizesse silêncio. Trajava armadura completa, com o símbolo do Touro em Chamas gravado no peito. Um paladino.

— Bem-vinda à Catedral da Força — disse ele. — Sou Clateus, e é uma honra receber uma sacerdotisa do conhecimento.

— Abra a porta — demandou ela.

— Não tenho autorização. Mas mantenha a calma, vou chamar o responsável. Espere em silêncio, não queremos acordar os demais.

Clateus caminhou até o final do corredor. Saiu do campo de visão da elfa, mas ela ainda pôde ouvi-lo subindo um lance de escadas.

À frente, em uma cela com a grade escancarada, várias pessoas dormiam, amontoadas na cama ou estiradas no chão fria. A respiração lenta sugeria um sono tranquilo e profundo.

Gwen poderia forçar a dobradiça até quebrá-la. Porém, diante da inexistência de ameaça e em razão do cansaço que sentia, decidiu esperar. Voltou a se sentar. Ocupou-se de observar o ambiente e percebeu que não havia janelas. Imaginou que estivesse no subterrâneo. Filhos de um deus das profundezas, os minotauros gostavam de escavar obras grandiosas.

Clateus retornou depois de algum tempo. Veio acompanhado de Ichabod.

— Você está melhor — disse o lefou com um sorriso, enquanto o paladino revirava um molho de chaves, procurando pela certa. — Tive que trancá-la enquanto dormia. Você estava sonambulando, murmurando o nome de Glórienn.

Uma vez aberta a porta, os três subiram as escadas até o pavimento principal, onde o sol nascente estendia sua tímida luz.

O maior templo de Tauron havia sido construído sobre uma colina, o que propiciava vista privilegiada para toda a capital. Uma estátua gigantesca do deus se erguia do lado de fora, e outra menor ficava do lado de dentro, na nave principal. Ainda que fosse enorme, o salão se mostrava apertado devido à quantidade exorbitante de refugiados encolhidos pelos cantos. Muitos tiveram a mesma ideia de buscar a proteção dos sacerdotes. Mais chegavam a cada momento.

— Abram espaço! — ao se deparar com a aglomeração, um homem de peito largo e rígido quebrou o burburinho baixo com sua voz estrondeante. Era Maquius, o pugilista lefou. — Por aqui! — gritou para os que vinham atrás dele.

Guiados por Maquius, uma centena de escravos e mendigos adentrou o templo. Vinham de ombros encolhidos. Tímidos, pois nunca haviam recebido permissão para estar em um santuário tão suntuoso. Assustados, pois haviam presenciado terrores e morte. Alguns estavam feridos. Todos estavam famintos.

— Sejam bem-vindos à casa do Deus da Proteção — saudou Clateus, adiantando-se até eles. — Entrem na fila para receber alimento e cuidados. Mantenham a calma e o silêncio.

Próxima a Maquius estava Hana, a menina que Cassius abandonara no Coliseu. Ela olhou com avidez para o pão sendo distribuído pelos noviços do templo. Porém, antes de buscar um para si, virou-se para o pugilista.

— Obrigada — disse, simplesmente.

Maquius assentiu, e ela se uniu aos demais na fila.

Além dos inúmeros refugiados que ocupavam bancos e chão da nave principal, estavam Aenor e Eleutério. Aguardavam de braços cruzados junto a uma pilastra. Pareciam igualmente prontos tanto para escoltar os refugiados dali quanto para expulsá-los, conforme a ocasião exigisse. Não se moveram, obrigando os recém-chegados a passarem ao largo.

Com o corpo ainda repleto de cortes e sangue seco, Maquius encarou os dois. Eleutério desviou o olhar. Aenor, que há muito aguardava por um duelo, sustentou-o. O pugilista caminhou até o minotauro gladiador. Parou a um palmo do campeão imperial. Quando ia abrir a boca para falar alguma coisa, no entanto, foi interrompido por Clateus, que havia ficado para trás e precisou falar alto:

— Resgatou muitos, lefou. Que Tauron esteja com você.

Maquius abriu um sorriso diante do elogio. Quando Clateus deu as costas para voltar a atender Gwen e Ichabod, o pugilista sussurrou para Aenor.

— E você, resgatou quantos?

O minotauro ergueu as sobrancelhas perante o desafio.

— Um só — respondeu ele. — O seu empresário. Pode me agradecer depois.

— Não trabalho mais para aquele almofadinha. Por Tauron, o que ele fazia com aquela menina já era horrível, mas tê-la abandonado no coliseu foi demais! — Na fila do pão, Hana fisgou a atenção de Maquius por um momento. — Me enfurece saber que Cassius vai continuar andando por aí como se o mundo fosse dele.

O minotauro balançou a cabeça.

— Eu não teria tanta certeza disso.

Enquanto isso, Clateus guiou Gwen e Ichabod através da multidão de pessoas sentadas até o fundo do salão.

— Quer comer alguma coisa? — Ichabod perguntou a Gwen.

— Não, obrigada.

— Você não come há um bom tempo — insistiu ele.

— Não tenho fome.

Cruzaram com a imponente estátua de Tauron, atravessaram uma porta lateral e adentraram uma câmara reservada. Ali, algumas pessoas se debruçavam sobre o mapa da cidade estendido em uma mesa e iluminado por velas.

— Não temos como saber em que condições estão os túneis! Nos enfiar dentro deles é suicídio — Julian ralhou em um sussurro, evitando que sua voz se propagasse para fora do recinto. Pelo tom que usava, não era a primeira vez que repetia o argumento.

— Pelo menos dois terremotos atingiram essa cidade só hoje — outro meio-elfo concordou com ele. Gwen alegrou-se ao reconhecer Simon. — Espantoso seria encontrar algum túnel inteiro.

A conversa foi interrompida quando notaram a chegada da elfa.

— Gwen — Liwaza a saudou. — É bom vê-la desperta.

— A Resistência está reunida... no Templo de Tauron — apontou a elfa.

— Irônico, não? — respondeu a parteira.

— Irônico. E um pouco hipócrita.

Simon arregalou os olhos. Tentou saltar sobre Gwen, mas foi segurado por Julian e Liwaza.

— Vou mostrar o hipócrita! — estrondeou o meio-humano.

À cabeceira da mesa, levantou-se um minotauro de chifres negros e pelagem densa, vestido em trajes sacerdotais, mais alto do que qualquer um deles. Era Kelskan, sumo-sacerdote de Tauron.

— Basta — disse, com a voz potente. — Não é hora nem lugar para afrontas pessoais. Temos algo mais importante em discussão.

Simon desistiu do confronto físico e se desvencilhou de Julian e Liwaza.

— Elfa imunda, por que não volta pro seu bando de traidores? — resmungou.

— Os elfos não nos traíram... — Julian contestou com a voz pequena.

— Eles nos abandonaram em combate. Nos abandonaram na retirada. Nos abandonaram na revolução! Não satisfeitos, atravancam nossas rotas de fuga. Se temos que nos ajoelhar para os minotauros de novo, é porque eles nos deram as costas.

— *Calado!* — Kelskan ordenou, e com a ordem veio o poder acachapante do Deus da Força.

Simon continuou mexendo os lábios, mas descobriu que não saía som de sua boca. Reclamou. Deu-se por vencido. Afastou-se sob o olhar rigoroso do sumo-sacerdote de Tauron.

Além da mesa central, onde o sacerdote debatia com Julian e Liwaza sob a luz de velas, diversas cadeiras estavam dispostas nos cantos escuros da sala. Simon sentou-se em uma delas. Ichabod indicou outra para Gwen, e acomodaram-se lado a lado. Várias outras estavam ocupadas por clérigos do templo e convidados notáveis.

— Vamos recapitular — o sumo-sacerdote deu prosseguimento à reunião. — Precisamos levar dez mil pessoas em segurança até as colinas, mas as ruas estão inundadas e a única ponte está obstruída. Vocês se dizem capazes de nos guiar pelo subterrâneo. A resposta é simples: devemos partir o quanto antes.

— Vossa Santidade, permita-me discordar — disse Liwaza. — Se as ruas estão submersas, os túneis também estarão.

— A engenharia táurica é robusta, não se danifica facilmente.

— De fato. Porém, o que enfrentamos hoje não é uma ameaça qualquer. Os próprios deuses fazem de nossa cidade seu campo de batalha.

— A saída pelo aqueduto é mais segura — Julian se uniu a ela na discussão. — E nos levará em linha reta para as colinas, sem desvios.

Gigantescas obras de engenharia, os aquedutos eram canais elevados que escoavam água cristalina por um declive suave e constante, indo dos rios em montanhas distantes até os reservatórios em Tiberus. Faziam o abastecimento da cidade, transformando a capital táurica em uma das poucas do mundo com tecnologia de água encanada.

— Esperam que escalemos? — a voz grave do pontífice, aliada à sua estatura descomunal, tornava suas palavras opressoras. Ele então se virou para um lado da sala. — Solicito a opinião de Vossa Excelência.

Só então Gwen percebeu a presença de Cassius Titanus. Estava sentado a um canto, com os pés em cima da cadeira, a coluna encurvada, abraçado aos próprios joelhos.

Não entendeu quando falaram com ele.

— Senador...? — insistiu o sacerdote.

Esperaram por uma resposta que não veio. Em vez disso, uma linha de saliva escorreu da boca do jovem senador. Clateus foi até ele e o avaliou.

— Não acredito que ele esteja em condições de opinar, Santidade. Os eventos recentes parecem ter surtido alguma espécie de trauma.

Um burburinho se espalhou pela sala, no qual poucas palavras sussurradas podiam ser compreendidas:

— Fraco — disse uma voz do outro lado da sala.

— Aurakas já teria resolvido o problema — sussurrou outra voz.

Acostumado ao respeito e à formalidade, Kelskan precisou respirar fundo para não perder a paciência. Ignorou os demais, continuou falando com o paladino.

— Um senador incapaz de exprimir opinião é inútil nesta sala. Mande que o levem.

Clateus foi à nave principal. Pediu por alguém que ajudasse o senador. Após um instante de silêncio, apenas uma pessoa se ergueu.

Hana, a escrava do próprio Cassius Titanus.

A menina foi escoltada pelo paladino até a sala. Admirou-se ao ver o estado do senador. Quieto, indefeso. Pegou-o pelo braço e o levou para fora da sala. Ele não ofereceu resistência. Poderia fazer o que quisesse com ele. Se Hana dispensaria a seu abusador o zelo que ele próprio lhe havia negado, ou se devolveria as agressões na mesma moeda, só o tempo diria.

— Continuemos — disse o sumo-sacerdote. — E quanto à clériga de Tanna-Toh, contempla-nos com o dom do saber?

Gwen se levantou, foi até a mesa e observou o mapa.

— O saber não é um dom, Santíssimo. Não nasce conosco. É uma busca. Requer estudo e averiguação — disse ela. — Este mapa é detalhado e preciso, bastante útil. Porém, para oferecer um conselho apropriado, preciso de informações atuais. Agora que aprendi sobre o dilema diante de nós, posso avaliar a situação e encontrar uma resposta, seja por meu próprio intelecto, seja rogando pelo auxílio de Tanna-Toh.

— Então vá, Reverenda. Veja como está a situação lá fora — disse o líder religioso. — Mas volte logo. A proteção mágica lançada ao redor do templo não irá durar para sempre. Minha paciência também não.

Gwen atravessou o umbral para fora do templo e viu-se em uma ampla plataforma no topo da colina. O piso era de pedra branca, liso, no esquadro perfeito. Bem no centro, a estátua de Tauron se erguia como um gigantesco sentinela. Fazia a colina inteira de pedestal. Contemplava a cidade a seus pés.

— De tirar o fôlego, não? — disse Ichabod, aproximando-se dela.

Os dois caminharam pelo enorme terraço. Do topo do mundo, viam a cidade inteira sob o amanhecer dourado. Prédios, templos e monumentos pareciam miniaturas. Pessoas e criaturas distantes lembravam formigas. Ao norte, os morros se transformavam em montanhas. Ao sul, o Rio dos Deuses se derramava em sua vastidão.

Seria uma visão bela, não fosse a monstruosidade se erguendo na área central completamente devastada.

Pouco se podia ver de Aharadak, posto que a tempestade de sangue o envolvia, conferindo-lhe aspecto enevoado. Ainda assim, a mente padecia da visão rubra cheia de garras e bocas. O estômago se revolvia cada vez que o olho amarelo piscava e os dentes de uma pálpebra mordiam a outra. Ao se afastarem, fios de muco se esticavam acompanhando o movimento.

Em meio à chuva, o Fórum servia como local de congregação dos seguidores de Aharadak e o Senado recebia mais e mais elfos sob a proteção de Glórienn. Já o templo onde Gwen e Ichabod se encontravam ficava fora da zona central, o que lhes permitia alguma vantagem. Além disso, também possuía uma proteção mística, uma redoma que recobria o prédio inteiro. Porém, um exame rápido revelava que ali a magia era mais frágil. Feita por meros mortais, não suportaria a chuva ácida incidindo diretamente. Servia apenas para manter do lado de fora as aberrações insetoides. Elas se acumulavam ao redor da barreira. Como feras sedentas, batiam nela com as pinças, tentando transpô-la.

As opções de fuga eram escassas. Primeiro, teriam que atravessar o mar de insetos. Depois, serpentear por ruas estreitas. Tudo isso conduzindo uma multidão lenta, formada por milhares de refugiados sem treinamento para luta ou sobrevivência. Como se já não fosse suficientemente difícil, o caminho ainda estava bloqueado a partir de certo ponto. Um dos aquedutos havia desmoronado. Suas águas, de fonte quase inesgotável, jorravam descontroladamente, espalhavam-se pela parte baixa da cidade, alagavam o Vale da Penumbra.

Dar a volta tomaria um tempo do qual não dispunham, além de colocá-los próximos demais da área de Tormenta. Escalar o próprio aqueduto era uma alternativa. Havia passagem pelos destroços, tão bem delimitada que parecia ter sido construída para tal fim. A ideia dos gêmeos era boa. Porém, o medo de altura inerente à maioria dos minotauros tornava a proposta inviável e faria com que o pontífice a recusasse até o fim. Ao mesmo tempo, espremer milhares de refugiados por entre túneis em condições precárias estava fora de cogitação.

Monstros encouraçados se amontoavam ao redor do templo, e os sobreviventes iam ficando sem opções.

— O que acha? — perguntou Ichabod.

— Os minotauros não podem ir por cima. Os humanos não podem ir por baixo. Separá-los colocaria os minotauros em risco de desabamento e deixaria os humanos sem ter quem os proteja. Não há resposta para essa pergunta — disse a clériga. — O que significa que estamos fazendo a pergunta errada.

— E qual é a pergunta certa?

Entre os monstros próximos e o horizonte distante, uma infinidade de elfos caminhava pelas ruas de Tiberus. Iam todos na mesma direção: o Senado. Com seu fluxo pesado e incessante, lotavam a única ponte que se mantinha de pé entre a Catedral da Força e a saída da cidade. Seria possível evacuar os humanos e minotauros por ali, não fosse a correnteza no sentido contrário.

No caminho até o Senado, muitos elfos se tornavam vítimas das criaturas hediondas, mas o contingente era tamanho que o domo de Glórienn se fazia mais e mais cheio. Vinham dos arredores de Tiberus, das fazendas e minas. Se a migração durasse tempo suficiente, em breve a capital táurica seria tomada por andarilhos do mundo inteiro. E a precária proteção não enganava: rumavam para a morte certa.

— Como interromper o genocídio em Tiberus? — disse Gwen, em resposta a Ichabod.

— Essa pergunta é muito mais complexa — disse o lefou.

— Sim, e é também mais útil. Sair da cidade é apenas um meio, nosso real objetivo é sobreviver. Às vezes precisamos dar um passo para trás e ganhar perspectiva. De que outras maneiras poderíamos salvar essas pessoas? É uma pergunta ampla, com a vantagem de oferecer possibilidades igualmente amplas.

— Claro, poderíamos cavar nosso próprio túnel — Ichabod brincou. — Ou animar a estátua de Tauron para distrair as hordas. Ou enfrentar Aharadak.

— Veja só, você pensou em três opções! Já é mais do que está sendo discutido lá dentro.

— Mas tudo isso está fora de cogitação.

— Não despreze as ideias ruins. Elas podem nos ajudar a encontrar a resposta certa. Tudo o que precisamos é clarear mente e espírito. Venha, vamos pedir a bênção de Tanna-Toh.

Dizendo isso, voltou para o interior do templo.

A cela onde Gwen havia dormido era o único local desocupado em todo o templo. Ichabod encostou o gradeado e incutiu uma magia para afastar os curiosos. Gwen acendeu um incenso que havia surrupiado do estoque dos clérigos de Tauron. A fumaça subiu em espirais, disseminando perfume. Não era muito, mas serviria.

— Precisa disso? — perguntou Ichabod.

— O que farei é uma adivinhação simples — disse ela. — Um presságio e nada mais. Mesmo assim, incenso nunca faz mal. Ajuda a elevar o espírito, a carregar minha oração até o Reino dos Deuses.

— Entendido.

Gwen sentou-se no chão de pernas cruzadas, cada pé repousado sobre a coxa oposta. Pousou o incenso diante de si. Fechou os olhos. Meditou por um momento.

Ichabod já a vira fazer isso antes. Quando as opções se esgotavam, a elfa buscava auxílio divino. Deuses não pensavam como mortais, e as respostas nunca vinham de forma clara e objetiva. Eram pistas, conselhos, advertências. Informações valiosas para quem soubesse interpretá-las.

Assim, Ichabod se manteve próximo à porta, atento ao corredor para que ninguém surgisse para prejudicar a concentração de Gwen. A vigília não o impediu de apreciar a voz melodiosa da elfa ao clamar à sua padroeira:

*Devido à ardileza me faltar*
*Diante de ameaças tão concretas*
*Suplico à patronesse do pensar*
*À guardiã dos bardos e poetas:*
*Responde minha dúvida invulgar*
*Revela soluções ora secretas.*
*A horda de demônios nos trucida*
*Escravos já libertos, acorrenta*
*E meus irmãos em ânsia suicida*
*Perseguem sua deusa avarenta*
*Não vejo a resposta, me elucida:*
*Que havemos de fazer ante à Tormenta?*

E nada aconteceu.

Com o fim da oração de Gwen, a câmara permaneceu imersa em silêncio, tão somente perturbado por eventuais sussurros na cela vizinha.

Gwen abriu os olhos.

— Funcionou? — perguntou Ichabod.

Ao se virar para ele, os olhos da elfa brilharam e um sorriso arrebatou seu rosto. Lágrimas verteram sem que pudesse contê-las, mas ela não se incomodou. Permaneceu sentada, imóvel, como se qualquer ato brusco pudesse colocar fim ao momento de enlevo.

— Atrás de você — murmurou, com a voz trêmula.

Não havia muito espaço atrás de Ichabod, já que estava praticamente encostado na parede. Assim, tomou um susto ao se virar e descobrir que alguém surgia de seu ponto cego.

Era uma idosa.

Pequena, desgastada e encurvada sob o peso dos livros que carregava consigo, caminhou pela alcova a passos lentos, apoiando-se num bordão. Seu manto branco se sobressaía no cenário cinzento. Perto dela, até mesmo a alvura de Gwen parecia opaca. Porém, tanto a elfa quanto o lefou se sentiram luminosos. Ungidos pela bênção do saber.

Gwen manteve a postura de meditação. Em um misto de respeito e submissão, Ichabod se ajoelhou e permaneceu em respeitoso silêncio.

— Saudações, minha afilhada — disse a deusa, ao mesmo tempo firme e afetuosa. — Que seus passos sejam guiados pelo saber.

— Saudações, madrinha — Gwen descobriu que sabia como responder ao cumprimento. — Pelo saber e para o saber, em nome de ti e daqueles que vierem depois de mim.

— Ouvi o seu chamado, como pode perceber.

— Veio... pessoalmente — balbuciou a elfa. — Dentro do Templo de Tauron?

O rosto tomado por rugas esboçou um sorriso sereno.

— Tauron e eu temos conversado.

Gwen ofegou. A presença da Mestra da Mente provocava um magnetismo confuso, que ao mesmo tempo atraía o olhar da clériga para cima, pela curiosidade e admiração, e repelia seu corpo para baixo, em profundo louvor.

— Busco a resposta que me foge — disse ela.

— Ouvi suas palavras e conheço seus anseios. Todos eles. Você não é a primeira a me procurar a respeito da Tormenta. É o questionamento de todos os seres inteligentes, tanto mortais quanto divinos.

— Por que os deuses nada fazem?

— Porque temem agravar a situação. Na última vez em que houve concordância, o resultado foi Glórienn trazer a infestação rubra sobre o mundo.

— Sempre desajustada...

— Não fale assim de sua mãe — Tanna-Toh a repreendeu com gentileza. Então olhou para o infinito e permitiu-se divagar. — Glórienn, Deusa dos Elfos e da Perfeição. Muita pressão em cima de uma menina, para ser deusa de algo que nem existe. Sempre me apiedei. Ainda mais quando os deuses se tornaram fecundos e deram origem ao mais estimado tesouro do mundo, os povos de Arton. Valkaria, Deusa da Ambição, criou os humanos, seres ambiciosos. Tauron, Deus da Força e Proteção, criou os fortes e protetores minotauros. Mesmo o mundo sendo cheio de vícios, cada deus trouxe o melhor de si para habitá-lo.

Gwen entendeu onde a mestra queria chegar.

— Mas a raça perfeita só é possível em um mundo perfeito — inferiu. — Então Glórienn falhou.

Se a perfeição não existia, essa era a resposta lógica. Porém, Tanna-Toh corrigiu:

— Errado. Pelo menos, em parte. Glórienn criou seus filhos exatamente como queria, perfeitos em sua concepção. Porém, o mundo não estava pronto para a chegada dos elfos... E nunca estará.

— Poderíamos retomar o Reino de Glórienn — disse Gwen. — Levar todos os elfos de volta para lá. Deixar este mundo para habitar nossa própria casa!

Tanna-Toh encheu-se de orgulho.

— Você tem mais de mim do que de sua mãe.

A alegria de Gwen se expandiu a partir de seus olhos, de sua boca, de seus ombros aprumados. O sentimento de gratidão refulgia de sua alma esplendorosa.

A anciã continuou:

— Em sua maioria, os deuses estão em constante atividade. O Deus da Guerra não almeja vencer todos os conflitos. Ele quer continuar a travá-los. O Deus da Morte não almeja erradicar toda a vida. Ele quer continuar a ceifá-la. A Deusa do Conhecimento — falava de si mesma — não almeja concluir toda a pesquisa o universo. Ela quer continuar levantando novas descobertas. A Deusa da Ambição é o melhor exemplo. Valkaria abomina o conceito de um objetivo derradeiro. Apenas persiste, lutando e vencendo uma batalha por vez, o que a deixa a cada dia mais forte. Já Glórienn... A Deusa da Perfeição almeja apenas o resultado. Despreza a busca. E se frustra com seu próprio imediatismo.

— É por isso que ela está reunindo os elfos em circunstâncias tão ruins. Recorre a um resultado imediato, sem considerar as consequências futuras — concluiu Gwen. — Mas isso só vai levá-los ao extermínio.

— Certa, pela primeira vez. Os deuses amam seus filhos. Cada um entregaria a própria existência, se fosse preciso para salvá-los. Glórienn, no entanto, guia-os para a autodestruição.

— Preciso neutralizar a influência dela sobre os elfos! Impedir esse sacrifício injustificado. Somá-los aos nossos esforços de evacuação.

Tanna-Toh assentiu, indicando que sua pupila estava no caminho certo.

— Mas... como faço isso?

— Usando seu maior poder — respondeu a deusa. — Diga-me: por que você está aqui, sendo que seus irmãos rumam para lá?

— Porque... — Gwen tragou o ar num rompante e tocou o símbolo de Tanna-Toh no peito. — Como não percebi antes?

As duas trocaram um olhar de compreensão. A elfa continuou:

— Se eles rumarem no mesmo sentido que nós, a ponte ficará disponível novamente. Não teremos que penetrar no subterrâneo, nem escalar o aqueduto. Poderemos simplesmente nos unir à multidão de elfos em debandada.

Tanna-Toh ponderou por um momento. Formulou um raciocínio. Então deu com a mão, desistindo de exprimi-lo.

— Chega de conversa — disse a professora. — É hora de colocar o aprendizado em prática.

— Já vai embora? Não nos ajudará?

— Mais do que já ajudei? — a idosa riu. — Evacue a sua cidade, clériga artoniana. Estou encarregada de um mundo inteiro.

Gwen abaixou a cabeça, em sinal de obediência.

— E prepare-se. Ao contrário de Glórienn, Tauron há de proteger seus filhos.

Em um sobressalto, a elfa voltou a erguer os olhos, mas Tanna-Toh já não estava mais lá. Desapareceu sem deixar vestígios. Além de Gwen e Ichabod, ninguém soube de sua visita.

E o incenso havia terminado de queimar.

— O que isso tudo significa? — a voz dissonante de Ichabod mais uma vez se fez ouvir, enquanto ele ajudava Gwen a se levantar.

— Sobre Tauron, não sei. O avatar dele foi destruído — disse a elfa. — Sobre os elfos, significa que eu tinha uma arma o tempo todo e não sabia. Muitos morreram por minha omissão. Mas agora sei o que fazer. Preciso me reunir a eles no Senado, sob o insuportável domínio de Glórienn.

— O quê? — exasperou-se o lefou. — É a pior ideia que eu já ouvi.

— Com a dádiva que me foi concedida, posso salvá-los.

— Vamos entrar numa área de Tormenta só por uma possibilidade?

Os dois se encararam.

Ichabod insistiu:

— Sabe quantos aventureiros já tiveram essa mesma ideia e nunca retornaram?

Continuaram se encarando. Gwen se afastou dele.

— O plano de vir a Tiberus nunca foi fácil, mas eu vim mesmo assim — ela articulou as palavras lentamente, como se refrescasse a memória do lefou. — Arrisquei-me, me sacrifiquei, sem nunca ter qualquer certeza. Para libertar os escravos, tive que me tornar um deles. Fiz porque acredito na liberdade. Nunca me arrependi. Acontece que ainda não alcancei meu objetivo. Se tiver que me sacrificar de novo, o farei. Ou tudo até aqui terá sido em vão.

Ela pegou o bordão, que estava a um canto, e completou:

— Não estou pedindo para vir comigo.

Ichabod então se adiantou até ela e segurou-a pelos ombros com gentileza.

— Lembra-se do que eu disse? Não vamos mais nos separar. Se não posso impedi-la de fazer essa loucura, você também não pode me impedir de escoltá-la.

De repente, a conversa foi interrompida por um novo abalo sísmico. Os dois se entreolharam, e então dispararam pelo corredor e escada acima.

Um tumulto se formava na nave principal, com refugiados correndo sem rumo, chorando ou fazendo perguntas que nenhum noviço do templo saberia responder. Alguns cogitaram sair pela porta da frente, mas a voz potente de Kelskan ecoou acima do burburinho:

— *Todos sentados.*

O poderoso minotauro atravessou o corredor central de uma ponta a outra, empurrando para os cantos qualquer um que surgisse em seu caminho. Gwen e Ichabod uniram-se a Julian e Simon, que o seguiam. Todos eles encontraram Clateus na entrada do templo.

— Vossa Santidade não imagina... — disse o paladino, abrindo passagem para o pontífice.

O grupo saiu para o terraço e procurou ver a cidade se estendendo ao redor do templo. Porém, Tiberus não estava onde deveria. Estava mais para baixo. Muito mais para baixo, assim como o Rio dos Deuses e o horizonte montanhoso. Uma vertigem tomou a todos enquanto viam o mundo se distanciar.

A Catedral da Força se alçava aos céus. Era erguida desde as fundações, levando consigo grande parte do terreno ao redor. As beiradas desmoronavam para o abismo, e com ela os demônios insetoides que cercavam o templo.

Gwen se agarrou a uma coluna para se manter em pé no piso que tremia, e o mesmo fizeram os demais.

Até mesmo Kelskan custou a acreditar no que via. Com assombro e admiração, anunciou aos demais:

— Ele voltou por seus filhos! É o Deus da Força e da Proteção. O Touro em Chamas. Regozijem-se, pois quem intercede por nós é Tauron!

Devido ao tamanho descomunal, levou algum tempo para que Gwen reconhecesse a fisionomia táurica. A princípio, parecia que o solo de Tiberus havia ganhado vida e se erguido. Mas era ele. Tauron. O líder do Panteão despertava de seu sono nas profundezas da terra. Erguia-se. Primeiro um braço, depois o outro, então o tronco. Uma mistura de rocha e magma, em eterno movimento, moldada em formato humanoide e coroada por um par de grandiosos chifres.

Quando dobrou os joelhos para enfim se levantar, ruiu o pouco que restava da cidade. Prédios, alamedas e aquedutos, tudo virou entulho. Elfos morreram. Demônios morreram. Até mesmo minotauros morreram. Mas aqueles que se abrigavam na Catedral da Força ficaram em segurança.

O próprio Tauron os protegeu. Com apenas uma das mãos, ergueu o templo. Terra e demônios escorreram por entre seus dedos. Trouxe o monumento em seu nome até próximo do rosto e examinou-o com olhos de lava.

Kelskan deu um passo à frente.

— Louvado seja Tauron!

A forma titânica bafejou uma lufada quente pelas ventas de touro. À exceção de Kelskan, todos abraçavam as colunas do templo, e tiveram que segurar com força para não serem arrastados pela corrente de ar. O sumo-sacerdote se manteve firme, as mãos erguidas em adoração.

Satisfeito, Tauron afastou o templo de si. Depositou-o o mais longe possível, onde os demônios ainda não haviam invadido. Pousou a construção com bastante delicadeza, o que significa que apenas metade dos que estavam no terraço foram ao chão com o baque.

A estátua do deus, conhecida como a maior feita por mãos mortais, mostrava-se minúscula diante do ente. Erigida com orgulho no centro da praça, partiu-se ao meio. A metade superior tombou e rachou o piso. Apenas as pernas se mantiveram sobre o pedestal.

— Mas o avatar foi destruído — hesitante, Clateus buscou a iluminação de seu sumo-sacerdote.

Kelskan manteve os olhos no horizonte, assistindo ao deus que terminava de se erguer, encarando Aharadak.

— O que você vê não é um avatar — explicou o pontífice, triunfante. — No momento em que seus filhos mais precisavam, ele veio até nós, em toda sua força e esplendor. Aprecie a revelação divina. A visão de Tauron em sua verdadeira forma.

Em vez de perderem tempo com mais perguntas, os devotos de Tauron se uniram aos líderes da Resistência em um esforço para evacuar o templo. Dez mil pessoas, entre escravos, senhores e legionários, precisavam passar pelos destroços que circundavam a área do templo e descer uma encosta íngreme.

Foi preciso organização e paciência, mas, após algumas horas, os refugiados se viram em meio a um campo verdejante. Estavam fora da cidade. A segurança das montanhas os aguardava, não muito longe dali. Alguns líderes seguiram à frente para indicar o caminho.

Julian e seu irmão ficaram por último, auxiliando os mais lentos. Quando tudo terminou e a multidão se converteu em uma extensa fila cruzando os campos, o meio-elfo procurou por Gwen.

Não encontrou a elfa em lugar algum. Também não viu mais Ichabod.

## CAPÍTULO 11

# NO CAIS

LIDERADO POR ORYX, O SEGUNDO GRUPO DE REFUGIADOS se aproximou de seu destino quando o sol já passava do ponto culminante no céu. Christian e Verônica escoltavam, ora indo à frente, ora perscrutando os arredores. Eliminavam qualquer ameaça antes que chegasse perto demais.

— Qual foi a última vez que encaramos uma missão sem recompensa? — perguntou o guerreiro, após decapitar um demônio que tinha o dobro de sua altura. Limpou o suor da testa e avaliou a carcaça insetoide. — Nada se aproveita dessa nojeira. E os nossos protegidos só têm a roupa do corpo.

Verônica limpou o gládio na roupa de um guarda morto.

— Oras, mas você é um herói. Não sente o espírito elevado pela generosidade? — a medusa ofereceu um sorriso provocante.

Sem aviso, ela então arremessou o chakram nele. Christian abaixou bem a tempo, e a lâmina em aro cortou em dois um monstro que voava às suas costas. A criatura perdeu uma das asas e despencou. Christian pisou nela.

— Normalmente meu espírito fica mais leve quando minha algibeira fica mais pesada.

O chakram voltou para a mão de Verônica e eles continuaram a avançar.

— Sente isso? — disse a medusa, aspirando o ar. — Peixe. Umidade.

— Foi você que sentiu primeiro, ou foram as suas cobrinhas?

A medusa revirou os olhos e balançou a cabeça ao mesmo tempo. Apontou para uma torre semidestruída adiante.

— Acho que conseguiremos ver o porto dali.

Os dois se adiantaram, passaram pelo batalhão de legionários e seus protegidos e escalaram a parede de pedras. Fuligem se uniu a eles. Bateu duas vezes as asas e pousou na lateral da estrutura, cravando as garras de ave de rapina nas rochas. Do topo, os dois guerreiros desfrutavam de vista panorâmica para o ancoradouro.

Descobriram que estava vazio.

Todos os navios já haviam zarpado. Velas púrpuras iam infladas, distantes no horizonte. Um último navio de vela branca ainda estava próximo. Contudo, já lotado de gente, não voltaria por mais um punhado de sobreviventes.

Verônica bateu na testa.

— Não acredito! E agora?

A multidão se aproximava. Começaram a circundar a torre onde os dois estavam e a iniciar a descida até o cais. Christian e Verônica olhavam para todos os lados, em busca de alguma ideia, quando Tauron despertou às suas costas.

Inicialmente, o rasgar das entranhas da terra fez com que todos olhassem para trás. Boquiaberta, a multidão assistiu à criatura, um vulcão em forma de minotauro com proporções titânicas e potência divina, levantar-se de seu leito subterrâneo.

— Que diabos é aquilo? — perguntou Christian.

— Não preciso saber o que é para correr no sentido oposto — disse a medusa.

A parte da cidade que ainda se mantinha de pé foi abaixo. Os tremores se espalharam, a destruição também. Mesmo as áreas não afetadas diretamente sofreram os efeitos colaterais. A parte da torre onde Fuligem se empoleirava desabou, obrigando-o a voar. Christian fez sinal para que pousasse ao seu lado, e o grifo ocupou grande parte da cumeeira e quase derrubou os dois aventureiros.

Destemido, o titã em forma de minotauro avançou pela cidade, cada passo cobrindo ruas inteiras. Iniciou uma investida agressiva contra a área de Tormenta.

— Não podemos parar — disse Verônica. — Nem que tenhamos que atravessar o rio a nado, vamos continuar em frente.

O Rio dos Deuses fluía vasto e caudaloso. Tão largo que não se via a outra margem. Cruzá-lo a nado seria a grande façanha da vida do maior dos atletas. Inviável para um grupo de refugiados que incluía crianças e idosos. Christian sabia disso, mas não havia outra opção.

Lá embaixo a multidão assustada apertou o passo. Enquanto isso, Tauron invadiu a área de Tormenta que se alastrava pela capital. Desviou da proteção de Glórienn, resguardando-a. Lançou-se com ímpeto contra Aharadak, sua fúria transfigurada em um soco avassalador.

Quando o golpe atingiu o alvo, uma explosão de fogo fez a chuva de sangue vacilar. Ondas de choque se espalharam por Tiberus, lançando destroços pelos ares. Uma rajada de vento alvejou-os com poeira e estilhaços. Christian abraçou Fuligem, cobrindo-lhe a cabeça, e esperou que a rajada terminasse. A posição elevada no topo da torre os deixava expostos.

— Há alguns botes aqui, mas não são suficientes — disse Verônica.

O guerreiro voltou a abrir os olhos e viu os barcos a remo que a medusa apontou. Contudo, encontrou algo melhor: não muito longe dali ficava a *Âncora Quebrada*. A taverna havia sido reformada depois da briga que ele mesmo começara. O teto desabado estava novamente no lugar, com as âncoras decorativas mais uma vez penduradas nele.

Mais importante, havia movimentação ao redor.

— Veja — apontou, ainda abraçado ao grifo.

Verônica forçou a visão. Havia uma coisa verde encarapitada no telhado.

— Aquele não é Dok?

— Bulettes me mordam, é ele mesmo — Christian comemorou.

Os dois se deixaram escorregar pela torre, desceram a escarpa até o cais e tomaram a dianteira do grupo. Indicaram a Oryx o caminho até a taverna. O centurião, no entanto, alimentou desconfianças.

— Vocês estão falando de um goblin? O que uma criatura dessas pode fazer para nos ajudar?

— É mais fácil perguntar o que ele não pode fazer — respondeu Verônica.

A medusa e Christian correram na frente com Fuligem a segui-los de asas abertas. Ora corria, ora planava. Em pouco tempo cobriram o caminho até a estalagem para anunciar a chegada dos demais.

Carcaças de demônios decepadas cercavam a Âncora Quebrada. No térreo, Petronius montava guarda, espada em punho emporcalhada de ácido rubro. Appius estava ao seu lado.

— Christian, você está vivo — o jovem minotauro celebrou.

Além deles, o taverneiro também estava no salão principal. Andava de um lado para outro. Erguia os olhos para as marteladas que vinham dos andares superiores. Voltava a andar em círculos. Embarcara suas escravas humanas num dos navios, mas sua violinista, a elfa Talindra, estava desaparecida. E ele próprio não partiria deixando-a para trás.

Christian cumprimentou Appius com um tapa no ombro e fez uma pergunta retórica:

— Onde está Dok? — já olhava para o alto.

— Lá em cima — o rapaz apontou para a origem do barulho, que variava entre o terceiro andar e o telhado.

Christian rumava para a escada que dava acesso aos quartos acima quando Pérola desceu com o machado da família apoiado no ombro, os chifres de Gaius Aurelius pendurados no pescoço.

— Estou tentando ajudar, mas não consigo entender o que ele está fazendo — queixou-se.

— Ninguém entende — disse Christian. — É só não atrapalhar.

Com ar preocupado, a sereia analisou o centurião de chifres espiralados que se aproximava fazendo uma saudação marcial para Petronius e a quantidade de refugiados que vinha logo atrás. Então arregalou os olhos para algo mais distante. Em reação instintiva, Christian seguiu o olhar dela e viu que três demônios os haviam descoberto. Desistiu das escadas e desembainhou a espada. Ao seu lado, Verônica sacou o chakram. Na companhia dela, o guerreiro retornou pelo mesmo caminho por onde haviam chegado, mas não sem antes dar uma ordem à sereia:

— Avise a Dok que chegou mais um grupo. São muitas pessoas.

Ela assentiu e correu de volta escada acima.

No caminho até os monstros, Christian instruiu também o centurião:

— Leve todos para dentro.

— Isso é só uma taverna. Não há espaço — contestou ele.

Christian agarrou os dois lados do peitoral do minotauro musculoso.

— Você quer sobreviver? Quer que seus subordinados sobrevivam? Quer salvar essas pessoas indefesas? Essa é a nossa única chance. Faça caber.

Christian disse a última frase ao mesmo tempo em que os legionários que fechavam o cortejo perceberam a ameaça vinda de trás. Uma gritaria irrompeu a partir da retaguarda, com os refugiados se atropelando para chegar à estalagem. Os que estavam à frente correram. Afunilaram-se na escada. Empurraram. Subiram.

Christian e Verônica perfuraram o fluxo, caminhando no sentido oposto. Não correram. Em vez disso, avançaram lentamente dando tempo para que os inimigos chegassem ao cais. Petronius os seguiu, assim como Appius.

— Christian, eu decidi — disse o jovem minotauro. — Serei um aventureiro, como você.

— Parabéns, garoto — Christian nem olhou para ele. Manteve o foco na ameaça. — Sua primeira missão é sobreviver ao dia de hoje. Volte para a taverna.

Uma vez que as criaturas insetoides chegaram ao cais, o humano iniciou uma corrida. Com um grito de guerra avançou com espada em punho. Quando estava quase lá, gritou:

— Agora!

Ao sinal dele a medusa arremessou um frasco repleto de líquido negro. O vidro descreveu um arco no ar e bateu no piso de madeira sob os pés do monstro do meio. Quebrou.

Explodiu.

A aberração desapareceu sob o buraco, caindo nas águas caudalosas do Rio dos Deuses. Para não caírem também, os monstros dos cantos saltaram, cada um para um lado, ficando nas beiradas do cais. Christian esperava por isso. No último instante, baixou a lâmina da espada e bateu com o ombro no lefeu à sua esquerda. Impulsionado pela corrida e por todo o peso do corpo de Christian, o impacto foi estrondoso. A segunda criatura caiu nas águas.

Apenas uma criatura restava. Circundou o buraco. Ergueu sua pinça afiada para golpear as costas de Christian. O guerreiro girou o corpo no último instante, mas não foi suficiente para desviar completamente do golpe, e a pinça insetoide espirrou sangue humano na madeira do cais.

Verônica veio correndo. No meio do caminho, sacou seu chakram, girou o corpo para adquirir mais impulso e o arremessou. Acertou o monstro na junção da pinça com o braço. Decepou-a. Antes mesmo que o chakram retornasse à sua mão, Verônica continuou em sua investida, sacou o gládio enquanto corria e saltou sobre o monstro.

Christian viu a pinça insetoide suja de seu próprio sangue voar. Sabia que a medusa estava vindo. Golpeou a criatura com a espada, mirando baixo. A lâmina afiada percorreu a perna do monstro, cortando quitina e mucosas, levando-o ao chão bem a tempo de Verônica atingi-lo. Cravou o gládio no peito encouraçado. Torceu-o lá dentro. Puxou para fora, expelindo um jorro de hemolinfa.

Admirado, Petronius apenas assistiu ao espetáculo que era Christian e Verônica lutando juntos. Ao seu lado, Appius encolheu os ombros.

— Eles se dão bem — gemeu o rapaz, vendo o humano e a medusa juntos.

— Está ferido? — perguntou Verônica, aproximando-se de Christian.

— Só um arranhão — mentiu ele.

Riram um para o outro e comemoraram com um toque de lâminas. Mas o alívio durou pouco.

Um novo choque de energia se espalhou por Tiberus, sugerindo que a batalha de deuses prosseguia. Estavam na parte baixa da cidade, longe do centro. Porém, um enxame de demônios foi expelido das nuvens rubras e começou a avançar rumo à taverna.

No cais, os legionários vigiavam o perímetro. Enquanto isso, Pérola indicava aos refugiados que estavam fora para que continuassem entrando, e gritava para os de dentro que se apertassem mais. Quase todos já haviam subido. As janelas, antes fechadas, tiveram de ser abertas. Alguns se sentavam nelas, com as pernas para fora da casa.

— Será que isso vai boiar? — perguntou Christian, com um curto olhar cobiçoso para o navio de velas brancas que se afastava pelo Rio dos Deuses.

— Tem ideia melhor? — respondeu a medusa.

Dok então apareceu em uma das janelas. Acenou para os dois guerreiros e deixou cair algo lá de cima. O objeto abriu um buraco no chão. Era uma marreta.

— Máquina pronta — gritou o engenhoqueiro. — Todos a bordo!

Christian e Verônica olharam para a marreta, então se entreolharam. Não faziam ideia do que o goblin esperava deles. O humano embainhou a espada e foi recolher o objeto. A medusa rumou até Appius e Petronius.

— Para a taverna vocês também!

Com um último olhar para Christian, Appius obedeceu. Petronius o seguiu, assim como o taverneiro, enquanto mais demônios rubros surgiram no topo do aclive.

— Vocês também! — disse Verônica a Oryx. — Seus homens cabem na casa. Andem!

Mas ele fez sinal negativo.

— Não sei o que seu amigo goblin planeja, mas ele não vai conseguir antes dos demônios chegarem. Vamos ficar aqui para dar tempo a ele — disse o centurião.

Ao seu redor, as vozes dos legionários se uniram em um grito de guerra táurico. Sob as ordens do oficial, avançaram dez passos. Entraram em formação fechada, escudo sobre escudo. Esperaram a horda que vertia da encosta.

Christian havia se apoderado da marreta, quando sentiu que algo caía em sua cabeça. Desviou bem a tempo. Era um pedaço do telhado da taverna. Afastou-se, apenas para ver o telhado inteiro se desmantelar. Lá no topo, Dok instruía os refugiados a destruírem toda a cobertura. Atiravam telhas o mais longe possível.

— Mas o que...?

— Veja! — Verônica apontou para onde Christian já olhava.

Para espanto dos dois, o engenhoqueiro fez cada humano, meio--elfo, anão ou minotauro desdobrar e estender uma grande lona por cima do telhado. Então, acoplou um cano de cobre a um barrilete, ergueu-o para cima e disparou uma rajada de chamas. O calor inflou rapidamente o tecido, fazendo o topo de um balão emergir por onde antes estava o telhado.

Dok estava transformando a casa em um meio de transporte, mas não era um navio.

— Eu devia ter suspeitado — Christian sorriu.

Satisfeito, o goblin ateou fogo em algumas mobílias do terceiro andar.

— Pelos deuses... — Verônica contraiu as sobrancelhas. — Espero que a coisa toda não vire uma bola de fogo voadora.

A lona cheia de ar quente continuou se inflando e se expandindo para o alto. Começou a puxar toda a construção para cima. Os pilares de madeira rangeram.

— Soltar âncora — gritou o goblin lá de cima.

Então Christian entendeu a utilidade da marreta. Viu a horda lefeu se aproximar dos legionários, mas não podia ajudá-los agora. O guerreiro deu uma marretada em uma das colunas. E outra marretada. E uma terceira, até que a fi bra da madeira rasgou. Fez o mesmo com a coluna ao lado, e com a outra. Os demônios se chocaram contra os minotauros. Garras quebraram escudos, mas aço perfurou quitina, e os legionários mantiveram a formação. Não a quebrariam até que a engenhoca partisse.

— *Soltar âncora!* — Dok insistiu.

— Em andamento — Christian gritou de volta.

Mais um golpe de Tauron do outro lado da cidade e o exército lefeu estremeceu. Dezenas caíram sob os gládios táuricos. Contudo, muitos ainda desciam a encosta para tomar a dianteira da batalha. Fuligem agitou as asas, desconfortável, e soltou um pio alto.

Além da compreensão de tão grande, o balão puxava cada vez com mais força. A estrutura da construção rangia ainda mais alto. Alguns rostos surgiram no topo da escada, viram a ameaça se aproximando e o humano derrubando os alicerces do prédio. Assustados, voltaram a se esconder lá dentro. Fuligem também estava inquieto. Bicou de leve o braço de Christian, mas o humano o enxotou.

Os legionários continuavam protegendo o perímetro da taverna. Em meio ao estardalhaço do combate, baixas ocorriam de ambos os lados. Mas os minotauros não recebiam reforços, e o número deles escasseava. Uma pinça enorme lacerou o braço direito de Oryx, mas o centurião manteve-se na formação. Sem conseguir usar o gládio, defendia seus subordinados com o escudo, matava seus inimigos com os chifres.

Verônica agarrou uma das âncoras penduradas no teto do pavimento inferior. Quebrou a corrente que a mantinha no lugar. Trouxe-a abaixo e, com ela, uma linha inteira de âncoras. Christian viu a decoração voltar a ser desmantelada, mas desta vez com cuidado para não destruir o teto.

O goblin gritava. Os lefeu avançavam. Legionários caiam. O grifo bicava. Lascas de madeira tomavam o ar.

Quando todas as âncoras já estavam no chão e faltava apenas uma coluna a ser derrubada, a força que o balão exercia para cima foi tamanha que a madeira cedeu antes que Christian desferisse qualquer golpe. A taverna alçou voo. Em sua subida abrupta, arrebentou a coluna. Destruiu também a estrutura de pedra que formava a escada e o forno logo abaixo. Sacas se romperam, espalhando grãos por todos os lados. Barris se estilhaçaram, vazando vinho e cerveja.

Instantes após a decolagem, os demônios da Tormenta invadiram a área antes ocupada pela *Âncora Quebrada*. Os minotauros postaram-se em círculo, todos de costas para o grifo.

— Muito bom. Salvamos os refugiados e agora vamos morrer — Christian comemorou com sarcasmo.

— Fuja, humano — disse Oryx. — Reme naquela canoa. Vamos segurar a horda para você escapar.

Christian viu o barco a remo amarrado ali perto e deu uma risada alta.

— Não vou deixá-lo se divertir sozinho.

Christian e Verônica uniram-se ao combate. O enxame de demônios parecia irrefreável. O círculo de legionários diminuía.

— Legio V Protetora! — gritou o centurião. — Nosso dever é para com esta cidade. Morreremos por Tiberus. Morreremos em glória.

Os poucos legionários remanescentes responderam com um grito de guerra. Christian trocou um olhar com Verônica.

Porém, algo surgiu para mudar os rumos do combate.

Muitos eram os canais que cruzavam Tiberus e desembocavam no Rio dos Deuses. Pelo canal mais próximo, uma massa sólida avançou produzindo uma ondulação que elevava o nível da água e fazia o canal transbordar. De repente, o objeto maciço atingiu uma curva no canal e a água lançada para fora acometeu sobre eles como uma potente onda. Fuligem se atirou sobre Christian e Verônica, abrindo suas asas para protegê-los. O corpo pesado do grifo resistiu ao impacto da água. Já os minotauros e os demônios foram varridos para o rio. Alguns legionários da V Protetora se afogaram, outros conseguiram se segurar a pedaços da taverna que ainda boiavam.

Christian e Verônica saíram de baixo de Fuligem molhados, mas ilesos. Respiraram por um instante. O combate no cais terminara, mas os olhos da medusa estavam fixos no causador da onda.

— Veja — apontou na direção do canal. — Não é um objeto, é um ser vivo.

A besta gigantesca bateu uma cauda semelhante à de baleia, mas feita de tendões descobertos e pus rubro.

— E sei exatamente qual é — a medusa crispou os dentes. — É o tiranossauro do coliseu. Virou um monstro marinho, mas ainda é ele. Esse monstro é como você, Christian. Insiste em me contrariar!

A aberração aquática passou por todo o porto provocando ondulações na água e seguiu adiante. Foi à caça do navio de velas brancas que ia à distância, repleto de refugiados.

— Está seguindo as vibrações deixadas na água — disse Christian.

Porém, aquela não era sua única preocupação.

A estalagem voadora de Dok já ia pequena no céu quando surgiram os primeiros demônios voadores. Grandes como guerreiros humanos, suas asas de gafanhoto faziam um zunido aterrador. Dispararam rumo ao balão que acompanhava a trajetória do Rio dos Deuses.

— Não... — Christian assistiu, petrificado.

Fuligem mirou seus grandes olhos amarelos na direção de Dok e soltou um piado de aflição. Então se virou para Christian, bateu nele com a lateral do bico como que para chamar atenção. Corcoveou para o balão. Soltou outro piado.

— Christian, você precisa ajudar Dok e todas aquelas pessoas — disse Verônica. — Monte no Fuligem e voe!

— Não posso — o guerreiro deu um passo para trás. — É perigoso. Ele vai se ferir.

Verônica puxou-o pela gola até que os dois ficaram tão perto a ponto de os olhos dele não terem alternativa a não ser mergulhar nos dela.

— Acorde, Christian! Você é o único que pode fazer isso. Deixe de covardia! Ele não é mais aquele filhote que você protegia... — apontou para Fuligem. — É um grifo adulto!

Christian ia refutar, mas Fuligem foi mais rápido. Ergueu o corpo musculoso, estufou o peito emplumado e emitiu um som do fundo da garganta. Não um piado de passarinho. Fuligem estrondeou um brado que misturava grasnido de águia com rugido de leão.

Então se virou de lado e abaixou o corpo para que o guerreiro o montasse.

Christian voltou-se novamente para Verônica. Assentiu com a cabeça.

— Eu vou.

Ela respondeu com um sorriso.

— Eu vou atrás do tiranossauro. Não posso deixá-lo alcançar aquele navio. Quem sobreviver dá uma surra na Gwen depois, por ter nos colocado nessa situação.

Os dois riram do plano. Estava tudo combinado. Era hora de ir cada um para um lado.

No entanto, não conseguiram se separar.

Verônica continuou segurando a roupa de Christian. E ele se viu fascinado pelos olhos amarelos de medusa. Pelos lábios fartos. Estavam partindo para a morte. Era sua última oportunidade.

Os dois fecharam os olhos e se entregaram ao magnetismo. Buscaram um ao outro. Beijaram-se com sofreguidão. Ele a puxou pela cintura, ela se permitiu puxar. Colou o corpo ao dele, o ventre arrepiado de desejo. Deslizaram-se os dedos pelas costas. As línguas pelos lábios. Deixaram-se levar.

Provaram com avidez o sabor há muito desejado.

Poderiam ficar juntos por horas, um explorando o gosto do outro, sentindo a pele estremecer. A vontade era de seguir adiante, se entregarem ainda mais. Porém, os demônios voadores se aproximavam do balão. O monstro marinho deslizava para o navio. Gritos se ouviam à distância. Fuligem pinoteava de ansiedade.

— Sobreviva — disse Verônica, ao empurrar Christian para trás. — Quero mais de você.

Christian sorriu. Então ficou sério. Sorriu de novo. Como um menino, vacilava entre a euforia e o arrebatamento.

— Você também — disse, por fim. — Não vou perdoá-la se morrer agora.

Ele apoiou o pé no estribo e içou-se para cima. Montou no grifo cor de chumbo com magnificência.

Sorriu para Verônica uma última vez. Puxou as rédeas de sua montaria alada. Alçou voo.

Tornou-se um cavaleiro de grifo.

Verônica viu Christian e Fuligem se tornarem um só espírito e ganharem os céus. Alegrou-se por eles. Contudo, ainda tinha um problema a resolver. O tiranossauro, ou o que quer que tivesse se tornado, seguia pelo curso do rio. Não havia como alcançá-lo. No cais varrido pela onda, alguns minotauros se erguiam, cambaleantes. Sem forças, seriam inúteis no resgate.

Sem alternativas, Verônica foi até o píer que se estendia a partir da Âncora Quebrada. Encontrou o bote ainda atracado. Estava com a boca para baixo, mas virá-lo não lhe custou muito. Remar até o monstro, por outro lado, custaria.

— Cada problema que arranjo — reclamou, ao subir no bote.

A medusa amarrou o chakram ao cinto com um nó e desamarrou um dos remos presos ao casco da embarcação. Usou-o para empurrar o píer para longe. Assim, pôs-se a deslizar pelo Rio dos Deuses. Mesmo sem esperanças, remou correnteza abaixo. A superfície da água, pontilhada de minotauros e demônios, oscilava devido à passagem do enorme monstro.

Gritos ressonaram do navio distante quando os passageiros perceberam o monstro marinho que os perseguia. Ao mesmo tempo, gritos ressonaram da taverna voadora quando os de lá perceberam os demônios alados se aproximando.

A escada de pedra da *Âncora Quebrada* havia ruído, restando apenas os degraus mais de cima e uma abertura retangular que dava para o primeiro piso. Ali surgiu Pérola, para descobrir o motivo de tanto desespero. Ao ver a criatura insetoide que batia as asas asquerosas em sua direção, o estômago da sereia embrulhou e ela precisou se segurar nas bordas para não perder o equilíbrio e cair lá de cima.

Segurou-se. Restabeleceu-se. Olhou ao redor, analisando o cenário como um todo. Viu Christian vindo ao seu socorro com a presteza do poderoso bater de asas do grifo. Viu Verônica em sua infrutífera jornada de resgate, remando sozinha rumo ao veleiro. Enfureceu-se como um redemoinho no oceano turbulento.

A sereia então deitou de lado o Ceifador dos Cumes e ficou com as duas mãos livres. Ignorou Christian ou os demônios. Concentrou-se no barco a remo da medusa. Em sua velocidade desprezível.

Puxou o ar com a delicadeza das musas. Do fundo da essência, verteu sua preciosa voz para o mundo. E o mundo ouviu.

Lá embaixo, Verônica percebeu.

— Um canto. Grande ajuda — a medusa resmungou consigo mesma.

Mas Verônica não sabia que Pérola era uma sereia. Que as águas eram seu berço. Que seu canto emanava magia. Descobriu em seguida, ao ouvir a voz doce no alto ser respondida pelo som caudaloso que vinha de suas costas. Ao espiar sobre o ombro, a guerreira se deparou com uma onda suave, mas gigantesca, que descia pelo Rio dos Deuses. O próprio curso de água se embriagava da voz da sereia, reagia ao seu apelo. O rio estava vivo.

A medusa se segurou nas bordas e esperou pelo solavanco. A onda ergueu o bote, impulsionou-o na direção do monstro e do navio em fuga. Ensopada pelos respingos, Verônica flexionou os joelhos e se preparou para o momento.

Tudo então aconteceu muito rápido. A onda quebrou. Estourou como uma cascata nas costas do monstro, levando consigo o barco e transformando-o em madeira esmigalhada. Mas Verônica não caiu junto. Ela saltou. Com o movimento perfeito, voou em direção ao pescoço da aberração marinha.

Lá em cima, os demônios voadores já estavam sobre a taverna. Era tarde demais para Pérola se esconder no andar de cima da taverna. Tentou erguer o machado, mas o ser aberrante colidiu contra ela antes. Pérola tombou para trás. O degrau onde estivera equilibrada terminou de quebrar e seus fragmentos desmoronaram para o rio distante. Com os pés balançando para o abismo, ela se apegou aos degraus onde havia dado com as costas. Agarrou-se como pôde, enojada. Estava envolta em crostas rubras, fluido ácido e imundície alienígena. Porém, o demônio caído sobre ela permaneceu inerte, a ponta de uma lâmina brotando do peito.

Às costas do monstro, Christian agarrou o cabo da espada e a puxou para fora. O arroubo balançou o cadáver e fez com que caísse, também, para o abismo. Sob o guerreiro, Fuligem batia as asas, ansioso pela caçada. Pérola se arrastou para trás e para cima. Appius e Petronius a puxaram pelo ombro, para a segurança do andar de cima. Enquanto isso, Christian se voltava para as demais ameaças.

Lá embaixo, uma linha de sangue infecto maculava o Rio dos Deuses.

# CAPÍTULO 12

# O VAZIO DE LENÓRIENN

ICHABOD FEZ OS GESTOS ARCANOS E RECITOU AS PALAVRAS certas. Da palma de sua mão, um raio de energia irradiou em forma de cone. Abarcou o grupo inteiro de demônios. Desfragmentou carcaça rígida e secreção viscosa. Gwen precisou se jogar para o lado a fim de não ser apanhada no ataque mágico.

Houve o habitual momento de desconfiança que se segue ao final de uma batalha. Os dois esperaram para reagir a qualquer movimento brusco. Certificaram-se de que os inimigos realmente estavam mortos. Só então se permitiram abaixar a guarda. Às suas costas, um grupo de elfos aproveitou a calmaria momentânea e passou correndo.

Estavam no entroncamento entre várias ruas. Visto de cima, o local parecia uma estrela. De onde se recompunham, em pé bem no centro da encruzilhada, era possível enxergar centenas de metros para todos os lados da cidade, onde as ruas estendiam seus braços e recebiam a luz oblíqua do poente. Até ali, haviam evitado ao máximo se envolver em confronto direto com os lefeu. Porém, o combate se mostrava mais e mais inevitável, à medida que se aproximavam da parte da cidade encoberta pelas nuvens rubras.

— Voltem — gritou Ichabod ao grupo de elfos que prosseguia em direção a Glórienn. — Vocês vão morrer!

Mas nenhum deles lhe deu ouvidos.

— É inútil — disse Gwen. — A maior parte das pessoas do mundo têm que ver para crer.

— Não entendo — o lefou chutou um resto qualquer de carcaça insetoide. — Passei a vida inteira evitando a Tormenta. Lutando contra a maldição que me acompanha desde o nascimento.

Com a mão humana, ele tocou a carapaça insetoide que recobria o outro braço. Centenas de caroços se espremiam, lutando entre si por espaço na couraça. Uns grandes e outros pequenos, pareciam pálpebras enrijecidas prestes a se abrirem.

Ichabod abriu as duas mãos e as comparou. Uma era perfeita, humana, com a palma traçada pela linha do destino. Já na outra, a pele macia se misturava a um couro rubro e grosseiro. A cobertura forrava os ossos de forma desigual, deixando a pele enrugada quando fechava a mão, e esticada em excesso quando abria. E o atrito mantinha tudo constantemente em carne viva.

Gwen se aproximou e fechou a mão em torno da dele, sem nada a dizer. O lefou ergueu para ela os olhos tingidos na cor maldita. A marca do nascimento nefasto.

— Não é possível que alguém precise alertar os elfos sobre essa escolha — insistiu, indignado. — Como podem entrar de propósito em uma área de Tormenta?

— Não podem — respondeu ela. — Não é de propósito. Não é uma escolha. É obra de Glórienn, mas você e eu vamos colocar um fim nisso.

Elfa e lefou compartilharam um aceno de determinação.

Não muito distante, a figura titânica de Tauron socou o solo. Perfurou-o com o punho. Voltou a se erguer, mas trouxe o subterrâneo consigo. Segurava o cabo de uma arma feita, assim como ele próprio, de rocha e magma. Puxada para fora da terra, revirou ainda mais a cidade já destruída. Erguida, revelou-se um machado de guerra em tamanho adequado à figura do Líder do Panteão.

O ato desencadeou uma avalanche de terra e destroços, que se alastrou sobre Tiberus com intensidade assombrosa. Gwen e Ichabod viram a onda de entulho avançando por uma das ruas que dava no entroncamento, soterrando tudo o que estivesse pelo caminho.

Sem alarde, deram-se as mãos. O mago entoou mais uma magia e desapareceram dali.

Tossiram. A nuvem de poeira invadia as narinas, arranhava a garganta. Ainda assim, era só terra. Partículas minerais misturadas a restos orgânicos. Um composto artoniano. Podia até doer e esfolar, mas não iria matá-los.

Após uma sequência de teletransportes de curta distância, Gwen e Ichabod aterrissaram no alto da massa de terra que agora cobria parte de Tiberus. Dali, viam tudo. A migração em massa dos elfos, o arrasamento total das construções, a disseminação de enxames demoníacos. Acima da névoa poeirenta, as nuvens rubras se espalhavam pelo labirinto celeste. Metade da cidade já era açoitada pela chuva de sangue. O pouco que lá restava era corroído pelo ácido e se transformava em obras da Tormenta.

Viam também o combate entre Tauron e Aharadak.

A cada golpe com os punhos, Tauron deformava ainda mais a figura já anômala de Aharadak. O baque sempre resultava em uma explosão, que cuspia fumaça e labaredas. Ia deixando múltiplos sulcos no couro coberto de bocarras.

Mas o Deus da Tormenta revidava. Trovões vibrantes deformavam a realidade, ao mesmo tempo em que a tempestade regurgitava ondas e mais ondas de demônios. Aranhas com lábios carnudos e dentes brotando do céu da boca. Escorpiões com cabeça de gente e expressões de puro horror. Larvas rastejantes cheias de patas em forma de anzol.

Os servos aberrantes subiram pelo corpo de Tauron. Enquanto os vermes molengos eram lentos e precisavam escalar uns aos outros, as ligeiras centopeias se enrolavam ao redor das pernas, escalando em movimento circular. Pelo caminho, as patas de inseto iam derretendo devido ao calor escaldante do Deus do Fogo, mas alcançavam o objetivo de provocar a mais profunda aflição.

Uma nuvem de gafanhotos com asas de navalha açoitou o deus táurico, abrindo talhos em sua pele rochosa e expondo o interior de lava escaldante. Besouros e lacraias se enfiaram dentro das feridas. Foram destroçados no processo, mas seus pedaços derretidos se misturavam à seiva ardente para sempre.

Ademais, lutavam dentro da área de Tormenta. A chuva ácida penetrava pelos ferimentos e corroía o titã de magma por dentro.

Tauron agarrou o punho do machado com as duas mãos, soltou um rugido e atacou. A arma descreveu um arco perfeito e acertou o alvo horizontalmente. Penetrou a pele inchada e abriu um corte profundo na carne apodrecida. Um jato de gordura rubra esguichou pelo céu, passou sobre Gwen e Ichabod e caiu às suas costas. Derreteu a terra revirada no mesmo instante, abrindo um buraco no solo.

O fedor de ácido e podridão os atingiu como uma bofetada.

— Tanna-Toh, proteja minha mente. Tanna-Toh, proteja a minha mente — Gwen repetia baixinho, tocando símbolo da deusa. Apesar do mantra, mantinha-se erguida, fascinada pelo embate de deuses.

Ichabod renovou os feitiços de proteção sobre os dois.

— Como é possível que um deus menor consiga enfrentar o líder do Panteão? — perguntou o mago.

— Eu vejo com clareza — respondeu a clériga. — Idolatria no mundo inteiro. Depravação. Sacrifícios. O poder profano flui para Aharadak. O Lorde Devorador não consome apenas carne, mas também mente e espírito. Se alimenta do fervor e devoção dos artonianos que se permitiram corromper. Eu vejo. Eu sinto. Quase posso tocar.

A elfa olhava para a amplidão do céu distante, de onde fluía o poder invisível para Ichabod.

— Com a Tormenta cada vez mais forte em Arton, o culto a Aharadak ganha mais e mais adeptos — continuou Gwen. — Tauron, por outro lado, vê suas capacidades definharem à medida que seus filhos são exterminados.

— Estamos mesmo olhando para o próprio Tauron? — perguntou o lefou. — Pensei que os deuses maiores fossem proibidos de descer a Arton.

Gwen olhou de esguelha para Ichabod.

— Ele é o líder do Panteão. Não segue ordens. Tauron não pediu autorização de ninguém para escravizar Glórienn. E quem haveria de julgá-lo, se até mesmo o Deus da Justiça se submete a ele? — a elfa então olhou para o titã vulcânico. — Por outro lado, está fazendo o que nenhum outro tem coragem de fazer. Tauron desafia a Tormenta.

Ichabod pôs-se ao lado dela e testemunhou junto o duelo que definiria o futuro de Arton.

— Não é apenas Tauron que tem coragem.

Gwen manteve-se séria.

— Sim. Estamos prestes a enfrentar uma deusa.

Os dois deram as mãos e sumiram mais uma vez.

Sem a multidão para atrasá-los, Gwen e Ichabod atravessaram a cidade em pouco tempo. Os feitiços de que o mago dispunha eram suficientes para os dois. Apesar disso, a tarefa demandava muito esforço. A cada teletransporte, Ichabod ficava mais cansado.

Depois da conversa no topo da avalanche, avançaram sobre os destroços, desceram para as ruas que não haviam sido atingidas, piscaram entre um salto mágico e outro, vendo a paisagem a cada instante mais esfacelada. A cada instante mais rubra.

Foram se aproximando do domo de proteção criado por Glórienn e, consequentemente, da área de Tormenta. Em algum lugar, as estrelas brilhavam. Não em Tiberus, onde o céu permanecia coberto pelas nuvens encarnadas. A cada teletransporte, tornava-se mais difícil aterrissar em local desabitado. Se não fossem elfos a cercar os dois, eram demônios. Ou demônios trucidando os elfos e bebendo o tutano de seus ossos. Gwen viu cenas que a horrorizaram, mas Ichabod a transferiu para o próximo ponto do trajeto antes que ela pudesse se envolver com as tragédias locais.

— Precisamos chegar à origem disso — disse ele.

Aproximavam-se da redoma de Glórienn quando o problema surgiu.

Ichabod teleportou para uma zona com insetos minúsculos. Nada a temer, não fossem centenas de milhares deles, suficiente para derrubar um exército. Fugiu rapidamente dali, levando Gwen para o topo de uma torre cercada por moscas gigantescas, cada uma com doze pares de patas e portando uma lança comprida e peluda. Escaparam mais uma vez, apenas para cair em um fosso em meio ao entulho, onde uma minhoca colossal se enrolava em si mesma e ao redor dos dois. Passou a comprimir o espaço ao redor deles, e voltaram a fugir.

Desta vez, o mago fez com que recuassem. Caíram em uma rua qualquer. Desabitada, mas no sentido contrário de onde desejavam ir. O Domo de Glórienn se erguia entre prédios e escombros, muito distante dali. Ichabod ofegava.

— Temos um problema — disse ele. — Não consigo teleportar para dentro do domo. Apenas elfos podem entrar lá.

Ele então lançou um novo feitiço de proteção sobre Gwen.

— Vou deixá-la o mais perto possível e vou dar cobertura. Não pense em nada, apenas corra.

Ichabod não deu tempo para que a elfa refutasse. A missão ficava mais difícil a cada nova onda de inimigos, tinham pressa em agir. Mentalizou uma rua e levou os dois para lá.

Surgiram de costas para a parede em um beco sem saída. Chovia torrencialmente. O som do líquido batendo no chão e respingando se misturava ao chiado das estruturas sendo corroídas. Ácido encharcou-lhes os cabelos e escorreu pela armadura, impregnando-os com o cheiro acre que ardia nas narinas. Contudo, não foram acometidos pela corrosão do líquido profano. Mantiveram-se incólumes, graças às magias de Ichabod.

Adiante, a ruela terminava na barreira transparente de Glórienn, visível devido à chuva de sangue que por ela escorria. Bloqueando o caminho, havia apenas três monstros. Porém, logo que perceberam a presença dos dois, outros cinco pularam dos telhados derretidos para dentro do beco.

— Agora, Gwen — Ichabod olhou para a elfa. — *Corra!*

Com um empurrão nas costas, Gwen obedeceu. Disparou pela viela em direção aos inimigos. O primeiro lefeu a viu vindo em sua direção e ergueu a garra. Porém, antes que pudesse golpeá-la, foi atingido por um feitiço de Ichabod. Com palavras arcanas puras e belas, aprendidas com a Deusa da Magia, misturada a um idioma grotesco e ofensivo, fruto da própria Tormenta, o lefou disparou um raio negro. Sem brilho, sem som, sem odor. Um fragmento de magia morta que derrubou os inimigos mais próximos e permitiu a passagem da elfa.

Mais demônios insetoides pularam no beco. As asas abertas, as garras espalhadas, a barriga cheia de patinhas. Alguns aterrissaram entre Gwen e Ichabod, dificultando que se vissem. Um deles ia cair em cima da elfa, mas outro raio negro o atingiu em pleno ar e permitiu que ela continuasse a correr. Três se atiraram sobre o Ichabod. Desceram nele com pinças, garras e espinhos. Ele viu a ameaça se aproximando, poderia ter lançado seu raio negro para o alto. Porém, preferiu defender a amada. Com isso, foi fustigado pelas armas insetoides e seu sangue mestiço verteu e se misturou à chuva profana. Ichabod foi derrubado.

— Não! — Gwen se virou para ele e cogitou voltar.

— Confie em mim! — Gritou ele, embaixo dos três monstros que voltavam a perfurá-lo com suas garras. Esticou a mão e lançou o raio que derrubou o último inimigo entre Gwen e o domo de proteção. — *Vá!*

Gwen hesitou, sua frustração misturada à chuva que açoitava o rosto élfico. Então viu que mais criaturas se projetavam para o beco. Mais monstros a enfrentar, mais obstáculos a vencer. E o caminho até o domo de Glórienn já estava desimpedido.

Ela então deu as costas e disparou rumo à redoma de sangue escorrendo. Não enxergava lá dentro, não sabia o que encontraria. Mesmo assim, correu, monstros insetoides a persegui-la. Logo que ingressou no domo, a última coisa que escutou foram os monstros se chocando contra a barreira às suas costas.

Em sua irrupção desenfreada, trombou contra alguém dentro do domo.

— Está molhada! — disse a pessoa, assustada.

— Cuidado, está molhada — outra voz fez eco, mais tranquila.

— Não se preocupe, vai ficar tudo bem — disse uma terceira.

— Você precisa se secar agora — orientou uma quarta. — Tragam uma toalha!

As frases ditas em som baixo, quase sussurradas, se espalharam. Mais pessoas se dirigiram à clériga, outras falaram entre si. Um burburinho se formou, com uma variedade de palavras suaves. Agradáveis. Preocupadas.

O timbre perfeito para amaciar a mente e aconchegar o espírito. Para meditar ou até dormir. Para Gwen, a mistura homogênea de vozes delicadas penetrava fundo na essência. Revirava o passado, alcançava a mais tenra infância, avivava o sentimento de nostalgia.

Porque eram vozes élficas.

Gwen encontrara alguns de seus conterrâneos ao longo da vida de aventureira viajante. Porém, dificilmente via mais do que um por vez. O único lugar onde se deparara com uma multidão deles havia sido na própria Tiberus, dentro da última semana. Primeiro, vira-os no Gueto dos Elfos. Depois, na Resistência Abolicionista. Porém, em nenhum dos dois lugares tantos haviam lhe dirigido a palavra. No gueto, os filhos de Glórienn estavam desnutridos e torpes, ocupados demais na missão de sobreviver por mais um dia. Na resistência, viram-na como uma entidade sagrada, a salvação ambulante. Na ocasião, Gwen nem percebera. Ao longo dos anos, havia se acostumado à sensação de estar deslocada, ser sempre uma estranha para o mundo.

Mas, agora, tudo isso parecia ter ficado em um passado distante. As vozes élficas falavam com Gwen. Tratavam-na como igual. Cuidavam dela. Era como se fosse criança novamente, correndo pelos campos floridos que circundavam a capital élfica. Fazendo suas pequenas aventuras. Preocupando os adultos. Pensando que a vida era simples e calma.

Não havia nada mais belo no mundo que o som do lar.

Ensopada, Gwen ergueu os olhos para o alto e não viu o topo do domo onde sangue ácido escorria. Em vez disso, um céu azul lhe sorriu. O sol brilhava em algum lugar, e sua luz era filtrada pelas nuvens que passavam lentamente. O dia estava agradável. Nem quente, nem frio. O piar dos pássaros soava como melodia.

Alguém envolveu as duas tranças de Gwen com um tecido e pressionou para escorrer o líquido detestável. Secaram-lhe o rosto e a armadura. Ela não se atentou às faces amigáveis dos que a ajudavam, pois estava extasiada com o cenário ao seu redor. Torres de cristal espiralavam para o céu, refletindo a luz do dia. Gwen reconheceu uma delas como sendo o palácio real.

Estava em Lenórienn.

— Bem-vinda ao lar — disse uma elfa de cabelos prateados. — Venha conosco, estamos adorando Glórienn.

Gwen não conteve um soluço. Estava em casa. Em meio ao seu povo. Permitiu-se uma última olhada. Então, com extremo pesar e grande força de vontade, tocou mais uma vez o símbolo da Deusa do Conhecimento em seu peito e disse para si mesma:

— Isso não é real.

E a visão desmoronou.

As torres espiraladas desapareceram. Obras delicadas e longilíneas construídas pelos elfos deram lugar às torres maciças, de ângulos retos, feitas por minotauros. Pontes de cristal que cruzaram de um castelo a outro voltaram a ser aquedutos de pedra opaca. O gramado verdejante se transformou em lajotas de pavimento. E nada disso estava em bom estado de conservação. Metade das estruturas apresentava algum tipo de rachadura ou deformação, enquanto a outra metade já havia desabado.

Mas o mais assustador foi o céu. Sobre a cabeça de todos, uma nuvem de demônios insetoides lutava para transpor a barreira de proteção. Eram monstros de todos os tamanhos, misturados à chuva sangrenta, que batiam e se debatiam com tamanha voracidade a ponto de perderem membros no processo. Se o poder de Glórienn vacilasse por um momento que fosse, todos os elfos ali dentro estariam condenados.

Não que a perfeição da raça estivesse intocada.

Quando finalmente recobrou o discernimento e reparou na aparência daqueles que a cercavam, Gwen não se surpreendeu. Ainda assim, condoeu-se. O rosto da elfa que a havia convidado ao culto estava deformado. As sobrancelhas haviam derretido, transformando-se em duas pelancas que lhe caíam sobre os olhos, cobrindo-os quase completamente. Mal conseguia enxergar. Na cabeça, poucos fios do outrora belo cabelo resistiam. Brotavam desordenados do couro cabeludo retorcido. As roupas haviam colado na pele, misturando-se a ela e tornando impossível separar uma coisa da outra. O mesmo acontecera com a ferramenta de trabalho, um rastelo comprido que havia se fundido à sua mão. Aquela era uma trabalhadora do campo, e apenas um curandeiro muito bem preparado ou um grande milagre poderiam fazer algo por ela. Ainda assim, jamais voltaria a seu estado original. Não mais teria a saúde e a integridade para arar a terra e dela produzir frutos.

Os demais estavam em condições semelhantes. A pele dos braços colada aos ossos. Um buraco na bochecha liquefeita permitindo ver o interior da boca. O crânio exposto na cabeça corroída. Todos vítimas da chuva ácida, ao serem forçados a desbravar o caminho até ali.

Uma vez dentro do domo, a necessidade de caminhar na direção de Glórienn se dissipava. Era substituída pelo desejo de venerá-la. Assim, Gwen não encontrou resistência ao abrir caminho por entre os elfos. Dezenas de milhares deles se mantinham imóveis, de pé, as mãos erguidas em adoração. Contornou-os. Ignorou os convites ao louvor. Seguiu adiante, rumo ao Senado. Estava pronta para colocar um fim ao domínio da Deusa dos Elfos, restava-lhe descobrir como fazer isso sem que eles fossem engolidos pela chuva de demônios que os esperava lá fora.

As ruas labirínticas a obrigaram a virar inúmeras vezes, penetrar túneis e atravessar pontes. Porém, de alguma forma, Gwen se descobriu vagamente familiarizada. Precisou retornar e refazer algumas partes do trajeto, mas percebia que aos poucos ia assimilando a lógica táurica. Poderia compreendê-la de todo, caso permanecesse na cidade por tempo suficiente. Era uma pena que Tiberus não sobreviveria ao ataque da Tormenta.

À medida que se aproximou do Senado, os adoradores se mostraram menos deformados. Alguns sequer haviam sido tocados pela chuva de sangue. Eram moradores da cidade, conselheiros, concubinas e serviçais, e haviam chegado ali primeiro, antes que a tempestade cercasse o domo. Porém, a pele intocada não significava saúde plena. Estavam em pé ali já há dois dias, sem comer, beber ou dormir, apenas idolatrando à Deusa-Mãe. Muitos haviam desmaiado de sede e exaustão. Ninguém lhes acudia.

Gwen obrigou-se a seguir em frente. De nada serviria ajudar um elfo por vez. O que precisava fazer era conferir ferramentas para que eles próprios buscassem a salvação. Precisava estar diante de Glórienn. Usaria seu maior poder perante a deusa.

Encontrá-la não foi difícil. Glórienn estava à vista de todos. Chegar até ela, no entanto, requereu voltas e mais voltas por entre ruas, prédios e ruínas. Por fim, Gwen atravessou a Praça da Austeridade e subiu as escadarias do Senado. Passando pelo frontispício triangular monumental e pela curta antessala, viu-se sob a cúpula onde decorriam as sessões. Ali, a maioria dos elfos já havia desmaiado. Raras exceções persistiam, de joelhos. Tanto os despertos quanto os caídos voltavam-se na mesma direção. A parede oposta à entrada havia sido derrubada. No lugar, uma rampa de cristal translúcido terminava em uma ponta voltada para o céu. Erguia-se até ela. Glórienn.

A Deusa dos Elfos mantinha-se flutuando de pé. Por ser uma deusa, não sentia fome, nem sono. Em volta de si, a esfera púrpura de energia divina palpitava lentamente, recebendo as adorações de seus filhos. Estava de costas, virada para o local onde Tauron e Aharadak travavam o duelo final. Visto dali, o domo era límpido e ampliava a vista como uma lente. Podia-se ver com clareza o Fórum, onde cultistas da Tormenta congregavam em círculo para um ritual profano. Também era possível assistir com detalhes ao combate entre os dois deuses gigantescos, apesar da chuva que os açoitava. Para cada golfada de demônios e demência expelido por Aharadak, um golpe de força e veemência desferido por Tauron. As forças estavam equilibradas. E Glórienn assistia a tudo com serenidade, o arco de diamante fluido descansado no colo.

A clériga firmou o bordão e deu um passo em direção à deusa, mas seu caminho foi bloqueado. De algum ponto à sua esquerda, Valuriellandir veio caminhando até se colocar entre ela e a rampa de cristal. As longas madeixas do Paladino Único de Glórienn estavam alinhadas. Sua armadura púrpura, impecável. O símbolo do arco e flecha no peito refletia como um espelho.

— É bom vê-la neste local sacro, filha de Glórienn. — Vejo que tomou a decisão acertada. O culto à Mãe a espera.

Distante, Tauron golpeou Aharadak, mas seu machado ficou encravado em uma das chapas insetoides que protegia as banhas do Lorde Devorador. Aharadak aproveitou a distração para projetar as bocarras de seu estômago e dilacerar a armadura de rocha e o ventre de lava do Deus da Força. Um urro de Tauron e a cidade inteira trepidou. O líder do Panteão revidou com um soco explosivo e ondas de choque desestabilizaram a chuva por um momento.

— Não estou aqui para cultuá-la — Gwen respondeu, sem cerimônia. — Vim para questionar os seus atos.

Um dos olhos do paladino sofreu uma contração involuntária e logo voltou ao normal, devolvendo-lhe a fisionomia rigorosamente simétrica.

— Os atos da Deusa da Perfeição não são passíveis de questionamento.

Com uma garra em forma de gancho, Aharadak enlaçou Tauron e perfurou-lhe as costas. Desta vez, o Deus da Força ateve-se de urrar. Agarrou o membro disforme e girou o corpo, fazendo de si mesmo uma alavanca, e com isso arrancou a garra de Aharadak. Mais do sangue pútrido precipitou sobre a capital dos minotauros.

— Não acha estranho que a Deusa da Perfeição receba idolatria de elfos deformados pela Tormenta? — disse Gwen.

Valuriel hesitou. Então repetiu:

— Eu disse que os atos da deusa não devem ser questionados.

— Olhe ao redor, Valuriel. Essas pessoas estão definhando — insistiu a clériga. — Lá fora, tantos outros morrem na Tormenta.

O paladino olhou por sobre o ombro. Glórienn permanecia inabalável, enquanto Tauron e Aharadak se enfrentavam, produzindo distúrbios na atmosfera da cidade. Então se virou de novo para Gwen, mas mirava o chão.

— Glórienn protege seus filhos. Quem morre lá fora são minotauros — então virou os olhos fervorosos para ela: — Quando éramos nós enfrentando dificuldades, aproveitaram a situação para nos escravizar. Agora, deixe que a Tormenta recaia sobre eles. Veremos a quem irão recorrer.

Gwen balançou a cabeça, inconformada.

— Não deixe que a vingança o domine, Valuriel. Eu sei que você sofreu. Eu também sofri. Todos nós. Perdemos nosso reino, nosso orgulho, nossos sonhos. Mais do que isso, perdemos aqueles que amamos. Mas a vingança é inútil. O suplício dos minotauros não trará de volta nada, nem ninguém. Nem mesmo irá aliviar a dor. Apenas irá perpetuar o ódio e o sofrimento através das gerações. E isso se voltará contra nós mais uma vez no futuro. Já fizemos isso antes, seria insistir no erro. Não é esse o caminho.

Valuriel tentou rebater, mas não soube o que falar. Agarrou a cabeça com as mãos.

— Eu tinha uma filha... Estava aprendendo as primeiras palavras — choramingou. — Mais do que a bênção de paladino, era ela o meu maior orgulho. O amor da minha vida.

Gwen suspirou, condescendente.

— Ela gostaria que você continuasse pelo caminho do bem.

— Mas eu continuo, por ela — Valuriel se entregou ao pranto. — Mantenho-me firme na doutrina de uma deusa boa!

Às costas do paladino, Tauron puxou o machado de guerra para fora da carne do inimigo, deixando um talho profundo. Sangue e gordura escorreram para Tiberus, junto de um grito estridente emitido por centenas de bocarras deformadas. Aharadak gemia. Tauron não celebrou. Nem se quisesse seria capaz, pois foi tomado por um formigamento por baixo da pele rochosa. Coçou o braço. Estapeou-se em diversas áreas. O formigamento o percorreu. Tauron esfregou a nuca até esmigalhar o revestimento rígido. Expôs o miolo de rocha fundida e incandescente. Ali, brotou uma borbulha aberrante. Ardeu ao estourar.

E Glórienn se mantinha impassível.

— Tem certeza dessa bondade? — disse Gwen. — Talvez você devesse olhar de novo.

Com um urro de cólera e desespero, Tauron investiu com seu machado. Dessa vez, no entanto, não desferiu um golpe em arco, como era de se esperar. Em vez disso, estocou com a extremidade pontiaguda. Compeliu toda a força de que dispunha, aliada ao peso de seu corpo titânico, e atirou-se contra o inimigo. Acertou Aharadak em cheio. Cravou o aguilhão no enorme olho amarelo.

Aharadak guinchou ainda mais alto. Pela primeira vez, pareceu se mover por vontade própria. Encolheu-se para o lado. Comprimiu o olho ferido.

Contudo, ao atacá-lo com máxima potência, Tauron abriu a guarda. Ahadarak percebeu. Aproveitou-se disso. Mesmo guinchando de dor e contorcendo o corpo verminoso, deu o bote com sua maior pinça. Fechou-a ao redor do braço de Tauron. Prendeu-o com firmeza. Conferiu pressão. Pouco a pouco, foi apertando. Até que conseguiu vencer a crosta rochosa e dilacerar a mão com a qual o Deus da Força empunhava sua arma.

Tauron berrou. Gotas de magma escorreram da ferida, transformando-se em rocha antes de se esfacelar nos escombros de Tiberus. Aharadak também sangrava, transformando-se em uma poça purulenta que inundava a cidade. Não havia esperança para a capital táurica. Tauron sabia disso. Porém, talvez houvesse esperança para seus filhos.

O confronto estava marcado pelo equilíbrio de forças. Para salvar os minotauros, bastava uma gota de poder divino que fizesse a balança pender para o lado do Líder do Panteão. Por sorte, ele tinha com quem contar.

Sem um braço, Tauron atracou contra Aharadak e segurou-o. A reação do invasor foi fazer o mesmo, enredou o Deus da Força com os tentáculos.

Tauron gritou:

— Glórienn. *Agora!*

Em resposta, Glórienn abriu os olhos e se levantou. Flutuando na esfera de energia, empunhou o arco de diamante que jamais errava o alvo. Repuxou a corda mística, fazendo surgir uma flecha de puro poder divino. Afiada, feita para matar. Após reunir adoração de elfos do mundo inteiro, aquela era sua obra-prima.

Gwen e Valuriel viram a história ser escrita naquele dia, pois diante de seus olhos a Deusa dos Elfos disparou sua melhor flecha. O projétil mágico saiu com efeito. Perfurou o ar girando no próprio eixo. Descreveu uma curva acurada.

E acertou o coração de Tauron.

## CAPÍTULO 13

# ASCENSÃO

VAGAROSAMENTE, TAURON VIROU A CABEÇORRA DE TITÃ na direção de Glórienn. Ao mesmo tempo, do ponto nas costas onde a diminuta flecha o atingiu, um jorro ardente fluiu em abundância, expelindo lava, fumaça e cinzas. Ele rugiu. Era como se o vulcão em forma de minotauro entrasse em erupção. As chamas que lambiam seus chifres, por outro lado, minguaram. Ameaçaram se apagar. O corpo inteiro fraquejou.

— Glórienn, você... errou? — balbuciou o Líder do Panteão.

— Eu nunca erro — respondeu ela. — Essa é minha alforria.

Sem sentir resistência por parte de Aharadak, Tauron deu dois passos para trás.

— Você... Eu a estava protegendo.

— De Aharadak? — a Deusa dos Elfos riu, a ironia em cada palavra. — O que o poderoso Deus da Tormenta iria ganhar matando uma simples escrava como eu? Não. O que Aharadak quer é ascender de deus menor a deus maior, mas no Panteão só há lugar para vinte. Um precisava cair. Derrubar o mais fraco não funcionou, então ele partiu para o mais forte. O líder supremo. Assim a história é escrita: a Tormenta entrará no Panteão de Arton pela porta da frente.

Um veio de sangue ígneo escorria pelas costas, e outro brotou a partir do peito. Apesar de pequena diante do gigante, a flecha de Glórienn era embebida em sua centelha divina.

Mais demônios insetoides escalaram as pernas do Deus da Força. Outros desbravaram o emaranhado de ruas destruídas.

— Foi você o tempo todo — lamentou-se ele.

— Devo parabenizá-lo, Tauron. Os lefeu enxergam em dez dimensões e mesmo assim foram incapazes de percorrer o emaranhado espiritual que cerca este reino. Precisavam de alguém para indicar o caminho. Um fio a seguir. E quem conhece a lógica táurica melhor do que eu, a deusa no labirinto?

— Mas por quê? — Tauron ignorou a presença de Aharadak e, vertendo lava, se voltou de todo para Glórienn. — A Tormenta destruiu o seu reino divino! Contribuiu para a sua queda!

— Pare de tentar me enganar! Quem me reduziu a deusa menor foi você. Escravizou-me, me diminuiu, me obrigou a me esconder. Acha que não sirvo para nada! Está tendo o que merece.

Buscando encontrar alguma lógica, Tauron permaneceu em silêncio pelo que pareceu uma eternidade. A tempestade rubra derramava sobre ele ácido e demônios. O magma pulsava para fora, destroçando o solo na forma de pedregulhos. A face lúgubre havia desistido de lutar. As mãos em concha cobravam uma explicação.

— Isso não é ideia sua — concluiu. — Andou dando ouvidos ao Deus da Traição?

Pega de surpresa, Glórienn encolheu os ombros.

— Claro que é ideia minha! Tenho muitas ideias! Tive tempo para pensar depois de ter perdido tudo.

— Você ainda tem os seus filhos... tem a mim. Não precisa deles — indicou Aharadak, que aguardava com sua horda de demônios.

Glórienn olhou para trás e localizou seu paladino único aos pés da rampa de cristal, assistindo à conversa ao lado da clériga de Tanna-Toh, ambos estupefatos. Então se voltou novamente para Tauron e flutuou até os limites do domo mágico. Para deleite dos cultistas que assistiam a partir do Fórum, a deusa esticou as mãos para a chuva sangrenta e sentiu-a escorrer pelos dedos.

— A Tormenta é o caminho da evolução. Chegou a hora de os elfos evoluírem também.

O filete de sangue então adquiriu vontade própria e escorreu das mãos da Deusa dos Elfos, espiralando ao redor de seus braços. Ao percorrer a pele dela, penetrou no domo de proteção. Logo o rubro se transformou em uma crosta rígida e grosseira, mas simétrica. Alcançou as omoplatas, alastrou-se pelas costas. Subiu pelo pescoço e revestiu o verso das orelhas pontudas. Fixou-se nos seios e na cintura como uma armadura. Envolveu o arco de diamante.

Tauron assistiu com os olhos de rochedo arregalados, enquanto sua protegida recebia a corrupção em seu próprio corpo. A Tormenta invadiu-lhe os ouvidos. Penetrou-lhe o umbigo. Alastrou-se por dentro. Duas asas de mariposa brotaram das costas. Tudo era vermelho. Tudo era lefeu.

Satisfeita, Glórienn recolheu as mãos de volta para a proteção da redoma. Esticou os braços. Bateu as asas. Girou o pescoço. Testou os movimentos do corpo encouraçado. Deu um sorriso delirante.

— Sim! — gritou sozinha. — Enfim teremos nossa vingança contra os goblinoides!

Ela então voou de volta ao Senado e pousou os pés delicados na extremidade pontuda da rampa de cristal. Fechou as asas atrás de si e elas se arrastaram como a cauda de um vestido elegante. No entanto, em seu trajeto, deixou um rastro de muco vermelho.

Incerta quanto ao que fazer, Gwen segurou o bordão com ambas as mãos e correu na direção da deusa menor. Uma investida potente e direta. Contudo, com um simples aceno, Glórienn projetou um campo de força que repeliu a clériga. Gwen escorregou para trás. Despencou da rampa. Caiu metros abaixo, de costas no amontoado de pedras que antes formara a parede dos fundos do Senado. Rugiu de dor.

— Venha, meu doce paladino — disse Glórienn a Valuriel.

O rosto do mais belo dos elfos se contraía em desencanto e indecisão. Constrangido, aproximou-se.

— Meu amado escolhido — Glórienn continuou, com meiguice que destoava da carapaça asquerosa de inseto. — Você será o líder da nossa cruzada de retaliação. Destruiremos todos aqueles que se puserem em nosso caminho. Todos os seres inferiores que desafiarem a supremacia élfica.

Glórienn voltou a abrir as asas, tão repulsivas quanto esplendorosas, o que levou Valuriel a um soluço. Ele ensaiou falar alguma coisa, incerto quanto à forma de se dirigir à sua adorada Deusa dos Elfos.

Ela esticou a mão, e a palma estava cheia de ventosas. De pequenos cistos ao redor delas começou a borbulhar mais do fluido rubro.

— Venha comigo. Aceite o dom da Tormenta.

O paladino ofegou algumas vezes e tomou coragem para se lamuriar para a deusa:

— Minha mãe querida, de que adianta tanto sacrifício? A vingança contra os goblinoides é inútil se para isso tivermos que nos degradar. Será o fim da pureza élfica.

Glórienn arregalou os olhos para ele. Revoltada, deu-lhe uma bofetada com as costas da mão, que o atirou de volta para dentro do Senado. Antes que Valuriel compreendesse o que estava acontecendo, a deusa foi até ele e montou sobre seu peito estirado. Agarrou-o pelo pescoço e imobilizou-lhe a face com as ventosas da mão. Expeliu mais do fluido pela palma e o obrigou a beber, enquanto o paladino esperneava.

Vendo a degradação élfica, Tauron chorou. Enormes borbotões de lava rebentaram de seus olhos de fogo, queimaram o semblante de pedra, gotejaram como meteoros em brasa.

— Você era perfeita. Pelo menos para mim — disse. — Nada disso é culpa sua. Não me arrependo de tê-la protegido.

Então se virou mais uma vez para Aharadak. As ventas de touro arreganhadas baforavam de frustração. Segurando o machado de guerra com o único braço que lhe restava, Tauron bradou um grito de guerra e investiu contra o objeto de sua cólera. Aharadak estava preparado. A partir de sua barriga disforme, projetou uma haste comprida feita de couraça revestida de pele esticada. Acertou o Touro em Chamas no peito, interrompendo seu avanço. Atravessou-o.

Pouco a pouco, as labaredas que envolviam os gigantescos chifres perderam a força até sumir, deixando apenas a rocha cinzenta e sem brilho. Por fim, extinguiu-se também o ardor em seus olhos. O corpo sem vida cedeu sob o próprio peso e se partiu em vários pedaços. Os pés permaneceram onde estavam, eternamente fixados ao local da derrota. O machado caiu longe, onde a tempestade se abrandava. O tronco despencou para trás. E a cabeça, outrora vívida e flamejante, rolou para o centro da área de Tormenta.

Aharadak deu um guinchado destoante e ensurdecedor, que de certa forma lembrava uma celebração.

O Líder do Panteão estava morto.

Gwen se ergueu, boquiaberta, e assistiu à derrocada de Tauron. Um deus maior caía diante de seus olhos e nada havia que pudesse fazer. Mais do que isso, ela sabia o que viria a seguir. No entanto, este foi um dos raros momentos em que o conhecimento prévio não serviu para deixá-la preparada.

Como se inadvertida, a tortura a arrebatou de repente. Gwen sentiu o coração se dilacerar, como se cada fibra do peito fosse afligida por um punhal de dentro para fora. Os pulmões se esvaziaram num rompante. As pernas amoleceram. Ela caiu de joelhos. Tentou pressionar o peito para aliviar a asfixia, mas a armadura a impediu de alcançar a pele. Caiu em seguida sobre os punhos e cotovelos, completamente prostrada. A boca aberta buscava o ar sem sucesso. Parecia que a atmosfera havia se tornado sólida. O universo inteiro a comprimia.

Gwen não estava sob efeito de magia, tampouco agrediam seu corpo físico. As sensações eram imateriais. Emanavam do mundo dos deuses para o interior de seu ser. Misturavam-se com sua essência, e dali transbordavam, expelindo toda a esperança.

— Madrinha... — gemeu, rogando pela proteção de Tanna-Toh.

Ao redor dela, cada elfo ainda consciente levou a mão à testa ou ao ventre. Até mesmo o indivíduo mais simplório experimentava as implicações do ocorrido, por mais que não as compreendesse. Uma tontura. Uma dor de cabeça. Um desconforto no estômago. Em Gwen, no entanto, as sensações se revelavam mais intensas, posto que estava profundamente vinculada ao mundo espiritual. Sua obra ia além da simples adoração. Era uma mulher santa.

Se por um lado a sensibilidade diante do intangível lhe conferia poderes sobrenaturais, por outro, tornava-a vulnerável ao desequilíbrio no cosmos. Gwen enxergava emanações místicas que para os outros eram invisíveis. Cheirava, tateava, experimentava com todos os sentidos, fossem elas tênues ou intensas, agradáveis ou desoladoras.

E, em escalas distintas, o que ela e o resto do mundo sentiam era um completo vazio. Pois, uma vez que Tauron estava morto, no Panteão de vinte deuses havia apenas dezenove.

Gwen se apoiou em uma parede e conseguiu se levantar. O rosto estava abatido, a armadura pesada demais, as pernas custando a obedecer. Ao erguer a cabeça, a visão enegreceu ameaçando abandoná-la. Agarrou-se a um fiapo de consciência. Prometeu a si mesma que não se entregaria. Acabara de testemunhar um evento que mudaria para sempre a história do universo de Arton.

E estava prestes a testemunhar outro.

No Fórum, a congregação de cultistas da Tormenta chafurdava em depravação. Sob o açoite da tempestade rubra, realizavam uma dança funesta, copulavam com demônios, bebiam da chuva de sangue. Riam. Esgoelavam-se. Inebriavam-se de insanidade.

Gwen a tudo assistia através do domo vítreo. Ao contrário de muitos, sabia que aquilo não era uma simples celebração desordenada. Enxergava a lógica por trás do absurdo. Enxergava as emanações. Por profano que fosse, reconhecia um ritual quando o via.

Lembrou-se de heróis do passado cuja sabedoria e habilidade haviam protegido o mundo de desfecho semelhante há quase uma década. Com pesar, questionou se o inimigo teria se tornado mais poderoso ou se ela é que era inapta. Tão preocupada com a libertação dos escravos, fechara os olhos para a ameaça suprema do universo.

Agora, erguia os mesmos olhos cor de esmeralda para o céu tingido de vermelho esperando que, em algum lugar para além daquele pesadelo, sua deusa ainda a escutasse.

— Madrinha, estudei à exaustão o Império de Tauron, sua geografia, política e as relações com outros reinos. Procurei por possíveis ameaças e não as encontrei entre os reinos mundanos. Sequer desconfiei que a própria Tormenta buscasse uma forma de invadir... Que tipo de clériga do conhecimento se esquece da pergunta que move nosso mundo? — então abaixou a cabeça, desolada. — Perdoe-me, Mãe da Palavra. De todos os erros que já cometi, nenhum se equipara a este.

Não foi uma oração, nem um pedido de milagre. Gwen apenas desabafou para aliviar o peso da culpa. Não recebeu qualquer resposta, mas também não esperava receber.

No Fórum, Cecília participara do ritual. Gargalhava e se bebia da imundície junto com os demais. O cabelo ensopado respingava sangue a cada giro da cabeça em sua dança tresloucada. A barriga de gestante sacudia. De repente, parou tudo o que estava fazendo para vomitar. Não se escondeu, regurgitou ali mesmo. O conteúdo expelido se movia e pulsava. Alguns insetos inteiros saíram correndo com suas inúmeras patinhas. Ela riu. Recolheu os pedaços com os dedos. Levou-os de volta à boca.

Apenas dentro de uma área de Tormenta era possível encontrar tamanho desvario. Porém, isso estava prestes a mudar. Em breve, uma grande mudança no cosmos multiplicaria tais disparates pelo resto do mundo. Gwen estava zonza. Não havia se preparado para aquilo. Com as ferramentas de que dispunha, nada havia que pudesse fazer diante da enormidade dos fatos.

Olhou para os elfos ao redor, em sofrimento. Afastou-se da parede onde se escorava passando a se apoiar apenas no bordão. O cajado comprido, que servia tanto para punir quanto para sustentar, era a arma favorita de Tanna-Toh, motivo de Gwen ter se aprimorado em seu uso a vida inteira.

Abraçou a arma em busca de estabilidade física e moral.

— Madrinha, sou inútil contra Aharadak — admitiu. — Mas os elfos ainda podem ser salvos. Por favor, me ajude uma última vez.

De novo, Gwen não esperava por resposta. E nem precisava de uma. Já havia decidido seu curso de ação.

O primeiro passo, no entanto, era terminar de assistir.

Aharadak arrastou suas pelancas viscosas pelas ruínas da cidade. Passou por cima do peito rochoso que pertencera a Tauron e avizinhou sua figura disforme do Fórum de Tiberus. Ali, a seita profana chegava ao ápice da cerimônia com uma fila de mulheres subindo uma escada sob aplausos e aclamação de seus correligionários. A longa escada dava acesso a uma torre tão alta que era bizarro ter resistido à calamidade que assolava tudo ao redor.

Cecília ia à frente, liderando o grupo. Assim como ela, as demais também exibiam gravidez em estágio avançado.

Subiram até o topo, sem se desviar. Ficaram diante de Aharadak. Seu único olho estava fechado devido ao ferimento infligido por Tauron, coberto pelas pálpebras enrugadas que se aferroavam mutuamente com os dentes no lugar de cílios. Contudo, o olho não interessava ao desfecho do ritual. O Lorde Devorador estava com fome. Precisava apenas do ajuntamento de bocarras.

Audaciosa ou alienada, Cecília se manteve à frente. Queria ser a primeira. Adiantou-se até a beira do precipício. Seus calcanhares descalços se mantiveram no topo da torre, mas os dedos dos pés já envergavam para a queda iminente.

Trazia uma adaga ritualística nas mãos.

Ergueu-a.

Desceu a adaga com toda a força que a loucura lhe conferia. Fincou-a na própria barriga.

O golpe inicial foi efetivo. Perfurou pele, músculos e vísceras, a lâmina sumiu dentro do corpo da gestante e fez o sangue esguichar. Apenas o cabo ficou para fora. O trabalho que se seguiu, por outro lado, foi mais árduo e complicado. Cecília passou a serrar a barriga, puxando a adaga para dentro e para fora, a fim de aumentar a extensão do corte. Gargalhando de êxtase, abriu um talho irregular, característico de quem não tem domínio da tarefa que executa.

Atrás dela, as outras mulheres fizeram o mesmo.

Um jato transparente anunciou que havia atingido o local desejado. Satisfeita, vasculhou com os dedos as camadas de tecido de diferentes órgãos expostos. Encontrou a vida que crescia dentro de si.

O som da chuva se misturava a cânticos macabros. Risadas histéricas. Gritos de insanidade. Cecília agarrou o feto e o puxou para fora. Banhou-o na tempestade de ácido. Era uma menina. Se a gestação fosse levada até o fim, provavelmente se tornaria uma criança saudável. Porém, arrancado do útero antes da hora e com tamanha brutalidade, o bebê estava morto.

— Aharadak, aquele que tudo devora, que tudo transfigura! — gritou a mulher para a montanha de gordura e tentáculos, erguendo o fruto de seu ventre pelos pés. — Sou sua serva. Receba minha oferenda!

Dizendo isso, arremessou o corpo diminuto para o Deus da Tormenta e suas bocarras desfiguradas. Elas brigaram entre si pelo petisco. Deleitaram-se. E aquelas que não conseguiram nem um pedaço se contentaram em morder as outras bocas menores ao redor.

— Faça de mim sua eleita! — Cecília suplicou a Aharadak.

Por fim, cortou a própria garganta. Desabaram do precipício ela e a adaga, caindo também em meio aos dentes pontiagudos do Lorde-Deus.

Aharadak deglutiu a humana. Estraçalhou mais mães e bebês imolados em sacrifício. Sempre que comia, uma nova bocarra surgia em seu corpo horrendo. Para cada bebê, uma boca pequena; para cada mãe, uma enorme. Logo estas também devorariam ou seriam devoradas pelas irmãs.

Quando as grávidas terminaram, os demais cultistas da Tormenta se jogaram do cume da torre. Outros chegaram pela escada e fizeram o mesmo. O ritual a Aharadak logo terminou, por falta de celebrantes. O que não significava derrota. Muito pelo contrário.

A cada sacrifício de sangue, o deus ficava mais poderoso. E as emanações de louvor não vinham apenas do Fórum, mas do mundo inteiro. Quando terminou de devorar a seita de Tiberus, Aharadak riu. Uma risada estridente e espalhafatosa. Gargalhou com prazer, pois havia atingido seu grande objetivo desde que pusera suas patas asquerosas em Arton.

Uma tempestade de relâmpagos tomou o céu rubro de Tiberus, deitando lampejos e estrondeando trovões.

Em todo o mundo, as demais áreas de Tormenta fizeram eco. Demônios desorientados lutaram entre si. A chuva ácida desabou com mais voracidade.

Os lefeu estremeceram. Os artonianos também. Aharadak tornava-se o mais poderoso dos Lordes da Tormenta, venerável entre os invasores, ao mesmo tempo em que se tornava membro do Panteão de Arton, venerável entre os nativos.

Os ferimentos causados por Tauron se fecharam. Revigorado pela abundância de poder divino, o Lorde-Deus se endireitou e abriu o gigantesco olho da Tormenta, amarelo e aflitivo em meio à profusão de delírio vermelho.

Aquele era Aharadak, o Deus Maior da Tormenta.

## CAPÍTULO 14

# MAL INERENTE

RECONHECENDO A PLENITUDE DO PANTEÃO, GWEN balançou a cabeça com veemência e saiu de seu estado de inércia.

Estava feito.

Graças a Glórienn, Aharadak era um dos vinte deuses maiores do panteão artoniano. Uma pontada de terror e insanidade afetou ao mesmo tempo todos os seres do mundo, vivos ou brutos. Arton inteira chorava e sofria ante o acontecimento.

Contudo, este não foi o primeiro erro de Glórienn. O infortúnio começou incontáveis eras antes, precedendo até mesmo a gênese da raça élfica. O primeiro pecado da deusa foi criar uma raça inteira com a real finalidade de transferir seus desejos e pretensões. Foi querer que outros corrigissem seus lapsos.

Glórienn idealizou as criaturas perfeitas. Moldou-as conforme suas vontades. Convenceu-se de que, ao criá-las com as próprias mãos, nada poderia dar errado. A expectativa era de orgulho.

Quando os elfos ficaram prontos, vários deuses vieram visitá-los. Admiraram os seres tão graciosos, refinados e eruditos, e Glórienn deleitou-se em exibi-los. Porém, com o tempo, reconheceu que os atributos de seus filhos extrapolavam o âmbito da virtude a ponto de se tornarem vícios. A graciosidade virou melindre. O refinamento, ostentação. E a erudição, seu maior motivo de vanglória, transformou-se em arrogância.

Glórienn olhou para seus filhos e viu um espelho. O júbilo se converteu em frustração quando se deu conta de que, assim como ela, os elfos jamais seriam perfeitos.

Amou-os como era capaz. Protegeu-os tanto quanto pôde. Porém, qualquer esforço em nome de seus filhos sempre pareceu um suplício. Desmotivada, sucumbiu diante de Thwor e seu exército de goblinoides, seres aos quais sempre desprezou. Quando recebeu o ataque irrefreável da Tormenta, já fragilizada pela primeira derrota, não hesitou em sacrificar os próprios filhos na esperança de se salvar. E, quando tudo parecia perdido, entregou-se a Tauron, abandonando os elfos para sempre.

Glórienn era culpada. Seus irmãos fechavam os olhos, mas Gwen sabia de tudo. Se ninguém interferisse, a raça daria o último passo rumo à autodestruição. Mas ela estava decidida. Tomaria providências para evitar a extinção de seu povo.

Ergueu-se. Por mais que fosse Aharadak a completar o Panteão, para sua alma isso era suficiente. O vazio espiritual havia sido preenchido.

Muito acima, no topo da rampa de cristal, Glórienn apreciava a ascensão do deus de braços abertos e um sorriso alucinado nos lábios.

— Então é esse o poder concedido pela devoção a um deus maior! — passou as mãos pela pele, admirada. — O sacrifício valeu a pena.

A deusa então fechou os olhos e, mais uma vez, se comunicou com os elfos do mundo inteiro. A mensagem, clara como o dia:

— Entreguem-se à Tormenta.

Gwen fez uma prece e se abraçou à própria armadura, como se fosse o metal capaz de resguardar sua mente. Visualizou o caminho que teria que cobrir para chegar até Glórienn, contornando o prédio do Senado para mais uma vez adentrar a cúpula. Porém, antes que se dirigisse até lá, o caminho foi obstruído. Saídos dos prédios altos e das galerias subterrâneas, elfos de todas as idades tomaram as ruas num piscar de olhos. Desembestaram como uma horda enfurecida, empurrando e atropelando uns aos outros. Os sedentos que estavam desmaiados pelas ruas foram pisoteados. Gwen se viu empurrada pela multidão até o outro lado da Praça da Austeridade. Precisou se firmar junto à esquina do primeiro quarteirão.

O destino da manada incontida era a extremidade do domo de proteção. Glórienn apontava para o local. Os elfos obedeciam. Sob o comando da deusa, a barreira mágica se partiu naquela área abrindo uma fresta por onde os demônios invadiram..

— Pegue o que quiser, Aharadak. Converta. Destrua. São todos seus.

Gwen tentou retornar ao Senado, mas o fluxo incessante a impediu. Apelou para a força bruta. Empurrou elfos com o bordão. Chocou-se contra eles com o corpo encouraçado. Inútil. Para cada um que derrubava, outros três surgiam no lugar, berrando e correndo como loucos.

O grito de euforia se transformava em grito de horror à medida que a enxurrada de elfos se chocava contra a enxurrada de aberrações insetoides. Gwen não conseguia ver dali, apenas escutava a gritaria e imaginava as atrocidades que estavam acontecendo. Um demônio voador passou voando sobre sua cabeça com as asas de besouro. O fluxo de elfos continuava ininterrupto.

Então uma sombra se projetou sobre ela. Chegou a pensar que fosse um lefeu, mas logo percebeu seu engano. Ao olhar para o alto, o alívio quase a derrubou. Sobre Gwen, uma criatura majestosa batia as enormes asas cor de chumbo. As patas traseiras, de leão, iam encolhidas. As da frente, de águia, abriram as garras em direção à elfa. Gwen ergueu o bordão segurando-o em posição horizontal. O grifo agarrou as duas pontas e alçou-a. A elfa precisou segurar muito forte enquanto Fuligem voou para longe da multidão ensandecida levando-a consigo.

Pousaram no topo de um prédio evacuado. Fuligem depositou Gwen primeiro, e depois aterrissou ao lado dela. Montado na sela, Christian apresentava diversos ferimentos, todos marcados com a impureza rubra. Abraçada à cintura dele, Verônica vinha na garupa. Os dois guerreiros e o grifo estavam encharcados de ácido da cabeça aos pés. Vapor tênue escapava-lhes pela pele.

— Olá, Gwen — disse Christian. — Bela bagunça você arranjou.

— Vamos embora — disse Verônica, pragmática.

Do alto, Gwen conseguia ver com clareza o que acontecia aos elfos. Os mais afortunados eram mortos na hora. Outros recebiam a corrupção da Tormenta, abrindo mão da pureza élfica e se transformando em mestiços aberrantes. Alguns poucos recebiam o pior destino: eram carregados até Aharadak para serem devorados pelo próprio deus.

Não havia pressa em lidar com os elfos. Aharadak e seus servos agiam aos poucos, aproveitando o momento e permitindo que se prolongasse. Gwen, por outro lado, não tinha tempo a perder.

— Não. Preciso tocar em Glórienn.

— Certo. Desça, Verônica — Christian ordenou, sem cerimônia. — Só consigo levar uma na sela. Depois volto para buscá-la.

A medusa nem teve chance de protestar, pois Gwen rebateu:

— Você não vai conseguir chegar perto dela. Mal tenho certeza se eu, que sou elfa, serei capaz disso. Além do mais, antes preciso me concentrar em uma magia. Não adianta me atirar na deusa. O único caminho possível é pela porta do Senado.

— Para que tudo isso? — perguntou Verônica. — Vamos embora daqui! Esta cidade está condenada.

— Libertamos os humanos, mas ainda precisamos libertar os elfos — disse Gwen. — Eu sei como. Mas não tenho poder suficiente, preciso usar Glórienn como catalisador.

Elfos morriam. O tempo urgia.

— Vão me ajudar ou não?

Christian riu com o canto da boca e deu um comando a Fuligem. O grifo bateu as asas e se elevou, mas a voz do guerreiro ainda pôde ser ouvida na subida:

— Ela está ficando mandona igual a você — disse ele a Verônica.

Gwen ergueu o bordão e foi içada mais uma vez. Fuligem voou para o Senado e nada os interceptou no caminho. No entanto, quando já chegavam ao destino, Valuriel surgiu pela porta da construção.

Outrora formoso, o Paladino Único de Glórienn estava transfigurado. Não era possível reconhecer qualquer feição, pois seu rosto havia sido coberto por uma crosta áspera. A parte mais nivelada ocultava olhos, boca e nariz, e era marcada por protuberâncias onde as ventosas de Glórienn haviam aplicado sucção. Ao redor, a casca se transformava em ferrões que contornavam a cabeça do elfo corrompido como uma juba. O mais asqueroso, no entanto, surgiu quando ele desceu as escadarias do Senado. A princípio, parecia arrastar atrás de si uma cauda mole e comprida. Porém, quando parou, a coisa continuou a se mover para fora. Dividiu-se, ergueu-se, formou uma moldura ao redor do paladino. Eram tentáculos pegajosos, três deles. Em cada extremidade surgiu um botão de flor. Os botões desabrocharam em pétalas cheias de dentes, revelando uma boca monstruosa no centro da corola. Reconheceram-no apenas pela armadura, que se mantinha intacta, o símbolo de Glórienn reluzindo de limpeza.

Fuligem desceu no centro da Praça da Austeridade, já menos movimentada do que antes, mas não chegou a pousar. Apenas depositou Gwen no chão de pedra. Verônica deslizou para fora da sela e caiu ao lado da elfa, dobrando os joelhos para dissipar a energia da queda.

— Vá na frente, nós cuidamos dele — disse à amiga, sacando o chakram.

Gwen acenou.

— *Agora!* — gritou Verônica, e as duas saíram em disparada lado a lado.

Ao longo da corrida, os olhos de esmeralda da elfa esquadrinharam o lugar. Calcularam a distância até o paladino, e dali escadaria acima até a porta. Presumiram a velocidade com que cada planta carnívora poderia dar o bote. Buscaram decifrar algum padrão no movimento dos tentáculos, que se agitavam no ar. Valuriel não era capaz de equilibrá-los, então mantinha a base dos três apoiadas no chão. Gwen cogitou dar a volta, cogitou saltar por cima. Enquanto pensava, fez uma prece a Tanna-Toh e recebeu uma bênção de proteção.

Ao seu lado, Verônica arremessou o chakram com uma das mãos e sacou o gládio com a outra. A lâmina em aro acertou um dos tentáculos. Não o cortou, mas serviu como distração. A medusa gritou e tomou a dianteira na corrida para chegar antes de Gwen ao elfo transformado em monstro. Precisava abrir passagem.

Valuriel estava desarmado. Os tentáculos eram suas armas. Um deles havia se inclinado para o lado devido ao golpe de Verônica, mas os outros dois se arquearam para elas e abriram as bocarras floridas. Quando elfa e medusa quase embatiam nele, Fuligem passou voando por cima. Christian ergueu a espada, desferiu um ataque certeiro. A lâmina afiada, acelerada pelo voo do grifo, cortou o caule de uma das flores.

O resto do tentáculo parou de se mover. Perdeu a força. Desabou. Porém, levou a arma consigo. A lâmina se corroeu, restando apenas o cabo nas mãos de Christian. Antes que o guerreiro pudesse se espantar, foi assaltado pelo terceiro tentáculo. Recebeu um golpe lateral que o ejetou para fora da sela.

Christian caiu.

Fuligem tentou apanhá-lo em pleno ar, mas a pouca altitude o impossibilitou de encurtar a distância a tempo. O guerreiro bateu com violência contra a parede do terceiro andar de um prédio e desabou para o chão. Permaneceu tombado, a perna dobrada em posição anormal, a respiração perdendo a força. Um inseto-corvo se aproximou dele, mas Fuligem deu um mergulho e o estraçalhou com as garras afiadas contra o pavimento. Vencida a ameaça, passou o bico em Christian na tentativa de reanimá-lo. O guerreiro grunhiu algo ininteligível, mas manteve os olhos fechados. Outro demonete errante apareceu, e Fuligem o despedaçou com o bico. Manteve-se rodeando seu humano, protegendo-o das aberrações que surgissem.

Verônica completou seu trajeto em disparada com um salto rotatório. O giro lhe conferiu mais energia e ela se precipitou com o gládio, mirando a cabeça de Valuriel. No último instante, o mesmo tentáculo que havia acertado Christian se interpôs. Recebeu o golpe. Tamanha foi a força que Verônica o decepou. A flor carnívora rolou pela praça, ainda mordiscando com os dentes afiados. O tentáculo brandiu em dor. O paladino, no entanto, não se abalou. Manteve o corpo imóvel, a face revestida indecifrável.

A medusa aterrissou sobre um joelho. Ao lado dela, tombou a ponta do tentáculo. Com o baque da queda, a superfície decepada esguichou um ranho rubro sobre Verônica. Banhou-a, aderiu-se a ela. Corroeu de leve sua pele. Ela gritou e tentou se erguer, mas descobriu que as pernas estavam grudadas ao chão. Debater-se era inútil. Viu-se frente a frente com o paladino corrompido, transformado em mero servo irracional.

— Vá logo! Corra! — gritou ela para Gwen.

A elfa passou por Verônica em disparada. Contornou o tentáculo que agonizava e passou por cima do que jazia morto. A cabeça sem face de Valuriel se virou, acompanhando enquanto ela passava ao largo, mas Gwen ignorou. Sua preocupação residia no terceiro tentáculo, ainda ileso.

Correu escadaria acima. Estava a poucos degraus da plataforma de entrada quando o tentáculo assomou sobre ela com sua flor macabra. Gwen desviou para o lado, sentindo a bocarra resvalar na armadura. Segurou então o bordão pela ponta e desferiu um golpe amplo que acertou a lateral do monstro. O impulso o empurrou para longe, na direção de Verônica. Exatamente onde a elfa queria. Verônica estava presa pelas pernas, mas ainda contava com os braços livres. Abraçou o tentáculo no ar e o conteve. Valuriel tentou puxar de volta o membro, nem que para isso tivesse que erguer a medusa junto, mas o grude a firmava no chão. Confiando que a amiga resistiria, Gwen terminou o percurso até a entrada do Senado.

De volta à cúpula, divisou mais uma vez a abertura na parede demolida, o aclive translúcido que dali se projetava, a deusa sem juízo que enviava seus filhos para o extermínio. Precisava tocá-la. Não sabia se era possível, mas tinha fé.

Tirou do bolso um segundo incenso que havia pego na Catedral da Força. Estava quebrado. Jogou metade fora e acendeu a outra com um estalar de dedos mágico. Viu a chama crepitar, e então se transformar em brasa, e a brasa erguer a fumaça cheia de perfume. Deu um passo em direção a Glórienn e começou a oração.

*Diante do perigo me interponho*
*Não sigo só, portanto não me tremo*
*Pois Tanna-Toh, clarão em céu medonho*
*Me oferece seu poder supremo*

No ápice de cristal, Glórienn virou a cabeça por um momento, mas deu de ombros e ignorou o que Gwen fazia. Às costas da clériga, um grito de Verônica se ergueu e feneceu em seguida. Valuriel surgiu pela porta. Deixou os dois tentáculos feridos estirados para fora do Senado e preencheu a cúpula com o terceiro, que exibia um corte feito por Verônica e nenhum outro ferimento.

Gwen se viu cercada pela monstruosidade flácida e cheia de anéis, que se enrolava e se desenrolava, rodeando-a junto às paredes. Deixava, em seu trajeto, um rastro de muco rubro, e logo a cúpula inteira foi tingida de vermelho.

O paladino sem face caminhou a passos lentos. A elfa se posicionou de frente para ele,segurando o bordão defensivamente. Porém, a arma era feita para ser manejada com ambas as mãos, e a elfa segurava o incenso em uma delas.

Não podia permitir que o combate interrompesse a liturgia. Precisava ir até o fim, nem que isso custasse sua vida. Obrigou-se a ignorar o perigo e prosseguir.

*Não falo de magia, já que até*
*Os monstros e as feras a detêm*
*Milagres alimentam nossa fé*
*Mas Tanna-Toh nos leva mais além*

Um segmento da criatura se projetou para longe do resto. Varreu os pés de Gwen e derrubou-a. Surpreendida, a clériga deixou as costas baterem no chão, segurando com afinco a arma e o incenso.

Gwen estava indefesa. Olhou para Glórienn, que não temia sua afronta e nem dava qualquer importância ao esforço do paladino. A deusa parecia tão perto e, ao mesmo tempo, tão longe.

Enquanto olhava para Glórienn, almejando alcançá-la, Gwen foi tomada por uma dor lancinante. Valuriel finalmente a havia atacado de verdade. Ela procurou as próprias pernas e não as viu. Estava coberta, das coxas para baixo, pelas pétalas da planta carnívora. Sentiu o aço esmigalhar e a pele ser perfurada por centenas de dentes desproporcionais. O tentáculo era forrado deles pelo lado de dentro.

Os músculos da criatura se contraíram e distenderam, no movimento de deglutição. Avançou pelo corpo de Gwen, triturando também sua cintura.

Gwen olhou para a Deusa dos Elfos mais uma vez, os olhos transbordando de dor e frustração. Se ao menos pudesse tocá-la! Gritou as palavras seguintes.

*O que nos torna um povo evoluído*
*Difere-nos dos seres bestiais*

De repente, um estampido tomou a cúpula e os dentes pararam de aplicar pressão. Gwen já estava confusa pela dor, pelo esforço, e por tanto resistir às ordens da Deusa-Mãe. Demorou a entender o que acontecia. Deparou-se com o último tentáculo também amputado. A bocarra de flor jazia, amolecida. O corpo anelado contorcia-se, espirrando seu sangue viscoso pela sala.

Ao seu lado, Ichabod.

— Concentre-se — disse o lefou. — Estou aqui com você.

Ela contorceu as sobrancelhas, agradecida, e prosseguiu:

*É o conhecimento adquirido*
*Compartilhado com nossos iguais*

Gwen tentou usar o bordão para se livrar do tentáculo, mas era impossível empurrá-lo e segurar o incenso ao mesmo tempo. Ichabod a ajudou. Firmou a elfa com uma das mãos e puxou o monstro para longe. Os dentes se soltaram todos de uma vez, deixando na carne perfurações de todos os tamanhos, cheias de sangue e fragmentos de armadura.

Com as pernas feridas, a elfa permaneceu caída. Com as mãos, ergueu o tronco. Percebeu então que o estado do mago não era muito melhor do que o dela. As vestes estavam empapadas de vermelho, em uma mistura de chuva ácida com o próprio sangue derramado. Talhos no tecido revelavam as feridas abertas. No braço aberrante, um aguilhão que se erguia do ombro havia sido estilhaçado, restando apenas uma matéria esponjosa. Seus olhos escarlates denotavam a gravidade da situação. O preço para chegar até o Senado fora alto.

Respirando com dificuldade, Ichabod se colocou entre Gwen e Valuriel. Ao menos, havia decepado o último tentáculo e agora o monstro estava desarmado.

Foi o que pensaram.

— Termine a oração — disse o mago. Em pé, via algo que Gwen ainda não havia captado. — Termine!

Então ficou claro. Diante de ambos, Valuriel estremeceu. Ele, que até o momento demonstrava serenidade inabalável mesmo diante das sucessivas perdas de tentáculos, levou as mãos ao abdome e perdeu o controle sobre os próprios movimentos. Seu corpo se agitou. Entrou em convulsão. Um grito emergiu da garganta e esbarrou na boca vedada.

Espalhado pela cúpula, o tentáculo murchou a olhos vistos. Transformou-se em carcaça amarfalhada e ressequida, e o mesmo aconteceu aos outros dois que se estiravam através da porta. Desprenderam-se das costas de Valuriel. E, onde havia três, brotaram cinco novos tentáculos.

O paladino aberrante retomou a postura estoica e atacou com seus novos membros. Um a um, deram o bote em direção a Gwen. Um a um, Ichabod se lançou à frente e recebeu os golpes em seu lugar. O mago foi açoitado, mordido, rasgado. Curvou-se ao lado da elfa, o corpo reduzido a uma massa sangrenta.

— Gwen... não tenho mais magias. Minha mente está exausta. Mas sei a solução. Quero que você liberte os elfos. Que faça aquilo que é o certo. Deixe o resto comigo. O mal me é inerente, e isso não posso mudar. Mas posso dobrá-lo à minha vontade uma última vez. Usá-lo, como último recurso, para o bem.

Com extremo esforço, Ichabod se ergueu. Esticou os braços para os lados. Ergueu o rosto para o topo da cúpula, para o domo mágico que se erguia acima dela, e, sobretudo, para a tempestade rubra que desaguava no espaço infinito mais além. Permitiu-se contemplar o domínio da Tormenta e por ela ser contemplado.

Entregou-se.

Sob a carapaça quitinosa, alguma coisa se moveu. Era rígida e, mesmo assim, o preenchimento mole causava-lhe ondulações. Ao mesmo tempo, o piso do Senado foi coberto por uma fumaça rasteira que se encaminhou na direção do lefou, e por ele foi aspirada. Ichabod rilhou os dentes para conter um gemido, enquanto o tom rubro se espalhava por toda a sua pele e as vestes já empapadas de vermelho se encheram de muco e fundiram-se ao seu corpo.

A couraça insetoide, que a vida inteira causara repulsa às pessoas e afastara o mago do convívio familiar, começou a se expandir. Tomou-lhe o pescoço e o peito. Alastrou-se pela mão que segurava a adaga rubra e incorporou-a também ao organismo. E as centenas de nódulos que cobriam a carapaça enfim despertaram. Abriram-se em inúmeros olhos, grandes e pequenos, redondos e deformados. Olharam todos para um lado, depois se viraram todos para o outro.

— Ichabod... — murmurou Gwen, desviando-se de sua oração.

Os dois sabiam. Há tempos lutavam juntos contra a corrupção que ansiava dominá-lo. Ele, sofrendo para contê-la. Ela, pesquisando a respeito e empregando seus poderes divinos para aplacar-lhe a dor. Em troca de mais poder, Ichabod abria mão não apenas de seu corpo, mas de sua mente e de sua identidade. Quando tudo terminasse, seria um com a Tormenta.

— Não se lembre de mim desta maneira — disse ele, sem ter coragem de olhar para a elfa caída às suas costas. — Lembre-se das nossas viagens pelo continente. Lembre-se de como te amei.

Dizendo isso, ergueu a adaga brilhante. Com uma única palavra, que misturava a magia de Arton aos poderes oriundos da invasão rubra, espinhos romperam de seu corpo e tomaram a sala inteira. Perfuraram os tentáculos, destruíram o assoalho. Ao mesmo tempo, Gwen sentiu um empuxo violento. Viu-se arrastada por uma força invisível, empurrada para a rampa de cristal.

— *Ichabod!* — seu grito se perdeu pelo caminho.

De olhos arregalados, viu a passagem entre o Senado e a rampa se fechar de espinhos. Não mais enxergava a batalha que prosseguia, apenas escutava o que havia para escutar. Do outro lado, algo se chocou contra a barreira aberrante. Tentava atravessá-la, mas Ichabod impedia. Usava o último resíduo de sua identidade para proteger Gwen.

A clériga se virou para a culpada de tudo aquilo. Glórienn mantinha-se de costas. Protegida por um Deus Maior, desprezava a batalha travada por mortais.

Gwen deu um soluço intenso. Não conseguia andar. Largou o bordão e deixou o resto de incenso queimando no chão. Usou os braços para se arrastar rampa acima, seu trabalho dificultado pela lisura do cristal.

*Por isso, como luz tocando o prisma,*

Ignorou as lágrimas e prosseguiu com a oração. Precisava terminá-la. Lá embaixo, os elfos se aglomeravam diante dos lefeu. Gradualmente, iam sendo exterminados, mas ainda havia muitos para salvar. Sua luta não seria em vão.

*Que espalha o arco-íris por aí,*

Às suas costas, um estrondo anunciou que o Senado começava a ruir. Uma a uma, as enormes pilastras cilíndricas cederam. A cúpula tombou gradativamente, primeiro no centro, depois a destruição se alastrou em onda circular rumo à orla. Gwen chorou por Ichabod. Glórienn sequer dirigiu um olhar ao que se tornava o túmulo de seu Paladino Único.

*Por Glórienn eu dissipo o sofisma*

Gwen finalmente alcançou o ápice agudo do aclive. Arrastou-se ao largo das asas de mariposa viscosas. Tocou o calcanhar da deusa.

*Divido com os elfos o que vi*

A magia estava completa.

## CAPÍTULO 15

# O FIM DE UMA ERA

EM UM REINO CORTADO POR RIOS, FORMADO POR PEQUENAS comunidades ribeirinhas, um pescador e seu filho remavam pelos cursos de água suave à luz de um lampião. Rumavam para a imensidão do Rio dos Deuses. Se a jangada aguentaria a viagem, não se importavam em questionar. Eram elfos, e precisavam chegar ao Império de Tauron.

Cortando os céus sobre planícies banhadas pelo luar, uma revoada de corujas gigantes avançava pelo Império de Tauron. Cada uma transportava um ginete em suas costas. Cada ginete trazia um instrumento musical. Se era seguro invadir o reino dos minotauros sem aviso, não se importavam em questionar. Eram elfos, e precisavam chegar a Tiberus.

Uma alameda de pedra se afundava em túnel para permitir a passagem de outra via por cima. Nela, uma serviçal caminhava com seus pés cheios de bolhas. O avanço pelas ruas de Tiberus era lento, ditado pelo ritmo da multidão. Em volta, o que se via eram as torres espiraladas da antiga cidade élfica. Se a visão era real, não se importava em questionar. Era elfa, e precisava chegar à chuva rubra logo adiante.

Elfos de todas as partes do mundo rumavam para o local indicado a fim de se entregarem em sacrifício para Aharadak. Os que moravam perto já haviam chegado. Os que vinham de longe talvez nunca chegariam. Mas todos utilizavam os recursos de que dispunham para se locomover. Faziam isso por Glórienn. Porque a Deusa-Mãe mantinha com eles um vínculo inquebrável, pelo qual enviava suas ordens. E foi este elo espiritual que Gwen usou para propagar sua magia.

Gwen alcançou a serviçal em Tiberus. Alcançou também os ginetes nas planícies, e até mesmo o pescador e seu filho no reino longínquo. Todos os elfos do mundo receberam uma mensagem que ela jamais conseguiria enviar sozinha. Assim como reconheciam as ordens de Glórienn, souberam que era Gwen a falar com eles através da deusa. Sentiram seu carinho fraternal, sua fé em Tanna-Toh, seu desejo de liberdade. Prestaram atenção.

A mensagem se materializou diante de cada um na forma de um globo flutuante e incorpóreo. Dentro dele, imagens translúcidas se formaram. Como uma bola de cristal, mostrou aos elfos acontecimentos do passado.

Cada um dos filhos de Glórienn viu os erros cometidos pela deusa. A derrota na guerra contra os goblinoides. O abandono diante da tempestade rubra. A entrega ao cativeiro. Em sua maioria, os eventos já eram de conhecimento dos elfos, então a lembrança apenas reavivou mágoas pré-existentes. Não pela primeira vez, julgaram Arton um mundo injusto. Culparam os outros deuses. Culparam a Tormenta. Apiedaram-se da mãe.

Por um instante efêmero, Glórienn obteve ainda mais poder advindo de adoração.

Porém, nem tudo o que Gwen tinha a mostrar era de domínio universal. Havia algo que só ela sabia. Guardado em sua memória, atribuía novo significado aos eventos anteriores. Precisava mostrar. Como devota do conhecimento, Gwen sabia da importância de descobrir e conservar o saber. No entanto, informações guardadas eram inúteis. O verdadeiro valor do dom de Tanna-Toh se mostrava apenas quando difundido. Era este o maior poder da deusa. O maior poder da clériga. O maior presente de Gwen para seus irmãos.

A verdade.

Assim, após recordar os momentos dolorosos, os elfos receberam uma nova informação. A imagem que se formou no globo translúcido era do subterrâneo de Tiberus. Revelou-se como se visto por alguém que tivesse estado lá. Da forma como os olhos de Gwen haviam captado.

Elfos do mundo inteiro viram Gwen saudar o Mestre Luwarandithas, passar por ele e encontrar Etelethar inconsciente em seu leito de ametistas. Viram-na curá-lo diante de uma multidão de crianças élficas. E viram o que aconteceu logo após.

Glórienn possuiu o corpo do menino anulando para sempre sua existência. Enganou as crianças que confiavam nela. Sentenciou-as ao sacrifício. Viram a Deusa-Mãe sugar a energia vital e divina de cada uma de suas filhas. Viram-na sorrir e comemorar enquanto as elfas morriam.

A mensagem de Gwen era transparente como o cristal por onde havia se arrastado: a deusa dos elfos não passava de uma deusa do egoísmo. Deusa de si mesma e nada mais.

Como um jarro de vidro que estilhaça e desperdiça o conteúdo derramado, a confiança dos elfos foi quebrada. Sua fé escorreu pela poeira do mundo e foi por ela absorvida. Esvaiu-se. Dissipou-se.

Muitos choraram. Outros se enfureceram. Alguns tentaram descontar a frustração na esfera imaterial que lhes mostrava a verdade, mas nada mudaria os fatos. E eles sabiam que a imagem era real assim como sabiam que estavam vivos. Assim como sabiam que eram condenados a perambular pelo mundo até que a morte colocasse fim ao suplício de pertencer a um povo sem lar.

Houve quem insistisse na inocência da Deusa-Mãe. Porém, sua certeza vacilava. Seus argumentos soavam tímidos. Quase em sua totalidade, os elfos reconheceram a falta de amor. Admitiram a futilidade em seguir a deusa traidora. Desde a queda de Lenórienn, nunca a raça havia estado tão unida em um só pensamento. E sabiam que era a última vez que isso aconteceria.

Munidos de um novo entendimento sobre o mundo e sobre si mesmos, os elfos abandonaram o caminho que levava a Glórienn. O pescador fez a volta com a jangada. Os ginetes puxaram as rédeas de suas corujas gigantes. A serviçal viu a ilusão de Lenórienn se dissipar diante de seus olhos. Viu-se rumando em direção a demônios. Desesperou-se, deu as costas e fugiu.

Cada um recuou rumo a sua própria vida, seus próprios afazeres. A capacidade de ter fé demoraria a se curar. E, quando isso acontecesse, não se voltaria mais para Glórienn. Cada elfo descobriria novos valores para pautar suas vidas, novos deuses a seguir.

Com Gwen caída a seus pés, Glórienn assistiu à mudança. Em um momento, a multidão adiante se entregava à Tormenta sem pestanejar. No instante seguinte, despertaram de um transe. Alguns desesperaram-se com o rumo que haviam tomado, chorando e arrancando os cabelos. Outros, deram as costas à tempestade e se puseram a correr no sentido oposto. Os mais bravos e inconsequentes resolveram lutar. Em comum, todos agarravam-se ao conhecimento da verdade. Não mais obedeciam à Deusa dos Elfos.

— O que você fez? — Glórienn esbravejou para Gwen. — *Trai sua própria mãe?*

Dizendo isso, chutou-a para longe. Gwen rolou pela rampa de cristal. Rolou e rolou, incapaz de interromper o movimento. Deu com as costas na parede de espinhos misturada aos destroços do Senado. Cuspiu sangue. Sem conseguir se mover, olhou para Glórienn e riu.

— Não existe uma Deusa dos Elfos.

Glórienn então percebeu o que Gwen havia planejado. Arregalou os olhos de volta para seus filhos, a multidão tomada por total desordem.

— Entreguem-se à Tormenta — insistiu. — Obedeçam!

Nenhum efeito. Os elfos se forçavam a lembrar da traição e resistir ao chamado da deusa criadora.

Rejeitavam-na.

Glórienn sentiu cansaço. Por vários dias, havia lutado contra os minotauros, liderado seu exército, sustentado magia após magia. O corpo exigia repouso.

Glórienn sentiu fome. Ao longo de eras imemoráveis, comera apenas para degustar os exóticos sabores divinos, nunca para se nutrir. O corpo exigia alimento.

Glórienn sentiu frio. Como uma criança que pela primeira vez sai ao vento, experimentou o frescor na pele. Abraçou-se para conservar a temperatura. O corpo exigia abrigo.

Três sensações que, até aquele momento, desconhecia.

Gwen percebeu a estranheza na expressão de Glórienn.

— Bem-vinda ao mundo dos mortais.

Aharadak não era um deus ao chegar a Arton. Para tanto, foi preciso coagir artonianos a venerá-lo. Erguera um culto ao redor de si mesmo. De maneira semelhante, Gratissa, a Deusa Menor da Hospitalidade, havia recebido a imortalidade após ser venerada por milhares de fiéis. Um deus apenas existiria se houvesse adoradores. Porém, assim como qualquer criatura possuía potencial para alcançar a divindade, também era possível perdê-la. Quando um povo falhava em transmitir sua cultura às gerações seguintes, seus deuses antigos iam perdendo a força até serem esquecidos.

Com Glórienn a queda foi abrupta, pois seus filhos renunciaram à sua tutela.

— Sua... Sua... — a mortal gaguejou para Gwen. — Foi aquela deusa ardilosa que tramou tudo isso! Enganou-me desde o início, sempre me usando de cobaia só para ver o que aconteceria depois. E você ajudou no estratagema. Minha própria filha!

— Agora sou sua filha? — o rosto de Gwen se contorceu em mágoa. — Não fui eu a revogar sua autoridade. Você mesma causou tudo isso.

Glórienn fez menção de descer o cristal em direção a Gwen. Porém, algo chamou sua atenção. Ela olhou para trás, para onde a chuva ácida penetrava pela abertura no domo de proteção. Os elfos, já acostumados com a lógica labiríntica da cidade táurica, fugiam por pontes, túneis e passarelas. Os monstros insetoides, por outro lado, não conseguiam ir em seu encalço. Confundiam-se no emaranhado de ruas demolidas. Em alguns casos, mesmo em linha reta não conseguiam prosseguir.

Aharadak se enfureceu. Lançou sobre Tiberus mais uma profusão de relâmpagos. Açoitou a cidade com sua chuva. Porém, por mais que insistisse, não conseguia impelir seus demônios para frente. Soberanos em qualquer outro terreno, os lefeu falhavam em se localizar dentro do que restava da capital de Tauron.

— Por aqui! *Por aqui!* — Glórienn só percebeu que gritava depois de já tê-lo feito. — Estou aqui! Venha nesta direção!

Mas Aharadak não conseguia ouvi-la. Desprovida de seu poder divino, Glórienn era menos do que um grão de areia a ser pisoteado em

Tiberus. Não tinha valor para o Deus da Tormenta. Sequer era percebida por ele. Olhou para as mãos. As ventosas murchavam como folhas no outono. A carapaça que formava uma armadura espiralada em torno de seus braços derretia. Transformava-se em líquido, escorria por suas pernas e pelo cristal onde pisava.

— Não! *Não!* — implorou ela. — Aharadak, meu senhor!

Mas não adiantava suplicar. Tendo ascendido ao Panteão de Arton e sem nada mais a tratar na terra dos minotauros, Aharadak se deu por satisfeito. Em um momento, estava ali. Em seguida, não estava mais. A massa de garras, bocarras e adiposidade desapareceu, deixando para trás seu rastro de destruição.

Tendo a mãe perdido os poderes, o domo de proteção começou a se dissipar. Gwen ergueu os olhos para o céu rubro. Muitos dos elfos que haviam sobrevivido sob o domo conseguiriam fugir. Os que residiam longe e não conseguiram chegar a Tiberus haviam sido poupados das atrocidades ali cometidas. Gwen suspirou, pronta para a chuva que estava por vir. Seu trabalho estava concluído.

— Está enganada se pensa que vou morrer aqui com você — disse Glórienn.

A deusa caída correu em direção à extremidade do cristal, onde a rampa terminava em um abismo. No último passo, saltou. Bateu as asas de mariposa. Mirou o céu. As asas bateram uma única vez e se desfizeram em poeira fina e cinzenta. O último resquício do poder da Tormenta a abandonou. Glórienn caiu do precipício em meio ao entulho lá embaixo.

Gwen tocou o símbolo de Tanna-Toh pela última vez e sorriu, aceitando o próprio destino.

— Não estou sozinha.

O domo desapareceu. A chuva precipitou-se sobre o que restava do Senado. Porém, antes que o ácido tocasse a face tranquila de Gwen, um par de asas escuras e brilhantes como hematita surgiu contra o céu maculado de vermelho. A elfa sorriu. Fuligem pousou no cristal.

Christian deitou o peito ao longo do pescoço do grifo, cada braço pendendo para um lado. Permitiu-se descansar por um instante enquanto Verônica pulou para fora da sela e se adiantou até Gwen.

— Vamos, rápido — disse a medusa, com as coxas manchadas do que ainda restava do muco que a prendera.

Ela recolheu o bordão e colocou-o na mão de Gwen. Então abraçou a amiga pela base das pernas, flexionou os joelhos e, com um impulso, ergueu-a. Jogou a elfa por cima do ombro, de forma que Gwen carregasse o bordão às costas de Verônica. Retornou com passos pesados até o grifo.

— Acorda — ralhou com Christian.

À despeito do sangramento e dos ossos partidos, o guerreiro se endireitou na sela. Verônica escorou as costas em Fuligem. Christian e Gwen se deram os braços, e ele a puxou para cima do grifo. Ficou atravessada sobre o pescoço do animal, as pernas para um lado e os braços para o outro.

— Pegue Glórienn — murmurou Gwen a Verônica, indicando a ponta da rampa de cristal. — Pulou dali.

Verônica foi até lá e olhou para baixo.

— Não há nada aqui.

Christian respirou com esforço e deu o comando. Fuligem bateu as poderosas asas e se ergueu no ar.

— E Ichabod? — perguntou Gwen, mas Christian ignorou.

Fuligem agarrou Verônica com as garras de ave de rapina. Bateu as asas com mais vontade. Enfrentou a chuva ácida que se precipitava sobre eles.

— E Ichabod? — Gwen repetiu, já sabendo o significado da ausência de resposta.

Sobrevoaram as ruínas do Senado. Pedra se misturava a espinhos rígidos e tentáculos murchos. Nem sinal de Ichabod ou Valuriel, mas sangue fluía em abundância pelas escadarias.

Ao redor, incontáveis elfos mortos. Alguns, vítimas de sede, fome e exaustão. Outros, chacinados pelos demônios da Tormenta. Nenhum deles tinha cabelo púrpura como os de Glórienn.

Alguns monstros tentaram segui-los, mas Verônica os afugentou com arremessos de seu chakram. De vez em quando os olhos de Christian reviravam de cansaço e dor, mas ele se manteve firme na sela.

Gwen, por sua vez, não resistiu ao esmaecimento. Tentou se manter acordada, mas o mundo ao seu redor perdeu a cor e a clareza. Começou perdendo a visão periférica, antes que a consciência a abandonasse por completo.

Antes de desmaiar, a última coisa que viu foi que saiam da área de Tormenta.

E que um novo dia alvorecia. O primeiro de uma nova era.

# EPÍLOGO

OS LONGOS PERÍODOS DE ESCURIDÃO PROFUNDA ERAM intercalados com imagens borradas, efêmeras. Um rosto a observá-la. O teto de uma cabana.

Certo dia, o intervalo de consciência durou mais do que deveria e a dor lhe causou convulsões. Alguém surgiu para deitar-lhe à força um líquido garganta abaixo. A dor foi embora. A consciência também.

Gwen entendeu que tratavam dela. Permitiu-se confiar em quem quer que fosse a alma caridosa. Descansou.

Perdeu a noção do tempo.

Certo dia, o medicamento foi suspenso.

Primeiro, escutou vozes distantes. O avançar de uma carroça. O bater de um martelo. Depois, o calor do mundo tocou sua pele. O aroma de ervas preencheu seus sentidos.

Quando enfim abriu os olhos já sabia o que encontraria. Estava deitada dentro de uma cabana de madeira, com teto de sapê. Líquidos coloridos forravam uma pequena prateleira. Um incenso espiralava sua fragrância delicada. E não estava sozinha.

— Finalmente acordou, dorminhoca — disse Verônica, as serpentes do cabelo se movendo com suavidade.

Gwen sorriu para a amiga. Então olhou para o infinito, as memórias das últimas batalhas depositando sobre ela o seu peso. Pôs-se a chorar.

Verônica a abraçou por todo o tempo necessário.

A cabana não comportava todos os que queriam vê-la.

Kelskan foi o primeiro. Como único líder apto naquele campo de refugiados, não admitiu que ninguém mais tivesse a honra antes dele. Christian, no entanto, só concordou se pudesse entrar junto. Com tantos a ocuparem o espaço reduzido, o próprio curandeiro que tratava da elfa teve que esperar do lado de fora.

— Fico feliz em vê-la desperta, Gwendolynn Libertadora — disse o minotauro. — Você pode ser uma elfa, mas tem a força de um touro.

Gwen agradeceu, incerta quanto ao motivo da visita do líder.

— Tauron... — balbuciou.

— Está morto — completou o sumo-sacerdote de deus nenhum. — E com ele se foram meus poderes divinos. Mas a força de Tauron continuará viva dentro de mim e de todos os minotauros que mantiverem a chama acesa.

A elfa assentiu e se virou para Christian. Abriu a boca para falar, mas seus olhos voltaram a se encher de lágrimas e ela desistiu. Perguntou outra coisa:

— Dok?

— A sereia mandou notícias, estão todos bem. A engenhoca dele voou até Lomatubar. E sem explodir. Consegue imaginar?

O riso de Gwen expeliu as lágrimas que ela tentava conter e durou pouco em seus lábios úmidos.

Christian se sentou ao lado dela no colchão de palha e pousou a mão em seu ombro.

— Ichabod foi um herói — disse.

— Morreu para salvar uma raça inteira — concordou Gwen. — Mas ninguém sabe. Ninguém nunca vai acreditar. Mesmo que acreditem, não irão valorizar o sacrifício de um lefou.

— Eles, não. Mas nós vamos.

Os dois trocaram um olhar intenso.

— Há uma multidão lá fora querendo vê-la — Christian continuou. — Prepare-se, não estou exagerando. Tem gente que veio de longe depois de ouvir o seu nome. Eles discursam sobre liberdade. Rezam. Estão inspirados pelo que aconteceu em Tiberus.

— O que aconteceu foi um massacre. Uma calamidade! — rebateu a elfa.

— Foi o que eu disse, mas humanos e elfos se fazem de surdos — disse Kelskan.

— Há halflings e anões na multidão também — adicionou Verônica, encolhida junto à porta. — E até mesmo minotauros.

Um silêncio desconfortável se seguiu até que Christian deu continuidade ao que dizia:

— O que aconteceu foi horrível, mas isso não importa agora. Essas pessoas estão aqui para aprender com você, Gwen. Elas querem lutar pela liberdade que você prega. O sonho pelo qual ele morreu para tornar real.

Gwen suspirou e se decidiu.

— Vou fazer o sacrifício de Ichabod ter valido a pena.

Acompanhada pelos amigos, Gwen deu os primeiros passos para fora da cabana. Havia convalescido por semanas recebendo apenas o alimento líquido que conseguiam obrigá-la a beber. Mesmo assim, o corpo esbelto de elfa se mostrava saudável. Não havia perdido peso, nem mesmo empalidecera. À exceção das pernas, que seguiam enfaixadas para evitar a contaminação dos ferimentos já limpos, Gwen se apresentava em sua melhor forma.

Cálidos raios de sol tocaram a sua pele. Resplandeceram seu cabelo. Sobre a camisola modesta que lhe haviam oferecido, fez questão de vestir o peitoral da armadura, que ostentava o orgulhoso símbolo de Tanna-Toh. O metal também cintilou perante a luz matutina.

A cabana onde a haviam mantido se situava na encosta de uma colina. Com o cume às costas, a porta se abria para a descida que levava a Tiberus. Muito distante, a capital táurica mantinha-se sob chuva de sangue perpétua. Nuvens rubras tomavam metade da capital e mais uma porção do interior de Tapista.

— A Tormenta parou de avançar — concluiu Gwen.

— Sim, desde que o Lorde-Deus foi embora — confirmou Kelskan. — Nossas legiões táuricas lutam dia e noite para manter os demônios dentro do perímetro.

Acampamentos militares haviam se multiplicado nos arredores da cidade, com suas ruas delineando esquadros perfeitos e diversos estandartes numéricos flamulando ao sabor do vento. A partir de lá, estendia-se um amplo campo verdejante, mais ondulado à medida que se afastava da cidade.

Na colina onde estavam, assim como nas adjacentes, mais um acampamento. Este, porém, era um amontoado de barracas de tipos, cores e tamanhos diversos. Escoravam-se umas às outras, bambeavam. Entre linhas de barracas formavam-se corredores tortuosos, parcialmente obstruídos em vários pontos por caixas, varais de roupas e grandes fogueiras extintas, usadas para aquecer a noite anterior.

O cheiro era de almoço sendo preparado. Para isso, usavam fogueiras menores, montadas em buracos no solo. Carne de porco, sopa de batatas, creme de milho. Dispunham de todo o necessário para saciar a fome de refugiados e peregrinos. Para tanto, carroças chegavam a todo momento. Vindas de outras cidades táuricas, abasteciam o acampamento com alimentos, ferramentas e voluntários. Mesmo após a morte de seu deus, os minotauros cumpriam a tarefa que lhes havia sido atribuída: proteger os mais fracos.

E havia muitos. Gente de todas as raças, de todas as origens, de todas as idades. Elfos e humanos eram os mais numerosos, mas não os únicos. Minotauros entravam na fila para receber alimentos. Anões contavam bravatas sentados em círculo junto a goblins. Halflings faziam bolos e iguarias diversas para compartilhar com os demais.

Apesar das perdas dolorosas, não parecia um campo de refugiados, mas sim a congregação de uma comunidade.

Ao perceber que Gwen saía da cabana, um alvoroço se alastrou pela multidão. Os que estavam sentados se ergueram. Os que comiam abandonaram o prato pela metade. Todos se aproximaram o máximo possível. Olhos brilhavam, indicando corações cheios de esperança.

Gwen viu diversos rostos conhecidos em meio a milhares que desconhecia. Mais do que isso, distinguiu o que diziam. Uma vez tendo sido proferidas pelo Mestre Luwarandithas, certas palavras continuavam a ecoar ao redor de Gwen na forma de sussurros, mesmo após a morte do ancião:

— ...Gwendolynn...

— ...Padroeira da libertação...

— ...Discípula de Eleonora...

Uma alcunha, no entanto, era novidade. Havia escutado apenas de Kelskan, mas se reproduzia pelo acampamento:

— Gwendolynn Libertadora.

Christian sussurrou para a elfa:

— Muitos aqui perderam tudo o que possuíam. Eles querem uma palavra sua, uma indicação de qual caminho seguir.

Gwen murmurou como quem fala consigo mesma:

— Devo guiar todas essas pessoas?

Para sua surpresa, recebeu uma resposta.

Saída de um lugar indistinto na multidão, uma senhora de mantos brancos caminhou a passos lentos até Gwen, apoiada em seu bordão. Christian, Verônica e Kelskan se ocupavam de manter a multidão ao largo, para que não chegassem até Gwen, mas nenhum deles pareceu notar a anciã que invadia o perímetro.

— Madrinha.

A idosa a cumprimentou.

— Vim porque você precisa de mim, mas esta é a última vez. Tenho meu próprio campo de refugiados e ele requer minha atenção.

Gwen se perdeu em contemplação, então deduziu:

— Da outra vez, a senhora disse que tinha um mundo inteiro para cuidar... Pensei que falava de Arton, mas agora compreendo. Era Kundali.

Tanna-Toh sorriu.

—Não podemos permitir que o legado dos deuses continue a se perder. Aconteceu com Glórienn, não se repetirá com Tauron. Agora, Gwendolynn, preciso lhe falar — a deusa maior pousou a mão no peitoral da elfa. — Você foi uma das minhas melhores discípulas. Agradeço a devoção e a lealdade, minha querida. Sempre prezarei pelo seu bem. Contudo, ao longo dos últimos dias, seu poder divino cessou de fluir a partir de mim. Eu sei disso, e você também sabe. Não ouse se enganar.

Gwen assentiu, estremecida pelo toque de Tanna-Toh.

— Chegou a hora de caminhar com as próprias pernas — prosseguiu a deusa. — O conhecimento sempre será seu companheiro e aliado, mas você deve se guiar por aquilo que desde o início move seu coração.

Um raro sorriso surgiu no rosto da Deusa Maior.

— Agora, você terá seus próprios afilhados para orientar.

A anciã se afastou de Gwen e, com a mesma presteza com que surgiu, se foi. No peitoral onde havia tocado, o símbolo da pena sobre o pergaminho também desapareceu. Surgiu, no lugar, o elo quebrado que até então representava a Resistência Abolicionista.

— Afilhados meus — Gwen ergueu a voz para alcançar até os mais distantes ouvintes —, declaro a todos livres.

Um clamor de exaltação se espalhou pela colina. Anões brindaram, minotauros celebraram com os punhos erguidos no ar.

— *Gwen Libertadora!* — gritaram.

— Contudo — a voz da elfa exigiu o fim da balbúrdia. — Não fui eu a libertá-los. Apenas propiciei as ferramentas. Foram vocês que se ergueram, agarraram a oportunidade, lutaram e venceram. Lembrem-se sempre deste momento, e de todo o sangue e suor necessário para que pudéssemos celebrar. Perdemos entes queridos. Demos adeus ao lar e à segurança. Em troca, conquistamos o direito de construir nosso próprio destino.

A multidão escutava, a ansiedade transparecendo através do silêncio.

— Agora cabe a vocês, senhores de si próprios, a missão de levar os ideais de liberdade àqueles que dela carecem. Rompam as correntes! Libertem não apenas o corpo, mas a alma e a mente! Todos são bem-vindos. Elfos e humanos. Anões e minotauros. Goblins e fadas. Lefous. Medusas. Mestiços. Todos os que compartilharem de nosso ideal!

Um novo furor se instaurou. O nome de Gwen irrompeu de gargantas apaixonadas.

Entretanto, do meio da alegria e da celebração surgiu um meio--elfo que se abstinha de comemorar. Julian se esgueirou por entre os que sorriam e gritavam, pulavam e se abraçavam. Chegou tímido, rodeou o centro de glorificação.

— E os elfos? — disse ele. — Ao longo da história, fomos massacrados, odiados, escravizados, e ainda tratados como os grandes vilões. Agora, perdemos nosso raio de esperança. Não somos mais sinônimo de perfeição. Então o que somos?

Gwen deitou sobre Julian um olhar de doçura e compaixão. Com trejeitos deselegantes, herdados da linhagem humana, o mestiço nunca havia sequer chegado perto do que Glórienn esperava dos filhos perfeitos. Ainda assim, recebeu-o como seu igual. Como receberia qualquer um que viesse a se colocar lado a lado em sua luta.

— Escrever a história do mundo é privilégio dos vencedores, e nós fomos derrotados — disse ela. — Como punição, os bardos nos retrataram como orgulhosos e perversos. Mas, apesar de tudo, persistimos. Sobrevivemos. Por sobreviver, podemos não ganhar o direito de escrever a história do mundo, mas temos a chance de escrever a nossa própria história. Não somos o nosso fracasso! O que somos? O que fizermos de nós mesmos.

— Mas não temos quem nos guie — insistiu o meio-elfo. — Somos um povo sem deus.

Gwen sorriu.

— Sim. O que significa que somos o povo mais livre.

Então ela se virou para todos, elfos e não elfos:

— Eu os abençoo! Vão agora. Espalhem-se pelo mundo. Sejam vocês multiplicadores da libertação.

Assim disse Gwendolynn, Deusa Menor da Liberdade.

Para acompanhar as novidades da Jambô e acessar
conteúdos gratuitos de RPG, quadrinhos e literatura,
visite nosso site e siga nossas redes sociais.

www.jamboeditora.com.br

facebook.com/jamboeditora

x.com/jamboeditora

bsky.app/profile/jamboeditora.com.br

instagram.com/jamboeditora

threads.net/@jamboeditora

youtube.com/jamboeditora

twitch.com/jamboeditora

Para ainda mais conteúdo, incluindo colunas, resenhas,
quadrinhos, contos e material de jogo, faça parte da *Dragão Brasil*,
a maior revista de cultura nerd do país.

Participe também de *Duelo de Dragões*, primeira grande campanha
de RPG coletiva de *Tormenta20*. O Brasil todo está jogando!

www.dragaobrasil.com.br

www.catarse.me/revistatormenta20

Rua Coronel Genuíno, 209 • Centro Histórico
Porto Alegre, RS • 90010-350
contato@jamboeditora.com.br